人民艺术家·王蒙
创作70年全稿

小说编

短篇小说
（一）

王　蒙

目　　录

礼貌的故事 …………………………………（ 1 ）
友爱的故事 …………………………………（ 3 ）
小豆儿 ………………………………………（ 6 ）
春节 …………………………………………（ 16 ）
冬雨 …………………………………………（ 24 ）
眼睛 …………………………………………（ 27 ）
夜雨 …………………………………………（ 38 ）
向春晖 ………………………………………（ 49 ）
队长、书记、野猫和半截筷子的故事 ………（ 76 ）
最宝贵的 ……………………………………（100）
光明 …………………………………………（105）
难忘难记 ……………………………………（126）
歌神 …………………………………………（132）
悠悠寸草心 …………………………………（152）
友人和烟 ……………………………………（172）
表姐 …………………………………………（184）
夜的眼 ………………………………………（195）
说客盈门 ……………………………………（204）
买买提处长轶事 ……………………………（214）
风筝飘带 ……………………………………（226）

1

春之声 …………………………………………………… (243)

海的梦 …………………………………………………… (254)

深的湖 …………………………………………………… (265)

温暖 ……………………………………………………… (288)

心的光 …………………………………………………… (299)

最后的"陶" ……………………………………………… (314)

惶惑 ……………………………………………………… (332)

春夜 ……………………………………………………… (346)

听海 ……………………………………………………… (358)

青龙潭 …………………………………………………… (373)

木箱深处的紫绸花服 …………………………………… (388)

色拉的爆炸 ……………………………………………… (396)

灰鸽 ……………………………………………………… (405)

妙仙庵剪影 ……………………………………………… (410)

苦恼 ……………………………………………………… (420)

光 ………………………………………………………… (423)

焰火 ……………………………………………………… (433)

小事 ……………………………………………………… (439)

爱的影 …………………………………………………… (448)

无言的树 ………………………………………………… (457)

高原的风 ………………………………………………… (466)

爱情三章 ………………………………………………… (487)

冬天的话题 ……………………………………………… (507)

临街的窗 ………………………………………………… (528)

礼貌的故事

在我初中一年级的时候,我们班同学很喜欢和高中同学交朋友,谁的大朋友多,谁就光荣。由于我的功课好,在全市中学生演讲比赛中,又得了第三名,所以认识的人特别多,在我认识的高中同学中,我最喜欢的是李清。

李清是高三的学生,身材高大,头发长长的,长着一脸连鬓胡子,说话用非常宽厚的男低音。他是全校出名的优秀生,从上中学以来,每年都得奖学金,而且,李清读的书很多,他编壁报、写诗歌、写小说,也是全校都知道的。李清和别的同学不一样,他不太爱搭理人,总是一个人默默地读书,做事情。

就是和这个李清,我们成了好朋友,而且最使我骄傲的是,我们完全是平等的朋友,我和他在一起,就大人般地谈论自己读书的心得,他总是很注意地听。我们有时还一块儿听点唱片,有贝多芬、舒伯特的世界名曲,这些乐曲,我越听不懂越爱听,因为"听世界名曲"这件事,表示我的确是个大人了。

后来,发生了意外……

一天下午,我正在操场上练跑圈,李清夹着一厚叠书走过,他微笑着向我招手,说:"运动家,真棒啊。"由于我的身旁还有同学,我被他说得有点不好意思,于是我就扭过头去,没理他。

过了几天,有一次我在图书馆前边的院子里练爬树,好容易爬到了一棵大柳树的杈上,这时看见李清走过来,我就叫他。

他慢慢地来到了树下,仰起头,冷冷地"嗯"了一声。

我因为坐在树上而自觉很威武,大声问他:"李清,你会爬树吗?"

他微微一笑,说:"那还能不会!"

我想"将"一"将"他,就挑战地说:"来,你爬一回树试试,上不来可是孙子啊!"

(那时候,我们班同学讲一讲"他妈的""混蛋""孙子"是根本不算骂人的。)

他脸忽地变了,颤抖着声音问:"你说什么?请你再说一遍!"

我也觉出不对劲来了,又不知道怎么样好,只好再小声重复一遍:"上——不——来,可——可是——孙——子——啊!"

他紧紧地皱起眉头,过了半天,指着我说:"那天别人对你讲话你不理睬,今天你又随便侮辱别人,现在我才了解了你!"

然后,他昂然地回过头去,重重地踏响了皮鞋,气愤地走了。

我当时完全愣住了,难道为这一句话我们的友谊就完蛋了?我真想跑过去追上他,指着我的心告诉他:"我只是说话粗鲁一点,可我的心是很好、很高尚的呀!"但是自尊心不允许我这样做,因为他的态度也太急躁,太不留情。我又惋惜,又悔恨,又埋怨,心痛得了不得,泪花迷住了我的眼睛。

后来,我们谁也没再理过谁,我每逢见了他,就像自己犯了罪似的赶快躲在一边,我不敢见他,我每逢见到他,总是不痛快老半天,直到他毕业以后。

这可又怨谁呢?

发表于《中国少年报》1952年2月4日

友爱的故事

在我上小学的时候,班上有一种很不好的风气,就是把同学分成两种——好学生和坏学生。功课好的,老师常夸奖的是好学生。功课差一些的是坏学生,他们是被好学生所瞧不起的。"好学生"和"坏学生"经常也不在一起玩,不在一起做功课,彼此离得很远。

至于我,我是个好学生喽,我常常考第一,爸爸、妈妈、老师,都说我好,特别有些老亲戚,他们见了我就夸个不停,说我有出息,有造化。于是我也高兴得晕晕乎乎的,我想,我年纪这么小,就这么讨人喜欢,赶明儿大了,还说不定成什么大人物哪。那些坏学生,哼,真不怎么样,真可怜,提问了,他们干瞪眼,交造句了,他们涂得笔记本脏污污的一片,上课闹了,老师就拿教鞭打他们的手板(那时候的老师可不太和气啊),当老师打他们的时候,我也有点害怕,但心里又挺得意,看,我是好学生,从来没挨过打。

有一天,我这个好学生倒了霉了。

下午,上国语,我忘了带生字本。级任老师规定,谁上课忘了带必需的本子就要到教室门外去罚站。

老师开始检查了,她宣布:"把生字本放到桌子上来!"

我的心扑扑地跳,如果我被罚站,老天爷呀,所有的老师都会好奇地问我:"这不是王蒙吗?王蒙不是好学生吗?"我的姐姐(她也在这个学校上学)马上会知道,而她马上就会当做一个新闻告诉妈妈,妈妈马上就会告诉爸爸,他们只要问我一句:"你不是好学生吗?"我

3

就会活不下去的,我得过奖学金,通知书上总是说我怎么好怎么好,全家都拿我夸口,为我骄傲,姐姐因此都感到嫉妒,我还正准备参加讲演比赛,如果获奖就可以得到一个大铜墨盒和一打地球牌铅笔,但如果我教室门外罚上一堂站,站一会儿倒不累,可这一切,全完了。

我是个好学生,用功,有礼貌,每天到校前妈妈和我在一起打点一遍书包,从来没落下过任何东西,可是今天中午,妈妈没在家,没人提醒我,偏偏就……

书桌砰砰乱响,所有的同学都小心地拿出了自己的生字本,整整齐齐放在桌子的左上角,然后背起手来,坐好。

我也打开书桌,好像可以把生字本拿出来似的,我闭上眼睛,甚至转了个念头:我是个好学生,一向那么好,也许忽然有个什么东西把生字本给我放在抽屉里,我一掀盖就拿出来了。

哪有影儿呢?只有个墨盒,倾斜着,比讲演比赛的奖品差多了,我都要哭出来了。

"你怎么没带生字本?"老师严厉地问,我吓了一跳。刘明——一个贫苦的小女孩,"坏学生"害怕地从位子上站起来了。

"我没有买,没有买呀,爸爸不给我钱。"

她的声音像蚊子嗡嗡一样小。她揉着自己的破衣裳角,眼泪已经流下来,刚拿起袖子一擦,忽地放下了,她大概想起来,老师说过,不许用袖口擦鼻涕擦泪的。

我知道,她确实是很穷的。早上她从来不吃早点,别人吃,她连忙躲得远远的。冬天,她穿上破棉裤和毛窝,但袜子却烂掉了,一走路,嫌小的裤脚下,赤光光的瘦瘦脚踝就露了出来。

"我说了多少遍了,要带生字本,要带生字本,你还是不带,你打算不打算念书呢?"老师拉长了声音,气愤地说。

刘明不回答,低头抽搭着。

又一个"好学生"站起来了,又一个"好学生"站起来了,他们都没带生字本,老师气得颜色都变了,她张口刚要申斥他们,我也弯着腰站起来了。

"老师。"我叫了一声就说不下去了,看都不敢正眼看老师。

"你也没带?"老师惊奇地问。

我无言地点头。

又有一个人站起来,那人也是个好学生,一共是五个人了。

老师犹豫起来,都出去罚站吧,太多了,课怎么上呢?

沉默了一会儿,这一会儿像一年那么长,我也哭不出来,只是呆立着。

刘明举手了,她毅然决然地说:"老师,让我一个人挨罚吧。王蒙(就是我)他们都是好学生,偶然才这么一次,他们也都知道改了,要不,都出去罚站,咱们怎么讲书呢?"

"我赞成,我赞成!"

我情不自禁地高呼起来,还没等她说完。要是这样那就太好了,难道有什么不好么?我就正盼着有这么一个好办法呢,我的心稍稍地放了下来。

刘明抑制住哭泣,向教室门口走去,老师止住了她,回过头来瞪着我,我当是老师问我的意见,我又嚷道:"我赞成!"

"都坐下吧。"老师低沉地说,然后开始讲书。

我再也没有忘记过带生字本,当然喽,直到毕业我一直保持着好学生的荣誉。

每当我想到这件事时,我的心就缩成了一团,而且脸就红了。就在现在,我的脸又红了,谁都能看得清清楚楚。

1954 年 10 月 8 日

小 豆 儿

我独自哼着歌走回家去。

今儿晚上班上举行的暑期海鸥俱乐部的成立大会,开得很成功。大伙的那股闹腾劲儿:唱呀、建议呀、争论呀,差点没把房子给抬起来。

我只要一回想起班上推派我参加全校的诗歌朗诵比赛会的情形,心里就又高兴又害怕。大伙七嘴八舌地说:"找小豆儿吧,准行。"可我要是不行呢?

老实说,对于诗,我并不大懂,更不像李冬青,她自己就会作。我只爱念诗,念起诗来就高兴。

离比赛只有三天了。我打算朗诵《玫瑰花的故事》。这首诗描写美丽、勇敢的青年人如何追求幸福,反对狂暴的压迫。它叙述玫瑰花为什么是红的。诗是好诗,可就是长了点……我怎么在大街上念起诗来了?看看周围,幸好没人。我继续往前走。快到家了。忽然,从一棵大槐树后面闪出了一个黑黑的人影,很快就看不见了。

斜对着大槐树,就是我的家。我家的大门早已破败了。从我们家的小院看到的天是很小的。这时,槐树后边的黑影又出现了,他向门口走来。

我奇怪地盯着他,后退了一步,我看他又高又瘦。

"您找谁?"

"不找谁,呵。"

"那干吗呀?"

他打量着我,想了想,干哑地笑了:"这不是二丫头吗?怎么不认得你叔了?"于是他走进门去,而且主人般地吩咐我,"把门关好!"

我紧跟他向后院走去,他走得慌忙而僵硬。

叔?可有点邪门!我叫过"二丫头",不错,那还是在我很小的时候。至于叔叔(好像曾经有一个),可是爸爸不是说他已经死了吗?

我们家住在小后院。因为天热,爸爸睡在院子里,我们俩走路的声音惊动了他,他哼哼着拿起了撂在枕头旁的芭蕉扇,迷糊着睁开了眼睛。

"出去了?"他问叔叔。"回来了?"又问我。

"哦,解手去了。"叔叔支吾着进屋去了。

我正要进屋,又听见爸爸说:"你的屋子你叔暂且用两天,你上西套间跟你娘挤一挤吧。"

我进了屋子,妈、弟弟都睡了,我也没开灯,就坐在炕角上,愈想这个叔叔愈不对头。我小的时候,听说我爸爸在国民党军队里干过事。解放前,一九四八年,有个也在国民党军队里干过事的叔叔好像来过。他穿着国民党军服,晃里晃荡,买了四两白干和一盘肘子,和爸爸一块喝酒聊天,聊了些警察局长家里的凶杀案,八路军的"刑罚","大局不好"等等的话,说是要到"南边"去了。临走,还给爸爸留下几张票子,弄得爸爸欢喜得差点掉了泪。

这是不是那个叔叔?

东套间传来了开箱、关箱的声音。为什么他对爸爸说是解手去了呢?这不是好人!我喘了口气。

可瞎猜也不管用,哪有那么巧,反革命分子让你碰见?于是我躺下,这才觉出出了一身汗,又起来拿手巾擦干净。

一点也不困了,我注意着动静,除了蝈蝈的聒噪和树叶的窸窣声什么也没有。妈、弟弟,都睡得很死,我有点气,家里来了什么人,也没人跟我说一声。

　　一睁眼,天亮了,好天气。今天要好好念诗,于是诗句排着队跑过来了。

　　院子里很清爽,破旧的西墙染上了太阳的红光,树叶的影子悠然地晃动着。天空滋润、晶莹,那么干净。一小块白云,一动也不动,好像已经挂在那儿好几天了。我深深吸了一口气。

　　家里人还都贪婪地睡着早觉,连蝈蝈也不叫唤,喝过了露水(人家都说,蝈蝈夜里喝露水),它也睡了吧?

　　我在前院的水龙头前漱了口,而且用凉水冲了脑袋。然后拿了个小板凳,放在过道小弟弟种的向日葵、西番莲旁边,开始念诗。

　　这新的一天,都和诗在一起,感动着我。

　　脖子上有个东西动弹,一抓,是个蚱蜢,我扔在地上要踩死它,弟弟在后边叫:"别,我刚逮住的!"

　　这个小家伙,拿虫子吓我来了。一回头,他两眼还迷迷糊糊睁不开呢,我说:"要弄死它,这是害虫。"

　　他翻了翻眼,许是想老师的话。"对了,是害虫。"他同意了,于是,我们一人踩了一脚,把蚱蜢踩得稀烂。

　　"你看见叔叔了么?"我问弟弟。

　　"看见了。"

　　"他什么时候来的?"

　　"昨天晚上。他说,要带我钓鱼去呢。"

　　我皱起了眉头。

　　妈妈叫我,有事情,我不情愿地合上了诗集。我和妈一块拾掇炉子,生火,准备做早饭。小煤球炉子破烂极了,炉膛里的泥巴净往下掉,我们和了泥,再往上抹。爸爸已经洗过脸,坐在小板凳上扇扇子、抽烟。叔叔还在东套间,来回走动着。

　　"那是我叔么?"我问妈。

"是啊。"

"真的?"

"还能有假的?"

"不是死了吗?"

"人来了就是没死呗。"

"干吗来了?从哪儿来?"

"不知道,你问你爸爸去吧,他有话只跟你爸爸咕叽。"

我妈这人就是这样,从她嘴里,别想打听出什么来。你不知道的,她更不知道,就算她知道,人家不让说她也不敢讲。

做好了早饭——片儿汤,爸爸叫我端一碗给叔叔送去。我去了,叔叔正一个人待在我屋子里发愣,瞧见我,赶快带笑地把碗接过去,说:"吆喝我一声,我自个去盛不得了?一家人还客气啥?"

我瞅瞅他的脸,不大精神,也没有什么特别的凶相。屋里,除了一个旧皮箱和已经解开的铺盖卷以外,并没有别的东西。

"还记得你叔吗?你叔可疼你哩。"他吹着碗里冒的热气,问我。

"不记得。"我挺干脆地摇摇头,走了。

再回到过道,继续念诗,可是心静不下来。想来想去满脑子净是"叔叔"。他就住在我的屋子里,这使人特别不安,那屋子虽然破,然而我是在那儿做习题、读诗歌的,我的入团志愿书也是在那儿填的,墙上还挂着我们班美术组同学画的毛主席像,不能让一个不明不白的人待在那里。

还是准备朗诵诗要紧,就剩两天了,再不加油哪行?要不我到同学家念诗去,叔叔,过两天再说。不,不行!如果把坏人从身边放过去,那就不叫团员了!

我盘算的时候,爸爸出来了,他该去市场出摊儿了。我说:

"爸爸,咱们户口单呢?"

"干吗?"

"给叔叔报户口去,好领油票、面票。"

爸爸对油票、面票是最感兴趣的,只要一发,马上就领。所以用这个理由比较合适。

"不用,他住几天就走。"

"那就报临时户口去吧。"

这时,叔叔走过来插嘴说:"不过十天,用不着报临时户口,政府的规矩我明白。"

我点头,叔叔走了。爸爸把我叫过去,小声下命令:"出去不许说你叔回来啦!"

"为什么?"

"不许说就是不许说!"他瞪了我一眼,我没搭理。

我回到院子,叔叔正帮着妈刷碗,他叫我在一边坐下,和和气气地说:

"报户口是好事,加强治安工作嘛。你这个小孩不错。是团员,队员?"

原来想说什么都不是的,可弟弟在一旁搭上了碴:"人家是团员,刚批准的,棒着哪。"

"好,好。"叔叔连连点头。

我噘着嘴说:"哼,刚入了团,恐怕就要退团哩!"

"为什么?"叔叔注意地问。

"团小组批评我落后,说我还不够团员的条件哩!"

这么一说不要紧,弟弟可瞪了眼了,他说:"姐姐,你,你怎么啦?"

"你少管!"我顶了他一下,他生气地走了。

叔叔却笑起来:"小丫头,倒有点出息。"

弟弟一天都对我不满意,我当着他的面说了假话,表示了对青年团的不满,这使他又纳闷又气愤。我找他一起修理钓鱼竿,他说:"不管。"找他下棋,他也不干。下午,他一个人待在屋子里,没事就拿起镜子,冲着镜子做鬼脸。后来又拿毛笔蘸了墨给自己涂鬼脸,先画上三道皱纹,又在眼睛周围圈上眼镜。

"弟弟,"我忍不住去告诉他,"你生我的气了,你真好。你难道不知道你的姐姐吗?我说的不是真话,我是想试验试验……"我用嘴向东屋努了努。

弟弟抬起了沾满墨的脸,眼睛在黑圈圈里一眨一眨。

吃完晚饭,他高兴地到北海过队日去了。我又坐在过道里弟弟种的向日葵旁边,手里拿起诗集,我的心却不在诗集上……

爸爸今天回来的比往常都晚,因为妈妈做的饭不合他的意,他骂起街来,脸色难看极了。

"他姥姥的,越活越没有活路了!"

叔叔问他怎么回事,他说一个星期前他从孙二傻子那里廉价买进一批再生的皮鞋——坏鞋重修的,他当新鞋往外卖,价钱便宜,买主不少。今天,一个三天前买了鞋的顾客找到摊儿上来了,说是底子折了要退。他不退,还说:"要结实您买铁鞋去!"人家问:"底子为什么这么容易折?"他说:"鞋是您穿的,怎么折的您比我明白!"那人见他要无赖,就找到派出所。派出所勒令他退了钱,并且警告他如果以后再弄些野鸡货蒙人,就要没收摊照。

他用手打着脖子说:"嗓子眼儿越来越紧,早晚没个好!"

听他这么嚷,我真按不住火,人家都欢欣鼓舞,怎么你嗓子紧,没活路?但争又有啥用?解放后他倒腾银元,取缔了;拉房纤,禁止了;去乡下收黏米面,赶上统销,又不成了。刁钻欺诈,他想的跟别人就不一样,自然会觉着道儿越来越窄。

听着他发怨言,骂政府,寻岔打架,已经不是一次。而每逢他发火骂街,我总是烦得像猫抓心似的。我的家和学校完全是两种空气。我巴望着快快长大,上了大学就好了。长大以后,我要离开这个家。

但我现在想的不是这些。我假装着在读诗,心里却一字不漏地

11

听着他们的谈话。

叔叔说:"大哥,你怎么了?你要装得老实一点呀,老实一点!"

他那"装得老实一点"几个字说得特别不可捉摸。

夜里十一点钟,弟弟才回来。他一回来就告诉我:"你知道我们的队日是什么吗?星星晚会。辅导员带我们去白塔,用我们自己做的望远镜看星星,星星真多啊,有牵牛、有织女、有北极……辅导员讲天文知识,讲关于星星的传说,还教我们跳星星舞。我扮的是扫帚星。"

妈和我都笑了。妈说:"快睡吧,别当扫帚星了。"

弟弟躺下,但他不睡。

"姐姐,"他忽然叫道,"赶明儿咱们能到星星上去吗?"

"能。"

"我能第一个去吗?"

"能,什么都能,睡吧。"我肯定地回答了他。

他睡了,脸上仍然留着兴奋和思索的痕迹。他大概在想星星,想天空,想了解一切和征服一切。可是我想的却是另外一回事……

太阳又出来了,叔叔仍然缩在东套间里。等爸爸走后,我找出从图书馆借的"肃清一切反革命分子学习材料",翻开一篇,就去问他:

"叔叔,您看,这一段我怎么看不明白呀?"

他拿起书,一看书皮就变了颜色,他狠狠地盯着我:"这,这……我哪儿懂!"他吃力地叫着。后来嘘了一口气,掏出了根烟叼在嘴里,划洋火,划了半天也没划着。我接过了火柴,划着了,给他点烟,为了使我的手颤得不太厉害,我使劲咬紧了牙齿。

下午,我刚拿起诗集坐到过道里,叔叔出去了,说是买火车票。他一离开,我又紧张,又庆幸。现在最重要的机会来了,要立刻搜查他的箱子,找出证据。

我把弟弟叫过来,我说:"弟弟,把红领巾戴上。"他马上就戴好红领巾,站在我面前。

"弟弟,你是队员,我是团员,咱们都是毛主席的好孩子,告诉我,对于反革命分子,应该怎么办?"

"应该?"他有点摸不着头脑,"应该杀了他!"

"对,应该杀了他!"我把他拉到身边,"咱们这个叔叔,我觉得他……"我把我的怀疑,不,我的判断告诉了他。

"那么怎么办呢?"他马上问,急迫地要求做一些事情。

"你把改锥、锤子、钳子找出来,我要弄开他的箱子检查检查。你到门口给我看着点,有人来,你就咳嗽。"

他转身要走。我想了想又说:"咱们再找妈谈谈去。"

妈妈正在绱鞋,我们的话吓了她,她慌得把针扎在自己的指头上。

"你们这是怎么了?"妈急得跺脚,"你叔明天就走了,走了就没有事了。你叔有了事,你爸爸也跑不了。你们别瞎闹啊!"

"您说谁瞎闹?他们俩鬼鬼祟祟,形迹可疑,人是黑人,心是黑心,不定打算干些什么坏事,您怎么能向着他们?"

"我向着他们?你爸爸要出了事,咱们一家全完了!"

"由着爸爸走坏道,咱不管,那咱们才真完了哩!"

妈揪住我:"我不能让你们……"

我猛劲推开她,急得快哭出来:"妈,您咋这么糊涂啊!"

妈往后退了,她那因烟熏火燎变红了的眼睛,流出了眼泪。妈平常很老实,也怪可怜的,在家里做牛做马,挨打受气。可是今天,她却那么顽固。我们伤了她的心……但,我却不想去安慰她。

我们找来了工具,弟弟去"放哨",我弄箱子。谁知,弄了半天弄不开。因为心急,我的手竟一个劲地哆嗦,汗水将我的衣服都湿透了。

正在着急的时候,却听见了妈妈的声音:

"给你……打开看看,有没有……"

我转过身来,妈妈站在我的面前,她的两眼哭得通红,颤抖抖的手里拿着一个破钱包。我愣住了——这是怎么回事呢?但我还是机械地把破钱包接了过来。

"黑了心……不得好报的……"妈妈嘟嘟囔囔地说着,一边用手擦眼泪。我耐着性儿听了半天,才听懂了她的意思。原来妈妈也很早就对那个"叔叔"起疑心了。前天她帮他洗衣服,从他的口袋里发现了这个破钱包,但是他立刻就抢去藏起来了。昨晚后半夜我已经睡熟了,妈妈却还没有睡。她听见"叔叔"还和爸爸在东套间里压低着声音谈话,就悄悄地到门外去偷听。只听见"叔叔"说:"……他来了,你就把箱子交给他……钥匙……在破钱包里……我连钱包留给你……"今天早晨,她到东套间去收拾床铺,在爸爸的枕头底下发现了这个破钱包。她把钱包藏了起来。妈妈多傻呵,她还想等爸爸回来以后跟他谈一谈,让他别跟着"叔叔"做坏事呢……

没等妈妈把话说完,我就紧紧地把她抱住了。随后,我又把她推开,迅速地打开了钱包。几张破票子,几张破纸头(我也没有细看),一些碎烟末……一把钥匙从钱包里掉了出来。

我拾起钥匙,立刻把箱子打开。看见那个包袱了,我又立刻把包袱打开来。但是,除了几件旧衣服,一叠钞票以外,什么东西也没有。

"这……可好了!"妈妈深深叹了一口气,说。

可好了?……可是,我不能信!

这时候弟弟也跑来了,我把事情的经过告诉了他。弟弟走到箱子跟前,气愤愤地把一件件旧衣服从箱子里扔出来。可是,当他把一件破大褂扔到地上去时,只听得咚的一声响。弟弟惊叫了一声,愣住了。我迅速地把破大褂拾起来,从破大褂的口袋里掏出了一支小手枪!

妈妈的哭声、弟弟的吵嚷,我都没有管,我拿一件衣服包起小手枪,又拿起破钱包,飞也似的向公安局派出所跑去。

天已黄昏,学校里要举行诗歌朗诵比赛了,我被同学们推着、拉着走进了学校的大门,一走进第二进院子,就看见几个潇洒的行书字:"我们爱诗",粘在迎风飘舞的横标上。夕阳的余光还没最后消失,照得四周的彩旗一边亮一边黑。一下子,台上明亮了,槐树上安的小红绿灯,也放出了微光。

主席致了开会词,然后宣布朗诵次序,从低年级往高年级排,头一个就是我,由我朗诵《玫瑰花的故事》。

我已经来到台上了,看到这么多同学,我感到温暖。她们专心地、信任地听着我,连呼吸都是小心翼翼的。我干什么呢?心里咚咚地跳着。我想的是:特务没有跑掉吧?公安局已经把他们抓走了吧?我真想把这件事对同学们说一说,可是现在怎么能说呢?

待得时间太长了,长得不像话。有一个人小声问:"怎么了?"另一个人告诉她:"在酝酿情绪。"这时候我才想到我是来朗诵诗的,可是我能朗诵什么呢?

我就从台上逃走了。

我藏在后台,别人想找我也没法找到。等到下一个朗诵者清楚、动人的声音吸引住大家的时候,我一溜烟似的跑到自己的教室里去了。

教室里空无一人,黑板上有几个字:"预祝比赛胜利"。

不知什么时候进来的团总支书记走到我身边,她激动地握住我的手,说:"小豆儿,我全知道了,你父亲和你叔叔已经被公安局抓去了,你做得好……"

我的心里一下子轻松了。我虽然没有朗诵出一句诗来,心里却比朗诵了一首最好的诗还要愉快……

发表于《人民文学》1955年第11期

春　节

　　坐在火车上,我静听车轮"咣当咣当"地响,这声音将把我送到北京,送到春节的欢悦里。

　　车厢里烟气弥漫,有人玩扑克牌,有人嗑瓜子,有人打盹。他们上车时候的高兴心情,都被这旅途的倦怠磨灭了。只有我,为自己的秘密所激动,幸福地望着灯火阑珊的远方。

　　车过丰台了,再快一点儿啊!

　　一年半前,我考到太原工学院。头年春节,由于表现自己的刚强吧,也许还有别的傻气的念头,我明明没事也不肯回家。错过了一个春节,再等第二个可就不那么容易了。

　　同学们真有意思,我回北京其实待不了两星期,可他们还成群结队地送我,我的好朋友——也是全班顶好的学生——金东勤,狠命地和我握手。上车十分钟,我就想他们了,再加上考试成绩不太体面(连一个五分都没有),我还真像有点心事似的……

　　不过,考试,同学,这已经成为"过去时"了,现在,家,就要到啦。

　　一进门,全家轰动起来。妈妈正在包饺子,小弟弟拿面杖敲着案板,大喊:"好哇,真好哇,哥哥回来啦!"谁都说我胖了,我一顿饭能吃七个馒头嘛! 只有妈说我瘦了,而且眼圈还红了红。

　　我往过去自己睡的铺上一靠,马上弟弟把全家的"物资"运送过来:

　　"哥哥,快吃! 这是南丰橘,这是国光苹果,这是榛子——可有好些空的,这,这是咱们家的剩馒头……"

而妈妈在一边嚷:"一肚子心火先别吃那些,擦把脸,烫烫脚,吃点挂面,睡一觉吧。"

就这样,旧历二十九,我回到了家。

大年三十儿,我排了一下午队,好容易买了两张戏票。往家走的时候,爆竹声已经密起来。

上高中的时候,我们班与女附中的同年级班建立了密切的联系,我们常一起开晚会、过班日、远足旅行。我也认识了她们班主席沈如红,我和她都爱看苏联小说,聊起天来词儿特别多。她的脸形,穿的衣服,都特别像小孩子。如果打上领巾,和人说话的时候眼睛一眨一眨,那么就没有人会相信她已经是高三的学生了。我们两班在一起时,她总爱嘲笑男同学,而我总是第一个起来反攻,互有胜败。毕业以后,她响应教育局的号召,留下当教师,调到郊区新成立的中学,没有升大学。一年半以来,我在太原,仍然常与她通信。她的信不多,但是充满热情和关心。从上了大学,我好像忽然懂得了,在我们的友谊中,有一种那么纯真、美好、值得珍惜的东西。真奇怪,中学时代竟没有觉得,等到离得远了,她却万分亲近起来。她从北京写给我的每一封信,都被我读了又读,想了又想,于是不论上课、打球、散步,我都感到她就在自己的身旁。这次春节回北京,我已经下了决心,要去看她,去和她谈,也许幸福就落在我们身上。我和金东勤说过,他赞成,而且祝福我。

大年初一,我拿着两张戏票出城找沈如红去了。

来到校门口,简直难以相信一会儿就要见着她。她胖了么?眼睛是不是还一眨一眨?对我来,惊奇?欢迎?还是冷淡?我请她看戏,她高兴吗?虽然我并不迷信,却恨不得对着什么祈祷一回。

沈如红跑出来,没等我"观察"她的神色,就拉着我到她屋里去。她说:"我想,你今天一定会来。"我说:"我在太原,怎么今天一定会来?"她说:"过春节了你还不想妈么?想妈,还能不来北京么?来北京,还能不找我来玩么?"从她谈话的口气,我猜,她一定是教几何的,这样懂得逻辑推理。

我按照早在太原就准备好了的,和她神聊起来。我谈山西的酒和醋,学山西话,描绘工学院教授们的形形色色,谈第一遭出远门的感想,我谈的都是有趣的、逗笑的、生动的。我希望自己的每一句话都使她快活。

她听着,慢慢地点头,眼睛不眨,也没有笑。

我有点不好意思了,一见面就是我自说自笑。于是我说到半截打住了。

她这才笑了,说:"你呀,还跟从前一样淘气。"

淘气,淘气,我难道是小孩子?我没回答,打量她住的屋子。一间小西房,简单而干净。小书架上堆满了书。全屋只有一件"贵重物品":桌上放着一个留声机。

"好阔气呀!"我摸着留声机,问她,"多少钱买的?"

她脸微红着告诉我,一星期以前,学校评奖优秀教师,她当初一的班主任有成绩,得了这个奖品。

"你真好!"我去握她的手,"把你的优秀事迹告诉我吧。"

"哪有优秀事迹?"她分辩说,把手从我的手里抽出来,扣好上衣的一个扣子,"我喜欢孩子,他们也喜欢我。就是这么回事……"

她有点变了,不是头发的样式,不是长相,不是说话的声音,变了的不在这里。在她说我淘气的时候,在说到"我们班的孩子"的时候,我觉得我面前真的是一个大人,一个老师了。这种感觉使我不由对她尊敬起来。

"刚当教师的时候,我还为自己的前途惋惜呢,特别是接到同学们的来信,情绪就更波动。你记得我们班的学究、近视眼的黄书萱吗?她现在在莫斯科大学学物理。同学们有的留苏,有的上大学,我却留下教书,可是,孩子们教育了我。为了这样的孩子,难道不应该献出一切吗?我就这样扎下了根,在这儿生长起来了。"

我想:她的心灵是多么高尚呀。

"大学生同志,你过得好?"她问我。

"就算不坏吧。"我马马虎虎地说。

我又想起来,问她:"黄书萱在莫斯科哪儿?"

她说:"她们可棒了,她学了一年俄语,去年九月到的苏联。就在我们唱的那个'列宁山'上。她说,在那儿上课,俄语跟不上,开头跟驾云呀似的。啊,我这儿还有她的信呢。"

她拿出莫斯科寄来的信。我好奇地、羡慕地看着信封上的苏联邮戳,我原来也被保送去考留苏预备生,因为功课不好没考上,黄书萱的信使我想起这段伤心的事,脸也红了。

"邮票呢?"我问她。

"送给孩子了。"

这时听见一片喧闹,有人敲门,沈如红的眼睛亮了,她骄傲地告诉我:"我的学生们来了。"

"老师过年好!""老师您好!"六个矮矮的男女学生围上沈如红问好,沈如红一一地回答了他们。

他们瞧见了我,小声问她:"这是谁呀?"

沈如红说:"他姓王,我过去的同学。"

"王老师您好!"大家向我行礼。

"我可不是老师!"不知怎的,这些学生来,使我不太高兴,他们使我不能单独与她在一起。

"老师,您看!"一个孩子掏出一个泥捏的小娃娃,送给沈如红。又一个孩子拿出自己做的书签,书签上画着滑稽人。第三个孩子拿出一艘用粉笔刻成的精致小船。最后一个孩子拿出一个面刺猬,他说:"老师,您要是看腻了就可以把它吃喽。"大家都笑了。

沈如红拉开抽屉拿出一摞小本子,送给他们每人一本。他们要求沈老师为他们写几句话,于是她仔细地一本一本地写起来。孩子们围着她、挤着她,目不转睛地望着她。

我羡慕地看着他们。孩子们挨沈如红那么近,沈如红扶着他们的肩膀,摸着他们的头发。我听着他们的话声和笑声,老师和学生的声音混在一起。相形之下,我悲苦地觉得,对于沈老师,我这个"淘气的"大学生又算什么,还不如这些孩子,更亲近,更可爱呢。

沈如红组织他们开起联欢会来了。一个孩子唱歌,一个孩子说笑话,一个孩子学口技,喔喔喔,咕咕咕,公鸡母鸡都来了。沈如红又给他们讲了一段童话,安徒生的《海的女儿》……怎么没个完啊?我气恼了,气沈如红:你忘了我吗?什么时候才能把这些小鬼打发走?也气这些孩子:真讨厌,你们就瞧不见沈老师这里有一位"远方的客人"吗?最气的,还是自己:你满腔热情地从太原来到北京,买了戏票,大年初一不陪妈妈、弟弟玩,倒跑到这里"罚坐"!

"请王老师来一个吧!"送刺猬的小孩提议。

他们鼓掌。

"我什么都不会。"说完我就走到一边,看着窗子。玻璃上映出沈如红的影子,她抬起头来,望着我。我回头一看,遇到她那样深重的责难眼光,我不知所措……

沈如红说:"来,我们听张唱片吧。"看也不看我,就去打开留声机,上紧弦,开始放唱片。

> 穿过朝霞太阳照在列宁山,
> 迎接着黎明多么心欢……

温柔的男高音唱起来了。在我的中学时代,我们曾经多少次地唱这支苏联歌曲呀。我们班和她们班,我和她,曾经多么亲切地共同唱这支明朗的歌儿啊。

后来孩子们走了,已经快到十二点。我应该说点什么了,否则一切希望就要破灭。我口吃地说:"我喜欢这个歌。"

她点头。

我说:"我们一块唱过。"

她说:"大概是的。"

沉默了一会,我憋红了脸,急急地说出来(因为稍一停顿我就说不下去了)。

"下午你有空吗?一齐去听京戏吧。我买了票,听完戏,咱们聊聊……"

她说:"你一提下午我想起来啦,你记得周大个儿吗?"

"周大个儿是我们班的同学,当然记得。"

她高兴地告诉我:"周大个儿可不简单呀!他上了体育学院,当上排球选手啦。你知道他是用左手杀球的,总是出人不意地取胜。去年保加利亚排球队来的时候,他还上场了呢。今天下午,他们有一场排球表演赛,送了我一张票。对了,你去不去?你要去,我给他打个电话再要一张。"

原来是这样。那个周大个,那个说话嗓音像破锣、数学考过五十分的周大个儿居然成了选手,居然受到沈如红的赞美,沈如红说他"可不简单啦"。不简单,不简单……

看来,我只有走了。

沈如红留我吃饭,我摇头。沈如红和我谈天,我结结巴巴答不上来。我告辞了几次,走出来。她说要送我走一段路,我也拒绝了。最后我们握手,我无望地紧握着她的暖和的有力的小手。

快到京戏开演时间了,我得赶回城里。进城后,买了两个馒头,迎着风,一口一口地啃着馒头,走向戏院。

谢谢张云溪和张春华,他们的精彩表演——《猎虎记》,使我暂时忘掉了上午的不愉快,跟着他们,走进了一个勇武豪侠的世界里。

回到家,晚饭吃得很少。妈妈以为我病了,摸着我的脑门试温度,又问了我老半天。

夜里,躺在床上,总也睡不着。爆竹声一直不断,一声比一声急。还恍惚可以听见小孩的叫喊、女人的笑声和"春节特别广播节目"中的音乐。人人都欢度春节,可我呢,我翻来覆去,久久地思索:这次回家,这次过春节,是什么破坏了我的兴致,使我烦恼起来?因为沈如红吗?不,事实上我没向她表示什么,她也没拒绝,但是我不想再表示什么。从太原到北京,一路上曾经那样使我幸福、使我迷恋的东西,好像已经不重要了。这一切是怎么回事?

渐渐地,渐渐地,我懂了。来到北京,来到老同学的身旁,我觉得我缺少那么一种东西。在沈如红的留声机中,在她和孩子共同的笑声里,在《列宁山》歌儿的旋律中,在周大个儿的排球上,在黄书萱的莫斯科来信中,以至在京剧演员张云溪的筋斗里,都有一种那么充实、那么骄傲、那么使人羡慕和使自己仿佛变得高大起来的东西。我呢?马马虎虎地上了大学,空着手回到了故乡,什么都没有。

生活里常常这样,他按照作息时间表起床,工作,生活,一切都很顺利,一切也莫过如此。但是,一旦向四周一看,自己已经远远地落在后头,于是,心疼痛了。

第三天,接到金东勤的来信:"……现在是三十儿晚上,给你写信。你高兴吧?有个家在北京真是天大的福气。告诉你,我们这儿也很好,现在正举行化装舞会呢……我和小胖商量好,一过初三就组织个补习俄文的小组,咱们班不是俄文没考好么?可惜你不在,要不然可以当咱们组文体干事,咱们一块学习……"

这信,我看了又看,然后告诉妈妈:"明天我就回太原去。"妈妈和弟弟纳闷,也有点难过,我明明还可以再住十天,一年半没见了,回来了又急着要走。可是,我不能等了,我想立刻回到学校,学习、读书、锻炼身体,和同学们在一起,往前赶,往前攻。原谅我吧,妈妈!

当我坐着火车,在汽笛声中缓缓离去的时候,偷偷掉下了一滴眼泪。是舍不得自己的家吗?我已经是大小伙子了。是惋惜春节过得太快?不如说是留恋。旧日在一起的姑娘们呢?她们都很好。春节过得热闹、轻松,而且满足。而且今年春节来得早,雪都快化了。

生活在飞,人也变了,他们都有的可夸耀,得奖啦,当选手啦,去苏联留学啦。瞧沈如红和孩子们这个笑哇,笑得房都要塌了。连张云溪得的掌声都比往年多,他谢了七次幕。

　　我咬了咬牙,那真正辉煌的生活是要到来了。等明年春节,我就要放着一片金光回家来喽。那时候我去听戏,去找沈如红,去看周大个儿的排球……

　　就是为了这,我离开北京的时候想了老半天;就是为了这,我坐在火车上忍不住掉下泪来……

　　　　　　　发表于《文艺学习》1956 年第 3 期

冬　　雨

今年冬天的天气真见鬼,前天下了第一场雪,今天又下起雨来了。密麻麻的毛毛雨,似乎想骗人相信现在是春天,可天气明明比下雪那天还冷。我在电车站等电车,没带雨具,淋湿了头发、脖子和衣服,眼镜沾满了水,连对面的百货店都看不清。右腿的关节隐隐也作痛起来。

下午有几个学生在我的课堂上传纸条,使我生了一顿气。说也怪,当了二十年小学教员了,却总是不喜欢小孩子,孩子们也不怎么喜欢我,校长常批评我对学生的态度不好。细雨不住地下,电车老不见来,想想这些事,心里怪郁闷。

当当当,车来了,许多人拥上去,我也扯紧了大衣往上走,在慌忙中,一只脚踩在别人的鞋上,听见一个小伙子叫了一声。

我上了车,赶忙摘下了沾满了水的眼镜,那年轻人也上了车,说:"怎么往人脚上走呀!"我道了对不起,掏出手帕擦眼镜,又听见那人说:"真是的,戴着眼镜眼也不管事,新皮鞋……"

我戴上眼镜,果然看见他那新鞋上有泥印子。他是一个头发梳向一边的青年,宽宽的额头下边是两道挑起来的眉毛,眼睛又大又圆,鼻子大而尖,嘴里还在嘟哝着,我觉得这小伙子很"刺儿",对成年人太不礼貌,于是还他一句说:"踩着您的新鞋了,我很抱歉。不过年轻人说话还是谦和一点好!"

"什么?"他窘住了,脸红了,两道眉毛连起来。我知道他火了,故意轻轻地、倚老卖老地咳嗽了几下。

就在纠纷马上要爆发的时候,忽然电车的另一边传来一阵掌声。

怪事,电车上该不会有人表演杂技吧?我们俩回过头,只见那边一部分人离开了座位,一部分人探着身子,注视着车窗,议论着、笑着。

我不由得走过去。原来大家是围着一个小姑娘。那小姑娘梳着小辫子,围着大花围脖,跪在座位上,聚精会神地对着玻璃。再走向前一步看,才知道她是在玻璃上画画。乘客呼出的气沾在密闭的窗玻璃上,形成一层均匀的薄雾,正好作画板。那小姑娘伸出自己圆圆的小指头,在画一座房屋。她旁边座位上跪着一个更小的男孩子,出主意说:"画一棵树,对了,小树,还有花,花……"小姑娘把头发上的卡子取下来画花,这样线条更细。我略略转动一下目光,哎呀,左边的几个窗玻璃上已经都有了她的画稿了。一块玻璃上画着大脑袋的小鸭子,下面有三条曲线表示水波,另一块玻璃上画着一艘轮船,船上还飘扬着旗帜,旗上仿佛还有五颗星。哈哈,这一块玻璃上是一个胖娃娃,眼睛眯成一道线,嘴咧得从一只耳朵梢到另一只耳朵梢……回过头来看,她的风景画刚刚完成,作为房屋、花、树木的背景的,是连绵的山峰,两峰之间露出了太阳,光芒万丈。

"这个更好!"一个穿黑大衣的胖胖的中年女人说。

"好孩子,手真利落!"一个老太太说。

"真棒,真叫棒!"售票员笑嘻嘻地从人群中退了出来,又恢复了那种机械的声调,"买票来,买票来,下站是缸瓦市!"

车停了,下车的人在下车以前纷纷留下了夸赞小画家的话。那女孩好像根本没有听见这些议论,只是向身旁的男孩说:"弟弟,再画一个好不好?"男孩连连说:"好,好,再画一架大飞机!"两个人就从座位上下来,向右边没有画过的窗玻璃走去。车上的人本来不少,又聚在一端,就显得很挤,但大家自动给他们让了路和座位。隔着许多人,我只看见那小画家的侧面,她的额上、鬓上的头发弯曲而细碎,她的头微扬着,脸上显出幸福和沉醉的表情。她弟弟的样子却俨然是姐姐的崇拜者,听话地尾随在姐姐后面。

车到"平安里"了,小画家已经在所有的玻璃上留下了自己的作品。她拉着弟弟准备下车,别人问她在哪儿上学,叫什么名字,她只是嘻嘻地笑,没回答。我退到车门边,欣赏着她天真活泼而又大方的样子。她就要下车了,忽然目光停留在我身上,然后深深地给我鞠了一个大躬:"赵老师!"她的弟弟也随着给我鞠了个躬。

"这难道是我们学校的学生?"我大吃一惊,想看看她胸前戴着校徽没有,她已经下去了,在车外边一蹦一跳地走在细雨里,很快地消失了矮矮的身影。

所有的视线都集中到我身上了,一个老年人向我伸出大拇指:"这是您的学生啊?真不简单。"售票员一边给乘客找着零钱,一边质朴而滑稽地说:"唉,我要能当教员,有这么好的学生,一天少吃一顿饭都高兴!"所有的人都友善地、羡慕地、尊敬地看我,使我一时手足无措,只好哼着哈着往电车的另一端走,一转身,正好看见那被我踩了新鞋的小伙子,才想起这儿还有一场未了的纠纷。那小伙子看见我,想躲开,又躲不开了,露出了一种怪不好意思的样子。

阴天,时间虽然不算晚,车里的光线却暗下来了,于是售票员打开了电灯。大家立刻都愣住了,因为那"玻璃画"在灯光下获得了新的色彩,栩栩如生,好像我们坐的不是环行电车,而是,而是什么……那车的窗户,全是雕了花的水晶做的!

电车上的乘客亲切地互望着,会心地微笑着,好像大家都是熟人,是朋友,我对面有一对年轻的恋人靠得更紧了……好像有什么奇妙的东西赋予了这平凡的旧车厢魅力,使陌生的乘客变得亲近,使恶劣的天气不再影响人的心绪了。

至于我呢,我说不出心里是什么滋味,只是呆呆地看着窗外的细雨——雨点已经变成了小小的霰粒。

发表于《人民文学》1957年第1期

眼　　睛

星期日下午六点,镇文化馆值班员苏淼如,在书库——也是他的办公室里,埋头写信。

亲爱的芹:

……………

我每每回忆往事,关于志愿、理想、走向生活,我们想过、谈过、写过多少美丽的图景啊。哪一个学生没有梦见过自己发明了万能工作母机,或者飞到了海王星上呢?这些天真的、可爱的、大吵大叫的幻想,一旦接触到实际,就被那冷静的现实生活迅速地、不言不语地、心平气和地给粉碎了。谁能想到,我,一个高等学校毕业生,会被分配到这个乡间小镇的文化馆,和连环图画、幻灯片打起交道呢。

苏淼如把笔放下,点起了一支烟。他听着木板外边报刊阅览室里人们踮起脚走着路,到报架子旁边翻看和调换报纸的声音,还有人在轻轻地咳嗽。他吸了一口烟,默默地看着高大的书架中间的秋阳的夕照,有许多微尘在光束里浮动。他嗅见了一种熟悉的气味,有旧书上读者的手指留下的汗污味,有陈年的纸张的霉潮气味,有新书的油墨味,有书架的木料与油漆挥发的气味。还有木板那边传来的农村青年读者身上的气味。总之,这是一种乡村图书馆特有的、必有的混合气味。这种略略酸苦的气味一钻入苏淼如的鼻孔,就使他不能不想起自己狭窄的、不如意的、默默无闻的生活,使他十分忧郁了。

他把烟放在桌角,继续写下去:

> 我害怕下午,害怕夕阳把橙黄色的光投照在东墙上,这阳光逼迫我不能不感觉到,日子在一天一天、永无休止地流逝………

他皱皱眉,又写:

> 当然,我只是和你谈谈而已。不告诉你,又告诉谁呢?至于工作,我还是会好好地做。我会努力振作自己,更希望不要影响你的心绪。领导上对我说,几年来的灾害给国家带来了一些困难,目前,不是处于一个事业大发展的时期,说让我在下面工作一段时间,锻炼锻炼,会有许多好处。谁不知道这些道理呢?但是,过去昼夜盼望着的未来,毕竟不是这样的啊……

啪啪啪,有人敲响借书窗口。

苏淼如翻过信纸,一手拿起烟,一手打开小窗,看也不看地说:

"同志,借书时间已经过了。"

"不,您得帮忙。"回答的是一个急切的、清脆的女音。

苏淼如这才低下头,把脸凑近窗口,他看见一双乌黑的,燃烧着热情和希望的眼睛。是一个农村姑娘,穿着花衬衫,梳着短辫子,两只小辫一边系着一块小手绢,她的额头沁满了汗珠,她的身后还有一个姑娘。

"这面孔倒像哪里见过似的。"苏淼如想,他皱着眉,问:

"什么事?"

"我们要借一本《红岩》。"

"《红岩》?"苏淼如淡淡地一笑,"早借光了。"他笑她们把借《红岩》想得如此轻易。

"我们需要《红岩》,明天晚上过团日,动员秋收,我们要朗诵《红岩》里的几段,鼓舞青年们。"

"咱们这儿有八本《红岩》,都分到各大队去了。至早也得一个月以后才能收回来,你们可以先登一下记,等有了,我们通知你。"

"那不行,我们急着用呢!我们是紫李子峪村的,您给我们找一本吧,我们保证爱护图书,按时归还……"这姑娘执拗地紧盯着苏淼如说。

"不是和你说了么!"苏淼如不耐烦了,"没有,就是没有。"

"那——"那姑娘的眼神显出失望的样子,她拉一拉她的女伴的衣角。

"别的书,《朝阳花》?"身旁的女伴说。

"《朝阳花》《创业史》《红旗谱》《革命烈士诗抄》,全部都借出去了。你们要看长篇小说,这儿只有翻译书了。"苏淼如伸手从书架取下了几本大部头的书,放在小窗口。

那姑娘翻了翻拿给她的精装书,眼睛困惑地眨一眨,问道:

"这书,能配合动员秋收么?"

"这些书,包括《红岩》在内,都是文学名著,都不是动员秋收的宣传材料!"苏淼如一个字一个字地重重地说,那姑娘的无知和啰嗦使他有点气恼。他粗鲁地夺回了木窗下的书,转过身去,把书放回原处。

"劳驾,同志,请您告诉我,到哪里可以找着《红岩》呢?"那姑娘仍然耐心地请求他。

"哪儿也没有。新华书店来过几本,"说到这里,他停顿了一下,"十分钟就卖光了。"

梳短辫子的姑娘听了,眼光一下子变得那样沮丧,使苏淼如也感动了,他叹了口气,说:

"县图书馆阅览室倒是有一本,但那是只供在那儿阅读的……"

"一定有吗?"不等他说完,那姑娘就急着问。

"一定有,可是……"

姑娘不听他的"可是",扭头拉上自己的同伴,说:"走,咱们上县城去!"

"不成,不成,"苏淼如连忙摆手,"那本书不外借!"

"没关系。"姑娘一边回答,一边拉上她的女伴,走了。推门的时候,隔着小窗,苏淼如看到她的黑半截裤下裸露的小腿,腿上蒙着一层多么厚的灰土啊。

苏淼如略略一愣,推门追了出去,来到街上,两位姑娘已经走了老远,苏淼如用手在口边拢成一个喇叭筒,喊道:

"喂,你们别去了!通往县里的班车已经过点了……"

"不要紧,我们走着去!"那姑娘转过身,向他招手,去了。

苏淼如拖着缓慢的步子往回走,不知为什么,他有一种惘然若失的感觉。

闹钟响铃,到了闭馆时间。报刊室的读者开始散去。苏淼如习惯地过去整理一下杂志,在借书窗口的下面的地上,他看到了从那两位姑娘的鞋子上落下的黄泥巴。

"真是个热情的好姑娘!"苏淼如微笑了。

把《科学大众》从桌子角放回原处,再把《河北日报》的报夹子拧紧,然后,他回到那高大的书架边,他的写字台前,他略一迟疑,拉开抽屉,拿出了一本红光耀眼的新书——《红岩》。

他看了看四周,好像怕被什么人看见似的。然后挥一挥手,驱掉心头出现的一股愧意,无限珍爱地、小心翼翼地打开书,掏出笔,甩一甩水,深情地在扉页上题道:

给亲爱的芹
　淼如购于一个偏僻的小镇

　　　　　　　　　　　　　初秋

他继续写信:

　　…………

寄去你最喜欢而又求之未得的书。可真难弄!新华书店的小刘尊敬我这个大学生,特地给我留了一本。这也算是"走后门"吧。你还想看什么书？需要什么？如果我能为你办点事，那就是最大的幸福。告诉你吧……

第二天一早，苏淼如去邮局寄发自己的书和信。邮务员是一个快活的、和谁都一见如故的女孩子。她接过挂号邮件，问道："什么书？"

"《红岩》。"苏淼如不经意地说。

"《红岩》？！"邮务员惊叫了一声，看了看收件人的姓名、住址，调皮地说，"她可真福气。"

由于矜持，苏淼如没有说什么。其实，他也分明因为那邮务员的惊羡而觉得满足了，他轻快地信步走到柜台的右边，翻看最近的期刊。还有什么比为自己心爱的人做事更使人喜悦呢？他的信，他的书，将要沿着铁路、公路，走向城市，送到他的未婚爱人手里，当魏芹打开邮包的时候，一抹笑意会使她的面容更加美丽……

他随手捡起了一本《中国妇女》，一眼，他看见了一个熟悉的面孔，梳着两只短辫，睁大眼睛，热情地、执拗地注视着他。

是谁？

他用手指着杂志的封面，结结巴巴地问那邮务员："她，她是？"

活泼的邮务员一跳一跳地走了过来，大笑着说：

"您呀，您连她都不知道？她就是林——燕——子！"

林燕子？

他听说过，就在他们县，有这么一位鼎鼎大名的林燕子，她是改造荒山的英雄，知识青年参加农业生产的先驱。她出席过群英会，代表中国青年参加过世界青年联欢节，访问过朝鲜。《中国青年报》曾经整版刊登过她的事迹，中央新闻纪录影片厂还曾经为她拍摄过电影……

"她是哪个村的人？"

"紫李子峪！"

苏淼如脑子里"轰"的一声，他嗫嚅着抄起了杂志就走，不顾邮务员提醒他:"每本一毛六分钱。"

回到文化馆,他双手捧着《中国妇女》,一遍又一遍地端详着林燕子,一遍比一遍看得真切,一遍比一遍看得明白:

是她!

他马上给县图书馆挂电话,找着了新来的管理员小伍。

"喂,昨天晚上,紫李子峪村的两个女青年,到你们那里去了么?"

"来了,她们刚刚乘车走。"

"什么?"

"是啊。她们真了不起,走了五十里的山路去到你们镇,又徒步二十里来到咱们县里。她们拿到《红岩》,整整在阅览室抄写了一夜,她们抄下了需要的几段,说是要在团日上朗诵呢!"

"你怎么不把书借给人家?"

"是啊,她们的精神实在感动人,我已经答应可以破格把阅览室的书借出去,但是那个梳短辫子的姑娘说:'为什么要对我们特殊呢?现在,需要《红岩》的人是很多很多的。'"

"你知道她是谁吗?那个姑娘?"

"谁?"

"林——燕——子!"

苏淼如把电话挂上,重重地喘着气。谁想得到,一个用布手绢系着小辫,穿着黑半截裤,满腿泥土的小姑娘,竟是全国闻名、上过报、出过国的英雄!她是那样热烈、匆忙、谦和、朴素。不达目的决不休止,而又严守制度,照顾别人。这正是英雄本色!怎么他昨天一点也没想到,一点也没有看出呢?他的眼睛真是平庸、迟钝、糊涂!林燕子来到这小小的图书馆向他借《红岩》,而他居然那样冷淡,那样不负责任……要知道,就在林燕子奔波七十里,夜抄《红岩》的时候,他正为将给未婚妻寄去那本书而踌躇意满地鼾睡呢!

林燕子像一道闪电一样地照亮了他灰色的生活,青春、功勋、荣誉……他感到一种巨大的光明和温暖,他害怕失去它们,他必须紧紧地去靠近,去抓住……

还可以补救!紧张中苏淼如变得格外聪明。现在是八点十七分,火车还没有来,他的《红岩》还没离开此地,可以赶紧去把邮包索取回来,然后立即去紫李子峪,把《红岩》给林燕子送去,告诉林燕子:

"知道您急需这本书,我特意找到给您送来了。"

林燕子呢,一定会感激地握住他的手,说:

"谢谢您!"

他怎么回答呢?他要说:

"不,是您教育了我。"

正当苏淼如兴奋地准备出门时,电话铃响了。

县图书馆。小伍来电话说:

"老苏,告诉你,我们'调查研究'了一番,昨天来的那姑娘并不是林燕子。"

"什么?不会的!"

"不是林燕子。第一,林燕子今年已经二十七岁了,而那姑娘,看样子不过十八九岁。"

"二十七岁?不会吧?你看到这期《中国妇女》了没有?封面上有林燕子的像,年轻得很哪!"

"唉,那还不是制版的人的能耐!他们把你的照片印出来,一看,年轻了十年。还有第二呢,林燕子现在是长关公社的主任,那姑娘,可不像主任……"

"那……那也不……不一定……"苏淼如困惑了。

"还有第三呢,我们这儿有人认识林燕子,他也看见昨天来的姑娘了,他说根本不是……"

"唉,你怎么不早说这个第三点!"苏淼如颓然放下了电话,像一个泄了气的皮球,自语道:"原来如此!"

现在，一切都弄清楚了。苏淼如擦着汗怨自己太沉不住气，又怨杂志刊登人物照片时的修版未免太狠。渐渐地，他有点失望，原来，在他的平凡枯滞的生活里，并没有戏剧性地出现这样一个光芒四射的英雄。而林燕子，毕竟是公社主任了，与昨天来的那个普普通通的小姑娘，和他——一个默默无闻的"小干部"，有着不小的距离。

"这也好，不必把已经寄出去的书要回来了。"

苏淼如安慰着自己，开始登记书店送来的新书。

《中国蔬菜优良品种》：乙 1085，《猪瘟防治法》：乙 0293，《人物肖像画初步》……嗬，来了本美术书，肖像……奇怪，那姑娘的肖像怎么和林燕子那么相仿呢？她究竟是谁呢？

他抬头看了看《中国妇女》，林燕子的那两只眼睛，不就是昨天隔着小木窗盯着他的那一双吗？奇怪，竟是一模一样。也许，她是林燕子的妹妹？别胡思乱想了。《肖像画初步》：庚 0096，《和青年朋友们谈人生观问题》：甲 0947，《什么是青年人的远大理想？》：甲 0948，……有意思，人生呀，理想呀，在他十六年的学生生活里谈过上千遍，可怎么什么也没弄明白呢？就说林燕子吧，她的理想，她的人生……啊，又是林燕子！

尽管苏淼如一次又一次地告诉自己：经过"调查研究"，肯定她不是林燕子，那么，她来借书等等，也就不算什么了不起的事件。而林燕子也就和他的生活毫无关系，他完全不必再想她和林燕子。但是不，他做不到，在他的思想里，左也是林燕子，右也是林燕子……

于是，他干脆挪开书，拿起《中国妇女》，激动地阅读林燕子的事迹，当他读到林燕子带领社员们，在冰天雪地之中开山劈石，一篓篓地从河滩背客土①，在自古以来的荒山上叠起一堰堰的梯田，种上了庄稼的时候，他的眼睛润湿了。

---

① 客土：从别处运来改良本地土壤的土。

苏淼如深深地沉浸在林燕子的斗争和生活里边,文化馆的馆长开门进来他都不知道,直到馆长走到他的身边。

馆长亲热地问候他早,告诉他说:

"刚才,长关公社主任林燕子来电话……"

"什么?"苏淼如霍的一下站了起来。

"林燕子来电话说,"馆长没有注意苏淼如的异常的反应,继续说,"下月九号,他们公社召开还乡知识青年积极分子大会,她请咱们文化馆去一个人讲讲文艺阅读的问题。我们考虑让你去。"

"我?讲文艺阅读?我讲不了。"苏淼如慌乱地说。

"不要谦虚嘛!"馆长亲切地拍一拍他的肩膀,"我告诉林燕子了,咱们这儿来了一位大学生。她特别欢迎,她说,还盼望你到村里去,给青年们讲一讲《红岩》。许多青年想看,找不到书。"

"我、我、我不行啊!"

"有什么不行呢?去干吧。现在农村知识青年增多了,一定要把文艺阅读的辅导工作抓起来。有困难,咱们一起商量吧。大家对你的期待很不小呢?"

馆长走了,苏淼如呆呆地站在那里。

瞧,这一次是"真正的"林燕子出现了!林燕子要求他,不,是命令他去工作。

从昨天下午,林燕子——"真"的林燕子和"假"的林燕子,闯入到他的生活、他的有着特殊气味的图书室来了,他没有丝毫准备,他的心被搅得波浪滔天。无论怎样,他也躲不开她们的明朗的眼睛的逼视。似乎有许多问题,许多重大的、关于他的道路和命运的问题等待着他去好好地想一想,想一想……

怎么办呢?

他点起一支烟,使自己平静,然后缓缓地走到窗边,向外望去。

秋天的晴空,晶蓝如玉,细鳞似的发光的白云,伸展成大扇面形,使白云下的庄稼显得葱郁黑碧,夹着大棒的玉米,弯着头缨的高粱,还有一大片谷子——那是"刀把齐",那是"大白",苏淼如最近才学会了辨认几种谷子——都长得十分茁壮。大路上有膘肥体壮的青骡子驾着大车,车上装着堆成小山似的茄子、冬瓜。大路这边,社员正在浇大白菜,苏淼如似乎嗅得见地里的芳香的新鲜的沁人心脾的生菜味儿。

"今年会有一个多么好的收成啊!"苏淼如快乐地想,"那姑娘把《红岩》当做动员秋收的传单呢。"他笑了,但是,不等他笑出来,一个尖锐的思想突然钻进他的头脑里:

"如果说她们用《红岩》动员秋收是亵渎了文学,那么我呢?我的一切,我的情绪和我随着《红岩》一起寄走的信,又算是什么呢?"

这个思想是这样严厉,这样尖刻,像一把匕首一样指向他的胸膛,他战栗了。

他哆哆嗦嗦地走回办公桌边,马上拿起笔办公。

《刘胡兰小传》:丙5033,《向秀丽》:丙5034,《在……》,慢着,他又有了新的发现。

他拿起《刘胡兰小传》和《向秀丽》,凝视着倔强无畏的刘胡兰和质朴磊落的向秀丽,再看看《中国妇女》的封面,他恍然了。

原来,不论是刘胡兰,是向秀丽,是林燕子,不管每个人的年龄、经历、事迹、面孔有着怎样的不同,她们都有着一样的眼睛。清亮的,充满热情的,望得很远、又很坚定的眼睛,这些眼睛注视着他。

原来——他这才明白,那个前来借书的小姑娘,是不是林燕子,这是并不重要的。重要的是,她,她的女伴,还会有许许多多的年轻人,都有着和刘胡兰、向秀丽、林燕子一样的眼睛——一样的心。

苏淼如跑去找馆长,说他要下乡了解情况,同意准备一下,好给长关公社的青年作报告。馆长赞许地点了头。于是,他急急向邮局跑去,在那多嘴的邮务员惊愕的注视之中索回了邮包,取出了《红岩》。他兴高采烈地跑出来,在明丽的秋阳的照耀下,他要翻山越岭到紫李子峪去。他必须在晚饭以前把书送到那里,必须赶在她们的团日举行之前。

发表于《北京文艺》1962 年第 10 期

夜　　雨

窸窸窣窣……

莫非今夜仍然没有雨？

傍晚天空的几朵乌云，带给秀兰和她的乡亲们多少希望啊。可是现在，她躺在炕上，黑暗中睁大了两只渴望的眼睛，只听得小风吹响大核桃树叶子的声音。

小麦正在灌浆，核桃已经坐果，谷黍还没有出齐青苗，白薯栽秧刚刚开始……一切都仰望着阳光呆呆的天空。

黄旱经年，今春又是全无滴雨。河滩上挖了三丈深才见水。从那里灌满两桶水，挑到山顶的梯田栽白薯。挑一趟，汗水就湿透大小衣衫。今天，和小伙子们摽在一块儿，秀兰挑了三十九挑水。明天，她要挑……

明天，她要挑……明天……

明天她去做什么呢？她的嘴角显出了一丝笑意，笑她自己怎么那么痴。明天，她就要离开这个干旱的山村，到城里办喜事去了。她父亲给她找的对象——一个挺漂亮、挺和气的工人。

真是有点不可思议，她自己也说不大清楚。她——去年才还乡生产的初中毕业生，一个十九岁的、羞怯寡言的女孩子，要结婚了，要当大人了，要离开农村，到城市去了。这可是她过去做梦也没有想到的事儿。一个多月以前，她的在城里当木匠的父亲，写信找了她去。安排她和那个叫做熊嘉聪的铣工见了面。那个人（秀兰还不好意思称呼他的笔画繁多的名字)已经二十七岁了,显得倒还年轻。他们一起看了电影,逛了公园,还一起在饭馆吃了饭。父亲问她的意见,她低着头,扭着衣角。她想说:"不,我还小呢,我不想……"却没有说出来。

她从来没有到城里去过,这一次,她亲眼看到了一个嫁到城里去的女伴曾经向她炫耀过的那些东西:那宽广平滑的马路,辉煌高雅的剧场,烫发的女司机驾驶着的无轨电车,五光十色的百货商店,的确使她惊奇、喜悦、兴奋得说不出话来。还有"那个人"的健壮的身躯和劳动布制服上的机油味儿……她偶尔看他一眼就要脸红心跳。破天荒的、一个重大的问题要她决定,她不知所措了。不知道这是好还是坏,是坏还是好。也许,听父亲的话就对了,嫁到城里,就可以过起几年前离开了农村的那个女伴一样的生活……"习惯""随大流",对于有些女孩子,比"思考""意志"要有力得多。

她扭着衣角不说话。这还有什么呢?父亲送她回家,向母亲布置了一切。母亲紧张地忙活起来,她还是照常地出工、挑水、推碾子、听团课,到团支部办的图书馆借薄本的小说和连环画看。城市和结婚,对于她有一种隐隐的、神秘的魅力,但她总觉得,或者是她总愿意觉得,那还是相当遥远的事。

可是,现在呢?明天,她就该走了。母亲已经给她做好了新衣服,打好了包裹。她借来的连环画和短篇小说,也已经全部归还了。明天上午九点二十七分,去火车站上车。这以后,她就是城里人了。

城里人?是的,今天晚上,她帮助妈妈碾玉米的时候,张老娘子和范老娘子从碾房走过,大声大气地向她妈妈说:

"大顺子(这是她母亲的小名,这里,人们都老白了发了还互相用乳名称呼着)!怎么还不让秀兰歇歇去?明儿就不是你们家的人了,人家要去城里见大世面去了。"

秀兰不快地转过身子,两位老娘子又说:"哟,脸皮怎么这么薄呀!小心到了婆婆家受气。不对,是我们老糊涂了,现在当媳妇的都

39

是供在高桌上,受不了气。秀兰是个好命的!对象是技术人,挣的钱多。听说你白天还挑水呢,是不是?傻丫头,还挑水干什么,到了城里,再也不用大日头底下往山上挑水了!"

"到城里也得劳动……"秀兰忍不住打断了她们的话。

"劳动,劳动也跟咱们山里头不一样,不用受这份苦了。"

现在,两位老娘子的语音、神态浮现在眼前,秀兰觉得心里很不舒展。

"……北大荒是好地方……"隔壁,小学五年级的弟弟,梦中唱道。从看完了《老兵新传》,弟弟就被这个歌迷住了。然后听见妈妈长出了一口气,翻过身来。这些天,忙着出工,忙着家务,又忙着给秀兰筹办喜事,可把妈妈给累坏了。

明天,就离开弟弟,离开妈妈了。离开?当然,这是最明显不过的事,是她一个人到城市结婚去。从小和她一起打柴、烧饭、下地、做功课的最亲爱的弟弟,为什么这几天对她有点冷淡呢?睡觉以前,她问:"弟弟,我明天就要走了,你怎么不和我说说话?"那小家伙噘着嘴,好半天才说:"你走你的吧,我毕业后留在家建设农村。"回过头,不理她了。弟弟这么小的年纪,原来就怀抱着和姐姐一起建设农村新生活的雄心壮志啊。

她也懂。在学校,老师和团支部书记常常讲给他们,发展农业是当前的中心任务。留在农村参加生产是多么光荣,多么有意义。但是,她并没有认真地把这些道理和自己的实际生活联系起来过。从小,她就是个讲实际的孩子。七岁时候妈妈下地,她就能在家哄小弟弟了,还要在傍晚烧出一锅开水。她还没有认真地把"责任""前途""荣誉"这些庄严而巨大的字眼引入过自己的生活,就像除了短篇小说和连环画,还没有过大厚本的经典理论著作,出现在她的小书包里。她还不是共青团员,她还没有独立地做过什么重大的决定。

她闭上眼睛,强迫自己入睡。妈妈叮嘱她,今夜,要好好睡一觉,是姑娘时期在家的最后一夜了。

窸窸窣窣……

是雨？是风？

是风？是雨？

"吱——嘎，吱——嘎"，传来远山鹧鸡儿的啼叫。大概不会下雨了，鹧鸡儿是在晴朗的夜晚才啼鸣的。

"扑——腾，扑——腾"，一群鸟儿飞过，宿鸟迁居，也许当真要变天气？

如果没有雨……

没有雨，就更得干！她想起三天前团支部召集的青年大会来了。团支部书记在会上说：

"连年大旱，有的人泄了气。不，不能泄气！谁泄气，谁就倒霉！去年，东庄子的社员组织起来抗旱，挑水点种高粱、玉米，雨后又抢种了大批绿豆、荞麦。结果，他们庄子的生产，在咱们公社占了第一。老天爷甩袖子还不要紧，要是咱们农民甩了袖子，国家还指望谁呢？"

团支部书记叫朱勇臣，二十多岁了，去年和秀兰一起毕业的。他们从小学就同班，秀兰家里没有男劳动力，朱勇臣常常帮他们挑水、拾柴、垒墙豁子、抹房顶子。上初中以后，由于男女的界限，他们不常在一起了。在学校，朱勇臣就特别棒。回到家来，他劳动得非常好，现在，每天晚上，他在紧张的劳动和频繁的会议之后，还自学《毛泽东选集》第四卷呢。不知为什么，从这次进城回来，订了婚事，秀兰就怕看见朱勇臣，当朱勇臣从大街上迎面走来的时候，秀兰总是慌不迭地绕开去。

会后，组织了青年抗旱突击队，挑水点种补苗。秀兰报名要参加，朱勇臣却说："过两天就当新娘子去了，你不用来了。"虽然朱勇臣用开玩笑的口气说话，但是秀兰觉得，他的话里似乎含着一点对她微微责备的意思、深深惋惜的心情。别人也附和着朱勇臣这么说，她不好意思去争,她从来很少和人家争论,蔫蔫地自己回到家直掉眼泪。可是,在队里干活的时候,她仍然争取到机会和男劳动力一起挑水,这样,心里才平静了些。

"呜——呜——"火车汽笛的长鸣,在静夜显得分外清晰。然后是"哐喊哐喊"的车轮响。明天上午九点二十七分,她就坐上火车了。车厢里是整洁的、明亮的、热闹的。希望能找一个靠窗的座位,安坐下来看人们说笑、喝茶、打扑克,那是多么惬意啊。坐火车的人很多,都是兴致勃勃,春风满面的。在下一站——或者下两站、下几站——等着他们的一定是绝妙的好事情。

但是,穿过许多黑魆魆的山洞,跨过许多急湍湍的河流之后,那个一望无边的辽阔的大平原和繁华喧闹的城市带给她的,将会是什么呢?

滴滴答答……

什么?这是什么声音?

滴滴答答……

秀兰简直不相信自己的耳朵。她静听了一会儿,不由披上衣服,下了炕……

推门出去,一股清凉的潮气沁入她的鼻孔。天上,黑云在迅速地移动,一会儿这儿,一会儿那儿,露出了几点闪着微光的星星。似乎星星也觉察到自己的出现是不合时宜、不受欢迎的。它们的闪光是那样畏怯,那样快就消失了。小凉风吹拂着她热乎乎的脸孔,吹动了覆在额前的短发。一个电闪,长长的美丽的蓝紫色的折线划过天空,映照出村北高高矗立的山头。吧嗒,一滴雨珠溜在她的脸颊上,清凉、温柔、些微的爽。她伸手去摸这雨珠,什么也没有摸着。吧嗒,又是一滴雨……

下雨了!真的。

院里的大核桃树,巨大的树冠阻挡着稀疏的雨滴下落。秀兰索性拔下门闩,开开大门,迎街站立,尽情承受着这晚来的、人们望眼欲穿的、初夏的小雨。她想起自己的小镐,镐楔已经脱落了,雨后点种,是要用的啊……

噔噔噔,急速的脚步声、笑声。黑暗中亮起了一个小红眼睛,一亮一亮的。没错,那是党支部书记李老头的烟袋锅。和他一起走路的人,不用说,是大队陈队长了。他们俩,每天晚上,总是开会到深夜,然后一块儿走回家,睡不了多大会儿,又该分别到各队下地了。

现在,他们俩走来了。只听见陈队长说:
"我看,七队发展牲畜的经验就值得好好推广推广……"
李老头首先发现了这里门旁秀兰的身影。
"谁?"李老头问。
"我,秀兰。"
"秀兰子,怎么还不睡?"
"我起来看看,有没有雨。"
"好丫头!"李老头夸奖着,"告诉你们的朱勇臣,夜里要是下了雨,明天全体青年突击队员就远征北大山,补豆子去。那里的玉米,出苗最不好。"
"对……"
这时陈队长拍了李老头的肩膀一下,插嘴说:"打你这个官僚主义!明天,人家秀兰就当新娘子去啦,你还让人家去北大山……"
"是么?呵……呵……我想起来了,想起来了,你大伯忘性太大,该打。秀兰子,给你道喜呀……"
秀兰子没有应声。李老头吸着烟,和陈队长并肩走过去了。过了一会儿,她听见李支书说:
"这个丫头才十九岁,结婚太早一点了嘛。"
陈队长说:"是啊,不过,咱们可不干涉……"
秀兰心里很不是味儿。小雨引起的欢快情绪,顿然消失了。她悻悻地慢步走回屋去。

"秀兰子,是你吗?"妈妈在隔壁问。

"是我。"

"黑更半夜的,干什么去了?"

"我看看天。妈,下雨了。"

"下雨,不要紧,离火车站近,我打着伞送你去。"

"不是!"秀兰有点急躁,"我是说庄稼等雨。"

"睡吧,秀兰子,明天还得赶路。庄稼怎么样,你就不用操心了。"

妈妈在半睡半醒之中,用嘶哑的声音说话。说完,她翻过身去,又睡了。

不用操心?不用操心……

当她坐火车去城里"搞对象"的时候,火车上一群女学生在热烈地议论庄稼长得怎么样,缺不缺雨。一个系白纱巾的、戴眼镜的女大学生,叹了一口气,用南方口音说:"唉!这个老天爷,赶快下一场透雨就好了。"秀兰想,她的心思也和咱们山沟儿里的农民一个样呢。到了城里,那个熊嘉聪,和她见面的第一句话,是问麦子长得好不好。瞧,搞对象也在谈论麦子。在饭馆吃饭的时候,她旁边的桌位,一个穿柞绸大褂的满面皱纹的老年人,和一个红领巾说话,说到近几年气候有些反常,对农业生产十分不利。红领巾说:"爷爷,您不用发愁,将来我长大了也到乡下种地去,我一定研究一个不怕旱的种地办法。"在电影院休息室的画报上,她看到的也尽是些增产化肥、农药、技术工人与农业机械"配套"下乡的画片……

谁说不用操心呢?土地,土地上的劳作,土地上的收成,是举国切望,举国瞩目,举国操心的啊。

答答滴滴……

雨声渐渐小了。秀兰梦见和伙伴们一起,在遍山挖成的鱼鳞坑和水平槽中栽树,小杏树、小山楂,和小核桃树。一阵干风,把树全吹枯了……

秀兰骤然惊醒。一束青光照在她的脸上,树影儿在窗纱上颤动。这是怎么回事?

月光!雨停了!

停了,秀兰蓦地哭出了声。

妈妈被惊动了,她趿拉着鞋,睡眼惺忪地走进这屋,吃惊地问:

"秀兰子,怎么了?这是怎么了啊?"

"妈,雨不下了。"

"雨不下了不正好赶路吗?"妈妈仍然大惑不解。

"妈,咱们的庄稼和果树正等着雨呢!村里抗旱多么紧张啊,今年,再也不能让老天爷制服住了。前几天成立了青年突击队,大伙儿干得多么欢啊!可我,我为什么要走呢?我不愿意离开咱们村,不愿意去城市结婚……"

妈妈给搅糊涂了。下雨,结婚,这中间有什么必然的联系呢?她断定有几分是女儿睡梦间的呓语。当年自己结婚的前夜(那时她才十七岁),也是睡觉直说胡话。待嫁时的心情,是乱如麻的啊。

于是她劝慰女儿:

"别傻了,秀兰子,你已经是大人了。爸爸给你找了门好亲事,人家人品好,有技术,家里人口又简单。结了婚,你住在城里,过起小日子,不是挺好吗?你看人家素芳……"

不提素芳还好。素芳,就是那个前年初中毕业,回家下地干了一个月的活,歇了半个月的工,就喊"受不了了,白念了书了"的人,就是那个一个人跑到城市找舅舅,托舅舅给找对象,两个月中间换了三个对象,现在一去再不回来的人。那时,秀兰和她的同学们是多么轻视她啊。可是后来,父亲给自己在城里介绍对象的时候,怎么又没有怀着那样的心情想到她呢?现在,妈妈顺口提起素芳……难道自己也走素芳的路子?不,不,秀兰从来都是喜爱自己的家乡,喜爱田里的青苗和山坡的绿树,喜爱春天的播种和秋天的收获的啊。秀兰从

45

来没有想过要抛离自己的亲人,自己的山村,自己年轻的生命已经奉献了许多心血和汗水的土地的啊。于是她哭得更伤心了。

"妈,我不去,我要留在村里……"她一边哭一边说。

"别半夜里说梦话了,你爸爸不是问过你的意思了么?"

"可我没答应啊。"

"你也没摇头啊。你爸爸已经跟人家说好了。你爸爸来信,说给你买了一条花格床单,给你买了小衣橱……"

"那,那我也得等着下一场透雨再走。"妈妈说得秀兰不好回答了,急切中,她仍然坚持着,"我是不能做抗旱中的逃兵的……"

听着女儿这种孩子气的话,妈妈笑了。她哄慰着说:"好了,好了,不下透雨,你就不用走。快睡吧,傻丫头!出嫁以前都是这样,心里七上八下的……"

于是她为女儿重新铺好被褥,放好枕头,扶女儿睡下了。

秀兰抽咽着,一下比一下微弱下去。妈妈渐渐放心了,她的眼皮也愈来愈沉重了。

哗哗啦啦……

未明时分,泻下了大雨。天亮了,雨仍然起劲地下着。院子里冒着水泡儿,老母鸡瑟缩地躲在房檐底下,水流汇集在石板修的阳沟里,急促地泻向街心,再流向河滩,冲出了密密的人字形的纹络。天空一阵暗,一阵亮,云迅速地推移,愈积愈厚了。

妈妈醒来,想起昨夜的事,不由失笑了。瞧这小丫头还有什么可说的……

她起了炕,大略一梳洗,便悄悄掀开帘子,走进秀兰的房间,怕惊醒才睡下不久的女儿。

秀兰的房间空着,被褥叠得整整齐齐,桌上放着一个包袱,本来已经扎好,准备带上火车,可是现在,打开了。

这个丫头,这么大雨,到哪里去了啊?妈妈又掀起帘子,看见秀兰的弟弟正在起身。妈妈问:"你姐姐呢?"

"我刚醒,哪里知道?"弟弟不高兴地说。

一阵劈劈啪啪的声音,秀兰踏着雨,跑回家来。她的衣服、鞋子都湿透了,顺着头发梢向下滴水。一夜没有安睡,她的下眼皮是青色的,然而她整个的脸孔,却因为极度的兴奋和喜悦焕发着光彩。

"你疯了!"妈妈有点恼怒,"穿着这么好的衣服淋雨,你还没睡醒么?"

"妈妈,妈妈!"秀兰是太快乐了,好雨不仅下透了干旱的土地,也润透了她的心。她的冰凉潮湿的双手搭在妈妈的肩上,根本没理会妈妈的斥责。

"妈妈,妈妈,我已经决定了,我已经跑去告诉党支部书记、团支部书记和生产队长了。我不结婚了,去它的吧!我才十九,跑到城里结哪门子的婚啊?爸爸太有点主观了。也怨我,我也没好好想。妈妈,妈妈,您别着急,我写一封信给'那个人',我会向他解释,他要是个明白人,他就会明白一切。他要是个糊涂人,那就不值得再搭理他。妈妈,妈妈,您瞧,这不是很好吗?团支部已经批准我当青年突击队员了。雨一停,我们下午就去北大山。您快点准备饭吧。妇女队要在近地补花生,妈妈,您也做好准备吧。妈妈,妈妈,为什么我一定得去结婚呢?什么也不为啊。我能不能不去呢?为什么不能?就这样,我自己做了主了,我拿定了主意了!我要在咱们家乡,种一辈子地,和弟弟一起建设咱们的家乡,侍奉您过好日子……"

一向柔顺的、娴静的、没有多少主意的秀兰,怎么今天一下子变成了另外一个人了?她是那么坚决,那么自信,那么大胆。她的话又是那么流畅,那么热辣辣的,那是一泻千里,谁也驳不倒的啊。

"我赞成,我赞成!"没等她说完,弟弟就欢呼开了,他跑过去紧拉着姐姐的手。

妈妈完完全全地呆住,站在她面前的,已经不是那个百依百顺的小女儿了。她说不出一句话来。

"秀兰子!"哗哗的雨声中,传来大街上朱勇臣快乐的吆喊,"青年突击队员到学校东屋开会去!"

这声音照亮了秀兰的脸,她豪畅地笑了。

"哎!就去!"她的回答清脆而响亮。

她转过身,弟弟递给她一个草帽。她接过来,戴在头上,撩起裤脚,脱下鞋子,抬起健壮黝黑的小腿,赤足冒雨向外跑去。向那庄严而巨大的生活跑去了。

发表于《人民文学》1962年第12期

向 春 晖

一

我没有想到,第一次执行任务的结果竟是这样。

一九七六年二月,春节刚过,我兴致勃勃地到清水县去采访。

天气还很冷,农田里却已经活跃起来。插着小红旗的运肥车辆,欢声笑语的人流,正在呼唤着春天的到来。县里在开农业学大寨经验交流会,会内会外都洋溢着大干快上的热气。

会议第二天,由花园公社种子站的农民技术员、回乡女知识青年玛依拉介绍他们奋战三年,成功地繁育了双杂交玉米良种的经验。开始,她羞怯地低着头,我只看得见她的额头上,黄底紫格的头巾下面散落出来的细碎鬈曲的头发。她的声音很低,但是口齿清楚。渐渐地,她说得高兴了,偶尔仰起脸来,脸上挂着激动的红晕。特别是,当她提到县农技站长驻他们那里的一位汉族女技术员的时候,她的声音变得十分响亮,饱含着深情,大而美丽的眼睛,闪耀着热情的火花。

显然,她离开了讲稿。她说:

"科学的道路是不平坦的。一九七四年,我们的向春晖技术员刚从县里回来,她先到繁育亲本自交系的地里,一面检查生长状况,一面拔除不合格的植株。不仅拔掉了出苗晚,叶黄茎小的劣株,而且把许多看起来很壮,但是形状和色泽不典型的杂株拔掉了。我们怀疑她这样做的必要性,但是她坚持说,不进行严格的淘汰,就不能防止品种的混杂和退化。她讲得有理,但是,庄稼人看到拔掉的那么多禾苗,心疼啊!有人甚至生气说:'我们盼着您回来,因为您是育苗技术员,没想到您变成了拔苗技术员!'还有人说,搞得缺苗断垄,怎么给人参观?也有人怕淘汰多影响了产量。后来,个别反对向春晖的人甚至给她加上了'破坏生产'的罪名,写信向上级控告呢!

"当时,我也担心,我劝向春晖姐:'不要那么严格吧,咱们这儿毕竟不是农科所!而且,小心有人给扣帽子啊!'向春晖姐却说:'没有严格就没有科学,没有科学就没有农业生产的大跃进。'后来,公社党委作出了明确的指示,一定要一丝不苟地按照技术要求办事。经过三年苦战,到去年,我们终于收获了大量的双杂交良种。当我们取样送到地区农科所鉴定的时候,农科所的检验人员甚至不相信农民能培育出纯度这样好的良种,我们怎么能不感谢向春晖同志的严格要求呢?

"再说去年八月下大雨的那天吧,那正是给母本玉米去雄的紧张时刻。那天的雨打得人睁不开眼,张不开嘴。向春晖同志把她的雨衣、塑料布都给了我们,她带头冒雨下地。在玉米抽穗盛期,拔除本植株的雄花是每天都必须进行一次,不能间断的。那一天,她冒着雨在地里干了十个小时。天黑了,收工了,她发现我们当中有的人没有把雄花全部带出种子田,于是,她又打着电筒一块地一块地地检查,把丢落在地里的雄花拾出来,一个穗也不准剩下。最后,她终于昏倒在泥水里……我们的每一颗良种上,都灌注着向春晖技术员的心血呀!"

讲到这里,主持会议的县委书记阿卜里米提同志插话说:"我们的农业技术人员,应该向向春晖同志学习啊!"

在热烈的掌声中玛依拉结束了发言。她讲得很有内容,讲话的神态又那么动人,声音那么好听,我听得入了神。直到她讲完了我才发现我既忘记了做记录,又没有抢上镜头给她拍两张照片。

"请把您①的讲稿借我用一下,可以吗?"吃午饭的时候,我走到她的桌子旁,问道。

"行啊!"她点头说。

次日早晨,我把发言稿交还给玛依拉的时候询问说:"那个向春晖同志来了没有?"

"没有。她到大队推广高温速效堆肥去了。"

我失望地"哦"了一声。当我离开玛依拉的时候,发现有一个看着有点面熟的小伙子正盯视着我们。

"您好!请问,您是哪个单位的?"在食堂等候开早饭的时候,那个小伙子坐到了我的身边。他二十六七岁,戴着硬壳帽子,头发向后一直梳到衣领,脸刮得干干净净,右眉上有一小块伤疤。他含笑向我伸出了手,问道。

"我叫帕拉海特,地区报纸的记者。您……"

"我也是花园公社种子站的,我叫依得里斯。"

"我才从大学中文系汉语专业毕业,工作没经验,请多帮助。"我说。

"没问题。"他爽快地说,突然放低了声音,"您觉得玛依拉的发言怎么样?"

"不……不错嘛。"

他从鼻孔里冷笑了一下,向我作了一个手势,让我把耳朵凑过去。

"玛依拉是种子站站长阿卜拉的女儿,那个汉族女技术员经常在她们家吃饭。"

"怎么样?"我没听懂他讲话的意思。在大庭广众之下咬耳朵,使我不好意思。我抬起了头,并挪动椅子离他稍远一点。

---

① 维吾尔人的交往中,除小孩之间和大人对小孩表示轻蔑时以外,一般第二人称都用尊称式"您",下同。

他也挪了一下椅子，却离我更近了，转了一下眼珠说："这不是一个难解的谜语，您自己去判断她们三个人的关系吧。再说，向春晖的家庭有问题，本人也有许多反动言论。"

"什么？反动言论？"我吃了一惊。

"如果您需要，我可以给您一份书面材料。还有，向春晖三十多岁了，玛依拉二十多岁了，可两个人都还没有结婚。"

"您说这些是什么意思？"我的问话已经流露着反感了。

"傻瓜！"依得里斯诡谲地一笑，像老友一样伸出右手的食指和中指捅了一下我的肋骨，"到了岁数不嫁人，能是好人吗？"然后，他站立起来，走到旁边一个桌前，和另一个人窃窃私语去了。这时，我才恍然，为什么看着他面熟了：三天以来，不论是在会场、在食堂、在商店买东西、在街上散步，以至在厕所解手的时候，我总看到他在和什么人眉飞色舞地说悄悄话儿。"怪人！"我想。但是，在他对我小声说话以后，本来在我的心目中如此光明美好的向春晖和玛依拉这两个名字，好像被包围在一层雾霭里。

我回到宿舍，打开通讯稿，用红笔在写有向春晖的名字的地方打上了一个问号。正当我翻阅近日的报纸时，会议秘书组的艾里同志匆匆来到宿舍：

"帕拉海特同志，请你帮个忙。今天的理论辅导报告，县上的土翻译翻不过来了。"

"好的。"我跟着艾里去了。路上，艾里同志向我介绍说，作辅导报告的叫陈远谋，是县革委会副主任兼农技站的站长。看到我疑惑的神色，他解释说："有什么办法呢？最近报纸上有许多新的提法，宣传部长说他领会不了，没办法辅导。陈副主任是自告奋勇来讲的。"

我走进会议室，换下了汗流浃背的县委会回族翻译努海子，坐到陈远谋同志身边。陈远谋看样子不过三十三四岁，已经微微有些发胖，眼睛小而灵活，额上有很深的几道纹路。他讲的题目是《关于党内资产阶级问题》,他的嗓音洪亮,说话的时候不断玩弄着手里的一支纸烟。他面前的桌子上摊开着一张纸,上面只有极简略的一个提纲,他边思索边讲,随意发挥,显示出对当前一些最新的理论问题很能融会贯通,讲起来得心应手的样子。他说:

"……我们绝不能让小麦和玉米挡住我们的眼睛。走资派千方百计把我们的农民变成只知道种粮食的鼠目寸光的庸人,把我们的党变成小麦党,把我们的公社变成玉米公社,我们呢,就要对着干。犁地,首先要犁掉走资派这条祸根,锄草,首先要锄掉走资派这棵毒草……"

他还说:"什么是我们所需要的良种呢?红星二号小麦可以缩短生长期十到十五天,双杂交玉米可以增产百分之二十,如此而已。但是,如果不解决党内资产阶级的问题,社会主义所有制就会变成走资派所有制。"

他讲得很起劲,我翻译得很努力。我力求吸收他的每一句话、每一个词,每一个语气,然后用准确流畅的维吾尔语表达出来。但是奇怪,我的译文尽是一些逻辑混乱、含义不明、南辕北辙的古怪句子,这样的句子连我自己也弄不懂。听众显出茫然的表情,我开始出汗了。

我终于译不下去了。"努海子,还是您来吧。"我手足无措地招呼县委的翻译。

"我不行,我不行!"努海子吓得连连摆手。

我总算结结巴巴不知所云地译完了最后一个字。我的译文,就像高烧病人的呓语,我自己也好像受了一次电刑,连从座位上站起来的力气都没有了。

"记者同志,"陈远谋临走的时候亲切地拍了拍我的肩膀,"您应该很好地学习和熟悉这些新的提法呀!当记者嘛,最重要的就是敏感,不敏感而当记者,就好比哑巴当了独唱演员……"

人们渐渐散去了,我看到玛依拉投给了我一个怜悯夹杂着嘲笑的眼光。

晚上,依得里斯又凑到了我的身边,伸着大拇指,悄悄问道:
"怎么样?陈副主任的报告好不好?"
"好。"我疲倦地说。
"那么,您应该明白了,玛依拉的发言,其实是一株毒草。"
他回身要走,但我叫住了他:"有什么意见,您为什么不正面提出来,而老是背后……"我想说他是"叽叽咕咕",又因为顾全礼貌收住了口。

"别忙,到时候我就给他来一下子!"他做了一个宰羊的姿势。

果然,会议最后一天出了事。清晨,依得里斯贴出了连篇累牍的题为《从玛依拉的发言看这次会议的方向》的大字报。

我紧张地读着大字报,脸色变了,心跳加速,不知不觉地发起抖来。人真是个厉害的东西,一分钟以前我还认为是普普通通的、类似一加二等于三一样的、任何神经正常的人都不会怀疑的事实和道理,却受到了依得里斯的极其严厉的批判,而且批了个"体无完肤"!

几乎是,玛依拉说每一句话,都招来一顶帽子。其实一顶帽子就足以使人窒息死于非命,如今,她却戴上了一叠,按照大字报的说法,玛依拉变成了一个腰里揣着毒箭、口里念着黑经、手上作着魔法的鸭里麻渥孜①,我的脑子里甚至出现了玛依拉披头散发,手上戴着铐子的一幅景象……我的天!

我观察一下四周的反应,有的人在摇头,有的人和我一样东张西望、大惑不解。我可以判定,并没有什么人接受大字报的骇人听闻的论断,但是,我也知道,如果冷静地想一想,我就可以判定,恰恰是依得里斯的大字报,更符合我们报纸最近转载的那些大块文章的精神……想到这里,我不由得感到了一股彻骨的寒气。

事情发展到了会议上,当县委书记阿卜里米提开始作总结讲话,说了"这次会开得很好"这第一句话以后,依得里斯从座位上站了起

---

① 鸭里麻渥孜:维语,吃人的女妖。

来,打断了县委书记的总结。他歪着肩膀,眯着一只眼睛,声嘶力竭地讲述了大字报上的那些论点。他特别强调说:"请看,玛依拉的发言在为什么人唱颂歌!一个戴眼镜的大学毕业生,十七年旧大学培养出来的修正主义苗子,走白专道路的技术人员……只此一点,就可以看出她的发言的反动性!可以看出我们这次会议的反动性!"

然后,陈远谋也作了雄辩的发言,他指出:"几天以来,大家对玛依拉的发言和会议的方向议论纷纷,很不满意,这就粉碎了走资派的如意算盘。"他指出:"依得里斯的发言和大字报是此次会议的一个突破、一个飞跃、一个重大进展。"他指出:"什么是我们所需要的良种? 不是红星二号小麦,不是双杂交玉米,不是荷兰乳牛也不是九州雄鸡,我们需要的良种正是依得里斯,让这样的良种在祖国大地上发芽生长吧!"他这次发言不再是作理论辅导时的那种学者风度,而是慷慨、激昂、势不可当,两个嘴角堆满了白色的唾沫。

我真替玛依拉担心。这个善良的、羞怯的、外表看来多少有点娇嫩的姑娘如何能经得住这样狂杀乱砍的刀斧! 我从眼角上偷偷地看她,出乎我的意料,她气色如常,眼睛盯着窗外,显出一副遐想的样子。我又看了一眼县委书记,体格壮实的阿卜里米提,他呢,正在打着哈欠。

依得里斯和陈远谋讲了两个小时,他们累了,我和许多与会者的提心吊胆也已经被疲劳所代替。"还有没有要讲的?"阿卜里米提同志问道,"没有的话,休息十分钟。"

"依得里斯是怎么回事?"我问玛依拉。

"您以后就知道了。"

"您好像无所谓……"

"噢,他们总是这样的……"玛依拉微微把眉头一皱,现出不想再说这个话题的样子。

休息以后,阿卜里米提照常做了他的总结讲话:"我的意见已经经过县委的讨论。"他说,然后他平静地讲了下去。

……怎么办？我去请示阿卜里米提同志，他对我说："建议您去花园公社实地了解了解，因为检验真理的唯一标准不是别的，毛主席教导我们，那只有看客观实践。"我又提了一些问题，他笑了笑，没有回答，只是在提到向春晖的名字的时候，他干脆利落地说："那是个好同志。"

　　我到了公社，待了三天，回到县委招待所。陈远谋来了，看了我的通讯稿，他深深皱起了双眉，严肃地说：

　　"你的稿子是对当前和走资派做斗争这一中心任务的挑战……向春晖问题严重，我们正准备处理……"

　　超出预定时间的一倍，我空着手回到了报社。羞愧不安地向编辑部主任作了汇报。"我不知道怎么写好。"我说。谨小慎微的编辑部主任不动声色地听了我的汇报，目光里流露着一种同情而又无可奈何的神情。

　　然后，他长长地叹了一口气。

二

　　我是玛依拉。一九六五年我才十二岁，那是一个夏天的傍晚，家里只我一个人。我左手抱着弟弟，右手拿着铅笔做算术作业。四则运算括弧题，很难。我算不出来，心里着急。一岁多的弟弟嫌我抱得不舒服，拼命在我手里挣扎。他愈挣扎，我就抱得愈紧，终于他大哭起来。他有个毛病，一哭就尿。他的尿冲到我的作业本上，我拧了他一把，然后我们俩哭在一起。眼泪弄花了我的眼睛，房子里进来人我都没有看见。

　　"这是贫协主席阿卜拉的家吗？"

　　问话的是一个又瘦又小、戴着眼镜、梳着两条短辫、背着一个大背包的汉族姑娘。她看看我们，把弟弟接了过去，熟练地抱着、哄着他。她的眼镜片的反光吸引了弟弟的注意，弟弟止住了哭声。但我还在掉泪。"你怎么了?"她问。她一句维吾尔语也不会说,我会说的汉语也很有限。我没有回答她,她观察着我的情况,然后,她笑了。她从自己身上的背包里找出一个笔记本,放在了我的面前,拿开尿湿了的那个作业本。然后,她指着课本问我:"哪一道题不会?"

这真是个奇迹。双方语言不通,她却能扳着手指教会我三道算术题。

这就是向春晖,我的姐姐,我的老师,也是我的学生。不要笑,我是她的维吾尔语教师,她自己也承认的。有一次县委书记阿卜里米提同志到我家来,向春晖指着我说:"这是我的老师。"羞得我捂着脸跑了出去。她常常到我们家来,有时和我住在一起,连做梦翻身的时候都背着维吾尔语单词。她甚至向我弟弟学维吾尔语,我和弟弟说话的时候她听得沉醉入迷,比听唱歌还用心。有一次她指着弟弟说:"我真羡慕你们,你们真了不起,那么小就学会了维吾尔语。"我说:"维吾尔孩子从小说维语,就像汉族孩子从小说汉语一样,这又有什么了不起呢?"她怔了一下,想了想才明白了这个"奥妙",她哈哈大笑起来。现在,她说维吾尔语已经很流利了。

她初来时给人的印象是严肃、匆忙、絮叨,她过问有关农业生产的一切。上面来的农业技术员我们见得多了,谁也不像她这样过分认真。你在种菜籽,她用手扒开泥土,煞有介事地看了又看,量了又量,然后告诉你下种多了或者是少了,深了或者是浅了。我们世世代代都习惯把向日葵下部的叶子打掉,她偏说这样做是不科学的,然后"叶绿素"啦,"光合作用"啦,讲上一大套。她骑着一辆破旧的男式自行车,从早到晚在田间地头奔忙,有时候人骑车,有时候车骑人。有一天,天已经黑了,她来了。正是机耕种麦的时刻,那时候公社还没有自己的拖拉机和拖拉机手,县上来的拖拉机手伊敏是个强壮、骄傲的小伙子,摆着一副不可一世的功臣和能人的架子,他走到哪里,哪里的生产队就连忙宰羊和做抓饭。这次,大个子伊敏驾驶着拖拉机刚走了一圈,就被向春晖拦住了。"等等!"她说。

"干什么？"伊敏皱起了眉头。

"您开犁的地点和耕地的路线不对，这样耕，最后会使田地中间出现一个高垄，影响土地平整，浇不上水，就会降低产量。"

"你懂个啥？"伊敏不屑地从嘴里挤出一句，继续在操纵拖拉机的拉杆。

"站住！"向春晖严厉起来，"公社党委已经作出决议，今年机耕要合理操作，提高质量，由我负责检查验收。你的耕地不合格，我们就不给开工单！"

"不给开工单？"伊敏从拖拉机的驾驶台上跳了下来，向向春晖冲去。他比向春晖高一头还多，真像一只鹰扑向一只小鸡。"什么叫拖拉机你知道吗？拖拉机不这么开，你说怎么开？你说我耕得不好吗？你自己耕去！"

伊敏转身就走。我爸爸阿卜拉赶紧跑了过去，他生怕向春晖的唠叨惹得大个子发了脾气，影响了机播的进度。但是，谁也没有想到，代向春晖赔罪的好话还没说出口，向春晖一步登上驾驶台，驾驶着拖拉机耕了两圈，然后回来，告诉伊敏说："就像我这样，按照合理的路线耕地，明白了吗？"

伊敏目瞪口呆，看着向春晖耕过的又直又平又匀的黑油油的土地低下了头。

……向春晖就是这样，克服了重重困难，在我们的土地上扎了根，赢得了信任和友谊。我的爸爸是她的后台和顾问。他常常找一些老农和她一起商议农业技术上的问题，率先试验。她根据书本和外地经验提出的新建议，成功了就推广，失败了就改进。我爸爸也常给她讲家史、村史、解放后这里的阶级斗争情况，教育她扎根农村，热爱边疆的各民族劳动人民。

当然，也有痛恨她的人，那就是依得里斯。依得里斯是富裕中农依拉洪的儿子，七年级毕业以后考上了财贸学院，因为道德败坏被勒令中途退了学。每年他在地里混上几个月，其他精力全部用来给各有关部门写控告信,每一个得罪过他的队长、会计、出纳、记工员、干事……都逃不脱他的控告的袭击。据说他有个笔记本专记旁人的毛病。社员们说,他的每一个衣袋里都装满了纠纷。但是,这两年,他很有些神气。一九七三年,向春晖向公社党委提出了成立种子站的建议,得到了党委的支持。公社领导见依得里斯总是晃来晃去不是个办法,便调他和我以及其他几个年轻人一起到种子站学习农业技术。依得里斯同意了。但是不久,他拿着种子站的介绍信去地区农科所办事,顺手牵羊偷了人家的三合板,被门卫发现扣留住。又过了不久,又发现他把种子站的空白介绍信拿给富农分子雅阔普,去榨油厂套购麻渣。经春晖姐和父亲研究,公社领导同意我们把依得里斯清出了种子站。

然后是一九七四年,县农技站站长陈远谋前来检查工作。他宣布,依得里斯是法家,是少正卯。春晖姐被调回县里反省,依得里斯又进了种子站。只是由于公社党委多次向县委反映这里贫下中农的意见和县委书记的亲自干预,春晖姐才在两个月后回到了种子站来。她一到种子站就跑到了玉米地里,我看见,她的眼泪扑簌扑簌地落到了地里。十多年来,看到她落泪,这是唯一的一次。

从县里开会回来,我把依得里斯和陈远谋的情况告诉了春晖姐,她没有说啥。这些年来我们已经习惯了,我们种地、流汗、做记录、伤脑筋,搞坏了还要作检讨。而依得里斯什么也不做,只是站在一旁挑剔、扣帽子、辱骂。

我们的工作的影响愈来愈大。一天我刚刚下地,艾尔肯跑来告诉我说:"有个背照相机的小伙子来找你。"说完,他调皮地挤了一下眼睛。

哪个背照相机的小伙子?我正思忖着,走来了在县里会议上认识了的那个殷勤和蔼的记者帕拉海特。

"是这样,"他把我叫到一边,"您们的工作受到了上级党委和农科部门的重视,地委领导责问我们为什么不报道。这次,我专门为这事而来。"

"我也奇怪，为什么你看了又看，问了又问，却没有在报上写一个字。"我说。

我的话使他脸红了一下，他低声说："这回我带来了一份稿子，是县……"

我没有等他把话说完，就把同伴们招呼到一起。

年轻人们聚拢来了，帕拉海特却有些嗫嗫嚅嚅，他说："不是我写的。前天，县农技站陈远谋同志送来一篇文章，说是根据您和依得里斯的发言整理的，我们已经印出了清样……"

帕拉海特打开提包，拿出了"清样"。看到用汉字铅印的"玛依拉"三个字我不禁惊喜交加，但是紧挨着我的还有四个汉字："依得里斯"，这使我感到别扭，好像脸上挂上了蛛网或者靴子踏到了烂泥里。

"这是怎么回事？"我问。

"是县农技站整理的，说可以用你们两人的名义发表。"帕拉海特逐字逐句地翻译了稿子的内容。稿子的题目很大，叫做《在斗争中前进》，内容是叙述我们培养良种的经过，其中有两段，使我简直不敢相信自己的耳朵。

一段是这样的：

> 群众性的科学实验活动，这一社会主义的新生事物受到了各级走资派的刁难、压制和破坏。有的大队领导干部说，搞育种费工多、利润小，得不偿失。有的公社领导扣发资金，调走劳力，不给化肥，千方百计地破坏技术人员育种，维护种田的落后传统秩序……

还有一段就更离奇：

> 过去，把育种看得十分神秘，似乎没有文化和技术就搞不成。但是，花园公社种籽站的技术员都是一些既没有上过学、又

没有受过技术训练的赤脚杆子,他们过去从没有育过种,也不知道育种的意义是什么,但是他们培育良种的成绩,超过了专学育种的科技人员。而另外有一个上过四年洋大学的技术员,却硬说农民育种是自不量力、是反科学的,她甚至翻出外文资料吓唬农民……正是她,甚至分不清子叶和真叶,分不清稗子和稻子。"

帕拉海特译读完了,我们面面相觑。憨直的穆拉特涨红了脸,愤怒地问:"请问,这是什么?这是反映我们种子站的稿子么?我怎么一点也听不懂?我们的种子站是在公社大队领导的压迫下建立起来的么?我们都是既不用读书,又不用学技术的天生的育种能手么?还有什么上过四年洋大学的技术员,这难道不是指的向春晖姐?呸!"

"走吧走吧!"艾尔肯拉着他,"让我们离开记者远一些,不要让他把您写到稿子里,您在他的稿子里会变成什么样的呢?长犄角的怪物还是长翅膀的天使?"艾尔肯拉着穆拉特走了,他的嘲笑仍然传到我们的耳朵里,他说:"搞育种不用学习科学知识么?不错,公马和母马育种是不需要先上训练班的……"

"真想不到,您会和依得里斯合写这样的文章!"凯麦尔鄙夷地看着我。

年纪最小的阿尔兹古丽拉着我的手,她都快要哭出来了:"玛依拉姐,这不是您写的吧?您快告诉我呀……"

"这怎么是我写的?这怎么能是我写的?我怎么会写出这样的谎言!"我为自己的名字被铅印在上面感到耻辱,我也为帕拉海特羞愧。他是来找我的,是我兴冲冲地叫来了年轻人听他的译读,我也怨恨凯麦尔为什么听不清帕拉海特的说明,竟然当真以为我参与了写稿。我看着帕拉海特,眼里噙着泪水,我说:

"记者同志!您怎么能这样,怎么敢……这是往我头上栽赃,冤枉人!我永远不会和依得里斯唱一样的调子!"

"请您别生气。"帕拉海特连连摆手作着解释,"我也觉得那两段写得太玄,但是,也有人说恰恰是这两段才符合当前宣传上的口径,紧跟了形势,否则,稿子就不发表……"

"您可真了不起!"我打断了他的话,"您是大学毕业生,您是记者,您懂得口径,您懂得许多我们不懂的复杂的事情,但您不懂我们这些农民的子女一眼能够看穿的最简单也是最根本的道理!依得里斯即使讲得再漂亮,也骗不了我们这些不懂口径的庄稼人!而向春晖姐,她十几年来献出了全部心血……您却把她写成了个假洋鬼子式的小丑。大队和公社的领导支持我们,帮助我们,您却说是走资派。您懂得什么叫好人,什么叫坏人吗?如果连这都不懂,您懂的那些知识又有什么用呢?我去过您们的报社,两层楼,上面是天花板,下面是水泥地,您办公室的窗玻璃比农民家的窗玻璃大十倍,您们每月领着现钱、工资。我们种出的麦子是磨成了面,装到口袋里才送到您们手上的,您吃饱了就是写这样的谎言吗?您就是这样为工农兵服务的吗?您如果不会把我们种子站的真实情况,把我们的劳动、斗争、心愿和苦恼写到您的稿子里,您就回家晒晒干肉,砌砌炉灶吧,您为什么要做依得里斯这样无耻之徒的喇叭筒呢!"

我也不知道为什么那样激动,竟说了那么多尖锐的话。帕拉海特的脸红一阵、白一阵,他完全垂下了头。

三

下午公社党委书记艾则孜把我叫去和地区报纸记者帕拉海特研究一篇稿子,恰好县委书记阿卜里米提同志后来也到了。

帕拉海特急急地说:"今天上午,玛依拉和她的同伴们对我发了火,他们说我是说谎者。这能怪我吗?也许梁效的文章对于你们搞生产的同志影响还不那么直接,但是,我是做新闻工作的,它当然左右着我们。不但影响着版面,而且影响着我们写文章的格式,影响着我们看问题的方法,我们个人有什么办法呢?"

我不住地点头,他说得很真实,值得同情。

"向春晖同志,说说你的意见吧。"艾则孜书记点了我的名。他已五十八岁了,外表和穿戴与一般的老农没有什么区别,但说起话来尖锐、泼辣,从来不绕弯子。

"种子站的实践应当报道出去,这对于推动群众性的科学实验活动是必要的。"我犹豫地说,"最主要之点是,依得里斯他们也不得不承认种子站社员们的劳动。说到走资派,干扰、破坏种子站的工作的走资派当然是有的,是谁?社员们都有数。至于那个技术员,那当然是说我了。"我苦笑了一下,"把我说成假洋鬼子也好,说成白痴也好,只要允许我为人民服务,允许我把向人民学到的知识和技能还给人民,那么,对于我个人来说,在夸奖声中还是在辱骂声中工作,那不要紧……"

"你倒真会和稀泥!"艾则孜不满地看了我一眼,"世上哪有这样的道理,你未免太清高了!"

"什么?您也这样说我?"我被刺痛了。

"嗯,"艾则孜长出了一口气,转脸对帕拉海特说,"您知道,依得里斯他们本来是千方百计抹杀种子站的工作的,抹杀不了又来歪曲,甚至盗用玛依拉的名义,真是既卑鄙又虚弱!这样的稿子不能发。他们的稿子上提到的走资派压制科学种田和技术干部轻视群众的问题,过去可能发生过,今后也仍然要警惕。但是,这毕竟不是多数,经过'文化大革命'就更是个别情况,不能拿这样的绝对化的铁帽子硬往我们头上戴!"

我没有完全服气,我说:"您说得当然是对的,但是我担心,如果不这样写就不能发表。请看看现在报刊上充斥的那些文章吧……"

"是啊是啊。"帕拉海特急忙接过我的话去,"我的任务是写,我不能不工作,我的难处就在这里。"

阿卜里米提书记站了起来,走到帕拉海特面前,把手搭在他的肩上,用深沉的声音说:"如果您被迫在谎言和沉默中选择一样,那么,我劝您选择后者。"

这句话是很沉重的,我和帕拉海特对看了一眼,沉默了。

"事情并没有到这一步。"阿卜里米提换了一个比较缓和的语气,"您总还可以写一些真正符合毛泽东思想的东西。县委可以发到工作简报上。而且,您长着嘴,您可以而且应该随时宣传毛泽东思想,把真理告诉给人们,谎言的腿才是短的。您不会沉默的,我并没有建议您做哑巴。"然后,他转过身来,叫了我一声:

"向春晖同志,您以为他们在稿子上放的暗箭,仅仅是针对您的吗?这些年来,他们处心积虑地要整您,这是为什么呢?又是贴大字报,又是写控告信,又是上报材料,又是会议上攻,他们甚至用最下流的语言攻击您的个人生活……"阿卜里米提捶响了桌子,他满脸通红,气得说不下去了。

"我不怕!"我站了起来,"只要我有一口气,就不允许依得里斯这样的蛀虫在种子站胡作非为!"

"然而您打算允许他在报纸上诽谤您!哎,向春晖技术员!要知道,他们仇恨的不是您,而是党!他们反对的是党的知识分子政策,他们企图从您身上打开缺口,把您搞臭,证明党组织支持和帮助您的工作是犯了什么'路线错误'……"

阿卜里米提书记的话还没有说完,传来了一阵杂乱的脚步声。门砰的一声打开了,进来了一个摇摇摆摆的长头发的男人,回身推了一下在后面拽着他的戴着白色羊皮小圆帽的矮小的老汉,用含糊不清的声音说:"不……不怕!这……就就……是我办公……的地地地……方!"

我这才看清,进来的人是依得里斯,后面追着他、企图拉住他的是他父亲依拉洪。我们正在惊异,一阵强烈的酒精气味对这一切做出了注解。

依得里斯拉起一把椅子,坐到了屋子正中。他劈开腿,甩了一下头,甩掉了硬壳帽子,露出了蓬乱的头发,眼睛直愣愣地看着前方,大声说:"各位！我来向你们宣布一个重要的消息……"

"不要胡说！"依拉洪哀求而又威吓地冲了上去,依得里斯向他举起了拳头。

"等等！"艾则孜止住依拉洪,"看他要干什么。"

"我们胜利了,"依得里斯大笑着说,"老陈,担任了县委书记！我呢,担任了公社第一把手！给我行礼吧！"他狂笑着,渐渐变成了哭泣,他哭着说:"你大哥(犹言'老子')如果在上海,早当了党委书记！说不定还能上北京当个部长！我在这里,受尽你们的压……"他大哭起来,鼻涕流到了嘴里。

"艾则孜书记,我实在没有办法了！他把我卖葵花子的钱都拿去买了酒……我请求公社批准,我要和他断绝父子关系……"依拉洪向艾则孜诉苦说。

"你大哥当了书记的话,"依得里斯站了起来,叉着腰,"让你们统统都靠边站！走资派,我要——"他做了一个他最爱做的宰羊姿势。忽然他发现了帕拉海特,指向帕拉海特,"你你你……你是我的记者兄弟,我的生命。把我的文章登出来！天下是我们的！记者兄弟,我任命你担任我的办公室主任、秘书长……"他张开手臂要去拥抱帕拉海特,帕拉海特轻轻伸手一隔,依得里斯腿一软,倒在了地上。

"哎,我的孩子,哎,我的可怜的儿子！"依拉洪哭叫着跑了过去。

"抬走,放到阴凉地方去！"艾则孜说。

这是下午发生的事情,回想起这些,我的心十分不平静。

对于我们共产党人来说,比生命还宝贵,比钢铁还坚强,比太阳还明亮的是什么呢？我的母亲一九四七年在雨花台英勇就义。砍头不要紧,只要主义真。主义真——这就是我们的生命、我们的武器、我们的太阳！有了这一条就什么都不怕！没有这一条……就比什么都可怕。

难道我没有和依得里斯、陈远谋做过斗争吗？但是,为什么,在稿子问题上,我的意见和这两位书记有这样大的差距？

65

问题就出在那些大块文章上。我不怕依得里斯和陈远谋。十二年前，我就对陈远谋做过严肃的斗争。但是，我怕那些大块文章，而大块文章，正是依得里斯和陈远谋的精神武装。三十多年来，我受到的党的教育，我读过的毛主席的书，我的父辈走过的路程和我自己的小小的经历，我周围的贫下中农的实践，一句话，我的全部的思想、感情都深深地憎恶梁效①他们的高论。然而，那些文章铺天盖地而来，气势是那么大，面孔是那么"权威"，词句是那么尖锐，调子是那么高，我怎么有力量有把握去否定它呢？甚至一想起这个问题来我的心就怦怦直跳。

让我的心怦怦地跳吧！这本来就是一个生死攸关激动人心的问题。我的母亲为着"真"的主义抛头颅、洒热血，那么，今天的那些大块文章，它们宣传的主义是"真"的还是假的，这个问题难道能够回避吗？难道能够不去捍卫母亲曾用鲜血和生命捍卫过的真理吗？难道能够允许母亲用鲜血浇灌过的土地上，都结出"梁效"这样的毒果！

林彪也曾经是庞然大物，人们也曾经有过怀疑和苦恼。曾几何时，他们已经被历史彻底埋葬……莫非这些气势汹汹的大块文章也不过是历史上转瞬即逝的小小插曲？

我打开案头的《毛泽东选集》，我凝视着毛主席的慈祥的、深邃的眼睛。毛主席，您的女儿想念您！您老人家已经高龄，还在为了我们日夜操劳……近年来，您谆谆教导我们，要认真看书学习，弄通马克思主义，要提高识别真假马克思主义的能力，要学会识别假马克思主义的政治骗子。您高瞻远瞩，洞察一切，您一定已经做出了周密妥善的布置，驱散我们头上的乌云，让红太阳的光辉照亮我们的前程！

一股暖流温热了我的心胸，湿润了我的眼睛。电灯熄了，夜深了，公社的柴油发电机停止了发电。我点上了煤油灯，捻亮了灯芯，

---

① 梁效及后文的罗思鼎、唐晓文、初澜均为"文革"中"四人帮"的写作班子。

拿出日记本,打算记下点什么。这时,我听见了轻轻的敲门声:"向春晖姐,您还没有睡吧?"

我打开门,是帕拉海特,他不安地说:"请原谅我这么晚还来打搅您……"

"不,还不到睡觉的时间。"我请他坐下了。

"我心里翻腾得厉害……我们是初次见面,原来我还以为您是一个身材高大、勇武的人。"他说。

"像一个篮球运动员?"我问。小伙子有点忧郁,我有意识地说说笑话。

他笑了,笑容没有停留多久,他说:"我觉得,您是最了解我、体谅我的……"

"那只是因为,我也有知识分子的弱点罢了。"我笑了。

"这么说,您完全想通了?我看到,当艾则孜书记说您的时候,您是不接受的。"

"您观察很细致,不愧是记者。我后来想通了,我认为艾则孜同志的批评是完全正确的。如果是非不辨,真假不分,而只是表示个人的忍辱负重,那又有什么用呢?"

"您说得很好。但有时候我想,这个是非问题确实是太复杂了。"

"有些问题对于我们确实是复杂的,对于贫下中农来说都不见得那么复杂。他们最有实践经验,最能判断真理和谬误,假马克思主义的东西不管打着什么旗号,也不能使他们上当。"

"是的,这些问题对于玛依拉他们要简单得多……"

"不是简单,而是坚定。我呢,和您一样,多读了些书,脑子多转了几个弯,这使我们多知道了一些有用的东西。但是,这几个弯也使我们能够接受或者至少是不敢否定某些在贫下中农看来根本是胡说八道的东西。"

"是这样吗?"他眨了眨眼睛,慢慢兴奋起来。

"是的。所以我们要向贫下中农学习,改造一辈子。"

他点点头,然后说:"我想多在公社留几天,真正多了解一些贫下中农的生活和情绪。明天让我在种子站参加劳动吧,给我分配活儿吧!行吗?"

"那太好了!"我站起来,走到他面前,紧紧握住他的手。

第二天,天晴气朗,阳光灿烂。不仅帕拉海特,还有艾则孜书记和阿卜里米提书记都到我们的种子站参加劳动来了。我们在玉米地里锄草定株,歌声不断。

收工的时候,阿卜里米提同志用衣袖擦着汗对帕拉海特说:"小伙子!我早就说过,多和贫下中农一起劳动,您就不会那么愁眉苦脸的了。劳动人民是历史的创造者,那些违背劳动人民的利益,和劳动人民的生活、感情、心愿毫不相干的东西,无论怎样猖獗一时,最后也要完蛋!"

帕拉海特和我们一起劳动了五天。最初,玛依拉他们用异样的眼光看着他。汗水和歌声缩短了他们的距离,我敢说,当帕拉海特离去的时候,玛依拉还有些惆怅呢。

不久,地区报纸上刊出了关于我们的种子站的报道。虽然写得平淡一点,却比较符合事实。

报道发表后的第三天,陈远谋怒气冲冲地来到了公社。我找他汇报工作,他说先不忙,要单独找一个时间和我长谈。在依得里斯家度过了两天以后,他要求艾则孜同志召集党委会讨论种子站的工作。"我有些重大的、原则性的意见要在会上谈。"他说。

公社党委会召开了,我和玛依拉的爸爸阿卜拉列席。陈远谋说:"你们的种子站虽然做了一些工作,但是方向路线问题没有解决。"接着,他提出了一个叫做"彻底改造种子站"的计划,主要包括两个方面。第一,要打掉"土围子",开门搞科研。种子站要扩大,公社有多大,种子站就多么大。要块块地是试验田,人人是技术员,队队是种子站,颗颗籽粒都是良种。这样,才能打破少数技术人员对于育种的垄断。第二,种子站的根本任务不是培育农作物的品种,而是和各层走资派做斗争。他认为,说种子站必须育种,就是孔老二说的"名正言顺",必须批判。种子站要办成一个斗走资派的兵站、碉堡、炮台。为此,例如现在办的技术夜校,应该立即转入"关于党内有一个资产阶级"的学习,各生产队的农民技术员应该经常向种子站汇报走资派的动态。

陈远谋声色俱厉,摆出一副杀气腾腾不容反驳的架势。最后,他说:

"彻底改造种子站,这是一场大革命,它必然要受到党内资产阶级和阶级敌人的疯狂反对。谁反对,就让他灭亡。"

"我以为怎么改造呢,"阿卜拉老站长卷起一支莫合烟,似乎并没有被陈远谋的咋唬吓住,慢条斯理地说,"原来就是把种子站解散!"

"怎么是解散!是扩大,加强……"陈远谋辩解说。

"算了吧,说得倒好听!您是在哄孩子吗?"

"你这是什么意思?"陈远谋准备和阿卜拉大叔论战,阿卜拉大叔却转过身去再也不说话了。

陈远谋的计划没能在公社党委通过。于是,他又直接抓种子站。他下令,当天晚上的技术学习改为讨论"党内有一个资产阶级"。这是我有生以来参加的最有趣的一个讨论会,开始,陈远谋讲了话,依得里斯也讲了话,陈远谋作了补充,依得里斯也作了补充。然后再号召也没有人发言,倒是渐渐传来了长短不一的各种各样的鼾声,小伙子们互相依靠着睡着了。

"醒一醒!"依得里斯大声吼叫着。叫醒了这个,那个又睡了。不仅年轻人,阿卜拉大叔也睡得一塌糊涂。而女孩子们,带着钩针和织品,在这里做挑花窗帘、手绢,她们交流和评比了每个人的手工,声音虽小,讨论得却十分热烈。我捂住嘴,差点笑出声来。

散会以后,陈远谋沉着脸对我说:"你先别走,我们个别谈谈。"

别人都走了,我留下了,陈远谋不停地吸着烟。突然,他低声说:"向班长!向支书!"

我看了他一眼。

他冷笑了一下,阴沉地说了下去:

"老同学,十余年来我们的争论该结束了。在大学的时候,我们是同学。那时候,你是班长,后来又当了团支部书记,我呢,我是个落后分子。你是高才生,考试的时候,全优!我呢?三门不及格。是我笨吗?不是,我早就说过,学技术,不会有出息。记得你还主持团支部开会批评我呢,'极端个人主义'啦,'不安心专业'啦,'人生观有问题'啦,你们的那些鸡毛做的小帽子有多么轻巧啊,如果是我给你扣帽子就没有那么脉脉含情。干脆说吧,你是个反革命!别忙,等我把话说完。你的妈妈是烈士,那是民主革命时期的事,现在不算数了。你的爸爸是走资派,刚工作一年,最近又在被批判,你知道了吧?你个人呢,你说过'庄稼不是靠空喊长出来的',像这样的现行反革命言论,依得里斯已经记了一本子了。

"不说这些了,我这次来公社的目的并不是为了给你定性定案,我只是想和你结个账,然后,咱们重打鼓另开张,咱们是老同学了嘛。向春晖,向班长,你错了!我们毕业已经十二年了,你辛辛苦苦,你彻夜不眠,你无冬无夏和农民一起在土里泥里滚,十二年来,你跑坏了三副自行车内外胎……所有这一切,你得到了什么呢?至今,你还住在集体宿舍里,你已经三十多岁了。只是由于你的狂热,拒绝了学校分配你留下来做助教,却坚决申请到边疆的农村来,这才使你……唉,我都替你难受啊!"

"没有什么,用不着你难受!"我镇静地说。

"没有什么?!我知道有一条你受不住,我完全知道,你信不信?"他活跃起来,逼近我,龇牙咧嘴,手舞足蹈。

"哪一条?"

"我可以不让你搞这个农业科学!别忘了一九七四年的教训!"

我战栗了,一九七四年,他以我迫害少正卯式的依得里斯为名,把我调回县里,管了三个月的伙食账。三个月,我看不到土地,庄稼,渠水……这确实比什么都残酷!

"你不可能总是一手遮天!"我鼓起勇气回答。

"我不是一只手,而是一支力量。你以为县委书记可以做你的后台吗?他自身难保!你应该看清当前的形势!不,我们为什么要说这个最不愉快的前景呢?我不愿意发生这样的事情,我知道,你也不愿意发生这样的事情。你为了农业科学技术的发展,为了高产,你献出了自己的青春,心血,甚至爱情!你这不是很崇高吗?我完全可以支持你,帮助你,保证你安心地、不受干扰地和农民一起搞科学研究,我可以把县农技站试验室的钥匙交给你,我可以多购买一些农技资料给你看,我可以把你写的论文打印下发,我可以多拨给你一些科研经费,完全由你支配……只要你答应一个条件。"

"什么条件?"

"和走资派阿卜里米提划清界限!现在,已经是我们和阿卜里米提这个走资派决战的时候了,关于他复辟倒退的言行,我们已经整理了一大批爆炸性、毁灭性的材料……"他掏出厚厚的一叠纸,"请你也写个揭发县委书记的材料,如果你不愿意写,只消你在我们的材料上签个名……你将永远是我的战友……"

"太可耻了!"我气得浑身哆嗦,费了老大的劲,才控制住自己没有举起手来给他一个耳光,"你完全错误地估计了形势,错误估计了我!我热爱农业科学,不错,因为我爱祖国、爱人民、爱党、爱毛主席!我到边疆搞农业,那是因为毛主席的号召,党的教导,母亲的遗愿和父亲的嘱托,我是为了革命才来搞技术的!如果你以为我为了一心搞技术可以出卖自己的灵魂,可以投靠你们,那就是瞎了狗眼!"

我走出了会议室,砰地关住了门。

门外的景象使我呆住了。许多个黑影,每人手里提着马灯、手电筒。一见我,纷纷聚拢了过来。

我定睛辨认,是种子站的年轻人。

"你们?"

"我们不放心……"玛依拉把双手搭在我的右肩上,阿尔孜古丽拉起了我的左手。玛依拉问:"他和你都谈了些什么?别怕,有我们呢……"

原来是这样!他们提灯守候在这里,做我的强大的后盾。热浪在我的心头翻滚,热泪在我的眼眶里涌流。

"谢谢你们!"我用抖颤的声音说,"我和陈远谋的谈话,已经永远地结束了。"这时,一个大胆的,挑战的念头在我脑子里像电闪一样地一亮。"弟妹们!"我叫了一声,"请问,您们现在累了么?"

"我们不累!"

"我们刚才睡得可美呢!"他们回答。

"那好,我建议,我们现在按原定教学计划上技术课,为了实现农业现代化,我们必须争分夺秒!"

年轻人欢呼着拥到房间里,许多盏马灯把会议室照得更加明亮。陈远谋惊恐地看着我们。我大步走到黑板前面,庄严地宣布说:

"现在上第十一课,《种子的室内鉴定》。"

年轻人又是一阵欢呼,淹没了陈远谋的狂怒的嘶喊,他跄踉着走出去了。

四

一九七七年的金色的秋天,我去种子站参加玛依拉的婚礼。

一路上,我看着农田、麦场、林场、渠道、高压线和电话线杆,真是感慨万千! 短短的一年,我们的公社发生了多么大的变化。我呢,已经快六十岁了,然而,自从华主席领导我们一举粉碎了"四人帮",我好像又重新获得了无限的活力。我们的祖国、我们的人民、我们的事业,又开始了崭新的莺歌燕舞的春天。

在艾尔肯家里,在辉煌的电灯光照耀之下,新郎招待着来客中的年轻小伙子①,按照我们维吾尔人的风俗,大家依次传递着用一个酒杯饮酒。穆拉特闭目凝神,以一个老练的乐师的熟练和专心致志地弹着热瓦甫,为跳舞的人伴奏。艾尔肯又干了一杯以后,挥动拳头,向新郎戏弄道:

"嗨依,帕拉海特!您怎么敢夺走我们种子站的女孩子?您不怕我们揍您么?老实告诉我们,您是怎么看中了玛依拉的……"

"谁知道呢?"帕拉海特微笑着回答,"去年夏天,玛依拉是那样地痛骂了我一顿,骂得我七天七夜都抬不起头来,骂得我终生难忘……"

欢呼和哄笑声像海浪和春风一样。

婚礼结束了,客人们三三两两,说笑着散去。在回公社的路上,我碰到了向春晖,她去乌鲁木齐开会昨天才回来,我们还没见面呢。

"艾则孜书记大叔,您好!"她和我握了手。

"您好!"

"我们的水电站发电了?"

"国庆节正式发的电。"

"太好了!这次去乌鲁木齐,收获大呀!传达了华主席对于科学工作的指示,学习了中央关于召开全国科学大会的通知,上马了,真的上马了。我们还学习了优选法,采购了一批仪器设备。我们种子站的试验室马上可以正式建立起来,我们的育种工作,要提高到一个新的阶段,我们不但要培育粮食作物的良种,还要全面改良西瓜、甜瓜、大麻、烟叶、菜籽、胡麻……"

"设立试验室的计划您为什么早没有提出来呢?"

"噢,'四人帮'横行的时候谁敢提试验室,连试验田他们都否定,您忘了陈远谋那个'块块地都是试验田'的高论了吗?真是比蝎

---

① 维吾尔族风俗婚礼时多半按照性别和年龄分别在自己的好友家招待。

子还毒,比驴还蠢!"

"陈远谋和依得里斯都进学习班交代问题去了,听说,他们的态度还不老实。"我告诉向春晖。

"就是要狠狠地揭批!这些年,'四人帮'使我们损失了多少宝贵的时间啊!我们一定要追回来。"

"春晖古丽呀①,我的女儿!"我总算找到了一个恰当的机会,把我心里的话说出来,"我希望,对于您个人生活上失去的时间……也能追回来。"

她轻轻地笑了,忽然加快了、又放慢了她的脚步。"维吾尔农民什么都好,就这一条不好,他们对我的生活太关心、太着急了……"

"是您自己太不关心,太不着急了啊。"

"这有什么呢?在革命战争的年代里,不是有许多同志在残酷的斗争环境中推迟了自己的婚姻,甚至终身不结婚吗?就是在旧社会、在资本主义的外国,不是也有一些献身革命、献身科学或者艺术的有志之士终身不搞这个事儿吗?"

她的这番话可把我吓坏了,慌乱中我不知怎样措词:"您这个观点实在是……是……'极左'!"

"哟!"她格格地笑了,"您怎么也要开'帽子工厂'!"

到了公社,快分手的时候,她低声告诉我:"艾则孜书记大叔!您放心吧,会好的,一切都会很好的,会的,您放心……"她的声音里有一种不同寻常的幸福和温柔的调子。在透过白杨树洒落下来的月光里,我好像看到了她的睫毛的闪动。

"不要瞒着我们这些老农民吧!是不是这次在乌鲁木齐碰到了好人?"我的心悬到了嗓子上,如果她回答"是",我会高兴得哭出来的。

但是,她终于没有回答,毕竟是知识分子……

---

① 古丽:维语,花。常用来称呼女性,有表示亲切之意。

告别以后,走了好一段了。我回过身,只见她还站在月光里。我想起了一件事,便大声叫道:

"春晖古丽,您的父亲来信了吗?"

她听见了,她也高声叫喊着回答:"来信了。他很好!他说,他又像一九四九年那时一样年轻了……"

向春晖的声音是空前地欢快、响亮、明净,像一只金唢呐,震响在弥漫着秋日的白杨和庄稼的香甜气味的夜空里。

发表于《新疆文艺》1978年第1期

队长、书记、野猫和半截筷子的故事

应该怎样为人民公社的基层干部画像呢？是刻画他们的风吹日晒下黝黑而皴裂的皮肤吗？描写他们的沾满了尘土、芒刺、树叶、粪肥的长靴吗？渲染他们的黑条绒上衣的后背上透过来的白花花的汗渍吗？同情他们的熬红了的眼睛和嘶哑的喉咙吗？羡慕他们在本地的无上威权，走到哪里都被注视、被谛听、被请示和申诉包围起来的举足轻重的地位吗？还是为了他们往往处在矛盾的焦点，受到各方的夹击而不平呢？

一

先说说队长铁木耳：他生活在新疆一个维吾尔族农民聚居的农村，四十三岁，大眼睛，紫黑的方脸上刻着几道稀疏的、深深的纹络。解放前他在煤窑背煤，腰腿受损，至今微有驼背，即使空身行走也显得很用力——他不会那种轻松的疾行或者从容的漫步。

多年来，他担任社办煤矿的领导。一九七二年因病回到六生产队，七三年当选队长。两年时间，铁木耳队长怎么样？看一看六队新开垦的土地，整齐的庄稼，疏浚了的渠道，再看一看社员脸上的笑容和家里新添置的什物，就了然了。

但是他有一个不算美气的绰号：泰推尔。直译"反着"，意译可作"杠头"。就是说，他爱抬杠。例如，一九七四年夏收时节，仅仅因为还剩两亩小麦割倒了没捆起,他竟然把会计带领着的报喜队伍从半路上叫回来!

一九七五年初春,州上要开学大寨经验交流会,上级让六队报材料。十九岁的会计谢米什丁根据铁木耳的口述写了一份,送到了负责此事的公社革委会副主任谢力甫那里。

谢力甫三十挂零,白净脸,双眼皮,长眉上挑,动作带一点女性的味儿。他原来是自治区一个厅局的翻译,汉文和维文都学得不错。但是,他日益愤愤的是:译得再好也不过是翻译,而他当年的两个做一般行政工作的同学,却在近年提拔了。他的业务能力坠住了他的高飞入云的翅膀,他多次请调不成,决心离开乌鲁木齐,以照顾老母为由回到了故乡。他言称声带病变,拒绝再当翻译,选择了来这个公社担任秘书。他认为,秘书至少能掌管公章,而翻译连舌头都不归自己。

当了半年秘书之后,他就当了副主任。这职衔有一种奇妙的效应,他觉得自己身量变高了,体态丰满了,嗓音洪亮了,举止大方了。道路已经打通,光辉灿烂的前程才刚刚开始。

这天,谢力甫拿着六队的总结来找铁木耳,谢米什丁也在场。

"铁木耳哥,"按照穆斯林尊重长者的习惯,谢力甫屈尊叫了一声,"州上要开会,我们打算让您去呢。"

"也行。"铁木耳应道。

"可这个材料不行。"谢力甫转头看了谢米什丁一眼,正在打算盘的小会计连忙点头。"高度不够,站得太低。是你们的指导思想有问题……"

谢力甫讲解了一些"精神"。他的话里充满了农村干部难以理解和记忆的那些新名词、新提法以及新流行的省略语。

铁木耳垂手呆坐,不吭声。

"譬如说,'评法批儒'你们队里是怎么搞的?"谢力甫提示。

"没搞过。"铁木耳的回答简单、冰冷。

"理论队伍是怎么建立的？"

"……队伍？"铁木耳翻了翻眼，由于脸黑，他的泛着青光的眼白显得格外鲜明。然后，他垂下了眼帘，"没有。"他说。

"再譬如，你们是怎样批判唯生产力论的？您至少传达过去年夏天我的讲话吧？"

谢力甫多么希望铁木耳回答一声"是"啊。只要他头一点，底下的事就不用他管了。

铁木耳的回答仍然是一个词："没有。"

"您怎么……"谢力甫几乎咆哮了起来。

其实，不只铁木耳，许多队长都没传达谢力甫的讲话。身处三大革命运动第一线的生产队长，哪有兴致去磨那个嘴皮子？当然，对待上级正确的指示，他们是认真贯彻的，不仅用语言，而且用行动，用他们的全部心力和汗水，至于那些冒充上级精神的空话、废话、屁话，对不起，一般是边听边忘，在不得不照本宣科地说一说的场合，至多也不过是边说边忘罢了。

但是谢力甫不理解。他对报刊上的精神有多么理解，对队里的实际就有多么不理解。"您……"谢力甫气得腮帮子凸出来了。他多么想把这块铁疙瘩狠狠收拾一下啊，但是，不行，现在的任务是写材料。他材料知道写好了，对于自己有多重要。他咽了一口唾沫，强作笑容，开导说：

"铁木耳队长！您别什么都'没有'好不好？至少，您得说说您想了些啥嘛，难道您就知道抡砍土镘，却没有思想吗？"

铁木耳瞥了他一眼，问："您知道咱们这个村庄早先的名称吗？"

这回轮到谢力甫摇头了。

"我们这里原名阿克提干（白刺草）。一百年前，这里是长着没边的白刺草的荒地。有三个穷汉追逐一只狍子来到了这里，发现了一小块被山洪漫过的土地，哥儿仨用花帽翻过来盛上麦种，把金黄色的种子撒到这块土地上……后来，这儿能打粮食了，穷苦人的劳动就被地主霸占了。解放军到来的时候,这里是艾力伯克①的庄园。我常想,如果一百年前的三个穷人能够在这里开垦、站住脚跟,那么,我们这些幸福的后辈、新社会的主人,怎么能够不彻底征服风沙,夺取更多得多的土地,创造史无前例的高产呢?"

"您想的就是这个?"

"嗯。"

谢力甫失望地嗫嚅着:"张口就是一百年以前……这算什么思想?"

于是铁木耳明白了,对于副主任,只有报上登的才是"思想",而自己想的,根本不算思想!

"譬如说,"谢力甫抓住铁木耳的衣袖,继续追问,"也许你们队有订报纸的吧?"

"有。"铁木耳点点头,捏着手指计算着,"生产队订了两份,社员个人还有六户。"

亚夏②!他总算说了个"有"字!

"太好了,真好!这就对了!你们订的报很不少!报上那些法家的文章大家总是看了嘛,这就推动了你们的工作!不学法家,你们能治沙、开荒吗?不管你们是否意识到,不管你们主观上怎样想,事实就是如此!"谢力甫狂喜地推演着,眼睛发亮。

"法家?"铁木耳又眨眼了,"我们看报的人不看这个。您说的那个法家文章,邮递员一送到,我们就把它裁成二指宽的小纸条。"

"干什么?"

"卷莫合烟。"

谢力甫走后,一直在场的小会计谢米什丁说:"队长哥,您为什么那样回答呢……他生气了。"

---

① 伯克:维语,对于封建豪绅的通称。
② 亚夏:维语,本意为生存,表示欢呼时通译万岁。

"我说的是不是事实?"

"事实当然是事实。可谢力甫哥是从自治区来的……他认识的人很多……上边来的人经常由他接待……您应该注意关系呵!"还是张孩子脸的谢米什丁,这样好意地提醒着。

铁木耳瞪大了眼睛,严肃地、有些悲哀地直视着他。这目光使小会计不自在起来。

"哼!怪事也和鸟儿一样,往往成对成双。"

"什么怪事?"谢米什丁没懂。

"第一,一个共产党员向另一个共产党员说了实话,就能使那个党员肚子发胀。第二,一个十九岁的娃娃却比成年人还老于世故!"

谢米什丁刷地红了脸。

二

"谢力甫书记,谢力甫主任!"

"谢力甫主任,谢力甫书记!"

谢力甫在铁木耳那儿碰了钉子,一脸晦气,心里骂着:"真是个不可救药的泰推尔!"好半天也没听见这急切、亲热的叫喊。等他止步的时候,一个砸蒜锤子似的圆柱形的头出现在面前,两眼紧挤着鼻梁,脸上堆着一弹就能掉下来的笑容,这是六队社员哈皮孜。他抚胸屈身,恭敬地行礼。

"书记,请到寒舍一坐,请赏光,已是中午了,主任!"哈皮孜的声调曲回婉转,似是发自一张转速多变的唱片。

谢力甫党内没有职务,行政上只是副职。他明知哈皮孜在假意奉承。但是,谁知道这是一种什么心理学的规律,那口口声声"书记"和"主任"的称唤,仍然是赏心悦耳。就这样,谢力甫舒舒服服地坐到了哈皮孜的饭单近旁。

哈皮孜三十三岁,原本是供销社的售货员,因为贪污和陷害别人,在四清运动中被除名。他有五个孩子,生活相当紧。但他不好好劳动,把差不多全部精力用在寻找、制造和利用纠纷上。今天给这个干部递呈子,明天给那个领导送状子。他到处编造谣言,诽谤妨碍他的人,同时又到处讨好,赔笑献殷勤,设法靠近可能对他有助的人。遇到早衰的老婆恶言相骂的时候,他高声宣告:"我自来就不是农民!我生下不是为抢砍土馒。只要坚持,用筷子也可以挖口井!我名叫哈皮孜,你好好记住!①"

饭单旁,哈皮孜投其所好,严厉抨击了铁木耳。他指责铁木耳是一个没有政治头脑、保守僵硬,不能适应形势的落伍者,是糟朽如棉的木头,是一捅就破的熟过了劲的哈密瓜,是过期失效的电影票……

听到这一套妙喻,谢力甫像三伏天喝了一碗用坎儿井②水搅拌的酸牛奶。

对哈皮孜,谢力甫早有所知。两年之内,他收到过他的七封控告信。最近,他又送来了一份长达十三页的题为《学习吕后先进事迹》的心得,只是因为他写的文字错误百出,一直没有细读。这次回去,他重新拾起,透过文理不通的尘沙,他发现了黄金!特别是这篇关于吕后的心得,虽然题名不伦不类,史料驴唇不对马嘴,仍然放射着勇敢和锐敏的闪光。难得有这样的有心人!

三

谢力甫写材料,案头上摆满了梁效、罗思鼎、唐晓文、初澜③之类的堂皇文章。而谢米什丁那几页揉皱了的工作总结,实在太寒碜了。其实在这几页纸中,他可择取的不过是两三个数字。至于思想、格式到每个具体提法,全靠从这些来头很大的文章中引进。经他苦心操

---

① "我名叫……"云云,犹言"我行不更名,坐不改姓,咱们走着瞧!"
② 坎儿井:吐鲁番盆地挖修地下渠道用的井。深者可达数十米,夏日其水甚凉。
③ 见第66页注。

作,这份材料便成了不折不扣的翻案文章,六队的增产被说成是一些先进分子(指哈皮孜)对保守分子(指铁木耳)斗争的结果。材料提到了吕后对农民的启迪和鼓舞,列举了三个回合、五条体会。总之,材料写得很漂亮,对于"理论家"来说,写的是合乎规格的"实际",对于实际工作者,写的是高、新、深的"理论"。

铁木耳断然拒绝承认和宣读这份材料。才好呢,不顾公社党委书记反对,参加会议的代表被谢力甫指定为哈皮孜。为了使此人壮观一些,副主任指令谢米什丁支借给哈皮孜十五元钱,让他做了套新衣。

哈皮孜好美,他发了言,吃了包子抓饭,照了相,看了文工团演出,带着奖状回来了。

弄巧成拙。哈皮孜宣读的、出自谢力甫手笔的材料,由于太不凡,受到州委领导同志的注意。对于不喜欢读梁效长文的领导同志,这份材料新得出奇、高得可疑,他向有关部门提出了这个问题。

于是,农工部长带着一名干事来到六队。部长发现,六队社员既不知晓材料的内容,更不明白怎么是哈皮孜代表他们去开会。听了材料全文以后,一个个茫然莫解。

"这是说的哪里的事?"一个老人问。

"就说的咱们队呀!"一个青年答。

"我的孩子,"老人生气了,胡子撅了起来,"对老头子是不兴这样寻开心的!"

有个年老的木匠,矮身量,圆眼睛炯炯有光,面色红润,银须飘拂,体态和举止十分洒脱。他用一种唱歌一样的浑厚的嗓音向部长和干事问道:

"请问,究竟是马匹拉犁耕的地,还是马身上的虻蝇拉犁耕地?"

"老人家,您的意思是……"

"听了您的材料,我怀疑,是不是有一天会请虻蝇来拉犁,是不是毛驴子会长出犄角充当百兽之王,而我们的坎儿井会不会翻转过来,变成矗立七天①的宝塔?"

"他是谁?"部长询问,知道了发问的这位老木匠便是鼎鼎大名的莱提甫科兹克戚②。与铁木耳及现任大队党支部书记库德来提一样,他们三人解放前都是恶霸地主艾力的长工,是同生死、共患难的忘年之交。莱提甫因为善讲笑话而名扬四远,方圆百十公里,为了请到他光临某个喜庆聚会,需要事先"挂号"排队呢。

部长和干事在六队待了十天,参加劳动,广泛接触了社员和干部。回去以后,给州委常委写了一个报告。州委通报批评了那份材料歪曲事实,收回了哈皮孜的奖状,重新隆重地给六队发了奖。公社党委写了检查,并对谢力甫进行了严肃的批评。

六队全体社员由铁木耳队长率领,敲着手鼓,吹着唢呐,载歌载舞,到公社去迎接那闪闪发光的、用汉文和维吾尔新文字写着"学大寨、迈大步"两行大字的奖状。州委农工部长与公社党委书记跟铁木耳热烈握手。铁木耳激动地向社员们说:

"党了解我们,党关心和鼓舞我们,我们绝不辜负党的期望!"

是的,他们没有辜负党的期望。这年,他们的产量跨过了"黄河"。"向'长江'③进军!"的口号响彻六队的每一块田亩,每一间住宅。

四

到了一九七六年,年初就刮起了一阵风。风是个厉害的东西,它可以吹干幼苗,摇落铃蕾,卷起黑沙,迷住许多人的眼睛。然而,也恰是在狂风里,我们看到了傲然屹立的苍松、挺拔俊秀的白杨,和保护着我们的母亲——大地沃土的众多的、不知名的劲草……

---

① 七天:伊斯兰教认为天有七重,犹汉语之九天。
② 莱提甫科兹克戚:莱提甫是名字,科兹克戚是称号,含义为幽默、逗人笑的人。
③ "黄河""长江":《全国农业发展纲要》规定的不同地区应达到的粮食亩产量。

前边已经提到,铁木耳的另一个战友是大队支部书记库德来提。库德来提年近五十,须发褐黄,腰板挺直,不论什么姿势,总像铜铸般地稳定有力。大跃进的时候,他是有名的标兵,去过北京,见过毛主席。从打解放军进疆,他一直担任基层干部。特别是经过"文化大革命"的风风雨雨,他更加成熟了。

但是,一九七六年初的风也时而使他透不过气。他一面深锁双眉看报、听广播,一面警惕地注意着周围动向。哈皮孜又闹腾上了,说什么一九七五年夏收回奖状一事是个"右倾回潮"的"反革命事件"。谢力甫也一股脑儿推翻了公社党委对他的批评,在公社第一把手被调去学习之后,他成了临时负责人,采取了一系列找别扭的措施,其中一条就是直接任命哈皮孜为六队的副队长。

这一任命引起了强烈愤慨。库德来提受支部委托去找谢力甫,他开门见山地说:

"我们不同意这个任命。那是个品质恶劣的人……"

谢力甫剔剔指甲,抖抖衣角,莞尔一笑:

"离开路线谈什么品质?"

"请问,什么叫正确路线呢?毛主席教导我们,要从最大多数的人民群众的最大利益出发……"

"等等。"谢力甫打断了库德来提,从案头拿起一本刊物,边读边讲解,声调顿挫抑扬,模样活像一个给人间带来福音的天使。

他强调:"谁领会上面的意图快,"他五指并拢,将手掌向上一伸,"谁就走在了前面,谁就得胜。相反,只能靠边、挨打。你是老干部了,怎么连这点常识都没有?看来,要虚心向哈皮孜同志学习噢!"

"向哈皮孜学习?"库德来提差点没喊起来,"我要向您汇报,哈皮孜好逸恶劳,谎话满嘴,挑拨离间,邪门歪道,早在六五年……"

他说不下去了。谢力甫根本不听,转身拿起了一支红铅笔去圈点报刊文章,把脊背给了他。

谢力甫专心圈点。他拉开抽屉,拿出友人寄来的清华大字报汇编。在这个远乡僻壤,这乃是他独占的灵光。前所未有的巨大的机会提供在面前,他绝不能让已经栖落在额头上的幸福鸟展翅飞走。他笑了,抬起了头,才发现库德来提已经不在。他轻蔑地撇撇嘴,让这些农村干部领会精神就比在磨盘上钻孔还难!一种先知们特有的寂寞感轻搔着他的心。

哈皮孜来了,来得正是时候,他把"汇编"拿给哈皮孜。

"可我们这里还是一潭死水!"哈皮孜抱怨道。

"所以需要你这条鱼儿,掀它几个浪花!"

五

夜间,库德来提主持例行的碰头会。一阵狗叫,随着急促而凶猛的脚步声,进来了哈皮孜。他眼球外凸,一脸肃杀之气。

"出事了!"他宣告,气喘吁吁。

大队干部们紧张起来。

"今天开队委会,我才讲了半个钟头,铁木耳队长没等我说完抬腿就走了……"

原来如此。

第二天同样时间,哈皮孜又满头大汗,面红耳赤,闯入了大队。这天晚上,他给社员"辅导",在被辅导的人们精疲力尽、会场上传出了长长短短、高高低低的鼾声之后,队长起立宣布了散会,社员一哄而散,谁也不理会哈皮孜"不要走!不要走!"的叫喊。

为了表示公正,哈皮孜说:"只有莱提甫留在了会场,并向我提出了一些关于吕后的问题,要求我对他个别辅导,他这种热心学法家的精神,值得表扬。"

第三天……第四天……哈皮孜天天夜间来告铁木耳的状。鸡毛蒜皮,狗扯羊肠,没完没结而又危言耸听,好似出了人命案。他一再用威胁的口吻对库德来提说："谢力甫主任指示，有事就来找您，您有支持我的工作的责任。"例行的碰头会无法进行，工作受到严重干扰。书记不发话，别人又不好把他撵出去。

第七天，哈皮孜又给全队社员辅导。莱提甫木匠抱着一只猫进了会场。这猫，个儿非常之大，黄皮棕花，绿眼幽幽。它伏在木匠的膝头，一个女孩子伸过手来想要抱它，它弓腰伸爪，胡须奓开，"匹什——"发出一声强有力的、野性的、令人毛骨瘆瘆的"喷嚏"，那个女孩子惊叫了起来。

莱提甫周围开上了小会。老人介绍说，这只母猫靠喷气吓退"来犯者"。还说，这只猫肚量大，又善偷，左邻右舍的奶油、汤面，它经常吃剩碗底。燕子、黄鸟、蜜蜂、蟋蟀，那些会飞会爬的活物也逃不出它的利爪。春天它下了一窝三个小猫，一小时后，它把自己的小崽咯吱咯吱地吃到了肚里。

莱提甫的叙述使听众倒吸冷气。一些女社员咧着嘴，打起寒战。还有几个娇气的姑娘捂上眼睛呻吟起来。

"请猜猜看，"莱提甫问道，"我最近给它起了个什么时髦的名字？"

"名字？时髦？"是不是老虎？"一个社员迟疑地说。

"它算什么老虎！请想想，它的凶狠和残忍跟什么人相近？"

"是不是艾力伯克？"又一个人问。

"我已经说过了，这是母猫。而艾力伯克是公驴。"

社员们笑了起来。莱提甫用手势止住，示意大家用心去听辅导。

哈皮孜正在津津有味地讲着吕后杀人的"先进事迹"。

听完这一段，莱提甫问："诸位，听明白了吗？"然后，他环视四周，庄严地宣布：

"我给此猫正式命名为吕——后！"

他稍加解释："因为它具有女法家的性格！"

莱提甫大叔有一只"法家"的猫！莱提甫木匠喂养了一只吕后！

听众们稍一思量,立即交头接耳,前仰后合,笑成一团。

这么一来,哈皮孜的尊法辅导还如何进行得下去?

"莱提甫是现行反革命,我要求,在全大队组织批斗!"哈皮孜踉踉跄跄来到大队,面色灰白,眼珠上布满了血丝。

听了猫的故事,大队干部们忍俊不禁,格格地笑出了声。哈皮孜怒目相视,使有些人闭上了嘴,但是欢乐的气浪仍然从鼻孔里冲了出来。

库德来提的眼睛亮了。亲爱的,莱提甫老大哥,您信手拈来,不露形迹,使装腔作势的鬼话现形。

然而,现在还不是多说话的时候。哈皮孜是什么人?是阶级敌人?不能简单地下结论。是不堪一击的小丑?但他背后有谢力甫,他们的背后有一股邪气恶风。甚至也不能把谢力甫简单地说成坏人,他俩各自存在着思想品质上的严重缺陷。本来,在我们的社会主义国家,这些缺陷是会受到约束、鞭挞,也有可能逐渐得到改造的。如今,在一股邪恶势力的助长下,这一切却恶性地膨胀了。他们反过来咄咄逼人,张开大口,要把铁木耳、莱提甫这些好干部、好社员一口吞掉。难道用正常的方法能够说服他们吗?不能的。大队书记必须极小心地与他们周旋,捕捉战机,后发制人,然后战而胜之。想到这,库德来提那闪了一下光的眼睛,又垂下了眼帘。

"您怎么不说话呀?真成了哑巴书记!"哈皮孜恶狠狠地、粗鲁地说。

大队干部们争相批驳他,但是库德来提止住了大家。"我们了解一下。"他说。然后任凭哈皮孜怨言倾泻,他动也不动,眼皮也不眨。

哈皮孜走后,大队干部再也压不住怒火,他们七嘴八舌地"围攻"书记:

"您为什么不把他轰出去?"

"您怕得罪他吗?我们不怕。下次干脆把他交给我们……"

"您从来都讲原则,精明强干,可这回怎么了?"

库德来提微笑了。他说:"忙什么!"

六

"您能不能稍稍克制一点,方式上注意一点呢?"

正在专心致志地读着毛主席的《人的正确思想是从哪里来的?》的铁木耳,抬起了头。在煤油灯光的照射下,他的面孔显得更加严峻。他说:

"不,我受不了。"

"您不要给他留下可乘之机!"库德来提警告说。

"我不怕,我是党员队长。"铁木耳的回答斩钉截铁,"我不能眼看着全队三百二十六口人,两千多亩庄稼淹没在哈皮孜的屁话里。我一步不让!"

"我是说,要讲究策略!"

听了他的上级和老战友的话,铁木耳半天没言语。最后,他说:"哈皮孜算什么东西?我真想一拳把他小时候从娘怀里吸吮的奶汁打得从他鼻孔里喷出来!还有谢力甫……他问我:'难道您就没有思想么?'呸!照他看,正确的思想不是从三大革命运动中来,倒是由他那个梁效发下来的!看,我的这顶帽子买自国营商店,价值三块五!① 帽子底下有头!我思前想后,一夜一夜地睡不着觉。"片刻的沉默后,铁木耳深沉地说:"库德来提哥,这一切是怎么回事,有毛主席,有党中央,我才四十多,一定会看见的!"

他们没有再深谈。可能,关于斗争策略并没有取得完全一致的意见。不过,他们的心更近了。

---

① "帽子……"云云,是维吾尔人激愤时常用的一种修辞手段,可说是"赋、比、兴"中的"兴"的手法,通过强调自己的帽子的价值引出自己的头脑、人格和尊严来。

库德来提也"告诫"着莱提甫:"莱提甫哥,您的玩笑莫要开得太过分了呵!"他拉住莱提甫的手。

"是谁过分呢?"莱提甫反问,"旧社会,我是以笑当哭!我恨那些坏种,我只嬉笑怒骂去讥讽他们。我的老伴被他们害死了,儿子被抓了兵,我哭干了眼泪,还是到处说笑话……为了说笑话,我也曾挨过伯克的皮鞭……是毛主席拯救了我,我们才有了真正的欢笑……可如今,一些人是不是又想把我们拉回到那漆黑的深渊里?我就是要刺他们!我已经六十多了,他们想下毒手就下吧,只是未必能够得逞!"

莱提甫双眼含着泪。库德来提低下头,他的眼睛也湿润了,他紧握了老大哥的手,默然离去。

书记走到开始返青的麦地里,春风拂面,繁星满天,夜班浇水的社员正在忙碌,水流潺潺。他深深吸了口气,已经嗅到了杏花香。他想着这大地的辽阔,耕作的辛劳,生活的美丽和丑类的可恶,他走近去给浇水人帮忙,高高举起了闪光的砍土镘。

七

不过两星期,哈皮孜积累了富富有余的"子弹"。他找谢力甫,一口气汇报了七个小时。谢力甫予以夸奖,连夜起草了两份材料。一份题为《右倾复辟势力的代表——铁木耳的反动言行纪要》,一份题为《关于大造反革命舆论的现行反革命分子莱提甫的处理意见》,后一份材料送到公安局,要求对莱提甫实行专政。

写完材料,午夜已过。谢力甫紧张中感到一种淋漓尽致的满足,不可言喻的快感。材料里那些骇人听闻的帽子,像旋风一样地呼啸有声。铁木耳愈是复辟派,就愈证明他是革命派。莱提甫愈是现行反革命,就愈证明他是忠诚的左派。人间的逻辑就是这样无情、动人。谢力甫的精神,进入了新境界。

天色微明,他和衣趴到床上。恍恍惚惚,腾云驾雾。只见一座宏伟的殿堂,金碧辉煌,门前两排全副武装的卫队,变成且歌且舞的女子。他踩着红地毯,穿堂入室,不知走了多久,才进入了一间华灯耀目的大屋。迎面沙发上,坐着一个黑胡子微翘、衣服闪光、戴着宽边近视镜、腰里别着宝剑和毛瑟枪的人,正在奋笔疾书。不知来自哪儿的天启,他认出来了,不等介绍,便两手前伸,手心向上,颂道:

"向您致敬了,梁效首长!"

梁效首长仰首大笑,笑声愈来愈尖细,谢力甫定睛一看,却是一位古装女皇坐在宝座上。谢力甫一惊,怎么擅入女皇内室……赞美全能的真主!他自己立即改变了性别,耳环摇曳,长裙垂地。也就在这一瞬间,女皇不见了,只有一只似虎非狮的大猫,抬起前爪:

"喵——呜!"

他睁开了眼,天已大亮。

两天后,县委退回了材料。县公安局的批语是:"就所述情况看来,莱提甫主要是言谈不够严肃,可予批评教育,定为现行反革命分子,不能成立,逮捕法办,亦无根据。"

县委的批复是:"同意公安局意见。此件与另件混淆两类矛盾,无限上纲,是不好的。现退回,请公社党委讨论一次,引以为训。"

谢力甫气得眼发直。走资派就是这样顽固,他们上下勾连,组成了一个强大的网,他们胆敢与上面的精神唱反调!我正好从六队突破缺口,扩展到全公社、全县,闹他个天翻地转!

谢力甫下令在大队及所属各生产队干部范围内对铁木耳进行批判。他亲自参加,发言定调。铁木耳拒不检讨,并正言反驳。与会的干部谁也不说话,启发诱导不应,施加压力不灵。主持会的"哑巴书记"更是泥塑木雕,推三动四才动一动。

材料与批判会的失败,十倍地增加了谢力甫对铁木耳的忌恨,他指示六队要改选队长。改选会上,他公布了铁木耳的十大罪状:破坏理论学习、打击新生力量、包庇现行反革命、反对政治挂帅……并提名哈皮孜为队长候选人。

"赞成哈皮孜当队长的请举手!"奉命主持会议的库德来提,在谢力甫指点下宣布。

哈皮孜自己先举了手。期待已久的时刻终于到来了,队长的权力已经像握在他手心的小鸟。人生一世,这样得意的时刻又能经历几遭?他一阵迷糊,好像看见了全队男女老幼,连同牛马、果树、粮油、肉菜,全都向他俯身,"哈皮孜兄!队长大哥!哈皮孜队长!队长老爷!"周围是一片令人晕眩的喧嚣……

这时,传来了一声分明的宣告:

"两票,减去一票,一票!"

除去哈皮孜本人,只有老于世故的年轻人谢米什丁举起了手,环视四座后,谢米什丁的手又放下了,声明自己撤销了这一票。哈皮孜所得票数便成了 2-1=1。

哈皮孜的脸变绿了。谢力甫的脸变红了。

"请问,怎么办?"库德来提请示谢力甫。

"……"谢力甫瞠目结舌。

"选举结果,哈皮孜同志获得一票,不过半数,未能当选。在选出新队长以前,铁木耳同志继续履行队长职责!"大队书记说。

"不行!"谢力甫站了起来,"谁当队长都行,就是铁木耳不行。"

"我当队长如何?"莱提甫笑嘻嘻地站了起来。

"不,不,不,不要让他说话!让他走远一些!"哈皮孜摆着双手,像在抵御拳击,又像见到了多灾海①的烈焰。

莱提甫仍然是笑眯眯地、不慌不忙地、彬彬有礼而且举止优雅地走到了哈皮孜面前。他大声问道:

"一票队长,您的筷子不够用了吧?"

"什么筷子?"哈皮孜嘟囔着,他没有懂,别人也没听懂。

---

① 多灾海:伊斯兰教所说的地狱,内有烈火。

莱提甫从怀里掏出一根长长的筷子，(是他这个木匠特制的吧？)举起让大家一看，像魔术师给观众看道具。然后，咔喳一声，筷子撅断，半截塞到哈皮孜手中，另半截他耍弄着，问谢力甫："您也需要么？"

　　全场一怔。几个社员笑了，笑声便是注解，全场大笑。哈皮孜明白了含意，脑袋嗡地一响，瘫倒在谢力甫身上。谢力甫不懂其中典故，却也觉出不妙。他问库德来提："什么意思？"库德来提答道：

　　"堂①！"

　　事后，书记给几个青年解释：

　　"这是流传在维吾尔人中的一个笑语。我们的先人到胡大面前讨取生计。一个山里人去了，'尔等伐木为生。'胡大降旨，并给他一把斧头。湖边的人去了，'尔等驾船捕鱼。'给他一张渔网。一个壮汉去了，胡大给他一根长矛：'尔等从军报国！'最后，去了两个二流子，这两个好逸恶劳、心术不端的人，争着要得到胡大的恩赐，竟在胡大面前吵闹厮打。胡大发怒了，随手拿起一根筷子，撅成两半，一人给了半截，降旨说：'尔辈就靠在好人背后捣杆子②度日可也！'"

　　莱提甫会后也做了些说明：

　　"哈皮孜十四天捣掉了咱们的队长，看来他的半截筷子来自胡大真传。但是，他要当正队长，仅仅捣掉一个铁木耳是不够的，非得把咱们每个社员都捣下去才行。我怕他筷子不够用，帮他半截。至于谢力甫副主任，也该用得着了吧？听说，咱们的公社党委书记快回来了。"

　　说着，他掏出了半截筷子，用拇指和食指捏住一端揉搓，筷子飞快地旋转起来。

---

　　① 堂：维语中表示"无可奉告""谁知道呢"的语气词。
　　② 捣杆子：新疆汉民称在背后搞阴谋破坏为捣杆子，疑源出维语。维语称背后破坏为"捅""捣"。

八

"怎么搞的？只一票,简直不可思议!"谢力甫脸色阴沉地问哈皮孜。

"请息怒,书记!我事先是做了工作的,有几个已经答应选我,加上您亲自提名,本以为……谁想到……"

"等等!"谢力甫抬起了手,半闭上眼,沉浸在紧张的思索中。然后,突然一睁眼：

"事情清楚了!你说,事先应允过的人也没举手,是吗？显然,这是屈服于压力!是由于泰推尔和科兹克戚在场!你去找库德来提,就说我讲了,把铁木耳调到湖边的牧业队,把莱提甫调到山中的林业队……"

"那……当然好……不过,最好是您亲自去宣布……"

这句话惹恼了谢力甫,他要抓大事,掀高潮,运筹帷幄,岂能让哈皮孜牵着鼻子去冲锋,拿自己的威信去和一群愚蠢的泰推尔硬碰？

"找大队去!难道拉屎尿尿也要我搀扶!"谢力甫不耐烦地将手一挥。

"书记,主任,这里的农民太落后了,和他们在一起,好比是鱼儿和石头在一起。把我调到公社吧!搞宣传、文教、采买、结婚登记,再不然回门市部卖货,都行!"

"你……这么没出息!"谢力甫眼里放出了凶光。哈皮孜打了一个寒噤。

需要打气!谢力甫努力缓和了面部表情,含笑道：

"要看大局,增强信心!须知,这次选举你没有失败,你胜利了!事情发展是曲折的,得票少怕什么,它不说明我们弱,更不说明我们错,相反,证明了我们的强大!"

"……"哈皮孜不敢相信自己的耳朵。

"请看,他们竟不敢选你!他们害怕你!这说明,你干得好,打中了旧秩序的要害!我们是新生的苗儿,未来属于我们,世界属于我们!"

惯于在牛奶里掺水的妇人,最忌讳旁人在自己出售牛奶的时候兑水。她们判断牛奶成色的眼光也分外锐利、严格。善说空话的哈皮孜,对于施之于他的空话分外敏感、反感。他悻悻地走了。

只有再去大队。想来想去,剩下"哑巴书记"还好对付一点,改选大会上,唯独书记没笑。

库德来提用爽朗得多的神情迎接了哈皮孜,"是的是的,谢力甫副主任已经来过电话。调吗?还有什么人阻碍您,请开出一个名单。什么?我去谈?不必不必。您现在实际上是队里的负责人,这些小事您自己就可以办。六队的工作看您的了,大队和公社,也靠您出经验了。有了您,谢力甫同志要求的经验,将像泉水一样喷涌而出……"

九

库德来提书记进行了紧张和多方面的工作,像一个打鱼人,准备收网。

把两个人调走的事受到强硬抵抗。铁木耳声明:"我不走!我是这个队的社员,我有在本队劳动的权利!"

哈皮孜威胁:"从明天,您再去六队干活就不记工分。"

铁木耳笑道:"去年您锄玉米不干净,给您少记了一分。您不是大骂过那是搞'法权'吗?怎么现在又搬出了不记工分的法宝?不给工分我也照样干社会主义。"

"不发口粮!"

"难道我会挨饿?买买塔洪!"铁木耳随口向一个社员叫道,"下月我到您家吃饭。"

不仅买买塔洪,所有的"阿洪"和"汗"①都回答:"请来吧！欢迎您！"

更不要说莱提甫。他编了一个新故事:有个癞蛤蟆想当歌唱家,它却找不到听众。它找出了缘故:因为世界上有夜莺。于是它下令把所有的夜莺消灭或者赶走。它跳到了玫瑰花上准备取代夜莺的位置。但是,随着夜莺的消失,玫瑰也凋谢了,蛤蟆仍然落在了沼泽里。

该死的木匠！哈皮孜已经受了刺激,一见他就气短、心跳、肩背呈放射性疼痛……

社员们出他的洋相,而在生产队长们当中,他更是真正的孤儿。连给他投过 1−1＝0 票的谢米什丁也不再买账。选举以后,库德来提和小会计好好地谈了一次心。当哈皮孜自己给自己"批了"五十块钱的补助之后,谢米什丁拒绝付款,并把事情捅给了群众,引起了一阵急风暴雨式的攻击。

尤其令人痛苦的是,每晚去大队告状,这项最能发挥他的特长的活动,难以进行下去了。见到大队书记,他刚一发牢骚,书记就说:"您成了实际上的第一把手,还有什么难办的？"一句话堵了回去。

怎么办呢？

十

终于,库德来提书记等待的时刻到来了。

这天夜晚,哈皮孜很迟很迟来到大队。等到其他大队干部离去,他关紧门,说道：

"书记,现在僵着,这样下去不行。我提个方案吧:让铁木耳照旧担任生产队长,我担任政治队长,我……"他想说"我监督他的工

---

① 阿洪、汗:分别为男人和女人名字后面表示亲敬的附加称谓。买买塔洪,即买买提阿洪的连称。

95

作",话到嘴边又咽了回去,"有一个条件,请他们停止对我的嘲弄,我也不再抓他们的辫子……"

他注意地观察书记的反应,库德来提仍是一副呆板迟钝的样子。

"那合适么?十条罪状……"库德来提似乎在自言自语。

"书记,"哈皮孜判定初步反应良好,换了一种极亲昵的口气,"您不知道,其实,我对铁木耳也没什么,他并没有往我的饭碗里扔过沙子。都是谢力甫搞的,他要概括十大罪状,我拦也拦不住。那天他还说您是他们的后台,我为您辩护了老半天。"他降低了声音,凑近库德来提,热气呼到书记的脸上,说,"谢力甫么,一个耍奸弄滑的官僚主义者,一个靠舌头攻占城堡的汉子,他懂什么农村工作?只会用一支钢笔……"

库德来提一阵恶心,又觉好笑,不愧是持有半截筷子的勇士,捣杆子捣到了他的靠山身上!书记好似迷惑不解地问:

"谢力甫同志不是一直很支持您的么?"

"算了吧,他的支持!他的支持既没有使我的母山羊多产奶,也没有使妻子变得温柔。昨天,公社党委书记已经回来了,谁知道他今后还到不到咱们大队来?水流易逝而石头长存。我在咱们大队还能不指靠您?初识为朋友,再逢即亲属。您就是我的兄长,不,我的父亲……"

库德来提向公社党委书记作了详细汇报。党委书记原是州上的一个领导干部,"文化大革命"后,主动要求到基层做一些脚踏实地的工作,可以想象,一九七六年上半年他的处境是严峻的。以前还是满头青丝,学了四个月新发明的"党内有一个资产阶级"的理论后,他的头发开始花白了。在回到公社的庄稼地以后,他的呼吸畅快多了。听了库德来提的汇报,他更是又受鼓舞又感慨。他问:

"库德来提同志!您说说,毛主席对我们共产党人的教导之中,最根本的一条是什么呢?"

库德来提毫不犹疑地回答:

"依靠群众,全心全意地为人民服务。"

"对了!"公社党委书记欣慰地点着头。他用拳头敲打着库德来提的健壮的胸脯,"就按您想的办吧!"

十一

库德来提主持一个小会,参加者有铁木耳、莱提甫、会计、两名队委委员和哈皮孜。

库德来提说:"为了解决六队的问题,哈皮孜副队长提出了一个方案。我已经分别转达给有关同志了。大家认为,这个建议很有意思。现在,请哈皮孜自己讲讲。"

哈皮孜笑道:"好说好说。各位,好马到了岔口,自然知道拐弯。前些日子。我与铁木耳哥有些对立,其实全是误会,这有什么必要呢?不,这是不必要的……今后,铁木耳哥自去抓他的生产,我呢,进行我的法家理论辅导。让田里的禾苗穿上法家的盛装,岂不更好?"

大家没有说话。

哈皮孜进一步说道:"我知道,你们顾虑谢力甫副主任不同意。他算老几?他与我们队有什么相干?"

莱提甫连连点头道:"实话。"

哈皮孜得意起来。突然,门开了,社员们纷纷拥了进来。跟着走进的还有公社党委书记、谢力甫副主任和大队所属的各生产队队长。

"你们来干什么?"哈皮孜惊问。

"听说您提出了解决六队问题的新方案,我们要听一听。"一个社员回答。

"这是怎么回事?"哈皮孜问库德来提。

"您的方案受到了群众的关心,这是很自然的。"库德来提说,"好吧!把您刚才讲过的话,再给全体社员讲一遍吧!"

"您骗人!"哈皮孜的脸变了颜色,"我说过,咱们先初步酝酿,保密……"

"你们要干什么?"谢力甫插嘴问。

"别忙。"库德来提向副主任一摆手,转身对哈皮孜说,"骗人的话是见不得阳光的,让我们把情况介绍给大家,让社员同志们判断是谁在骗人吧。"

"我……没有什么方案。"哈皮孜结结巴巴。

"我替您说,"库德来提把一个月来哈皮孜的全部活动介绍给大家,当谈到哈皮孜如何企图靠大骂谢力甫来骗取人们的好感的时候,谢力甫呆了。哈皮孜绝望地喊道:

"没有的话,他说谎!我没有这样说!"

"我做证!"谢米什丁举起了手。

"我做证!"

"我做证!"

三只手,五只手,更多的手举了起来。会议开得很激烈,人们愤怒了。哈皮孜垂头丧气,如同一只落水的老鼠。谢力甫坐立不安,如同一只烫了脚的鸡。

"这是怎么回事?我怎么没有看到?"谢力甫自语道。

"您的眼睛长在后脑勺上还自称'先进',您看得见什么呢?您看见的东西全是颠倒的!还是先看看您自己吧!"公社党委书记说。

谢力甫倏地站了起来,大声说道:"同志们,同志们,我是错了!错就错在没有看出哈皮孜是戴着小花帽的宋江,他受了招安!他错了,并不能证明铁木耳对了。今天谈的只不过是他个人的问题,我们绝不允许抓住这些个别的、偶然的现象,来否定前一段我们在六队的斗争。最近,梁效的文章的精神是……"

"让您的'精神'喂狗去吧!它给我们带来了十足的灾难!"铁木耳站了起来,指着谢力甫斥道:

"我们不需要您的'精神'!"许多社员也纷纷站了起来。

"留着您的'精神'吧,到时候好给哈皮孜和您自己搽粉!"莱提甫也站了起来。

"你们胆敢……别忘了……我要控告!"谢力甫声嘶力竭地喊。

没有人再理睬他。库德来提宣布,恢复铁木耳的工作。"亚夏!"所有的手同时举了起来。

雷鸣般的掌声中,铁木耳微弓着背,迈着沉重、坚实的步子走到了前面。他没有牢骚,没有怨言,也没有显得激动。也许,他脸上的那几道深深的纹络更深了些?谁知道呢。

他说:"地里的白刺草,长得和庄稼一般高了。他们就是想把我们的人民公社,再变成狍子出没的阿克提干呢。"

他大声宣布:"一组明天上山伐木,二、三、四组全体,和我一起去大田锄草。"

发表于《人民文学》1978年第5期

最 宝 贵 的

市委书记严一行参加完追悼会,回到办公楼。他带着一点鼻音,告诉秘书:"小李,你回去吧。"

"晚上七点的常委会……"

"记得的。没你的事了,走吧。"小李新婚,尽量把晚上的时间空给他。

但是李秘书犹犹豫豫,严一行发现了,问道:"还有事么?"

"不……没有……"

小李的支吾更引起了注意,"有话就说!是不是生活上有什么要求?你们的房子……"

"不是!"小李连忙否认。

"还是对我有意见?坐下谈。希望你能常常说一些我不太爱听的话。"严一行把小李让到沙发上,给他沏了一杯上好的龙井茶。

小李知道,直言不讳,这是书记对于他身边的工作人员最起码的要求。他说:

"有个情况,曾梦云交代了十年前向他提供陈书记的行踪的人。"

"谁?"严一行浓眉下的眼睛里,射出了愤怒的光芒。

"是……"小李打了一下磕,"蛋蛋。"

"嗯?"严一行一下子僵在了那里。一阵寒风,吹入了他的温暖的胸膛。他听到了自己的不规则的心跳。

"……也可能是曾梦云的捏造……"

"让我再了解一下。"严一行恢复了常态。

小李走了。警卫员送来了晚饭,是他喜爱的韭菜合子。

轻快的脚步。门响了。他抬起头,正是蛋蛋,满面红光,眼睛秀气而又明亮,个子比父亲高出半头,肩膀宽宽。看到爸爸那疑惑的神情,他说:

"我明早就回厂。妈说你晚上不一定回,我跑来给你报喜……"蛋蛋(二十五岁了,家人仍然叫他的小名)抻了一下,为了加强效果,他拉开吊灯,给自己沏了茶,等待着父亲的抚爱的催问。见父亲不言语,他便自己说:

"车间支部通过我……"他等待着祝贺。

但是严一行的目光是冷淡的。蛋蛋误会了,他说:"爸爸,你放心。按你的话,进厂三年,我从来没讲过。只是填表以后,他们才知道我是谁的儿子。我完全是靠自己的表现来争取党员这个光荣称号的。"

还是没话。蛋蛋不自在起来,他低下头,看见合子,"您还没吃饭……"

"我们一块吃吧。"严一行的嘴角上露出勉强的笑容,"蛋蛋,告诉我,在十年前你陈伯伯被绑架这件事上,你作了些什么?"

"我?和我有什么关系?"蛋蛋的表情健康、开朗,还有几分天真。一瞬间,巨大的希望映亮了严一行的脸孔,他的心也差不多落到了实处,但还是要追根究底,"那么,不是你向曾梦云提供了陈伯伯的行踪?"

儿子的脸色变了。他的过分灵活的眼睛睁大了,呆滞了,他叫了起来,"不是我,爸爸!您别相信,不是我!"

儿子的激动清楚无误地证明了:是他。

"你应该忠诚老实。"严一行说。与其说他的口气严厉,不如说是慈祥的。

101

蛋蛋结结巴巴地说:"十年前,我才十五岁!"

"陈伯伯入党的时候也十五岁。他在敌人的枪口下面,宁死也不把领导人的地址说出来。"

"可那是日寇,而我面对的是当时唯一的左派领导……"

"那个卖身投靠、手上沾满同志的鲜血的野心家,是哪一家子的左派!"严一行威严而又憎恶地说,"陈书记住院是总理批准的,鉴于当时的情况,他住在野战医院,是保密的。然而,曾梦云从你嘴里掏出了情报,唆使那个搞阶级报复的亡命徒,绑架了老陈,他们用那种令人发指的手段……"他说不下去了。甚至在追悼会上,他也没有让自己去回忆这些具体情节。

沉默。挂钟的声音紧张而又嘈杂。

"你害了陈书记,你害了自幼抱着你的陈伯伯。"严一行沉重地说。

"当时曾梦云是坐在这里找我谈话的,她说是有两条道路,由我挑……"

"于是你挑选了哪条道路呢?保全自己,牺牲别人,这不是叛卖又是什么?"

父亲的话像利刃,蛋蛋蜷缩了,簌簌地发抖。"但是,您应该公正些。"儿子没有信心地抗议着,"那时,我是多么诚实,多么轻信啊。我相信名义、旗号和言辞,胜过了相信自己。我真的以为你们都是黑的。我十五年来受到的全部教育都是黑的,我是狗崽子。"蛋蛋厌恶地打了一个寒战,"最初,陈伯母让我给陈伯伯送过一次衣服,不知道曾梦云怎么知道了,可我没想到他们会下毒手……"

"现在呢?直到刚才你还隐瞒着……"

"我……"蛋蛋语塞了,"我能负什么责任呢?承认我是叛徒、告密者?那我一辈子就完了。我一直安慰自己,说不定亡命徒是从另外的渠道弄到了陈伯伯的住处。爸爸,为什么您不早不晚,偏在我入党的时候提出这个问题?在关系我一生前途的关键时刻!"

蛋蛋的话使严一行的心揪在了一块儿。"难道除了你的前途、你的名声、称号之外,再没有值得你考虑、值得你心疼的更宝贵的东西了么?"

"什么宝贵的?"儿子茫然了。

"譬如说,我们的主义、道德和良心……"

蛋蛋听错了,他说:"我没有什么别的主意,也没有什么旁人给我出过坏主意。"

"我说的是共产主义、马列主义!"严一行爆发了,他砰地拍响了桌子,茶水溅到了手背上,"连这都不懂,你入个什么党!"他大喝道。

二十五年了,蛋蛋还没见过父亲发这么大脾气,他吓呆了。

电话铃响。传来了秘书长的声音:"老严吗?常委已经到齐了。你那里有什么事情吗?"声调里流露着对这位恪守时刻的书记未能按时到会的惊奇。

"呵,对不起,我请三分钟假。"放下电话,他看也不看地向儿子挥挥手。

蛋蛋脸色蜡黄,双眼眍䁖着,他悄悄地退到了门旁。他看到了父亲斑白的头发,垂下头,小心翼翼地说:"回厂后,我就给党委写一份详细的交代。您别生气……"

严一行抬起头,他看见了低垂着头的儿子的额角的伤疤。那是孩子读初中时英勇救火留下的光荣印记。

"回家去吧。"他点点头。

儿子走了,严一行用手背擦了一下眼睛。这是今天第二次动感情了。头一次是在致悼词的时候,那时的眼泪里,有对老陈的沉痛的怀念,更多的却是欣慰与感激之情。死者的冤案已经昭雪,追悼会的消息明天见报,老陈的家属已经得到了温暖的关怀和妥善的照顾。曾梦云已经陷入人民的怒涛,阶级敌人已经依法逮捕。正气已经伸张,战友当能瞑目。这一切,怎能不让人想在毛主席像前痛痛快快地哭上一场呢?然而,事情并没有完结。

是不是他对儿子太粗暴了？作为市委书记，他应该这样对待一个年轻的、要求上进的工人吗？难道只因为他年幼无知的时候曾经被骗、被逼得走投无路？可以找出许多理由来谴责蛋蛋，也可以找出更多的理由来为他辩护。他是有罪的？无辜的？轻信（马克思认为可以原谅的）抑或是奴颜婢膝的（马克思认为不能原谅的）？可爱的？可悲的？可恼的？可恶的？

但你总应该觉得终生遗憾，总应该掉一滴滚烫的眼泪。为了陈伯伯的不幸，也为了你最宝贵的东西的失去。你总应该懂得憎恨那些蛇蝎，他们用欺骗和讹诈玩弄了、摧毁了你少年的信念和真诚。就像外国故事里的巫鬼，他们劫窃人们的鲜红的心，换上一块黑色的石头。在这块石头上，没有革命的理想，没有原则，没有对真理的追求和献身，没有勇气、忠实、虔敬和坚贞，没有热也没有光，只有利己的冷酷，只有虚伪、权谋、轻薄、亵渎，只有暗淡的动物似的甲壳、触角和保护色……要帮助他找回那颗火热的、跳动的心，并且把它铸炼得成熟坚强，使它经得起十二级风和九级浪。要使割除了毒瘤的伟大的躯体成长茁壮、抗毒免疫。要清理废墟，建设起最新最美、防洪防震的社会主义大厦。这，不正是他——市委书记和父亲的责任吗？

他胸膛里像着了火。他的心脏像一面疾敲着的鼓。他命令自己平静下来。站在窗前，看了看灯火辉煌、生气勃勃的城市。他理了理头发和衣服，又遵从医嘱吃了一片"利血平"。他呼唤自己的心脏：

"心啊，你要听话，要好好地跳！要保证严一行这个老兵，在党中央领导下，把揭批'四人帮'的第三战役打下来！"

他迈着沉着的步子，向会议室走去。

1978年清明节
发表于《作品》1978年第7期

光　明

一

吃完饺子,建筑师崔岩、妻子汪青草和他们的儿女,再一次围拢着观看滨海地委座谈会的请柬。这是一九七八年的初春,崔岩恢复了工作和职称,妻子提了工资,儿子考取了大学,女儿入了团,全家沐浴在光明和温暖里。这时,听到一声清脆而又和婉的称唤:

"青草,你在家吗?"

来客是他们的老友方亭亭。她身材窈窕,衣饰整洁,头发梳得很仔细,面带姣好的笑容,只是略尖的鼻子和薄薄的鼻翼似乎透露着某种哀楚。问话以后,她说:

"邵副书记今天晚上找我谈话。"她的声音微微颤抖。

"哪个邵副书记?"崔岩和青草几乎同时问。

"除了邵容朴同志还有谁? 他总算熬过来了,前天才正式上的班。他……他找我做什么呢?"

"当然还是为了……"崔岩的话没有说完,妻子向他使了一个眼色。方亭亭低下了头,面如死灰。崔岩的儿女自动退出去了。

"他好一点么?"崔岩结结巴巴地问。

"不知道。他还是不要见我……"方亭亭答话的声音微弱得像一只蚊子哼哼。一滴浑浊的泪水,出现在她的眼角。

"还有五分钟,我该走了。"方亭亭看了看表,拉开她的黑色人造革提包,拿出了一包巧克力糖,一网兜香蕉苹果。"给孩子们……"她苦笑着说。

"亭亭,你怎么了?又不是小孩子。每次都带东西……"汪青草不是由于礼貌,而是真心地、几乎是抗议地大声说。

"只要你们肯收下,我,我永远感谢你们……"方亭亭咬住嘴唇,站起身,对着墙上挂着的圆镜照了一下,扶正发夹,走了。

崔岩夫妻对视了一下,不约而同地叹了口气。

二

虽然屋子不大,仍然显得空旷。一张桌子、一把椅子、一张行军床(床上只有一条被子、一条褥子和一个枕头)、一个旧帆布箱子、一盏台灯,墙上挂着一张镶在镜框里的照片,此外再没有一点多余的东西。

瘦削的、穿一件对襟中式夹衣、外表很像农村某个生产队的保管员的地委副书记邵容朴,一边在台灯的光照下翻阅着卷宗里的材料,一面自言自语:

"莫名其妙!开始的罪名是攻击'林副统帅',后来的罪名是组织反革命集团,再往后罪名是对社会主义怀有刻骨仇恨……如今呢,又成了颠倒敌我、诬陷好人、破坏清队、迫害知识分子……看样子,他倒像个万能靶子!"

他极力搜索自己的记忆——经过一场浩劫,记忆力坏得要死。终于,想象中出现了前省委张书记的秘书、后来专署办公室副主任廖国梁的脸:孩子气的笑靥、聪明灵活的眼睛、一绺常常滑落下来的长发……他怎么会成为这个样子的?隔离了一年,"拘留审查"了六年,现行反革命分子的帽子拿在群众手里,精神病患者……

他抬起头,看见了墙上镜框里的那个梳着长辫子的八路军女战士的脸,模糊的灯光下,那个由于年代久远和翻照放大而模糊了的形象清清楚楚地、快乐而又深情地注视着他。

"我一定要把这一切,把一切的一切弄清楚。为了子孙万代,为了你。"他心里说着,霍地站了起来,急急地在室内踱来踱去,脚步迈得很重、很重。

轻轻的敲门声。

"请进!"

方亭亭拉开了门。

三

"你说,小廖的事情就再也翻不过来了么?"躺下以后,崔岩本意想说一点轻松的闲话,他自己也没料到,一张口仍然是这个最不宜于睡前谈的话题。

"他害了那么多人,谁还替他说话?"青草的话虽然决绝,口气却是忧郁的。

"不行,明天我给它捅到会上去。"崔岩略显激动。

"不,你不要打头阵……愈是暖和的时候,愈要警惕肺炎……我再也经不住第二次了。"青草急切而慌乱地说。

"算了,再不要想。不过是一场噩梦,连我自己都快忘记了。"

"说什么噩梦?我的鬓发都白了……你一定要小心啊!"

"放心吧。"崔岩伸出胳臂,抚摸着妻子的头发。当话题牵扯到廖国梁和方亭亭的时候,他更感到青草的可贵。

……据说是由于廖国梁的乱咬乱供,崔岩被牵连到这个震动滨海专区的反革命集团案里。是一个严冷的夏日,青草来了。(她怎么来的?)带来了衬衣、补好的袜子、新织的开司米背心,还带来了酥饼、辣酱和泡菜。她穿着一件浅灰色的青年服,头发上别着绿发夹,脸上带着镇定从容的微笑。从她的乌黑的、质朴的大眼睛里,你看到了蓝天和大海的闪光,从她絮絮的话语里你听到了亲切而昂扬的号角。只是在转身走远了以后,你才依稀看到她步履的凌乱……她把愁苦吞到肚子里而照耀你以笑容的璀璨!

噩梦中,他病了,感染了肺炎,被断定不治,送进了太平间。是谁在这个时候出现了?青草!她不顾自己属于对立面的一派而且背着"反革命家属"的恶名,不顾"武卫"的石头和流弹,终于在医院党支部的帮助下把崔岩从黑洞洞的那边抱回光明的彼岸。他康复了,只是脖子上留了一道疤——他曾被割开气管输氧。

这就是青草,她手大脚大,壮实丰满。她的身体和心灵都是那样温热,可以消融冰雪。她本来是个抹灰工,在技术夜校与"崔岩老师"相识。她和崔岩结婚二十年了,二十年如一日,用她的如痴如愚的爱情佑护着他。

那不是青草,而是苍松翠柏。

四

除了坚持廖国梁绝非反革命,绝无反动思想,他的"乱咬乱供"也是被强加的以外,方亭亭没有提供什么事实。她的情绪不安,言谈动作很神经质。邵容朴不准备多追问,最后,他说:

"请你相信,林彪、'四人帮'的横行再不会来。党中央不仅驱散了我们国家上空的乌云,而且也一定要驱散我们每一个善良的公民的心头的乌云。希望你帮助地委,还历史以本来面目,还有关反革命集团案的每个人、每件事以本来面目。"

方亭亭走后,邵容朴拿起帽子,他准备去找地委秘书长、落实政策的专门班子的负责人李仲言谈谈。他刚走到门口,门开了,李仲言来了。

李仲言身材高大,秃顶,容光焕发。他拿着一个大号的搪瓷缸子,边走边说:"要出去么?老婆子让我给你拿了点醪糟来——她的杰作嘛。"

"我正要去找你。"

"那更好。怎么？你这儿连暖水瓶都没有？这个招待所的服务员也太懒了……"说着,他推开门向走廊里叫了一声。

"不要错怪她们。我既然'暂时'长住这里,就不是客人,怎么能老接受招待？我不准她们提开水来的。"

"那好,你带回来了优良作风。"李仲言爽朗地笑着,坐到了帆布床上。他问:"刚才是不是方亭亭啊？你找她了？"语气里透露着惊奇。

"是的,我找你要谈的正是这件事。我看廖国梁的案子恐怕有些问题。"

"问题？到处是问题如山！本人已经提出申诉来的需要复查的案件共有好几十个,廖国梁这个没有人申诉吗？"

"没有。听说一九七五年他给中央写过信。"

"是的,一九七五年由公安部门和地区革委会的原办案人员联合进行复查,复查结果是维持原结论。粉碎'四人帮'以后,去年,地委又让他们复查了一次,这一次还拿到群众里讨论了,结果绝大多数群众意见仍然是维持原结论……"

"这两份复查材料我已经看过了。"

"所以说,不好办啊。"

"他的罪名不断改变,这本身就很稀奇。再说,牵扯面太大了……"邵容朴皱起了眉头。

李仲言没有说话,他掏出一支香烟,点着,吸了两口。服务员拿着暖水瓶和杯子进来了。李仲言给邵容朴和自己倒了两杯水,他脸上显出一种智者所特有的宽厚中隐藏着自负的笑容。他说:

"对,以后研究吧。反正饭只能一口一口地吃。这些情况我也不甚了了,不过,廖国梁和方亭亭这两口子,似乎名声都不大好……"

"怎么名声不好？"

"廖国梁咬了省委的张书记，又咬了几乎所有他认识的人，所以，人们都说这是个定时炸弹式的危险人物……方亭亭呢，据说是她把廖国梁逼疯了的，而且，生活作风不好。"

邵容朴不言语了，这两条对于一个男人和一个女人，分别都是致命的恶行。

……李仲言走了。邵容朴找出一把小勺，吃了几口醪糟，醪糟甜香满口，发酵的火候恰到好处。他很感谢老战友对他的关怀。烈火见真金，十多年的风暴，证明李仲言是一个聪明、乖觉而又正派、厚道的人，是一个可靠、可贵的人。但是他关于廖、方的说法使人不大舒服……奇妙的记忆力啊，你怎么突然闪了光？记得是一九六六年的早春一个夜晚，他在办公室里，一边喝着醪糟一边看组织部送上来的待批件，其中有一个材料是准备破格提拔十几名年轻有为的干部的报告，其中第一名写着的就是廖国梁。还有方亭亭，他也早已相识，她一直在专区文化馆工作。参加过先进工作者会议，还出席过一次省里召集的文教群英会。十二年过去了，这当中究竟发生了什么事情呢？

五

三天后的上午，崔岩走进了地委三楼会议室。镶木地板、吊灯、落地式的窗子，从窗边可以眺望大海、征帆和海鸥的飞翔……这是一个多么光明的地方！迎面墙上悬挂的毛主席像，唤起了人们多少庄严阔大的思想！有那么几年，由于"集团"的牵连，他等于是被剥夺了一切权利：欢迎外宾、游园联欢，以至包场看电影，都没有他的份儿。他出门走路的时候也要注意避开地委和军区、桥梁和仓库这些要害地点，虽然这些建筑大多出自他的设计和主持施工。他好像一条正在畅游着的鱼儿，突然被抛到了沙滩之上，有些家伙就是想用这种"晾干"的办法来消灭他。但是，他的生命的液汁没有枯竭，他没有变成一块僵硬的鱼干。因为他的妻子濡之以沫,更因为即使在沙石之中他始终依恋着、追求着大海、雨露和每天清晨从万顷碧波之中跃动而出的金红色的太阳……

　　开会了,崔岩吸吮着清新空气,心儿像鼓满了风的帆,他回到了生机盎然的海洋里来了……但是,为什么,在与地委领导人见面以后,在地委主要领导同志离去、大组讨论开始以后,会场的气氛愈来愈变得松垮、呆板、乏味了呢?似乎有一股黏着沉涩的液体流了过来,像是一滴墨汁落到了清水里,它扩散着,蔓延着……空话、套话、穿靴戴帽……有的人口若悬河、旁若无人,而为数不多的像他这样的不担任领导职务的业务人员则纷纷躲在墙角……有的人根本不管落实政策的议题而是老一套地抱怨和罗列困难,讲一些尽人皆知的、明明又不是这个会议能解决的什么编制、木材供应指标、汽车、办公条件等问题。有的人拿出了《参考消息》《新体育》和毛线球,开始自行其是……多年了,在林彪和"四人帮"的词典里,会议是说假话、走过场、消磨时间的代名词,这也是余毒啊!

　　主持会议的是李仲言。他和颜悦色,不时说:"说吧。""说啊。""随便说。"随便诚然够随便的了,然而崔岩觉得李秘书长的心显然不在会议上。不时有人悄悄地走进会议室,走到李仲言身旁,俯身向他请示一些事情,或者拿出什么"文"来请他批署。还有人来找他接电话,他推辞着,但终于被说服走了出去。当没有这干扰的时候,他有时抬头看天花板,有时沉思,有时在笔记本上记几个字,有时又和身旁的人耳语,而这些活动的节奏与转换显然与会议的发言无关。

　　崔岩甚至觉得,精明如李仲言(这一点是在整个滨海专区有名的。"文化大革命"开始以后,尽管有几位患了"打倒热"的好汉意欲倒之而后快,但硬是抓不住李仲言的辫子。他最早被"结合"了。但他做事处处留有余地,他两度引起赫赫一时的地委新领导的不满,但随着一九七一年的"九一三"和一九七六年十月的事件,那两位领导都垮台了,而他的威信却越来越高。)绝不是无意中流露了疲倦或者淡漠,而是有意识地以会议主持者的冷淡来降低会议的调子。因为前一天党政口的同样内容的座谈会,由邵副书记主持的,据说开得非常之激烈,有的发言声泪俱下,有的单位的领导被搞得下不了台。会后传出了各种议论,有的说会开得"旗帜鲜明、有劲头",有的说"太过了""知识分子有点翘尾巴""否定了'文化大革命'的成绩"……而今天,在这个工交、财贸口的座谈会上,没有也不可能出现任何情绪激动的发言。会议不紧不慢、顺利地进行着,与会者似乎也习惯于开这种不冷不热的会议,到下午,干脆仨一群俩一伙开起小会来,谈螃蟹的捕捞,谈新花色的膨体纱织品……

六

这天晚上,李仲言又来找邵容朴了,不过,这次没有拿醪糟或者干菜包子,而是捧着一大堆来信。邵副书记恢复工作还不久,人民来信就从四面八方雪片般地飞来了。

李仲言到招待所来已经是第三次了,他放弃了看电影想与老邵谈一谈,但邵容朴一直没有回来。直到这时——十一点多了,邵容朴的房间的灯光才亮起来。

李仲言了解自己的老班长,但他仍然没有想到邵容朴一上班就一头扎进各式各样的案子——特别是那个棘手的廖国梁一案里。别人经过"文化大革命"似乎都成熟得多了,而这个受苦受难够得上冠军的老邵,却显得更天真了。他毫不掩盖那种要当青天大老爷的心愿,"我们的一些同志在包公、况钟面前应当惭愧",他甚至在会议上公开这样说。邵容朴的恢复工作是李仲言多年为之奋斗的,这一方面是由于他们多年的战友情谊,一方面是由于李仲言头脑清醒,眼光看得远。他不相信这些老干部会永世不得翻身。邵的恢复工作使李仲言在地委的地位更加巩固、威望更加提高,但邵的棱角以至偏颇

(他以为已经是偏颇了)又使他开始担忧。就以收到大量人民来信来说吧,这蕴藏着危险。为什么偏给你这么多信呢?地委第一把手和其他两个副书记,还有各系统各大单位的"实权派"人物会怎么想?信多了,你能看得过来吗?你能一一处理妥当吗?写信的人的面目、政历,你能一一掌握吗等等。

所以,他要向老班长提醒。毕竟老邵年纪大了,受的刺激又多,可能脑子不够用。而十几年的大风大浪,使李仲言自信自己的道路是正确的,是经受了考验的。

他抱着信,用肩膀顶开门,只听得"一、二"叫号的声音。一看,老邵正穿着背心、短裤,手扶着桌子练习下蹲,站起,伸臂,他用嘹亮的嗓音告诉李仲言:"再做二十次我就完成睡前的功课了。"说话的时候也没有停止运动。

看来,邵容朴的情绪很好。锻炼完,他披上睡衣,告诉李仲言:

"我今天很高兴。"嘴里说着高兴,面孔却愈来愈严肃了,"七拐八弯,我总算找到了当年的那个红卫兵,就是他们对廖国梁搞了一回假枪决。"

"假枪决?"李仲言似乎吓了一跳,但略一沉吟,他又想起来了,这并不是新闻。

"从那次假枪决之后,廖国梁就陷入了乱咬乱供、害人害己的泥坑——原来是个多么机灵的人……而指使那些上当的小青年干这种事,你大概想不到吧,不是别人,正是我一手提拔起来的、现在仍然当着宣传部长的马健!"邵容朴的眼睛火辣辣地看了李仲言一眼。李仲言略略动了一下,其实,关于马健在廖国梁的事情里的作用,李仲言也早有所闻。

邵容朴继续说:"马健当时认定了全省打张书记的一派将要获得胜利,因为小廖担任过张书记的秘书,马健就给那一派献策说,要用一切办法摧毁小廖的防线,突破缺口,问题搞得越大越好……简直是丧心病狂的恶狼!"

李仲言缓缓地站了起来，似乎他不能忍受室内的沉闷的空气。他轻轻踱着步子，极力用舒缓的语调问：

"你打算怎么办呢？"

"再找廖国梁周围的人了解了解，特别是，要启发方亭亭把话说出来，我觉得她似乎有难言之隐。等把一切都弄清楚了，我准备向地委常委提出为廖国梁彻底平反和追究马健等人的责任的问题。"

"你为什么不用我们这个落实政策班子而要亲自抓呢？"李仲言的口气半是愠怒，半是玩笑。

"你们那两个半人，还尽是病号。我已经了解了，你们做的事就是收发、登记、转送原单位⋯⋯"似乎这样说太贬低了这个班子，于是邵容朴补充了一句，"再说你又是兼职，太忙。"

李仲言半天没有言语，他一直悠闲地踱着步子，抻一抻衣角，掸一掸袖口，摩挲摩挲下摆，他这样有规律地踱来踱去，以至邵容朴以为他也是在进行某种例行的睡前体育活动。

最后，李仲言像涓涓流水一样开始了自己的"忠言"。他说他完全理解老班长的心情，完全同意应该对廖国梁一案进行复查。但他觉得这个典型选得不好。"邵青天"，他开玩笑说，从哪里入手将受到全专区的注目。应该选李春光、朱锦多那样的英雄或者老舍、容国团那样有贡献的人物来体现党的政策，而廖国梁现在是臭遍上下左右。尤其是，廖国梁在运动中狠狠地"咬"了张书记，人非草木，张书记能不讨厌廖吗？现在传出去邵容朴一工作先为廖鸣冤叫屈，敏感的人们会怎么想呢？再有，马健的事也很麻烦。初期马健可能想投靠某派，可能出过坏主意，但并无真凭实据。而一九七三年以来，马健和本地的帮派势力有很大的矛盾，现在马健是以反"四人帮"的英雄的面目出现的。有好几个在本地大小单位担任领导的同志与马健关系不错，而且，马健的岳父的哥哥乃是一位比较大的人物。介绍完这些情况，李仲言含蓄地暗示说，邵容朴多年挨整，现在刚刚恢复工作，应该谨慎、稳重、高姿态一些，对人对事应该随和一些，要绝对避

免把自己搞得突出——例如,收到过多的人民来信就并非吉兆。最后,李仲言推心置腹地说:

"你是我的老上级了,各方面都比我强,但毕竟这十年你一直靠边站,对一些新的情况、新的问题还缺乏亲身体验。说实话,我总算在险风恶浪之中安全而又清白地闯过来了,主要仗着两条:第一,超脱,就是说,不追风,不赶浪,不当风派,留有余地。第二,适当平衡,这也是留退步,务求少树敌的意思。这是十几年的经验,书上是没有的,而且,除去我谁也不会这样把心窝子掏出来交给你。听不听在你,我把话说到了,我对得起你了,我的老班长!"说到末了,他也动了感情,声音有些发颤。

邵容朴听得呆了。他承认李仲言的有一些意见是可取的。他承认李仲言这些年来难能可贵地做了不少好事,特别对于自己,他永远不应忘记这个曾在最困难的情况下向自己伸出手来的战友。他承认李仲言这一套话出自百分之百的好意,关心,友谊。他甚至可以承认李仲言这一套在"四人帮"横行时期是无可厚非的。但在今天,李仲言整个话里的逻辑和味道,却是他——一个真正的共产主义者所无法接受的。

十多年了,人们都在变啊。

但他不想争论,暂时不想。他遗憾地感到,他们之间面临的恐怕不仅是争论,很可能是一场无法调和的斗争。

他说:"谢谢你的关心和你的宝贵意见。不过,我大概不能像你希望的那样……"他没有能控制住自己,他指着墙上的照片,指着那位八路军的女战士说,"请你问一问,她会同意你这种精明过头的意见吗?"

这话甚至使自己也震动了,好久,他们无言,谁也不看对方,直到李仲言默默离去。

七

"会开完了?"

"完了。"

"开得好吗?"

"不错。"

"你说话了吗?"

"没有。"

"也好。多听听人家的。伙食怎么样?"

"好。早晨油条、豆浆。午饭和晚饭四菜一汤!"

"太好了!太好了!"

"可我不是去吃饭的啊!落实政策的问题,是一个生死存亡、命运攸关的问题。可我们呢,开了两天会,不咸不淡、不痛不痒,大家绕开矛盾清谈……"崔岩在两天的会议结束之后回到家,把情况介绍给了妻子,"我抱着那么大的希望去开会,可我看出来了,落实政策至今对于某些人来说还是只停留在说说上。实际上,你落实一个人就会引起一系列连锁反应,就会打破某种现状的平衡。所以,他们能推就推,能拖就拖!"

"看你,急什么?"汪青草温柔地说,"好好歇歇,开会也累。你吃点水果吗,还是喝麦乳精?"

"不,我什么都不要。青草,从那天小方来了我一直不踏实,我们有责任向地委反映情况……"

"别急,崔,够好的了,够好的了,粉碎'四人帮'不过才一年多啊,咱们家的变化已经有多大!我听说,要修一个革命烈士纪念馆,设计任务准备交给你呢。前几年,你看着楼房发愣,我知道,再不叫你盖房你会憋出神经病来的……你不是说过吗,除了盖房,你别无他求。你总算又拿起计算尺和鸭嘴笔,又能够登上脚手架和升降机了,多好！这就是最大的落实,这就是最大的恩情,这就是你的、我的、咱们全家的最大幸福。为了这,我睡梦中常常哭出了声又笑出了声……"

"可廖国梁和方亭亭呢？他们的幸福在哪里？"

"又是廖国梁！难道我们欠着他吗？是他欠着我们,他差点把你送了命！再说,你又不是中央委员,你管得了那么多吗？"

崔岩睁大了眼睛,他叫道:"青草,你怎么说出这样的话来!"他的声音太高了,汪青草变了颜色,崔岩自己也变了颜色。十几年了,崔岩从来没有对妻子这样厉声说过话,汪青草不仅是他的爱人、战友、孩子的母亲,而且是他的救命恩人啊……眼泪涌上了青草的眼眶。

"爸爸,妈妈,邵伯伯来了!"传来女儿高兴的叫声,邵容朴跟在孩子后面进来了。

"可我没有向你自我介绍啊!"邵容朴和崔岩夫妇问候完,坐定了,问崔岩的女儿说。

"我早就认识您了,那时候我才六岁,我……"女孩子知道失言了,红着脸收住了嘴。她说的是十一年前,差不多有整整一年,从春到冬,邵容朴每天被"勒令"自我游街,脖上挂着黑牌子,手里敲着一个破簸箕,嘴里喊着"请罪"之类的含混不清的词句,从滨海大街的一端走向另一端,一天规定要走几个来回,两端各有"响当当"的人"验明正身"和签字……

"哈哈哈……"邵容朴大笑起来,"这么说,那一年的'散步'倒替我扬了名,增加了群众对我的了解了呢!"然后,他转入了正题,对崔岩和汪青草说:"我想听听你们二位对廖国梁、方亭亭这两个人,对廖国梁的案子的看法。这是咱们专区轰动一时的一个大案子。"

"我们？"由于邵副书记到他们家来完全出乎他们的意料,更由于他们俩正好刚刚彼此顶撞,两个人脸上都呈现出一种茫然的表情。

"听说过去你们两家关系很好嘛。"邵容朴解释说。

崔岩和汪青草仍然是呆呆的不知所答。

"在他被抓走以后,还和你们有过什么联系吗?"

"没有,没有。"

"他没有直接或者间接地给你们送过什么东西吗?"

崔岩和汪青草对看了一眼,齐声回答:"没有,没有。"

"最近,方亭亭和你们谈过什么有关廖国梁的事情吗?"

仍然是:"没有,没有。"

一连六个"没有"加上那副冷淡的样子(其实是慌乱、一时没反应过来。但邵容朴以为是冷淡)使邵容朴颇为不快。这天上午,邵容朴又掌握了一个新情况,据一个当年"看管"过廖国梁的好心人说,廖国梁在正式入狱之后,曾经连夜秘密写了一些材料。这位好心的看管人员由于对廖产生了一些同情,所以对他秘密写材料采取了"睁一只眼闭一只眼"的态度,廖国梁也就不再避讳他。一次,他看到廖国梁的这份秘密材料外皮上写着"烦交崔岩、汪青草同志,望他们伸出救援之手……"的字样,所以,邵容朴亲自来拜访崔岩和汪青草。可没想到,他们的态度竟是这样!

这种态度也见得多了。一问三不知,神仙怪不得。怯懦的自私者也有自己的规则啊。

邵容朴看了看四壁,又等了一会儿,失望地,谴责地看了崔岩和汪青草一眼,"那好吧,既然你们对廖国梁和方亭亭一无所知,那就算了吧。"

邵容朴觉得一阵疲倦,他迈着沉重的步子离开了崔岩的家,但是他没有走出几步就听见后面有人叫他。他回过头,只见崔岩和汪青草气喘吁吁地追了过来。

……夜间,汪青草和崔岩辗转反侧,难以入睡。他们想着廖国梁和方亭亭,想着他们自己,更想着邵副书记和他已不在了的妻子。

"……我们都在骂廖国梁,"崔岩喃喃地、自语般地说,"嘲弄弱者的愚蠢和丑态是最容易不过的了。如果我们相信灾难是由某个弱者的愚蠢和丑态所造成的,我们既不会冒犯谁,又可以安慰自己,因为我们也跟着喊过口号——坚决镇压现行反革命分子廖某某,而且这么长时间了,我们并没有站出来改变这种不公正的状况……像邵副书记这样的人有多么可贵呀!我感到,从今天晚上我们向邵副书记说了那么多真话以后,我们才真的可以挺起胸来做人了!"

"崔,我明天就去找小方。原谅我!从那次医院回来,我只围着一个心思转:再也不能发生那样的事了,我再也受不了了。"

"谁受得了呢?党受得了吗?中华民族受得了吗?如果'四人帮'重新上台……"

"我的天!"

"天帮不了你。只有人人都像邵副书记那样,冲上去,用我们的血肉之躯筑成钢铁的长城……要知道,即使在一九七六年,胜利的仍然是人民!"

黑暗中,他的两只眼在闪光。他的话像火一样燃烧。青草看见,热泪流过了他的眼角和颧骨,落到了枕头上,青草拉住了他的手,贴近了自己的温暖的、同样激烈地跳动着的心房。

八

方亭亭浑身像火一样发烫,她头发散乱,衣扣都系错了,然而今天,她顾不得这些了,已经不能再等待了,她必须作出决定。她哭着,写着,飞快不停地写着:

　　……我们懵了,不知道发生了什么事情。我们聪明、清白、热情肯干,小廖更是多才多艺(从写美术字到开摩托,他都会),深受器重,少年得志……忽然,在一个早上,一切都翻了个个儿。张书记被"揪"了出来,省报上点名批判他,小廖吓得目瞪口呆。"你要主动地写检举材料!"我劝小廖。我当时真的以为小廖是受了蒙蔽,省报说的还会有错?"可我揭发什么呢?"小廖的脸愁成了一团。我的心也缩成了一团,我几乎说:"是啊,真难理解啊!"但我一张口,仍然是:"要提高认识,要横扫牛鬼蛇神……"

马上就扫到了我们身上!小廖突然不见了,我四处奔走,昼夜无眠。总算在"响当当"的地方找到了他。第一次是在他被抓一个月以后,天啊,他像一个失去了记忆力的白痴……不要回想这些,不要回想这些……然后,大字报上,传单上,派性小报上都出来了:《廖国梁揭发张××的第一批材料》《……第二批材料》一直到"第六批"!

一年以后,他正式被捕,罪名是"污损林副统帅的光辉形象",据说有一次他上厕所的时候撕了报纸……担惊受怕、孤独、漫漫的长夜、无边无际的忧愁……然而,这不是最可怕的。最可怕的是——屈辱!而我从小就喜欢荣耀和体面,当过去的熟人见到你就转过脸去的时候,当往日的常客躲着你的时候,当别人谈笑风生而你无法插嘴、你如果插嘴只会得到异样的一瞥的时候,当机关的某个同志结婚也不来邀请你、你想交两块钱的"份子"却无处可交的时候……让人可怎么活下去!

小廖入狱半年了,因为还没有判刑,不允许家属看望。我要感谢那个与小廖同狱、后来被释放了的不知名的人,他送来了小廖的信,还送来了用卫生纸钉的一个本子。小廖信上说:"不要问为什么,不要让我说我的遭遇。反正我完了,我签了字,承认我是反革命集团的头头,而且几乎把我所有的好友、熟人都'招'了出来。我原以为态度'好'一些,能使我得到喘息,结果,越陷越深,我快没顶了……然而还有一个小小的救命稻草,就是这个小本子,我想来想去,你和我一样娇嫩,光靠你自己不行,你去找崔岩和汪青草吧,也许他们能拯救我。这里有人一再逼我、引诱我,要我把这两个人也招到'反革命集团'里,这样,有利于他们打倒省委、地委的一大批领导,谁都知道崔岩是被地委领导信任的……快！快！晚了,我就挺不住了……亲爱的亭亭,我求求你,你不许看我的小本子,一个字儿也不要看,我求你！"

然而,然而,从在伊甸园里,女人就禁不住好奇心的诱惑,何况是我丈夫的"救命草",我看了……我的天！

他的救命草是一份记录,记录着从被"响当当"抓住到入狱以后,怎样被打、被逼迫、被假枪决、被诱骗,怎样陷入了乱咬乱供的深渊……按天记录,有名有姓……我吓昏了。

就在这个时候,马健来了,他说是根据迟群介绍的经验,要做我这个"反革命家属"的工作。应该承认,在小廖正式入狱,熟人变得陌生的日子里,除了青草夫妇,对我态度最好的是马健。而且,凭着女人的本能,我知道他想向我献殷勤。再说,当时他亮了相,被结合到了"红色政权"里。我要替小廖申诉,除了找他,还能找谁呢？诅咒我吧！我下贱！我无耻！我竟想借助他的权势和好感为小廖做点事情,我竟然把小廖以命相托的救命草给他看了……

我永远忘不了他演的那一场戏！他面孔严肃、沉重、忧虑,他分析说,这是最典型的"黄世仁的变天账"。是恶毒攻击,是狰狞的反扑,是疯狂的挑战……总之,他用尽了一切能吓死人的字眼,他说：

"我可以百分之二百地肯定,根据这份材料,廖国梁应该判处死刑,立即执行。你转送这份材料,应判有期徒刑十五年至二十年！"

我相信了他的分析,我浑身发抖。于是,他表现了他的"侠义心肠",他说,唯一的办法,立即与我共同焚毁这份材料,他甘愿冒着丢官丢党票坐大狱甚至掉脑袋的危险,"为了保护你。"他说。

我像一个被催眠了的人,当着他的面,烧毁了小廖的救命稻草……之后他暴露了流氓面目,我把他轰走了……然而,已经晚了,在精神上,我已经被强奸,甚至于可以说是顺奸,……我的耻辱已经无法洗雪了……

不久,就传出了关于我生活作风不好的流言,我不想追究和反驳……

一个半月以后,崔岩也被牵扯到"集团"里去了……

又过了五年!小廖终于放出来了,"污损林……"不是罪了,"反革命集团"也纯系子虚乌有,但是他供认的那些天晓得的"反动思想"还在,于是,定为现行反革命分子,帽子拿到群众手里。

他一回家就问我"救命草"的事。当我回答被我烧毁了(我还没敢说马健),他第一次神经病发作了。

……他呆呆木木地过着,始终不肯搭理我……一九七六年四月七日,当他听完了关于天安门"反革命"事件的广播以后,他彻底丧失了理智,他成了一个完全的疯子,他被送到了精神病院。

我对不起你,小廖!你爱我像爱天空、海和月亮,我们一起在月光下的海边散步,这都是上辈子的事。我对不起你们,崔岩和汪青草!你们身受其害,但一直友善地待我,其实,害你们的是我!

我所以没有死,就是因为我觉得还有公布这一段事实的义务。但我不敢和任何人谈,不敢写下来,我苟且偷生……

邵副书记,谢谢您!您找了我,您正在深入地调查这一案件,我有了勇气把这些写出来。像您所说的,还以本来面目,这是最大的公正。让我这个被大风暴冲成了齑粉的人也喊一句吧:

"还以本来面目"万岁!

方亭亭本来想的是,写完这些就执行自己对自己的判决,这是早在两年前她就想好了的。但是,写完之后,好像出现了一丝光明。

"去找邵书记！去找汪青草和崔岩！"

多么亮！

屈辱……罪过……又黑了。

她把手伸向了电线插座，一阵汽车的声音使她一惊，停住了手。脚步声，敲门声，呼唤声——是青草。

她开开门，青草一把搂住了她，后面还有崔岩和邵容朴。

九

五天以后。

新调来的地委第一把手从省城开会回来，邵容朴向他汇报了有关廖国梁案的情况，并取得了完全的支持。第一把手告诉邵容朴，恢复了工作的省委张书记很关心他的前秘书的健康和这个案子的情况——张书记丝毫没有心存芥蒂，与李仲言的估计完全相反。

一个星期天，邵容朴的上海牌小汽车里带上了崔岩夫妇和方亭亭，他们一同去精神病院看望廖国梁。

据医生介绍，打倒"四人帮"以来，廖国梁的病情有明显好转。一九七八年以来，恢复之快完全超过了医护人员的预料。

医生同意他们可以与廖国梁会面半小时，为了防止意外，由一个身强力壮的护理员陪同。

廖国梁面色苍白，表情迟钝，一副极端疲倦的样子。但从他的眼神看来，他的神志是正常的。他缓缓地，然而无误地认出了所有来看望他的人，脸上显出了一丝笑意，但他的眼睛躲避着方亭亭。

"我们来看看你。事情已经基本上弄明白了，救命，不能靠小本子，而要靠党和人民。所有发生过的事情，人民都记得清清楚楚，你放心。"

邵容朴说了一遍。廖国梁注意地听着，若有所动，他请求邵副书记再说一遍。

邵容朴缓缓地接连说了三遍。廖国梁的眼睛渐渐放光了。

忽然,廖国梁眼睛直了,他狠狠地问道:

"可如果'四人帮'重新上了台呢?"

他的声调远远超过了惊惧和悲苦,而是凄厉的,令人毛骨悚然的。

"这不可能!永远不可能!永远!"邵容朴大声回答。

"真的?"廖国梁问,口气缓和多了。

"当然。"邵容朴笑着说。

廖国梁蓦地扑到了邵容朴身上,搂住了邵容朴的脖子,护理员连忙过来准备把廖国梁拉开,但邵容朴用一只手摆手,用另一只手抚摸着廖国梁的脊背。廖国梁的眼泪簌簌地落在邵容朴的衣襟上。

廖国梁觉察到了自己的失态。他松开了手,坐回自己的椅子,羞愧而又悲哀地说:"我……又发疯了。"

"这不是发疯。当提出这个问题的时候,我们和你一样激动。"邵容朴回答,"不要怨小方了,我们各有各的教训。"他又说。

医生来了,说是半小时已经到了,他看了看廖国梁,宽慰地说:"再有个把月,他就可以回家了。"

"谢谢您!"方亭亭握住了医生的手。

"小方,月底了,你多订几份杂志吧,省得小廖回家以后寂寞。"崔岩说。

"把我们家那个电视机先拿去用吧,现在的节目也越来越好看了。"汪青草说。

"就这样,一个月以后回家,半年以后上班……"邵容朴与廖国梁握手告别。一个如此光明的笑容出现在廖国梁的脸上,连病人会客室也一下子亮堂了起来。

汽车从精神病院回来,路过海岸的仙女礁,邵容朴请驾驶员停下了车子。人们知道这儿是什么地方:那个一九三八年的八路军女战士,那个在日本鬼子的狼狗和国民党的刺刀面前没有皱过眉头的邵容朴的妻子,却不理解社会主义革命时期的复杂和曲折……她本来不该那样!

　　崔岩、汪青草、方亭亭和驾驶员沉重地望着身材瘦小的邵副书记默默走到了礁石上面,他挺立着,本身就像一具巉岩。半个月亮刚刚从海面上升起,橙红、巨大,斜仰着,像一颗沉思的、警惕的心。潮水在涨,波涛呼啸着、愤怒着和欢笑着,手拉手地一次又一次向岸边涌来,溅起一团团银雾。

　　"竹梅,你安息吧。我们绝不让这一切重演!"

　　竹梅是邵容朴最亲爱的妻子的名字。他说话的声音很低,但崔岩他们听得分明,因为,正赶上海风往岸这边吹。

　　　　　　　　　　发表于《上海文学》1978年第12期

难 忘 难 记

她皮肤细白,瓜子脸,长着杏核般的、两端尖尖、中间圆圆的小而亮的眼睛,淡淡的、时时挑起的长眉毛,微微噘起来的嘴。她说话是南方人的训练有素的普通话,比北京人说普通话显得更加端庄、好听。她的口齿清晰,抑扬顿挫,不仅能表达每一个词和每一个字,而且能表达出每一个无声的标点符号。她十分善于掌握吐字的力度,这使她在群众场合所讲的每一句话,既有鲜明的感情色彩,又有一种深思熟虑的、无可置疑的逻辑力量。

但是,她对李局长说话的时候就有些大舌头了,有时还有点结巴。和领导说话的时候,她好像变成了另一个人:略带蠢笨——这样显得分外顺从;喏喏嚅嚅——这样显得对领导敬畏;小眼睛一挤一眨巴——这样显得纯洁,天真如孩提赤子。不能不佩服我们中华民族的先人,他们组词时创造了"愚忠"这个精妙绝伦的字眼儿。忠而愚,愚而忠,相得益彰,交错生辉。陈玉珊在领导面前的表情就是这样。

李局长一上任就对陈玉珊产生了好印象。不仅因为她的这副动人的表情,不仅因为她做事情干练、利索、精明、强悍,不仅因为她靠近领导、围着领导转、对领导照顾得无微不至(例如她从来不忘记提醒有关办事人员分发包场的戏票的时候把最好的座位的票子留给局长),尤其是,她总是在领导最需要的时刻为领导制造必要的气氛。做领导工作,是需要一定的气氛的,发号召时希望有热烈响应、争先恐后的气氛,搞运动时希望有紧张激烈、如火如荼的气氛,主持学习讨论时希望有踊跃发言、体会良多的气氛,批评某个人的时候希望有威严郑重、人人自危的气氛,而在联欢、聚餐的时候又希望有一种拥戴、亲切、众星捧月的气氛。这些气氛的核心,则是对领导的尊崇、敬畏、听话、心服口服、欣然从命。而这样的气氛总是与该局行政秘书陈玉珊同志同在。云从龙,风从虎,陈玉珊跟着李局长,到处敲锣又打鼓。学习会上局长一发言,陈玉珊说:"一听心里就亮堂了。"组织生活上局长一说话,陈玉珊说:"叫人心窝里热乎乎的。"碰头会上局长一发火,陈玉珊就说:"这是警钟、是鞭策,也是春风化雨、培养爱护。"总结会上局长一表扬谁,陈玉珊马上就说:"还不是李局长手把手教的。"而当局长请病假时,陈玉珊就说是"因劳成疾了"。局长看电影时,陈玉珊解释说:"局长哪有心看电影,身在影院,心里无时无刻不为咱们局和所属单位上万口子操心呀……"锣音鼓点,恰到好处。

世上珍禽异兽好找,人间可心的干部难求。陈玉珊是雪中炭、雨中伞、渴中茶,她又是锦上花、汤上油、刃上刃。一身数任,黄金不换。李局长担任领导工作多年,从来没有像来到这个局,手下有了陈玉珊这样的干部以后觉得心情那样舒畅,工作这样顺心。一年以后,李局长任命陈玉珊作了科长。三年以后,陈玉珊作了处长。六年以后,又申报到上级,准备提拔陈玉珊担任副局长。其实,人们私下早就把陈玉珊称做"局长"了(注意,不是副局长,是局长),不过,李局长没有听到过而已。

不巧,就在这个时候爆发了"文化大革命"。这个单位进驻了工作组,夺了局长的权,责令李局长检查交代。第一个站出来的革命者是陈玉珊。她在工作组长面前号啕大哭,好像被拍花子的骗走了的孩子终于找到了亲娘。她一把鼻涕一把泪控诉了李局长对她的排挤、迫害、打击、报复。她拍桌子,她跳脚(想不到已经中年、发胖、渐成官体的陈玉珊还有那么好的弹跳力)。她喊口号:"把李××的画皮揭下来!""把李××的尾巴揪出来!"很快把运动推到高潮,局里出现了应有的气氛。

李局长有点惶惑,一时想不出自己什么时候、怎样排挤、迫害、报复过陈玉珊,更不知道自己的面部如何出现了画皮,而臀部又如何长出了尾巴。但他告诫自己,要正确对待。他应该好好地清理一下自己的思想,好好地在运动中洗个澡。陈玉珊迅速地与他划清界限,对他揭发批判,只能说是积极参加运动,只能说是下手给他搓澡——很可能他身上的泥太厚了,搓澡也就需要手重一些。

但是,陈玉珊的一次又一次的揭发愈益变成捕风捉影、生拉硬扯,最后干脆成了凭空捏造了。搓澡,可以用手、用海绵、用丝瓜瓢子,总不能用锉、用锯条、用擦葫芦丝的礤子啊。李局长开始迷乱了。

又发生了突变。工作组被否定,被以陈玉珊为首的一些人给赶走了。墙上出现了陈玉珊批判工作组的大字报,工作组的主要罪名是"包庇走资派李××"。果然,在失去了自己的"包庇者"以后,李局长的处境进一步发生了灾难性的巨变。他接到了陈玉珊的书面通知,勒令他二十四小时内腾出房子。他搬进了一间潮湿、无窗、关不上门的小煤房,陈玉珊搬进了他原来住的四间北房。陈玉珊不放过任何机会抒发和表达自己对于"走资派"的"阶级义愤",甚至当李局长拿着长柄扫帚扫院子,恰好陈玉珊领着自己的三岁的孩子走过这个院子的时候,陈玉珊也不忘对自己的孩子进行"阶级教育",她指着李局长,教给自己的孩子说:"这是走——资——派!大——坏——蛋!小——赫——鲁——晓——夫!"

终于,李局长被五花大绑着游街示众了。陈玉珊亲自动手拿绳子,又亲手用黑纸糊了一个一米五的高帽子,亲手给李局长戴到了头上。

李局长对事态的发展茫然不解,如入十里雾中。但是他很清楚:与其说是下了盆塘或池塘,不如说是他已经被可爱的陈玉珊推进了屠宰场的沸汤锅里。

游完街,他被丢到办公室看管起来。这次戴高帽子示众使他完全垮了——要知道,他是这个城市里第一个受到这种待遇的当权派啊——他的四肢被捆绑得麻木,他的耳边响着"砸烂李××的狗头"的口号声,是陈玉珊那金刚钻般的尖嗓子。最可怕的是,虽然纸糊的高帽子已经拿下来了,他却觉得已经长到他的头上,长到了他的皮肉里,好像从此他就变成了一个长着丑陋的独角的魔鬼,好像他不仅被免了职,不再被容于革命队伍,而且被开除了"人籍"……他心窝冰凉,耳目昏花,四肢瘫软,喉头干涩。他简直不能断定自己是死是活了。

所以,当看管他的赵有常给他送来了晚饭——两个窝头以后,他一动不动,如痴似呆。

赵有常,这是办公室的另一个行政秘书,李局长就任六年,从来没有注意过他。只知道他的眼镜腿时常断,断了就用橡皮膏粘起来。他还知道别人(其中包括陈玉珊)说起赵有常来,一致认为他"不爱发言""政治上不开展"。有的说是因为他不发言所以不开展,也有的说是因为他不开展所以不发言。总之,不开展和不发言在赵有常身上也是一而二,二而一,互为因果,互为佐证。

"吃吧,不管怎么样,总得吃饭嘛。"赵有常瓮声瓮气地说。李局长听起来,十分遥远,声音如同发自天外。

"是黑是白,自己还不清楚!"又是一句。

李局长仍是默然无语。

又过了好一会儿,天色已经昏黑,赵有常拉开了电灯,掏出一包香烟,抽出两支,一支递到李局长手里。李局长是个喜欢吸烟的人,尽管眼下他心不在焉,照旧习惯地接了过来,衔在嘴里,又接受了赵有常的点火,吸着了,喷了一口。

"戴了高帽子,不痛快吧?"赵有常问。

李局长潸然泪下。戴高帽子还能痛快吗?想不到自己革命几十年,战争年代出生入死,和平年代辛苦操劳,竟突然受到了二十年代湖南的土豪劣绅受过的待遇。

沉默中，各人抽完了各自的烟。赵有常又掏出了两支，又是一人一支。

"戴高帽子，戴高帽子，戴高帽子舒服呀！"赵有常又说了这么一句。李局长瞪大了眼睛，戴高帽子舒服？莫非这个老赵发作了神经病？他异样地、惊恐地望着赵有常。

赵有常不慌不忙地吐着烟，略略提高了一点声音，责备地、而又是心痛地说："李局长，其实，在我们看来，陈玉珊给您戴高帽子已经戴了六年了！"

"什么？你说什么？你在说什么呀？"李局长心里咯噔一下，他急切地问道。

赵有常没有言语，从桌脚边的一个提包里拿出一个饭盒，把饭盒打开，里面有米饭和西红柿炒鸡蛋："您吃这个吧。"他说，然后，把桌上原来发给黑帮的两个窝头，自己拿起来，走到门外，坐在门槛上，慢慢吃起来了。

轰隆！像一声炸雷。噗噜，像一阵飓风。六年的高帽子，浑然无觉。可不是吗，在陈玉珊制造所需要的各种气氛的同时，不是从来没有吝惜过给他戴高帽子吗？他戴的高帽子一个叠一个，早已高耸云霄了。阿谀的高帽，比纸糊的高帽还要恶毒、还要残酷、还要可怕一千倍呀！

光阴似箭，日月如梭，弹指一挥间十多年过去了。林彪、"四人帮"先后被粉碎了，李局长也早已恢复了领导职务。他当然改变了对陈玉珊、对赵有常的看法。然而，渐渐地，他觉得赵有常有些"扶不起来"。老赵不声不响地工作，拒绝了好几次出头露面的机会。他不找领导汇报思想，也不提任何要求。他起草的汇报材料，又常常不符合李局长的意图。有一次去看戏，李局长坐在汽车里看到正在步行的赵有常，他叫驾驶员停下，打开车门，招呼赵有常上来，赵有常执意不肯，搞得驾驶员都生气了……陈玉珊呢，由于和帮派体系的牵连,处长的乌纱帽丢了,但她又换成了早先的、运动以前的陈玉珊。她不计成败利钝地、坚持地、大舌头地、结巴地、嗫嗫嚅嚅、委委屈屈而又是细致周到地围着领导又转起来了。"对这样的人是要警惕的,但她积极向上我也不能禁止。"李局长心里说。人们开始议论,有的说:"当官的,总归还是喜欢陈玉珊这样的人。"有的说:"不会的,这么深刻的教训,难道能忘了?"有的说:"赵有常也是有缺点,太古板,酸气。"还有人说:"咱们也得体谅领导的心情啊,他手底下没几个紧跟照办、颂歌不断的人怎么行呀?再说,人是可以改变的,陈玉珊也会进步的嘛。"……欲知后事如何,且听下回分解。

1978 年

发表于《新疆文艺》1979 年第 3 期

歌　　神

一

　　除了我正在恼怒,这初秋黄昏的田野上的一切,是多么美妙而且和谐!

　　落日给道路两侧优雅地摆动着的杨树林的顶端镀上了一层金辉,又透过竞相伸展的茂密的枝条,婆娑摇曳地飘洒到汩汩流淌着的、正在为播种冬麦而备墒的大渠的水面上,于是渠水变得明亮而且活泼了。渠边路旁,郁郁的秋草之中,时而抬起个把山羊或者毛驴的头颈,饱食和休闲使得它们的神态也变得雍容和高贵起来。公路上,不时有一辆辆载重汽车驶过,挡风玻璃上滑动着橙色的、愈来愈清晰可触的落日。林带的另一面的土路上,歪戴着硬壳帽子的牧童驱赶着代牧的社员们的自养乳牛回村。靠近"家"了,乳牛们撒开了欢,哞哞地叫着,拙笨而又起劲地摇摆着它们的肚腹和肥臀,蹚起了团团尘雾。

　　路和林带的另一面是广阔和娴静的田野。玉米像一群亭亭玉立的姑娘,手挽着手站在一起,在干爽的秋风中散发着一种潮湿、芳馨、甚至有点刺人鼻子、新鲜得使人沉醉的气味儿。

　　与玉米地相邻,是一大片谦逊地仰着脸、深绿中染上了片片暗红和紫黄的苜蓿。已经开始第三茬收割了,芟镰扫过的地面上是一堆一堆的牧草,发出的气味温厚、甘甜,有一种暖烘烘的劲儿。

大地无言而变化有定。正是昼和夜、夏和秋、燥和湿、暑和寒更迭交替的时刻,空气、温度、微尘、田野上的一切都在升腾和下降,旋转和安歇……

我们三个人围坐在田头林边,处在浓密的秋草的掩护之下,坐在安谧的金色的暮霭之中。

在我们当中的空地上,放着一瓶精装的"伊犁大曲"。一块手帕上放着一个葱头和几块糖球——这就是酒菜,还有一个仔细擦拭过的自行车铃的铃盖——这便是酒杯。

弟弟沉浸在一种不寻常的兴奋里。开始,我的追踪而来使他手足无措,他畏怯地、请求地看着我。但就是在这时,他也没有忘记用他的眼睛、用他的姿势和神情表达他对坐在我对面的陌生人的崇拜和倾心。

这个膝头上横放着一把有点破旧的热瓦甫的小伙子我似曾相识。高身量,略显瘦削,骨架有力,鬈曲的头发,高高凸出的眉骨和鼻梁,浓而长的眉毛,扁而长的、上挑的眼睛,淡褐色的、带着一种奇异的温柔和沉思的色彩的眸子,英勇而又和善的、似乎凝神看着远方的目光。本来,我找到弟弟的时候想倾泻出一大串抱怨和责备、像一个涨满了水的涝坝,眼看就要决口。但是这目光使我闸住了,而且不管有多么勉强,我也应他们的礼让而坐了下来。

弟弟拿起酒瓶,划了一根火柴,点着了封口的薄膜,燃起了淡蓝色的火焰。烧净以后,他用牙齿咬开了瓶盖,用自行车铃碗先给自己斟了一点,偷看了一下我的呆板的面孔,慌乱地呷了下去,然后,咕嘟咕嘟,往铃盖里倒了大半"碗",毕恭毕敬地递给了陌生的小伙子。

陌生的小伙子从弟弟手里接过了酒,高高举起,按照礼仪,询问着:

"我喝吗?"

"请饮酒。请尽管饮。"我摊开右手,伸向他,按照礼仪回答。答话的时候,我做出一副眼睛看着别处的样子。

其实我当然在注意着他。他并不像一般的年轻人那样,一仰脖,酒杯一折,了事。他把"酒杯"放在唇边,心里却在想着别的事,他闻一闻酒,似乎有点抱歉,有点下不了决心,最后,他慢慢地无声无息地把酒咽了下去。

他把空铃碗放到腿边,而没有按照规矩把酒杯送还给主人——弟弟。他拿起膝头的热瓦甫,弦也不调,信手拨弄起来,叮叮咚咚,像夏日的一阵急雨。

在他拨弄琴弦的时候,弟弟悄声对我说:

"艾克兰穆,大河里放木排的人。原先在特克斯林场,后来被选拔到天山乐团去了。去了一两个月,他想念家乡,又跑回来了。现在又到察布查尔林场去了……"

"他是个开小差的?"我不满地问,皱起了眉头。

我的不礼貌的说法使弟弟变了颜色。幸好,艾克兰穆没有注意到。他半闭着眼睛,手指轻松地、敏捷地拂动着,从琴上吹起了一股清风,吹过了草原,追上了奔马,绕过了山泉,又赶上了两只像箭一样奔跑着的金色的小鹿……

弟弟悄声为他的朋友辩护着:"伊犁人哪一个能过得惯外地的生活呢?他离不开这里的天空,草原,大河里的浪花……"

我没言语,不管愿意不愿意,艾克兰穆的热瓦甫琴声开始吸引着我。好像在一个闷热的夏季,树叶颤动了,还弄不清是怎么回事也罢,人们总会不约而同地舒一口气。好像一个熟睡的婴儿,梦中听到了慈祥的召唤,他慢慢地、慢慢地睁开了眼睛,他第一次看到了世界的光和影,看到了俯身向他微笑的美丽的母亲。

路边出现了一个小姑娘,头戴艳丽的花绸巾,身穿褪了色的、嫌小了的连衣裙,赤着脚来牵她的山羊。她握着拴羊的绳子立在了那里,显然,琴声也打动了她。

艾克兰穆想起了什么,他睁开眼,停住手,把铃碗——酒杯递给了弟弟。

下一"杯"轮到我了,我抿了抿,又敬给了艾克兰穆,其实是为了表达我对这强加于我的"饮宴"的冷淡。

艾克兰穆把酒喝下去了,又喝了一次。三杯已过,他眯上眼睛,再一睁,就唱起来了。说是唱,又像是在说话,在自语,似乎没有旋律,懒洋洋地哼着的调子里包含着一种温暖,一种希望。好像青草在欣悦地生长,好像蓓蕾在无言地开放,好像是一匹被主人上了绊子的马自顾自地低头觅食,好像是船舶靠岸过夜的时候随着水波轻轻摇晃。渐渐地,草原开遍了鲜花,骏马风驰电掣,木排在激流里起伏,四面是光明的白昼。我呆住了,耀眼的亮光使我晕眩,使我忘记了一切。我像一个正在负气的粗野的孩子,扭动身躯要躲避母亲的爱抚,但是母亲的硕大的手掌理顺了我的挓挲的头发,抚摸着我的额头、脸蛋和脖颈,我驯服了,我终于躺在了母亲的怀里,幸福地闭上了眼睛。

突然,一声高亢的呼唤,中断了连续的歌吟,艾克兰穆蓦地把头一甩,用一只手支持着自己,放下了热瓦甫,面对着苍茫的天上升起的第一颗星,用一种全然不同的、天外飞来般的响亮的嗓音高唱起来。像洪水冲破了闸门,像春花在一个早上漫山红遍,像一千个盛装的维吾尔少女同时起舞,像扬场的时候无数金色的麦粒从天空撒落。艾克兰穆的歌儿从他的嗓子,从他的胸膛里迸放出来,升腾为奇异的精灵,在天空,在原野,在高山与流水之上回旋。我呢,也随着这歌声升起,再升起,飞翔,我看到了故乡大地是这样辽阔而自由,伊犁河奔腾叫啸,天山云杉肃穆苍劲,地面上繁花似锦……

我们不知道过了多长时间。一颗又一颗蓝色的和橘色的星星竞相来到我们的头顶,它们在俯视,在谛听,在激动得发抖。庄稼和树木惊愕地呆在了黑影里,风儿也在围绕着我们回转,不忍离去。

直到歌声停止,我才透过了一口气。弟弟趴在地上,哭起来了。来牵山羊的小姑娘搂着她的山羊,忘记了回家。我也想起了许多亲切的事,我想起了去世的母亲,想起了小时候偷偷爱过的姑娘,想起苹果开花和蚕豆结荚，想起了那一去不复返的、少年人的梦一样的日子。我想说一些话，然而，艾克兰穆已经走了……

"他为什么唱得这样好？"

"他本来唱得就好……而且，他在恋爱……"说到"恋爱"这个词儿，十六岁的堂弟先红了脸。见我无意责备或者禁止，他继续说：

"艾克兰穆爱上了哈萨克姑娘阿依达娜柯。"

阿依达娜柯，多么好听的名字！它的意思是"像月光一样洁白"，而洁白，在我们的语言里代表着美、纯真和善良。哈萨克人善于起各种各样的名字。虽然在叔叔这里只待了一个暑假，我已经知道了在伊犁河边放牧的这个年轻的姑娘。她长着乌黑浓密的头发，圆圆的、红润的面孔，天真无邪而又生动的、有时甚至是略带哀怨神采的眼睛。我曾经信步走进过她的帐篷，她叫住了猖猖怒吠的护羊犬，默然给我煮茶、端奶，温顺而又从容地招待我，却并不看我一眼。

我还听说过她父母双亡，跟着她的异母哥哥过日子，而她的这个哥哥，是个不可救药的窃贼、赌棍和醉鬼。这使我一时觉得有些郁闷。

然而，他们会幸福的。艾克兰穆的青春、欢乐和爱情是不可战胜的。

那时我这样想。那是一九六一年的九月，之后，我很快就返回乌鲁木齐医科大学了。

二

下一个暑假我没有机会再去看望那位远房叔叔和胆怯的弟弟，没能再去造访那里的杨树林和苜蓿地。一九六二年夏，我作为实习生参加了农村医疗队，去到南疆叶尔羌河的东南岸的偏僻的麦盖提县。七月下旬，我被医疗队委派去喀什市购买一批药品和器械。正赶上野性的叶尔羌河涨水,摆渡不能正常行驶,我和旅伴们在河边耽误了七个小时,到达喀什的时候,天已大黑了。

盛夏时节,沿着荒凉的塔克拉玛干大沙漠的西北边沿旅行是什么滋味,外地人是无法体会的。宇宙变成了一个烤馕的大土炉,石头晒得能烫坏任何触摸它的手,到处飞扬的烟尘就像刚从火里搂出来的热灰,连苍蝇都不敢在这样的空气中振翅。饿、渴、热,我们一个个精疲力尽,汗水和着灰尘为我们全身敷了一层肮脏的软膏。就这样到了喀什市,我一口气喝了六碗茶,吃了三盘抓饭,一头倒在交际处客房的钢丝床上。

然而我没有睡多久,我被唤醒了,醒来却不见人,原来,呼唤我的是——歌声,喀什噶尔的歌声!喀什的夏夜总是在歌声中度过的,从黄昏到黎明,城乡的歌声不断。走路的,骑驴的,赶车和坐车的,夜间浇水和扬场的,休闲和乘凉的,喝醉了的和清醒着的男和女、老和少,一切没有睡下的人都在高歌,一切睡下的人都在歌声的伴和中寻找自己的梦。这样的歌声,其实从我们乘坐的大轿车驶过跨越喀什噶尔河的木桥的时候起,压根儿就没有离开过我的耳鼓。但是,现在,当夜深人静,当月光隔着窗子把胡桃叶的影子撒在我的脸上的时候,这南部新疆特有的,充满了焦渴和热情、苦恼和执着,像呼喊一样全无矫饰、像火焰一样跳跃急促的民歌旋律,变得怎样清晰而且强大了啊!

我如醉如痴,悄悄地披上了衣衫,跂上了鞋子,顺着歌声的指引,穿过浓密如发的渠边的柳丛,跨过银波闪烁的河道,绕过醇厚如酒的香气袭人的沙枣林,沿着宽阔的石子路和大大小小的木桥,寻找着,寻找着,来到了人民公园门前的广场。

广场上围着好多圈子,每一个圈子里都有一个歌者在弹弄热瓦甫或者都塔尔,拉响萨塔尔或者艾杰克①。歌者各唱各的,唱的多是

---

① 热瓦甫、都塔尔:弹拨乐器;萨塔尔、艾杰克:类似二胡和低音胡的弦乐器。

关于战争和爱情的万古长青的叙事诗,混乱的声调汇在一处,共同诉说着维吾尔人的悠久的、充满悲欢离合、爱爱仇仇的历史。喀什噶尔不愧是我们民族的摇篮,无怪乎在中亚细亚人们常常把维吾尔人称做喀什噶尔人。这过去只在人们的谈叙中听到过的夏夜的说唱,亲临其境以后才知道它具有一种怎样的惊心动魄的力量。连对面举世闻名的艾依提尕清真大寺的绿塔和巨大的浑圆的穹顶也显得更加庄严雄伟了。

忽然,歌声和琴声似乎一下子都停止了。一个苍凉而又委婉的男中音,轻轻地飘了过来。抖颤和缠绵的歌声里包含着一种剑一样锋利的撕裂人胸膛的痛苦,一种蓄积深重的、压得人透不过气的忧患。你迷茫了,你垂下了头,你眼花了,你好像看见大队的送葬的行列,腰身上系着白带子的人哭喊着:"啊,我的友人!啊,我的友人!啊……"

忧郁的歌声中渐渐出现了一种狂暴的激越的呼喊,似是塔克拉玛干腹地上突起的黑色的旋风。强劲的、威严的旋风把整座整座的沙山连底拔起,高举在上空,遮天蔽日,无情地摧毁着一切纤小的生命。野草闲花枯萎了,鱼虾蛙虫被埋在河床,土层被掀掉了,旷野上矗立着耸入云天的尘柱,大地龟裂,现出可怖的风蚀纹……

这是谁在唱?新鲜的、石破天惊的歌声中又回响着深沉、亲切、故旧情深的调子……当然,这不是喀什的民歌旋律,也不是喀什的唱法,这歌声只能来自我的家乡,来自绿草如茵的伊犁河谷,来自白杨深处……当歌声终于停息下来以后,我迈着迟疑的步子前去探求。我看到了歌者了,看到了坐在广场的一角的他的弯曲的背颈、浓黑杂乱的胡须,看到了他的高眉骨、长眉毛之下的深陷的、似乎凝神望着远方的悲哀的眼睛。

还能是谁呢?虽然他胡须满面,虽然他陡然苍老如许!

"艾克兰穆哥!"我不顾一切地扑了上去,"是您么?我的艾克兰穆哥!"

他打量着我,惊喜地叫道:"您好啊!我的大学生!我的毛拉①老弟!"

他站起来,夹起都塔尔,拉住我便向外走。他的听众都用羡慕的眼光看着我——我竟有幸与这样的歌手相识。

并肩向桑树林走去的时候,我问道:"真想不到在这里能遇见您!可您的歌声为什么这样悲哀?您的样子也显得……"

我们停在一棵老桑树下,坐了下来,他低着头叙述了他的遭遇:他和阿依达娜柯的爱情受到了她哥哥的阻挠,后来那个赌棍和酒鬼又公然提出买卖婚姻的"价钱"。艾克兰穆十分愤怒,但是阿依达娜柯不敢、不愿与她的哥哥决裂。就在这个时候,数万边民外逃的事件发生了,她的哥哥竟然摇身一变领到了侨民证。正赶上那几天艾克兰穆放木排去了,等他回来,阿依达娜柯已经被她的异母哥哥裹胁而走。听人们说,阿依达娜柯在万分紧急的情势下曾经偷偷跑出来到处寻找艾克兰穆,没有找到,被哥哥追了回去。

艾克兰穆痛不欲生,他心爱的人,他生命的光,就这样轻易地、不可思议地失去了。故乡的山水只能引起他无限的哀伤,恰在这时,他收到了远在喀什的姑母的信,多病的姑母很想在有生之年再见一见当年抱耍过的侄子。他来到了喀什。

艾克兰穆的叙述是平静的,这种平静更加令人绝望和窒息。我听得呆了,故乡的风云,我当然并不陌生。但是,我仍然没有想到这样的事会几乎是轻而易举地落到艾克兰穆身上。他不是有着健壮的身躯,秀美的仪表,深邃的智慧,广阔的心灵和火一样的爱吗?他不是有那富于神奇的魅力的、惊天动地的歌喉吗?难道不是即使听一听他的歌,也可以获得移山的力量吗?为什么他的如此美好动人的青春的幸福,竟像一粒流沙一样被一阵莫名其妙的狂风吹得无影无

---

① 毛拉:伊斯兰教里负责诵读和解释《可兰经》的教士,戏称时犹如汉语中的"秀才"。

迹？人，歌曲，爱情，你竟是这样软弱的么？

我没有说话，他也没有说话。过了好一会儿，他突然攥住我的手："哎，我的大学生，我的毛拉老弟。请告诉我，为什么人生的路途上要有这样的意想不到的灾难，毫无道理的痛苦？为什么我们自己身上会有那么多愚蠢和野蛮？你的命，我的命，我们不都是只有一次生命吗？我们不应该过得健康、美满和幸福吗？人生下来就要求幸福，就像鸟儿要求天空，草儿要求太阳而鱼儿要求大海。我们不应该幸福吗？我恨死了这些苦难，愚蠢，野蛮！"

他的手在发抖，他的声音在发抖，老桑树和月光，清真寺和圣徒的坟墓也在发抖。

三

在喀什噶尔，我们又见过两次面。对于他的不幸，本来有许多现成的、合用的也是相当正确的道理可说。但是，我没有说。我只是有一个信念：我想，一个给予人们那么多的歌者，一个如他这样的真正来自人民、来自大河和土地的艺术家，本人一定也是强大而富有的。任何人间的折磨，都不可能挫败他。

"唱吧，唱吧，给更多的人唱吧！""你准备唱什么新的歌？"我说的，就是这么一两句话，大概别人常常对他说的，也不外这些。我们的信念，我们对艺术家的期待和爱，就表现在这一两句话里。

后来我们的实习结束了，回到乌鲁木齐。我听说艾克兰穆也回到了天山乐团。乐团党支部到处找他，妥善地安排了他的生活和工作。不久，新疆人民广播电台的维语节目中出现了艾克兰穆唱的歌。我感到何等的欣慰啊，我的信念被证实了。

但我太忙了，医科大学的最后两年里，我没有时间去拜访他。然而，我成了广播音乐节目的最忠实的听众。艾克兰穆的歌曲改变了我的生活，打开了我的眼睛，我才发现，周围貌似平凡的一切，蕴藏着多少美妙绝伦的东西。生活在碧蓝的天空和白雪皑皑的博格达峰下面是多么奇妙啊！生活在温煦、芬芳的祖国的地面上是多么奇妙啊！生活在正直、善良、各有一个灵魂的人们当中是多么奇妙啊！艾克兰穆的歌声像一粒一粒的种子，这些种子在我的心灵里发芽了、生长了，于是，我的心里也生长着激情、喜悦、美、理想和力量。我照照镜子，我觉得我的被汉语课和拉丁语课，被无穷无尽的药物、骨骼和肌肉的名称，被班长的头衔和会议压得呆气十足的面孔上出现了美好的笑容和神采，以至我接连收到几封全校以美貌和挑剔著称的女生的热情来信。

一九六五年，我以优秀的成绩毕业了。国庆前夕，我以毕业生代表的身份出席了庆祝国庆和新疆维吾尔自治区成立十周年的文艺晚会，在富丽堂皇的人民剧场里。当女报幕员袅袅地走到幕前，报告下一个节目是艾克兰穆的男声独唱的时候，我屏住了呼吸，心跳到了嗓子眼上。

柔软、温暖、厚重而华贵的紫红色的绒幕缓缓拉开了，多色的聚光灯、顶灯和脚灯全打开了，舞台上呈现出绚烂的明亮。过了半分钟，仍然不见人，人们甚至以为调度上出了事情。就在这时候，他咚咚做响地迈着大步走了出来，穿着绿色竖条纹的长袷袢，戴着崭新的黑白分明的巴旦姆帽子，上唇留着半圈整齐的短髭，他神采奕奕地走到舞台中央，抚胸曲身，向观众行礼，然后洒脱地一抬头，把伴奏者介绍给大家。

我简直不敢认他了。在舞台上，他高大、英俊、自信，沉着有礼。他首先唱了《祖国》。歌声使我想起秋日的伊犁田野，夏夜的喀什噶尔的大清真寺，使我想起伊犁河谷的风云，也想起涉水渡河的坚韧不拔的叶尔羌河两岸的农民。接着，他唱了《亚非拉人民要解放》，像海潮一样的汹涌澎湃，像野火一样的势不可当。后来，在观众热烈的要求下，他加唱了一个哈萨克歌曲《啊，草原》。这是根据民歌《爱妮克孜》的旋律改编的一首抒情歌曲。艾克兰穆得心应手地调度着自己的声音,好像是在旋转、抖动着一个万花筒,组成了变化多端、诡奇而又匀称的图像。

散场以后,我在剧院近旁徘徊。我看到他从化装室的旁门走了出来,一群男女艺术家簇拥着他,我听到了在众人嘈杂的说笑中他的独特的浑厚而又明朗的笑声,我没有好意思去认他,因为他身边的艺术家穿的衣服料子实在太好,而女演员们也未免太漂亮。但我仍然感到快乐,感到富有,因为他毕竟是我的朋友,一个大歌唱家、大艺术家。我感到了他的价值,歌曲、艺术、心灵的价值,我并且醒悟了,我、我们这些爱听他的歌、和他的心弦起着共鸣的人的价值。我们也有生命,有灵魂,有各式各样的经历,有各式各样的情感,各自的爱、眼泪和梦。在艺术家们离开剧场之后我才挪动了脚步,错过了最后一班公共汽车,然而我一点也不着急,树影、灯光、清爽的秋风,都配合着我迈步的节拍,我全身都感到一种前所未有的喜悦。

我给艾克兰穆发了一封信,我想念他像想念久别的情人。我收到了回信,星期天上午,我倒了三次车,进入了天山乐团。根据人们的指引,好不容易在一排家属宿舍中找到了他的房间。

我推开了质地坚硬的木门,不由得一怔。房屋虽然有精雕细刻的门窗,用上等杉木铺成的天花板和地板,却显得空旷而且破旧,我一眼看到了墙角的尘土和蛛网,看到了陈设的简陋、贫乏。艾克兰穆的穿着也很寒酸,褪了色的条绒上衣袖口和肘部都磨糟了,裤脚上有泥,衬衣领子也不清洁。他情绪倒挺好,和我紧紧地握手,主动告诉我二次来乐团后受到的多方照顾。并且拿出了他的葡萄干、方块糖、馕来招待我。馕是从街头的小铺里买的,时间过长变得干硬如铁,又由于放在抽屉里染上了一股呛人的莫合烟味儿。葡萄干呢,倒是吐鲁番的无核白,但我闻到了一种类似老鼠屎的味道。他给我倒的茶是预先泡在暖水瓶里的,喝起来怪不是味儿。"您就这样生活着?"我说。"是的,我知道了,我应该好好地活着,好好地唱歌。"他说。他没有听出我的话里的失望和疑惑。

临走时,他说他感谢我的到来,要送给我一件小小的礼物——是新灌制的他的四首歌儿的一张唱片。

我拿着唱片走了,一路上觉得说不出的难过。他给了人们那么多,但自己什么也没剩下。成了"大艺术家"以后,他的生活完全不是我想象的。而且,尽管有那么多描着眉毛、梳着最入时的发式的女演员生活在他的身边,他仍然是一个人……

但是有唱片。当唱片在电唱机上旋转的时候,当扬声器里出现了他的声音的时候,他仍然是真正的君王,是我的歌神。

四

一九六六年的夏天。从那一天起这一切都成了永不再来的过去。人,生活、感情、歌曲,热瓦甫和二胡,剧场的晚会和私人的聚会,统统被一把外科手术刀割弃。然后是冬天,雪,无边的大雪。一九六六年冬,我在黑水河水利工地上行医。那天我出诊回来,正遇上大雪,天黑了,错过了食堂开饭的时间,我到县商业局的饭馆去碰碰运气。这饭馆是用包装板、油毡和苫布临时搭就的。灯亮着,还没有下班,我掀起饭馆厚重的棉帘子,一股又湿又热的白气,夹杂着羊油和洋葱的馕香、酒精和劣质莫合烟草的呛人、蒸锅水汽和汗水的质朴,扑在我的脸上。在严寒的冬季,在奔波劳碌、饥肠辘辘的时刻,这饭馆的热气是多么令人慰藉!

但是,这是什么?我听到了歌儿!刹那间,我感到无比的恐怖和厌恶,好像是看到了自己被截下去了的坏死的、血淋淋的残肢。我甚至想跑掉了。再一秒钟,一种悲喜莫名的眷恋之感攫住了我的全身,不,那不是血淋淋的残肢,而只是一抔黄土,是埋葬着我的旧友甚至还有我自己的新坟。我静下了,呆住了,满眼是泪。短短的几个月,我已经忘记了什么是歌曲。维吾尔歌曲,已经是属于那不属于我们的、被埋葬了的另一个世界的了。我的耳朵里听惯了的是唱片落地变得粉碎的声音,"低头!低头!"的喊声,齐声背诵的赌咒发誓和"滚他妈的蛋"之类的狂呼乱喊。我根本想不到今生今世,就在这荒凉的戈壁滩,在白雪的覆盖下面,重又听到了亲切迷人的维吾尔人的歌唱。

我站在门边,忘记了去找地方坐下来。

一个人唱道:

在严寒的冰雪里,我思念着春天,
鸟儿何时飞翔,花儿何时红遍,少女何时绽开笑脸?
何时我们才能尽情地歌唱啊,
让歌声滋润我们焦渴的心田?

大家合唱:

啊,春天,啊,春天,
我们把你思念,我们把你思念!

全饭馆的人都在歌唱,顾客、炊事员、服务员和会计。他们(大都是农村来的民工)把全部桌子拼在一起,上面摆满了酒、菜。大家围着一个歌手,随着他唱歌。大家喝得都有三四分醉了,正是歌声最动人的时刻。

这熟悉的场面,这熟悉的歌声……好像一个迷路的孩子抬头望见了远方的火把,好像一个休克的病人重又听到亲人的呼唤,好像一个泯灭了真性的疯子突然想起了自己的姓名,又像久已尘封了的旧居的门打开,走出来阔别多年、别来无恙的双亲二老……我想起了一切,用双手捂住脸孔,哭出了声。

歌手抬起了头,众人抬起了头,我听见有人叫我的名字,我放下手,我看见了艾克兰穆憔悴的、却也是涨红了的脸。

他把我拉到身边,咕嘟咕嘟,给我倒了一大碗酒,酒浆溅到桌面上。他说:

"兄弟,你也受苦了?看我吧,我成了罪人。我的罪就是——唱歌！呵，一切使人有别于驴子的东西，使人变得善良、文明、温柔和美丽的东西全不要了，剩下的是什么呢？凶暴、仇恨、残忍、贫困……"

"但是我们要唱歌，还要唱！"一个大胡子的中年农民举着酒杯站了起来，"让他们见鬼去吗，我们把你接到我们的生产队，艾克兰穆，我就是队长！我们给你九分半住宅地！我们帮你盖房，帮你栽葡萄！每天晚上，我们要在你的葡萄架下唱歌。歌曲万岁！"

他喝了酒。众人欢呼，闹嚷，七嘴八舌地唱了起来。愈唱，声音愈大，头抬得愈高，面部的肌肉绷得愈紧。他们唱歌的样子，使我联想起一尊尊装好了炮弹、扬起了炮口的大炮。

啊，春天，
让我们的歌声把你呼唤，
即使魔鬼能扼住我的喉咙，
却怎能挡住你的脚步？
怎挡得住百花娇妍，百鸟啼啭，山泻流泉？

……歌声，农民，友谊，还有（何必隐讳呢）我们维吾尔男子的伙伴——酒，使我战栗，使我握拳，使我复苏了。被夺走了的灵魂重又回到我的躯壳里，我的血管里重又咝咝地奔流着青年人的鲜红火热的血浆！我恍然大悟，只要自己不放弃，什么也不会被夺走。我喝了酒，我吃了肉，我手舞足蹈，和艾克兰穆、和农民、和饭馆的工作人员们高唱在一起，呼喊在一起。

这时，砰的一声，门开了，帘子掀了起来。随着一股刺骨的寒气，进来一个怒目横眉，长着一个大大的头，圆圆的、黄黄的脸，戴着红袖标的矮个子。

"不准唱！"他大喝道。

歌声戛然而止。人们纷纷用惊疑和阴郁的目光注视这位不速之客。

"艾克兰穆，回去！"来客以绝对权威的口气命令着。

艾克兰穆不吭,不动,不看。

"回去!"不速之客哑着嗓子喊叫起来,"你敢抗拒监督管理!"他挥着手,威胁着,走过来要拉艾克兰穆走。

"不要捣乱!不要打扰我们!"那个邀请艾克兰穆去落户的生产队长说。

"为什么不准我们唱歌?""为什么打扰我们?"人们纷纷气愤地喊叫着。

"听着!"矮个子伸长脖子宣布说,"艾克兰穆是牛鬼蛇神……"

"滚!"艾克兰穆蓦地站了起来,抄起一个酒瓶子向那人砸去。幸亏我手快,拉了他一下,瓶子从那人肩上飞过去了,撞到墙上,砰的一声粉碎了。

"滚!滚!滚!"人们大声喝道。不知是谁,把剩茶泼到了矮个子的脸上。

矮个子仓皇地退去了。然而,歌儿再也无法继续唱起来。艾克兰穆痛哭失声,他抓住我的肩,摇着,抖着,他问:

"这究竟是怎么回事?究竟发生了什么事啊?"

无法回答。

五

啊,歌声,驯良而又剽悍的,乐天知命而又多情善感的维吾尔人怎么能离得开你!难道不是所有的维吾尔人在没有学会说话的时候就学会了唱歌,没有学会走路的时候就学会了跳舞吗?只是因为有了歌儿,这雪山上的松涛,这长河里的波浪,这百灵和黄鹂的啁啾,这天马①的长嘶,车轮的吱呀和驼铃的叮咚,这呼唤孩子的母亲和呼唤母亲的孩子的大千音响才有了意义、有了魅力,只因为有了歌儿,人

---

① 天马:我国古代著名的伊犁马有"天马"之称。

民的苦难、祖国的光荣、民族的命运、英雄的襟怀、少女的爱情……才都成为可以表达,可以被人同情和理解的了。维吾尔人的歌曲呀,就是维吾尔人的灵魂!

然而,唱歌有罪。为了消灭心灵,必须消灭歌声。那个大雪纷飞之夜,在饭馆里唱歌的事被汇报成为反对"文化大革命"的暴乱。大胡子的生产队长和饭馆的一个炊事员被捕。大街上贴出了通缉"现行反革命分子"艾克兰穆的露布,露布右上方还有他的一吋半身照。我呢,被批斗审查了两年……最后,宣布了对我的"宽大":敌我矛盾按人民内部矛盾处理,"劝"其退职,还乡生产。

我去投奔远房叔叔。胆怯的弟弟已经长得膀大腰圆,他现在不仅是一家之主——娶了木匠的鬈头发、圆眼睛的女儿做妻子,而且也是一队之主——当了生产队长了。我激动地向他叙述他所崇拜的歌手艾克兰穆的遭遇,他却默不作声、低头看地。

我无言,敌我矛盾的说法像毒蛇一样缠绕着我的灵魂。幸好故乡的土地仍然哺育着庄稼,故乡的庄稼人仍然在播种、耕耘、收割、打藏、缴售,还在恋爱、嫁娶、养育后代、送别先人,虽然人人都感觉到一种压抑,一种烦闷。我的"还乡生产",受到了农民们的真诚的欢迎。农民们不势利眼,他们旁观人生角逐场里的浮沉,公正宽厚而又清醒地做出自己的判断却不怕失去什么。和农民、和庄稼地在一起,我踏实多了,然而,故乡的风雨晨昏、秋冬春夏,仍然时时使我想起艾克兰穆和他的歌声,我觉得缺憾、空虚、麻木,没有他的歌声,生活变成了一盘忘记了放盐的菜肴。

一九七二年冬天,出了一个大新闻,离开祖国十年多的阿依达娜柯回来了。她越过边界跑了回来,这位比月亮还美的姑娘,十年前是一轮圆月,如今却成了奄奄一息的月牙儿。她瘦骨伶仃,弯腰驼背,眼珠子黄黄的,她的肝硬化已近晚期。"我只求死在祖国。"这个还没有真正地开始自己的生活的姑娘说。

我屡屡被阿依达娜柯找去回答关于艾克兰穆的询问,叙述我目击的情状,安慰她那颗焦灼的、破碎的心。"但是你要说真话,不要骗我!"她用那黄色的眼珠盯视着我,哀求地说。我连连点头,谈了喀什,谈了人民剧场,谈了他的独身的、简朴的生活,谈了水利工地。但我还是隐瞒了通缉令,我只是说:"他闯了祸,跑掉了。"

但她听不懂,"他闯了什么祸呢?唱歌有什么祸呢?"我无法向她解释在红旗和口号下面发生的事情。反复的问答使她好像明白了一点,"我昼夜想念着祖国,祖国到底怎么了?"她问。"不管怎么了,祖国仍然是祖国,生病的母亲也是母亲啊!"她说。"可他一直是单身?我对不起他!"她的眼睛红了,像火,像血。"当强盗要劫掠你的祖国、你的爱情的时候,你应该用死去保卫她。然而晚了……"她断断续续地说着也许是想过了一千遍的话。

一九七三年三月,她发作了一次严重的昏迷。苏醒以后,我和弟弟、弟媳去看望她,应她的要求,我们在手推车上铺上被褥,让她躺在上面,推到了田地里。初春,太阳非常之好,没有一丝风,但天空仍然凝聚着灰蒙蒙的氤氲。两只鹞子在空中翻滚,一只白嘴鸦停留在暂时还像枯树、但已经憋出了一身疙瘩的杨树枝头。田野里是片片残雪和堆堆尚未撒开的粪肥,道路上走着一辆四轮马车,车轮后面的翻浆的道路上留下了道道深辙,像是大地的伤痕。这是真正的,孕育着无限生机的春天。但是没有声音,没有鸟叫,没有鞭子响,没有马脖子上的铜铃,更没有歌。这又是一个苦闷的春天。

"为什么没有歌声?"她有气无力地自语,"然而,这天空,这田地,毕竟是我们自己的……可是艾克兰穆呢?为什么他在自己的祖国却不能容身呢?"阿依达娜柯像发了疯一样突然大叫起来,"艾克兰穆哥!能不能让我在断气以前再看看你呀?!"

这惨绝人寰的嚎叫使我们肝胆俱裂。弟弟跑到了阿依达娜柯身边,大声叫着陷于半昏迷状态的阿依达娜柯的名字,流着泪向可怜的姑娘保证说:"放心吧,三天以内我一定叫艾克兰穆来见你!"

阿依达娜柯平静下来了,我却惊奇得睁大了眼睛。弟弟也自觉失言,他阴沉而又严厉地瞥了我一眼,走过来,低声告诉我说:"我们是农民,我们有我们的斤两,我们知道该怎样行事。这一切与你无关,当然,相信你也不会说出去。"

阿依达娜柯不行了。那是一个风雨凄凄的黑夜,弟弟没有让我去,弟媳和几个贝薇①忙碌着,男人本来也插不上手。后来她们回来了,告诉我不幸的女子已经辞世,明天早晨全村的人集合诵经。我蒙眬睡去,好像在波浪翻滚的水面上摇荡着。夜半,我依稀听到了歌声,悲恸的、泣血一样的歌声。"是艾克兰穆!"我叫道。我醒了,坐了起来,歌声又没有了。我又躺下,我又听到了这饱含血泪的哀歌。我悄悄地披上了衣服,在漆黑的雨夜,在萧萧的寒风里,在雨点无孔不入的打击下,在单调而又慌乱的雨声中,踏着泥泞黏滑的道路去寻找歌声,去寻找艾克兰穆。歌声时隐时现,似乎发自伊犁河的方向。我惊恐而又急切,深一脚,浅一脚,滑了好几个跟头,跌跌撞撞来到了伊犁河岸,歌声再也听不见了。也许它自始就不过是我的幻觉?我湿漉漉地伫立在暗夜里,没有星,没有灯,没有人也没有歌。只有风,只有雨,只有滔滔的流水。

六

这一切都一去不复返了。历史的怒涛荡涤了这些人为的、精心制作的苦难。当生活的川流舒展通畅地奔腾的时候,你能相信它前不久还在呜咽、在咆哮、在盘旋无路吗?谁能证明这金波浩渺的洋洋大河里,当真曾经容纳过那么多的悲哀和愤怒呢?祖国重又是光明灿烂的了,新疆重又是光明灿烂的了。广播喇叭里播送着各族歌唱家的纵情高歌,在田野上,在家庭里,在马背上,在婚礼和麦昔来甫②

---

① 贝薇:伊斯兰教的女教士,女裹尸者。
② 麦昔来甫:维吾尔人的一种娱乐饮宴晚会。

上,人民在放声歌唱。歌曲比天上的星星还多,比草原上酿造的蜜酒还醇。失而复得的歌曲呀,失而复得的灵魂!它更坚强也更深沉了。听,人们欢歌的时候并不轻浮,人们哀歌的时候也不会灰心。但是艾克兰穆啊,你在哪里?

弟弟告诉我,在黑水河水利工地饭馆的"唱歌事件"之后,艾克兰穆在他的接济与掩护之下过了好几年的逃亡生活。一九七三年,阿依达娜柯去世之后,艾克兰穆也失去了踪迹。"他会不会……"弟弟沉重地长叹,"这一切不幸的夹击是太沉重了啊!……"不久,传来了在偏僻的、以盛产罗布麻叶而著名的罗布泊边,有一位新来的歌手在活动的消息。接着,一位来自阿勒泰密林的达斡尔族老猎人,眉飞色舞地叙述他们那里出现了一位"歌神",他唱起歌来,连麋鹿、羚羊、银狐和雪鸡都会聚集起舞……这些传说尽管扑朔迷离,却唤起了我的希望。

至于我自己,一九七五年以后作为"合同工"被吸收到县医院,重新拿起了听诊器。一九七八年又去乌鲁木齐进一步落实政策,去掉了"敌我矛盾"的印记。我去乐团询问艾克兰穆的事,知道由于当事人不在,他的事情还被拖延着。

我失望地回到了县医院。但我相信,总有一天,艾克兰穆会回来的,我不信他会选择弱者的道路。可惜,他送我的那张唱片没有了,那是我在"破四旧"的时候上缴的……我永远也不能原谅自己。

七月,麦收前夕,我接到邀请,去参加弟弟为他的头生子举行的"摇床喜"①。

距离弟弟的绿阴掩映着的院落还有好远。我就听见了那刚健有力的歌声,虽然略有沙哑,却是无比的豪壮。

"艾克兰穆!艾克兰穆!"我发狂般地、上气不接下气地大叫着冲到了弟弟的院子里。顾不得与众位宾客行礼,顾不得按照礼仪放

---

① 摇床喜:维吾尔族风俗,婴儿出生四十天后过"摇床喜",犹如汉族之过满月。

慢脚步,惊得院子里鸡飞狗跳鸭子叫,蹚起了地面上临时挖就的专做喜筵的大灶里的柴灰,"艾克兰穆在哪里?"我问。"在那儿。"一个女人指给我,同时,歌声止住了。

我推开那间屋门,甚至忘记了道萨拉姆①,"艾克兰穆!艾克兰穆!您在吗?"喊叫和人同时进了屋。我怔住了,满屋都是女人。按照惯例,喜筵上男女宾客是分开坐的,难道艾克兰穆在女人们中间?

"他当然在啦。他能上哪儿去呢?您瞧,就在这儿呢!"圆眼睛的弟媳说。说着,她抱起了肥头大耳的婴儿,"瞧啊,这就是我们的小伙子,我们的勇士艾克兰穆!"

我迷惘而且尴尬。莫非是……我们维吾尔人有用自己所敬重喜爱的人的名字给自己的孩子命名的习惯……"他爸爸给他起名叫艾克兰穆。"弟媳说,"说他嗓子好,长大了让他唱歌。倒也是,在产院,他一哭,就像吹起了唢呐,全院都听他一个人的了……这不是,他爸爸还买了留声机,买了唱片,要让他从小就学唱歌呢。"说完,她拿起机头,唱片旋转起来了,温厚而且透明的男声唱起了《祖国》,是艾克兰穆在唱歌,永远不老,永远响亮。

"咿——呀——噢——"婴儿艾克兰穆响应着,扑蹬着,喊叫着,他真的想引吭高歌了。

我亲了亲小艾克兰穆的脸,我祝福他有更好的生活。我听着艾克兰穆的同名人的歌唱,我想着他的命运,我们大家的命运。我想着白杨林、玉米和苜蓿、天上升起的第一颗星,想着喀什噶尔清真大寺的庄严的拱顶,想着人民剧场舞台上的耀眼的灯光,想着黑水河畔的怒吼。我想,我们的歌儿,我们的人民和民族的灵魂终归是不可战胜的。历尽磨难,艾克兰穆和他们的歌声仍然与我们同在,山高水远,地久天长。

发表于《人民文学》1979 年第 8 期

---

① 萨拉姆:穆斯林相互问好的用语。

悠悠寸草心

我在省委第一招待所——当初,它对外叫做光华饭店——的理发室工作,已经快三十年了。解放那年我才十七岁,还没出师,就来到这里。现在呢,我不但是理发的老师傅,而且是整个招待所唯一从一九四九年起三十年一贯制地待下来的"元老"了。

在四面八方明亮耀眼的大镜子和头顶上的日光灯、白炽灯的辉映之中,在梳头油、洗发香波、花露水、杏仁蜜、菠萝蜜、44776香粉蜜的芬芳里,在剪子的喊嚓喊嚓、推子的刺棱刺棱、吹风机的嗡嗡、电推子的嗞嗞、放水的哗哗的交响伴奏下边,转眼已经快三十年。人生竟然能够这样简单、这样短促、这样平常又这样幸福,这使我惭愧、使我满足,也使我惶惑。

当然,小小的理发室也反映着人世的沧桑,何况到这里来理发的颇多头面人物。解放后的前七八年,光明得像天堂。所有来推头、来刮脸的都是同志、是战友,都亲。有一天小王请假,偏赶上顾客多,人们坐在长椅上排队。这时一个穿军服的大个子走过来,指着小王的空位子叫了我一声"师傅"(那时我才二十岁,一听这称呼就红了脸),说道:"我来行不行?当年我也学过。"说着,他又转向排队的人们:"谁胆子大?"一个穿灰制服的胖子站了起来,"豁出我这个脑袋,试试你的手艺……"这位高个子军人果然会理发。后来我才知道,他是新到任的军区司令,而率先"豁出脑袋"的人,是中央××部的副部长,慢慢地我认识的领导同志就多了。张书记鼓励我争取入党

（我是一九五四年入党的,并且多年担任服务组的党小组长）。李政委见我闹火眼,理发之前先上街为我买了两管"白敬宇眼药"。赵省长洗刷过洗头池。刘厅长在等候理发的时候把松了的笤帚绑紧了。同时,常常有一些基层干部、老百姓找这些领导同志找到招待所,甚至一直找到理发室来。我就亲眼看到一位能干的少先队辅导员——是个梳长辫子的姑娘,说起话来像机关枪点射一样利落、小葱拌豆腐一样清楚——带着几个臂上别着杠杠标志的红领巾,包围了正在剃须的省委第一书记,非要求第一书记参加他们的六一儿童节的中队日不可。最后,第一书记答应了她们的要求。那些年,上和下,左和右,你和我和他,怎么那么平等、那么亲近呢？共产党和解放军简直是天上掉下来的活神仙。我爱上了新社会,迷上了革命,崇拜五一游行时打出过照片来的所有各国共产党领导人,从心眼里热爱马克思、毛泽东,还有省委的和我们招待所党支部的书记,相信《人民日报》、省报、支部总结、爱国公约和卫生守则上的每一个字和每一个标点符号。

　　后来是大喊大叫大干的年月。我们庆祝工厂和电站落成、大桥通车,也庆祝社会主义改造的胜利。城市和我们的招待所,都在像吹气一样扩大着、膨胀着。同时,我们今天听说某个高级人物是披着羊皮的豺狼,明天听说全国耕地有四分之一要改种鲜花,今天听说全国农村有三分之一领导权仍然在国民党、黄世仁手里,明天听说有了绳索牵引可以提前把中国牵引到共产主义。经常有惊人的宣告,惊人的论断,惊人的壮举。我们虽然一惊一诧、眼花缭乱,然而还是得到了振奋、鼓舞。吓一跳的结果是干劲倍增,目瞪口呆的后面是欢呼雀跃。我们感到了前进的气势,看到了一个接一个的胜利,我们豪情满怀,意气风发,却从不计较代价。

　　这个时期,有时有些常来的老主顾不见了,听别人小声议论是"有了事情""出了问题"。遇到那种时候,来理发的人的面部肌肉很不松弛,有的东张西望,有的紧锁双眉,有的喘着粗气。当然,他们都日益忙碌，没有人再顾得上理会我这个理发员了。虽然我们不知道某些老主顾的匿迹是什么"事情"或者"问题"，虽然从我们做过的发式里不可能掌握什么线索，但我们也要在学习会上对被树为靶子的不见了的主顾挥拳头。"一听×××的罪行，我们的肺都气炸了！"我们这样说，完全出自内心。

等到史无前例的那一年可就热闹了。一家伙，我经常修饰摆弄的那些个脑袋都变成了"狗头"，被炮轰、被油炸、被砸烂了。然后饭店被一些"左派"占领，理发室变成了哨所，安上了高音喇叭和轻机枪。另一批"左派"前来攻打……我当然不去理发了，但每月还要领工资，这使我觉得像捡了人家的钱包那样亏心。

一九七四年成立了"新生的红色政权"，"司令部""勤务团"们退走了。我进入理发室，看到镜子和灯管的碎片，看到子弹壳和长矛、大棒，还看到在本是贮放热毛巾的保温桶里，有人拉了一泡屎，屎里有两条蛔虫——其实，厕所就在隔壁。这也没什么，人能弄脏、弄坏了的，人也能弄干净、弄好。上面拨了一大笔款子来修复招待所，整整干了四个月。修复后的招待所更名为工农宾馆，建筑物前方新修了一道长长的铁栅栏，并增设了两道岗。这样，工农就根本进不来了。工农宾馆为省、军级的不走资本主义道路的当权派们专修了一些特级房间，改善了他们的睡眠、洗浴、伙食、排泄诸种条件，以使他们得以身心愉快地领导工农群众抵制资本主义和修正主义的侵蚀。同时，会议伙食由八个人一桌变成了十个人一桌，由四菜一汤变成了三菜一汤。到我这里来理发的新首长，不但没有人送眼药和绑笤帚，笑容也不多见了……人、风气、世道变了吗？我茫然，我愈来愈觉得寂寞、无趣。

一九七五年夏，搬进来一对夫妇。男的看样子五十多了，花白头发，大头大脸，厚嘴唇，眼睛很有精神，脸上总是似笑非笑，这表情既自负，又有点惨然。女的是个小个子，双眼皮，大眼睛，穿戴一尘不染，动作麻利，只是脸孔板得严实，好像是采用了最新技术进行过无缝焊接似的。他们带着行李，带着皮箱和一些瓶瓶罐罐来住招待所，住在最高一层——六楼边上的一间因为常年不见阳光而一度改成了贮藏室的房间。他们也到食堂吃饭，但总是等到大部分客人吃完，服务人员开始收拾打扫的时候才姗姗而来，剩下什么就吃什么。他们不和什么人交谈，除了一个年轻的工人装束的小伙子每星期六来以外，也没有人来找他们。每天清晨天不亮，老头儿就起床下楼，围着后院的大合欢树做几个八段锦的动作，遛几个趟子。每天晚饭后，他们两口子出门散步一个小时十分钟。此外，再不见他们出房间。极少几次，我听过老头儿的笑声，洪亮，很有气派。还有，尽管许多时候电梯空闲着，身穿土黄色卡其布制服的女服务员含笑立在电梯间门旁，他们上下楼从来都是靠自己的腿，不知为什么这一点引起我很大的好感。大概是因为，这些年，"正在走"的当权派少见，而不会走的当权派愈来愈多吧？

这天清晨，我上了班，就到楼后的大院子活动腰腿。按惯例，这位长住的客人早该在那里拉架子了，可今天没有，我有点纳闷。我站在合欢树下，提起右脚跟，迈出半步，吸气微蹲，刚刚做好一个丁虚步的架势，忽然听到一声奇特的、微弱的呻吟，这声音甚至让我以为有一个人正在被扼住喉管而毛骨悚然。我连忙前去寻找，绕过喷水池，穿过柏树墙，只见锅炉房门前不远趴着一个人。我跑到那里，原来正是那位老头儿。他的脸面流着血，特别是嘴巴上，煤渣的黑色和血的红色混合着，上唇翻起来，血肉模糊。我前去搀扶，他全身又软又重，支撑不住。我把他背将起来，走到车队，叫来了还在打盹的值班驾驶员。"这位客人受伤了，大概是犯了病，快发动车，送医院吧！"我说。

值班驾驶员是小卜，我的一位师兄的儿子，一个头发与皮鞋锃亮、衬衫与长裤笔挺的小伙子。他打量了一下我身上的伤号，歪了歪头。"这是个反革命！您管他干吗？"

"反革命？"我大吃一惊，却更感到靠在我身上的陌生的老头儿的软弱、无助、可怜。在革命的尊严被粪便和蛔虫所玷污的年头，"反革命"三个字也不见得准是那么可憎与可鄙。"废什么话？反革命还会住在这儿？"

"您不知道？他就是唐久远！"

唐久远？原来是你！一九六七年，这个省城的大街、小巷，连饭馆的柱子上和公共厕所的隔扇上都布满了用沥青、白灰和各色油漆写就的大标语，"坚决镇压""实行专政""罪责难逃""叫他灭亡""砸烂狗头"之类的革命口号，都和唐久远这个名字联系着，唐久远三个字写成"远久唐"，以示他已被打得东倒西歪，脑瓜朝下。有的还在这三个字上用红笔画一个叉，以示已对该人判处了死刑，枪毙了三次。而且，我知道，在争夺前光华宾馆这一武斗据点的战斗中，为了争当"左派"而红了眼、而不惜杀人和被杀的双方，都印刷发行过印有图片和影印资料的传单小报，揭露和论证唐久远是对方的黑后台、操纵者。最后，到一九七〇年"一打三反"的时候，布告上正式公布了给唐久远判处徒刑十五年的决定，罪名是攻击"中央文革"。现在，这个人倒在我怀抱里，呻吟，闭着双眼，流着血。

这血，这呻吟，这衰弱的身体，蜡黄的脸色和紧闭的眼睛……再联想一下他的炯炯的、悲凉而又自负的目光，悄没声息的行止……再联想到反革命帽子，十五年徒刑，鲜红的叉叉和姓名的东倒西歪……不知为什么，我忽然激动了起来："你个浑小子！"我出口骂道，"见死不救怎么着？就算他是反革命，该送医院也还得送！你懂个毬？你敢不送，他出了问题你负责！"

小卜本来是个调皮家伙，对他亲爸爸也敢还嘴还手，突然被我呵斥了一顿，却傻了眼，莫知所措地嘟囔着："那，这算……"

"这算我老吕用车好了！我出钱！我负一切责任！你还傻×似地愣个什么？还不快去发动车？"

就是到今天我也说不清，为什么当时我忽然对一个素不相识的"反革命"产生了那么多同情。反正许多事的发展是适得其反。这些年,强调划清界限的结果是"界限"化为乌有,强调斗、斗、斗的结果是人们悟到了友谊、义气、关系的可贵,强调政治的结果是对政治的厌倦,强调破"四旧"的结果是旧风俗旧习惯的大回潮。善恶好坏,莫不如此。

小卜开动了简陋的天津牌小吉普,把唐久远送到医院。他得的是美尼尔氏综合症,猝然晕厥,摔裂了上唇,缝了两针,轻度脑震荡,住了几天院,回来了,不久,也就好了。

一天傍晚,唐久远老两口穿戴整齐地来到理发室,郑重地把我请去,酒饭招待,感谢我的救助。菜摆了一桌,大部分是罐头,其中有每听七块多的清蒸大虾,有二十多块钱一套装在篮子里的由北京饭店厨师专门做的旅行野餐,还有冰花雪耳、银鱼白蘑、蜂蜜腌蒜……虽说不够鲜亮,但也琳琅满目。看来,他们没有门路,靠高价的罐头表达着他们谢忱之隆重。喝了一口酒之后,老唐开始说话。原来,他不仅声音洪亮,而且十分健谈。

"我今年五十四岁了,三八年,十七岁的时候当了八路,四九年我是炮团团长。然后转入地方,在N专区当地委书记,一当就是十七八年。我还以为我像一个钉子一样地钉在地委书记的位置上了……六七年,坐了咱们自己的——共产党自己的牢,一坐就是八年……"

"他和国民党的伪行署专员关在一所监牢里,我给他送饭的时候,伪专员的家属也去送饭,还瞪了我一眼……"唐久远的老伴恨恨地插嘴说。

"唉,唉……"我摇摇头,觉得脊梁背上冒凉气。

"吃,吃,我也搞不到什么吃的啦。现在不行啦……只要我唐久远还在,总有一天,我能按照自己的心意好好地来谢一谢你……"老唐说。

"那天要不是吕师傅,你就没命啦!听说司机还不肯给车?这些人眼皮子就是浅!总有一天……"

"算了,算了。"唐久远打断了他老伴的话,转换话题说,"我在正式入狱以前,隔离反省的时候也有一次,差点丢了命!由于我是要犯,一直单人隔离,本来那间隔离室还可以,冬天也还不冷。后来,一位看管我的年轻同志说:'不能让反革命睡得舒舒服服。'没事他拿着枪托砸我的门槛,终于砸出一道大缝子。冬季,地风冷飕飕的,我得了肺炎,发烧四十度……为送不送医院,也争吵了一番,要依那位立场坚定的青年人的意见,'不必为一个反革命浪费供不应求的青霉素。'幸亏有一位头头还讲政策……"

他说着这些可怖的事情,表情和声调却相当爽朗,时时还夹杂着笑声,真是一位硬汉!他的夫人呢,气得变颜变色,恨得咬牙切齿,她说:"老吕,你也算是老同志了,你说说,这是怎么回事?江山是我们打的,家业是我们创的,现在回过头来造我们的反来了!谁造反?还不是那些地主、坏人、反革命,纯粹是阶级报复!"

唐久远连饮了几杯酒,我劝阻他。他的夫人说:"让他喝吧。他好久没说个痛快了,让他喝喝,说说,免得憋死。"

他红着脸,含着泪,说道:

"八年自己人的监牢也并没有白坐。是个做总结的好机会,比住几年党校还强。在狱里,我回忆我参加革命以来,特别是当地委书记以来的所作所为、所得所失,一天一天、一件一件地捋。我受了委屈,可我委屈过别人没有?我被别人陷害,可在我掌权的时候,就没有人被打棍子、扣帽子吗?为什么对待犯人要这样苛刻呢?就算是货真价实的反革命,该枪毙枪毙,该劳改劳改,搞那些法律之外的污辱和折磨干什么?就说那位给我放冷风的同志吧,是谁培养了他的这种不讲政策、不讲法律的左了又左的狂热呢?不正是我们自己吗?"他砰地拍响了桌子,激动得喉咙都嘶哑了,"我想了不知多少遍,假如我重新工作,第一,对人的处理一定要慎重,坚决要慎重。第二,要改善监狱的状况,要尊重犯人的人格,保证他们应有的生活待遇。第三,再不重用、不提拔这种左了又左,比左还左的人!"

经过了八年监禁之后,他竟能对我这样一个普通工人推心置腹,而他说的每一句话又都那样积极,那样实在,使我这个由于周围世界的瞬息万变和莫名其妙地凶狠野蛮而变得呆板麻木、干枯滞涩的心灵,好像突然接受了一阵春雨。板结的硬块得到滋润,龟裂纹络也开始弥合。我哭了,不知为什么哭了,虽然他说的这些事似乎与我并没有什么直接的关系。多少年来,报纸上、广播里、舞台上、会场上的声嘶力竭、装腔作态的高调搞得我们震耳欲聋,这时,听到一个当过地委书记的人的通情达理的声音,真是听到耳里,记在心里。好人还没有死绝,人话还有人在说,信任、真诚、实事求是和通情达理,这久违了的被埋葬了的一切,仍然在人们的心头存留着、活动着,我怎么能够不哭呢?

从此,我们成了朋友。对于一颗孤独寂寞的心,友谊,就是灯,就是火。当你夜半翻身的时候,你想到你有一个值得尊敬和信赖的友人,想到这个值得尊敬和信赖的强者由于命运的捉弄现在却需要你的支援甚至某种庇护,你觉得心头暖烘烘的,你觉得你自己也活得增加了点价值。我不知道哪儿来的这么一股温情,一股傻劲,我愿意尽一切力量为老唐效劳,让老唐的日子好过一点。我毕竟在饮食服务行业有些熟人,市面上供应不足的东西,从五月的鲜黄瓜到加金丝的膨体纱,从"五粮液"到保温杯,从活鲤鱼到透明皂,我只要弄到就先给老唐送去。我的儿子在新华书店工作,《东周列国志》和《战争风云》我也提供。过春节的时候,我把他请到家里来,一起包饺子,放花炮,煮汤圆,吃酒糟肉和松花蛋。我盖小库房的时候,唐久远让他的孩子(就是那个穿工人服的青年)来帮忙,我们两家的儿子也成了朋友,他们一起游泳,弹吉他,交换和偷偷阅读"禁书"……

"老吕,听说省委赵书记全家都到你这儿理发,哪天如果你见到他来,你给我个信儿怎么样?我要找找他。"一天晚上,在他的房间里,他对我说。

"找他?"我吃了一惊,谁都知道,赵某人以摇身一变、投靠新贵而声名狼藉。

"找他干什么？他算哪个庙里的菩萨？"唐夫人把嘴一撇。

"又有什么办法呢？这么待下去，背着黑锅，总不是事。他代表的是一级组织嘛。"他回头向我说，"说我攻击中央文革，其实，我既没有这个胆子，也没有这个习惯，完全是别人硬栽的。到今天我也不知道我到底攻击了什么。一个党员，总要为党工作……"

"算了算了，为党工作，说得倒好听。"他的夫人不知为什么那么大脾气，嘴噘得老高，"还不是去讨一顶四两重的乌纱帽戴戴，才不稀罕！今天组织部找我谈话，让我去拉锁厂当支部副书记，谈完我就去医院开了一个全休三个月的证明！噢，革了一辈子命，反倒有了罪，整整八年，死去活来……然后给你一个芝麻官儿！"

由于我们来往已经很亲密，他对夫人的尖刻的语言若无其事，并不觉得难堪，只是给我解释说："这种情绪也要不得，党员嘛，总要经得住党的考验。再说，我还有儿子，还有一个早已出嫁了的大女儿，现在为了我，外孙外孙女都入不了红卫兵……我不去找赵书记，又臭又硬地挺在这里，能行吗？"

类似的争论我听到已经不止一次了。我知道，唐夫人嘴上虽然说"不稀罕"，其实是嫌拉锁厂书记的乌纱帽太小。因为过去她说过，以她的级别和"文化大革命"以前的职务，她至少应该当轻工业局的副局长。她还说过，老唐的职务没恢复，她也没法工作。这一类的话对于我们老百姓虽然有点陌生，但也并非格格不入。因为他们说的都是实话。如果一个局长级的干部下到一个小厂去当"芝麻官儿"，那么他（或她）将处于怎样不愉快、不自然的境地，哪怕是理发员、哪怕是刚学习用推子的徒工也是能想象的。这种对官职的重视最初曾经引起我的反感，但很快我也理解了，那么多靠整人起家的骗子、棍子成了暴发户，发号施令，耀武扬威，为什么偏偏对唐久远夫妇这样的老同志讲什么能上能下、能官能民呢？唐久远毕竟为革命做出过许多贡献，而且，他还有三点设想，也可以说是三点政纲，仅此三点我也拥护他上台。说实在的,不做官,他又怎样实施这三点政纲呢?不当领导,他又怎么发挥作用呢?唐久远还考虑他的儿女子孙的前途,这也令人同情。他们不是活神仙,他们吃的五谷杂粮,也有七情六欲,但他们是有革命经历、领导经验,又在"文化大革命"中总结过、思索过的老同志,我把对国家,对党,对个人的前途的希望寄托在他们身上。

所以我一反不管闲事的常规,当真去注意赵书记的行止,想方设法为唐久远创造会见领导、自我申辩的机会。后来,他们怎么见的面,怎么谈的,我就不清楚了,反正不久就传来了将要安排唐久远担任供销社第八副主任的消息。唐夫人愤愤地说:"凭什么让一个地委书记去当铜像?"(当时有一部故事影片叫《第八个是铜像》。)老唐笑而不答,显然当"铜像"也可以。但从这一年年底气氛又变了,到处反对"举逸民",还抓什么"还乡团",所以直到"四人帮"被粉碎,老唐连"铜像"也没有当成。

一九七六年一月,我们和老唐夫妇共同沉浸在痛悼总理的悲哀里,眼泪流在一处,拳头攥在一起。老两口从早到晚到人民广场去参加群众自发的悼念活动,"这是追悼,也是示威!"老唐激动地对我说,他的眼睛里燃烧起当年炮团团长的怒火,我恍惚觉得他正在筹划一场战斗。我们在一起谈论国家大事,忧心如焚。但在一九七六年四月七日以后,他闭紧了嘴巴,甚至在我大发牢骚的时候正色警告我说:"在这样的大事情上要抱严肃的态度。最初我思想上也没转过弯子,但是经过学习中央的文件,我渐渐认识了'批邓'和'反击右倾翻案风'的意义。不要听小道消息!不要犯自由主义!"他的话使我失望、迷惑,但是考虑到他的处境,我觉得他这样说也是不得已。

一九七六年十月,"四人帮"垮台。一九七七年二月,省委第一书记赵××由于和"四人帮"的牵连调离了,省委调整了领导班子。三月,新的省委领导召开千人大会大张旗鼓地为唐久远平了反,登了报,进行了广播。报道说:唐久远同志对林彪、"四人帮"的倒行逆施早就作了针锋相对的斗争，因而受到了残酷的迫害，原省委领导人（指赵××）也排斥、迫害了唐久远……报道说，唐久远就像一株高洁的青松，顶天立地，斗霜傲雪。平反大会后一星期，唐久远被任命为省辖的Ｓ市的市委书记。我知道他忙了，没怎么多去找他，但我为他感到高兴，并自己在家里为他恢复工作而喝了几杯。他赴任以前带着老婆、孩子来到我家，十次二十次地邀请我和老伴去Ｓ市做客，还说今后有什么需要办的事，就去找他。他还想多说一些话，但是他的矮个子的夫人（现在已经不绷着脸了）提醒说：五分钟以后，某政委还要为他们饯行，把他拉走了。汽车开动的时候，他还不松开我的手，大声说着："一定到Ｓ市来！"这种情意使我十分感动。美中不足的是，客人一进门，我的儿子就假借上厕所溜了号，直到临睡觉才回来。我责问他，他从牙缝里挤出四个字："不敢高攀。""这叫什么话？"我生气了，"我们是同志，是朋友啊，不管他是被审查的反革命还是市委书记，对我全一样。我们绝不因为他官复原职而去拍他的马屁——你爸爸并不是这样的人，可也不能因为他当了书记就把他视作路人，故意回避呀！"儿子淡淡地一笑，近年来对我的教育他经常报以这样的淡淡一笑，"你笑什么？"我喊起来，觉得自己受了侮辱。他眼睛不看我，用一种疲乏的调子回答说："听了您的话，我觉得您简直——天真！（天啊，儿子说老子天真？！）譬如说，他真的一直是针锋相对地斗争吗？他是高洁的青松吗？第八个'铜像'之说是怎么回事？"儿子的话使我一时语塞，但又狂怒起来，"你，你怎么没有起码的阶级感情？'四人帮'迫害老同志，你也专挑老干部的眼……你这样下去危险！"儿子转过身去了，我沮丧地想到，这种当年对于我们这一代人非常有效、非常感人和富有威力的论证的方法和调门，对儿子可能效用并不大了……

一九七八年新年，老唐来了信，并邮来一包Ｓ市特产的桂花酥糖。信上再次表示希望我们有空去Ｓ市玩。我拿不定主意，心想人家工作多了，时间宝贵，而我又没有什么能给人家帮得上忙的了。老婆催促我利用春节休假走一趟,说是宁可让人家没空接待咱们,不能先从咱们这边冷淡了人家。"难道您真的要去?"儿子提出异议说,"别忘了人家是市委书记!""市委书记"这四个字使我也低下了头,但级别和地位的距离,就一定会成为两颗诚实的心之间的距离吗?我不甘心。

我下决心还是去,吩咐老伴准备了她亲手炮制的酒糟肉和松花蛋——这两样都是老唐最爱吃的。旧历腊月二十八,我计划动身前夕,招待所的驾驶员小卜来了,手里提着一匣点心和两瓶"白沙液",坐到椅子上自来熟地东拉西扯地聊了起来:"您以后用车找我呀!您这个桌子搞上一个塑料贴面就漂亮了,这么着吧,我那儿有一块现成的,大小正合适⋯⋯您这辆自行车该电镀了,我给您拿去⋯⋯"我满腹狐疑听着他许愿,不知道他要干什么——我们素日并没有什么来往。绕了九九八十一个弯儿以后,他说话了:

"吕师傅,我算服了您!要不怎么说一分岁数一分经验呢,您眼光多么远大!姓唐的最困难的时候您可真对得起他,您算是交上个有用的朋友!咱们都是穷工人,您不能不向着我,不能不疼我。我已经二十八了,搞了好几次对象,都没成。好容易找上一个,不瞒您说,还真够九十分。女方在S市郊区毛纺厂,人家不要立柜不要电视机,就一个条件:把她从郊区调到市区,工种从织布调到精纺。想来想去,这事只能求您了,听说您明天就去S市⋯⋯"说着,他把点心匣和酒瓶往我手里塞。"我,我又能怎么办呢?"我慌乱地说。"那就看您自己了。您认识姓唐的,姓唐的如今是市委书记,您在他身上可是没少⋯⋯"我的脸红到了耳根,"你,你,你说什么呀?"他还要说,儿子过了来,把点心匣子和酒瓶子提了起来拿到门外,开开门说:"你另找人去吧,我爸爸不去S市了⋯⋯"一面说,一面把小卜往外推。"唉,唉,总不能不讲面子嘛,你们也会有用得着我的时候⋯⋯"小卜还在争辩,儿子关上了门,回过头来默默地、责备地看着我。我长叹一声,告诉老伴和儿子说:"把车票退掉⋯⋯"

这一年六月,在省城召开财贸战线"学大庆,学大寨"会议,我被推选为服务行业的代表参加了会,碰巧和S市的代表团住得很近。我很注意地去打听他们对老唐的反映,人们说:"唐书记(虽然报刊上、文件上已经屡次强调党内要互称同志,但多数人仍觉得不叫官衔难于出口)干得不错,一上任就抓市容整顿、爱国卫生、交通秩序、绿化……以及清查帮派体系,很有魄力。"人们给我讲了一些关于老唐工作抓得紧,要求严格的小故事,其中关于他春节期间"微服私访",收拾了一个开后门、态度恶劣的副食店经理的事情情节很曲折,像是旧社会的清官轶事,这使我感到由衷的快乐,似乎S市市委工作的好坏,也有我的一份。"那么,唐书记上任以后,你们那里监狱的情况有什么改善吗?"我问。没有人回答,人们翻翻眼睛,用一种异样的眼光看着我。我才明白,这是一个怪问题,提这种问题和回答这种问题,都有关心坏人,或者自己和坏人有牵连的嫌疑。我苦笑了。"对唐书记没有什么不好的反映吗?"我又问。"坏的反映?"S市的"双学"代表说,"主要是关于他的老婆。那人可真厉害,谁都敢训,比她官小的,官大的,她都要发脾气。理完了发骂理发员,买完货骂售货员,她一进商店我们就害怕。""也是传得邪乎,其实那女人性子也直,你只要顺着她的性子,别得罪她,她对人倒也不错。"有几个人的看法有些不同,"唐书记住了一套高级房子,他的儿子还没有对象,可又要了一个五十多平方米的单元。听说他们的女儿也要从Y镇调到S市去。现在,唐书记的老婆正为她女儿女婿要房子……"人们小声说。不论有没有人"监听",议论领导的时候都要降低声音,这也是条件反射。

听了一些这样的事以后我辗转反侧,夜不成寐。她是怎么了?他们是怎么了?他们受了那么多苦,人民同情他们,也许她以为自己有权力把"四人帮"给他们自身造成的"损失"夺回来?可不能这样"夺"!不,她没有权力,他们没有权力这样,人民眼巴巴地指望着他们……如果他们脱离群众……天啊!

我要立刻去S市,立刻跑到老唐和他的夫人身边,我要把我听到的反映面对面亲口告诉他们,他们当了"官",对他们说实话的人也许不那么多。我急得坐卧不安,好容易会议的正式议程结束了,我牺牲了大会最后两天的参观、照相、看戏、聚餐,请事假去到了S市。

夜间坐了四个小时火车,来到了S市。下车以后吃早点的时候碰见了一位当年学艺时候的师兄,多年不见的师兄听说了我来找老唐以后惊奇地问:"找唐书记? 你要上告? 你不是从来不惹是生非的吗?""不,我们认识,他让我来玩的。""来玩?"师兄更是睁大了眼睛,然后他眼珠转了转,恍然大悟似的说:"真想不到! 老实巴交的你也学会了交际,而且还是大人物! 有办法,有办法!"他竖起了大拇指,然后向我耳语说:"明天省委就要在S市召开工作会议了,现在,全市最好的商品、最好的厨师、最好的演员,全调去为会议服务了。为了支援会议,大街市的冷食店都停止营业了。师弟,你要争取进他们的贵宾馆,进去以后要能买上好东西,可别忘了咱们……你钱带得够不够? 我家就住在……"

师兄的话不啻火上浇油,我顾不得休息和安顿自己,心急火燎地找到S市市委。承蒙市委的同志告诉我,唐久远同志在招待所,我又马不停蹄地跑到俗称"贵宾馆"的第一招待所。离招待所还有二百米远,已经看见增设的交通民警和巡逻的战士了。离招待所的大门还有五十米远,我开始受到盘查。"到哪儿去?"民警和战士问,连"同志"都不叫一声。离大门十米,开始索要证件了,幸亏我身上带有"双学"会议的出席证,才获准走到门口。

到了门口,岗哨让我去传达室,传达室的门是关死了的,窗户上的玻璃也全部用白报纸遮严,不但推不动,也看不见任何东西。怎么找传达呢? 原来在传达室的另一侧的厚墙上,挖了一个小方洞,需要进门的人得通过这个方洞报明自己的身份、事由、接受审查、等待批准。

方洞挖得相当高,看来是为两米以上身材的篮球中锋准备的,本来窗洞就不大,一扇木板,又关掉了三分之一。我踮起脚,伸长了脖子,叫了一声:"同志!"

脖子虽然已经拉得生疼,但我只勉强看到了一个膀大腰圆的人的厚墩墩、肉鼓鼓的脊背。原来,传达室的工作人员是用脊背冲着窗口的。

"同志!同志!同志!"在我直起脖子叫了第四声之后,膀大腰圆、脊背厚实的工作人员才扭了一下头,瞥了我一眼,又回过头去。

"同志!"我大喊起来。

"有话不会说?"从室内射出来这么一句话,像铁弹一样打在我的鼻梁上、脸上、心上。

什么叫不会说?难道我是哑巴?难道我不是中国人?我的脸红到了耳根。

"我找老唐!我找唐久远!"我的喊声惊动了岗哨,又受到了来自哨兵的警告:"不要喊叫!"

这个名字和我的直呼其名,果然有一点效用。传达回过头,走近窗口,从头至脚,又从脚至头把我打量了一番,他的目光使我发起抖来。天啊,我宁愿接受仇敌的血红的眼睛的充满憎恨的注视,也不愿意接受这位同志的打量。然后,他开始了盘查,当他弄清了我的来历之后,冷冷地说:

"会议期间,不会客。"

"我知道明天才开会。我去过市委的,他们让我这个时候来的。"

"不会客。"他回答的声音更小了,同时回过了头,又是那厚实的脊背了。就在这时,听到一位妇女的叫门的声音,他立刻跳起来去开门,而且,从听到这声音的一刹那,他的全身的肌肉和皮肤、线条和纹络、姿势和表情立即发生了奇迹般的变化,好像观音大士的杨枝净水点到了一块木头疙瘩上,好像王子的爱情使一只癞蛤蟆变成了美丽的华西丽莎,他甜蜜地、妩媚地、文明地、礼貌地、麻利地、乖巧地、快活地、亲切地转动暗锁,拉开了门。

"晚上的电影,我孩子的几个朋友要来,你让他们进来……"是唐久远的妻子的声音。

"那还用说!那还用说!小唐我认识啊,只要他来……"

"他们不见得一道来……"

"那不要紧,那不要紧,只要提小唐的名字……"一个膀大腰圆的人说话的声调竟能够这样乖,这样嗲,这样招人疼,我惊异了。

"可他不让我进来呢!"我喊了一声。随着听到唐夫人的声音,我好像也长了行市,胆子也大了。"哎哟,是吕师傅,是哪一阵风把你给吹来的?"唐夫人认出了我,热情地招呼道,同时用手轻轻地一招。传达立刻笑眯眯地递给我一个入门证……这种笑眯眯的样子,比他刚才不屑地从头至脚地打量我时的样子还要难看。我赶快转过身去,快步进了大门。

我向唐夫人埋怨传达的态度不好和门卫的过分森严,我说:"你们这个贵宾馆,未免太尊贵了。"她哈哈大笑回敬说:"算了吧,你们省城的工农宾馆就好进?这也是没有办法的事,现在上访的人太多,你不把严一点,就甭想工作啦。"她亲热而又随便地靠近我说:"我们可没少念叨你,春节还以为你来呢。我提醒过老唐多少次,人家老吕才真是好同志,是经得起考验的。现在他当了市委书记,来找他的人踢破了门槛,老同事、老部下、老同学,还有多年不走动的亲戚都来了。真奇怪,前些年他们到哪里去了?我给老唐送饭的时候,有个人哪怕是说两句好听的话来安慰安慰我吗?"唐夫人又气得变颜变色。"现在好了。"我说。"是的是的。"她又转怒为喜,"好好在S市玩几天吧,甭急着回去,我陪着你玩一玩。现在我也看开了,用不着那么傻干。你要买什么东西,或者是看病找药以及一般的事,我就给你办了。再大的事,你找老唐……反正你了解我们,我们也了解你……"话还没说完,她就被人叫走了,"老唐在三号院,你去找他吧。"她边走边告诉我,给我伸手一指,"晚上就住在这儿吧,有内部电影。"走去很远了,她又回过头来喊道。

我按照她指的方向走去,经过小卖部,一纸商品介绍吸引了我的注意,计有:皮筒子(按出厂价格)、毛线(按处理价格)、电视机(按试销价格)、牛皮鞋(按批发价格)……全是热门货。我皱起了眉头,心也紧缩在一块儿。小卖部的旁边是冷食部,我由于在传达室的窗口踮脚伸脖高喊,出了一身大汗,很想吃根冰棍,便进了冷食部。我发现,连这里的冰棍也是特制的。市场上水果冰棍三分,牛奶冰棍五分。这里卖的叫做"优质"冰棍,每根六分,质量却比市场上的一角一根的大雪糕还要好。我在省城的大招待所工作了半辈子,还没见过这样的"福利"。我吃着冷食,从嘴到肚子,从身体到心,都觉得冷。

"我要找老唐谈谈,开个会搞这些名堂干什么?都传到外面去了,门卫再严,消息也会传出去的。还有,我得问问他,他那三点'政纲'实行得怎么样了。"我这样想着,走出了冷食部,拐进了三号院。院里开进了几辆小汽车,有一辆"红旗",一辆"丰田",还有一辆"奔驰",一看就知道不是一般领导所坐。老唐呢,正兴高采烈、认真干练地充当着临时交通警的角色,指挥这几个驾驶员把高级卧车开到阴凉、通风、避雨、清静而又离路口近的地方。老唐穿着一身崭新的毛涤衣服,衣扣解开,露出了浆洗得白白净净的衬衫硬领。安排好了汽车以后,他又与驾驶员一一握手,没有一点架子,关照招待所的服务员带驾驶员去休息。把驾驶员送走以后,他回过头来,目光投向了我。

我刚抬手要叫,一个戴眼镜的干部走过来了。他拿着一份材料,递给了老唐。

老唐一面看材料一面向另一个戴眼镜的、头发灰白的干部说道:"你把一号院的那几个澡盆再检查一下。这个招待所的人实在太懒,我昨天去看,一抹,抹了一手黑。还有莲蓬头,有的孔眼堵了,水下得不匀,我昨天已经批评了他们……"

愈来愈多的人走了过来,唐久远一心数用地关照着:

"你去小礼堂看一看……"

"你去厨房看一看,一定要山西老陈醋……"

"你去小卖部看一看……"

"你去医务室看一看……"

"对,今天就要出简报,一天两期至三期。什么,没有内容?今天就写 S 市广大群众认为省委在这里召开三级干部会是对 S 市工作的极大关怀,极大促进嘛……这也要我教!"

"告诉他,一定要来!现在 S 市的工作以支援这个会议为中心。就说是我说的。"

"这些事以后再说,不要急,我还坐了'四人帮'的八年牢嘛!"

"不行,不行,我没有时间,让他们去找教育局。"

一批人走了,另一批人又围上来。大家都需要请示,汇报,都以能与唐书记说上话为荣。

半个小时过去了,一个小时过去了,终于,他周围的人渐渐少了,他疲乏地转过身来,要走了。

"老唐!"我叫了一声。

他看着我,疲劳压迫着他的身躯和眼皮,他茫然地看着我,忽然,眼睛一亮:

"啊,啊,是老许!你来了?"他走过来,无力地拉起我的手。

"您,忘了我姓什么了?"我忧伤地、责备地看着他。

"对对对,啊,对,你姓李,不,你是老吕呀,吕师傅!看我,真是老了!"他埋怨着自己,低下头,现出额头上深深的皱纹和白发。

"您好吧,您的头晕病……"

"好了好了,就是忙,太忙了,简直没办法……"

"老唐,带我们去散散步吧……"从院门处进来四五位气度不凡的老同志,为首的一个穿着灰制服,敞着怀,脚底下蹬着崭新的黑圆口千层底布鞋,用不慌不忙的南方口音说。

我认出了，这是省委的领导同志们。老唐答应了一声，匆匆忙忙捏了一下我的手，说了一句："住下，再谈。"转身要走。我向前撑了一步，好像生怕把老唐失去似的。"老唐，我只和你说一句话。"我的声音发抖了，老唐回转过头来，亲切地、关怀地看着我。"你们的小卖部里……"没等我说完，他招手叫来一位年轻的同志，"给他发两个购货证，给他安排个住处……"

他走了，我一阵晕眩……然后我也走了，推开了搀着我的那位年轻同志的手。

回到省城，我同一些至亲好友说起了去看望老唐的情况。许多人批评我："你也真是！人家那么大年纪，又忙，你总该等人家闲下来再去好好谈一谈嘛。"但是，我的儿子（该死的东西！）的反应却只有两个字：

"活该！"

一九七九年春节，老唐夫妇又托人给我们捎了信和一塑料袋蜜饯果脯。当然，信皮上无误地写着"吕师傅收"，信里再次邀请我们到S市玩，并说上次因为忙于会议未能畅谈，深感遗憾，看字迹我知道是他亲笔写的，真诚、亲切、平等待人，十分可感。回想起那次不愉快的访问，我也埋怨起我自己来。怎么能这样急躁，看问题这样片面和表面呢？忙，难道是人家的缺点吗？关心给首长开车的驾驶员，这也不是坏事嘛。他老婆爱发脾气——是她老婆本人的事情嘛。说来说去，我有把握对他有点非议的也就是关于冰棍的价钱之类——而且我自己也吃了一根。再说，最近中央发了文件，各级又成立了纪律检查委员会，S市的招待所里，大概不再卖这种六分一根的冰棍了吧？我想，一个社会是不能没有官的，把官全打倒了，就会到处是大便和蛔虫。那么，谁当官呢？我反对赵某人、反对砸烂一切的"司令"和"勤务员"，我自己当不了也坚决不想当官。我拥护老唐，那就得体谅人家嘛。三点"政纲"也得给人家实行的时间嘛。我不能像

"司令"们那样去迫害官,不能像小卜和师兄那样去利用官,不能像 S 市某些代表所说的那样一味去顺着官,但也不能像儿子那样去疏远官,甚至敌视官呀!血流成河,白骨成山,付出了多大代价,好不容易打倒了国民党的官,又打倒了"四人帮"的官,好不容易咱们自己的老同志重又当了官,如果谁都不去接近他们,不去向他们说心里话,咱们这个国家,咱们亲爱的党可怎么办呢?想到这儿,我的眼泪扑嗒扑嗒地落了下来。过两天我还要去 S 市,去看看老唐和他老伴,带上酒糟肉,带上火候恰到好处的松花蛋。

发表于《上海文学》1979 年第 9 期

友 人 和 烟

　　大概,除了少数的几个神童以外,青年人往往都有一个共同的缺点——偏激。不用说,一个十几岁的年轻人,是难以学会周到、平衡、两全其美、八面设防、留有退路、照顾各方面的本事的。

　　一九五一年,十九岁的赵守理在日记上写过一些话,说明这位大学生中的佼佼者,也难免这种偏颇、过头、片面性的毛病。

　　他写道:"吸烟是意志薄弱者的慢性自杀,饮酒本身就是丧失理性的行为,下棋、打牌、闲聊天,是糟蹋生命的犯罪。为什么不制定一条法律,严禁烟、酒、棋、牌、聊(天)这五毒呢?"

　　那时,赵守理在自己床头的墙壁上贴着一张红纸,红纸上用浓墨写着四个大字:"抓紧生活",后面还有一个炸弹——"!"这是他最喜爱的口号。他抓紧学习,抓紧工作,去电影院和看完电影回来都是跑步,上厕所也要带上一本书。

一

　　二十三年以后的一九七四年三月的一天,李志豪推开赵守理的家门,劈着嗓子喊了一声:"守理!"里屋立刻应声:"准知道你该来了。""有好烟!"李志豪迫不及待地宣告。赵守理连忙迎了出来。

　　李志豪五十一岁,头发全白了,但脸色红润,皱纹也不算多,言谈举止,叫人觉得他还不失天真。赵守理这年多大了呢?请读者算一下吧,虽说他比李志豪小许多,但一脸的愁云糊在他的长脸上,显得格外苍老。他正苦于没有烟抽(市场上供应的只有一毛三一包的"航行",吸上一口,一屋子又辣又臭),听说老李带来了好烟,又看见老李手里的鼓鼓囊囊的灰人造革提包,不由眉开眼笑。

"当然是'后门'来的。你猜我弄着什么了?"李志豪笑嘻嘻地问。

"'恒大'?"

"不——是。"李志豪拉长了"不"字,表露着得意之情。

"'前门'?"

"不……是。"李志豪的"不"字,不但拉长声,而且拐着弯儿。

"'光荣'?'群英'?'上海'?"赵守理的猜测渐渐升级。

"还要好!"

"'牡丹'?'中华'?"

"差不多,但不是。告诉你,是云南的'红山茶'!云烟就是柔和,从四季如春的地方长出来的嘛。我顶喜欢云烟了……"说着,李志豪从提包里拿出了一条装潢美观的"红山茶"来。

赵守理连忙接到手里,打开,抽出一包,像老于此道的"烟鬼",不从中间撕下商标,而是只从一角撕开一个小口,艰难地抽出两支。这样,锡纸不拆开,烟不容易走味儿。然后,划着了火——他不用打火机,因为汽油味儿会破坏第一口烟的醇香。

抽了两口以后,他拿出一个讲究的有机玻璃烟嘴,把烟插上,边吸烟,边把"红山茶"与其他牌子的香烟就色、香、干湿、松紧及卷烟纸的品质等等方面进行比较评论。李志豪时而点头,时而争辩:

"不行不行,什么'凤凰'啦,'人参'啦,'鹿茸'啦,都不算正品,香料味太冲!那里头搀了奶油、蜂蜜,还有巧克力呢!"

涉及有关烟的知识,赵守理在李志豪面前是甘当小学生的。他连连称是,一面沏茶,一面开柜子拉抽屉,找寻龙虾片和花生米,松花蛋和豆腐皮。不巧,这些东西都吃完了,"后门"提供的补充还没有到达。幸好还有两样下酒的东西,一是泡菜,一是酱油煮黄豆,总还可以勉强应付。再看一眼柜角那瓶白酒,赵守理放了心,坐回原位,聆听着李志豪多次发表过的、各次内容大同小异的高论:

"烟这个玩意儿,也不知道是谁发明的,真神!要说呢,它虚无缥缈,一吸一吐便无影无踪。然而呢,它无形而有神,无体而有用,其之为用亦大矣!冷的时候来一支——让您暖和点儿,大小是个火儿嘛。热的时候来一支,让您落落汗——心静自然凉嘛。饿的时候来一支,好像肚子垫补了点儿——吃烟吃烟,烟也算食品喽。吃撑着了您抽一支,又能消食化水、理气通肠——所以说饭后一支烟,胜过活神仙哟!不瞒您说,我打十九岁抽烟,三十多年的老资格了,饭可以少吃一顿两顿,烟不可以或缺一支半支!"

"十九岁?"赵守理重复着这三个字,身上好像打了一个冷战。

"您呢?"李志豪问。

"我是挨斗以后才学会的,资格浅。"

"这不结了!烟的妙用,尤在于它能缓解精神的紧张。比如人家骂你,比如你突然发现小偷摸走了你的钱包或者你夫人对你不忠实,比如突然宣布您是党和社会主义的不共戴天的敌人……别忙,您先抽一支烟……"

李志豪哈哈大笑,赵守理喟然长叹。

照例,两个人一起吸着烟,喝着茶,天一句地一句,凉一句热一句,咸一句淡一句地闲扯着。扯到一定时刻,赵守理拿来了酒瓶子。一碟泡菜和一碟煮豆儿,两双福建造的白漆筷子,一对瓦灰色的瓷盅儿,斟上酒,不用让,便对酌起来。李志豪呷了一口,判断说:

"嗯,还可以,是一块四一斤的散装,用掺了的玉米粒做的,比一块三一斤的强。一块三一斤的那种是用麦秸、白薯干和高粱秆作原料的,喝上一口就像挨了一棍,诨名叫做'头疼大曲'。"

喝上两杯以后,赵守理的脸泛红了,眼睛湿润了也睁大了,他开始说话了:"现在的事情怎么那么邪性!刚才你来之前,我正在看报。"赵守理说着拿起了几张近日的报纸,"什么批大儒啦,批宰相啦,又在闹鬼!这武斗刚停,工厂的烟囱刚开始冒烟,又要折腾……"

"去他的,我才不置这个气呢!我呀,八年了,坚决不读书,不看报,不听广播,不进电影院。政治学习的时候,我打呼噜震得整个楼颤悠。头头把我叫醒,我点起一支烟,嘴里叼着烟,又睡着了,灰掉在身上,把一件新涤卡上身烧了一个大窟窿!"李志豪自鸣得意地说。

"我们正是盛年,四五十岁,不单要开花,而且到了结果的时候了。我们有一技之长,都受过党的多年教育,为什么不用我们呢?莫非中国人真是太多了,我们是多余的人?这样年复一年,日复一日,可怎么得了?每照一次镜子,我着急,我流泪,我简直要发狂!说是不用吧,既没有正式宣布又没有书面通知,既不把你枪毙又不把你开除,还月月给你工资、给你商品粮,可就是不让你工作,不让你搞自己的业务,不让你为人民出力。这,这……"赵守理激动得结巴起来,"这也是活,活,活埋呀!"

"这叫九九五四部队!"

"怎么讲?"

"久久无事呗!"李志豪笑了起来。赵守理想笑,却流出了泪。

"不能这样子,不,不能!"赵守理又干了一杯,激动起来,离开座位,在屋子里踱来踱去,"我们再不能这样混下去了,我们要工作,要学习,要革命,要为人民服务。我们的国家要发展,我们的民族要进步,需要我们做的事情太多,太多,我们不能等,不能无所事事。只有懒汉懦夫才以为只有客观条件好了才能工作。列宁在监狱里著书,居里夫人在马厩里做实验。不让我到学校里开课,我就在家里教,我是学西班牙语的,毕业的时候,我的成绩全是五分……"

"……我十九岁那年,接到了表妹一封信。"在赵守理来回踱步的时候,李志豪连干了两杯,他的声音开始颤抖了,"我怎么就没有给她回一封信呢?她那么活泼、漂亮,说话的声音就像一串银铃,她的上唇上有一个那么迷人的痦子,后来,她嫁了一个做小买卖的,悔不该呀……"

"我搞翻译,我写论文,我带研究生,这到底有什么罪?我不是不关心政治的人,十六岁上中学的时候我就参加了地下党的外围组织,十八岁就入了党。在大学里当学生的时候,我是系总支的委员,社会工作我也没日没夜地干。但是,我喜欢搞语言,多掌握几种语言,到底有什么不好?多掌握一种语言,就是多长两只眼睛,多长两只耳朵,给心灵多打开一扇窗户。我们国家要繁荣富强,也需要更多地与国外交流,需要更多的人懂外语……"

"如果真的有上帝,如果上帝可以答允我的一个请求,我就要说,让我回到十九岁!"李志豪也站了起来,呐喊着,"我要带着我的表妹去延安!十九岁,我的一个师兄叫我跟他一起去延安,我没敢去……我怎么这么孬?表妹后来得了猩红热……"

赵守理把门窗关紧,坐下来,尽可能平静地说:"奇怪……简直是奇怪,这里头有点差错,有点莫名其妙。我敢断定,全国人民的绝大多数、绝大绝大多数都是拥护党拥护社会主义的,他们希望祖国好,希望人民幸福,愿意为人民做事情,不怕流汗,甚至流血。怎么这些年愈整敌人愈多呢?这不是拧错了扣了吗?洪洞县里没好人,你灰溜溜,我溜溜灰,这个有辫子,那个有茬儿,空怀热血,报国无门!"

"我也积极过,进步过!一九五三年到朝鲜慰问演出,路上碰到敌人飞机轰炸,为了保护师首长,我趴到了首长身上。首长没事,我负了伤,志愿军司令部给我记了二等功,市文化局还通报表扬,五四年通过了我入党……可五七年,就因为我对我们支书占房子过多说了点怪话,就说我是'对党不满'把我清除出了党的队伍……我哭了一个星期,请求党给我一个改过的机会……这不是,'文化革命'一开始,就把我当做'漏网右派'揪了出来……"

"我呢,说是'彻头彻尾的资产阶级世界观',清队以后硬是动员我退党……"

两个朋友继续喝着,吐着胸中的块垒。可以说他们是交谈,互为听众;也可以说是独白,各说各的。命运使这两个性格和经历各不相同的人走到一起来了。赵守理是外语学院一个系的总支委员、讲师,李志豪是京剧团的演员,万金油,生、旦、净、末、丑他都能来两下,翻过觔斗、跑过龙套,拉大幕,打幻灯,都会。一九六六年两个人都以牛鬼蛇神这一颇具浪漫色彩、内涵和外延都十分灵活的身份被揪斗,被派到水库工地拉石头。于是,他们相识并且结交。到如今,两个人都属于"不能用"的人。两个人常常一起吸烟、喝酒、聊天,有时候还下盘象棋,打打扑克或者麻将牌。李志豪心灵手巧,会打木器,会砌炉灶,生活上常常帮助赵守理。赵守理呢,待人赤诚,政治水平、知识水平都比李志豪高,有些事情也能给李志豪以开导,或者出出点子。这里还有一个重要的因素,就是二位的夫人都热情礼貌、平易近人,所以,八年来两个人成了莫逆之交。遇到内心特别痛苦的时候,一起坐一坐,吃吃喝喝说说,就能活得下去。友谊是救生圈,陷入苦海里的人是多么需要它啊!

这一天,李志豪告辞的时候,已经是夜十二点,赵守理送出大门一里地才回来。他为这友谊而觉得温暖、熨帖,他为又熬过了这难熬的一天而庆幸,他又为头昏脑涨、唇舌麻木地让十几个小时的光阴白白流逝而痛心疾首,欲哭无泪。

二

一九七六年十月,"四人帮"垮了,赵守理提着一瓶子"五粮液"去找李志豪,两个人边喝边谈国事,意气风发,热血沸腾。一向无可无不可的李志豪也动了真感情,他慷慨地说:

"我总算活着看到了这一天!我瞪着两只大眼睛,眼睁睁看着你兔崽子们完蛋!我早就看着这些狗男女不地道,把好好一个中国糟害成了什么样子。那个娘儿们,更是成了精,真该剐了她!批了我二十年，我左也不是，右也不是，我左也是砟儿，右也是砟儿，好像从娘胎里一出世，浑身上下就没有块囫囵地方。可我没搞'五七一'，没伪造主席的'临终嘱咐'，没反过人人敬爱的总理，我有良心！可这些个整天革人家命的'学生'和'战友'呢，扒开一看，全是狼心狗肺……这回可好了，中国有救了，我李志豪有救了！"

"我早说过，不会的，不会的。"赵守理拍响了桌子，"就算我被'劝退'了也罢，我毕竟多年在党内生活，我知道中国共产党是个伟大的党，它是由一大批真正的忧国忧民、碧血丹心的仁人志士组成的。你记得吗，上个月主席逝世，你说中国完了，我就说：完不了！想把这么伟大、这么光荣的一个党变成由李莲英式的太监们组成的宫廷班子，没那么容易！你是灯塔，你是舵手，年轻的中国共产党，你就是核心，你就是核心，你就是方向……你唱过这个歌儿吗？来，让咱们俩唱起来，一、二，你是灯塔……"

二位喝了个瓶干碗净，连盛花生米和罐头凤尾鱼的盘子也见了底儿。

一九七七年初，赵守理恢复了组织生活。这一年，改革了高等学校的招生制度，接着，赵守理开了课，外语成了热门。七八年初夏，赵守理被提升为教授，学报上又接连发表了他的文章。七八年底，赵守理被选为系总支副书记，又连续到北京开了两次会，等回来，已经快到七九年春节了。他给老友打了个电话："真正的'老窖特曲'……"

李志豪带着"真正的"云烟来了。"'红塔山'牌的，比'红山茶'还好抽……"他说。

"哎呀，我不抽烟了。"赵守理笑着说，好像有点抱歉，又有点得意，"从上次去北京，见到一些老同学、老战友，他们都劝我戒烟，医生又说我已经有一点肺气肿的症候……现在是什么时候？怎么能病！新买的一包'熊猫'刚抽了三支就送了人……戒了，真是神清气爽，吃饭也分外香甜……"

"去去去去去！我才不信那个呢？戒烟干什么，无非是想多活几年。可不吸烟,活着又有啥意思?"

李志豪一面说着,一面把"红塔山"往赵守理手里塞,赵守理拼命拒绝,李志豪拼命塞。再拒绝,就会使老李下不来台,赵守理只好违背自己的意志,毫无乐趣地接受了老李的烟和点火。

等美酒斟满了杯子,酱牛肉、卤鸭、鸡胗肝、粉皮、四鲜烤麸……琳琅满目地摆好以后,赵守理回答朋友的问候说:

"太好了,太好了!优良传统正在恢复,几十年的沉冤也得到了平反昭雪,天理昭昭,伸张正义,真是人心大快!九亿人的积极性调动起来,哪有做不到的事情?多少事情正在等着我们去做,多少年的夙愿正在实现!关于外语教学,我提了一个设想,部里很重视,已经整理成书面的东西,报上准备发表。关于对知识分子的政策,我也谈了一些看法,准备回来以后分别找系里的老中青教师们座谈座谈。再有,我个人也正在继续我十几年前已经开始了的一项功课。现在,除了西班牙语本行以外,葡萄牙语、英语和俄语算是还有点基础,需要继续提高。同时,我要抓的是法语、德语和世界语,特别是这个世界语。其实有了西班牙语的基础,世界语这个山头也不难占领。再说……"赵守理看着李志豪那副插不上嘴的木然的样子,意识到自己未免过于滔滔不绝,便中止了这番雄心壮志的表白,转问道:"你过得怎么样?"

李志豪先是不言语,喝了几口酒,闷声闷气地回答说:"我是外甥打灯笼——照舅(旧)。上班照旧没事干,上台照旧没我,坐汽车照旧挤,买菜照旧挨售货员的呲儿,喝好酒——岂止是喝酒——照旧得走后门,儿子照旧上不成大学,团里的领导照旧是那几位'一贯正确'。他们挨过整,但也整过人,整起人来从来没发过慈悲。"

这一连串"照旧"使赵守理听着相当扎耳朵。他问:"你们团落实政策的工作没有搞吗?"

"在搞。"

"你五七年的事情呢?"

"说是要复查,说了好几个月了。"

"别忙嘛,复查总是好的。"

李志豪苦笑了,"快六十的人啦,处分能改正,年龄已经不能改正了啊!"

"老李!"赵守理满腔热忱地唤了一声,"不要这样的情绪嘛。粉碎'四人帮'才两年多,党做了多少事情!"赵守理站了起来,把椅子挪到李志豪的身旁,又坐下,把手搭在李志豪的肩膀上,真心实意地给李志豪讲解当时的大好形势,对比一九七六年十月前后中国的情况,劝解李志豪要看到光明,看到摆在中国人民面前的巨大希望,他说:"你孩子没考上大学,总算有了参加入学考试的机会了嘛!别的孩子考上了,说明人家有本事,说明咱们的大学真正要培养一批有学问的人,这也该高兴啊!"他说:"剧团的领导干部,当然不会是完人,但只要上面路线正确,他们仍然会做许多好事情的……"他还劝李志豪少吸一点烟,给他讲了尼古丁,3-4苯并芘的致癌作用,讲了国际性的戒烟潮流。李志豪呢,习惯地说着:"对,对。"目光却闪烁着,斜仰着头,打量着赵守理,奇怪赵守理说话的调子为什么这样不同。然后,他叹了一口气,加速了干杯的频率,额头和眼睛都湿润起来,舌头也大了:

"十九岁的时候,表妹给我写了一封信……我本来应该带着她,跟我的师兄去延安啊,嗷!"

赵守理瞪大了眼睛,这一段他已经听惯了的忏悔,今天听起来,实在觉得格格不入。再说,他知道老李和他老伴感情很好,简直闹不懂他老提这个表妹干啥。他几乎是摇着李志豪的一只胳臂,规劝说:"别老说这些陈谷子烂芝麻的事了,现在国家早已经进入了新的历史时期,够了,发牢骚呀,后悔呀,怨天尤人呀,唉声叹气呀,光靠这个,一万年也实现不了四个现代化,不管怎么样,我们要从自己做起,从现在做起,脚踏实地,干!"

赵守理诚心诚意,苦口婆心。李志豪呢,傻笑着,无喜无悲,两眼像两个看不见的黑洞。

　　李志豪告辞的时候,已经是夜十二点了,桌上杯盘狼藉,妻子和孩子都已睡下。赵守理心里觉得窝窝囊囊的:第一,他被强拉着破戒吸了一支"红塔山",嘴里留着苦味,肺里留着尼古丁,烟灰缸里李志豪留下的一股截一股截的灰白色的烟灰,就像蟑螂的粪便一样,那么肮脏可厌。第二,谈得时间太长了,十几个小时白白地过去了,这十几个小时如果抓紧,可以读多少页书,思考多少问题,记多少笔记啊!第三,喝了酒,头晕晕乎乎,太阳穴一紧一跳,后脑勺发麻。现在,即使头脑很清醒,很好使,也还希望它更清醒,更好使一些。现在头脑已经不是犯禁的私货而是无价的宝贝了,怎么能用酒精来作践头脑呢?

　　赵守理想起自己十九岁时对烟、酒、棋、牌、聊(大天)这"五毒"的激烈的反感来了,他觉得,这十来年自己的吸烟、喝酒、聊大天以及下棋、打牌,正和这十来年的其他经历一样,不过是一场混乱的、莫名其妙的误会罢了。

三

　　两周以后,赵守理接到老李的信,要他星期天早早地去玩,还说:有茅台,还有狗肉。正是春节期间,这个北方的城市连日大雪纷飞,在这种天寒地冻的时候,对酌茅台,就着号称大热性的狗肉,本来是人生一乐。但是赵守理很为难,他计算着、吝惜着每一分钟时间,其抠抠唆唆的心情胜过了守财奴对于金币。不去吧,人家会说是自己处境不同了,身份不同了,抛弃了患难之交。去吧,不但一晃就是多半天,而且难逃尼古丁、3-4苯并芘和酒精的毒害。难道在林彪、"四人帮"残忍地吞噬了自己的十年光阴以后,他还得为了友谊而轻率地糟蹋那比什么都宝贵的时间吗?

　　几经琢磨,赵守理肚子里准备了一套有情有义、有礼有节的话,还买了五斤蜜柑橘,给老李的孩子带了几本自学英语的参考书,来到了十年来他无数次与老李促膝相对度过了他们的痛苦的、无所事事的日子的老李的那间顶棚已经破败了的居室。一进门,他先发制人,声明自己气管炎又发作了,医生绝对禁止他吸烟喝酒。接着,又借送书的机会,大讲了抓紧时间学习知识的必要。

李志豪用一种异样的、疏远的、略带悲凉意味的眼光打量着他,像审视一个陌生人。

赵守理也觉得有点别扭、有点抱歉、有点生硬和不大自然。于是,他嗫嗫嚅嚅、前言不搭后语地表示,要不,来上一杯也行。

茅台酒拿来了,李志豪不斟,也不让。赵守理给自己满满倒了一杯,举起杯来,说道:"老兄,我有几句话想对你说说呀,不知道该说不该说。"

"请啊,请啊。"李志豪厚道地一笑。

"过去呢,咱们都是被迫靠边站,痛苦憋闷,无以解脱。咱们俩抽烟、喝酒、下棋、打牌、侃山,互相支撑着、拉巴着、熬着、混着,总算是活到了今天,没跳井也没进疯人院。现在呢,咱们开始了新长征,情况不同了。时间无多,时间宝贵,咱们的生活方式都得改一改,咱们都得紧张起来!我呢,要请老兄多多恕罪,从此戒烟戒酒,戒牌戒棋,海说神聊,我也再是奉陪不起。争分夺秒,把林彪、'四人帮'造成的损失夺回来,这可不是说着玩冤人的。老兄你呢,也还是少抽少喝为佳,一为卫生,二为节约时间,为四个现代化出力。你看,我说的这个意思当不当呢?"

"敢情。"李志豪点点头,苦笑了一下,转过脸去。赵守理干完了那一杯,告辞,嘴里似乎有股子土性味儿。

最近,他们的来往更少了,即使见到,彼此也觉得生分了。李志豪的人缘好,交情广,他照旧和其他的朋友们一起喝那么多酒、抽那么多烟,照旧发他的关于"外甥打灯笼"的牢骚,照旧常常忏悔他十

九岁时的事情。对于老赵,他没有说过什么不满的话,但是酒桌上,还是免不了听到七嘴八舌的议论:

"人家又是书记又是教授,还能到这儿来吗?"

"人不可为官,人不可为官!"

"人家是青云直上,对咱们这些人是弃之如敝屣了!"

"当年是相濡以沫,如今呢,是相忘于江湖喽。"

老李呢,他只是傻笑。失去这位朋友,他茫然,追上去,他没有那个条件和心劲儿。

赵守理愈来愈忙,愈忙愈不常见老李,但他一直很挂念自己的友人,总觉得道义上自己似乎有点欠缺。如果真想实现四个现代化,老李,还有老李的那些烟友酒友,都应该和他一样忙才对,忙还忙不过来呢,何况闲?但他不知道到底有什么办法让他们也忙起来——这其实不单单是为了友谊。

发表于《北京文艺》1979 年第 9 期

表　姐

咚、咚、咚……

一九七八年十一月一日，几下微弱的敲门声。是敲我们的门吗？我们头一天傍晚才搬进来，谁会来找我们呢？天又是这么早。

咚、咚、咚……

敲门声仍然是胆怯的、犹疑的。我走到门口，听不见任何声息。我转过身来，又敲响了：咚、咚、咚……轻轻地、执拗地敲着。

开开门，我惊住了，一个多么陌生而又熟悉的面孔！这是一位年近五十岁的妇女，长长的、鹅蛋形的脸庞，乌黑的、稀疏的头发，扁扁的、由于近视又不戴镜子而眯成两道缝的眼睛，有点皱缩着的鼻子，满脸细碎的纹络。刚刚入冬，她已经穿上了一套并不合身的棉衣，肥大的衣服更显出了身体的纤瘦，而且，头上和颈上，包裹着一条质料很好的驼色毛围巾。

"不认识我了么？"她的话语里流露着忧伤，甚至是灵魂的颤抖。

"你？"我好像难于作出判断："大——表——姐！"

她一笑，叹了口气，"我来了，让不让我进门呢？"

"瞧您这是说什么？进啊，进啊！"我想尽量热情、礼貌一些，然而语调里仍然掩饰不住尴尬，这突如其来的会面使我手足无措了。

"我赶了个早儿，就是要堵你们的被窝。就在一分钟之前我还相信，不会见到你们的，也许我打听到的地址并不确实，也许在敲门的这一刻我犯了心脏病，也许你们刚刚住了院——请原谅我。我们五十年代的老党委书记,后来被冤屈了的,落实了政策,调回了教育局,就在下火车的那个晚上,他的冠心病发作——死了。也许,你们根本不肯给我开门……"

我没有说话,没有什么话可说。还是依然如旧的、她的特有的调子。我低下头,眼睛看着地面。这一短暂的沉默,使表姐的脸色暗淡了,她停止了咏叹调。她看见了,我也看见了,横在我们中间有一道多么宽的沟。

卧室里听到了响动,妻起来了。她推开了门,瞧了表姐一眼,她的目光里表达着厌烦、怨懑和鄙夷。这目光说明,她第一眼就认出是谁来了。

"是哪一阵风,吹来了这么一位贵客呀?"她刻毒地问。在我说出表姐的名字以后,妻又恍然地说:"噢,我估计到了的,她会来的。来得还真快!"表姐像被针刺了一下似的蠕动了一下。

"请你们谅解。"表姐低声说,像做了错事的小学生向老师请求宽恕,"当时我没有办法,大家,包括永宁和孩子都逼着我。你们不知道我当时有多么害怕,植物神经紊乱,内分泌失调,一个月绝对失眠,烈性安眠药胶囊剂我一次吃四丸,血压……骨质增生……肾炎……类风湿……但是我一直惦记你们,我给你们写过十几次长信……"

"如果能收到一封也好……整整二十年,许多过去的关系最近的亲友不再与我们联系。但是,没关系,我们活下来了,活得还不错。在农村,我们有了更多的亲人、朋友,他们才可靠呢,他们失无可失,所以他们并不势利眼。"妻说,说得快而有力,说完,还洒脱地笑了一声。

"请你们原谅我!谅解!小柱儿,二妞儿,你们结婚的时候是我亲手绣了枕头。你们都聪明,有才能,能不谅解我吗?不要以为我是看了报,以为你们又要飞黄腾达了才来攀附你们,表姐并不是那样的。不,我看了报,知道你们还活着,我高兴得哭了……我要亲口向你说一声,原谅我……然后,我就走了,我不会再来打搅你们……再见!"说着,她呜咽了,红着眼圈,站了起来。

"坐下,坐下,你怎么能这样就走?"妻连忙去拦阻。我知道,妻说话不饶人,但心却是软的,二十年的坎坷,更造就了她这种泼辣尖刻,外刚内柔的性格。

表姐坐下来,打开提包,拿出两个纸包:"这是我自己炒的一点油茶面,外面卖的那个不行。我自己熬的牛骨髓油,放的青丝红丝,杏仁桃仁花生仁瓜子仁。这是两盒酸梅糕,走后门搞来的。我记得,这两样东西你们都爱吃。五五年中秋节,永宁和我,和刚刚搞恋爱的你们俩一起在珍芳斋甜食店吃的油茶。那天在珍芳斋吃点心的还有那个著名的歌剧演员李岚,听说她五七年也被划了右派,'文化大革命'当中上吊了。"说着,她又在口袋里摸了半天,摸出两张照片,对我说:"这是你十一岁时我带着你逛庙会时照的照片,我是在一九七三年八月十三日,你四十岁生日那天偷偷翻照的……你们收吗?你们不收吗?"说着,她掏出一个精致的手绢,擦着额头的汗珠。

在我们收下了她的礼物之后,她说:"为了你们收下这一切,我谢谢了。你们还不知道,清队的时候对我的批判,就因为在你们的照片背后我写了两句诗:'梦魂犹相亲,逐客无消息',他们对我进行了那么深入细致的追查和大规模的批斗。有人分析这两句是怀念蒋介石,有人分析这两句是接头的暗号。我当时以为马上要逮捕我,枪毙我,我将被两个战士扭到刑场上,'跪下!'他们说。然后举起枪,对准我的后脑壳……"

"简直是笑话!"我笑出了声。

她一点也不笑,"可当时你姑姑得了风瘫症,如果我被捕,谁来管她……后来我在大会上发表了声明,和你们断绝一切来往……那天晚上你们走后,我又出去追你们,我哭了一夜,第二天得了急性结膜炎,每十五分钟点一次四环素眼药水……"

"哼。"妻用鼻子哼了一声。

"可你们怎样过的？这么多年,这么遥远,简直像一场噩梦。"

"那怎么会是噩梦呢？你觉得我们远,我们还觉得你们远呢。"妻说,满面笑容。

"祖国的每一块土地都是美好的,每一块土地都和另外一块相连着。"我说,"反正不论怎么样,总是要活下去,总要相信未来,总要抓紧现在,总要工作,工作,工作,咬紧牙关工作……而且,不论在哪里,你都会碰到那么多好人。好人要比坏人多得多,多得多,这可真好！根本不像你想的那么可怕,我们的生活里仍然充满了笑声……要不要我给你唱一首 M 省的民歌,歌词是我自己填的……"

等我唱完了,表姐说:"可你不知道,我为你们担了多少惊,受了多少怕,做了多少梦,死了多少神经细胞……"

表姐就这样重新出现在我们的生活中了,在中断了二十年之后。这也不算奇怪,我已经习惯于在许多事情上,绕了一个大圈子,吃尽了苦头以后,继续回到二十年前的脚印前头。表姐比我大六岁,是我童年时代的良师和挚友。我母亲多子多病,除了勉强照顾我们的一日三餐和遮住屁股的衣服以外,从来不管我们的精神和情绪。是表姐打开了我的心灵,喂哺我精神的饥肠。从小,她给我背诵李白、王维、孟浩然的诗,背诵《长恨歌》《琵琶行》《赤壁赋》,她还会背诵冰心的《繁星》,落华生的《梨花》和朱自清的《荷塘月色》。她给我讲过白雪公主和七个小矮子,快乐的王子和卖火柴的小女孩。不但背诗背文,她还爱"背"音乐,她不会什么乐器,但她"背"得出许多著名乐曲的主旋和和弦,不论是刘天华的《光明行》,还是柴可夫斯基的第一弦乐四重奏第二乐章,不论是《渔舟唱晚》还是《蓝色多瑙河》,她都能"背"给你听。从她那里,我才知道人世间有这么多美好的曲调,美好的词句,美好的思想,美好的憧憬。我追求美好的东西,这就激发了我与一切丑恶和虚伪殊死搏战的斗志。于是我参加反美反蒋的学生运动,参加了革命。解放以后,我又拿起笔来写了许多诗。在人生的道路上,革命的道路上,文学活动的道路上,我时时念起我的第一个启蒙者与引路人——大表姐。

大表姐博闻、强记、聪敏、好学、热情、善良,在我的童年和少年时代,在旧社会那野蛮、沉重、困乏的生活里,她就是星星,她就是光。然而就是儿时,我也发现了她身上的一些奇特的、我所难于理解的东西。在吸收和传播人类的优秀的文化成果的同时,她也给我讲过一些宣扬修好行善、轮回报应的迷信故事,她更是几乎会唱全部无病呻吟的流行歌曲。她常常诉说夜间做过的梦,相信梦见鞋(邪)就会倒霉,而梦见鱼(余)就会顺心。过旧历年的时候,她很重视祭灶王,祭祖先,祭财神。她坚决不学骑自行车,稍大一点就从来不进澡堂。她有一件最心爱的花绸衫,她常常拿出来爱不释手地欣赏,却从来不往身上穿。她那样喜欢歌曲又会那么多歌,然而,只限于在鼻子眼里哼吟,从来不正经唱一首。有时偶然唱出一句,她的声音的响亮和音色的柔美使我大吃一惊,但只要她意识到自己唱出了声,便立即刹车,戛然而止。

表姐非常关心别人,关心往往成为担心,以不祥的预言的形式表现出来。邻居生了一个白白胖胖的小小子,很招表姐喜爱,表姐就说:"真怕他得了脑膜炎……"表弟买了一辆自行车,她就把"撞到汽车上""被贼偷去"等话挂在嘴上。我的功课学得好,她就说:"会累出病来的。"她总是在担忧,有些担忧显得可笑。住进新房子担心房屋倒塌,吃了西瓜担心得痢疾,但往往许多事情被她不幸而言中。五十年代我成为一个有影响的年轻的诗人,接连出了三部诗集,当时是一片赞扬的声音和羡慕的目光。只有表姐,不止一次地说过,"少年得志,必定招祸。文章憎命达,诗人多半横死夭折……"当时听着她的话,简直像猫头鹰的诅咒一样令人产生反感,但后来呢……

在经过了一次政治和灵魂的手术之后,我被宣布为社会主义的死敌,并被赶出了 W 市。临行之前我去见表姐——从"手术"以来我就没有见过她。她神情仓皇,面色惨白,"噢、啊、喔、嗯……"没完没了地感叹词和语气词,然后她说:"我还有事,你快些走吧。"等于是下逐客令。这使我很奇怪，但终于没有生气，因为自知罪有应得。一九六二年，我被宣布为"回到了人民的队伍"，并且出版了我的新的一部诗集。我把诗集寄给她，附了一封长信，她回信说："'回来了'总还是'出去过'，最好也不过是控制使用。据说有文件：'回来的'按'没回来的'内部掌握。"虽然又是猫头鹰式的鸣啼，但我这次却不敢掉以轻心了。接到她的信后，我停止了描写农村的劳动生活的长诗的写作，增加了每天喝下去的酒精的数量……

一九七四年初，我为父亲的丧事千里迢迢与妻从M省来到W市。火车误点，下车时已是深夜，正赶上死灰复燃的两派武斗的升级，我父亲的住房恰在当晚两方准备浴血争夺的一个"据点"的近旁。我们无法接近那个地方，留在候车室过夜又要接受城市民兵的盘查，而我的名字说不定会引起怀疑并招致灾祸。在这个时候我想起了表姐，她的家就在车站不远。妻倔强，她在民兵与表姐之间宁愿选择前者，在我的强求下才跟随我来到久违的表姐的家门前。在敲了五分钟门之后，表姐夫永宁隔着门盘问了我们十分钟，然后是喊喊喳喳十分钟，最后表姐打开了门。表姐一反常态，披头散发，两眼直溜溜，下巴嘟噜着，她说："你们事先也不说一声，怎么自己就来了？现在是什么时候？W市是什么情况？我们是什么境遇？你们知道吗？你们怎么自己就来了……我我……我们一家六口人，我们怎么办？现在常常半夜查户口，可叫我们……"她的话我没有听完，妻一把把我拉走了。

这些年来，人情冷暖，世态炎凉，我们见得多了，但是这一晚表姐的神态实在是不可思议。难道不仅勇敢能够使人坚强，而过分的恐惧、兽性的恐惧也能够使人坚决果断吗？难道不仅美能够化为力量，丑也能成为一种更大的力量吗？难道自私和怯懦能够一口把儿童的纯真、少年的钟情、美的追求和善的心意，把月色和繁星、多瑙河和渔舟吞噬个无影无踪吗？我还从没有见过表姐像驱逐我们的那个晚上那样斩钉截铁、凛然难犯呢。

当然，逝者如斯，不舍昼夜，一切创伤都能痊愈，一切呻吟都将寂沉。遗忘帮助我在一些事情上转过脸去，信念帮助我在另一些事情面前点燃起照明的火把。我本以为，表姐的事情也会从我的记忆里渐渐淡漠的，我将原谅表姐，像原谅过别人和自己。但是不，我不理解，我不原谅。我做过许多与表姐有关的梦，梦中哭湿了枕头。剜掉心中最宝贵的东西，剜掉儿时记忆中最美好的东西，这是一种多么令人痛苦的手术啊！

如今，这一切当真成为了永久的过去。在付出了许多代价之后，我们的国家，我们的人民，我们自己以及我们亲爱的党，都无可比拟地成熟了和聪明了。当我们回首旧事，内心里更多的是明朗的欣慰。就在这个时候，表姐重又进入了我们的生活，带着油茶面，带着酸梅糕，带着众多的栩栩如生的回忆，带着歉意，也带着她的一贯的、明哲而又愚蠢的无尽无穷的忧虑。

一九七九年四月三日，凌晨，一阵急骤的敲门声惊破了我们的好梦，开开门，是表姐，她的眼神里充满了惊恐。"从昨天晚上我一直在哆嗦——我的心在哆嗦。"她这样开始了她的道白，上气不接下气，"要收了！最新的精神。我早知道会这样。A 城已经在抓人，B 城已经把××和××（这是两个著名作家的名字）轰跑了，因为他们到处煽动民主，捣乱，引起了公愤。C 城正在整理×××（一位经济学家）的材料，他最近去讲了一次话，讲话里有许多违反原则的东西。D 城的报纸也受到了批评……"

"你哪儿来的这么些乱七八糟的消息，历史在前进，人民睁开了眼睛，十年的痛苦教训了全民族，不论什么好汉也休想把我们再拉回到'四人帮'给我们领的道路上去。不论再出现什么曲折，甚至我们个人再遭受什么痛苦，历史前进的总潮流是不可抗拒的，未来是属于人民的。可你……"我皱起了眉头。

"你怎么还是这样天真，这样书呆子气！"表姐惊呼道，"什么历史潮流？还不是上边怎么说怎么算。说收，还不就是收了，所有的报刊顷刻之间就会换成另一个调子。而你们这些个臭文人,又是站在头一排吃子弹,嘎——咕!"她做了一个饮弹而亡的姿势,我笑了。

"你还笑!听说,听说,"她犹豫起来,好像拿不定主意先不告诉我,然后放低了声音,神秘地说:"据说又来了文件,说是五七年的事情近来改正结论的面太宽了,大家有看法,所以呢,准备重新再戴一批……"

我笑出了声,"这可不是幼儿园的游戏啊!"笑声呛咽得我咳嗽起来。

"你,你太狂了!"表姐正色说道,又用求援的眼光看着妻,"你也劝劝他!我完全是为了你们!如果重新划进去,我的天哪,你们不害怕,我还害怕呢!"

"为什么划进去呢?"我不再笑,而是诚恳地告诉她,"我们与党同心同德,与社会主义共存亡,同命运……"

"又是书生之见!说老实话,你最近的一首诗里有两句提到反对官僚主义,我的同事们读后你知道是怎样反应吗?他们说是'狗改不了吃屎'!"

如果说最初表姐的到来和她的一番话引起的是好笑的感觉,是类似读鲁迅先生的《风波》的那种感受,那么,随着她的恶言恶语的升级,她的这种奇特的关心变得越来越无法忍受了。我用鼻子吸了一口气,把嘴一撇,"岂止是两行?我刚刚写了首一百二十行的长诗,中心思想就是要为实现四个现代化而扫清道路,反对官僚主义、瞎指挥、供给制思想……"

"什么?什么?一百二十行?长诗?反对官僚主义还有瞎指挥?"表姐惊呼着,哀鸣着,眼睛愈睁愈大,嘴慢慢地咧向后面,面部的线条和肌肉组合着、变化着,"哇"的一声哭了起来。"我知道你不爱听这些话。我总是瞎操心,穷受怕,好心没有好报。可你想想,哪件事不是我说对了,五七年以前如果你听我的话,也不至于那样!上大学的时候,班上最保守、最胆怯、最让人笑话的就是我,可是想想那以后同班同学每个人的遭遇吧，只有我最平安，日子过得最好。其他二十九个人，有七个人后来戴了帽儿，有五个人升了官儿，结果'文化革命'里又让人斗得死去活来，有一个人自杀了，有一个人娶了一个最漂亮的演员当老婆——当时我就反对——后来让人家甩了，至今还是孤苦伶仃打光棍儿，还有三个真是根正叶红，没疤瘌没砟儿，'文化大革命'中成了积极分子、头头，最后打'五·一六'时差点进了监狱！只有我，躲着、藏着、缩着、压着、哆嗦着、哼哼着，才没有碰到这一类的祸事……"

"死了就更安全！"我讥讽道，"真奇怪，我也有一本账，却和你的完全不同。我知道，你的老同学当中，有四个人当了教授，有三个人出版了他们新作，有七八个人是先进工作者，就说那位老婆离婚的L吧，他马上要出国去考察……唯一一事无成，简直是毁了自己的，就是你！"

表姐哭得更厉害了。她站起身，用一种苦苦哀求的调子，嘶哑着声音喊道："你们不要忘了我的话！我求求你，还有你！小心点！小心点！第三还是小心点！小心没错儿……"边说边走了。

虽然我嘲笑了、讥讽了、驳斥了表姐，虽然对于她的世故和迷信、愚昧和智慧、利己和关心人的奇特的混合我十足地反感，但是她的到来仍然对我们、对我的生活和工作产生了重大的影响。她的含泪的哀鸣："小心点，小心没错儿！"在我的耳边回响。她的稀疏的黑发，咧开的嘴……仍然时时出现在我的眼前。她的那些真真假假的小道消息，仍然灌到了我的耳朵里，就像强迫服用了一种又咸又苦的药水，药水里还搀着几只苍蝇。"如果她又言中了呢？"这样的念头也在我们心中一闪而过。一种灰色的、又黏又稠又重的液体糊住了我的眼睛，坠住了我的笔和我的心。这一切的结果是，一连三天，我写不出一个字。

第四天，《文学月刊》的编辑来找我，说是一个自称是我的姐姐的人到编辑部去了，非抽回那首长诗不可，而且说了一些很难听的话。例如："你们为了招揽读者,赶浪头,不惜拿我弟弟的身家性命做赌注""到时候风头一变,头一个写文章骂我弟弟的还不是你们!"等等,这使他们很为难。同时,我也先后接到几个和我有联系的报刊编辑部的信和电话,说是我的姐姐找他们查询我有些什么稿子在他们那里,稿子中有没有反官僚主义的、揭露阴暗面的、以悲剧结尾的、写中间人物的和用字尖酸刻薄的。姐姐还向他们恳切请求,对我的稿子要特别严加审查,并向他们诉说了我是如何幼稚、书生气、爱激动、容易犯错误等等。这一情况使我七窍生烟,咬牙切齿。我万万没想到她会把手伸到社会、伸到我的工作领域里去。这简直会成为笑柄,使我抬不起头来。我盛怒中给表姐写了一封信,要求与她断绝来往、断绝关系,要求她再不要干预我的事务,否则,我要向她的领导,甚至向司法部门控告。

又过去了几个月的时间,一些好心的和恶意的人估计到的那种一百八十度的再次转弯并没有在神州大陆上发生,历史的流程没有倒转,"手执丈八蛇矛"的"燕人张翼德的后代"并没有能使"皇帝坐龙廷",剪了辫子的人并没有被"喳"地杀头。党在自己所确定的、为亿万人民所衷心拥护的新长征道路上胜利前进着,"左"的和右的干扰一直是有的,但也一直被克服着。五月,《文学月刊》发表了我的一百二十行长诗,七月,W城的党报和党刊、W城的领导同志都肯定和赞扬了这个作品,同时我陆续收到上千封热情洋溢的读者来信……当谈起四月三日凌晨表姐的来访的时候,我对妻说:"我真想写一篇《拟〈风波〉》,写一篇小说。"妻很支持我。

八月十一日,表姐带着一个大西瓜又来敲开了我的门,她略带歉意地微笑着听了我们的抢白,那首被她如此激烈地反对过的一百二十行诗,她不但看了,而且已经背诵了下来。她如数家珍地引用着,评论着,抒讲着自己的读后感,她甚至提了两条意见,建议对一个韵脚和一处用词加以修改,她的意见很有价值。她表示了她的祝贺和欢欣,我们也无可奈何。我们吃了她的西瓜,又招待她吃了芝麻酱面,还一起喝了冰镇啤酒。临走的时候,她深情地看着我们,她说:"别生我的气。我就是这样一个人。我关心你们,我为了你们一夜一夜地睁着眼。我也老了,又满身是病,我常常说傻话。但就算现在得到了好也罢,表弟呀,弟妹,你们要好好想一想,下一次再别写这样的诗了吧!我告诉你们:早晚要收的……"

"也许,她本来可以成为蔡文姬或者李清照,乔治·桑或者夏绿蒂·勃朗特吧?"她走了之后,我对妻说。"算了,再不要提她。"妻说,然后,她打开了窗户。

发表于《延河》1979年第10期

夜 的 眼

路灯当然是一下子就全亮了的。但是陈杲总觉得是从他的头顶抛出去两道光流。街道两端,光河看不到头,槐树留下了朴质而又丰满的影子。等候公共汽车的人们也在人行道上放下了自己的浓的和淡的各人不止一个的影子。

大汽车和小汽车。无轨电车和自行车。鸣笛声和说笑声。大城市的夜晚才最有大城市的活力和特点。开始有了稀稀落落的、然而是引人注目的霓虹灯和理发馆门前的旋转花浪。有烫了的头发和留了的长发,高跟鞋和半高跟鞋,无袖套头的裙衫,花露水和雪花膏的气味。城市和女人刚刚开始略略打扮一下自己,已经有人坐不住了。这很有趣。陈杲已经有二十多年不到这个大城市来了。二十多年,他待在一个边远的省份的一个边远的小镇,那里的路灯有三分之一是不亮的,灯泡健全的那三分之二又有三分之一的夜晚得不到供电,不知是由于遗忘还是由于燃料调配失调。但问题不大,因为那里的人大致上也是按照农村的日出而作、日入而息的古制生活的,下午六点一过,所有的机关、工厂、商店、食堂就都下了班了。人们晚上都待在自己的家里抱孩子,抽烟,洗衣服,说一些说了就忘的话。

汽车来了,蓝色的,车身是那种挂连式的,很长。售票员向着扩音器说话。人们挤挤搡搡地下了车。陈杲和另一些人挤挤搡搡地上了车。很挤,没有座位,但是令人愉快。售票员是个脸儿红扑扑的、口齿伶俐而且嗓音响亮的小姑娘。在陈杲的边远小镇,这样的姑娘不被选到文工团去报幕才怪。她熟练地一揿电钮,遮着罩子的供看票用的小灯亮了,撕掉几张票以后,叭,又灭了。许多的街灯、树影、建筑物和行人掠过去了,又要到站了,清脆的嗓子报着站名。叭,罩灯又亮了,人们又在挤挤搡搡。

上来两个工人装束的青年,两个人情绪激动地在谈论着:"……关键在于民主,民主,民主……"来大城市一周,陈杲到处听到人们在谈论民主,在大城市谈论民主就和在那个边远的小镇谈论羊腿把子一样普遍。这大概是因为大城市的肉食供应比较充足吧,人们不必为羊腿操心,这真让人羡慕。陈杲微笑了。

但是民主与羊腿是不矛盾的。没有民主,到了嘴边的羊腿也会被人夺走,而不能帮助边远的小镇的人们得到更多、更肥美的羊腿的民主则只是奢侈的空谈。陈杲到这个城市来是参加座谈会的,座谈会的题目被规定为短篇小说和戏剧的创作。粉碎"四人帮"后,陈杲接连发表了五六篇小说,有些人夸他写得更成熟了,路子更宽了,更多的人说他还没有恢复到二十余年前的水平。过分注意羊腿的人小说技巧就会退化的,但是懂得了羊腿的重要性和迫切性却是一大进步和一大收获。这次应邀来开会,火车在一个小站上停留了一小时零十二分钟,因为那里有一个没有户口而有羊腿而且卖高价的人被轧死了。那人为了早一点把羊腿卖出去,竟然不顾死活地在停下来的列车下面钻行,结果,制动闸失灵,列车滑动了那么一点点,可怜人就完了。这一直使陈杲觉得沉重。

正像从前在这样的座谈会上他总是年龄最小的一个一样,现在这一类会上他却是比较年长的了,而且显得土气,皮肤黑、粗糙。比他年轻、肩膀宽、个子高、眼睛大的同志在发言中表达了许多新鲜、大胆、尖锐、活泼的思想,令人顿开茅塞、令人心旷神怡、令人猛醒、令人激奋,结果文艺问题倒是讨论不起来。尽管主持会议的人拼命想引导大家围绕会议的中心谈,大家谈得最多的还是关于"四人帮"赖于立足的土壤,关于反封建,关于民主与法制、道德与风气,关于公园里有愈来愈多的青年人聚众跳交谊舞、用电子吉他伴奏,以及公园管理人员如何千方百计地与这种灾祸做斗争——从每隔三分钟放送一次禁止跳这种舞的通告、罚款办法到提前两个小时静园。陈杲也在会上发了言,比起其他人,他的发言是低调门的,"要一点一滴,从我们脚下做起,从我们自己做起。"他说。这个会上的发言如果能有一半,不,五分之一,不,十分之一变为现实,那就简直是不得了!这一点使陈杲兴奋,却又惶惑。

车到了终点站,但乘客仍然满满的。大家都很轻松自如,对售票员的收票验票的呼吁满不在意,售票员的声音里带有点怒气了。像一切外地人一样,陈杲早早就高举起手中的全程车票,但售票员却连看他都不看一眼,他规规矩矩地主动把票子送到售票员手里,售票员连接都没接。

他掏出"通讯录"小本本,打开蓝灰色的塑料皮,查出地址,开始打问。他向一个人问却有好几个人给他指点,只有在这一点上他觉得这个大城市的人还保留着"好礼"的传统。他道了谢,离开了灯光耀眼的公共汽车终点站,三拐两弯,走进一片迷宫似的新住宅区。

说是迷宫不是因为它复杂,而是因为它简单,六层高的居民楼,每一幢和每一幢都没有区别。密密麻麻的堆满了乱七八糟的东西的阳台,密密麻麻的闪耀着日光灯的青辉和普通灯泡的黄光的窗子。连每一幢楼的窗口里传出来的声音也是差不多的。电视正在播送国际足球比赛,中国队踢进去一个球,球场上的观众和电视荧光屏前面的观众欢呼在一起,人们狂热地喊叫着,掌声和欢呼声像涨起来的海潮。人们熟悉的老体育广播员张之也在拼命喊叫,其实,这个时候的解说是多余的。另外,有的窗口里传出锤子敲打门板的声音,剁菜的声音和孩子之间吵闹和大人的威胁的声音。

这么多声音,灯光,杂物都堆积在像一个一个的火柴匣一样呆立着的楼房里。对于这种密集的生活,陈杲觉得有点陌生、不大习惯、甚至有点可笑。和楼房一样高的一棵棵的树影又给这种生活罩上薄薄的一层神秘。在边远的小镇，晚间听到的最多的是狗叫，他熟悉这些狗叫熟悉到这种程度：在一片汪汪声中他能分辨哪个声音是出自哪种毛色的哪一只狗和它的主人是谁。再有就是载重卡车夜间行车的声音，车灯刺激着人的眼睛，车一过，什么都看不见了，临街的房屋都随着汽车的颠簸而震颤。

　　行走在这迷宫一样的居民楼里，陈杲似乎有一点后悔。真不应该离开那一条明亮的大街，不应该离开那个拥拥搡搡的热闹而愉快的公共汽车。大家一起在大路上前进，这是多么好啊，然而现在呢，他一个人来到这里。要不就待在招待所，根本不要出来，那就更好，他可以和那些比他年龄小的朋友们整晚整晚地争辩，每个人都争着发表自己的医治林彪和"四人帮"留下的后遗症的处方，他们谈论香港，谈论贝尔格莱德、东京和新加坡。晚饭以后他们还可以买一盘炸虾片和一盘煮花生米，叫上一升啤酒，既消暑又助谈兴。然而现在呢，他莫名其妙地坐了好长时间的车，要按一个莫名其妙的地址去找一个莫名其妙的人办一件莫名其妙的事。其实事一点也不莫名其妙，很正常，很应该，只是他办起来不合适罢了，让他办这件事还不如让他上台跳芭蕾舞，饰演《天鹅湖》中的王子。他走起路来有一点跛，当然不注意倒也看不出来，这是"横扫一切"留下的小小的纪念。

　　这种倒胃口的感觉使他想起二十多年前离开这个大城市的时候。那也是一种离了群的悲哀。因为他发表了几篇当时认为太过分而现在又认为太不够的小说，这使他长期在百分之九十五和百分之五之间荡秋千，这真是一个危险的游戏。

　　按照人们所说的，对面不太远的那一幢楼就是了，偏偏赶上这儿在施工，好像要安装什么管道，不，不只是管道，还有砖瓦木石呢，可能还要盖两间平房，可能是食堂，当然也可能是公共厕所。总之，一道很宽的沟，他大概跳不过去——被横扫以前应该是可以跳过去的——所以他必须架一个桥梁，找一块木板。于是他顺着沟走来走去，焦躁起来，竟没有找到什么木板，白白多走了冤枉路。绕还是跳？

不,还不能服老,于是他后退了几步,一、二、三! 不好,一只腿好像陷在沙子里,但已经跳了起来,不是腾空而起,而是落到沟里。幸好,沟底还没有什么硬的或者尖利的东西。但他也过了将近十分钟才从疼痛和恐惧中清醒过来,他笑了,拍打了一下身上的土,一跛一拐地爬了出来,谁知道刚爬出来又一脚踩到一个水洼里。他慌忙从水洼里抽出了脚,鞋和袜子已经都湿了,脚感到很牙碜和吃了带土的米饭时嘴的感觉一样。他一抬头,看到楼边的一根歪歪斜斜的杆子上的一个孤零零的、光色显得橙红的小小的电灯泡。这个电灯泡存在在这里,就像在一面大黑板上画了一个小小的问号,或者说是惊叹号也行。

他走近了问号或惊叹号,楼窗里又传出来欢呼混合着打口哨的声音,大概是外国队又踢进了一个球。他凑近楼口,仔细察看了一下楼口上面的字迹,断定这就是他要找的那个地方。但他不放心,站在楼口等候一个过往的人,好再打听一下,同时觉得怪不好意思的。

他临来以前,那个边远的地方的一位他很熟悉也很尊重的领导同志找了他去,交给他一封信,让他到大城市去找一个什么公司的领导人。"我们是老战友,"当地的陈杲所熟悉的领导同志说,"我信上已经写了,咱们机关的唯一的一辆上海牌小卧车坏了,管理人员和驾驶员已经跑了好几个地方,看来本省是修不好的了,缺几个关键性的部件。我这个老战友是主管汽车修配行业的,早就向我打过保票,说是'修车的事包在我身上',你去找找他,联系好了拍一个电报来……"

就是这么一件普普通通的事。找一个私人,一个老友,一个有职有权的领导,为另一个有职有权、在当地可以称得上是德高望重的领导所属单位修理一辆属于国家所有的小汽车。没有理由拒绝这位老同志的委托,而懂得羊腿的重要性的陈杲也就不对带信找人的必要性发生怀疑。顺便为当地办点事当然是他应尽的义务,但是,接受这个任务以后总觉得好像是穿上了一双不合脚的鞋,或是穿上一条裤

199

子结果发现两条裤腿的颜色不一样。

边远的小镇的同志似乎"洞察"了他的心理,所以他刚到大城市不久就接连收到了来自小镇的电报,催他快点去讨个结果。反正我也不是为了个人,反正我从来也没坐过那辆上海牌,今后也不会坐。他鼓励着自己,经过了街灯如川的大路,离开了明亮如舞台的终点站和热情的乘客,绕来绕去,掉到沟里又爬出来,一身土,一脚泥,来到了这里。

终于从两个孩子嘴里证明了楼号和门号的无误,然后他快步上到了四楼,找对了门。先平静了一下,调匀呼吸,然后尽可能轻柔地、文明地然而又是足够响亮地敲响了门。

没有动静,然而门内似乎有点声音传出来。他把耳朵贴在门板上,好像有音乐,于是他摒弃了方才刹那间"哟,没在家"的既丧气而又庆幸的侥幸心理,坚决地再把门敲了一次。

三次敲门之后,咚咚咚传来了脚步声。吱扭,旋转暗锁,咣当,门打开了,是一个头发蓬乱的小伙子,上身光光的,大腿光光的,浑身上下只有一条白布裤衩和一双海绵拖鞋,他的肌肉和皮肤闪着光。"找谁?"他问,口气里有一些不耐烦。

"我找×××同志。"陈杲按照信封上的名字说道。

"他不在。"小伙子转身就要关门。陈杲向前迈了一步,用这个大城市的最标准的口语发音和最礼貌的词句作了自我介绍,然后问道:"您是不是×××同志家里的人(估计是×××的儿子,其实对这样一个晚辈完全不必用'您')?您能不能听我说一说我的事情并转达给×××同志?"

黑暗里看不到小伙子的表情,但凭直觉可以感到他皱了一下眉,迟疑了一下,"来吧。"他转身就走,并不招呼客人,那样子好像通知病人去拔牙的口腔医院的护士。

陈杲跟着他走过去。小伙子的脚步声——咚、咚、咚。陈杲脚步声——嚓、嚓、嚓。黑咕隆咚的过道,左一个门,右一个门,过了好几个门,一个门里原来还有那么多门。有一个门被拉开了,柔和的光线,柔媚的歌声,柔热的酒气传了出来。

　　钢丝床、杏黄色的绸面被子,没有叠起来,堆在那里,好像倒置的一个大烧卖。落地式台灯,金属支柱发出拒人于千里之外的亮光。床头柜的柜门半开,露出了门边上的弹珠。边远的小镇有好多好友托付陈杲给他们代买弹珠,但是没有买着。那里,做大立柜的高潮方兴未艾。再移动一下眼光,藤椅和躺椅,圆桌,桌布和样板戏《红灯记》第四场鸠山的客厅里铺的那张一样。四个喇叭的袖珍录音机,进口货。香港歌星的歌声,声音软,吐字硬,舌头大,嗓子细,听起来总叫人禁不住一笑。如果把这盒录音带拿到边远的小镇放一放,也许比入侵一个骑兵团还要怕人。只有床头柜上的一个装着半杯水的玻璃杯使陈杲觉得熟悉,亲切,看到这个玻璃杯,就像在异乡的陌生人中发现了老相识,即使是相交不深或者曾有芥蒂的人,在那种场合都会变成好朋友。

　　陈杲发现门前的一个破方凳,便搬过来,自己坐下了。他身上脏。他开始叙述自己的来意,说两句又等一等,希望小伙子把录音机的声音关小一些,等了几次发现没有关小的意思,便径自说下去。奇怪,一向不算不善于谈话的陈杲好像被人偷去了嘴巴,他说得结结巴巴,前言不搭后语,有些用词不伦不类,比如本来是要说"想请×××同志帮助给联系一下",竟说成了"请您多照顾",好像是他来向这个小伙子申请补助费。本来是要说"我先来联系一下",竟说成了"我来联络联络"。而且连说话的声音也变了,好像不是他自己的声音,而是一把钝锯在锯榆木。

　　说完,他把信掏了出来,小伙子斜仰着坐在躺椅上一动也不动,年龄大概有小伙子的两倍的陈杲只好走过去把边远地区领导同志的亲笔信送了过去。顺便,他看清了小伙子那张充满了厌倦和愚蠢的自负的脸,一脸的粉刺和青春疙瘩。

　　小伙子打开信,略略一看,非常轻蔑地笑了一下,左脚却随着软硬软硬的歌声打起拍子来。录音机和香港歌星的歌声,对于陈杲来说也还是新事物,他并不讨厌或者反对这种唱法,但他也不认为这种唱法有多大意思。他的脸上出现了一个轻蔑的笑容,不自觉的。

"这个×××(说的是边远地区的那位领导),是我爸爸的战友吗(按,到现在为止他没有作自我介绍,从理论上还无法证明他的爸爸是谁)?我怎么没听我爸爸说过?"

这句话给了陈杲一种受辱的感觉。"你年轻嘛,你爸爸可能没对你说过……"陈杲也不再客气了,回敬了一句。

"我爸爸倒是说过,一找他修车,就都成了他的战友了!"

陈杲的脸发烧,心突突地跳起来,额头上沁出了汗珠,"难道你爸爸不认识×××(边远地区的首长)吗?他是一九三六年就到延安去的,去年在《红旗》上还发表过一篇文章……他的哥哥是××军区的司令啊!"

陈杲急急忙忙地竟然说起了这样一些报字号的话,特别是当他提到那位知名的大人物、××军区的司令时,刷的一下子,他两眼一阵晕眩而且汗流浃背了。

小伙子的反应是一个二十倍于方才的轻蔑的笑容,而且笑出了声。

陈杲无地自容,他低下了头。

"我跟您这么说吧,"小伙子站了起来,一副作总结的架势,"现在办什么事,主要靠两条,一条你得有东西,你们能拿点什么东西来呢?"

"我们,我们有什么呢?"陈杲问着自己,"我们有……羊腿……"他自言自语地说。

"羊腿不行。"小伙子又笑了,由于轻蔑过度,变成了怜悯了,"再一条,干脆说实话,就靠招摇撞骗……何必非找我爸爸呢,如果你们有东西,又有会办事的人,该用谁的名义就去用好了。"然后,他又补了一句,"我爸爸到北戴河出差去了……"他没有说"疗养"。

陈呆昏昏然,临走到门口的时候他忽然停下了脚,不由得侧起了耳朵,录音机里放送的是真正的音乐,匈牙利作曲家哈韦尔的《舞会圆舞曲》。一片树叶在旋转,飞旋在三面是雪山的一个高山湖泊的碧蓝碧蓝的水面上,他们的那个边远的小镇,就在高山湖泊的那边。一只野天鹅,栖息在湖面上了。

黑洞洞的楼道。陈呆像喝醉了一样连跑带跳地冲了下来。咚咚咚咚,不知道是他的脚步声还是他的心声更像一面鼓。一出楼门,抬头,天啊,那个小小的问号或者惊叹号一样的暗淡的灯泡忽然变红了,好像是魔鬼的眼睛。

多么可怕的眼睛,它能使鸟变成鼠,马变成虫。陈呆连跑带蹿,毫不费力地从土沟前一跃而过。球赛结束了,电视广播员用温柔而亲切的声音预报明天的天气。他飞快地来到了公共汽车的终点——起点站,等车的人仍然是那么多。有一群青年女工是去工厂上夜班的,她们正在七嘴八舌地议论车间的评奖。有一对青年男女,甚至在等车的时候也互相拉着手,扳着腰肢,今日的四铭先生看了准保又要休克了。陈呆上了车,站在门边。这个售票员已经不年轻了,她的身体是那样单薄,隔着衬衫好像可以看到她的突出的、硬硬的肩胛骨。二十年的坎坷,二十年的改造,陈呆学会了许多宝贵的东西,也丢失了一点本来绝对不应该丢失的东西。然而他仍然爱灯光,爱上夜班的工人,爱民主、评奖、羊腿……铃声响了,"哧"的一声又一声,三个门分别关上了,树影和灯影开始后退了,"有没有票的没有?"售票员问了一句。不等陈呆掏出零钱,"叭"的一声把票灯关了,她以为乘车的都是有月票的夜班工人呢。

发表于《光明日报》1979 年 10 月 21 日

说 客 盈 门

一 他是谁

他崇尚俭朴,连姓名也简单到了姥姥家。一九四六年他到达解放区以后,更名为丁一。他起这个名字的时候,还没有时兴按姓氏笔画为顺序排列主席团名单。再说,除了在"史无前例"的那些年表演那种时髦的腰背屈俯柔软操以外,他也没上过主席台。

他的身材、相貌、嗓音是那样平常,又总是数十年如一日地穿着那身国家标准的6-乙号蓝华达呢干部服,以致多感的人犯愁:假如他进城去百货大楼,汇合在熙熙攘攘的人流中,会不会搞得即便他老婆亲临也难以把他辨认出来呢?

幸好他还有两个细微的特点——看来完全消除一个人的特点也实在不易。一是后脑勺大一些,一是常皱着眉头。"上纲家"曾经分析:那后脑勺是魏延遗传下来的反骨,而眉之皱,乃是阴暗心理的外露。

他心眼儿死。农村工作,有个不成文的规矩:年初一本账——计划、指标、保证、豪言壮语;年终一本账——产量、入库量、缴售量、产值,这两本账是不兴放在一块儿比较、查对的。可是丁一不,他偏要比、偏要对、偏要查、偏要刨根问底。如果他仅仅去责问社队干部事情还好办,他竟然带着各种账本去追究县委和地委,这事发生在一九五九年。于是全县和全专区的阶级斗争形势一下子就紧张起来,到处抓激烈、复杂、尖锐的阶级斗争动向。他挨批、被打上"右"字黑印不说,连各村的戴帽地富及其子子孙孙,连省直机关下放到这里劳动改造的右派分子们也都逐一表态、检查、交代,被帮助、被训诫,被灵灵地一抓再抓。于是,不仅左派们对他义愤填膺——一个女同志批判他的时候结合忆苦思甜,当场晕了过去。就连那些急于摘帽的划错了的和没有划错的"右派"们也发自肺腑地对他恨之入骨,认为没有他的话形势就会缓和,他们就会更快地回到人民队伍。就连当时是永无摘帽希望的地富分子,也觉得他实在是背兴,既非委任也非荐任,谁让他代理我们的?光代理地富不算,他还要代理反坏右和帝修反呢!你那个德性,代得过来吗?

从此,丁一每况愈下,因而每下愈况,于是乎愈下而愈况,愈况而愈下,不知伊于胡底了。

总算,万事都有个了,有个收。一九七九年一月,丁一落实到政策上去了。六月,参加革命三十余年、年逾五十的丁一,恢复了党籍,被任命为县属玫瑰香牌糨糊厂的厂长。

许多人向他道贺,他皱着眉说:"贺什么?"更多的人为他不平,认为给他安排的官儿小了。他不等人家说完就转过了脸,只给人家一个后脑勺。有人说他"又翘尾巴了",也有人说他的尾巴就像孙悟空的那根旗杆一样,压根儿没有夹起来过。

他白天黑夜地在那个小小的糨糊厂里转,常常是满身的糨糊嘎巴,发出一种颇不类于玫瑰香的气味。老伴骂他贱骨头,他倒笑了。

所以他家一向客人不多。

二 被他摸了屁股的并不是老虎

他上任之后就发现了两大问题。这里用"发现"一词不当,因为这两个问题是秃子脑袋上的虱子——明摆着的,不如说是两个问题天天戳碰着他的眉心和后脑勺。一、做糨糊的副产品——面筋管不善,明拿暗揣,私分私卖,拉关系,搞交换,瘴气乌烟。二、劳动纪律十分松弛,有人上班时间睡大觉,绊倒了没睡觉的检验工。于是,他与各方反复研究,做出有关规定和奖惩细则,公布施行。其实,也无非是一些人所共知的老话儿。

一个月过去了,五月份,该厂的一个合同工,叫做龚鼎的,被他抓了典型。因为这龚鼎,一、连续四个月不请假不上班。二、大模大样地到工厂要面筋,不给就大吵大闹,打管理员。三、拒不到厂,拒不接受教育。于是,丁一要求党支部、团支部、领导小组、核心小组、工会、劳动组、政宣组、人保组、物资组、警卫组……讨论龚鼎的问题。虽然他一日三催,还是用了四十多天的时间。各种机构都同意了他的关于执行纪律的建议,六月二十一日厂里贴出布告:按照有关规定和细则,解除合同,将该龚除名。

有几个人知道龚鼎是县委第一把手的表侄,觉得这样处理不妥,但又不好张口。但毕竟只是表侄,所以终于公布了决定。

三 一场自发的心理战

上述布告公布三个小时以后,开始有人来找丁一。先是县委办公室的老刘。老刘五十七岁,一脸的和善之气,自称"广结善缘""到处烧香",善搞"微笑外交"。他笑容可掬地一只手搭在丁一的肩头,"老丁,你听我说,你抓厂子抓得不错呀!可这个龚鼎……"他放低了声音,说明了龚某人与县委书记的关系,然后说:"当然啰,这与我们如何处理他是毫不相干的,你的处理是对头的啰。李书记如果知道,他也会感谢你的啰。我只是为你想,还是不要除名吧!除了名还不是在中国,在咱们县?我们还不是要管他,他还不是要去找李书记?算了算了,改成个警告吧……"诸如此类,诚恳耐心,说得丁一心眼儿真有点活动了。这时,县工业局周局长来了电话,声大气粗的周局长单刀直入:

"你怎么搞的？你搞的是什么名堂？找谁开刀不行，专找县委领导的亲戚，这是什么意思？叫别人怎么想？怎么说？快改变决定！"

"不能改！"丁一大声说，挂上了电话。他板起脸，向老刘说："岂有此理！"

于是，说客陆续来访。傍晚，县革委会主任老赵来了。老赵是从打土改时就在本县工作的，在县里是一个最有根基也最有影响的人物。他矜持地、无力地和丁一握了一下手，然后踱着步子，并不正眼看丁一一下，开始做指示。他指示说：

"要慎重，不要简单化。现在人们都很敏感，对龚鼎的处理，将会引起各方面的注意。鉴于这一切，还是不除名比较有利。"

他没有再多说一个字。他认为这种书面批语式的指示已经够丁一用一个相当长的历史时期了。他悠悠地踱着步子，嗑着牙花子，慢吞吞地吐着每一个字。好像是在掂每一个字的分量，又像是在咂每一个字的滋味。是的，他的话语就像五香牛肉干，浓缩、醇厚。

天黑了，回到家，老婆也干预起"朝政"来了，当然，是带着打是疼、骂是爱的温情：

"你这个死老汉！现在的事情你难道还看不清楚吗？莫非说整天和糨糊打交道，你自己也变成了一摊糊涂糨子？你坚持原则？怎么没见选你当政治局委员？六六年你挨了打，屎都拉到裤子里，这就是你的原则？你的原则就是你找倒霉不说，还让我们娘儿几个跟上受罪……"

老婆的话酸甜苦辣俱全。老婆还掉了泪，更是闪光的语言。丁一叹了口气，刚想解劝解劝，又来了新的说客。来客小萧，是被"踏上一只脚"时期的老丁的知己。小萧本是北大哲学系学生，上学期间就入了右册，不知怎的混到本县交电公司，最近"改正"以后高升为采购员。他小矮个儿，大鼻子，奇丑。历次运动，越整越喜兴，越整越机灵，越整越可爱。他声称他的人生哲学是人家打你的左脸你便伸过去右脸,右脸不挨打就决不还手。他还有个数字,说是用伸脸法处世,成功率高达百分之七十七。

小萧一进门就带来了笑声、快乐。他先把丁一老两口因为心绪不佳而未能消受的饺子全部歼灭,然后周到地问候了丁一全家所有的有关成员,赞道:"亲戚多,也是有福气啊!"然后,他宣称,不久就可把他们盼望已久的物美价廉的九英寸电视机买好送来。接着,他讲起了县内外、省内外、国内外的各种趣事,逗得老丁一家老小笑得前仰后合。"喂,你怎么不去说相声?"丁一问。"我得照顾侯宝林啊!谁让侯宝林是我表大爷呢!"一句话又是哄堂大笑。于是小萧抓住有利的战机,展开了冲锋。他说:

"你瞧你瞧,有一件小事差点让我给忘了。就是姓龚的那个小子,真他妈的不是玩意儿!哪天见着,我非赏他两耳茄子!可是老丁,你也别太激进了啊!咱们在县里工作,一无地位,二无后台,三无物资,全靠的是关系。大人物靠权,小人物靠关系。大人物有了权就有了一切,小人物有了关系也能什么都有点。你再别那么死心眼儿了吧,几十年的教育,别的没学会,还没学会转弯子吗?……对,对,你甭解释了。通过了呀,公布了呀,可以改哟!宪法也可以改,毛主席写了文章也可以改,你丁厂长就比毛主席还厉害?就比宪法还厉害?去,去!把龚小子给我收回来。我说明白,这可不是他表大爷让我来的,是我自己要来的。我首先是为了你,其次,才是受龚小子之托。我说没问题,包在我身上,这点面子他老丁还能不给吗?哈哈哈……"

如此这般,天上地下,冠冕堂皇外加庸俗低级,真真假假,拉拉打打,笑笑骂骂……

丁一事先并不知道龚鼎的表大爷是县委领导,对龚鼎的处理也不能说就毫无讨论的余地。但是接二连三的说客使他警觉起来:如果不是县委书记的表侄,能有这么多人劝他"慎重""不要简单化""考虑后果"吗?这个问题出现在他那个魏延式的脑骨之间,变成了大脑皮层上的兴奋灶,其他的讨论反而被抑制住了。

他来了气,把小萧轰走了。

又过了两天。六月二十三日,是夏至刚过的一个炎热、夜短、多蚊、睡眠不足、食欲不振的星期天。头一个客人清晨四时半就搭便车来了,这个人是丁一的大舅子,高个儿、戴眼镜、秃顶,五十年代曾在高级党校——那时叫马列学院——学习,现在是专区党校的理论教员,是全专区最有水平、最有威望的理论工作者。听他讲辅导课,基层干部都变成了啄米的鸡,不住地点头。连同前两天累计,这是第十七位客人了,一进门,他就从理论的高度谈起:

"社会主义是一个过渡时期,这个社会的身上,还存在着资本主义的,乃至是前资本主义的瘢痕。这是不可避免的、不以人们的意志为转移的。它是最为优越的,却又是还不那么成熟,不那么完善的。它是一个过程……"经过这么一番严密而又抽象的推演以后,他说:

"所以说,领导人的权力、好恶、印象,是至关重要的,是不能漫不经心的,是可能起决定作用的。我们是现实主义者,我们不是欧文、傅立叶式的空想社会主义者,(丁一想:我是空想社会主义吗?这个帽子倒还轻松、舒适、戴上怪飘的)我们不是小孩子,我们不是迂夫子。我们的社会主义是建立在我们脚下的这块虽然美好、却还相当贫穷落后、不发展的地面上的,(丁一想:我什么时候想上天了呢)所以我们做事情的时候要考虑各种因素,用代数式来说,就是N种因素,而不是一种因素。世界愈复杂,N 的数值愈大……所以,兄弟,你对于龚鼎的处理是太冒失了,你的脑子里少了几根弦。(丁一想:你脑子里弦多,嘴巴上词更多)千万不要铸成大错,要有政治家的风度,要收回成命,把龚鼎请回厂里来……"

说到这里,丁一的老伴连忙搭腔:"是啊,是啊!"并且喜形于色。丁一明白了,这位理论家,是他老伴搬来的救兵,为了说服他的。

听啊,听啊,丁一胸口像被塞了一团猪毛,而脸上的表情呢,好像正在吞咽一条蚯蚓。他洗耳恭听了整整一节课——四十五分钟,最

后,他只问了一句:

"你刚才讲的这些个理论,在党校课堂上讲过吗?"

还好,猪毛仍然堵着,蚯蚓却回敬给大舅子了。

从此位理论家开始,到深夜一点四十九分,整整二十一个小时多,来的人就没断过。有的口若悬河,转动着起死回生之巧舌。有的正言厉色,流露着吞天吐地之威势。有的点头哈腰,春风杨柳,妩媚多姿。有的胸有成竹,慢条斯理,一分钟挤出一两个字来,但神态上透露着一种不达目的绝不罢休,不达目的宁可抱着丁一去跳山崖也决不允许丁一家踏踏实实活下去的顽强劲儿。有的带着礼物:从盆花到臭豆腐。有的带着许诺:从三间北房到一辆凤凰-18锰钢自行车。有的带着威胁——从说丁一自我孤立到说丁一绝无好下场。有的从维护党的威信——第一把手的面子出发,有的从忧虑丁一的安全、前途和家属的命运出发,有的从促进全县全区全省全国的安定团结出发,有的从保障工人的人权、民主、自由出发。有老同事,有老同学,有老上级,有老部下,有战友、病友、难友、酒肉朋友,还有已故老友的家属后人。有年高德劭的,有年轻有为的。本厂有些在处理龚鼎的问题上投过赞成票的人们也纷纷前来,表示自己经过慎重考虑,改变了主意。所有这些人动机不同,调子不同,用词不同,但都有一个共同的观点:不能把龚鼎除名。

丁一简直想不到自己竟认识这么多人,或者竟有这么多人认识自己。丁一想不通,他们都这么关心龚鼎是因为吃了什么药。丁一无法相信一个合同工、一个小二流子、一个七拐八弯的表侄的处理竟然引起了六级地震,他简直快成社会公敌了。他无法吃饭,无法休息,无法搞家务,无法度星期天。他想喊叫,他想打人,他想摔东西,他甚至想抄起一把菜刀。但他咬紧牙关,不动声色地听着,听着,告诫着自己:"不发神经,就是胜利!"

来客中有丁一儿时最崇拜的一颗明星。这是一位女客,四十年前,她是这个省的最红的戏曲演员。在丁一十六七岁的时候,有那么几天他为这位比自己大十三岁的女演员神魂颠倒,浮想联翩。当然,他们连姓名都不曾通过。丁一也从未对任何人讲过他少年时期的浪漫谛克的奇想。感谢史无前例的横扫,丁一才有幸在牛棚中与这位早已退休、现下体重超过八十公斤的老太太相识。出于一种东方式的古道热肠,丁一始终对这位老太太抱有一种特殊的、不为人知的亲切爱慕之情。谁想到,就在六月二十三日这一天,这位昔日的皇后也搭着毛驴车来了。她斜靠在丁一家的床上,哼哼唧唧,用缺牙透风的嘴磨叨道:

"我早该来看看小丁了。看看我,老得快成了妖怪了吧?我不明白,怎么一下子我就老成了这个样子了呢?万事还没开头,怎么就要结束了呢?好像唱戏,妆还没上好,怎么散场的唢呐就吹起呜哇来了呢?唉!唉!"

她的这一番哀人生之须臾的永恒的叹息使丁一的眼圈湿润了。他相信,这一天,只有这一位客人才是出于一种人类的纯洁无疵的情感,出于一种优美的、难免或显软弱的友谊来看望他的。但她后来的几句话使丁一嘀咕了起来。她说:

"听说你这位厂长还挺厉害呢。别那么厉害!厉害不得人心!还不就是那么回事?与人方便,自己方便。半生的跌滚爬蹭,半生的酸甜苦辣,还不高抬贵手?!"

无论如何,丁一还是感谢她——呵,少年!呵,梦!她是这一天的客人中唯一没有提到玫瑰香糨糊厂,没有提到龚鼎和他的表大爷的人。

四　统计数字

请读者原谅我跟小说做法开个小小的玩笑,在这里公布一批千真万确而又令人难以置信的数字。

在六月二十一日至七月二日这十二天中,为龚鼎的事找丁一说情的：一百九十九点五人次（前女演员没有点名，但有此意，以点五计算之）。来电话说项人次：三十三。来信说项人次：二十七。确实是爱护丁一、怕他捅娄子而来的：五十三，占百分之二十七。受龚鼎委托而来的：二十，占百分之十。直接受李书记委托而来的：一，占百分之零点五。受李书记委托的人的委托而来或间接受委托而来的：六十三，占百分之三十二。受丁一的老婆委托来劝"死老汉"的：八，占百分之四。未受任何人的委托，也与丁一素无来往甚至不大相识，但听说了此事，自动为李书记效劳而来的：四十六，占百分之二十三。其他百分之四属于情况不明者。

丁一拒绝了所有这些说项，这种态度激怒了来客的百分之八十五，他们纷纷向周围的人们进行宣传。说丁一愚蠢，说丁一当了弼马温就忘乎所以，说丁一不近人情、一意孤行、脱离了群众，说丁一沽名钓誉、别有用心、以此来发泄他对县委没给他更大的官做的不满。还有的说丁一有神经病、一贯反动，还有的说起用丁一这样的人是右了。按每人向十个人进行宣传的最低数额计算，共有一千七百人听到了这种议论。难怪一阵子舆论如此之大，颇有点皆曰可杀的意思。丁一的老伴犯了病，几经抢救才转危为安。管氧气瓶的那位护士，也趁机为龚鼎向丁一进言。

这一类的事起来得快，散得也快。就好像早点铺里的长队，炸糕、面茶一来，长队立刻形成，浩浩荡荡。等到早点卖完，队伍立即散光，不论没吃到炸糕的人有多么恼火。此事到了八月份就不再有人提，九月份已经烟消云散。同时，糨糊厂的生产愈搞愈好。十月份，糨糊厂大治。人们闲谈中渐渐竖起了大拇哥："丁一这个老小子还真有两下子！"

十二月，糨糊厂名声果真如玫瑰之芬芳了。它成了全省地（方）、小（型）、群（众）企业的标兵。玫瑰香糨糊被轻工业局命名为"信得过"产品。丁一到省城开会，人们让他介绍经验。他上了台，憋红了脸，说了一句：

"共产党员是钢,不是糨子……"
台下哄堂大笑。丁一又说:
"不来真格的,会亡国!"
丁一哽咽住了,而且掉下大颗的眼泪。
全场愕然、肃然,静默了一分钟。
掌声如雷。

     发表于《人民日报》1980 年 1 月 12 日

买买提处长轶事

——维吾尔人的"黑色幽默"

维持生命的六要素是：一、空气；一、阳光；一、水；一、食品；一、友谊；一、幽默感。泪尽则喜。

幽默感即智力的优越感。

录自《古哲佳言》(此书尚未出版)

一 买买提处长为何青春常在

公元一九七九年五月六日，风和日暖，杨枝初绿，笔者在乌鲁木齐市大十字清真食堂遇见了阔别十余载的买买提处长和他的孪生弟弟赛买提处长。但见买买提处长：

无情的岁月尽管在脸上刻下了山脉河流，
满头的青丝仍然透露着充溢的生之活力，
红润的脸庞好像是刚刚出炉的酥油馕饼，
开怀的畅笑传达着天真无邪的乐观调皮。

再看看赛买提：

佝偻的脊背恰似被拉紧了的颤悠悠的弓，
暗淡的眸子里闪耀着死神的阴森森的影，

未曾说话他先叹气叫人以为他的肚子疼,时刻攥着一个装满硝酸甘油片的小药瓶。

笔者百感交集,道过萨拉姆、行了见面礼之后,发问道:"您们这些年……"

赛买提说:"我遭了浩劫……"

买买提说:"我也遭了浩劫……"

赛买提说:"史无前例的事情一发生,我就成了黑帮,被关进了牛棚……"

买买提说:"我也是六六年被揪出来,被关起来的……"

赛买提说:"我挨了打……"

买买提说:"我挨了揍……"

赛买提说:"我上山背石头……"

买买提说:"我下矿井背煤……"

赛买提说:"我被定为现行反革命分子后,老婆与我离了婚……"

买买提说:"我被定为三反分子后,孩子他妈另嫁了人……"

艾来白来①,如此这般。二人的经历可说是半斤八两,并无二致。笔者不禁惊问:

"您们二位的遭遇如此仿佛,为何买买提兄青春常在而赛买提兄老态龙钟,一至于斯?"

赛买提以拳击胯,长吁短叹,眼泪在眼眶里打转。买买提微微一笑,答道:

"无它。他常常板着面孔,而我呢,没有一天不开玩笑。"

---

① 艾来白来:新疆土语,意为乱七八糟的话。

二　买买提处长的一项罪行：道出了次"破四旧"的新式婚礼的真相

一九六六年全国掀起了声势浩大的革命高潮，远在新疆边远农村的维吾尔人虽然对于革谁的命、革什么命、怎样革命和为什么革命茫然无知——用维吾尔语表达叫做"并未获得任何的消息"，但是，由于多年来跟着党搞运动的习惯，不免也照猫画虎，若有其事、稀里糊涂、乱乱哄哄地动作起来。一时间批邓拓、背语录、杀鸽子、烧《古兰经》，好不热闹。年轻人和党团员觉得新鲜、有趣，好像吃到了什么禁果；思想保守的人觉得紧张、怵惕，不敢乱说乱动，出现了"一抓就灵"的大好形势。买买提的叔叔、新路公社四大队（"文化革命"后改名为斗争大队）支部书记穆明带头刮掉了自己美丽的黑胡须，扔掉了小花帽，不再穿长袷袢、黑条绒衣裤或者长筒皮靴。这位五十五岁的维吾尔大汉，用卖掉羊羔的钱，买了一身草绿色准军服，头戴准军帽，胳膊上别着写有红卫兵字样的红袖标，脚蹬解放鞋，肩上挎着一个装有红宝书和宝像的红通通的塑料小背包（这种小背包本是幼儿园的孩子们模仿上学用的），以崭新的面貌出现在地平线上了。

恰在这时，穆明的长女提拉克孜与全村最精干的小伙子、斗争大队新任政治指导员穆拉吉丁成婚。得知此事后，公社书记与专区样板工作组组长把穆明、穆拉吉丁、提拉克孜三人找去谈话（此事发生在已经破起"四旧"但司令部尚未被炮轰倒的那一短暂间隙），要求小伙子与姑娘彻底与旧思想、旧文化、旧风俗、旧习惯决裂，摒弃维吾尔人的传统结婚程序，不准宰羊请客，不准喝酒跳舞，不准收受礼品，当然更不准诵经祝福，举行一次无产阶级的新式婚礼。

"什么叫新式婚礼？"红卫兵打扮的穆明问道。

"就是大家要念语录，学习'老三篇'。就是要请专区、县和公社三级领导干部讲话。就是新郎和新娘要向毛主席像三鞠躬，向各级领导一鞠躬,互相一鞠躬。就是不能要陪嫁和彩礼,要双方互赠红宝书、宝像、砍土镘、镰刀和粪叉,就是不能休息玩乐,新郎要在新婚之夜去浇水、开口子、封口子,新娘要在新婚之夜用红黄二色油漆和木板,做出四十个语录牌……"

穆明目瞪口呆,他本来以为自己剃了胡须、换了装,就已经够革命的了,谁知离"进行到底"还差了十万八千里。穆拉吉丁眉头拧成一个疙瘩,眼睛里只剩了眼白。他本来以为就任政治指导员以后可以用一部分口力劳动去代替体力劳动,并且能多挣工分,谁知道竟让他在洞房花烛夜扮演只有不男不女的二性子才愿意扮演的角色。提拉克孜呢,抽搭抽搭哭成了个泪人儿。她人大心大,早就焦渴地企盼着这幸福、甜蜜、羞涩的时刻。谁知道说来说去新式婚礼原来就像一次进行阶级教育的民兵会议。

书记和样板组长深为不满,当即对父、女、婿三人提出了严厉的批评,并且责成穆明回去后对青年男女进行雷厉风行的政治思想工作。此后,又委派了团委书记、妇联主任、贫下中农协会主席等人分别来抓这三个人的活思想,集中优势兵力,各个击破。最后,人心虽然不同,大势却是硬趋,新式婚礼果然如期举行了。又是讲话,又是照相,又是唱《东方红》和《大海航行靠舵手》,又是念"要开个追悼会寄托我们的哀思"和"有个美国人要回美国去"……事后上了简报,登了报纸,县广播站进行了广播,最后新华社还发了消息。

十天之后,"真正的"婚礼延期悄悄举行,该宰羊的宰羊,该吃抓饭的吃抓饭,该送绸子的送绸子,该回门的回门。一点不缺,一点不少。而且,举行这次"地下"婚礼的风险并不大,因为一方面,要报道要推广的已经报道和推广,任务完成,皆大欢喜。另一方面,炮轰司令部已经开始,公社书记和样板组长自顾不暇。再说,维吾尔男人胡子长得快,延期十天的结果,穆明的小胡子又是翘然有神了。虽然不像"革命"前那么显得德高望重,却毕竟不失维吾尔人的风采,使婚礼上没有出现红卫兵式的家长,真是"塞翁失马,安知非福"。婚后,穆拉吉丁与提拉克孜百般恩爱,如胶似漆,自是别有一番风光不提。

买买提处长当然了解他堂妹的婚礼的真相,和人闲谈时总结道:"新式婚礼的好处是推迟了时间,使我叔父长出了胡子。新式婚礼的坏处是多花了五十块钱——除了真正婚礼的宰羊、买酒、打馕、做饭以外,又增添了新式婚礼的买瓜子、糖果、纸烟的开销。"

买买提处长本来因为文艺黑线问题正被审查,他的这种言论又被揭发出来,汇报上去了。于是买买提以"疯狂地反对无产阶级文化大革命"的罪名被揪。为了保护叔叔、堂妹,被批斗时买买提一口咬定是自己无端造谣污蔑,其实农村里叔叔、堂妹处并未举行任何地下二次婚礼。这样,买买提的罪名又增加了"造谣破坏,梦想变天"一条,被严严实实地密封到牛棚里去了。

三　买买提处长终于成了被人民所承认的作家

买买提从小崇尚文化,热爱书本,尊敬知识学问。自从一九五八年他被提拔为文艺处长以后,经常和一些著名的作家、诗人在一起,更是耳濡目染,陶情养性。于是他著文心切,一心想当个作家。他非常刻苦地读书和写作,百折不挠,从不灰心。终于,陆陆续续地在大小报刊上发表了那么一点散文、几行小诗之类的文字。但是,硬是毫无影响。读者、批评家从未注意过他的作品,而那些久已知名的老作家、老诗人和一鸣惊人的新作家、新诗人,也并不承认他是他们队伍中的一个。他几次申请加入作家协会,没有成功,这使他深感苦闷。

当了黑帮以后,他和几位他曾经既羡且妒的作家、诗人编在一起,被赶到一个农场去劳动。一九六七年四月,他们正在挖葡萄墩(为了防寒,冬季要把葡萄用土埋起来,春季挖开),忽听远处敲锣打鼓,军号响亮,语录歌声震天。众位文人知道有革命小将路过此地,马上互相招呼,做鸟兽散,躲到密草、大渠之中,与蟋蚁为伍,希图侥幸,暂避一时。偏偏买买提处长当时正患继发性中耳炎,没有听到别人对他的吆喝、警告,又因为他热爱劳动,埋头苦干,没有发现周围的任何异常征兆,孤身一人,留在那里做了靶子。说时迟那时快,革命小将已经来到他的眼前,把他包围起来了。小将们睁开金猴式的火眼金睛一看,断定这是一个牛鬼蛇神、阶级敌人,喝道:

"干什么的?"

"黑帮,三反分子。"买买提俯首帖耳,两手下垂,熟练地做出一副认罪态度好的姿势,并且细声细气如泣如诉地回答。

"原来干什么的?"

"文艺处长。"

"走资派!黑线人物!主要罪行是?"

"攻击'破四旧'。还写过反动文章。"

"写过什么文章?"

"写过一、二、三、四……"买买提回答这个问题特别认真和细致,巨细无遗,连百把字的报道他也不落,详细地报了一遍账。

"还写过什么?"

于是买买提把那些自己写了,被编辑大人们枪毙了的稿子的题目也一一报告。

"认识周扬吗?"

"认识。"其实买买提哪里认识周扬,但维语里"认识"和"知道"常常用一个词,买买提的回答引起了误会。于是小将们惊呼道:"原来是个大作家,大坏蛋!"

于是,"你不打他就不倒"啦,"打翻在地还要踏上一只脚"啦,"宜将剩勇追穷寇,不可沽名学霸王"啦,"无罪"和"有理"啦,最后,一场真正的"暴烈行动"降落到买买提身上了。买买提拼命蜷缩着身子,一为表示态度好,二为保护内脏,免被打伤。同时声音不大不小地惨叫着"喂江"①,接受着这触及灵魂和皮肉的洗礼。

---

① 喂江:维语,哎呀的意思。

他的惨叫声不大不小也是有讲究的。他总结过：咬紧牙关一声不吭会激怒革命小将，认为你是负"隅"顽抗（大多数小将是把"隅"读作"偶"的）。高声叫苦也会激怒小将，认为你是刻骨仇恨，发泄不满。因此，以不大不小地发出惨叫声为宜。果然，这种经验总结还是经得住检验的。过了一会儿，买买提处长的鼻孔和牙花都被打出了血，鼻青脸肿，眼睛像核桃，没有核桃夹子是开不开缝了，腰、背、腿、肋、腹各处也都遍体鳞伤。他倒在了那里，奄奄一息，不过心、肝、脾、胃、肾、膀胱倒都还完好无损。小将们在触及皮肉以后想起了触及灵魂，便拿起粗大的毛笔和臭烘烘的黑色墨汁，在他的制服后襟上写下了"黑作家买买提"六个大字。然后，小将们高呼革命口号，精神振奋，斗志昂扬，英姿飒爽，意气风发地从胜利向着更大的胜利走去了。

小将们走了二十分钟，众位幸免的作家、诗人才纷纷出现，有的慰问，有的搀扶，有的叹息，也有的抱怨买买提处长不听招呼，不知躲避，干起活来发死，不懂得眼观六路，耳听八方。

买买提推开了援助他的手，颤巍巍地站了起来，吐掉满口的血水，满脸血污地指着自己的后背让人念念小将们到底写了什么。

"黑作家买买提！"众人读道。

"看吧！"买买提喊叫了起来，由于嘴唇和牙齿受伤，他的口齿有些不清，但是热烈与兴奋的情绪溢于言表，他喊道：

"你们不承认我是作家，人民承认！"

众人一团笑，直到流出了欢乐的眼泪。

四　牛棚里的罗曼斯

农场的黑帮队，生活用水是要到两公里以外的机井处挑的。这是一项繁重的劳动，由大家轮流值日担任。但在一九六八年四月以后连续十几天，挑水的任务都被买买提抢去了，扁担和水桶变成了他

的专用品。最初大家以为他是学雷锋,做好事,争取早日回到人民队伍里去,所以也就随他去。渐渐有人发现一点蹊跷,便问道:

"伙计,你每天抢着去挑水到底所为何来呢?这里边有什么秘密吗?"

买买提处长毫不隐瞒,得意洋洋地回答说:"在机井那边,我认识了一位美丽的姑娘。"

"美丽的姑娘?"黑帮黑线们惊叫起来。

"是啊!"买买提吟道:

> 她的美丽与日月同辉却又非日月所能相比,
> 她的发辫乌黑如漆散发出千丝万缕的情意,
> 我一见她便身如焦炭心如火焰泪如喷泉涌,
> 她便是我的幸福我的光明我的蜜至甘至饴。

黑帮黑线们对买买提的话不完全相信,便相约秘密盯梢。买买提处长虽然早已洞悉其奸,却也不以为意。于是,他的"美丽的姑娘"被人们看到了:原来是一位年近半百的中年妇女,由于瘿症脖子上赘着一个大口袋,驼背,一只眼睛上长着白蒙子。

黑帮黑线们对买买提处长尽情地揶揄嘲弄,说买买提处长是傻瓜,是疯子,是白痴,是牛皮大王,是撒谎者,是骗子。买买提处长喜而不恼,笑而不答。最后,等大家把刻薄话说过之后,他轻轻一笑,撇着嘴说:

"亏你们还是诗人、作家,真不知道你们怎么写得出东西!想想看,我们被圈起来已经二十个月了,二十个月过着多么枯燥的生活!在这种时刻,只要是穿花裙子、戴红头巾的,对于我们来说,都是美丽动人的姑娘呀!"

这一次很奇怪,黑帮黑线们没有笑,鸦雀无声。倒是买买提处长独自一个人尽情笑了老半天。

五　买买提处长为何晚上睡觉不关门

在黑帮队里,买买提处长的床位靠近门边,晚上睡觉别人关上门,他总是把门推开。人们对他说,阶级斗争是尖锐和复杂的,附近说不定会有坏人、小偷、强盗,而他们虽然身为黑帮,却还大部分人手上戴着表,口袋里也还有一些钱和粮票,因此,夜间睡觉时,以把门关紧、扣严为好。买买提不以为然地说:"坏人、小偷、强盗毕竟是人,而我们是魔鬼(维吾尔语把牛鬼蛇神译成撒旦——魔鬼),难道人不怕魔鬼,魔鬼却要怕人不成?"

他的这话被一位监管人员听到了,于是他被叫去,受了一回训斥。

监管者:你放毒!

买买提:我不敢!

监管者:你对把你们划为牛鬼蛇神不满!

买买提:不,我很满意,我心满意足。

监管者:你反动!

买买提:所以我是魔鬼。

监管者:你一贯反动!

买买提:我一贯是魔鬼。

监管者:你为什么这样反动?

买买提:(低下头,用隐秘而又可怜巴巴的口气)我受了刘少奇的影响。

监管者:(听了刘少奇三字忽而一笑,觉得买买提路线觉悟确有提高,不由口气缓和了一点)好好交代!坦白从宽!搞清了自己的问题,就可以早日回到人民队伍中嘛!

买买提:我一定争取早日由鬼变成人。

监管者:那你想一想,还有什么问题隐瞒着?要重大的,不要避重就轻。主动交代的我们一定从宽。

买买提：(低下头，捻着衣角，思想斗争很激烈的样子)有一个问题实在太严重，我不敢说。

监管者：(眼睛放光)你说呀！你说呀！我保证，说出来不抓辫子、不戴帽子、不打棍子……

买买提：我觉得第一次和第二次世界大战都是我发动的。而且，我正准备发动第三次世界大战。

监管者：？？？

六　买买提处长的近况

买买提处长从牛棚里出来后，见到他的堂妹夫、斗争大队指导员穆拉吉丁。穆拉吉丁告诉他说：从小报上看到了点名批判买买提处长的文章以后，斗争大队立即召开了声讨会。他这个指导员就会一项本事：召集声讨会。什么三家村、四家店、刘邓陶、彭罗陆杨、二月逆流、王关戚……他都召集会议声讨过。声讨方式也很简单，上工前集合十分钟，说明一下是声讨谁(其实不说明也没关系)，然后大家抡胳膊举拳头，喊几声打倒。由于维吾尔语的打倒和万岁发声相去并不那么远，所以多次发生过把打倒×××喊成×××万岁的情况，好在乡亲们都还团结，相互庇护，未被追究。这样及时声讨的结果，不但保住了穆拉吉丁和他的岳父大人——买买提处长的叔父的职位，而且还发挥过一次妙用。

那是一九六七年夏收时，一次红旗竞赛评比，斗争大队在收割的数量和质量方面都落在了警惕大队后边，眼看红旗保不住了。穆拉吉丁心生一计，问警惕大队的领导人：

"你们声讨过刘少奇么？"

"当然声讨过。"

"你们声讨过吴晗么？"

"声讨过。"

"……"

"声讨过。"

"你们声讨过买买提处长么？"

"谁？买买提处长？买买提处长是谁？"警惕大队的领导人嗫嚅着，招架不住了。

评比的结果是红旗归了斗争大队。

买买提处长笑得呛出了眼泪，他拍着堂妹夫的肩膀说："想不到我成了你们评红旗的条件了！"

现在，买买提处长已经官复原职，抓文艺了。对于哭哭啼啼的描写伤痕的文艺作品，他是颇不满意的。"那么好笑的事都被写得酸溜溜的了。"他埋怨说。于是，他自己动手，厚厚地写了一部描写史无前例的"无产阶级文化大革命"的长篇小说，委托他在中央民族学院教汉语的一位好友把小说翻译成了汉文。他专门请了假，自费到北京把小说稿交给了中国文学出版社的主编。主编出于对兄弟民族作者（何况又是处长）的关心，抓紧审读了他的书稿，指出他写的形式混乱，结构松散，不够严肃，有些玩世不恭，因此不拟接受出版。买买提处长和主编争了起来，他说："我坚持认为应该出版这本书。人们读了这本书，以后再搞什么运动就不会有自杀的了。"

这话给了主编相当的触动，很可能这位主编当年也有过自杀的念头，他表示可以留下稿子再研究研究，但又自言自语：

"预防自杀？这能作为一个理由写在发稿单上吗？"

在大十字清真食堂，买买提处长向笔者谈及了他写稿不利的这一情况，并且拜托笔者代他向出版社的主编疏通疏通。"如果需要给编辑送点礼，我这里有的是葡萄干和酥油。"处长说。

"关键在于你的稿子的质量，如果质量好，各出版社会抢着发的。说什么给编辑送礼,纯粹是胡说八道。"笔者正言厉色地回答。

"质量,质量,那就难说了。看来,只有在打我揍我的时候人们才承认我是作家,也只有在把我关起来以后,我才能成为红旗竞赛的评比条件。"买买提处长不无寂寞之感地说,说得赛买提处长又白了好几根头发。

这时,穿白衣服的服务员端来了香喷喷的过油肉、夹沙肉、溜丸子和糖醋里脊。买买提处长打开"古城大曲",咕咚咕咚满满给自己倒了一杯。高高举起,向笔者祝福,向广大读者致意,吟道:

啊,生活,你虽不是蜜糖,
但也绝非仅是一枚苦果。
你即使一度使人窒息,
终而奔流倾泻,舒展宽阔。
你即使曾经呆滞无波,
终而瞬息万变,千姿百色。
你有时像冰,冰中却有火,
你有时含忧,忧中却有乐,
监狱、皮鞭、屠刀,谁能阻挡生活?
恐吓、造谣、诬陷,谁能根绝快乐?
莫要哭泣吧,眼泪令男儿厌恶,
说什么悲剧?有些悲剧太做作!
让我们一起笑起来吧,
笑的力量便是生命的力量!
会笑,才是会生活!
敢笑,才是敢生活!
爱笑,才是爱生活!

吟罢,买买提处长一饮而尽。

发表于《新疆文学》1980年第3期

风 筝 飘 带

在红底白字的"伟大的中华人民共和国万岁"和挨得很挤的惊叹号旁边,矗立着两层楼那么高的西餐汤匙与刀叉,三角牌餐具和她的邻居星海牌钢琴、长城牌旅行箱、雪莲牌羊毛衫、金鱼牌铅笔……一道,接受着那各自彬彬有礼地俯身吻向她们的忠顺的灯光,露出了光泽的、物质的微笑。瘦骨伶仃的有气节的杨树和一大一小的讲友谊的柏树,用零乱而又淡雅的影子抚慰着被西风夺去了青春的绿色的草坪。在寂寥的草坪和阔绰的广告牌之间,在初冬的尖刻薄情的夜风之中,站立着她——范素素。她穿着杏黄色的短呢外衣,直缝如注的灰色毛涤裤子和一双小巧的半高跟黑皮鞋,脖子上围着一条雪白的纱巾,叫人想起燕子胸前的羽毛,衬托着比夜还黑的眼睛和头发。

"让我们到那一群暴发户那里会面吧!"电话里,她对佳原这么说。她总是把这一片广告牌叫做"暴发户",对这些突然破土而出的新偶像既亲且妒。"多看两眼就觉得自己也有钢琴了。"佳原这样说过。"当然,老是念'不是你吃掉我,就是我吃掉你',自己也会变成狼。"她说。

过了二十多分钟了,佳原还没有来。他总是迟到。傻子,该不是又让人讹上了吧?冬天清晨,他骑着车去图书馆,路过三王坟,看到一个被撞倒在路旁、哼哼唧唧的老太婆,撞人的人已经逃之夭夭。他便把秃顶的老太太扶起,问清住址,把自己的自行车放在路边锁上,搀着老太太回家。结果,老太太的家属和四邻把他包围了,把他当做肇事者。而老眼昏花的老太太,在周围人们的鼓励和追问下,竟然也一口咬定就是他撞的。是老年人的错乱吗?是一种视生人为仇的丑恶心理吗?当他说明这一切,说明自己只是一个助人的人的时候,有一位嗓音尖厉的妇人大喊:"这么说,你不成了雷锋了吗?"全场哄然,笑出了眼泪。那是一九七五年,全民已经学过一段荀子,大家信仰性恶论。

他总是不按时赴约,总是那么忙。连眼镜框上的积垢和眼镜片上的灰尘都没有时间擦拭。在认识他以前,素素可从来不忙。她的外衣一枚扣子松了,滴里耷拉,她不缝。除了她的奶奶,这个城市对她是冷淡的,不欢迎的。城市轰她走,她才十六岁。然而说轰是不公正的,礼炮在头顶上轰鸣,铜号在原野上召唤,还有红旗、红书、红袖标、红心、红海洋。要建立一个红彤彤的世界,在这个世界里九亿人心齐得像一个人。从八十岁到八岁,大家围一个圈,一同背诵语录,一同"向左刺!""向右刺!""杀!杀!杀!"她渴望有这样一个世界胜过从前渴望有一个双铃大风筝,红彤彤的世界是什么样子她没有看到,她倒是看到了一个绿的世界:牧草,庄稼。她欢呼这个绿的世界。然后是黄的世界:枯叶、泥土、光秃秃的冬季。她想家。还有黑的世界,那是在和她一道插队的知识青年陆续通过"门子"走掉之后,她得了维生素甲缺乏症,视力一度受损。

她把关于红彤彤的世界的梦丢在绿色、黄色和黑色的更迭交替里。从此她食欲不振,胃功能紊乱,面容消瘦。除了红的梦,她还丢失了、抛弃了、被大喊大叫地抢去了或者悄没声息地窃走了许多别的颜色的梦。白色的梦,是水兵服和浪花,是医学博士和装配工,是白雪公主。为什么每一颗雪花都是六角形而又变化无穷呢?大自然不也具有艺术家的性格吗?蓝色的梦,关于天空,关于海底,关于星光,关于钢,关于击剑冠军和定点跳伞,关于化学实验室、烧瓶和酒精灯。还有橙色的梦,对了,爱情。他在那儿呢!高大,英俊,智慧,善良,他总是憨笑着……我在这儿呢！她向着天坛的回音壁呼喊。

爸爸和妈妈用尽了一切办法，使出了一切解数，调动了一切力量，她回到了这个曾经慷慨地赐予了她那么多梦的城市。终于，爸爸也知道这是不可避免的了。为了回城而过五关斩六将的故事也是一个陌生的、荒唐的梦。她不留恋这些梦了，她也不再留恋牧马铁姑娘的称号和生活，她很少说起这种称号和生活的各个侧面的迥然不同的颜色。一个多面多棱旋转柱。

她回来了，失去了许多色彩，增加了一些力气，新添了许多气味。油烟、蒜泥、炸成金黄的葱花。酒嗝儿、蒸气、羊头肉切得比纸还薄。她去一个清真食堂做服务员，虽然她并非回民。所有这一切——献花、祝贺、一百分、检阅、热泪、抡起皮带嗡嗡响、"最高指示"倒背如流、特大喜讯、火车、汽车、雪青马和栗色马、队长的脸色……都是为了涌向三两一盘的炒疙瘩么？有一次她翻到一张她小学一年级的照片。那是一九五九年的国庆节，她七岁，两个小辫，两只大蝴蝶带着她起飞。辅导员引着她，她飞上了天安门城楼，把一束鲜花献给了毛主席。毛主席和她握了手。她那么小，还没和任何人握过手呢。毛主席的手又大、又厚、又暖、又有劲。毛主席好像还对她说了一句话，她没听清。事后回想，好像有"娃娃"两个字。她怎么这么幸运呢？她是毛主席的"娃娃"，她永远是幸运的人。

但是后来，她认不出这张照片了。这是真的吗？她认不出自己，甚至一九七五年她回城的时候，她也认不出毛主席。从前，毛主席的腰板挺得多么直，动作多么有力量啊！可现在在"新闻简报"上，好像挪动一下双脚都很艰难，嘴巴张开，半天才合上，可报纸和电台又整天闹闹哄哄地宣传毛主席的叫人似懂非懂的最新指示。她真心酸，她真想去看看毛主席，给毛主席熬一碗山药汤。奶奶生病的时候，就是她给熬汤，白、滑、细的山药块，甜、麻、香的山药汤，补老年人的气虚。不，她不想把她的苦恼、她的委屈告诉毛主席，不应该打扰他老人家。如果她在毛主席跟前掉了泪，她一定转过脸去。

然而这是不可能的。她不再是幸运的了吗？莫非她的运气七岁时候一下子就用完了？她回城干什么呢？为了妈妈？可笑。为了奶奶？也不行。报上说是一切为了毛主席,可我见不着他呀！于是素素再也不做梦了,不做梦,却又不停地说梦话、咬牙、翻身、长出气。"素素,醒一醒！"妈妈叫她。她醒了,茫然,不记得什么梦,只是一头冷汗,一身酸懒,好像刚从传染病房抬出来。

那天她正在路边,她瞧见了佳原这个傻子被他救护的老妇人反咬,瞧见了他被围攻的场面。佳原个子不高,其貌不扬,但是脸上带着各种素素似乎早已熟悉的憨笑。后来派出所的人来了,派出所的人聪明得就像所罗门王。他说："你找出两个证人来证明你没有撞倒这位老太太吧。否则,就是你撞的。"你能找出两个证人证明你不是克格勃的间谍吗？否则,就该把你枪决。素素心里说,实际上她一声没吭。她只是在上班前看看热闹罢了。看热闹的人已经里三层外三层了,这种热闹免票,而且比舞台上和银幕上的表演更新鲜一些。舞台和银幕上除了"冲霄汉"就得"冲九天",要不就得"能胜天"、"冲云天"。除了和"天"过不去以外,写不出什么新词儿来了。

"你们要干什么？难道做好事反倒要受惩罚不成？"熟悉的憨笑变成睁大的、痛苦的眼睛。素素的心里扎进了一根刺,她想呕吐。她跌跌撞撞地离去,但愿所罗门王不要追上来。

真巧,晚上小傻子到她的铺子吃炒疙瘩来了。又是笑容了。他只要二两。"二两您吃得饱吗？"素素不假思索地改变了从来不与顾客搭话的习惯。"噢,我就先吃二两吧。"小傻子抱歉地说。他把右手食指弯曲着,往上推推自己的眼镜,其实眼镜并没有出溜到鼻子尖上的意思。"如果您的钱或者粮票不够,"不知为什么,素素会这样想,而且会这样说,"那没关系。您先要上,明天再把欠的送来好了。""那制度呢？""我先垫上,这不碍制度的事。""谢谢您。那我就得多吃了,因为中午没有吃饱。""你吃一斤半吗？""不,六两。""行。"她又端来四两。厨师发现这位顾客是素素的相识,便在盛完以后又加了一勺羊肉丁。每一颗疙瘩都过过油,金光闪亮,像一盘金豆子。金豆子的光辉传播到脸上来了,小傻子的笑容也更加好看。素素第一次明白炒疙瘩是个绝妙的、威力无比的宝贝。"说我骑车撞了人,把我的钱和粮票全要了去了。""可是您没撞,是吗?""当然。""那您为什么给他们钱?一分也不该给,气死人!""可那老太太需要粮票和钱。再说,我没有时间生气。"那边的顾客在叫。"来了!"素素高声回答,拿起抹布走过去。

晚上回家以后,她想给奶奶讲一讲这个傻子。奶奶犯了心绞痛,爸爸妈妈拿不定主意是否立即送医院。"那个医院的急诊室臭气熏天,谁能在那个过道里躺五小时而不断气,就说明他的内脏器官是铁打的。"素素说。爸爸瞪了她一眼,那目光责备她这样说是对奶奶全无心肝。她一扭身,走了,回到她住的临时搭就的一个小棚子里。

这天夜里,素素做了梦。这是她许多年前最常做的梦之一——放风筝,但是每次放的情景不同。从一九六六年,她已经有十年没有做过这样的梦了。而从一九七〇年,她已经有六年没有做过任何的梦了。长久干涸的河床里又流水了,长久阻隔的公路又通车了,长久不做的梦又出现了。不是在绿草地上,不是在操场上,而是在马背上放风筝。天和地非常之大,"农村是一个广阔的天地",孩子们齐声朗诵。原来放风筝的并不是她,而是一位一顿吃了六两炒疙瘩的小伙子。风筝很简陋,寒碜得叫人掉泪!长方形的一片,俗名叫做"屁帘儿"。但是风筝毕竟飞起来了,比东风饭店的新楼还高,比大青山上的松树还高,比草原上空的苍鹰还高。比吊着"无产阶级文化大革命胜利万岁"的气球还高。飞呀,飞呀,一道道的山,一道道的河,一行行的青松,一队队的红卫兵,一群群的马,一盘盘的炒疙瘩。这真有趣!她也跟着屁帘儿飞起来了,原来她变成了风筝上面的一根长长的飘带。

梦醒了,天还没亮。她打开手电,找寻自己那张最幸福的照片。建国十周年,她给毛主席献过花,她确信自己是一个有福气的人。她哼着《社员都是向阳花》,缝紧了外衣上的那枚已经松脱了好久的滴里耷拉的扣子,她自动祝愿毛主席身体健康。她给奶奶熬了山药汤,这种汤真是效验如神,奶奶喝过就好多了。这时天已大亮,家人和街坊都已起床。于是她尽情地刷牙漱口,她发出的声音非常之响,好像一列火车开进了她们的院子。而她洗脸的声音好像哪吒闹海。她吃了剩馒头和一片榨菜,喝了一碗白开水。只是在她怀疑《白开水最好喝》这篇文章是否攻击三面红旗的时候,她才从屁帘儿上略略回到了现世界。但她仍然系紧了鞋带,走起路来咯、咯、咯地响,好像后跟上钉着一块铁掌,好像正在用小锤锤打楔子,目的是打一个捷克式五斗柜。

"素素,你为什么这样高兴?"爸爸问。

"我要——当科长了。"素素答。爸爸高兴坏了。六岁的时候,素素在幼儿园当小组长,爸爸高兴得见人就说。九岁的时候,素素当少先队的中队长,爸爸也美得一颠一颠的。在那个汽笛长鸣的时候,爸爸忽然哭了,他的脸孔扭曲得那么难看。火车上的孩子们也哭成一团,但是素素一滴眼泪也没有掉。看来她一心大有作为,比她爸爸坚决得多。

"您来了?""您好!""今天用点什么?""我先跟您清账。这是四两粮票,两毛八分钱。""您真是小葱拌豆腐。""不,我不吃拌豆腐,还是来四两炒疙瘩吧。""您不换个样儿吗?有水饺,每两七个,一毛五分钱。包子,每两两个,一毛八分。芝麻酱烧饼就老豆腐,吃四两只要三毛。""什么快就吃什么。""您等等,那边又来人了……那我去给您端包子,今天还要六两吗……包子来了,您怎么这么忙?您是大学生吗?""我配吗?""您是技术员、拉手风琴的,还是新结合到班子里的头头?""我像吗?""那……""我还没有工作。""您等一等,那边又来了一位顾客……没有工作您怎么这么忙?""没有工作的人也是人,有生活,有青春,有多得完不了的事。""您忙什么呢?""看书。""书?什么书?""优选法。古生物学。外语。""您考大学?""现在的大学是考的吗？我又不会交白卷。""可惜，张铁生的经验不好推广。""总要学点什么，总要学点有意思的东西。我们还年轻。是吗？"他吃完包子，匆匆走了，留下了一个谜。

他准时，又在同一个时间来了，这次是老豆腐。灰白色的老豆腐上撒满了绿色的韭菜花、土黄色的芝麻酱和鲜红的辣椒。为什么中外人士都知道秦始皇，却不知道发明老豆腐的天才科学家的名字呢？"您骗我。""没有啊！""您说您没有工作。""是的，三个月以前，我才从北大荒'困退'回来。但是，下个月我就上班了。""在哪个科研机关？""街道服务站。我的任务是学徒，学修理雨伞。""这回您可惨了。""不。您有坏了的雨伞吗？赶明儿拿给我。""可您的优选法，还有古生物学，外语什么的……""继续学。""用优选法修伞吗？还是用恐龙的骨架做一把伞？""哦，优选法对伞也是有用处的。但问题还不在这里，您听我说……再来一碗老豆腐吧，辣椒不要那么多了，您瞧，我已经是一脑门子汗。谢谢……是这样，职业是谋生的手段，也是最起码的义务，但是人应该比职业强。职业不是一切也不是永久，人应该是世界的主人，职业的主人，首先要做知识的主人。您修伞我也修伞，您挣十八块我也挣十八块。但是您懂得恐龙，我不懂，您就比我更强大，更好也更富有。是吗？""我不懂。""不，您懂，您已经懂了。要不，您干吗和我说话？那位山东顾客正在发脾气，他的煮花生米里有一块小石头，把他的牙床硌疼了。再见。""再见。明天见。"

"明天"两个字使素素的脸发烧。明天就像屁帘儿上的飘带，简陋，质朴，然而自由而且舒展。明天像竹，像云，像梦，像芭蕾，像G弦上的泛音，像秋天的树叶和春天的花瓣，然而它只是一个光屁股的赤贫的娃娃也能够玩得起的屁帘儿。

明天他没有来，明天的明天他也没有来。为了寻找一匹马驹，素素迷了路。在山林里，她咴儿咴儿地叫着，她像一匹悲伤的牝马，她像被一下子吊销了户口、粮证和购货本子。

"是您！您……还来！""我奶奶死了！"素素像掉到冰窟窿里,她靠在墙上,半天,她才想明白,这个戴眼镜的小傻子的奶奶并不是自己的奶奶。然而她仍然十分悲伤,身上发冷。"生命是短促的。所以,最宝贵的是时间。""而我的最宝贵的时间是用来端盘子的。"她忧郁地一笑,好像听到了遥远的小马驹的蹄声。"谢谢您给那么多人端过盘子,但不只是端盘子。""还有什么呢?就是端盘子也不见得那么需要我。为了在这里端盘子,我爸爸妈妈没少费劲。""一样的。"一个会心的笑,"我建议您学点阿拉伯语,你们是清真馆。""清真馆又怎么的?反正埃及大使不会到这里来吃炒疙瘩。""但是您可能担任驻埃及大使,您想过吗?""您可真会开心!"小马驹跑进清真馆,踏疼了她的脚,"简直是在做梦!""做做梦,开开心,又有什么不好?否则,生活不是太沉闷了吗?而且您应该坚信,您完全可以做到和驻埃及大使具有同样的智慧、品格、能力,甚至远远地把他甩在后面。您可以做不成大使,但是您应该比大使还强。关键在于学习。""这话有点野心家的味儿。""不,这只是起码的阿达姆的味儿。""什么?""阿达姆。""什么阿达姆?""这是我要教给您的第一个阿拉伯语词:阿达姆——人!这是一个最美的词。伊甸园里的亚当,就是阿达姆的另一种音译。而夏娃呢,发音是哈娃,就是天空。人需要天空,天空需要人。""所以我们从小就放风筝。""瞧,您是高才生。"

第一课:人。亚当需要夏娃,夏娃需要亚当,人需要天空,天空需要人。我们需要风筝、气球、飞机、火箭和宇航船。阿拉伯语就这样学起来了,这引起了周围许多人的不安。你应该安心端盘子。你应该注意影响。你有没有海外关系?如果再搞清队、查三怪——怪人、怪事、怪现象,就要为你设立专案。我没有砸一个盘子。我不想当科长。我知道穆罕默德、萨达特和阿拉法特。我一定欢迎你担任我的专案组长。

同时,她和佳原"好了"。情报立即传到爸爸耳朵里。对于少女,到处都有摄像和监听的自动化装置。"他的姓名、原名、曾用名?

家庭成分,个人出身?土改前后的经济状况?出生三个月至今的简历?政历?家庭成员和主要社会关系有无杀、关、管和地、富、反、坏、右?戴帽和摘帽时间?本人历次政治运动中的表现?本人和家庭主要成员的经济收入和支出,账目和储蓄……"所有这些问题,素素都答不上来。妈妈吓得直掉泪。你才二十四岁零七个月,再过五个月才好搞对象。有坏人,到处都有坏人。爸爸决心去找该人所属街道、单位、派出所、人事科、档案处。为此,他准备请一桌涮羊肉,把他熟悉的有关人员发动起来。砰——噗,爸爸最心爱的宜兴陶壶被掼到了地上,粉碎了。"您用这种办法也许能找到反革命,但永远不能找到朋友!"素素大喊,完全是一个铁姑娘,然后她哭了。

饭馆的主任、委员、干事、组长、指导员也都向她提出了爸爸式的问题和妈妈式的忠告。无产阶级的爱情产生于共同的信仰、观点、政治思想上的一致。长期地、细致地互相了解。要严肃,慎重,认真。要绷紧弦,带着敌情观念。选择爱人要按照无产阶级革命接班人的五项条件。饭馆的茶壶不能摔。在少先队里,素素从小受到爱护公共财物的教育。

毛主席去世了。素素战栗着,哭得闭过气去。她早就想哭了,哭毛主席,也哭自己和别人。"中国完了!"爸爸说,但完了的是"四人帮"。只是在瞻仰遗容的时候,素素才第二次走近了毛主席,"我给您献花来了。"她轻轻地、平静地说。

她知道一切都在变。她可以大胆地学阿拉伯语了,虽然打一夜扑克的人仍然比学一夜外语的人更容易入党和提干。她可以大胆地与佳原拉着手走路了,虽然有人一见到青年男女在一起就气得要发癫痫病。但是,他们仍然找不到谈话的地方。公园的椅子早就坐满了。好容易发现一个,原来脚底下一大摊呕吐物。换另一个开阔散漫的公园吧,那里每个长椅旁的电线杆上都挂着一个广播喇叭。"现在播送游客须知。"须知里尽是些"罚款五角至十五元""送交专政机关处理""自觉遵守,服从管理"之类的词儿。须知挺复杂,看来不经过一周学习班的培训,是无法学会逛公园的。能在这里坐下来谈情说爱吗?走。

到哪里去?护城河边倒是没有须知的喇叭,但是那里偏僻。听说有一次,一对情侣在那里喁喁地谈着情话,"不许动!"一个蒙面人出现在面前,手里拿着攮子,旁边还站着一个帮手。结果,手表抹(读妈)下来了,现金也被搜了腰包。爱情在暴力面前总是没有还手之力。后来公安部门破了案,抓到了坏人。有人为什么不喜欢公安局呢?没有公安局不行。

去饭馆?你先得站在别人的椅子后面,看着他如何一筷子一勺,一口汤一口饭地吃完,点上烟,伸懒腰。然后,你好不容易坐下了,你刚动筷子,新来的接班人为了不致被人抢班,早把一只脚踩到你坐的椅子掌儿上。他的腿一颤一颤,肉丁和肚片在你的喉咙里跳舞。去咖啡馆或者酒吧间?那是腐蚀人的地方,所以没有。遛大街或者串胡同?美国也正在提倡散步,免得发胖,但是冬天太冷。当然,他们也曾经在零下二十度的天气,穿着棉大衣和棉猴,戴着皮帽子和毛线围巾,戴着口罩谈恋爱。倒是卫生,不传染。再有,胡同里还有一些顽童,他们见到一对情侣就要哄、骂、扔石头。真不知道他们是怎样来到人世的。

佳原总是随遇而安。一段栏杆旁,一棵梧桐下,一条河边,佳原就满足了。他希望早一点坐下来,和素素依偎在一起,用阿拉伯语和英语交谈,素素总是挑剔、不满意、不称心。不,不,不。她不要代用品,就像山东顾客不容忍煮花生米里的石子。三年了,他们的周末几乎是在寻找中度过的。他们寻找坐的地方。找啊,找啊,一晚上也就完了。我们的辽阔广大的天空和土地啊,我们的宏伟的三度空间,让年轻人在你的哪个角落里谈情、拥抱和接吻呢?他们只需要一片很小、很小的地方。而你,你容得下那么多顶天立地的英雄、翻天覆地的起义者、欺天毁地的害虫和昏天黑地的废物,你容得下那么多战场、爆破场、广场、会场、刑场……却容不下身高一米六、体重四十八公斤和身高一米七弱、体重五十四公斤的素素和佳原的热恋吗？

素素揉了一下眼睛,眼睛火辣辣的。是她的手指接触过辣椒吗？是眼睛辣了才伸出手指,还是伸出手指,眼睛才变辣了呢？今天晚上我们有地方待吗？天冷了,但还不用口罩。佳原说他要去房管局呢,有了房就结婚,他们再不用串胡同了。"我说同志姐,你能不能告夯(诉)我,这个大市街要往哪哈(下)里走呢？"一个有口音的、背着一个大包袱、被包袱压得直不起腰来的、新衣服上沾满了灰土的人说。那人其实比素素大许多。

"大市街？这就是大市街呀！"素素向那正变化着红绿灯的十字路口一指。那儿,汽车、电车和自行车就像海潮一样一个浪头又一个浪头地涌上去,又停下来,停下来,又涌上去。

"这儿就是大市街？"压弯了腰的中年男人抬起头来,翻起了两枚乌黑的眸子。素素的脖子也跟着发酸。乌黑的眸子表示着诚实的不信任。素素重复强调:"这就是大市街。"她恨不得把百货大楼和中心烤鸭店放在手心上托给这位老实而又多疑的问路者。问路人犹犹疑疑地挪动了脚步,他横穿马路却没有走人行横道线。穿白衣服的交通民警拿起半导体扩音喇叭向他高声喊叫。被呵斥搞慌乱了的中年人干脆停在马路中心,停在汽车的旋涡里。他歪着脖子问交通警:"同志哥,大市街在哪哈里？"

"素素！"佳原来了,满头大汗,头发蓬乱,喘着气,"你从地底下钻出来的吗？怎么等也等不着,忽然又冒出来了。""我会隐身术,我本来就一直跟着你呢。""如果我们都会隐身术就好了。""为什么？""在公园跳舞也没人看得见。""你喊什么？让人家直看你。""有人一听跳舞就觉得下流,因为他们自己是猪八戒。""你的话愈来愈尖刻了,从前你不是这样的。""是秋风把我的话削尖了的,我们找不到避风的地方。"

佳原的眼光暗淡了,她低下头。他的眼镜片上反射出无数灯光、窗户、房屋。"没有吗？""没有。房管局不给。他们说,有些人已经结婚好几年了,已经有了孩子,然而没有房子。""那他们在哪里结的婚呢?在公园吗?在炒疙瘩的厨房?要不是在交通民警的避风亭里?那倒不错,四下全是玻璃。还是到动物园的铁笼子里去?那么,门票可以涨价。""你别激动,你……"他把右手食指弯曲着,推一推自己的眼镜,尽管眼镜并不会出溜下来,"你说的当然是了,但是,房子毕竟不会从天上掉下来。那么多人需要房子,确实有人比我们还困难啊!"

素素不言语了,她低下头,用脚尖踢着一块其实并不存在的石子。

"可是怎么样?你吃饭了吗?我还没吃晚饭呢。"佳原换了话题。"什么?我只记得我给很多人开了饭,却不记得自己吃过什么没有。""那就是没吃。我们到那个馄饨馆去吧,你排队,我占座。要不我占座,你排队。""说来说去还是一个样儿,你说话快赶上开大会时候的某些报告了。"

馄饨馆很拥挤。好像吃这里的馄饨不要钱,好像吃这里的馄饨会每碗倒找两毛钱。要不,要不我们甭吃馄饨了,买几个烧饼算了。买烧饼也得排队。要不,我们甭排队了,到对过那个铺子买两个面包吧。刚巧,到那边伸出手来的时候,售货员正把最后两个果料面包卖给一位已经穿起前清时候的貂皮袍子的小老头儿。要不,要不我们甭吃面包了,我们……我们怎么样呢?

"要不我们甭生下来了,那有多好!"素素冷冷地说,"如果不是错误地批判了马寅初先生的新人口论,我们也许根本不会降临到人间。""何必那么怨气冲冲?而且我们出生在新人口论出生以前。""果料面包没有了。""来,两包饼干。我们有饼干,我们又端盘子又修伞。我们学习,我们做好事,帮助别人。好人并不嫌太多,而仍然是不够。""为了什么呢?为了把七块钱和二斤粮票拱手交给讹你的人吗?""讹去七百块也还要拉起受了伤的老太太……难道你不这样吗?素素!"打起雷来了。打起闪来了。电线和灯光抖动起来了。

佳原突然喊起来了。"你尝尝我这一包吧！""一样的。""不，我这一包特别香。""怎么可能呢？""怎么不可能呢？连两滴水都不可能是完全一样的。""那你尝我的。""那我尝你的。""那我尝完了你的，你再尝我的。"他们交换了饼干，又一块一块地分着吃，吃完了，素素也笑了。饿的人比饱的人脾气要坏些。

天大变了。电线呜呜的。广告牌隆隆的。路灯蒙蒙的。耳边沙沙的。寒风驱赶着行人。大街一下子就变得空旷多了。交通民警也缩回到被素素看中可以作新房的亭子里去了。

"我们要躲一躲！"冰冷的雪一样的雨和雨一样的雪给人以严峻的爱抚。雨雪斜扫着。他们拉紧了手。彼此听不见对方的话。对于自然，也像对于人生一样，他们是不设防的。然而大手和小手都很暖和。他们的财产和力量是自己的不熄的火。

"我们找个地方去！"他们嚼着沙子和雨雪，含混不清地互相说。于是他们奔跑起来了。不知道是佳原拉着素素，还是素素拉着佳原，还是风在推着他们俩，反正有一股力量连拉带搡。他们来到了一幢新落成的十四层高的居民楼前面。他们早就思恋这一排新出世的高层建筑物了。像一批陌生人。对陌生人的疑惑和反感，这是被撞倒的老太太和穿貂皮袍子的老头儿的特点。那个老头儿买面包的时候，用什么样的眼光看了他们俩一眼啊。好像他们随时会掏出攮子来似的。早就流传着对这一排高层建筑的抨击。住在十四层的人家无法把大立柜运上去，便用绳子从窗口往上吊——蔚为奇观！结果绳子断了，大立柜跌得粉碎。新的天方夜谭。但是素素她们不这样想。他俩来到这座楼前，总有些羞怯，因为他们的眷恋是单相思。

风雪鼓起了他们的勇气。他们冲进去了，他们一层一层地爬着楼梯。楼道还很脏。楼道没有灯。安了灯口，没有灯泡。但路灯的光辉是一夜不断的，是够用的。他们拐了那么多弯还不到顶，那就再拐上去。他们终于走上了第十四层的一个公共通道。这一层大概还没住人。有浓厚的洋灰粉末和新鲜油漆的气味。这里很暖。这里没有风、雨、雪。这里没有广播须知的喇叭、蒙面人、行人、急不可耐地抖着大腿让你让座的人。这里没有瞧不起修伞工和服务员的父母。这里没有见了一对青年男女就怪叫,说下流话辱骂甚至扔石头的顽童。这里能看见东风饭店的二十五层楼的灯火。这里能听见火车站的悠扬的钟声。这里能看见海关大楼的电钟。把视线转到下面,是蓝绿的灯珠,橙黄的灯眼,银白的灯花。无轨电车的天弓打着闪亮的电火花。汽车开着和关着大灯、小灯和警戒性的红色尾灯。他们长出了一口气,好像上了天堂。"你累了么?""累什么?""我们爬了十四层楼。""我还可以爬二十四层。""我也是。""那人可真傻。""你说谁?""刚才有一个乡下人,他到了大市街口,却还满处找大市街。你告诉他了,他还不信。"

他们开始用阿拉伯语交谈。结结巴巴,像他们的心跳一样热烈而又不规范。佳原准备明年去考研究生,他鼓励着并无信心的素素。"我们不一定成功,但是我们要努力。"佳原拿起素素的手,这只手温柔而又有力。素素靠近了佳原的肩,这个肩平凡而又坚强。素素把自己的脸靠在佳原的肩上。素素的头发像温暖的黑雨。灯火在闪烁、在摇曳、在转动,组成了一行行的诗。一支古老的德国民歌:有花名毋忘我,开满蓝色花朵。陕北绥德的民歌:有心说上几句话,又怕人笑话。蓝色的花在天空飞翔。海浪覆盖在他们的身上。怕什么笑话呢?青春比火还热。是鸽哨,是鲜花,是素素和佳原的含泪的眼睛。啪啦……

"什么人?"一声断喝。佳原和素素发现,通道的两端已经全是人。而且许多人拿着家伙。人是会使用工具的动物。擀面杖,锅铲和铁锨。还以为是爆发了原始的市民起义呢。

于是开始了严厉的、充满敌意的审查。什么人?干什么的?找谁?不找谁?避风避到这里来了?岂有此理?两个人鬼鬼祟祟,搂搂抱抱,不会有好事情,现在的青年人简直没有办法,中国就要毁到你们的手里。你们是哪个单位的?姓名、原名、曾用名……你们带着户口本、工作证、介绍信了吗?你们为什么不待在家里,为什么不和父母在一起,不和领导在一起,也不和广大的人民群众在一起?你们不能走,不要以为没有人管你们。说,你们撬过谁家的门?公共的地方?公共地方并不是你们的地方而是我们的地方。随便走进来了?你们为什么这样随便?你们简直就是不要脸,简直是流氓,简直是无耻……侮辱?什么叫侮辱?我们还推过阴阳头呢。我们还被打过耳光呢。我们还坐过喷气式呢。还不动弹吗?那我们就不客气了。拿绳子来……

素素和佳原都很镇静。因为一秒钟以前,他们还是那样的幸福。虽然他们俩加在一起懂几门外文,懂一点点也罢。但是他们听不懂这些亲爱的同胞的古怪的语言。如果恐龙会说话,那么恐龙的语言也未必更难懂。他们茫然。甚至相对一笑。

"我们要动手了!"一个"恐龙"壮着胆子说了一句,说完,赶紧躲在旁人后面。"我们可真要动手了!"更多的人应和着,更多的人向后退了,然而仍然包围着和封锁着。佳原和素素欲撤不能。

正僵持得不可开交的时候,突然,有一位手持半截废自来水管的勇士喊叫起来:

"这不是范素素吗?"

点点头,当然。

然后是一场误会的解除。对不起,请原谅,是小偷把我们给吓坏了。据说有的楼发生过盗窃案,我们不能不提高警惕。有坏人,我们还以为你们是……真可笑。对不起。

素素依稀认出了那位长头发的男青年是她小学时候的同学,比她低两级。他现在倒白胖白胖的,像富强粉烤制的面包,一种应该推广的食品。小学同学热情地邀请他们到自己的房间去做客。"既然来到了我的门口。""那也好。"素素和佳原交换了一下目光。他们跟着小学同学走到日光灯耀眼的电梯间。他们在这幢楼里已经暂时取得了合法的身份。他们是某个住户的客人。电梯门关上了,嗡嗡地响了。他们的安全和尊严又开始受保障了,感谢这位热心的同学!电梯间上方的数字愈变愈快,从十四到四的阿拉伯数字都亮过了,现在是耳朵——三亮了。电梯停了,门开了。他们走出来,左转一个弯,右转一个弯。多齿多沟的铜钥匙自信地插到锁孔里,它才是主宰,啪嗒。再拧一下把手,吱扭。门开了,叭,叭,前厅和厨房的灯都亮了。雪白的墙,擦了过多的扑粉。吱扭,又拧开一间居室的门。屋里充满了街灯映照过来的青光。素素真想劝阻小学同学不要拉开电灯,然而电灯已经亮了。请坐。双人床。大立柜里变得细长了的影像。红色人造革全包沙发。五斗橱。铁听麦乳精和尚未开封的"十全大补酒"。小学同学滔滔不绝地介绍着自己的新居:面积、设备、布局。水、暖、煤气。采光,通风和隔音。防火和防震。

"就你一个人吗?"

"是啊!"小学同学更得意了,搓着自己的手,"我爸爸给我要了一个单元。老人急着让我结婚。我准备明年五一解决。到时候你们一定来。就这样说定了吧。我已经找好了人。我的一个好友的舅舅过去给法国使馆做过饭。中西合璧,南北一炉。拔丝山药可以绕着筷子转五圈而丝不断。你们可不要买东西。不要买家具,不要买台灯,不要买床上用品。所有这一切,我全有!"

"你爱人叫什么名字?在哪儿工作?"

"噢,还没定下来。"

"等待分配吗?"

"不是。我是说,到底跟谁结婚还没定下来。明年五一前会有的,一定!"

素素顺手从茶几上拿起了一个玩具气球,把气球在沙发的人造革面子上使劲摩擦了几下,然后,她把气球向上一抛,吸在天花板上,不落下来了。她仰着头,欣赏着自己从小爱玩的这个游戏。

"天啊,它怎么不掉下来?怎么还没有掉下来?"小学同学惊呆了,他张开了口。

"这是一种法术。"素素说,她瞟了佳原一眼,作了一个怪相。然后他们告辞。好客的主人送他们上电梯的时候还有点魂不守舍,他惦记着那个吸附在天花板上的绿气球。素素和佳原离开了这幢可爱的高楼。雪雨仍然在下着,风仍然在吹着,哐啷哐啷,好像在掀动一张大化学板。雨雪和他们真亲热,不仅落到脸上、手上,还往脖子里钻呢。

"这一切都怪我。"佳原心疼地说,"我没有本事弄到它,让你受委屈……"素素捂住他的嘴。她格格地笑了,笑得真开心,一朵石榴花开放也没有那么舒展。

佳原明白了。佳原也笑起来。他们都懂得了自己的幸福。懂得了生活、世界是属于他们的。青年人的笑声使风、雨、雪都停止了,城市的上空是夜晚的太阳。

素素在前面跑,佳原在后面追。灯光里的雨丝,显得越发稠密而浓烈。"这儿就是大市街,大市街就在这里!"素素指着饭店大楼高声地说。"那当然了,我从来也不怀疑。""握个手,再见吧,我们过了一个多么愉快的夜晚。""再见,明天就不见了。我们还得用功,我们要一个又一个地考上研究生。""那很可能。而且我们总归会有房子,什么都有。""祝你好梦。""梦见什么呢?""梦见一个——风筝。"

什么?风筝?佳原怎么知道风筝?

"喂,你怎么也知道风筝?你知道风筝的飘带吗?"

"噢,我当然知道啦!我怎么能不知道呢?"

素素跑回来搂住佳原的脖子,亲了他一下,就在大街上。然后,他们各自回家去了,走了好远,还不断地回头张望,招一招手。

发表于《北京文艺》1980年第5期

春 之 声

　　咣的一声,黑夜就到来了。一个昏黄的、方方的大月亮出现在对面墙上。岳之峰的心紧缩了一下,又舒张开了。车身在轻轻地颤抖,人们在轻轻地摇摆。多么甜蜜的童年的摇篮啊!夏天的时候,把衣服放在大柳树下,脱光了屁股的小伙伴们一跃跳进故乡的清凉的小河里,一个猛子扎出十几米,谁知道谁在哪里露出头来呢?谁知道被他慌乱中吞下的一口水里,包含着多少条蛤蟆蝌蚪呢?闭上眼睛,熟睡在闪耀着阳光和树影的涟漪之上,不也是这样轻轻地、轻轻地摇晃着的吗?失却了的和没有失却的童年和故乡,责备我么?欢迎我么?母亲的坟墓和正在走向坟墓的父亲!

　　方方的月亮在移动,消失,又重新诞生。唯一的小方窗里透进了光束,是落日的余晖还是站台的灯?为什么连另外三个方窗也遮严了呢?黑咕隆咚,好像紧接着下午便是深夜。门咣地一关,就和外界隔开了。那愈来愈响的声音是下起了冰雹吗?是铁锤砸在铁砧上?在黄土高原的乡下,到处还靠人打铁,我们祖国的胳膊有多么发达的肌肉!呵,当然,那只是车轮撞击铁轨的噪音,来自这一节铁轨与那一节铁轨之间的缝隙。目前不是正在流行一支轻柔的歌曲吗,叫做什么来着——《泉水叮咚响》。如果火车也叮咚叮咚地响起来呢?广州人可真会生活,不像这西北高原上,人的脸上和房屋的窗玻璃上到处都蒙着一层厚厚的黄土。广州人的凉棚下面,垂挂着许许多多三角形的瓷板,它们伴随着清风,发出叮叮咚咚的清音,愉悦着心灵。

美国的抽象派音乐却叫人发狂。真不知道基辛格听我们的杨子荣咏叹调时有什么样的感受。京剧锣鼓里有噪音,所有的噪音都是令人不快的吗?反正火车开动以后的铁轮声给人以鼓舞和希望。下一站,或者下一站的下一站,或者许许多多的下一站以后的下一站,你所寻找的生活就在那里,母亲或者孩子,友人或者妻子,温热的澡盆或者丰盛的饮食正在那里等待着你。都是回家过年的,过春节,我们的古老的民族的最美好的节日。谢天谢地,现在全国人民都可以快快乐乐地过年了。再不会用革命化的名义取消春节了。

  这真有趣。在出国考察三个月回来之后,在北京的高级宾馆里住了一阵——总结啦,汇报啦,接见啦,报告啦……之后,岳之峰接到了八十多岁的刚刚摘掉地主帽子的父亲的信。他决定回一趟阔别二十多年的家乡。这是不是个错误呢?他怎么也没想到要坐两个小时零四十七分钟的闷罐子车呀。三个小时以前,他还坐在从北京开往X城的三叉戟客机的宽敞、舒适的座位上。两个月以前,他还坐在驶向汉堡的易北河客轮上。现在呢,他和那些风尘仆仆的,在黑暗中看不清面容的旅客们挤在一起,就像沙丁鱼挤在罐头盒子里。甚至于他辨别不出火车到底是在向哪个方向行走,眼前只有那月亮似的光斑在飞速移动,火车的行驶究竟是和光斑方向相同抑或相反呢?他这个工程物理学家竟为这个连小学生都答得上来的、根本算不上是几何光学的问题伤了半天脑筋。

  他已经有二十多年没有回过家乡了。谁让他错投了胎?地主,地主!一九五六年他回过一次家,一次就够用了——回家待了四天,却检讨了二十二年!而伟人的一句话,也够人们学习贯彻一百年。使他惶惑的是,难道人生一世就是为了作检讨?难道他生在中华,就是为了作一辈子检讨的么?好在这一切都过去了。斯图加特的奔驰汽车工厂的装配线在不停地转动,车间洁净敞亮,没有多少噪音。西门子公司规模巨大,具有一百三十年的历史,而我们才刚刚起步。赶上,赶上!不管有多少艰难。哞,哞,哞,快点开,快点开,快开,快开,快,快,快,车轮的声音从低沉的三拍一小节变成两拍一小节,最后变成高亢的呼号了。闷罐子车也罢,正在快开。何况天上还有三叉戟?

尘土和纸烟的雾气中出现了旱烟叶发出的辣味,像是在给气管和肺针灸。梅花针大概扎在肺叶上了。汗味就柔和得多了。方言的浓度在旱烟与汗味之间,既刺激,又亲切。还有南瓜的香味哩!谁在吃南瓜?X城火车站前的广场上,没有见卖熟南瓜的呀。别的小吃和土特产倒是都有。花生、核桃、葵花子、柿饼、酸枣、绿豆糕、山药、蕨麻……全有卖的。就像变戏法,举起一块红布,向左指上两指,这些东西就全没了,连火柴、电池、肥皂都跟着短缺。现在呢,一下子又都变了出来,也许伸手再抓两抓,还能抓出更多的财富。柿饼和枣朴质无华,却叫人甜到心里。岳之峰咬了一口上火车前买的柿饼,细细地咀嚼着儿时的甜香。辣味总是一下子就能尝到,甜味却埋得很深很深。要有耐心,要有善意,要有经验,要知觉灵敏。透过辛辣的烟草和热烘烘的汗味儿,岳之峰闻到了乡亲们携带的绿豆香。绿豆苗是可爱的,灰兔子也是可爱的,但是灰色的野兔常常要毁坏绿豆。为了追赶野兔,他和小柱子一口气跑了三里,跑得连树木带田垅都摇来摆去。在中秋的月夜,他亲眼见过一只银灰色的狐狸,走路悄无声息,像仙人,像梦。

车声小了,车声息了。人声大了,人声沸了。咣——哧,铁门打开了,女列车员——一个高个子、大骨架的姑娘正在爽利地用家乡方言指挥下车和上车的乘客。"没有地方了,没有地方了,到别的车厢去吧!"已经在车上获得了自己的位置的人发出了这种无效的,也是自私的呼吁。上车的乘客正在拥上来,熙熙攘攘。到哪里都是熙熙攘攘。与我们的王府井相比,汉堡的街道上简直可以说是看不见人,而且市区的人口还在减少。岳之峰从飞机场来到X城火车站的时候吓了一跳——黑压压的人头,压迫得白雪不白,冬青也不绿了。难道是出了什么事情?一九四六年学生运动,人们集合在车站广场,准备拦车去南京请愿,也没有这么多人!岳之峰上大学的时候在北平,有一次他去逛故宫博物院,刚刚下午四点就看不见人影了,阴森森的大殿使他的后脊背冒凉气。他小跑着离开了故宫,上了拥挤的有轨电车才放心了一点。如果跑慢了,说不定珍妃会从井里钻出来把他拉下去哩!

但是现在,故宫南门和北门前买入场券的人排着长队,而且不是星期天。X城火车站前的人群令人晕眩,好像全中国有一半人要在春节前夕坐火车。到处都是团聚、相会、团圆饺子、团圆元宵,到处都是对于旧谊、对于别情、对于天伦之乐、对于故乡和童年的追寻。卖刚出屉的肉馅包子的,盖包子的白色棉褥子上尽是油污。卖烧饼、锅盔、油条、大饼的。卖整盒整盒的点心的。卖面包和饼干的。X车站和X城饮食服务公司倾全力到车站前露天售货。为了买两个烧饼也要挤出一身汗。岳之峰出了多少汗啊!他混饱了(环境和物质条件的急骤改变已使他分辨不出饥和饱了)肚子,又买到了去家乡的短途客车的票。找钱的时候使他一怔,写的是一块二,怎么只收了六毛呢?莫非是自己没有报清站名?他想再问一问,但是排在他后面的人已经占据了售票窗口前的有利阵地,他挤不回去了。

他快快地看着手中的火车票。火车票上黑体铅字印的是1.20元,但是又用双虚线勾上了两个占满票面的大字:陆角。这使他百思不得其解,简直像是一种生物学上的密码。"这是怎么回事?为什么我买一块二的票她却给了我六毛钱的?"他自言自语。他问别人。没有人回答他。等待上车的人大多是一些忙碌得可以原谅的利己主义者。

各种信息在他的头脑里撞击。黑压压的人群。遮盖热气腾腾的肉包子的油污的棉被。候车室里张贴着的大字通告:关于春节期间增添新车次的情况和临时增添的新车次的时刻表。男女厕所门前排着等待小便的人的长队。陆角的双勾虚线。大包袱和小包袱。大篮筐和小篮筐。大提兜和小提兜……他得出了这最后一段行程会是艰难的结论,他有了思想准备。终于他从旅客们的闲谈中听到了"闷罐子车"这个词儿,他恍然了。人脑毕竟比电脑聪明得多。

上到列车上的时候,他有点垂头丧气。在二十世纪八十年代的第一个春节即将来临之时,正在梦寐以求地渴望实现四个现代化的人们,却还要坐瓦特和史蒂文森时代的闷罐子车!事实如此。事实就像宇宙,就像地球、华山和黄河、水和土、氢和氧、钛和铀,既不像想象那样温柔,也不像想象那么冷酷。不是么,闷罐子车里坐满了人,而且还在一个两个、十个二十个地往人与人的空隙,分子与分子、原子与原子的空隙之中嵌进。奇迹般的不可思议,已经坐满了人的车厢里又增加了那么多人。没有人叫苦。

有人叫苦了:"这个箱子不能压!"一个包着头巾抱着孩子的妇女试探着能不能坐到一只箱子上。"您到这边来,您到这边来。"岳之峰连忙站起身,把自己的靠边的位置让了出来。坐在靠边的地方,身子就能倚在车壁上,这就是最优越的"雅座"了。那女人有点不好意思,但终于抱着小孩子挪动了过来,她要费好大的力气才能不踩着别人。"谢谢您!"妇女用流利的北京话说。她抬起头,岳之峰好像看到一幅炭笔的素描。题目应该叫《微笑》。

叮铃叮铃的铃声响了,铁门又咣的一声关上了,是更深沉的黑夜,车外的暮色也正在浓重起来。大骨架的女列车员点起了一支白蜡,把蜡烛放到了一个方形的玻璃罩子里。为什么不点油灯呢?大概是怕煤油摇洒出来。偌大车厢,就靠这一支蜡烛照亮。些微的亮光,照得乘客变成了一个又一个的影子。车身又摇晃了,对面车壁上的方形的光斑又在迅速移动了。离家乡又近一些了。摘了帽子,又见到了儿子,父亲该可以瞑目了吧?不论是他的罪恶或者忏悔,不论是他的眼泪还是感激,也不论是他的狰狞丑恶还是老实善良,这一切都快要随着他的消失而云消雾散了。老一辈人正在一个又一个地走向河的那边。咚咚咚,噔噔噔,嘭嘭嘭,是在过桥了吗?连接着过去和未来,中国和外国,城市和乡村,此岸和彼岸的桥啊!

靠得很近的蜡灯把黑白分明的光辉和阴影印制在女列车员的脸

上,女列车员像是一尊全身的神像。"旅客同志们,春节期间,客运拥挤,我们的票车①去支援长途……提高警惕……"她说得挺带劲,每吐出一个字就像拧紧了一个螺母。她有一种信心十足、指挥若定的气概,以小小的年纪,靠一支蜡烛的光亮,领导着一车的乌合之众。但是她的声音也淹没在轰轰轰、嗡嗡嗡、隆隆隆,不仅是七嘴八舌,而是七十嘴八十舌的喧嚣里了。

自由市场。百货公司。香港电子石英表。豫剧片《卷席筒》。羊肉泡馍。醪糟蛋花。三接头皮鞋。三片瓦帽子。包产到组。收购大葱。中医治癌。差额选举。结婚筵席……在这些温暖的闲言碎语之中。岳之峰轮流把体重从左腿转移到右腿,再从右腿转移到左腿。幸好人有两条腿,要不然,无依无靠地站立在人和物的密集之中,可真不好受。立锥之地,岳之峰现在对这句成语才有了形象的理解。莫非古代也有这种拥挤的、没有座位和灯光的旅行车辆吗?但他给一个女同志让了"座位"。不,没有座,只有位。想不到她讲一口北京话,这使岳之峰兴致似乎高了一些。"谢谢""对不起",在国外到处是这种礼貌的用语。忽然有一个装着坚硬的铁器的麻袋正在挤压他右腿的小腿肚子,而另一个席地而坐的人的脊背干脆靠到了他的酸麻难忍的左腿上。

简直是神奇。不仅在慕尼黑的剧院里观看演出的时候,而且在北京,在研究所、部里和宾馆里,在二十三平方米的住房和 103 和 332 路公共汽车上,他也想不到人们还要坐闷罐子车。这不是运货和运牲畜的车吗?倒霉!可又有什么倒霉的呢?咒骂是最容易不过的。咒骂闷罐子车比起制造新的美丽舒适的客运列车来,既省力又出风头。无所事事而又怨气冲天的人的口水,正在淹没着忍辱负重、埋头苦干的人的劳动。人们时而用高调,时而又用低调冲击着、替代着那些一件又一件,一天又一天,一年又一年的坚韧不拔的工作。

---

① 票车:铁路人员一般称客车为票车。

"给这种车坐,可真缺德!"

"你凑合着吧,过去,还没有铁路哩!"

"运兵都是用闷罐子车,要不,就暴露了。"

"要赶上拉肚子的就麻烦了,这种车上没有厕所。"

"并没有一个人拉到裤子里嘛!"

"有什么办法呢?每逢春节,有一亿多人要坐火车……"

　　黑暗中听到了这样一些交谈。岳之峰的心平静下来了。是的,这里曾经没有铁路,没有公路,连自行车走的路也没有。阔人骑毛驴,穷人靠两只脚。农民挑着一千五百个鸡蛋,从早晨天不亮出发,越过无数的丘陵和河谷,黄昏时候才能赶到 X 城。我亲爱的美丽而又贫瘠的土地!你也该富饶起来了吧?过往的记忆,已经像烟一样、雾一样淡薄了,但总不会被彻底忘却吧?历史,历史;现实,现实;理想,理想;哞——哞——咣喊咣喊……喀唥喀唥……沿着莱茵河的高速公路。山坡上的葡萄。暗绿色的河流。飞速旋转。

　　这不就是法兰克福的孩子们吗?男孩子和女孩子,黄眼睛和蓝眼睛,追逐着的,奔跑着的,跳跃着的,欢呼着的。喂食小鸟的,捧举鲜花的,吹响铜号的,扬起旗帜的。那欢乐的生命的声音。那友爱的动人的呐喊。那红的、粉的和白的玫瑰。那紫罗兰和蓝蓝的毋忘我。

　　不。那不是法兰克福。那是西北高原的故乡。一株巨大的白丁香把花开在了屋顶的灰色的瓦楞上,如雪,如玉,如飞溅的浪花。摘下一条碧绿的柳叶,卷成一个小筒,仰望着蓝天白云,吹一声尖厉的哨子,惊得两个小小的黄鹂飞起,挎上小篮,跟着大姐姐,去采撷灰灰菜,去掷石块,去追逐野兔,去捡鹌鹑的斑斓的彩蛋。连每一条小狗,每一只小猫,每一头牛犊和驴驹都在嬉戏,连每一根小草都在跳舞。

　　不,那不是西北高原。那是解放前的北平。华北局城工部(它的部长是刘仁同志)所属的学委组织了平津学生大联欢。营火晚会。"太阳下山明朝依旧爬上来……我的青春小鸟一去不回来""山上的荒地是什么人来开?地上的鲜花是什么人来栽?"一支又一支的歌曲激荡着年轻人的心。最后,大家发出了使国民党特务胆寒的强音:"团结就是力量……让一切不民主的制度死亡!"信念和幸福永远不能分离。

不,那不是逝去了的、遥远的北平。那是解放了的、飘扬着五星红旗的首都。那是他青年时代的初恋,是第一次吹动他心扉的和煦的风。春节刚过,忽然,他觉察到了,风已经不那么冰冷,不那么严厉了。二月的风就带来了和暖的希望,带来了早春的消息。他跑到北海,冰还没有化哩,还没有什么游人哩。他摘下帽子,他解开上衣领下的第一个扣子。还是冬天吗?当然,还是冬天。然而是已经连接着春天的冬天,是冬与春的桥。有风为证,风已经不冷!风会愈来愈和煦,如醉,如酥……他欢迎着承受着别人仍然觉得凛冽,但是他已经为之雀跃的"春"风,小声叫着他悄悄地爱着的女孩子的名字。

那,那……那究竟是什么呢?是金鱼和田螺吗?是荸荠和草莓吗?是孵蛋的芦花鸡吗?是山泉,榆钱,返了青的麦苗和成双的燕子吗?他定了定神。那是春天,是生命,是青年时代。在我们的生活里,在我们每个人的心房里,在猎户星座和仙后星座里,在每一颗原子核,每一个质子、中子、介子里,不都包含着春天的力量、春天的声音吗?

他定了定神,揉了揉眼睛。分明是法兰克福的儿童在歌唱,当然,是德语。在欢快的童声合唱旁边,有一个顽强的、低哑的女声伴随着。

他再定了定神,再揉了揉眼睛,分明是在从 X 城到 N 地的闷罐子车上。在昏暗和喧嚣当中,他听到了德语的童声合唱和低哑的、不熟练的、相当吃力的女声伴唱。

什么?一台录音机。在这个地方听起了录音。一支歌以后又是一支歌,然后是一个成人的歌。三支歌放完了,是啪啦啪啦的揿动键钮的声音,然后三支歌重新开始。顽强的,低哑的,不熟练的女声也重新开始。这声音盖过了一切喧嚣。

火车悠长的鸣笛。对面车壁上的移动着的方形光斑减慢了速度,加大了亮度。在昏暗中变成了一个个的影子的乘客们逐渐显出了立体化的形状和轮廓。车身一个大晃,又一个大晃,大概是通过了岔道。又到站了。咣——咔,铁门打开了,站台的聚光灯的强光照进了车厢。岳之峰看清楚了,录音机就放在那个抱小孩子的妇女的膝头。开始下人和上人,录音机接受了女主人的指令,"啪"的一声,不唱了。

　　"这是……什么牌子的?"岳之峰问。

　　"三洋牌,这里人们开玩笑地叫它'小山羊'。"妇女抬起头来,大大方方地回答。岳之峰仿佛看到了她的经历过风霜,却仍然是年轻而又清秀的脸。

　　"从北京买的么?"岳之峰又问,不知为什么这么有兴趣。本来,他并不是一个饶舌的人。

　　"不,就从这里。"

　　这里?不知是指 X 城还是火车正在驶向的某一个更小的城镇。他盯着"三洋"商标。

　　"你在学外国歌吗?"岳之峰又问。

　　妇女不好意思地笑了,"不,我在学外国语。"她的笑容既谦逊,又高贵。

　　"德语吗?"

　　"噢,是的。我还没学好。"

　　"这都是些什么歌儿呀?"一个坐在岳之峰脚下的青年问。岳之峰的连续提问吸引了更多的人。

　　"《小鸟,你回来了》《五月的轮转舞》和《第一株烟草花》。"女同志说,"欣梅尔——天空,福格尔——鸟儿,布鲁米——花朵……"她低声自语。

　　他们的话没有再继续下去。车厢里充满了的照旧是"别挤!""这个箱子不能坐!""别踩着孩子!""这边没有地方了!"之类的喊叫。

"大家注意啦!"一个穿着民警制服的人上了车,手里拿着半导体扬声喇叭,一边喘着气一边宣布道:"刚才,前一节车厢里上去了两个坏蛋,浑水摸鱼,流氓扒窃。有少数坏痞,专门到闷罐子车上偷东西。那两个坏蛋我们已经抓住了。希望各位旅客提高警惕,密切配合,向刑事犯罪分子作坚决的斗争。大家听清楚了没有?"

"听清楚了!"车上的乘客像小学生一样齐声回答。

乘务警察满意地、匆匆地跳了下去,手提扩音喇叭,大概又到别的车厢作宣传去了。

岳之峰不由得也摸了摸自己携带的两个旅行包,摸了摸上衣的四个和裤子的三个口袋。一切都健在无恙。

车开了。经过了短暂的混乱之后,人们又已经各得其所,各就其位。各人说着各人的闲话,各人打着各人的瞌睡,各人嗑着各人的瓜子,各人抽着各人的烟。"小山羊"又响起来了,仍然是《小鸟,你回来了》《五月的轮转舞》和《第一株烟草花》。她仍然在学着德语,仍然低声地歌唱着欣梅尔——天空,福格尔——鸟儿,布鲁米——花朵。

她是谁?她年轻吗?抱着的是她的孩子吗?她在哪里工作?她是搞科学技术的吗?是夜大学的新学员吗?是"老三届"的毕业生吗?她为什么学德语学得这样起劲?她在追赶那失去了的时间吗?她做到了一分钟也不耽搁了吗?她有机会见到德国朋友或者到德国去或者已经到德国去过了吗?她是北京人还是本地人呢?她常常坐火车吗?有许多个问题想问啊。

"您听音乐吧。"她说,好像是在对他说。是的,三支歌曲以后,她没有揿键钮。在《第一株烟草花》后面,是约翰·施特劳斯的《春之声圆舞曲》。闷罐子车正随着这春天的旋律而轻轻地摇摆着,熏熏地陶醉着,袅袅地前行着。

车到了岳之峰的家乡。小站,停车一分钟。响过了到站的铃,又立刻响起了发车的铃。岳之峰提着两个旅行包下了车,小站没有站台,闷罐子车又没有阶梯。每节车厢门口放着一个普通木梯,临时支上。岳之峰从这个简陋的木梯上终于下得地来,他长出了一口气。他向那位女同志道了再见,那位女同志也回答了他的再见。他有点依依不舍。他刚下车,还没等着验票出站,列车就开动了。他看到了闷罐子车的破烂寒碜的外表:有的地方已经掉了漆,灯光下显得白一块、花一块的。但是,下车以后他才注意到,火车头是蛮好的,是崭新的、清洁的、轻便的内燃机车。内燃机车绿而显蓝,瓦特时代毕竟没有内燃机车。内燃机车拖着一长列闷罐子车向前奔驶。天上升起了月亮。车站四周是薄薄的一层白雪。天与雪都泛着连成一片的青光。可以看到远处墓地上的黑黑的、永远长不大的松树。有一点风。他走在了坑坑洼洼的故乡土地上。他转过头,想再多看一眼那一节装有小鸟、五月、烟草花和约翰·施特劳斯的神妙的春之声的临时代用的闷罐子车。他好像还从来没有听过这么动人的歌。他觉得如今每个角落的生活都在出现转机,都是有趣的、有希望的和永远不应该忘怀的。春天的旋律,生活的密码,这是非常珍贵的。

发表于《人民文学》1980 年第 5 期

海 的 梦

下车的时候赶上了雷阵雨的尾巴。车厢里热烘烘、乱糟糟、迷腾腾的。一到站台，只觉得又凉爽、又安静、又空荡。潮润的空气里充满了深绿色的针叶树的芳香。闻到这种芳香的人，觉得自己也变得洁净和高雅了。从软席卧铺车厢下来了几个外国人，他们叽叽喳喳地说笑着，欧，欧地拉长着声音。"哈啰!"他们向缪可言挥了挥手，缪可言也向他们点头致意。有一个外国女人笑得非常温和，她长得并不好看，但是有很好的身材，走起路来也很见精神。此外没有什么人上车和下车。但是站台非常之大，一尘不染，清洁得令人吃惊。一幢幢方方正正的小房子，好像在《格林童话集》的插图里见到过似的，红色的瓦顶子亮晶晶地闪光。这个著名的海滨疗养胜地的车站，有自己的特别高贵的风貌。

说来惭愧。作为一个翻译家，作为一个搞了多半辈子外国文学的研究与介绍的专门家，五十二岁的缪可言却从来没有到过外国，甚至没有见过海。他向往海。年轻的时候他爱唱一首歌：

　　从前在我少年时……
　　朝思暮想去航海，
　　但海风使我忧，
　　波浪使我愁……

这是奥地利的歌儿吗？还有一首，是苏联的：

>我的歌声飞过海洋……
>不怕狂风,不怕巨浪,
>因为我们船上有着
>年轻勇敢的船长……

这两首歌便构成了他的青春,他的充满了甜蜜与苦恼的初恋。爱情,海洋,飞翔,召唤着他的焦渴的灵魂。A、B、C、D,事业就从这里开始,又从这里被打成"特嫌"。巨浪一个接着一个。五十二岁了,他没有得到爱情,他没有见过海洋,更谈不上飞翔……然而他却几乎被风浪所吞噬。你在哪里呢?年轻勇敢的船长?

汽车在雨后的柏油路面上行驶。两旁的高大茂密的槐树。这里的槐树,有一种贵族的傲劲儿。乌云正在头顶上散开。"马上就可以看见海了。"休养所的汽车驾驶员完全了解每一个初到这里的客人的心理,他介绍说。

海,海!是高尔基的暴风雨前的海吗?是安徒生的绚烂多姿、光怪陆离的海吗?还是他亲自呕心沥血地翻译过的杰克·伦敦或者海明威所描绘的海呢?也许,那是李姆斯基·柯萨柯夫的《谢赫拉萨达组曲》里的古老的、阿拉伯人的海吧?

不,它什么都不是。它出现了,平稳,安谧,叫人觉得懒洋洋的。那是一匹与灰蒙蒙的天空浑成一体,然而比天的灰更深、更亮也更纯的灰色的绸缎,是高高地悬在地平线上的一层乳胶。隐隐约约,开始看到了绸缎的摆拂与乳胶的颤抖,看到了在笔直的水平线上下时隐时现、时聚时分的曲线,看到了昙花一现地生生灭灭的雪白的浪花。这是什么声音?是真的吗?在发动机的嗡嗡与车轮的沙沙声中,他若有若无地开始听到了浪花飞溅的溅溅声响。阴云被高速行驶的汽车越来越抛在后面了。下午的阳光耀眼,一朵一朵的云彩正在由灰变白。天啊,海也变了,蓝色的玉,黄金的浪和黑色的云影。海鸥贴着海面飞翔,可以看见海鸥的白肚皮。天水相接的地方出现了一个小黑点,一个白点,一挂船上的白帆和一条挂着白帆的船。"大海,我终于见到了你！我终于来到了你的身边，经过了半个世纪的思恋，经过了许多磨难，你我都白了头发——浪花！"

晚了，晚了。生命的最好的时光已经过去了。当他因为"特嫌"和"恶攻"而被投放到号子里的时候，当铁门哐的一声关死，当只有在六天一次的倒马桶的轮值时他才能见到蓝天、见到阳光、得到冷得刺骨的或者热得烫脸的风的吹拂的时候，还谈得上什么对于海的爱恋和想念呢？而现在，当他在温暖的海水里仰泳的时候，当他仰面朝天，眯起眼睛，任凭光滑如缎的海浪把自己漂浮摇动的时候，他感到幸福，他感到舒张，他感到一种身心交瘁后的休息，他感到一种漠然的满足。也许，他愿意这样永远地、日久天长地仰卧在大海的碧波之上。然而，激情在哪里？青春在哪里？跃跃欲试的劲头在哪里？欢乐和悲痛的眼泪的热度在哪里？

他愧对组织上和同志们、老友们对他的关怀。平反——总有一天，中国人会到古汉语辞典里去查这些难解的词的吧？还有什么"特嫌""恶攻""反标"，这些古老的汉语的生硬的缩写，出现了崭新的不通的词汇。但他感谢这种离奇的缩写，它给那些荒唐的颠倒涂上了一层灰雾——以后领导上和同事们最关心他的是两件事，一个是好好疗养一下，将息一下身体，恢复一下健康。一个是刻不容缓地建立一个家庭。

对于前一点，缪可言终于接受了安排。对于后一点，他茫然，木然，黯然。"年轻的时候你想得太玄，后来又是由于政治运动的原因，现在呢，你总该安定团结地过过日子了吧？"同事们说。

然而，桃花、枣花，各有各的开花时刻。萝卜、白菜，各有各的播种节令。误了时间，事情就会走向自己的反面。《一千零一夜》里的装在瓶子里的魔鬼，最初许多年曾经准备给释放他的人以全世界的财富的报酬，但是，在绝望地等待以后，他却决心吃掉他的迟来的解放者。当然，他这样做的结果是无可逃避地被重新装进了瓶子。

当热心的同事一个又一个地给他"介绍对象"的时候，他不知为什么想起了这个故事。自然,他没有想吃人,没有准备以仇报德。他只是联想到自己误了点,过了站,无法重做少年。他联想到不论什么样的好酒,如果发酵过度也会变成酸醋。俱往矣,青春,爱情,和海的梦!

所以,他一听到"对象"二字便逃之夭夭,并为自己的逃之夭夭而讨厌自己。他想起了安徒生的童话《老单身汉的睡帽》。他想起了王尔德的童话《自私的巨人》,没有孩子的花园不会得到春天的光顾。是的,他的心里还堆积着冬日的冰雪。

然而大海没有厌弃他。大海也像与他神交已久,终得见面的旧友——新朋。她没有变心,她从没有疲劳,她从没有告退。她永远在迎接他,拥抱他,吻他,抚摸他,敲击他,冲撞他,梳洗他,压他。时而是蓝色的,时而是黄绿色的,时而是银灰色的。而当狂风怒卷的时候,海浪变成了红褐色,像是用滚烫的水刚刚冲起的高浓度的麦乳精,稠糊糊的,泛着黏黏的泡沫,一座浪就像一座山,轰然而下,飘然而散,杳无痕迹,刚中有柔,道是无情却有情。

大浪激起了他的精神,他很快地适应了。当大浪袭来,他把头钻到水里呼气,在水里睁开双眼,眼看着浪潮从头顶涌过,耳听着大浪前进的轰轰的雷鸣般的声音。然后,他伸出头,吸气,划动双臂,面对着威严地向着他扑来的又一个浪头,又一次把头低下,冲了过去。海浪奈何不了他,更增添了游海的情趣。他在大风浪里一下子就游出去一千多米,早就越出了防鲨网。"我这么瘦,只能算是三级肉,鲨鱼不会吃我的。"他曾这样说。但是,就在他兴高采烈地几乎自诩为大海的征服者、乘风破浪的弄潮儿的时候,他的左小腿肚子抽了筋。他想起"恶攻"罪的"审讯"中左腿小腿肚子所挨的一脚来了,那是为了让他跪下。他看看四周,只有山一样的大浪,连海岸都看不见了。"难道到了地方了?"他一阵痉挛,咽了一口又苦又咸的海水。他愤怒了,他不情愿,他觉得冤屈。于是,他奋力挣扎。他年轻的时候毕竟是游泳的好手,虽然是在小小的游泳池里学的艺,却可以用在无边无涯的惊涛骇浪中。他扳动自己的脚掌，又蹬了两蹬，最后，他总算囫囵着回到了岸上。没有被江青吃掉的缪可言，也没有被海妖吞噬。

"然而，我是老了，不服也不行。"这一次，缪可言深深地感到了这一点。什么老当益壮、重新焕发了青春啦，什么越活越年轻、五十二岁当做二十五岁过啦，所有这些可爱的豪言壮语都影响不了物质的铁一样的规律。细胞的老化，石灰质的增多，肌肉弹性的减退，心脏的劳损，牙齿的龋坏，皱纹的增多，记忆力的衰退……

而且他发现疗养地的人们大多是和他年龄相仿的人，如果不是更大的话。年近半百须发花白的，弯腰驼背老态龙钟的，还有扶着拐杖的，带着助听器的，随身携带抢救心肌梗死症的硝酸甘油片的，或者走到哪里都跟着医生、睡到哪里都先问有没有输氧设备的。这里的女同志不多，年龄也都不小了，绝大部分都腆着肚子。就连百货商场和食品店，西餐馆和中餐馆的服务员，也大多是四十来岁的人。他们业务熟练，对顾客态度好，沉稳耐心，招待首长和外宾都万无一失。

这样，他找不到一个游泳的伴侣。风一大，天一阴，人们干脆就不到海边去了。即使在风平浪静，蓝天白云的上好天气，即使在海水清得可以看见每一条游鱼和每一团海藻的时候，即使海浪的拍拂轻柔得像母亲向摔疼了的孩子吹的气，大部分人也只是在离岸二十米以内，在海水刚没过脚脖子，最多刚没过膝盖的地方嬉戏。倒是清晨和傍晚的散步，涨潮和落潮时的捡拾贝壳，似乎还能多吸引一些人，人们悠悠地迈动步子，他们的庄严而又缓慢的移动，就像天上的云霞一样不慌不忙。

没有同伴是再不敢游那么远了。缪可言把自己的活动限制到防鲨网以内了。每次下水半个小时，最多四十分钟，然后他上岸躺在细沙上晒太阳。他闭上眼睛，眼睛里有许多暗红色的东西在飞舞，在变化和组合，好像是电子计算机上显示的符号。他觉得自己对不起这个海。海是这样大，这样袒露着胸怀，这样忠实而又热烈地迎接着他。来——吧，来——吧，每一排浪都这样叫着涌上沙滩，耍——吧，耍——吧,又这样叫着退了下去。

海——呀——我——爱——你!缪可言有时候也想向带着咸味、腥味、广阔而自由的海风这样喊上一嗓子。但是他没有喊。周围都是些从容有礼,德高望重的人。他这种"小资产阶级"的狂喊,只能被视为精神病发作的征兆。

更多的时候,他只能沿着滨海的游览公路走来走去。从西山到东山(这是两个小小的半岛,小小的海湾),慢步要走一个半小时。岸边的被常年的海风吹得一面倒的红柳使他十分动情,这些经常出现在大西北的戈壁荒滩上的灌木却原来也常常长在海边。生活,地域,总是既区别又相通的。海岸像山坡一样伸展上去,高处建造着一幢又一幢的小楼。站在小楼上看海,大概是很惬意的吧。而现在,站在岸边,视线却似乎达不到多远,他所期待的辽阔无垠的海景,还是没有看见。

一条水平线(同样也应该叫做地平线吧?)限制了他的视野,真像是"框框"的一个边。原来,海水也是囿在框框里的。当然,这里有眼睛的错觉。当他不是面向着海照直望去,而是按照海岸线的方向向东面或者西面延伸、扩展,望向远方的时候,他觉得自己是看到了很远很远的地方。正面看海的时候,地平线和海岸线横在眼前,而且远近都是一色的波浪,无从比较,无从判断。而侧面看过去呢,两条线是纵向的,岸上的景物又给人以距离的实感,于是,你的"观"感就大不相同了。虽然你一再提醒自己,由于地球是圆形的,那么你的视线在不受任何遮拦的情况下,也只能达到八公里处。正面看不会更少,侧面看也不会更多。然而这种科学的提醒,改变不了不科学的眼睛的真实的感觉。

真正辽阔的不是海而是天空,到海边去看看天空吧,他多么想凌空展翅!坐在飞机上,哪怕上升到一万米,两万米,大概也体会不到一只燕子的欢乐。燕子是靠自己的双翅,自己的身体,自己的羽毛和自己的膂力。燕子和天空是不可分割的一体,而波音707,却要把机舱密闭。只有站在地面上的人，才觉得坐着飞机的人升得很高很高。

就站在海边，向往这铺天接海的云霞吧。大面积的，扇面形的云霞，从白棉花球的堆积，变成了金色的菠萝。然后出现了一抹玫瑰红，一抹暗紫，像是远方的花圃，雪青色、灰黑色、褐色和淡黄色时隐时现，掺和在一起。整个的天空和海洋也随着这云霞的色彩而渐渐暗下来了，又陡地一亮，落日终于从云霞的怀抱里落到了海上。好像吐出了一个大鸭蛋黄，由橙黄橙红变得鲜红，由大圆变成了扁圆，最后被汹涌的海潮吞没了。

缪可言常常仰视天空。海边的天空是不刺目的，就像海边的太阳不会灼伤人的皮肤。浓雾一样的水汽吸收了多余的热和光。看着这天空，他感到一种轻微的、莫名的惆怅。巨大的，永恒的天空和渺小的，有限的生命。又一天过去了，过去了就永不再来。

一到这时，他就有一种强烈的冲动：脱下衣服，游过去，不管风浪，不管水温，不管鲨鱼或是海蜇，不管天正在逐渐地黑下来。黄昏后面无疑是好多个小时的黑夜，就向着天与海连接的地方，就向着已经由扇面形变成了圆锥形的云霞的尖部所指示的地方游去吧，真正的海，真正的天，真正的无垠就在那里呢。到了那里，你才能看到你少年时候梦寐以求的海洋，得到你至今两手空空的大半生的关于海的梦。星星，太阳，彩云，自由的风，龙王，美人鱼，白鲸，碧波仙子，全在那里呢，全在那里呢！

"呵，我的充满了焦渴的心灵，激荡的热情，离奇的幻想和童稚的思恋的梦中的海啊，你在哪里？"

然而，他游不过去了，那该死的左腿的小腿肚子！那无法变成二十五的五十二个逝去了的年头！

也许，不游过去更好一些？北欧一个作家描写过这样一个神奇的小岛，它有着无与伦比的美丽，它吸引着几个少年人的心。最后，当这几个少年人等到天寒地冻时，费尽千辛万苦，用整整一天的时间滑雪前去造访了这个小岛之后，他们才发现，小岛上除了干枯暗淡的石头以外,什么都没有。小说极为精彩地刻画了这种因为找到了梦所以失去了梦的痛苦。何况,缪可言已经过了做梦的年纪!

所以,他想离去。梦想了五十年,只待了五天。虽然这里就像天堂。不仅和阴潮的、恶臭的、绝望的监牢比是天堂,而且和他的忙碌、简朴、困窘的日常生活相比也是天堂。到处都有整齐如带的一排又一排的树,哪一排是法国梧桐,哪一排是中国梧桐,都不会错的。连交通民警的白色制服也特别耀眼,连大风也不会扬起哪怕一点点尘土,因为这里没有尘土。这里的土质是一种褐红色的细沙,是一种好像在医院里用生理食盐水反复冲洗过的细沙。它毫不粘连,毫无污染。而且街道上每天都要一遍又一遍地洒水和清扫。在这里换上新衬衫,一连过去几天,领子和袖口也不会脏。

他住的疗养所栽着许多花。低头可以赏花,抬头可以望海。可以站在前廊上数过往的帆船的数目。夜间,大家都入睡了以后,他可以清晰地听到大海的潮声,像儿时听到了睡眠着的母亲的呼吸。大海有多悠久,这海的呼吸就有多悠久。大海有多沉着,这海潮的起伏就有多沉着。而当海风骤紧了的时候,他听得到海的咆哮、海的呐喊、海的欢呼,好像是千军万马的厮杀。

而且这里有很好的伙食。人的一生中不是总能够吃到好东西的。在"号子"里的时候,寂寞压迫得人们要发狂。这时不知道谁搞到了一本残缺的成语词典。于是"犯人"们玩起算命来,不看书,自己报一个页码和第几个条目,然后翻开查看,撞上什么成语,就说明自己的命运是什么。当然,如果翻开一看是"罪该万死""遗臭万年"或者"杀一儆百",那就不免要垂头丧气一番。如果是"前程似锦""苦尽甘来"或者"山重水复疑无路,柳暗花明又一村",就会引起一阵欢笑。缪可言唯一一次找出的成语竟是"山珍海味",这四个字带来了多少希望和快乐呀!美美的一顿精神会餐!(大家各自绘形绘色地描述自己吃过的美味)现在呢,山珍虽然无有,海味却是管饱。鱼、螃蟹、虾、海蜇、海带直到海白菜……食油按每人每月一公斤供应,四倍于城市居民。而且缪可言每天伙食费只交六毛,却按一块八的标准吃。休养所的彩色电视机是二十英寸的。休养所有乒乓球、扑克、康乐球、围棋和象棋,邻近的休养所还经常放映外国新片。

那么,他究竟缺少了什么呢?这里究竟缺少什么呢?那些非正常死亡的战友的亡灵永远召唤不回来了,自己的一番雄心壮志也永远召唤不回来了。他说要走,惹得休养所所长十分不安。我们的工作有什么差池么?服务员的态度不好么?伙食不合口味么?蚊帐挡不住蚊虫和小咬么?和其他的休养员有什么"关系"问题么?所长热烈地挽留他。他的介绍信上本来开的是疗养一个月。

但他若有所失。天太大。海太阔。人太老。游泳的姿势和动作太单一。胆子和力气太小。舌苔太厚。词汇太贫乏。胆固醇太多。梦太长。床太软。空气太潮湿。牢骚太盛。书太厚。

所以他坚持要走。确定了要走,情绪好了一些,晚上多喝了一碗大米绿豆稀饭。多夹了两筷子香油拌的酱苤蓝丝。饭后,照例和休养员伙伴沿着海岸散步,照例看天、云、海、浪花、渔船。再见吧,原谅我!他对海说。他好像一个长大了,不愿意守着母亲生活的孩子,在向母亲请求宽恕。我走了,他说。

快要入睡的时候,他走到果园里方便了一下。他走回前廊,伸长脖子,看了一下海,只见一片素雅的银光,这是他从来没有看到过的,哦,今夜有怎样团圞的明月!海上生明月,天涯共此时。在满月下面,海是什么样子的呢?不肖的儿子再向母亲告一次别吧,于是,他披上一件衣服,换上布鞋,一个人悄悄走出去了。

他感到震惊。夜和月原来有这么大的法力!她们包容着一切,改变着一切,重新涂抹和塑造着一切。一切都与白天根本不同了。红柳、松柏、梧桐、洋槐、阁楼、平房、更衣室和淋浴池、海岸、沙滩、巉岩、曲曲弯弯的海滨游览公路以及海和天和码头,都模糊了,都温柔了,都接近了,都和解了,都依依地连接在一起。所有的差别——例如高楼和平地,陆上和海上——都在消失,所有的距离都在缩短,所有的纷争都在止歇,所有的激动都在平静下来,连潮水涌到沙岸上也是轻轻地、试探地、文明地,生怕打搅谁或者触犯谁。

而超过这一切,主宰这一切,统治着这一切的是一片浑然的银光。亮得耀眼、活泼跳跃却又朦胧悠远的海波支持着布满青辉的天空,高举着一轮小小的、乳白色的月亮。在银波两边,月光连接不到的地方,则是玫瑰色的、一眼望不到头的黑暗,随着缪可言的漫步,"银光区"也在向前移动。这天海相连,缓缓前移的银光区是这样地撩人心绪,缪可言快要流出泪来了。这一切都是安排好了的,海在他即将离去的前一个夜晚,装扮好了自己,向他温存,向他流盼,向他微笑,向他喁喁地私语。

海——呀——我——爱——你!他终于喊出了声,声音并不大,他已经没有了当年的好嗓子。然而他惊起了一对青年男女。他完全没有注意到,就在他脚下的岩石上,有一对情侣正依偎在一起。他完全没有思想准备,完全想不到他会打扰年轻人。因为这里和城市的公园或者游泳池不同,这里简直就没有什么年轻人。但是,他确实已经打扰了人家,女青年已经从岩石上站了起来,离开了男青年的怀抱。他恍惚看到了女青年的淡色的发结。他怀着一种深深的歉疚,三步并两步地离开了这个地方。他非常懊悔,却又觉得很高兴,很满意。年轻人在月夜海滨,依偎着坐在一起,这很好。海和月需要青春,青春也需要海和月。但他们是谁呢?休养员里没有这样年轻的,服务人员里也没有这样年轻的。事后他才依稀感到了在自己的耳膜上残留着轻微的本地口音。那么说是农民!一定是农民!是社员?是回乡知识青年?是公社干部?还只是最一般的农民?反正是青年。反正农民也爱海,爱月,爱这"银光区"。那就更好。这天和地,海和人,都显得甜甜的了。

这是什么声音?哗——哗,不是浪,不是潮,这只能是人的手臂划动海水的声音。他顺着这声音找去,他看到了在他刚离去的岩石下面,似乎有两个人在游泳。难道是那两个青年下去游水了么?他们不觉得凉么？他们不怕黑么？他们把衣服放到了哪里？喔哟，看，那两个人已经游了那么远，他们在向着他向往过许多次、却从来没有敢于问津的水天相接的亮晶晶的地方游去了呢。

缪可言觉得有点眼花，这流动的、摇摆的、破碎的和粘连的银光真叫人眼花缭乱。是不是他看错了呢？那里两个人吗？人有这样的游泳速度吗？难道是鱼？人鱼？美人鱼？

不，那不会错，那就是人，就是刚刚被惊动了的那两位热恋中的青年人。缪可言又有什么怀疑的呢？如果是他自己，如果倒退三十年，如果他和他的心爱的姑娘在一起，他难道会怕黑吗？会嫌冷吗？会躲避这泛着银光的波浪吗？不，他和她会一口气游出去八千米。就是八公里，就是那个极目所至的地方。爱情、青春、自由的波涛，一代又一代地流动着、翻腾着，永远不会老，永远不会淡漠，更永远不会中断。它们永远和海，和月，和风，和天空在一起。

他唱起了一支歌。他怀着隐秘的激情回到了休养所。入睡之前，他一下子想起了好几首诗，普希金的，莱蒙托夫的，拜伦的，雪莱的，惠特曼的，还有他自己的。他睡了，嘴角上带着微笑。

"怎么样？这海边也没有太大的意思吧？"送他走的汽车驾驶员说。这位驾驶员是一个善解人意的心理学家，而且他已经得悉缪可言是个古板的老单身汉。然而这回他错了，缪可言回答道：

"不，这个地方好极了，实在是好极了。"

发表于《上海文学》1980年第6期

深 的 湖

　　那就先从一九八〇年四月的一个星期天说起，郊游踏青是上一个星期天的事，同学们登上长城也风骚了一阵子，什么"江山如此多娇"啦，什么"大风起兮云飞扬，安得猛士兮守四方"啦，什么"八十年代，立志成材，从我做起"啦，热热闹闹的叫声里又夹杂着几声"小丫挺的""食堂的饭票要作废"和"今宵离别后，只有那夜来香"之类的不谐和音。音调虽然各有不同，但是人心所向，大势所趋，大家一致认为春天是到来了。

　　而我们正处于生命的春天，人生旅途的春天。因为我们的平均年龄是二十三岁，比动乱以前的历届大学生的平均年龄高一些，比工农兵学员的平均年龄低一些。如果班上没有锦红、长江他们几个"老三届"，我们的平均年龄只有二十一。"人生能有几许二十一？"这是小蚂蚱喝了半升啤酒（就着两毛钱粉肠）以后，所作的庆贺我的二十一岁生日的诗章里的名句。三月十四日，过生日那一天，班头儿邵夫子本来建议我用食堂的玉米面发糕来祝寿，但是大家一致认为这是"四人帮"极左思潮的流毒。蚂蚱真够意思，他们集资买了一块真正的生日蛋糕，最便宜的那一种，连盒三块七毛五，免收粮票。

　　过生日和春游以后，我有点激动，就是说有些兴奋又有些烦恼。我现在是双料春天的化身，二十一岁的青春与一九八〇年的初春。我住在六个人一间的宿舍里，上下双层铺，屋里充满了留兰香牙膏、白玉霜香皂、回力牌球鞋、孔雀牌尼龙袜、维尔肤牌润面油和压倒这一切的只有双料春天拥有者才能排得出来的汗的气味。我的功课考得不好,将来当研究生和保送出国都没有希望。我认为学理工而不学文是抉择上的一大错误,而这是由于我的嘿嘿嘿傻笑的爸爸和哼哼唧唧的妈妈死说活说的结果。我不会任何一种乐器,不会跳三步、四步、探戈和迪斯科,不识乐谱而且嗓音毫不洪亮柔润,写的字像蜘蛛爬,英语的发音更是惊心动魄。我虽然长着一个傻大个子,但是一脸的呆气,轮廓极其一般化,缺乏性格或者才能的光辉,尤其缺乏对姑娘们的吸引力。总之,我所认为的一个新时期的二十一岁的年轻人所应该具有的一切,我几乎都没有。虽然不知有多少人羡慕我的境遇,也许还有人看着眼热、眼红。

这个星期天我一醒来就觉得有点不安。阴沉沉,凉飕飕,我估计气温不超过摄氏十五度,哪里像春天?哪里有明媚的阳光?我的灵敏的鼻子闻到了一丝泥土的气息。我们屋从来都是开着窗子睡觉,除去严冬腊月的数九寒天。是雨!春雨!春雨下得你潮潮的,柔柔的,你的心发涨了……就像钱塘江涨潮。

"夫子"起床以前要在被窝里默念英文单词,"蚂蚱"要按摩自己的皮肤直到红透专深,长江要长啸一声:"啊!"金铃(多像个女孩子的名字)要模拟鸡叫、狗叫、香港歌星唱歌和林彪喊万岁的腔调……而我,只用会蹩脚的英语喊一声:

"盖特阿普!松!(快起来!)"

"我们今天干什么?"蚂蚱问。"按既定方针办!"金铃回答,嘎嘣脆,不假思索。大家笑了起来,然后互相取笑着谁夜里打呼噜像火车头,谁夜里说梦话直叫"老娘"。

我们的"既定方针"便是各自吃过六两馒头(星期日两顿饭)以后等锦红来带我们去美术展览馆。锦红,女,年已三十,身高一米七五,鹅蛋脸,动作老练利索,具有丰富得可疑的学识和经验和无疑是全班中最高的威望。比较起女生,她更喜欢和男生在一起。虽然她的婚姻状况同样是可疑的一片空白,但没有任何人敢在背后议论她,因为一提到她,连最调皮的蚂蚱也觉得自己被镇住了。

湿了地皮的柏油路是多么美丽!湿者诗也。湿路面反映出一个一个的影子就像一首首朦胧诗。特别是一串骑自行车者的影子,那种参差而又飘拂的移动,那种失重者遨游太空的自由,就像电子琴奏出的《彩云追月》。于是金铃唱起了"青春啊青春……""我不喜欢这支歌儿!"我马上声明。金铃瞪了我一眼,唱得声更大了。他的嗓子确实有那么一丝丝像金铃。"我喜欢这支歌!我最喜欢这支歌!"蚂蚱挑战似的宣布,一边说一边一跳一跳地向我冲来,好像准备为这个歌儿与我决斗。"讨厌!这个歌儿听着就讨厌!"当意识到我现在一比二处于劣势的时候!我就大喊大叫起来了。

"算了,换一个歌儿吧!"锦红大姐挥了挥手。"为什么?"金铃不解地看着她,好像看着一个新的不等式。

"青春啊青春,美好的时光……"我愤怒地怪声怪气地学着唱,"贱贱的,甜得发腻!你听着这个歌儿,就好像咽下了一块口香糖!口香糖,本来是只兴在嘴里嚼一嚼,吹吹泡儿的!他把咱们哥们儿的青春当成泡泡糖了,放到他的嘴里,用舌头抵过来、抵过去,嚼扁了,又噗叭吹成一个大白泡,你听了一个响,傻小子就鼓起掌来了。你这一鼓掌,他就把那块嚼过的胶姆糖嘴对嘴吐到你的口腔里。青春啊青春,你再这么一扭,咯噔,咽到肚子里去了!"

依我的雄辩真应该派到联合国安理会当大使,看来起床前的悲观情绪是太片面了。大家对我的口才表示惊异,连锦红也发出首肯的微笑。金铃自知难以取胜,便说了一句:"平常看不见,偶尔露峥嵘!"蚂蚱又抨击了我一句:"狗掀帘子——全仗着嘴!"算是捞回了一点面子。

和解,嘻嘻嘻嘻。改唱《乌苏里江船歌》和"那正月里开的是海呀海棠花……"新华书店建筑工地,脚手架、混凝土搅拌机和塔式起重机。粮店,招牌上写着议价小磨香油、芝麻酱、花生油、玉米油、花生米、绿豆、赤豆、黄豆和面包、切面、饺子皮、馄饨皮。挖好了的植树坑和运来的四季常青的树苗，预告着更美好的明天，可惜算不准成活率。商店和橱窗里有压力锅、落地式台灯、红灯牌电子管收音机和昆仑牌黑白电视机。民航站营业处门口的一位服装整齐的交通警正在指挥一辆装满即将上天的旅客的轿车驶出。到处弥漫着潮润清凉鲜嫩而又怯生生的空气。我们的肺里、心脏里和每一粒细胞里，都弥漫着春雨的分子。

美展的白楼房有点忧郁。只有在晴空下它才是耀眼的、高高在上和不可一世的，而在毛毛细雨里它像一堆正在融化的雪人。门口的收票人员粗声粗气，接票的时候不肯正眼看我们一下，却扭过头冲着十尺外的一个什么女人大叫："馊不了！听我的没错！"天鹅绒上剪贴的"第×届美术作品展览会"几个大字非常潇洒，写这个字的人肯定不食烟火，没有参加过统一招生考试也没有插过队。几盆万年青的墨绿色的叶子提醒我们已经进入了一个高雅和文静的天地，我为自己的粗俗而深深懊悔。

我们进入了展览大厅，迅速地被各种美术作品吸引了去。应接不暇，眼花缭乱，又想停又想走。停与走的矛盾乃是看一切展览的基本矛盾，而在这一基本矛盾中，走是矛盾的主要方面。一走就散开了，实际上各人有各人偏爱的作品。金铃立刻就被一幅题名为《练》的油画吸引住了，画面上是一位健美的女运动员，她弯着腰系鞋带，尽善尽美地显示出她的修长的四肢和舒展的身材。画家一定是一个狡猾的人，他为他的画幅取了一个正经得一字千钧的名字。金铃当然最喜欢这样的画了，所以他喜欢唱"青春啊青春……"抓住长江的却完全是另外的内容和形式。那幅叫做《伯乐》的中国画触目惊心！一匹瘦马和一个只剩下了一身瘦骨的干巴老头儿，伯乐发现了千里马，热泪里充满了幸福。为什么长江那样激动？他以为自己是千里马，为找不着伯乐而愤懑吗？无聊而又无用的老式伤感，这种伤感的牌号比张小泉剪刀的牌号还要老两千年……但不，长江不是一个咋咋呼呼的人，为什么他不该或不会有另一种悲哀呢？以他的谦虚与克己,他肯定是为自己而并非为千里马感到对伯乐不起。对世界,他很容易满足,唯一不满足的是对他自己。"比'四人帮'的时候强多了!"这就是他对我们的一切牢骚怪话的唯一的反应。邵夫子茫然、木然,他对美术本来毫无兴趣,他不知道这里有什么可看的。他来这里完全是为了不脱离本宿舍的群众。蚂蚱正在冲着一批彩墨花卉犯傻,娇媚的荷花,火热的梅花,玲珑的睡莲和放纵的菊花,他都喜欢。他喜欢一切鲜明和强烈的东西。锦红看过几遍了,她不慌不忙,走在最后面。我明白了,她在考试,她在观察我们的趣味,也观察其他的参观者。一个驼背的、深度近视的老头儿总是用难懂的广东话询问:"这张画是什么意思?"看来他需要掌握每幅画的论点和逻辑。一个女青年一边看美术品一边织着毛衣。一个大汉在展览厅正中旁若无人地打了一个喷嚏,他的样子很有自信。有什么法子呢?既然春雨带来了春寒,春寒夹杂着春雨。

看展览对于心智和灵魂都是一次冒险。带着仅有的十块钱去百货公司是性质颇为相近的另一项冒险。有一次我带着钱和布票去买一件上衣,但我一进商店就觉得头晕眼花了。杏仁巧克力和陈皮李,床头灯和家用温度计,三色圆珠笔和人造革活页夹,塑料熊猫和削水果皮的小刀搅得我喘不过气。卖五金电料的售货员笑容可掬,她一招呼……得,上衣没买成,却买了莫名其妙的桅灯和密码锁。

所以我带着提防的神情看每一幅画,每一幅木刻和每一件雕塑。我默默地走在那些美丽的颜色,美丽的线条,美丽的阴影中间,微微有点伤心。我想起了一九七八年那次使我几乎垮掉的经历。

一九七八年七月期终考试刚刚完毕,我给家里写信,说是暑假不回去了,到省城上大学才刚刚半年嘛。我和长江到锦红家里去玩。锦红给我们端来了一盘白糖拌西红柿,然后给我们讲述她在一九六六年和六七年四次借串联为名周游全国的事。然后我们讨论西湖风光,瞎子阿炳,毛选五卷上为什么有一处把"干净"印成"干尽",啤酒为什么供不应求和李双江与李光羲两个男高音的唱法的异同优劣。后来我们谈得累了,锦红打开录音机为我们放了一段她在部队时用电脑作的曲子,听得我和长江都呆头呆脑,一边打着哈欠一边说:"不错,不错。"然后,锦红给我们找了几本画册。

我到今天还记得那本画册最初给我的印象。封皮的四个角磨烂了、磨卷了三个,发出一股油乎乎的哈喇味儿,好像它的主人的职业是卖炸油饼。封面上写着"春天"两个大字,一看到这两个字我就想到挖鱼鳞坑、栽树苗、拖拉机夜间耕地和二牛抬杠的古老的犁,我还想到连刮四十天大风,嘴唇干裂,新菜下不来顿顿吃生了芽的土豆,鸡蛋开始大量上市和化了冻的土路上的深深的辙印。春天两个大字下面是两行小字:"庆祝中华人民共和国成立五周年 青年美术工作者油画作品选"。五周年?就是说一九五四年。那时候我还没有出生,我在哪里呢?我不相信那时候我就是一个零。这么大个子,这么欢蹦乱跳、满腹牢骚、如火如荼、乱七八糟的一个大小伙子,怎么可能当初是个零呢?我开始翻这本画册,但并没有兴趣,摆出的是一副冷眼旁观、藐视一切的老油子劲儿。

忽然,我的眼前一亮,心里头一亮,好像一间锁了许多年的黑屋子,突然门窗大开。天光阳光霞光水光火光电光,全照进来了,东风西风南风北风春风秋风,全吹进来了。这幅画的题目叫做《湖畔》,占画面三分之二的是波光粼粼的湖水,这不就是我的那个湖吗?瞧这每一条波纹和每一点光斑,瞧这水里的蓝天!小时候,我在这儿打水漂儿,我冲着湖水喊叫:"一个小孩写大字,写,写,写不了……"我们这一代人都会念这首没有意义的、没有办法解释的童谣,该不是"现代派""意识流"的童谣吧?究竟什么时候,我就长成了这么一个大个子呢?除了个子一无所有的大个子啊!湖水边是一株垂柳,老树上长满了鲜嫩的枝叶,老树新枝,光阴荏苒,我年已十九了矣!小时候,我觉得十九岁是一个多么伟大、多么成熟、多么无所不能而又无所不有的年纪!树下是一个年轻人的背影,虽然只是一个小小的简单的背影,但是我知道他在想什么,他在笑什么,他在欣赏流连什么、寻求等待什么。小时候,我曾经在湖水里寻找小鱼,小虾,蛤蜊,青蛙,仙女变成的天鹅,孙悟空变成的螃蟹,会拔萝卜的小白兔,会说话的金丝鸟和密林深处的神秘的小房子……然后,这一切都完了,湖水里映出来的是一个高举着拳头的红小兵,敬祝着心中最红最红的红太阳。那时我盯着湖水,心想湖里会不会冒出一个杀人放火、害死了公社的牛、狼狈逃窜的地主?那我就一定要和他搏斗,把他扭送到公安派出所。然后我失去了湖水,我得到的是漫天的风沙。但是如今,我怎么又坐到湖畔了?这摇荡的波纹和甘美的、混杂着一点生命的腥味儿的气息,这交织在我的脸上和身上的树影和湖光,这年年发出新枝的早已老态龙钟的垂柳……什么,要辣椒糊不要?不,别忙,请等一等,你看这里写的是什么,杨恩府,可是木易杨,报恩的恩,政府的府?杨恩府他是谁?为什么我认识他?他是——我爸爸!

是的,我要辣椒糊,这是我的爸爸。不,我不要辣椒糊,这不是我的爸爸。吃面条了,然而我仍然心神不宁。收音机里在播送刘心武的小说,窗外传来了推着小车卖油盐酱醋的小伙子敲梆子的声音,长江吃起面条来 terlou, terlou, 辣椒糊已经催出了脑门子上的汗珠。锦红盯着我,她问:"你怎么有点五迷三道?"

我说:"我是说那张画,那张叫那个《湖畔》的画。"

"不错,"锦红很高兴,"那是这一册里画得最好的一幅,好就好在那湖水,每个人都可以从这湖水里看到自己的幻想,自己的愿望。你说是吗,长江?"她转头去问长江。

"是这样的,那湖水是很清的。"

"那么,你看见了什么呢?"

"很少,很少。"

"但是很明确,门门功课优秀,然后考研究生,当博士,然后你夫人给你生一个大儿子。"

"当然,能做到这一点并不容易。"

"你呢？"

他们的对话好像是两只蚊子在哼哼。我只听得见声音，却听不出意思。

"你呢？"

这是在问我么？我一惊，咬面条的牙齿咬了自己的舌尖，"我想，暑假我还是要回家，我要看一趟我的爸爸。"

我回答完了，好像才从回忆中明白了锦红方才说的一句话："那是这一册里画得最好的一幅……"画得最好，画得最好，锦红的声音凝结着和反复着，我感激得几乎哭出来了。当，当，当，时钟在打点。当，当，当，火车站的钟也在报时。

我爸爸是个什么样的画家呢？我坐在咕咚咕咚地响着的火车上想。那是一九六六年，我七岁。我早就盼着上小学了，从三四岁爸爸就给我买了一个小挎包，每天早晨我就背上挎包（包里还装着几本小画书）假装要上学去。一满七岁，家里大人和亲朋好友就像齐唱一样地赞道："快当学生了！"可，一九六六年暑假过去了，学校不招生——停课闹革命。

于是爸爸把我带到他的画室里。那时候所有的文艺工作者都被人家革命或者革人家的命去了，但是画画的人从不歇着。爸爸从早到晚恭恭敬敬地画像，汗珠子摔到地上顾不得擦。锣鼓喧天，进来一队红卫兵姐姐。领头的那个多好看呀，俩小辫撅得高高的，噘着小嘴显得挺厉害。她们一满穿着新新的草绿色军装，胳臂上别着大红袖标。她们站齐了念语录，爸爸赶紧站正掏出了语录跟着念。别看我还没上学，我也已经学会上百条语录了，我知道会背语录和会唱语录歌是天底下最光荣的事情。我高高兴兴地和她们一起念："凡是错误的思想，凡是毒草……""凡是反动的东西，你不打他就不倒……"一边念一边看两根犄角一样的小辫一挺一挺。然后，她们宣读了一项什么"十万火急通令"，说是有一幅叫做毛主席和孩子的画，画里有反动标语、反动符号和反动形象十几处。然后,她们纷纷喊叫起来,责备爸爸画的领袖像上只有一只耳朵:"这是什么意思?胆大包天!恶毒攻击我们心中的红太阳偏听偏信!"我听了她们的话,往墙上一看,确实,所有的标准像上都是只有一只耳朵。太可恨了,为什么只画一只耳朵呢?我的爸爸是一个反动的家伙吗?我应该怎么样和他斗争呢?我觉得又可怕,又新鲜,又有趣……红卫兵姐姐们当场要求爸爸为画像添上另一只耳朵。

标准像只能见到右耳朵,这是因为那是一张微微侧面的头像,左脸颊只能看到颧骨和腮帮子一线,耳朵被这一条线挡在后面了,当然看不见。但是当时我并不明白这一点,我觉得红卫兵姐姐们提得很有理,本来人人都有两只耳朵嘛,为什么只画一只?什么意思?于是,我目不转睛地注视着爸爸为主席像添耳朵。可怜的爸爸呀,看他那个为难劲儿吧,他的脑门子上全是黄豆粒大的汗珠,好像是他没上麻药却叫人拔掉了一颗牙齿。他浑身哆嗦,好像是刚打过针,而针头断在了他的屁股蛋子里。他还是努力地画了,他增加了一只耳朵,画在了毛主席的颧骨上,还没有画完,大家都怔住了——谁想到这只耳朵加上去竟是这样一副怪样子!"我有罪……"爸爸吓慌了,他低下了头,不等别人按脖子,自己先做出一个"喷气"的架势。他的腿在簌簌地发抖,他的脸灰白无血色,这时候,谁要是咳嗽一下或者向他吹一口气,他准保就会趴下的。

红卫兵姐姐们面面相觑。为首的人皱起了好看的小眉头。第二个人涨红了脸,她的一颗痦子一跳一跳的。第三个人哟了一声。第四个人嘴噘得可以挂上一个油瓶。第五位眼睛里只剩了眼白——好可怕呀,我吓哭了,而且我知道,爸爸已经是反革命了。

窗外传来了高音喇叭的鸣叫声,汽车的轰轰声和振臂高呼声。梳小辫的红卫兵姐姐指着爸爸含含糊糊地说了一句大概是"要老实点"之类的话,就把我们丢开了。她喊了一声口令,整整齐齐地冲杀出去了。

273

火车继续朝前走,越过了一棵树又一棵树,一根电线杆又一根电线杆,一道河又一道河,一块田又一块田。餐车服务人员卖饭来了,我要了一碗挂面,馊馊的,几片带着厚皮的肥猪肉,乘客们一面吃一面骂。我脑子里又浮现了一九七七年十一月高等学校招生考试的场面。头一天上午是考数学,几何题我做得还差不多,代数却是一塌糊涂。我想起来学代数的那一年因为妈妈生病,又因为爸爸叫我帮着他盖一间小厨房,请了好几次假,就更加烦恼。交卷以后已近中午,说好了爸爸送饭来的——下午还要接着考政治——但在校园里我找不着他。原来,考场所在的这个学校门口,有一个民警站岗,不准闲杂人等进来。天下着雪,冷风阵阵,我走到校门口,啊,我看到了这么多望子成材、伫立雪中的爸爸,这么多可怜的爸爸哟!我的眼圈湿热了。在这些爸爸当中,就有我的爸爸。说来惭愧,我可没有一个体面的爸爸呀!他身高不到一米七,长长的下巴像一个锅铲,头发理短了更显出脑袋长得不方不圆不正不匀称,有点罗圈腿,又有点八字脚,还爱缩脖子……说来令人伤心,就为他这个德性,我还哭过呢!那是小学的时候,有一次开家长会,爸爸就这样邋里邋遢地去了,和同学们的心广体胖的、大块头的、双眼皮大眼睛一笑两个酒窝的、穿毛哔叽裤子和坐小汽车的爸爸们相比,他寒碜得让我哭了!

就是这个爸爸,在我考大学那天站在校门口、站在风雪里,提着一网兜的烙饼卷烧羊肉,等着我。他的帽子上、肩膀上、后背上已经是厚厚的一层雪,他忘了扑打……他看见了我,看见了我那阴沉的脸色,不知道是问我的考试的情况好还是不问的好。他不知道应该怎样巴结我,把吃的递给我,我嫌饼凉、饼硬,咬了一口,又嫌羊肉太咸、烧的时候放的花椒太多,可就在当时我也知道,这点羊肉用了我们全家一个月的肉票……我为什么那样不懂事呀?我们为什么有权利轻视和折磨我们的爸爸?爸爸的手冻得通红,鼻尖冻得通红,脸上流着的不知是雪水、汗水还是泪水。他低声下气地从怀里掏出了一个行军壶,壶里装的是带着他的体温的糖茶水,然后,他又哆哆嗦嗦地从衣袋里掏出来两块包装精美的杏仁巧克力。我来了气,我不但拒绝接受这额外的热量和营养,而且抱怨说:"从小就光知道给我吃糖,我的牙都烂了,可什么时候关心过我的学习,家里一有事就让我请假。'书读多了会变蠢',您也是这样说的呀……现在倒好,招生制度变了,又恨不得让我给您考个状元!您还说'小龙没有问题',您怎么知道没有问题?问题大了!我告诉您,上午数学不及格,干脆就是零蛋,这个大学我不考了……"

就是这样一个渺小的和慈祥的爸爸,一个从来没有在我面前显出过任何才气和灵感的、除了画宝像以外只会给样板戏电影画广告画的爸爸,一个为了买一斤羊肉甘愿排两个小时的队的爸爸,难道是他在二十四年以前画出了那样明丽和温柔的图画?难道他的心里也曾经有过青春,新绿,湖光,追寻和幻想?在快到达我的家所在的 M 市车站的时候,我盯着对面行李架上的一个捆得歪七扭八的、用乡下粗布裹着的行李包,忽然想到,那位《湖畔》的作者杨恩府,不过是与爸爸同名同姓罢了,否则爸爸怎么会从来没有对我讲过这些画呢?

"爸爸,《湖畔》是您画的吗?"

"嗯?胡什么?我不认识。刚下火车,心火大,晚上咱们包馄饨。噢,酱油也不多了,还需要点虾米皮、冬菜和霉干菜。紫菜也是麻烦,塑料包里紫菜干净,可是不香,零卖的紫菜味儿冲,可全是沙土……"爸爸一面和妈妈研讨着晚饭的烹调,一面往一个大草篮子里装瓶子。我的天呀,到处是瓶瓶罐罐,装酱油的、装醋的、装二锅头的、装料酒的、装卤虾酱的、装泡菜的、装雪里蕻的……

爸爸提着五个污秽的玻璃瓶子出门去了。妈妈端起了洗衣盆,"小龙,把内衣快快换下来,你怎么脏成了这个样子?离家才半年,你身上都有了味儿了。"

"那是卤虾味儿和泡菜味儿!"我抗议说,"妈,您能不能告诉我,爸爸二十多年以前是不是画过一张画,叫做《湖畔》的,有湖水,柳树和一个青年？"

"画过又怎么样？你看看你那个衬衣领子,这哪像个大学生？"

"那真是爸爸画的吗？"我有一点激动了。

"美术学院的学生嘛,高山和大河,草原和海,都画的。《湖畔》是他大学二年级的时候画的。可你到底脱不脱脏衣裳？唉呀,洗衣粉不够了,忘了告诉你爸爸,打醋的时候带洗衣粉来,咦,你怎么了？"

"我……去……换衣裳……"我转过了头,忍住了泪。

晚饭以后,趁着妈妈去刷碗,趁着爸爸坐在自己打的、不成样子的"土"沙发上吸烟,我对爸爸说:"我看到了您五十年代的一幅画:《湖畔》,我挺喜欢它。"

爸爸正在津津有味地吐烟圈,他满足而又平静。妈妈刷碗,发出劈里啪啦的响声和倒水的哗哗声。灯光照到玻璃窗上,映出我和爸爸的形影。爸爸怔了一下,好像完全没听见我在说什么,好像他的思想游走到了什么别的地方。然后,他一动,不知为什么把他最喜爱的"饭后一支烟"的烟头,放在鞋底子上蹭了一下,灭了火。他有点结巴地问:"什什么？你看了湖湖畔？现在还有人保存着那玩意儿？"

什么叫"那玩意儿"呢？我不解地看着他,他的局促不安只有那么一小会儿,然后用一种漫不经心的、应该说是带着嘲弄意味的声调问我:"你喜欢？"

我点点头,好像有一股电流通过了我的全身,我想起了这位画家是怎样给颧骨上加耳朵……

"唉!"他叹了一口气,"那是上一辈子画的喽!"他笑了,好像在说什么俏皮话儿,"幼稚,肤浅,单薄,小资产阶级的情调,没有多大意思……"他一口气说出一串褒贬的话,轻而易举,"嗯,你期末考试成绩怎么样？下学期能不能申请助学金？你们的宿舍是不是朝阳？"

我不信教,我也不懂古代史,我不知道耶稣基督是不是真的被钉到了十字架上。然而,我却感觉到,我正在体会钉子钉到身体里的滋味。不过,扎出来的并不是血,我像一个皮球,被扎了洞,泄气了……

然后妈妈刷完了碗,问我们喝茉莉花茶还是喝凉白开水。然后爸爸打开了收音机,是关学增在唱北京琴书,内容是批判"四人帮"诬蔑别人是"唯生产力论"。然后是邻居的一只黑白花加肥墩墩的猫拨开门进到我们家来,妈妈说应该把它轰走,爸爸说可以不轰,因为头一天晚上睡觉听到顶棚里响动,可能有耗子。然后妈妈征求我的意见明天早晨是不是吃炸馃子,明天中午是不是吃懒龙,明天晚上是不是吃芝麻酱蒜拌茄泥。然后来了一位客人赵叔叔,然后是倒茶,推让、炒葵花子和端来葵花子,赵叔叔和爸爸谈了他们所在的电影发行公司的头头儿可能换人以及换人可能带来的利弊影响以及关于即将评级和调整工资的一些传闻,葵花子皮扔了一地。临走的时候爸爸托赵叔叔给弄一张自行车票,赵叔叔托爸爸给联系一下他的女儿转学。然后收音机里播送板胡独奏《大起板》。然后妈妈绕着弯儿向我提出一堆问题,核心是想摸一摸我们班女生的情况和我与这些女生的关系。我故意说起锦红,二十八岁,她爸爸是干部,至今问题未做结论,而她既要过饭、卖过冰棍又周游过全国、参过军,会用电子计算机作曲。妈妈目瞪口呆,又拼命看着爸爸,爸爸却嗫嗫嚅嚅,嘴里好像含着热茄子。然后收音机里改播国际新闻,好像是约旦王国又出了点什么事情,而猫就在这时把暖水瓶碰翻了,嘭的一声巨响,水银玻璃化做碎片,热水流到了地上。妈妈喊了起来,并乘机对爸爸大发怨言、全面否定……然后我们就寝了,我瞪着顶棚,耳边却是火车轰轰的声音,身上十分沉重,好像血管里流的不是鲜血而是鳔胶。爸爸快睡熟的时候忽然大叫了一声,我一惊,然后他的细长的鼾声和妈妈的低沉的鼾声配合在一起了。像两位男女歌唱家的混声二重唱,和谐,天衣无缝……

这是一次沉重的经历。虽然我与我的爸爸之间似乎并没有出什么事,虽然此后的一切应该说是命运之神向着我们微笑。我是恢复高考制度以后考进去的大学生。在我接受再教育的那个知青点，只有我一个男生和另外两个女生考取了大学，我简直是天之骄子。我的家庭呢，一九七九年初爸爸被落实了政策（他在一九五八年曾经作为白专道路的典型被大会批判，而且受到了留团察看的处分），又提了一级工资。那年夏天他被推举为省美术家协会的筹备组成员。年底，爸爸和妈妈又调到了省城工作，家搬了来，并且立刻搬进了新房子——八层楼上的一个小单元。由于新房子多了一间房，我可以少看到一些瓶子罐子。从我的亲戚朋友那里传来的也尽是些好消息，这个出狱，那个官复原职，这个提级，那个调回了下乡的子女，这个平反以后找到了对象结了婚，那个头一天在结论上签字第二天就做准备去美国考察……

是福星高照吗？我怎么觉得别别扭扭？那个吃馄饨的晚上，我的上大学以后刚刚觉醒的对于美的向往、追求和爱，被粉碎了，像被那只黑白花的肥猫撞倒了、爆炸了的铁皮暖水瓶。幼稚的、肤浅的、脆弱的、小资产阶级的……如果它的创造者都用这样的词句去糟践它、抛弃它，那么，我不是更加幼稚、更加脆弱、更加可怜吗？为什么我要上大学呢？为什么我要和锦红她们接近？在农场的知青点，一顿饭吃六碗炸酱面，一次扛三百六十斤重的装大米的麻包，冒着大雨挖树坑栽树苗，顶着风卸生石灰和洋灰。坐在拖拉机上，迎着铺天盖地的尘土颠荡六个小时以及晚间在男宿舍里听那些小野兽一样的肮脏的、侮辱女性的谈吐，那不是更好一些吗？滚它的吧，波光粼粼的湖水，滚它的吧，摇曳多姿的柳枝……最真实也最坚强的，不是美，而是庸俗、是众多的和污秽的玻璃瓶、是卤虾油和雪里蕻、是走后门和凤凰烟茅台酒……我接受再教育期间，爸爸给队长送过烟和酒，送就送吧，他却哆哆嗦嗦，好像他不是送酒而是偷酒，唉，没本事干就别干这个！

在他画《湖畔》的时候他是"白专"，在他提着酒送人和在颧骨上加了耳朵之后，他却被承认是画家了，这不荒唐吗？啊，我是多么痛苦！痛苦与觉醒俱来，睡着的人有福。爸爸曾经引用过一句据说是来自五十年代的苏联电影的话："长眠就是幸福！"人是真正的贱骨头！如果"四人帮"不被粉碎，如果我根本无法哪怕是去试一试考大学，如果爸爸不被落实政策，如果我们不解放思想，如果我们每天用紧张的原始的劳动来充塞我们的生命，如果我和爸爸妈妈大家每天总是诚惶诚恐，如果每隔那么些日子我们就开大会、表忠心，揪出这个、批斗那个，如果我们根本不提什么现代化、什么赶上西方的生产、科学水平，而是坚持认为我们从来就是老子天下第一，如果我们不给这个平反，不给那个恢复名誉，不讨论真理标准而只是膜拜伟大英明……也许我快乐而满足！比上不足，比下有余，再不济也比"宽严大会"上被戴上铐子押走的强！劳动上三四年，我也会抽上来，当不上工农兵学员也还能去卖肉、剃头、炸油饼。我可以一个月挣四十块钱，我可以有城市户口、商品粮、肉票、购货本。我可能托二胖小朱子搞木料，也保不齐地顺手牵羊从爸爸的画室里拿几块三合板、五合板。我可以一边打着五斗橱一边搞对象，这个不成换另一个，谈判成了亲嘴，谈判不成拉吹。我可以东家串来西家走，有了关系样样有。我可以喝酒行令，哥儿俩好，胖斯来呆（日本拳）、老虎杠子鸡，你我英雄怕老婆。我可以通宵搬砖（打麻将），亮四打一，中心五，曹操打鼓，戴高帽子，钻桌子，罚喝凉水……打完一宿牌就可以上批判会上发言。是可忍孰不可忍？其心又何其毒也！

　　但是，当我睁开了眼睛，当光明照亮着一个又一个的角落，当各种人和事以他们自己的面目凸现出来，这一切就变成了不可忍受的了。

　　家搬到了省城，住进了楼房，爸爸笑声多了，看书多了，沉思也多了，胸部好像也稍稍挺起了些。人海浮沉，可笑！我每隔一个星期回家一趟，自己说这是"歇大礼拜"，但即使回来也很难找到共同语言。爸爸妈妈总是追着我谈话，我却觉得他们不论怎么绕圈子，无非是两个目的：一、不要太偏激，变成什么"不同政见者"（可笑，对于大字报上的把戏，我从来就没有兴趣），二、选择女朋友要慎重，因为我还太小。但他们告诉过我，他们是二十岁就恋爱，二十三岁就结了婚的。有一次爸爸激动了，他唱起了解放前后在他的学生时代最爱唱的歌，《跌倒算什么》《团结就是力量》《光明赞》《年轻人火热的心》还有《红莓花开》，他滔滔不绝地给我讲他唱这些歌儿的时候的经历。那时代，那生活，那火一样的青春。他的眼睛里含着泪花，他脸上显出了红晕。他说，他经历了一个伟大的时代而现在是他的二度青春。我好像看到了另一个年轻的爸爸。然而，当他异想天开地要求我学会他所喜爱的所有这些歌儿时，我却反感起来。难道因为你喜欢它们，我就应该喜欢它们吗？你是在什么情形下面唱它们的，而我现在又是在什么情形下面呢？我回答他的是："爸爸，我也给你唱唱我上中学时候学会的歌！"然后我唱："老三篇不但战士要学……"当我看到他那种失望、愤怒而又不知所措的样子的时候，我真有点得意呢。

　　我变成了契诃夫小说的热爱者，我又时而写一些悲哀的诗。庸俗，野蛮，多么野蛮的生活啊！我好像戴起了契诃夫的夹鼻眼镜，用我那颗敏感的、温柔的、高尚的心发现着和透视着一切庸俗。李教授讲着他那二十五年前就写好了的讲义，而且口齿更加不清楚、更加不许别人怀疑他的论断了——这是庸俗。大食堂里弥漫着蒸锅水和煮萝卜的味道，排队买饭的学生用筷子头儿敲着搪瓷碗——这是庸俗。阅览室里有人出声地打喷嚏、打哈欠，还有人嘴里发出生葱或者生蒜的气味——这是庸俗。看电影的时候相邻的两个人争着把自己的胳臂肘放在同一个扶手上，不惜互相挤、互相碰撞——这是庸俗。领口硬挺或是有油污，手绢太肮脏或者太鲜艳，穿得太破或者太新，哼哼香港流行歌曲或者什么歌也不会唱，见人就要谈论外国或者从不谈论外国，认识所有小汽车的型号或者见到高级轿车就远远地躲开，张口就批评别人思想不解放或者张口就声明自己对一切新情况看不惯，男生说话女声女气或者说话粗鲁蛮横，女生而摆出一副"假小子"的架势或者作出一副大家闺秀、小家碧玉、才女或者美女的架势——这也通通是庸俗……人们,我是爱你们的,然而,你们的生活是太庸俗了!我真想站在云端向着世界发出这么一个夫契克(伏契克)加契诃夫的呼喊,用刘秉义和魏启贤式的男中音。

然而,我向谁说呢?我在哪里说呢?我写下了一首诗,叫做《失却》,其中有几段是这样的:

> 似一曲不尽悲歌萦绕在我的心头,
> 你就是那歌中的最凄凉的音符,
> 时间令我识破了那么多虚伪丑陋,
> 心中便只剩下了冷漠与虚无。
>
> 往日的一切像一座隆起的坟墓,
> 我蒙受着永远失去你的痛苦,
> 梦魂若是一叶眷恋江河的扁舟,
> 就让它载着我漂洋过海把你寻求。
>
> 期待着有一天能再见到你的倩影,
> 像冻僵的百灵仍然在歌唱春之树,
> 向着大地我千声呼唤:你在哪儿?
> 我的纯真,我的青春,我的爱慕!

写完这首诗,我觉得自己确有才能。接到爸爸的电话,他要去北京出席什么会议——他倒是欣欣向荣!我说没有时间给他送行了,但我要给他寄一封信,我把悲哀的诗寄给他了,又加上一句话:"您和您的生活,已经变得多么庸俗了啊!"

我立刻收到了爸爸的回信,回信使我吃了一惊,原来,他也写诗,他写道:

> 那不就是我么,小小的恩府,这样年轻,

一样的悲哀，一样的心，一样的梦，
一样的善良所以一样的有点软弱啊，
我的儿子，我的未来，我的无穷。

她捉弄你，她嘲笑你，她什么也不给，
就是这样也要去爱，去追，去献出热情，
去爱生活，这就对了，这就是光明。

她浑浊，她肆虐，她吞噬着细小的生命，
就这样也要去扬帆，跨鲸出征，破浪乘风，
美丽的小湖以外还有大海汹涌！

她踢打、撕咬、摔你个鼻青脸肿，
就这样也要骑上去，紧握缰绳，
去追赶那颗最明亮的属于你的星星。

喊一声再见，告别那娇嫩的洁净，
来吧，海浪！来吧，太阳！来吧，狂风！
你终将得到生活这个野姑娘的爱情！

　　读完了爸爸的信我请假跑回了家里，却碰见爸爸正在和妈妈为一件微不足道的小事情吵架。妈妈为爸爸准备行装，爸爸说他的一件最喜爱的旧上衣被妈妈搞丢了。爸爸非要这件上衣不可。最后妈妈只好承认已经将它处理，因为现在已经不是在 M 市了。在省城或者去北京，如果穿上那件上衣，就会被认为是上访的。爸爸问上访者有什么不好，为什么像上访者会成为一种耻辱，爸爸激动地说，不能好了伤疤忘了疼，不能轻视上访者。妈妈说不要瞎搅和，你无非是小气鬼，舍不得花三十块钱买一件蓝涤卡新上衣。

现在让我们回到美术展览会上来。在一九八〇年的春天,在这个细雨蒙蒙的时刻,我已经不是两年前的我,五年前的我,以至一年前的我了。甚至于连契诃夫的那个夹鼻眼镜和他的(我想象的)温柔伟大的声音,也不那么吸引我了。如果把契诃夫调到我们这个省城来,除了叹息他又会做什么呢?而把一切都看得那么庸俗本身,莫非也是一种庸俗么?

我完成着一个普通的——不是最好的,也不是最坏的——大学生所应该完成的一切,然而内心里却好像有一种疑惑。而对于我的疑惑本身,又是一个疑惑。就这样,我看完了整个美展。我远远地欣赏每件作品,却不让某个作品真正征服我。一个秀美的女孩子的面影,她的头发上的散乱的光点是多么迷人,像天使……然而,到哪里找这样的女孩子呢?她不爱哭吗?她不爱吃零食吗?她不小性儿、爱生气甚至嫉妒人吗?一座把天堑变成通途的桥,然而桥的形状并不符合力学、建筑学的原理,然而,又怎么能要求画家获得了桥梁工程系的毕业证书再画桥呢?一只可爱的熊猫,它只能吃嫩竹子叶,它难道是中国的象征?一个满脸皱纹的老农民,惊心动魄的皱纹啊,它画得虽好,也只能是昨天,也许是前天的表征,而我们要求的是今天和明天。一个雄赳赳气昂昂的大公鸡,它迈着正步,好像是鸡近卫军的司令官,好像在带领它的部队参加阅兵分列式,它的庄严,正是滑稽。江南水乡的烟花三月,又是一年芳草绿,依然十里杏花红,"又是"和"依然",这四个字加在一起便是寂寞和单调的重复。海边的渔帆,海鸥在成群结队地飞,礁石上激起了雪白的浪花,浪花沉寂下去又沸腾起来了,礁石莫为所动。一个古代的石匠,匍匐着膜拜他自己凿雕出来的巨大的石兽,这幅的题目叫做《永恒》。永恒是什么,是一块巨大的、冰冷的、怪模怪样的石头么?

"挺有意思,挺好。"从美术展览会上走出来的时候,天开始放晴了,而且立刻就暖和了。金铃兴奋地说:"比过去进步多了,画家们都在表现自己的思想和感受,特别是那幅叫《七月》的画,多么热烈,看啊看啊,你的心都发烫了!"

"你大概是喜欢画上那个妞克儿(女孩子)的大脚丫子吧?瞧那脚丫子,就像一艘船!"蚂蚱打趣说。

"真庸俗!"金铃转过了脸,表示不屑与这种俗人攀谈,他不由自主地又哼哼起"青春啊青春"来了,忽然又想起了什么,看了我一眼。

"我不明白,为什么提到脚丫子就庸俗呢?我们没有脚丫子能行吗?那么说,澡堂子里修脚的人就是世界上最庸俗的人了?那么,要是我们得了脚鸡眼,可找谁去呢?"

蚂蚱总是喜欢抬杠,他的思想活跃而没有条理。金铃干脆离开他远一点,他声明,欣赏美术作品的目的不是为了在欣赏之后讨论脚鸡眼。长江和解地买了六根冰棍儿,说是他要请客,大家都很兴奋,但是掏钱的时候他摸了半天口袋只掏出了两毛七分钱,不足的三分钱是我给他补上的。路边有两个骑车的人扶着车站在那里直着脖子吵嘴,不知道他们俩是谁挂了谁的自行车前轱辘。有一个黑不溜秋的土老冒儿戴着没有撕掉商标的蛤蟆镜走来,他穿的喇叭裤不伦不类,还提着一个半大不小的单喇叭录音机,放送着转录了八十遍的嘈杂而又嗲声嗲气的歌曲。邵夫子批评美术展览上没有什么有分量的作品,我问他什么叫分量,难道美术作品可以用秤称?金铃问锦红中国什么时候才能出现毕加索,锦红回答中国虽然没有毕加索但可能有金加索、邵加索。长江说看完美展觉得咱们生活的这个世界确实是挺可爱的。蚂蚱继续钻研脚鸡眼的问题,并联系着提出来最近风行一时的一篇小说:女主人公在赏红叶的时候男主人公告诉她二十米以外有人卖黄花鱼,这证明女主人公是多么高雅而男主人公是多么庸俗。立刻人们分成了几派,金铃坚持认为,无论如何,当一个人正在兴致勃勃地欣赏秋天的红叶的时候与她讨论黄花鱼的问题是做了一件蠢事。邵夫子认为,如果在赏秋二十五分钟以后再买二斤黄花鱼,那么秋日就会更加美妙,一切决定于时间、地点、条件,男主人公的最大错误是手表走快了二十五分钟。我心想,如果二十五分钟以后黄花鱼卖完了呢？蚂蚱认为关键问题在于女主人公自己吃不吃黄花鱼，如果她一向不吃黄花鱼，应该到医院里去检查肠胃，如果她同样吧唧着嘴吃鱼，她就无权责备别人关心吃鱼。长江补充说，何况目前黄花鱼供不应求，如果是他在赏红叶而他的爱人告诉他那边有卖黄花鱼的，他会先去排队买上黄花鱼再回来观赏红叶不迟。

他们问我的观点，我想不清楚。我在想如果是契诃夫，他将怎么对待黄花鱼呢？他不会愿意亲自排队去买黄花鱼的，但他的瘦弱的多病的身体却需要动物蛋白质的补充。他看不起醋栗和牡蛎，但是他仍然同情厨娘，他终归也会多少吃过一些醋栗、牡蛎、黄花鱼吧？他也需要别人去替他捞黄花鱼，买黄花鱼，煎黄花鱼的。至于我的爸爸，他会毫不犹豫地先撂下红叶而去买黄花鱼的，和那篇小说的男主人公一样。幸好我的妈妈和那篇小说的女主人公不一样，否则他们老两口不是要打离婚吗？至于我自己，我爱红叶，我不希望在看红叶时受到黄花鱼的干扰，但我希望在食堂或者家里的饭桌上，隔长补短地有干烧黄花鱼出现。

人们问锦红，锦红一笑，她说："我们还没有条件不为黄花鱼操心啊！然而，你们果真以为小说中的那两位人物感情破裂是因为黄花鱼吗？不，不是因为黄花鱼而感情不好，而是因为感情不好才讨厌黄花鱼。黄花鱼是代人受过，而感情是勉强不得的，哪怕你批评这种感情也罢。"

大家觉得锦红的总结比较深刻，便住了嘴，蚂蚱又开始计算距离下午开饭还有多少小时多少分。锦红突然对我说："对你，我太失望了！"

"什么？"我不明白，而且吓了一跳。

"你就没有看到那我最想让你看的东西吗？"

"什么？"

"我首先是为了你，才招呼你们大伙儿来看美展的啊！"

"什么？"

"那个石雕,你父亲的。"

"什么?"

于是她告诉我,那里陈列着我父亲的新作,四件石雕,有马、鲸鱼和狮子,而其中最好的一件叫做《猫头鹰》。石头的线条非常简单朴素,从远处看像立着一块大白薯。猫头鹰的眼睛是凹进去的,是两个半圆形的坑。坑壁光滑、明亮、润泽,充满了生机和希望。然而,坑是太深、太深了!那简直是两个湖,两个海!那可以装下整个的历史,整个的世界。她说:"他把他们那一代人的悲哀和快乐,渺小与崇高,经验和智慧,光荣和耻辱……还有其他的一切的一切,全装进去了。"

她问:"你竟然根本没有在意?你竟然根本没有看到?"

是这样的吗?我的脸上好像挨了一记耳光,火烫火烫。父亲说过,他要搞雕刻了,他还说让我帮他去拉石头,我没答应。

我说:"我没想到……我觉得他,他可是真的有点庸俗,有点渺小啊!"

锦红责备地摇着头,摇着头。"不。"她说,"你不了解他。也许他根本不是你看到的、你说起的那样。也许,他在创作里灌注了太多的想象和激情,日常生活里就显得疲劳、恍惚。有这样的事,我也曾经对许多比我们年长的人失望过。然而到头来……"

到头来,到头来我没有看见我父亲的新作!一个让锦红佩服得不得了的新作,我有眼无珠!我好像有这么一点印象啊,好像展览会的角落摆着几块普普通通的石头,我好像想走近去看一看,不知为什么却错过了,就像瞎子一样地错过了。

"不,我要回去看看……"我说。

"别发神经,下午有下午要做的功课。"锦红阻止住我。

下礼拜日我该回家一趟了,我要和父亲好好谈一谈。如果他不是忙于排队买豆腐,如果他不陷入和妈妈的无聊的纠纷。我要从猫头鹰的深眼窝说起。我要探寻这湖水的深处,而不是只看到表面的泡沫和涟漪。即使他时时忙于买豆腐和时时陷于和妈妈拌嘴也罢,即使他曾经在颧骨上画耳朵和提着一瓶子酒送给队长也罢,他毕竟曾经找到过如今又重新找到了他在生活中的位置。正像他给我的诗里所说,他有属于他的明亮的星星。而我呢?

世界上能有几个爸爸叫儿子佩服呢?我们惯常以为,我们的爸爸是可怜的,守旧的,胆小的,白白地操劳的,啰里啰嗦的,世故庸俗而又无可奈何的。总之,我们的爸爸多半是一些已经或者即将被时代、被潮流、被生活所超越、所抛弃的人。我们以为,他们的脑子里装满了往事,老经验,老处方,老牢骚,亡故的亲朋故旧的名单,存款单据号码,补酒配方……他们还能吸收什么新东西吗?他们还能理解我们的像春天的雏燕,像折了翅膀的小鹰,像被大风吹来吹去的蒲公英,像刚刚浇过粪稀的萝卜缨,像奔腾泻下的瀑布,像在乱石里转弯的流水,像凌晨四点钟顶着鲜红的肉冠子打鸣的雄鸡,像正在脱毛的光秃秃的小鸡,像在天空爆响的二踢脚,像又冒烟又嗞啦嗞啦地响的湿柴上的火苗子,像含苞欲放的鲜花,像被虫子咬得缺了瓣儿的花朵一样的青春吗?

我的老天爷!我一口气造了一个二百多字的长句,这一下子不知道又气昏了几多爸爸!爸爸,您千万别生气,我这就给您拿清凉油来……

然而,这次是轮到我自己用清凉油了。无论如何,是我甚至于瞪着眼却看不见爸爸创造的猫头鹰的深眼窝。

来到学校大门口的时候,我们约定,休息二十分钟之后,一起去自习室。

那究竟是一对什么样的眼窝呢?

发表于《人民文学》1981年第5期

温　　暖

　　世界上确实有许多令人不快的事情,在这些事情当中,他以为,最可憎的莫过于排队了。请想想看吧,大好的生命,大好的时光,竟一个小时又一个小时地投放在那无聊的、卑微的、完全没有把握的和令人沮丧的期待中了。这简直像是把生命的圣水倾倒在龙须沟里。排队时的移动,这最缓慢与最渺小的前进! 排队时的争吵,这最粗鄙与最兽性的争吵! 而售货者对排队者的态度,有时比希特勒对犹太人的态度还要冷酷。排队者对售货者的态度呢,像佞臣又像叛逆,用谦卑包含着仇恨,拼命讨好但又恨不得把对方撕个粉碎……

　　这里说的当然不是那种正常的,难免的,表示着礼节和秩序的排队。这里——让我给您举几个例子吧,当然是在那十年期间,有一次V镇的副食蔬菜店来了一筐冻带鱼,运鱼的三轮摩托一到,还没等卸车,柜台前面就拉开了队伍。简直是神出鬼没,您无法知道从哪儿出现了那么多时刻准备买鱼、时刻准备排队的人。您可能怀疑他们的身上都带有全世界最先进的电子带鱼感应装置和水产品信息交流设备,您可能认为他们都受过三年至五年的专门训练。任何将领、游击队领导人或者谍报官员见到这一支在十一秒钟之内闪电般地集合起来的、吃苦耐劳、百折不挠、忍辱负重、不怕牺牲、不怕无效付出代价而又剽悍凶猛的队伍都会咋舌,都会既羡且妒。何况,这支队伍的机动能力不仅表现在集合和坚韧、表现在召之即来或者不召即来方面,而且表现在善后挥之或者不挥即去、表现在同样(不,要更快些)可以在一至两秒钟内分散转移化整为零不留痕迹方面。

现在回过头来谈那一筐带鱼。关于这一筐带鱼的气味和品质以及关于这一筐带鱼大约有百分之多少另有任用,这里暂且不谈,因为它们都不属于生活的本质和主流。我这里只把我们的小说的主人公的发现记录下来。他正从这里走过,他过去看了一下,而且还数了一下——他的眼力和计数能力都很惊人,数的结果,带鱼有六十二条,排队的却已经有一百多人。"唉,人比鱼多,排个什么劲儿?"他喊了一句,队伍仍然有增无减。他看看四周,幸亏没有人听到他的这种"恶攻"言论。

所以,他发誓不排这种队。他深信排队的结果得不偿失。他断定,这样购得的食品所能产生的卡路里和这样购得的衣料所能保持的卡路里远远低于排队中所支付的卡路里。这样的排队即使能够成功——购得了人们向往追求的物品——也抵偿不了排队者在时间、生命、尊严特别是人格方面的损失。

然而,经过了一九六七年一月三十一日的那次排队以后,他的这些愤世嫉俗的想法变了,甚至于,他觉得他的世界观也发生了一些变化。

那是一个小风阵阵,雪花时飘时停的灰色的日子。一夜都有时远时近的锣鼓声和呐喊声。各种人在欢呼各自的"特大喜讯",在庆贺夺得了一枚又一枚橡皮图章,在批斗那些被揪出来的和被踏上一只脚的。他睡得不踏实,倒不是听到由于这些响亮的、振奋人心的声响——他早已就听惯了,而是由于他下决心要在下一天排队。

反常的行为表现了非凡的勇气,来源于比较高尚(哪怕只高出零点零一毫米)的目的。他排队的目的是去买一九六六年下半年的定额砖茶。立竿见影,一九六六年上半年砖茶等物品还敞开供应,夏天一闹,就改成了定量,写购货本。而在这个边远的小镇,天高皇帝远的客观条件再加上"归根结底就是一句话:造反有理"的无畏气概,售货员们掌好"权",用好"权",少数民族不可或缺的砖茶的予夺之权操在了他(主要是她)们手里,他们可以给自己的亲朋好友大量供应,不写购货本。这样,有购货本待写未写、即待买而未买到砖茶的人就只好排长队,望长队而兴叹,望(希望的望)长队而不得了。每个月只卖那么一两天,其他时间根本无货。所以,赵荣国他从打定量供应那一天起,就没买过这个砖茶。汉族人口每月的供应量是少数民族的二分之一,每人每月一百克,他家有四口人,半年积累,四六二十四,两公斤四百克,达一整块湖南砖茶外加四百克。一九六六年结束了,食品店本来打算宣布这一年的购货本作废的,但因为没有买上砖茶的人太多,弄不好了要闹事,故而又延长一个月,特别照顾居民可用旧购货本在一月份内购买前一年的砖茶。恰恰在这个时候,一位无儿无女的维吾尔贫民老太太,因砖茶不够喝得了头疼病。她是赵荣国的邻居,赵荣国觉得有义务帮助她,于是他咬牙下定了决心,排队!

一月三十一日凌晨,四点多钟他就起床、捅炉子、续煤了。他已经好久没有这样早起、这样主动地行动,并且有明确的目标了。他想起了上学的时候起早赶车去过团日——春游,他想起了当干部以后起早集合去割麦子。他觉得今天似乎多少重新体验了这种充实、紧迫,事情和运动在等待着人、催促着人的兴奋的感觉,他甚至有一点快活了。热包谷面糊糊的时候,洗碗筷的时候,磕开一个咸鸡蛋的蛋壳、把鸡蛋剥出来的时候,他的四肢和躯体似乎比平常有劲,也灵活。五点钟,他抹了抹嘴,披上皮大衣,迈开大步,向一个挂着"卫东食品门市部革命领导小组"的崭新的、威风凛凛的牌子的地方奔去了。

天还没亮,风如刀割,赵荣国走得喘着气,走到了排队的现场。牌子下面已经有了六十多个人,你早我比你还早,你吃苦我比你还吃苦,人民没说的,确实是勤劳勇敢的人民啊!把牌子照得亮堂堂的灯泡,照出了六十多个黑魆魆的身影。"您是最后一个吗?"他问了一句废话。站在排尾的是一个维吾尔女孩子,尽管她的个子不矮,但是那单薄细瘦的样子却显得很幼小。女孩子没有回答他的问话,在昏暗的灯光下,赵荣国觉得她的头似乎微微点了那么一下。于是,赵荣国站定,像一个钉子一样地钉在那里不动了。

他知道要过好久这支队伍才能开始移动,因为现在离开始卖货还有不少时间。他在向自己提问:"今天可以买得上了吧?""当然。"好像是谁在无声地回答,"皇天不负有心人嘛……""但谁又敢肯定呢?谁能知道今天有多少砖茶卖呢?""不管有多少,反正不能只卖一会儿就完吧?一年的积蓄了。""可我前面已经有了那么多人,人家来得都比我早。""既然来了就等着吧,耐心!维吾尔人说,忍耐可以使石头上开出花朵。""但为什么我后边没有人呢?可见大家都早起,而我是早起者中最晚的一个……"

他自己和自己讨论着,怀疑着,又支持着和鼓励着。他有一点晕,在这个小雪飘飞的严冬的凌晨,睡在有着温暖的炉火的房间里的人们是多么有福气啊!

……他醒了。他好像眯瞪了那么一小会儿。眯瞪之中他头脑中的钟摆仍然"买得上""买不上""买得上""买不上",一下一下地机械而均匀地运动着。这倒是治疗神经官能症的良方,排队可以使神志集中到某一点上,生活也变得单纯一些了。看,他竟然这样站着几乎睡了一觉,好冷啊!

天亮了,他的背后的队伍也已经形成了,他粗略数了数,不多不少,也是六十多个,他是正当中,一下子他就得到了莫大的安慰。人真是奇怪,当看到许多人站在你的前边的时候,虽然你并不确知你丧失了买得上的希望,但你会沮丧得如同一个丢失了钱包的人。而当你发现还有许多人落在你的后边时,虽然你也不确知你能达到你排队追求的目标,但你立刻心也平了,气也顺了,得意得如同获取了一半成功。

他把他的视线投射在排队的人们身上。他前边的那个维吾尔小姑娘戴着一条驼色的大方头巾,露出了她的瘦削的、尖下颏的、长着几粒雀斑的脸。她不算好看,但两只大眼睛明润如水,显现出超出年龄的忧虑与成熟。她大概是家里的长女,赵荣国想。他知道,在这偏僻的村镇,做一个长女有多么艰难,如果她再有一个嗜酒的父亲或者多病的母亲……看,这个女孩子竟然连棉衣也没有穿,她只是在一件破旧的掉了色的蓝绒衣外面加了一件紫红色的棉坎肩。而且,下身是一条白纱裙子,当然,还有绒裤和一双长筒的皮靴。她不冷吗?

他的背后是一个穿着崭新的黑条绒面、剪绒皮里、狐皮领子短大衣的年轻人,小伙子把领子竖了起来,不断地抽着莫合烟,不断地把吸到嘴里的碎烟末啐出来,不断地嘟囔着、散播着失败主义的情绪:"买不上了!买不上了!听说今天这里只有二十板茶叶……"然后他开始用各族粗鲁的语言骂街……

再往前隔几个是两个叽叽喳喳地说着闲话的胖女人,她们可真精神!她们到这里来排队就像到某人家里去做客一样兴致勃勃,天上地下、东家长、西家短,一边说一边做手势,用两个手的食指尖相对,轻轻地互相点着、旋转着,不知道是说哪两个人针锋相对、冤家路窄,还是说两个人勾勾搭搭、狼狈为奸。

有一个老头,一边排着队一边不时捶着自己的后腰,每捶一下就发出一声"啊——哈——啊——哈——"的似畅快又似痛苦的呻吟。

有一个两眼滴溜滴溜转的高个子,他伸长了脖子,简直像长颈鹿,他不断地东张西望,嘴里还喊着:"大家注意遵守秩序喽!不要叫人随便往里夹喽!都看清楚前面是谁后面是谁喽!来了生人让他往后走喽!"这么一喊,大家都觉得他很可佩服,很可感激,这支队伍的秩序与纪律也就有了可靠的监护和保障。

来了两位女售货员,全副武装,戴着围巾、口罩、手套,不屑地撩了队伍一眼,其中一个宣布说:"后边的不要排啦!排在后面的不要排啦!今天的砖茶没有多少,卖不了几个人,后面的不要排啦,排也白排!"

队伍轰的一下子乱了起来,七嘴八舌地向她们提出了各种问题:"今天有多少块砖茶可卖?""从第几名以后算后边,排也白排?""除这里以外,还有哪个门市部今天卖砖茶?""几点钟开始卖?我们还要等多久?""如果今天买不上,去年下半年的定量就全作废了吗?"等等。

两位女售货员不屑于回答这些问题,她们头也不回,进到店里,哐的一声关紧门,啪的一声把门插上了。

"还不卖吗?"一位排队者问。"不,她们先得'天天读'。"一位老行家回答。

得不到明确的答复,但谁也不死心,包括这支近一百三十人的队伍的最后一名,也丝毫没有挪动脚步之意。已经在严寒中站了三四个小时了,怎么能在没弄清情况之际就草草收兵呢?然而,人们彼此面面相觑,忐忑不安。

不知为什么,队伍前方忽然发生了骚乱,传来了喊叫声,争吵声,而且还有哭声。赵荣国及其后面的人们弄不清是怎么回事,一个个如热锅上的蚂蚁。倒不是由于好奇心,而是他们知道,这支队伍前面发生的每一件事,都会影响后面的人的成败。在排队的时候,人们会敏感到,前面发生的任何微小的混乱,对于他们来说都是极其不祥的。

长颈鹿似的高个子做好各种交代和嘱托以后,率先离开了队伍,前去侦察,他立即转回来气愤地说:"简直是岂有此理!简直是耍赖皮!简直是骗子,讹诈!一个不讲理的老太太现在才来,硬要站第一名,咱们去几个人,把她轰走!"

对于这样的事,排在后面的人比排在前面的当然要更积极关注得多。马上,包括赵荣国在内的好几个人料理好了,确信自己在队伍中的位置不会发生变化之后,匆匆赶到前面去了。

那是一个矮矮的、有点驼背的老太太,她手里拿着一根白丝线之类的东西,用她那缺牙漏风的嘴含混不清地争辩着,夹杂着抽泣。赵荣国好不容易才问清,这位老太太声称,她是当天的第一个排队者,她来的时候"革命领导小组"的招牌下面尚无有一个人,故而她揪下自己的一根银发,绑在招牌下的钉子上,回家给孙子做饭去了。现在她回来了,以这一根白发为依据,要求站到最前面。多数人都不同意,老太太说理是说不清楚的,但是态度很顽强,硬是往前挤,出来几个年轻人拦她,于是发生了争执。

赵荣国听了,觉得哭笑不得,又觉得心里酸酸的。但又觉得这个老太太挺讨厌,她的行为实际上损害着这支队伍里的每一个人的利益。

"长颈鹿"大步走过去,大声喊道:"这纯粹是耍赖!系上一根头发就算头一名?笑话!岂有此理!你说你是今天早上头一个系上的,谁证明?谁知道?你要是昨天下午两点就系上呢?你不是更早了?你不是更第一了?你不成了最最最第一了?如果系一根头发也算排队,那我上个月十五号还在这儿吐过一口唾沫呢,行吗?再说,你看见木牌子底下那块土疙瘩了吗?我要说,那块土疙瘩是我放到这里的,我放这块土疙瘩的时候这儿根本没有什么白发,我放这块土疙瘩的时候您老的头发还是黑的呢……我才该站头一份儿呢?大家说,行吗?"

他的话非常雄辩,深入浅出,纵横恣肆,使赵荣国非常佩服。其他排队者也是又笑又鼓掌,一片喝彩。穿狐皮领子黑色短大衣的小伙子干脆走过去动手拉这个老太太。老太太理不直、气不壮、力不够、抵挡不住,索性坐到地上,哭了起来。

"别……别别别哭了,别别别……别哭了……"传来了一个结结巴巴的声音,"我说说兄弟姐姐姐……妹们,咱咱们就就……就叫她站在头里吧……"

这一句话像捅了马蜂窝,立刻招来了来自四面八方的抗议、驳斥、吆喝和攻击:

"你倒会做人情,充好人!"

"敢情你不在乎,你站头一名嘛,老太太加进去你也是第二名,准买得上。可要是前面加进去一个人,后面到了我那儿茶就完了,谁负责?"

"要都这样还排什么队？干脆咱们不排了,咱们凭块头、凭力气、凭胳臂肘,挤！挤呀！"狐皮领子的小伙子威胁道。马上有几个身强力壮能冲善挤的少壮派响应,整个队伍处在了崩溃的边缘。

"可不能挤！不能挤！"赵荣国喊了起来,一副挽狂澜于未倒的架势,"一挤就谁也买不上了！"

"听见了吧?""长颈鹿"回过头,指着那个说话结巴的人。赵荣国这才看清,那个说话结巴的人长着稀稀的几根黄胡须,一只眼睛还有点毛病,像是有一层白蒙子。他穿着一件光板老羊皮大衣,皮板上好像涂着一层黑油,真是一个丑陋的人啊！

"兄弟！""结巴"的声音发抖了,"论论论年纪她够得上当我我我……们……的……母母母母母亲……我们都是人……人……人人人人人啊！我们能和这么一位老太太撕……破脸脸脸吗?"

"别说这些好听的了！你倒像雷锋,你倒怪大方！你还认娘来了！既然她是你娘,你把位置让出来！你站到后头去！""长颈鹿"尖声喊道,他的话又赢得了一阵喝彩。

赵荣国傻了,这么小的一件事,孰是孰非他判断不了了,人情和秩序,到底应该舍哪个取哪个呢?

"结巴"嘴动着,脸上使着劲,显出一副招人笑的要哭的表情,憋了半天,他一个字一个字地说出了一句话,没有打磕巴:

"就——这——样！大娘站我的位置！算我是给大娘排的队！我走！您来！咱们都应该守秩序！我走！您来！我刚才是给大娘排的队！"

沉默。

都悄悄的了。"长颈鹿"低下了头。"狐皮领子"目光转向了别处。老太太站了起来,嗫嚅着要走。但是"结巴"拽住了她,把她安排到了自己的位置上。一转眼,"结巴"不见了。

一切恢复如常,风平浪静,各就各位,好像什么事情都没有发生。

隔着门板,依稀传来"天天读"的售货员背诵"老三篇"的声音:

"白求恩同志是加拿大共产党员,五十多岁了……去年春上到延安,后来到五台山工作,不幸……"

沉默。面面相觑。不安。

"不应该!我们不应该这样啊!"细瘦的姑娘轻声说。

"不应该……"大家好像都在说。

然而"结巴"已经不见了。

矮小的白发老太太呢?她占据了鳌头,破涕为笑了吧?然而,她好受吗?

"长颈鹿"的脖子,为什么一下子缩短了许多?

穿短大衣的小伙子为什么躲避着周围人的目光?

风大了。赵荣国问小姑娘:"哎,你不冷吗?"

小姑娘摇摇头。

又有几个人凑过来搭话了。他们都很关心小姑娘。他们劝她回家加一点衣裳,他们会共同保障这个小姑娘在队伍中的位置。

那个"结巴"到哪里去了呢?他来到这里,在寒风和微明中已经站了三个多小时了吧?

赵荣国脱下自己的大衣,为小姑娘披在肩上。小姑娘坚决推让。他们争了半天,最后皮大衣还是回到了他自己身上。这使他更加不快活了。

等得时间长了,开始了三三两两的交谈,互道着姓名、职业、住址。原来,都是乡邻,都是同胞,都是善良的人。原来,大家都可以相互客客气气,和善,宽容……

一个钟头过去了,又一个钟头过去了。队伍缓缓地移动着。买到砖茶的人喜形于色。正因为付出了代价,成果就显得更加香甜。后边的人也都有了盼头……

又一个钟头过去了……

直到下午三点二十四分,才轮到赵荣国走到那个卖货的小窗口。

多么漫长的历程!多么无聊又是多么别有风味,甚至是有趣的一天啊……

但是售货员宣布:"没了。"

"没了?"

不再回答。小窗"砰"地关上了,没什么讨论余地。

没了。完了。完了完了。

一切全白搭了。

在赵荣国一阵头晕之后,他后面的队伍已经烟消雾散了。但是,小姑娘还没有走。她是幸运儿,她买到了最后一块砖茶。她把两公斤一块的砖茶掰成了两个半块,赵荣国还没有弄清楚是怎么回事,半块茶砖已经放到了他的提包里:

"您给我两块五毛六分钱。"小姑娘说。

……他终于没有白排。他满载而归。

V镇是一个小地方,彼此抬头不见低头见。通过这次排队,这个镇上又增加了许多熟人、新友。那位"长颈鹿"在一个自行车修理部工作,赵荣国去修车的时候,他像接待老友一样接待他,交活迅速,收费公道。"狐皮领子"的小伙子呢,他在自由市场卖莫合烟,每次赵荣国走过,他都要招呼:"卷一只再走,不要钱……"赵荣国当然不好意思白抽,便买下一些。细瘦的小姑娘是××中学的学生,家里养着一只奶牛,每天清晨上学以前都出来送牛奶,赵荣国成了他的老主顾……连那两位表情丰富、善做手势的胖女人,赵荣国也有几次在街上碰见她们,一碰上,总要彼此点头微笑,好像互相之间有过点什么交情来往似的。矮小的老太太,赵荣国见过一次,她提着一兜子胡萝卜,走得很吃力,赵荣国赶过去帮她提,送了她一段路。

但是他一直没有见过那个黄胡子、一只眼有毛病、说话又结结巴巴的人。直到今天,他早已离开了V镇,他的生活已经大变,供应的状况也已大变,他再也不需要排这种长队了,但他仍然念念不忘那个人。一想起那年月、那地方,他就想起了那个人,他总觉得,那是他在 V 镇的一个最好的朋友,但他又觉得自己不配做那个人的朋友。

最后要说明,即使在那个年月,砖茶供应如此紧张也不过是短短几个月的事,不久就扩大了货源,改进了供应办法。后来砖茶还降过两次价,随到随买,十分方便。

至于带鱼,仍然比较紧张,但是人比鱼多的现象毕竟是有了改善。同时,随着副业政策的贯彻,那里的社员们时而从 V 河里抓些白鱼、草鱼来卖,一般反映,味道还不错,只是炖的时候要加一点糖醋。

发表于《上海文学》1981 年第 6 期

心 的 光

　　这是一个美丽而安谧的小城市,它有一个简易的飞机场,沙石跑道上只能起落四十年代出产的、"超期服役"的那种只有一个、最多两个螺旋桨发动机的小型客机。一出候机室,就是浓阴盖地的苹果园,青杨掩映的小路,葱郁繁茂的花草和匆匆钉起来的木板房子……你不会相信这是八十年代的一个飞机场,你可能想到的多半是中世纪的一个驿站。

　　城市里最高的建筑是五层楼房,那是一九七八年完工和交付使用的市邮电管理局。在此之前这里的最高建筑只有三层。至今从四乡里来到这里的农牧民还在赞叹这座邮电局大楼的崇高雄伟。城市的大小街道都铺好了柏油路,在几个十字路口又修起了足以令北京和上海的市民羡慕的大面积的街心花园,这里的土地要比大城市宽裕得多。平展光亮的道路两旁,是高高的白杨和长长的渠水。白杨的沙沙和渠水的潺潺诉说着这个小城的特殊的、历久不变的魅力和新的积少成多的变化。路上有时会飞驰过一辆上海牌小卧车,或者一辆"奔驰"、一辆"丰田",有时甚至会有来自自治区首府的一辆"红旗"驶过。这往往会引起一些猜测:是哪个大人物来到了?更多的时候,道路上行驶的是运货卡车、北京牌吉普与"嘎斯69",是胶轮马车、四轮马车、六根棍马车、毛驴拉拉车和高轮牛车。有时候还有穿戴厚重的从山里来的哈萨克牧民骑着大马在街道上行进,他们毫不迟疑地认为柏油路面也属于钉着铁掌的马蹄,正像服装鲜艳的各民族青年会排成一排拉着手唱着歌儿在大街上行进，丝毫不认为他们的走路有什么与交通规则不尽一致的地方。由于这里车少人少，机动车线、非机动车线、人行道、人行横道等等概念不能给人们留下多少印象，虽然在几个主要的路口设立了红绿灯装置和交通警亭，但是，在多数情况下，身穿白色制服的交通民警只是寂寞地注视着并不需要他的指挥，也不理会他的指挥的牲畜和行人罢了。

在这个城市的一角，也许应该算是郊区了吧？有一个占地很大的花果园。这里不但有品种繁多的苹果和桃、杏，而且有一个长达三十多米的大葡萄架——夏日的凉棚。这里的花并不名贵，春天主要是金针和玫瑰，夏天主要是波斯菊，秋天主要是玉簪花和鸡冠花，它们长势旺盛，三季常开，虽然需要人工的栽培，却具有一种野生的蓬勃和粗犷。小汽车刚好可以在葡萄架下开行，从绿玛瑙似的葡萄串下面开出来以后，便又进入了两面都是花的"花径"之中。然后，这辆车就该停在一幢被荫蔽在树影里的二层小楼前面了。小楼有一个油漆得锃亮的门脸和旋转柱式的玻璃门。在这门脸的两边是两株硕大无朋的圆冠榆，榆树的一个变种，树叶又圆又大，像是桑叶，树干又直又粗，真是榆树中的巨人。

这就是这个小城的最高级，甚至可以说是最豪华的迎宾馆。过去，只有来自北京和自治区首府的最尊贵的客人才会被介绍住在这里，后来，又加上了外宾。而随着经济核算的讲究，最近迎宾馆好不容易把它的门缝开得大了一点，一些来自内地的和有身份的人、一些来自下面各县的县委书记和县长、少数确与这个小城有着直接利害关系的"实力"人物——例如决定木材分配指标的计划工作人员，开始也来住一住了。

在这个小而佳的宾馆里，有一位与这个城市一样幽美而娴静的服务员姑娘，维吾尔族的凯丽碧奴儿。维吾尔语里凯丽碧的意思是心、心灵，奴儿的意思是光、光辉。她的名字的意思便是心灵的光辉，心的光。在她的浓黑而又弯曲的长眉毛下面，是深深的两只羔羊似的柔顺而又适度的活泼的眼睛。她的眉毛是热情的,她的眼睛却是安详的,配上她的高鼻梁、短上唇、深深的笑靥与微尖的下巴,你会觉得这确是一个边疆小镇的天真、纯洁、有点无知、既没有充分发展也没有受到污染的大孩子。

像本地的维吾尔姑娘一样,她的耳朵上坠着耳饰,非金非宝石却发着金子与红宝石的光。她也有一条绣着闪光的丝线的尼龙纱巾,然而,她没有像本地女人一样地长年累月地包住头发,她的纱巾多半是围在脖子上的,偶尔起了风,她也会把纱巾移向头部,但她总要比当地女人多露出一点头发。她从今年以来有时也用一点薄薄的脂粉,脂粉似有似无,绝不影响显露出她的真正的青春的肤色。她最近上身喜欢穿一件褐色的尼龙绸夹克,下身有时候穿裙子,更多的时候却是穿一条灰色的毛涤裤子。合身的衣装显示出了她的身材。说到这里也很有趣,她既不像本地妇女一样把胸脯束得平平的,又不像自治区首府的维吾尔女人那样把胸脯耸得高高的。她的体形线条是中庸的,不那么引人注目,却又恰到好处。至于鞋子,她坚持着这里的古老的传统,一年四季,凡是郑重的场合,她都穿长筒近膝的皮靴,而回到家里,她宁愿光着脚在毡毯上走来走去。

她有一个不错的家庭。父亲是民族医,精通切脉和自配药剂。他是小城的政协委员,每年都要开两三次会,每次会后都要吃上好的包子抓饭。在她的记忆中,她的母亲是一个美人,能歌善舞,丰腴健康,嗓音洪亮,眼睛和脖颈转动得十分灵活。小时候她看着她的母亲觉得入迷,"如果我长大以后能成为这样就好了!"她想。近几年母亲突然闹起病来,高血压,偏头疼,在短短的几年时间里一下子变成了老太婆,每天哼哼唧唧地呻吟着,使她感到一种莫名的惶恐。她们有四间带着宽大的廊檐的向阳的房子,有半亩多果园,有一头带犊的奶牛,有七只母鸡一只公鸡,有两头绵羊。她不知道她们还有什么应该有而没有的。

小时候她的功课很好,担任过多年的班长。她们的校长、一位跛腿的老藏书家,曾经给童年的她讲过居里夫人的故事,希望她能成为维吾尔族的一位女科学家。初中毕业,她才十五岁,就下乡接受再教育去了,抡砍土镘抡了四年。一九七七年,不知道是怎样的一只幸运的鸟儿栖息在她的额头上了,她被招收到这个著名的、被许多人羡慕和称道的迎宾馆做服务员来了。

一九七八年她曾经想报考大学。以她的基础,加上在高等院校招生中对于少数民族学生的照顾,本来她是有把握考上的。但是她的上大学的心愿受到她母亲特别是她姐姐的竭力反对。她的姐姐五十年代曾经被保送到北京去学习,曾经去过上海、杭州、广州这样一些她只是在地图上看到过名字的地方。一九五八年,她的姐姐被分配到南疆岳普湖工作,由于不喜欢南疆的环境,不愿意嫁给南疆人,又由于与领导上吵架,六一年一怒之下退职回到了小城。她嫁给了一个百货店的售货员,开始了与这里千万妇女一样的小康的婚后生活。她很满意,丝毫也不为丢弃了学业和工作而遗憾。她已经有了四个孩子,房屋、果园和牲畜都超过她娘家的规模。而且,由于丈夫在商业部门,她的家往往拥有最好的物资供应。她以一种过来人的权威口气对凯丽碧奴儿说:

"算了吧!你那个大学,我算是见识过了!每天看书呀,听课呀,做作业呀,累得脑子疼!在大学里,没有奶茶喝,没有拉面条和抓饭,没有烤包子和油塔子,哇吔,哇吔,世界上难道还有什么大学能赶得上我们的苹果园吗?北京,上海,有什么了不起?那里卖的蜂蜜是褐色的,跟稀水一样,而我们这里的蜂蜜呢,雪白、坚实,像羊尾巴上的油。还有乌鲁木齐,那里的麻雀都被煤烟熏成了黑色,而我们的煤呢,无烟,无臭,划一根洋火就可以点着,点着以后可以封存上两天两夜不灭。还有南疆,那里喝大渠的水,全是泥沙,人和羊睡在一间房子里。走遍天下,再没有比我们这里更好的地方!大学毕业,也未必能找上像你现在这样称心的工作。又干净,又轻闲,又体面,见的都是大人物,坐的是大人物才能坐得上的小汽车,吃的是大人物才吃得上的阿克苏稻米、七五面……"

　　妈妈流着眼泪说,她病病歪歪,家里没人照顾。爸爸始终没有表态,他表情严肃,深为自己没有足够的知识和能力做出判断而自苦。凯丽碧奴儿是听话的,她上大学的念头像火星一样亮了一下,熄灭了。

　　宾馆的工作确实是称意的。特别是一九七九年宾馆购买了洗衣机和烘干机以后,原来仅有的一项重活儿——洗枕巾、床单也机械化了,她不用担心自己的手臂会被肥皂水泡得粗糙,她每天的工作只是打扫卫生一次,送开水两次和为客人们开门若干次罢了。她和颜悦色,踏实文雅,不好奇打探,不多嘴多舌。从来不到外面传什么哪个人物来了,哪个人物走了,哪个人物在这里购买了多少桶酥油或者购买了多少公斤毛线之类的闲话。她也从不任意指挥首长们的司机开着高级车子为自己服务(首长们的趾高气扬的司机都甘愿俯首帖耳地听宾馆女服务员的指挥,这倒是一个有趣的现象)。所以,她愈来愈受到宾馆党支部的器重。党支部组织委员找她谈了一次话,意在启发她争取入党,但她脑子里似乎缺少这一根弦,她从来没有试图把自己与共产党员这样一个惊天动地的称号联系起来。她没有做出应有的积极反应,这使组织委员颇感失望。

　　幸福的日子就像在平原上运行着的平稳的车,你不知不觉,你还以为你是处在一种静止的、不变的、自来如此的状态之中呢,其实,你正乘着"时间"这辆车飞快地运行。凯丽碧奴儿二十岁了,二十岁好像还没有想清楚,没有过完、过够,人家就说你是二十一岁了,然后莫名其妙地人云亦云地你变成了二十二岁,突然,只一眨眼的工夫,你分明知道,你已经是二十三岁了。

　　你愈来愈漂亮了,像一个充分成熟的苹果,闪耀着青春和生命的光彩。你有幸生活在妇女们敢于公开地讲"美",服装和打扮日新月异的年代。凭你的直觉,你的衣着装束总是那么适度,既不一般,又不扎眼,你毫不费力地把继承和革新,把民族传统与借鉴外来形式结合起来了。

　　于是，在这辆平稳得像静止一样的车辆上，你运行到了对于一个姑娘来说是最重要的一站来了。你订了婚。被你看中了的是一位制作民族式帽子的匠人。他是凯丽碧奴儿的小学同学。他有一双那样多情而俊俏的大眼睛，你偷偷地拿他和宾馆的服务员们最津津乐道的一些电影演员比较（她们手里有许多著名演员的照片），你觉得他既像达式常又像高飞，比达式常和高飞还多一层维吾尔青年的顽皮和活泼。虽然家里有人认为他的职业与凯丽碧奴儿不能般配，但是凯丽碧奴儿还是选定了他。除了他她再不想嫁别的人。而且他是那样主动地、热烈地追求了凯丽碧奴儿。他给凯丽碧奴儿写的信里经常用歪七扭八的字引用这个地区流行的，比这里的特产——蜂蜜还要甜蜜的情歌。凯丽碧奴儿为他的文化不高而羞愧、而暗暗地流泪，又为他的热情、他的美貌、他的那些没完没了的情歌里的温暖人、融化人的诗句而动情。他非常慷慨地给凯丽碧奴儿的双亲、姐姐和幼弟送了许多礼物。这种帽子工匠本来就很善于赚钱。情歌加礼物扫清了他们的爱情的道路，他们和双方家长已经商定，到秋天的古尔邦节，他们就结婚。

　　她等待着十月中旬的这一天的到来。她等待着她将拥有的自己的房屋，自己的廊子，自己的苹果树和玫瑰。她已经看过新郎准备好的房屋了，用牛粪和的泥，抹得细细的、光光的。请俄罗斯族女工把室内四壁刷成了淡蓝色。过冬用的洋铁皮炉子已经准备好了，炉子擦得干干净净，像镜子一样，能照见自己的脸。对于她来说，这两间没有上顶棚的、裸露着椽、檩和苇席的房子，比辉煌气派的宾馆还要美好得多。宾馆的石柱、玻璃门和雕花门窗，已经引不起她多看一眼的兴趣了。万事如意，她一想起便觉得如醉如酥。但一切都太顺利，太容易了，她的少女时期就这样不知不觉地结束了，她似乎不无怅惘。

七月二十四日清晨，来了一位风尘仆仆的旅客。他看样子三十多岁，在这个宾馆的客人们当中，他当然算是很年轻的小伙子了。他个头不高，肩膀很宽，头发留得很长，脸色黑红，目光灼灼，但又显得很有一些疲倦。除了他提着一个大红色的、状如圆柱的、显然是外国货的旅行包以外，他再没有引人注意之处。他这样年轻，脸又黑，又是自己走来的（没有高级或者哪怕不高级的小车送他），所以理所当然地被开票的人分到了全宾馆条件最差的一个房间里。他把"票"交给凯丽碧奴儿的时候好像一眼发现了什么，盯住凯丽碧奴儿上下打量起来。这种不礼貌的盯视引起了凯丽碧奴儿的不快，同时她不由自主地想到这是一个级别地位都相当低的客人。她克制地、顺从地拿起房门钥匙去为客人打开房门，她感到客人的眼光始终停在她的身上。门打开了，客人根本不注意屋里的潮气、软床的倾斜与弹簧的突起，他仍然在看着凯丽碧奴儿，他问："你是这里的服务员？"

没用的话！凯丽碧奴儿心里想。她只把头似动非动地点了一下，便伸手去桌子上取暖水瓶——给新开的房间的空水瓶灌上开水，这是她的职责。

"这里可真安静呀！"来的客人又说。

又有什么安静的呢？这儿有鸡叫，狗叫，树叶哗哗地响。拧开水龙头也会有哗哗的水声。有汽车发动机和鸣笛的声音。每星期有两天可以听见飞机的嗡嗡声。还有各种人声，各民族语言的交谈声，笑声。春天有各式各样的鸟叫。夏天有时候有癞蛤蟆的摇摇曳曳的啼声。秋天有蟋蟀、金钟儿。冬天的风吹着雪花呼呼地旋转。有时候还能听到柴火爆裂和煤炭开花的音响。这不是吗，还有像他一样的客人的唠叨。值夜班的时候才有意思呢，有的客人扯起呼噜来就像打雷——真怕它把宾馆小楼震塌了呢。

凯丽碧奴儿就这样想着提着暖水瓶从锅炉房回转来了。奇怪的是这位客人既没有像一般的新到来的客人那样收拾自己的东西，也没有打好一盆温热的水洗脸，也没有拿起衣刷走到前廊上去清扫衣服上的尘土。他的红红的提包仍然斜放在地板上。而他好像练功一样,屁股沾着床沿儿,两腿分开,两手扶在膝盖上,两眼发直,呆呆地坐着。

"奇怪,这儿还能听到狗叫。"不知他是自言自语还是对凯丽碧奴儿说话。

狗叫又有什么奇怪的呢?狗不叫,成了哑巴,那不才奇怪吗?你说这话,不才奇怪吗?

于是她含而不露地一笑。笑容表达了她的礼貌,也表达了她的宽容,甚至可以说是怜悯。有什么办法呢?来了一位神经不大健全的客人。四年了,有什么样的客人没有来过?又有什么样的客人没有走掉,从此就消失了他们的踪影了呢?有什么样的客人会真正引起凯丽碧奴儿的注意呢?

但是,这位年轻的客人却实在非同一般。第二天,虽然已经到了上班的时间——九点半(当地时间七点半。这是一个远离北京的地方,有两个小时的时差),实际上这里的习惯是不会有人这么早就开始自己的工作或其他活动的。这时,文工团的红里透紫的新星帕蒂古丽来了。帕蒂古丽能歌善舞,又会纯熟地运用维吾尔、哈萨克和汉三种语言演戏,不但已经使这里,而且使全新疆的观众为之倾倒。这一天她穿着民族盛装,头上戴着喀什噶尔出产的绣花小帽,耳朵上坠着真正印度产的红宝石(这里的自由市场上要卖上千块钱一对的),以一种令凯丽碧奴儿头晕目眩的光辉来到了宾馆。奇怪,她并没有上二楼去拜访住在特级房间的自治区首长,却径自去找那位其貌不扬、神经可能不大健全的客人。凯丽碧奴儿去打扫卫生的时候看到她以一种明显的诚惶诚恐的、讨好的态度同那位年轻的客人说着话。年轻的客人微皱着眉,脸部没有什么表情。过了一会儿,在服务室里闲坐着编织的时候,凯丽碧奴儿听到帕蒂古丽竟在那客人的房间里唱起了歌儿来,那是凯丽碧奴儿最熟悉的一首民歌:《黑黑的羊眼睛》(这里习惯于用绵羊的眼睛来形容美女的大眼睛)。又过了一会儿,她听到了帕蒂古丽大声说话,像是演戏一样的声音。真是发了疯了,她想,怎么大清早就又唱又叫起来,而且只有他们两个人,莫非他们喝了酒?住在这个宾馆里总应该声音放小一点,大喊大叫的客人未免太没有文明,太不礼貌,或者像汉族同志爱说的那样——太不自觉。

帕蒂古丽走了以后,来了一位金发的塔塔尔族少女,她同样在这位年轻的客人的房间里又唱又喊叫,使凯丽碧奴儿犹豫了半天:该不该提醒他们放低一点声音。塔塔尔族少女走了以后又是乌孜别克族的一位弹唱的能手。这些都是当地令凯丽碧奴儿仰视的一些著名的美貌女子。她真不明白了,这位客人究竟有什么样的法力,使全城最漂亮的姑娘和妇人一个又一个地来找他,像觐见什么大人物一样。中午吃饭的时候,她听到宾馆的会计、耳目灵通的李大姐说,那位年轻的客人来自关内的一个大电影厂。李大姐分析说,那人来到这里和一些专业、业余的艺术家接触,大概要拍一部影片。凯丽碧奴儿正津津有味地听着李大姐的"新闻公报",她的未婚夫来了电话。未婚夫要她下午早一点下班,到百货商店去。"有一种新式的进口衣料,是日本货。我想再给你做一套衣服。"未婚夫在电话里说,他的声音像奶油一样润滑。"嗯。"凯丽碧奴儿的回答只是一个"嗯",她既觉得幸福,又觉得羞涩,又很好奇。那新式的日本衣料究竟是什么样子?难道除了哔叽、涤纶、快巴……以外,又出了什么新品种了么?现在的纺织科学技术发展得好快呀!

下午,她只盼着时间流逝得更快一些。她看到那位年轻的客人匆匆地出去了,居然还有一辆越野小汽车来接他。七点钟,这辆小汽车开回来了,年轻的客人匆匆地跳下了车,一脸沮丧的表情。凯丽碧奴儿立即站起身来拿起钥匙准备给这位客人去开房门,客人却不进大门,只是在门前踱来踱去,一种相当烦躁的样子。突然,他停住了,他用目光搜寻着什么,隔着玻璃窗,看见了凯丽碧奴儿,他的眼睛突然一亮。他迈着大步进了门,凯丽碧奴儿已经拿着叮当作响的挂在木板上的成串的钥匙走在了通道里。

"请你等一等,服务员同志!"他叫道。

凯丽碧奴儿转过了头。

"先不忙开门,先不忙开门。来,来,让我们聊一聊,就是说,呵,谈一谈。"那人说着,自己先走进了服务室。

凯丽碧奴儿只好回身走了回来,她回到自己的服务室,等待客人向她提出要求或者问题。

那客人又把她上上下下地打量了一番,问道:"你叫什么名字。"

"凯丽碧奴儿。"她低下头,从齿缝里用很小的声音回答,"我是四号服务员!"她大声补充说。

"你上过几年学?"那人丝毫不注意她的不愿意向一位陌生人谈论她的个人情况的暗示,继续提问。

"初中毕业。"她皱皱眉小声回答。

"你有多大了?多少岁了?"

"二十三。"凯丽碧奴儿相信,她的回答连自己也没有听清楚。

"你喜欢唱歌跳舞吗?"

她没有回答。如果说"喜欢",凯丽碧奴儿觉得自己谈不上喜欢,她觉得自己不配加入到唱歌跳舞的爱好者的行列里。如果说"不喜欢",事实上她明明是喜欢的。

"你喜欢看电影看话剧吗?"

她点了点头。

"你喜欢读书、读文学作品吗?"

她又没有回答。她喜欢读书,但她已经好久没有读什么书了,她没有找到什么有意思的书。她和这里的许多人一样,从来没有买过书,不是由于贫困或者吝啬,只是由于他们从来没有买书的习惯。

"汉文书你也读得下来吧?"那个人仍然不屈不挠地问着。

她点点头。她看了一下表,还早,离接班的人赶到(中午接完电话后她已经给下一班的服务员送信,请求早一点来换她)、她去百货商店还有半个小时。

那人从衣袋里掏出了一个小小的录音机。他按了一下键,里面传出了歌声。凯丽碧奴儿来了一点兴趣,虽然录音机对她来说已经不是什么新奇东西,但毕竟她自己并没有拥有一台,而且,这样小的录音机就更少见。她很有兴趣地看着这个装在黑色人造革皮套里的小盒子,有一只红眼睛在闪闪发亮,磁带在均匀地转动着。她只顾了欣赏这台"机器",过了将近半分钟她才听出正在放的歌儿是《黑黑的羊眼睛》,又过了十几秒钟,她才听出来,这就是早上帕蒂古丽在他的房间里唱的。她想起了未婚夫给她写的第一封情书,曾经引用过这首歌里的歌词,她笑了。

"你会唱这首歌吗?"

"嗯。"

"你能不能现在给我唱一遍?是这样的,我很想知道……"看到凯丽碧奴儿的惊愕和略带愠怒的表情,他解释说,"我是一位电影导演……"

电影导演又怎么样?难道就有权命令我给你唱歌吗?凯丽碧奴儿想。

"你能不能背诵一首诗?大声朗诵一下,用维吾尔语或者汉语都可以。"

凯丽碧奴儿眼睛看向了别处。过了一会儿,为了避免过分失礼与伤害客人,她转过目光来,小声说了一个"不"字。

"你能不能……比如说,做出一个生气的样子,或者悲伤的样子,或者特别着急的样子来呢?"

他的话使凯丽碧奴儿更加无法理解了,她开始觉得这个人的啰嗦有点可厌。她的目光向窗外搜寻,幸好"救命"的人来了,上夜班的服务员出现在葡萄架下面。凯丽碧奴儿抛下这个啰里啰嗦的客人走了出去。"他是十三号房间的。"她说,把客人交给了前来接班的服务员,没有再看客人一眼。

在百货商店门口她见到了她的未婚夫,清洁俊秀的制帽子的工匠。商店的货物眼看着正在一天比一天丰富起来,日本进口的所谓新式衣料却并没有使凯丽碧奴儿感到满意,那无非是毛涤纶的一种。当未婚夫让她挑选她所喜欢的花色的时候,她突然说:"衣料不要买那么多了……买一个录音机不好吗?"

她不知道她为什么要说这样的话,说完了她自己觉得很尴尬。未婚夫脸上显出了惊奇和不快的表情,她也意识到了自己的失言。再买一身衣料,不过几十块钱,而买一个录音机,却要几百块钱。她的话也许被认为是婚前突然提出的经济条件,像是一种勒索。她可不是那样的人。她的脸红了。

她买了衣料,与未婚夫告别回到自己的家,有点怏怏不乐。晚饭以后她到邻近的一个同学家里,借来了一个单喇叭的录音机。她回到自己房里,悄悄唱了一遍《黑黑的羊眼睛》。然后,她把磁带倒了回去。她按下了播音的键盘,她听到了一个自己并不熟悉的美好的声音。"这难道是我唱的吗?"她叫了出来。分明是一个很像她的,比她的声音更温柔、深情、委婉得多的声音。她惊奇了,她按下了红键,大声唱起了这支歌。她不顾爸爸与妈妈的惊奇,把歌儿唱完了,再次录制了一遍。然后,她又倒回,按下。她听到了一支真正美丽动人的歌,比帕蒂古丽唱得毫不逊色,而且公正地说,是更好听一些,而这,正是她自己唱的。

我怎么从来也不知道自己会唱歌呢?

她又听了三遍,她惊呆了。

入夜,她躺在毡子上辗转反侧睡不着觉。她的耳朵里是她自己唱歌的声音。她的眼前是那个年轻的客人的热切的、有所期待的面孔。他是导演?导演是干什么的?不,他不是导演,导演应该是一些头发花白的、坐着上海牌小卧车前来的人。帕蒂古丽、塔塔尔族姑娘、弹唱姑娘为什么要来找他?李大姐说他要拍一部电影,一部弹唱歌舞的电影吗?还要做出一副悲哀的样子……

他在选演员！我怎么这样傻,他这是在选演员啊！听说过,演员就是这样选的。这是真的么?他在考虑我?不,这不可能。电影演员也都是一些全身闪闪发光的人。而她凯丽碧奴儿是太平凡、太平凡了。然而她是多么不耐烦啊,她的那种爱搭不理的态度是多么令他失望啊!

如果他真的选上了我呢?他会把我带到北京、上海去吗?我会演一个悲剧的角色,一个善良、美丽、多灾多难的女子吗?是的,小时候看完电影,她不是也曾经和女伴们一起模仿着玩过"演电影"的游戏吗?她不是会唱许多支电影插曲吗?演一次电影,她的生活就完全不同了,她将成为一个了不起的维吾尔女人,一个艺术家……

不。那是不可能的。她的姐姐告诉她了,生活只能是像她们那个样子。可怜的制帽子的工匠啊!看我说到录音机的时候把你吓成了什么样子,你又给我买了一身衣料,谢谢了……然而,为什么我不敢给那位导演唱一支歌呢?即使他并不是一位有权威有本事的导演,即使他完全不是在挑选演员,我唱一支歌又会有什么害处呢?我还从来没有当着人痛痛快快地、大声地、尽兴地歌唱过一次呢!我从小就被教育要低声慢语啊!

天亮了,她有点昏昏沉沉。喝了两大碗奶茶以后,她的自我感觉好了许多。这个小城的奶茶呀,她已经喝了几十年了,他们已经喝了几百年了,每天都要喝两次或者三次。她的姐姐说过,去到北京,喝不上这样的奶茶,就会头疼。结婚以后,她要给她的丈夫精心烧奶茶,像她的妈妈烧得一样好。然后,他们会有孩子,他们的孩子又会喝同样的奶茶,烧同样的奶茶。直到他们的孩子的孩子,他们都不会离开这个小城,不会离开这里的苹果、蜂蜜、白杨和奶茶的。

她来到宾馆,她有心找个机会与那个自称导演的客人再谈谈。如果那人再让她唱歌,她就唱。她唱得不错嘛。打扫卫生的时候,她第一个去打开十三号房间的门。拧了一下门把手,推不开。原来这么早他就出去了,真忙,说不定真是个导演。他的眼光也与一般的人不同。她拿起钥匙把门开开,提起拖把走了进去,她发现,屋里不但没有人,连那个红色的圆柱形的提包也没有了。

她撂下拖把,去找李大姐。"十三号的客人走了么?"她问,脸上显出了不寻常的焦急。

"是的。"李大姐回答,"他昨天晚上已经结算了房钱,说是凌晨七点钟就要赶到飞机场去。"李大姐忙着打自己的算盘去了,没有顾上注意凯丽碧奴儿的怅然若失的神情。

"他……没有说什么吗?"凯丽碧奴儿问。

"说什么呢?"李大姐看了凯丽碧奴儿一眼,"他说,谢谢。"

许多个月过去了,凯丽碧奴儿似乎已经忘记了这位导演。十月份,她结婚了,婚礼体面而又热烈。有三十几个年轻人载歌载舞参加了她的婚礼。制帽匠丈夫像婚前一样的温柔、多情地照顾她。她的房间整理得一尘不染,毡子上显出色彩鲜艳的民族图案,抖不下一点尘土。十月底,他们在房间里安装起了洋铁炉子,炉子和烟筒都擦得亮亮的,亮得可以照得见人。

十一月初的一个落雪的晚上,凯丽碧奴儿下班以后在温暖的炉火边翻看一本画报。突然,她看到一张彩色照片,照片正中站着那位自称导演的客人,左边是一对外国男女。这三个人都穿着呢大衣,样子很神气。导演的右边是一个维吾尔族姑娘,那相貌、那神态、那身材,乍一看,她几乎认为那就是自己。过了一会儿,她才发现,那姑娘的下巴要比她圆一些,当然,服装也不一样。

她急急忙忙地看图片下面的文字报道。报道说,中国电影导演邹润文与美国电影导演詹姆斯正在合拍一部以新疆生活为题材的电影,而那个维吾尔姑娘,就是将在影片中饰演主角的狄丽奴儿。狄丽奴儿是和田丝厂的一个女工,她勇敢、聪明、肯学习,很有培养前途,使中外导演深为满意。

狄丽的意思与凯丽碧的意思差不多,也是心。可那怎么就不是我呢？那颗心怎么就不是这颗心呢？凯丽碧奴儿不敢想下去了。生活曾经怎样向她招手，给她提供了一种怎样奇妙和巨大的可能……而她，把这一切就这样轻易地失去了。她至少应该试一试的……

这天晚上她落了泪，而且没有理睬她丈夫的殷勤与温存。她的丈夫说，他托人从山上买了一只绵羊，价格要比市价低百分之二十，羊大概一两天就会送到了。

发表于《新疆文学》1981 年第 11 期

最后的"陶"*

回来了,回来了!美好而又可怜的童年回来了!耀眼的、神奇的,洁白得像梦一样的、不可把握不可触摸的雪山回来了!葱茏的、成堆成片的、深远而又宁静的云杉林回来了!在雪山映照下,树木绿得发黑,而小小的、一个又一个的水库却又清得发绿。故乡的冰峰、怪石、沙滩、密林、大河、山涧、瀑布、水花、蜂箱、马群……原来还都好好的呢!它们仍然是那样真实、那样朴素、那样亲切地等待着你的到来!而你呢?我仍然是我啊!故乡,童年,大地,你们不认识我了吗?我是哈丽黛呀,你们的哈萨克女儿,你们的牧人的后代,你们的在马上生,马上长,马上成人的哈丽黛姑娘!

伊尔62型飞机从首都机场起飞不过三个小时,催促旅客上飞机的中英文广播的声音还停留在耳际。甚至,当飞机的颠簸使她打了一个嗝儿的时候,她的嘴里涌出来的仍然是北京东四拐角上早点铺的油饼和豆浆的气味。更不要说,即使飞机起飞以后,她的脑子里仍然装满了化学平衡、当量定律、分子间力与配位理论。当她思考头一天读过的一篇英语参考资料上提出的对于离子互换反应的一些新的见解的时候,她忘记了她是在什么地方,她是要做什么去。当与她同机的旅客们似乎有一点兴奋,有一点骚乱,他们正在争相把头伸到舷

---

* 陶:哈萨克语,山的意思。

窗上向外观看而且发出啧啧的赞叹声的时候,她一瞬间并没有反应过来,她不知道这究竟可能意味着什么。只是出于一种盲目的习惯性的模仿,她也把头向左转去,她一眼看见了阔别六年的天山雪峰,陶!她从心底喊了一声,随着这一声喊,好像打开了一道闸门:童年、故乡、哈萨克民族的亲人,这一切就像洪水一样汹涌奔流,把化学、大学、同学、留学和英语、汉语、法语全部冲跑了,把六年的时间全部冲跑了。而且,随着这道闸门的打开,连她的思维符号也完全变了。由于连年在北京大学读书,她已经习惯于用汉语交际、用汉语记笔记、读汉语书、用汉语思维了。她甚至不无遗憾地发现,她的哈萨克语已经不灵了。当在北京偶尔接待来自故乡的哈萨克人的时候,她竟不可能用哈萨克语和人家作流利的畅谈。有时候她像汉族中的拙劣的哈语翻译者一样,说出来的哈语结结巴巴,修辞造句带有译自汉语的味儿。也有些时候,特别是最后两年,她在第二外国语学院为出国留学做准备,集中精力突击英语的时候,当她遇到本民族的同胞,她明明想摆脱汉语,用哈萨克语去交谈,结果说出来的却是令对方莫名其妙的英语。这个哈萨克姑娘竟然把哈萨克语忘记了么?这可真成了一年土,二年洋,三年不认爹和娘了。她歉疚地、惆怅地想。

然而出现了奇迹,天山雪峰使那已经变得遥远了的一切又"复旧"了。陶!她低声喊道,而且两道眼泪唰地流了下来。

而后,她又登上了从乌鲁木齐飞往伊宁市的飞机。她把六年来没有戴过的耳环重又戴到了耳朵上,她把六年来很少穿的高筒皮靴重新穿到了脚上,她把乳黄色的珠子项链戴到了脖子上。当她坐在小小的安24飞机上,重新看到似乎一分钟也没有离开过的故乡的山川大地的时候,她快乐得有点晕眩。她自豪而又温情地自语,你好!故乡!我没有变!看吧,我还是我,我还是哈丽黛,我还是属于你,属于草原、山岭和森林的啊。

回来了,回来了。你枣骝马和乌骓马,雪青马和白马回来了。你笼头和缰绳、皮鞍和铁镫，仰天的嘶鸣、刨地的火星，抖鬃的潇洒和温热的马汗的气味回来了。甚至马汗的气味也是沁人心脾的啊，没有马汗的气味，哪里有哈丽黛，哪里有依斯哈克大叔，哪里有哈则孜先生，哪里有哈萨克人的生涯呢？你脚不认镫，手不抓鬃，飞身上马的哈萨克姑娘回来了。你左面是山，右面是山，中间是涧、是草、是路、是树的山沟沟回来了。你酥油草和三叶草，车前子和牛蒡子，红蓼和白蓼，蒲公英和马齿苋，野薄荷和野葱，山葡萄和草莓回来了。你山丁子和水柳，野苹果和野桑树，桦树和杨树，雪松和山榆回来了。而所有的风景地貌，所有的空间，原来都是和一定的时间、和往事的某一个特定的部分、和某一个特定的年代、和你生命的流程中的一个特定阶段相联系着的。嗒嗒嗒的马蹄声，深一脚、浅一脚、有时候蹬在石头上、有时候陷在烂泥里、有时候跨越沟壑、有时候攀登高坡的习惯于走山路的识途老马，使得近年来已经坐惯了北京332路市郊公共汽车和103、101、107、111路无轨电车的北京大学的高才生重又在马背上一颠一晃，就像五年以前，不，十年以前一样，就像十五年前一样了。石头和流水呀，静静的群山，每一棵娴雅的树和每一株温顺的草，请你告诉我，那个梳着两条小辫子、一年洗不了几次头发的，常是拖着鼻涕、裹着一条巨大而又残破的褐色棉线针织的头巾、穿着不合身的大黑棉袄、被放在马背上就像一个圆球一样，除了两颗闪亮的黑眼珠以外满脸都是污垢的孤女哈丽黛啊，她现在在哪里？

　　在哈丽黛策马前行的时候，随着迎面而来的山中诸景物，往事也扑面而来了，本来以为这一切是已经被时间的大河淹没了的。当她在阶梯教室里谛听白发苍苍的国内外驰名的老教授讲课的时候，当她在被六根大日光灯管照得通明的教室里上晚自习的时候，当她屏神静气地在图书馆查阅资料的时候，当她在未名湖畔饭后散步，一面欣赏着夕阳下的湖光塔影、一面仍然不忘记利用这个机会默念几遍外语单字的时候，她的往事、她的过去就好像已经飘走了的、没有留下丝毫痕迹的薄云。回忆吗？回忆是空空如也，像万里无云的晴空，明亮、开阔、爽利,好像她压根儿就是北京的一个大学生。然而,现在,往事重又鼓胀起来、重叠起来了。这牵心挂肚的往事啊,原来都在这山沟沟里贮存着,在山沟沟里等待着她的归来呢!

在哈丽黛还不记事的时候,她的父母因为传染病双双去世。叔叔(说是叔叔,其实,还要拐几个弯才说得清他们的亲戚关系)依斯哈克收养了她。依斯哈克是一个彪形大汉,有一次他坐吉普车去县上开劳模会,一上车,坐在右边,整个车马上就明显地向右倾斜,使得司机吓了一跳。有一次他骑着马去追逐一只狼,当马赶上了狼,和狼靠近,并且以相同的速度和狼并排飞跑的时候,他一探身,左手一抓,就揪着狼的脖颈把狼提了上来。他把狼夹到右腋下,准备带回去用锁链锁起来供大家观赏,谁知,等回到家一看,狼早就被他夹死了。

就是这样一个大叔,勇敢、强壮,哈丽黛觉得他有点严肃、有点目空一切。他不喜欢和孩子们说笑,从不对哈丽黛做出任何亲昵的表示。他又十分瞧不起妇女。萨里哈大婶在他面前完全像一个顺从的奴隶。哈丽黛从小就敬重叔叔,却又觉得生活在这里有点压抑。

一个偶然的机会使哈则孜先生来到了他们的身边,除了用命运、用胡大的意旨以外,哈丽黛觉得难以解释。被牧民们一致尊称为先生的哈则孜原来是乌鲁木齐的一个教员,一九六一年因病申请退职回乡,那正是因经济困难而成批地精简职工的时候。他来到夏牧场看望他的一个亲戚,他戴着一副哈萨克人很少戴的近视眼镜,而且穿着一身罕见的清洁的旧西服。一天中午他坐在山涧旁的柳树下读一本厚书,其中有一首阿巴依①的诗使他非常动情,他不由得边读边吟诵起来。念了一遍,还不尽兴,他又吟诵了一遍。这时候他的身后响起了一个小孩子的声音,那小孩子模仿他朗诵诗,竟然毫厘不差,虽然那首诗的含义绝不是一个小孩子所能理解的。这个小孩子,便是七岁半的哈丽黛。

---

① 阿巴依:著名哈萨克近代诗人。

然后是哈则孜先生与依斯哈克大叔的舌战,大叔说:"女孩子读什么书?会烧奶茶,会捻毛线,会做奶疙瘩还不够吗?"先生说,知识便是光明和幸福,无知便是谬误与黑暗。他们各自引用哈萨克谚语和宗教格言互相辩驳。依斯哈克大叔虽然是文盲,在言语上却从来以机敏犀利自傲,但是这回显然是哈则孜先生占了上风。先生用阿巴依的诗句,从容不迫地把依斯哈克的言论一一驳倒。哈萨克人在辩论当中是非常讲"费厄泼赖"的,输了就是输了,绝不耍赖、狡辩,更不会恼羞成怒。依斯哈克心悦诚服地认输以后,便把哈丽黛的命运、前途交给了哈则孜先生了。

有谁能知道一个哈萨克姑娘求学道路上的艰辛呢?她的那些大学同学——家住在东单和西单,小学和中学就在家门口上,每考一次一百分就会得到一块奶油杏仁巧克力至少是一块棒棒糖的首都青年,可猜得到一个哈萨克姑娘为学会每一个字所付出的代价?哪怕只想象出十分之一来也行。在哈丽黛求学的路上,有过多少冰雹、风雪、雷电、山洪、毒蛇、猛兽、悬崖、深谷,甚至塌方和泥石流啊!有一次放学回来,大雨中她迷了路,她亲眼看到离她不过二十步开外的地方,一个通天连地的霹雳把一株老柳树击中。在耀眼的电光之后是一片漆黑,然后她看到了落在地上的树冠,被拦腰斩断了的树干燃烧起来了。一面是瓢泼大雨,一面是天火,这样的奇观使她目瞪口呆,直到火基本上被浇灭、黑烟染暗了雨水、空气里弥漫着火与烟的气息的时候。她忘记了恐惧,忘记了方才如果她移动两三米就有可能与柳树一道被雷电毁灭,她只觉到自己完全被吸引住、被振奋起来了。她觉得壮观,觉得庄严,千奇百怪而又奥妙无穷的大自然呀,这火与雨、烟与树、光与热与力,正启发着哈丽黛,召唤着哈丽黛去探求、去弄懂它的秘密呢!

哈则孜先生啊,如今您在哪里?您的在天之灵可知道被您手把着手教育起来的您的学生,您的女儿,您的未酬的壮志雄心的继承人哈丽黛回到了阿尔斯朗山沟?阿尔斯朗是狮子的意思,山沟口有一处怪石,被人们认为像是一头立起来的雄狮,故而得名。哈则孜先生却说那是一个巨人,哈萨克的巨人将诞生在这条山沟里。哈则孜先生告诉哈丽黛,所谓巨人,并不一定是身高力大,一拳可以打倒一匹马的男子。只有知识才能使人成为巨人,甚至一个女孩子也可以成为知识的巨人。您的话像天上的雷电一样击中了哈丽黛,点燃起了哈丽黛胸中的火焰。哈丽黛没有忘记先生的教导和期望,她以年年各科全优的成绩进入了留学生预备班,再有三个月,她将到澳大利亚去留学了。当然,这并没有什么好说的,这不过是万里长征的第一步。但是先生,您不但是哈丽黛的老师,您也是哈丽黛的事实上的父亲啊!就在哈丽黛进入北京大学以后不久,您逝去了。牧区的邮路是不那么畅通的,直到两个月以后,哈丽黛才收到了报告这个噩耗的您的儿子库尔班的信,哈丽黛痛哭失声。从此,她越发不想念阿尔斯朗了,她只有一个心思,学好,学得更好……

什么?谁说她不想念阿尔斯朗呢?当她又像当年一样在马背上找到了自己的位置,聪明的老马也开始认出了她。从她在马背上的姿势和动作,从她松紧合度地握着的缰绳和辔头上判定她乃是一个有经验的骑手,绝非关内新来的外行、紧张僵硬之辈,因而老马也显得特别轻松欢快,自由自在地迈动了步子。这时候,退隐了多年的思乡之情便像洪水一样地迸发了!快一点呀,我的山沟,我的阿尔斯朗,我的亲人,我的夏牧场,我的小毡房!

我的小毡房别来无恙。一样的大小,一样的位置,一样的小小的双扇雕花木门,一样的菱形的可以开合的木支架,一样的靠近门口挂着血迹还没有变色的新宰的羊皮,一样的用一个整獐子和整黄羊做的皮口袋,皮口袋仍然保留着獐子和黄羊的体形、五官和四肢,如果把这样的口袋挂在北京大学的女生宿舍里,小四儿和林妹妹(都是哈丽黛的同学的绰号)不吓得嗷嗷叫才怪。还有一样的马褡子(马上驮货用的口袋),一样的捕捉野兽用的铁夹,一样的铁炉、烟筒,一样的摆在右侧的条案和条案上的马灯、手电筒、碗、筷、盘子,一样的弥漫在小毡房里的奶油、酥油、酸奶特别是酸马奶的分子……

这万古长青的哈萨克人的夏牧场的生活啊,你还是那个样子呢!于是一样地烧起了茶炊,一样地铺上了饭单,一样地摆上了馕饼,再把上面的几个馕掰碎(以示待客),白发的萨里哈大婶一样地跪坐在那里调奶茶,一边调奶茶一边掉泪,她为有生之年又多了一次与远走高飞的哈丽黛的会面而欢欣感慨。哈丽黛想自己倒茶,被大婶阻止了。你现在已经不一样了嘛,你已经是远客了嘛。于是,看着萨里哈大婶的白发,泪水涌上了哈丽黛的眼睛,果真是不一样了么?呵,北京和伊犁河谷,即将出国的大学生和毕生没有离开过这条狭长的山沟的老态龙钟的哈萨克女人!

当然,在和过去一样的小毡房里,也出现了许多与过去不一样的东西。条案上不但摆着红灯牌半导体收音机,而且摆着一台荷兰出产的、带有高、低音喇叭的收录两用机。毡房的对着门的一面,不但摆着哈丽黛所熟悉的箱子、大枕头、皮褥子,而且摆了一大叠崭新的绸缎面的被子和褥子。除了皮口袋以外,架子上还挂着两个式样新颖的人造革提包。除了两双男式长筒皮靴、一双女式长筒皮靴和令人想起牧人的"全天候"的野外生活的三双长筒胶靴以外,还有一双尖头的三接头牛皮鞋夹在木支架和毡壁之间,放着漆黑的光辉。尽管毡房的毡顶和毡壁破了许多洞,因而不得不用一些帆布、塑料布来打补丁(这是由于这些年减少土种羊的饲养,增加细毛羊的饲养,而细毛羊的羊毛做毡子并不如土羊毛结实的缘故),整个说来,毡房还是更加阔绰也更加神气了。

特别是当伊斯哈克大叔的小儿子达吾来提回来以后。他戴着毛哔叽鸭舌帽,穿着涤纶青年服上装和劳动布马裤,干干净净、潇潇洒洒地回来了,皮靴上没有牛粪,裤角上没有草刺,衣服上没有尘土。"哈丽黛姐!"他一眼认出了重返家园的哈丽黛,像流水一样地不停地向她问安,打听她的生活的情况,他不时在自己的话语当中加一些汉语和维吾尔语,加一些新名词。他如饥似渴地听着哈丽黛讲述大学,讲述北京,讲述在南京和武汉的参观访问。他问:"北京的楼最高的有多少层?"听到回答以后他的眼睛忽闪忽闪,简直像黑夜里在公路上行驶的汽车的两个前灯。"世界是多么大啊,但是对于我们哈萨克人来说,它未免是太小了!"他叹息了。

忽然他站了起来,走到了条桌旁边。他从人造革提包里摸出两盒录音磁带,鼓捣了两下,录音机便唱起来了。

《军港之夜》!哈丽黛几乎跳了起来,她不能相信自己的耳朵。

《太阳岛上》!电子琴伴奏的《太阳岛上》,夹杂着转录多次所产生的拉锯似的噪音,震响在山涧清溪旁,青杨树下,绿草丛中的已经破了洞的哈萨克小毡房里。

这是真的吗?

达吾来提歪戴着帽子,用一种满不在乎的、骄傲里包含着揶揄的神气斜靠在条桌旁。他的脚轻轻地打着拍子,他盯着哈丽黛,似乎在问:"你没有想到吧?怎么样?"

"你喜欢这些?"哈丽黛问。

达吾来提只是一笑,两只手一摊。歌曲并没放完,萨里哈大婶做了一个手势,达吾来提立刻飞快地按了一下写着 stop 字样的键钮,收起了盒式磁带,悄悄地溜出去了。

进到毡房来的是依斯哈克。由于外面亮而毡房里黑,大叔进房以后好久没有辨别出坐在上座的客人是谁。而哈丽黛也看不清背光的大叔的面容。当大叔向没有辨认出来的坐在上首的客人行礼的时候,哈丽黛已经站了起来。她连忙说:"是我!是我呀,我是您的哈丽黛呀!"

首先是熟悉的声音使大叔震颤了一下。"你吗?"他大声问,然而嗓子比过去嘶哑了。这时他们两人已经看得见对方了,他们互相审视着,互相在对方的脸上寻找往事的痕迹,也可以说是在寻找他们自己的像山涧里的流水一样不停地流走了的年华。显然,他们都找到了。大叔皱了皱眉,他必须在晚辈女流面前克制自己的激动,而哈丽黛呢,在同样魁梧的大叔的身躯上,她已经发现了那么多"老"的征候。白发,开始驼下的背,铺满整个脸上乃至手上的皱纹。她真想扑到大叔的怀里,她真想哭一场!

"你好!你这是从哪里来?你回来了吧?不走了吧?"大叔问。

哈丽黛一一做了回答。当她说明,她只能在夏牧场待一个星期的时候,她的嗓音颤抖了。

"你不走了吧?你好?你回来了?你这是从哪里来?"

依斯哈克又问了。翻来覆去,颠三倒四,还是这样一些问题,好像他永远听不清哈丽黛的答复似的。然后,他听了一再重复的回答,沉默了一会儿,又咳嗽了一阵。他大声命令萨里哈大婶晚上把附近毡房里的女人都请来做客。然后,他像一座山一样地站了起来,走出毡房,为招待哈丽黛而寻找牺牲品——羊只去了。

多么寂静的夏牧场——山沟的夜晚。等了许久,快要圆了的小小的月亮终于爬上了山顶的天空。山沟明亮了,涧水放光而且摇曳、破碎而又粘连了,小白桦林的鳞片似的树皮闪闪烁烁,桦树叶子含情脉脉,毡房顶也被照亮了。于是,两面的大山显得更加威严而且黑魆魆的了。一阵清风,不仅小草和树叶,不仅流水和柴烟,而且连每一块石头都在轻轻地动荡着。一声牛吼,哞——几声狗吠——汪、汪、汪……山沟变得更加宁静了。

又一阵清风——苏小明和郑绪兰的歌声!当这隐隐约约的歌声传到哈丽黛的耳鼓的时候,她还以为自己是在北京大学的校园里呢。当然,是达吾来提。他躲在桦树林里,把两用机的音量拧到最小,一边听歌曲,一边想自己的心事——他已经二十岁了,和他爸爸一样高,但却清瘦得多。

"你听得懂歌词吗?"哈丽黛问。

达吾来提的神情是忧伤的。他摇了摇头。

"你喜欢这些歌儿?"

达吾来提含糊地唔了一声。然后,他换了一盒磁带。"您听这个!"他说。

邓丽君!哈丽黛几乎叫了起来,邓丽君已经来到哈萨克牧人的山沟里来了。

"还有这个。"达吾来提把磁带翻转了一面。

"I want you, I need you, I love you……"

什么什么?简直要叫人晕倒!这是爱尔维斯——猫王!就是同班的那一帮干部子弟,也不是每个人都知道猫王的。只是因为哈丽黛上了留学预备班,而且和一位外国留学女生住在一间宿舍里,她才听出了这个"猫王"。

"这是从哪里来的?"

"下面。"懒洋洋的达吾来提只是下巴向下动了动。他指的是平原地区。

"你喜欢这些?"哈丽黛在这一天里是第三次提出这个同样的问题了。

达吾来提用舌头打了一个响,表示出了一种懒洋洋的否定之情。

"那么……"

"哈丽黛姐,帮助我离开这个山沟吧!"达吾来提突然激动地说,"我要到农业队去,我要到平原,我要到城市,我要看电影,我要坐汽车,我要住砖房子……"

他们的话没有谈完,爱尔维斯的歌儿也没唱完,萨里哈大婶在唤他们去睡觉。睡前,哈丽黛注意到依斯哈克大叔和他的儿子达吾来提之间充满了一种密云欲雨的沉郁紧张的气氛。萨里哈大婶看着他们父子,眼神里流露着恐惧和不安。哈丽黛还回忆起,在差不多六个小时的时间里,他们父子之间,连一句话也没有。

"明天我要带您到库尔班那里。"睡前,达吾来提小声对哈丽黛说。

……然后是同样的百世如一的哈萨克毡房的夜晚。男女老少，人们排成一排，头朝里，脚朝外在毡房里睡觉。小小的双扇木门关得严严的，但仍然有月光透到毡房里。入夜以后，酵母、牛奶、皮革、皮毛和羊油、柴烟的混合气味好像更加浓烈了。他们的一生从出世到逝去，从来没有脱离过这气味扑鼻的空气。入睡不久就传来了依斯哈克大叔的鼾声。大叔各方面都明显地显出衰老来了，只有打鼾的威风还不减当年，似乎不仅毡房，而且两面的黑魆魆的大山都在倾听着和应和着他的鼾声。达吾来提在辗转反侧。失眠，在哈萨克人的词典里本来是没有失眠这个词儿的啊！萨里哈大婶一声不出，她睡着了吗？躺下以后就像消失在铺着毡子的地上。清凉。哪怕是盛夏，山沟里的夜晚也是清凉的。何况现在已经是九月初了，已经是今年的夏牧场生活的最后的日子了。她的北京的同学们最爱唱的那个歌儿叫什么来着？《夏天，最后的一朵玫瑰》，现在是"夏天，最后的山沟里的日子"。为什么是最后的呢？快要转场——搬迁到秋冬牧场去了。大婶说，五天前已经下过一次早霜。而且，谁知道她要在几年之后再回到这阿尔斯朗山沟来呢？谁知道她再回来的时候大叔和大婶还在不在呢？谁知道她再回来的时候，牧人们是不是还是住在这样的山沟，这样的毡房里呢？达吾来提不是已经要下山去了吗？

　　当人们入睡以后，山沟变成了狗的世界。黑魆魆的牧羊狗叫得更欢了，而且它获得了邻人的狗的响应，此起彼伏，此唱彼和，惹得老牛也闷声闷气地哞上一声，连牛蹄子踏地的声音也听得清清楚楚。毡房毡房，不过是一层薄薄的毡子，有无数的孔洞和缝隙，牲畜似乎就在他们的身旁。人们睡在这里，不就等于睡在天山的明月下面，奔腾的涧水旁边，不就等于睡在牛羊狗马之中，睡在草上、石上、土上，睡在松树林、杨树林和桦树林里吗？故乡、大地、山、水、草、树，今夜，你的女儿离你是多么近啊，该死的达吾来提，他怎么不懂得钟爱这一切呢？

然后狗也不叫了,牛也不吼了,水也不响了,风也不吹了,大叔的鼾声也渐渐停息了,中外歌星所留下的不伦不类的歌声的痕迹也消逝了,只有一片月光,只有一片寂静,只有早霜静静地、静静地落在小小的毡房顶上。

第二天,达吾来提领着哈丽黛,骑马到哈则孜先生的儿子库尔班那里去了。库尔班现在是一个牧业大队的大队长,他们的大队部,夏季设在距伊斯哈克大叔的毡房九公里远的,靠下一点的山沟的开阔地上。那是两排用木板搭成的房子,有点像林区的小屋。木房前,用木桩圈了一道障碍——不准马进入,因为,木房后,是这个大队的育林区。

几年不见,库尔班变了样子了。二十八岁的库尔班穿着一身蓝色的工作服,戴着鸭舌帽,样子更像一个农机工人。而且,他留起了分头,前额上的头发像波浪一样,这在山里十分稀罕。他并没有仔细地倾听和回答哈丽黛对于亡故的哈则孜先生——恩师和父亲的悼念之词,他急忙向哈丽黛介绍自己的工作和抱负。

"这是鹿茸加工场。今年春天,仅仅养鹿场的净收入就达到两万七千多块钱……这是牛奶加工,我们的解放牌卡车拉走不了那么多商品牛奶,除去卖给县奶粉厂的,我们自己还要加工一部分奶油、酥油。取去脂肪的奶,我们做成酸酪干,拿到农贸市场去卖,这一项收入是……块钱……这是配种站。从去年起,对于所有的大畜——马,牛和骆驼,我们已经全面实行了人工授精,母畜怀胎率提高到百分之九十五……这是中草药的晾晒与加工的场地……块钱……这是毛皮和皮革加工……这是羊毛加工……块钱……我们还组织了一些姑娘搞刺绣和挑补花……这一项……块钱……"

钱!钱!钱!

"……我们需要钱。"库尔班断然说,"您看到了,我们的畜牧生产水平还是这样低,怎么能扩大再生产?怎么能实现现代化?怎么能过上文明的富裕的生活?明年开始,我们有两个队就要从放牧改成厩养了,这是一场革命……我们的牧民已经在平原上盖了房子。有一个哈萨克人,他正在做钢丝床和沙发,这可是亘古未有的事啊……但是,与农产品比较起来,畜产品的价格仍然偏低。我听说有关部门正在研究这个问题……您说什么?这个地方么?这个地方我们当然不放弃,您看看这里的风光!这儿的房子加固和改善以后,我们要用它做招待所和疗养所。山里的物价是便宜的,现在,对过往住宿的客人我们已经开始收费了,每个床位每天五毛……"

哈丽黛在兴奋和惶惑中离去的时候注意到,在库尔班的队部办公室里,不但有哈文和维文的报纸,而且有一本花花绿绿的《大众电影》,封面是还没有上演的电影《被爱情遗忘的角落》里的一个镜头。被遗忘,被谁遗忘呢?被自己?被生活,时代?如今是不同了呵。

然而伊斯哈克大叔大发雷霆:

"库尔班不是哈萨克!库尔班不是穆斯林!库尔班简直不是人!总有一天,我会杀死他的,连同你,达吾来提!"

(达吾来提动不动就躲在桦树林里,他真的迷上了中外流行歌曲?他忘记了那哈萨克人的传统的悠扬开阔的《白鸟》《走马》《艾妮姑娘》了么?)

"我们哈萨克是这样的人,我们都把金钱看做是指甲缝里的泥垢……"

(在县城、自治州、自治区的百货公司,哈萨克人从褡裢里把所有的钱拿出来交给售货员,然后说明自己需要买什么东西,然后售货员把所需的钱币留下,其余的还给哈萨克顾客。哈萨克顾客对找回来的钱数也不数,看也不看,放回褡裢。)

"如果一个哈萨克人到一个哈萨克牧人居住的山上去,却还要带钱,还要带粮票,这就不是哈萨克。如果连雪白的牛奶和雪白的牛奶制成的食品还要卖钱,那就是对于雪白的牛奶的最大的污染……"

（一排排木房子。松林，流水。还要加固和改善。现在，每个床位收五毛钱。）

（当萨里哈大婶用手摇分离器提取奶油的时候，脱了脂的牛奶就从下面的槽子里排到山洞中，整个山洞都染白了。连牧羊狗都因为每天喝奶太多而丧失了对牛奶的兴趣。如果你告诉他们，脱脂的牛奶仍然有很高的营养价值，仍然可以做奶粉，他们应当把它卖掉的时候，他们便会瞪起眼睛，认为这样做是对哈萨克的淳厚的心灵的污染……）

"我们要钱做什么？我们到县城或者伊宁市去做什么？到了山下面，就什么都没有了，没有酸马奶，没有酪干，没有手抓羊肉块加面皮，没有野花和草原，没有野草莓和悬钩子，没有赛马和叼羊……"

（哈萨克人的天堂，就在夏天的两三个月，就在高高的夏牧场上。每年一到夏天，记者、作家、外宾、摄影师、电影和戏剧的导演和演员们……就都来分享"天堂"的快乐来了。他们是否希望哈萨克人永生永世这样过活下去呢？）

"……而库尔班他们捕捉马鹿，而且只要公鹿，不要母鹿，使大批的鹿失去了伴侣……甚至还有一些更加贪婪的人，他们杀鹿取茸，把鹿头丢到山坡上。这样下去再有几年，天山马鹿就会灭绝……"

（两万七千块钱！）

"……他们比旱獭还要贪婪，还要残酷，他们挖草药挖得草场上出现了一个又一个的坑洞，他们是连根刨呀！这就使我们草场遭受了严重的破坏……"

（一群矮小的人，个个手执花铲，在美如画图的草场上挖出一个又一个的洞……）

"……你听说了吗？这个发了疯的库尔班，从山东买了六头大叫驴，说是要配骡子呀！让清真的马和不洁的驴交配，这是怎样的荒唐和卑鄙！你说，我们能容忍他吗？"

（！怎么办？怎么办？谁是？谁非？）

达吾来提告诉哈丽黛说:"我爸爸是一个老顽固,我早晚要离开他。反正我不愿意像他那样在山沟里过一辈子……"

"山沟有什么不好?"哈丽黛问。

"那你为什么要出去呢?"达吾来提反问得十分尖锐,"你留下来好不好?做一个挤奶妇,打馕,做酸奶,绣花,捻毛线,生孩子……让我们换一换吧,我替你去学化学,我替你去什么澳大利亚……不要瞧不起我,给我机会,我也能学会的!"

"……"

(这很可能。)

哈丽黛能说些什么呢?幸好,像达吾来提这样想和这样说的年轻人还是少数,不然,该怎么办呢?不,也许不是少数。达吾来提说过:"如今,年轻人都想下山……"

哈丽黛惶惑了。她的心好像分成了两半,一半属于依斯哈克大叔,一半属于达吾来提和库尔班。库尔班的牧业大队的解放牌卡车的车轮在旋转。凹凸不平也罢,简易公路已经延伸到天山山谷的深处人迹罕到的地方了。尘土、引擎声、车轮声和含硫的废气与汽油、机油的分子已经在牛群和马群,羊群和毡房的上空回旋了。奶油分离器,割草机和拾草机,制造奶粉的离心器和毛纺厂的纺锤,以及随之而来的用于机器维修的车床和铣床也已经或者将要旋转起来了。还有盒式录音磁带,苏小明和郑绪兰已经进入了哈萨克人的毡房,邓丽君和"猫王"已经潜入了白桦林。这是胡闹?轻佻?任性?挑战?还是大有深意的一种征候,一种象征?它将带来灾难,还是进步?它是一种令人笑掉大牙的赶时髦?一种奢侈品?一种毒药?还是一种触媒——催化剂?一个方向和速度都有待掌握的化学反应的开端?

你宁静的夏牧场,你宁静的蓝天、雪山、树木和草场也变得不平静了吗?你也开始悄悄地转动起来了吗?冲突提前爆发了,依斯哈克大叔终于把儿子的妖声妖气的录音机给砸了。达吾来提跑到山下去了,他声言再也不回到他的爸爸的身边。他们父与子的冲突丝毫不顾及哈丽黛的在场,哈丽黛甚至觉得自己的到来似乎促进了这一矛盾的激化。她应该怎么办呢?

　　勤劳而又艰苦的哈萨克人!只是在电影的镜头上,哈萨克的生活才变成了神奇和浪漫的。他们一年到头,跟着牲畜放牧,不分春、夏、秋、冬,不分晴、雨、风、雪。有时候,在接羔季节,在剪毛季节,在狼熊出没的季节,他们没日没夜地守着畜群。他们不但没有星期天,也没有新年和春节,就是在开斋节和古尔邦节他们也不能够完全休息……他们对生活的要求是那样少,七月和八月,一年两个多月的夏牧场生活,高山的开阔,马奶的芳香,羊羔的肥美,这就够了,这就是终年勤奋的足够的报偿了。

　　他们淳朴,他们无知。他们慷慨好客,他们拙于经营……美好的风习却和低下的生产力联系在一起。终于,发展的风,富裕的风,现代化的风也刮到这山沟里来了,于是出现了新的设想,新的追求,新的方式与新的欲望。可爱的哈萨克人,善良的哈萨克人,你们的生活方式正处在变动的前夜,这是值得欢呼的么?为什么哈丽黛却又感到一种难言的依恋、担忧与惆怅?但是,难道可以不变化吗?难道可以真正成为被遗忘的角落?那又分明是不应该也不可能的啊。

　　美丽的哈萨克,善良的哈萨克,淳朴的哈萨克!伊斯哈克大叔竟然宰了一只羊,切成条,敷上盐,风干了,他要求哈丽黛把它带到北京——澳大利亚去。他不相信离开了天山山谷还能吃到这样好的羊肉,他也不相信世界上除了羊肉以外还有什么值得一吃的好东西。哈丽黛能说这是不必要的吗?

　　邻近的帐篷竟然给哈丽黛准备了满满的一麻袋酸酪干,或者用本地土话,叫做酸奶疙瘩。这确实是又好吃,又有营养,又助消化。然而,她怎么办呢?把一麻袋酸奶疙瘩带到北京?交付航空运输吗?还是火车慢件货运?

同龄的姐妹们把用作装饰的穿了孔的银元送给她。她能说,这已经不适合她佩戴了吗?但她又怎么能脖子上挂着银元回北京呢?

然后是盛大的临别的宴请,她吃了那么多羊,简直需要纪律检查部门的过问。然后她骑上了马,她在一步一步地,一分钟一分钟地,一件一件地丢失。她丢失了夏天的最后的日子,丢失了云杉、枫杨、雪峰、山涧、三叶草。她丢失了毡房、羊群、牧羊狗、桦树林和成群的飞鸟。她忽然哭了,大哭了一场,一瞬间她甚至想宣布:她不走了,她不需要北京,她不需要大学,她不需要元素周期表和化学符号组成的结构图和方程式,她更不需要什么澳大利亚。她只希望陪伴嘴硬心慈的伊斯哈克大叔和劳碌终生的萨里哈大婶,她只希望说服和抚慰一心追求他所谓的"现代化"却并没有找到脚踏实地的路子的达吾来提。她只希望做库尔班的一个参谋:配骡子的事还是缓行吧,有什么办法呢,我们的民族和宗教有那么多的清规戒律。还有生态平衡,挖掘经济潜力的时候也不能放松保护资源,保护自然,保护生态平衡啊。

她还希望长久地守护哈则孜先生的坟墓,那坟墓上的青草,已经长得够高了。

她还希望在白桦林里遐想,看万点阳光和阴影怎么摇动着自己的身躯……

她还希望嫁一个哈萨克小伙子,既会叼羊,又懂得新的生活……就像库尔班那样……为什么脸红了?库尔班的侧影是多么迷人,他的颧骨和下巴是多么有力啊!他为什么还没有结婚呢?

她希望着这一切来到了县城。从县城改乘长途汽车。汽车里拥挤得像沙丁鱼罐头。汽车开得飞快,扬起了大片沙尘,有时候颠簸使得乘客的脑袋撞到车厢的顶盖上。途中吃了一顿饭,在维吾尔人开的烤包子铺,服务态度很好。然后是小飞机,然后是大型喷气客机,一会儿就把"陶"丢在后面了。发动机的声音不紧不慢,飞机行驶得非常平稳。到达北京的时候天已经黑了,飞机降落的时候她看到了城市的诱人的万家灯火。地面上的生活是快乐的,辽阔的和多种多样的。她又打了一个嗝儿,似乎胃里还存留着羊羔肉和酸马奶的气味,当然,还有洋葱和羊肉丁所做的烤包子。

然后是北京市,东直门,美术馆和新街口。每一条街都是明亮、平坦、笔直的。马路牙子竟能够砌得那样整齐,真惊人。

然后是外国语学院的宿舍楼。和她同住一间寝室的英格兰留学生海伦热情地迎接了哈丽黛,把她手里的提包接了过去,吻了她的左腮以后又吻右腮。海伦问:

"你的家乡离这儿很远,是吗?"

"噢,并不比你的家乡远,不是吗?"她回答,"而且,有飞机。"她又补充了一句,接过了海伦递给她的一杯热咖啡。她们两个人一起笑了起来。

提到家乡的时候她是这样的容光焕发,这当然是海伦所不能理解的。也是任何一个城市里生、城市里长,没有到"陶"上去过的同学所不能理解的。她想,两个月以后就要出发了,等到达堪培拉以后,第一件事就是给大叔和大婶,给达吾来提,特别是——给库尔班写一封信。让故乡的"陶"永远护佑着她吧,她也给"陶"以永远的、深情的祝福。

1981年9月至10月写于伊犁—乌鲁木齐—北京
发表于《北京文学》1981年第12期

惶　　惑

一

　　他第一次到 T 城来是二十八年以前的事，比四分之一个世纪还长三年。那时候他二十三岁，大学才毕业，体重只有一百零一斤，穿一身柞绸中山服，自以为是高级衣料了，神神气气地进行他的第一次出差，而且走到哪里也不忘记戴一顶短帽檐的灰布帽子。那时候他对坐火车，对列车员姑娘一再用拖把擦洗车厢里的地板，对按路程分段计价收费，对穿在列车用大瓷碗盖的疙瘩上的圆茶水票以及车厢里的大喊大唱的广播喇叭都觉得新鲜、有趣。还有，从北京到 T 城的直快硬座车票要十几块钱，他身上带着一百块钱的盘缠，他觉得是在进行一次耗资巨大、身携巨款的旅行。那一百块钱是放在内衣的小兜里的，兜口，用两个别针别得严严实实。

　　他现在五十一岁，刚刚提升为环境保护机构的主任，到 T 城参加那里的专业座谈会。他这个主任工资级别虽然不太高，但职务按人事部门的说法相当于专署级：司局长之上，部长之下。他是为数不多的年富力强、又红又专，既被上级了解赏识，又被群众信赖拥戴、官而不僚、专而不僻、走红运而不被嫉妒的前途无量的人才之一。三中全会以来他的体重增加到了一百四十一斤，近日开始注意了采取一点点防止继续发胖的措施。他经常穿一身洗得发白的华达呢棉布陆军服（陆军服与中山服的主要区别在于前者上衣衣兜的四枚扣子都隐在兜盖后面),同时他有好几套毛料服装,遇到节庆大典、外事活动时再穿。他从来不戴帽子,而且上衣的第一个纽扣从来不扣。他带着一个助手出差,助手在硬席卧铺车厢,他在软席卧铺车厢。他不知道,也无暇过问车票是多少钱,出差费预支了多少。即使在软席包房里,他还在不断地看资料:国务院文件、简报、总结、汇编和外文资料。只是在深夜,当他被列车摇睡了又摇醒了以后,他披上一件毛线衣坐了起来,掀开绸窗帘和挑花窗帘的一角,看了看窗外正在行进和振荡着的月光。月光冲撞着远山、丘陵,漫盖过白花花的田野、庄稼苗,推拉着树影和只剩了影的树。他觉得列车像是一艘在海里行驶的船。他点起一支烟,怕污染包房环境,只吸了两口就又掐掉了。
"二十八年了!"他默默地自语。

> 提起个家来,家有名,
> 家住在绥德三十里铺村,
> 四妹妹爱上(了个)三哥哥,
> 他们俩是知心(的)人。

村念作"葱",人念作"仍"——浓重的乡音。
"再来一个!"
"再来一个,再来一个!"
"下面是笛子独奏《放风筝》。"虽然是在车厢里,却有一丝不苟的报幕。

一九五四年来 T 城那次,他正好碰到民歌合唱团的演员和他坐同一个车厢。(她们巡回演出,为什么不买卧铺票呢?)不知是哪一个旅客先"发难"的,都半夜十二点了,旅客一啦啦,她们就唱上了,不但全车厢都兴奋起来、活跃起来了,而且引来了不少外车厢的旅客和衣着齐整的蓝色的列车员。

一刹那间,他似乎又听到了当年的《放风筝》的旋律,颤抖的笛膜负载得了那么多欢乐吗?

笛声退去了,车轮声震耳。

二

上次来 T 城的时候是在老火车站下车,提着包,走过天桥,走出站来,耳边是一片夏天的蝈蝈叫似的叫卖声。青玉荚子、豆腐干、醪糟鸡蛋、赤豆冰棍,还有《大众电影》。他摸了摸自己的内衣兜——是想探一探钱丢了没有,却被误认为是要掏钱,结果,一群少年小贩把他包围了起来。

这次是上午十点十二分正点到达,帮他提包的有他的助手,他潇潇洒洒下了车,与到站台来迎接他的当地的汪厅长、黎副厅长、吴处长和赵秘书握手。

"刘主任,晚上睡得好吧?"

"欢迎刘主任!"

"刘主任是第一次来 T 城吗……噢,五十年代来过,你是老 T 城了,哈哈哈……"

在他自己的工作单位,其实听不到这么多刘主任和主任刘。人们尊敬他和他的新任职务,这当然是好事,主要是,这种尊敬是他推行环境保护工作的一个有利条件。然而,在这种一口一个主任的称呼里,他又好像失去了一点什么。

"你姓啥?"

"刘。你们叫我小刘好了。"

上次,他对 T 城人是这样答的。

他们走出车站,来到停车场,太阳正好从一片薄云下挣脱出来,耀眼的阳光照耀着面前笔直的林阴大道。在机动车道与非机动车道之间,是条状的草坪与花坛。

那时候,何曾有这样的大街?何曾有这样的人流和车流?那时候在 T 城,代步一半靠公共汽车,一半靠毛驴车。

"这是新车站,这条路也是一九五八年'大跃进'的时候才修出来的……"厅长们说。

当然,城市大大发展了。不过空气里充满了煤烟,含硫量大大超过了国家所允许的标准,还有顽固不化的氮氧化合物,还有一氧化碳,还有放射性元素。落后的能源与落后的工艺。即使不是专家,不用仪器,只靠常人的鼻子也闻得出来。

他登上了为他开来的银灰色的上海牌小汽车,车刷地开动了。四分钟以后,汽车开进了有着美丽的灯柱的宾馆大门。五分钟以后,他进入了为他准备的房间。有单人睡的双人床,有写字台和会客间。卫生间的设备是"国际水平"的。恭桶上和浴盆上都用写有英文和日文的说明的纸带封着,表示在一次彻底清洗消毒以后,未曾有人用过。

那时候住旅馆连介绍信都不用。他背着草绿色的帆布书包打问了一下,找到一处住一夜只收六毛钱的旅馆。他住进一间四人一室的背阴的房子。同屋的另外三个人都比他年岁大。一位是善于辞令"见面熟"的梆子剧团琴师,一位是默默无言的已经还俗了的和尚。还有一位实在是惨,他是个农民,妻子死于难产,婴儿又得了颅水症——头大得像南瓜。他带着孩子到T城来看病,在旅馆要了一张床位,虽然这严重地影响了这个房间的安静和舒适,但是不论旅馆的人还是同室的人都同情他的遭遇,谁也没有提出异议。这位不幸的父亲对年龄远远比自己小得多的小刘也是一口一个"大哥",更使小刘心里过不去。工作之余,一有空小刘就帮助他伺候孩子。几天之后,当不幸的父亲抱着不治的孩子离去的时候,小刘为他几乎落了泪。

三

午饭以后,刚回到房间,电话铃响了起来。

是他的助手。助手说,宾馆大门口来了一位女同志,自称是他的五十年代的老相识,要求见他。

"她叫什么名字……"

"鲁采凤。"好像是这么几个字,没听清。

"她是干什么的?"

"说是T城一中的教员。"

他搜索自己的记忆:鲁采凤?吴采凤?陆才丰?楚再逢?不,一无所有,根本不沾边。

"不,我不记得她,你再问问,必要的时候你接待一下她好了,问问什么事情。如果是叙旧,你替我感谢她,解释一下,我的时间很少,事又多。如果是告状,替她转给信访部门。"

毫无办法,想不到到了T城也有人来找。最近一两年,找他的人实在太多了,老邻居、老同学(从小学到大学)、老战友、老同事、老病友、老牛(棚里的朋)友……以及工作的上级下级、左邻右舍……他懂得"联系群众"的重要,对于青云直上的他来说,搞不好群众关系,远远比消除不了废水、废气和噪音更危险。但是,经过一年来联系群众的非凡努力,他终于悟出了一条真理,即使他不搞专业,一天二十四个小时接待找上门来的可爱的群众们,也满足不了"群众"的要求。一次热情接待只能缩短第二次来访的周期,而且,他从而负下了回拜的债,而且,有那么多熟人托他办远远比高温中合成 NO_x 更棘手的事情。

一到T城就冒出来一个"穆裁缝",他有点厌烦。

二十八年前他的生活消消停停,大家都是同志,工作配合就是工作配合,生活互助就是生活互助。大家都忙,大家都年轻,无旧可叙,无时间东拉西扯,无事可托办。来T城出差的最后几天他得了肠炎,旅馆的一个梳小辫子的服务员给他送汤、送药、送流食,他非常感谢她,却彼此连姓名都不曾通过。

四

　　下午去机械厂,看了他们在电镀件漂洗方面采用的新技术,并且不得不即席发表了几条其实相当一般,但据说给了人家厂子"很大鼓励、很大帮助"的指示。之后,他回到了宾馆,他感到很疲劳。

　　那位纠缠不休的女同志在宾馆的传达室等他。"上海牌"进门的时候他没有停车,也没看见她,但是他一进房间,电话铃就响了。

　　"您不记得我了吗?我是楚(陆、鲁)……"她终于说服了传达室,被允许直接把电话打到他这里,"您能让我进去吗?"

　　他想说,他需要休息。他想说,他与她没有多少交道可打。他想说,他马上要去就餐。他想说,他现在只想讨论双槽逆流漂洗和喷雾淋洗怎样结合使用……但他终于没有说,他叹了口气,说:"好吧。"

　　到机械厂这一路,怎么看不出一丝一毫往日的痕迹来呢?那是阳湖公园吗?阳湖公园他在一九五四年去过好几次,他曾坐在那里的长椅上遐想——爱情、事业、前途。那个公园似乎有点荒凉,游客稀稀落落,公园四周有农舍和菜地,枯树和奔跑着的狗。现在的阳湖公园,四周都是高楼,省展览馆建筑得非常宏伟、漂亮。透过汽车玻璃匆匆一瞥,但见游人如蚁,却不是星期天。

　　敲第二次门的时候他才听到。"进来!"他在原地叫了一声,背对着门,眼睛看着窗外。门柄轻轻地旋转着,被打断了思绪的刘主任懒洋洋地转过了自己的身躯。他看见了推门进来的这位瘦小的、黑不溜秋的妇女。她穿着千篇一律的蓝布制服,剪着短发,头发稍有点乱。他想,教师可是应该把头发梳得整整齐齐的呀。只有她的眼睛,虽然那是胆怯和顺从的,却又是执拗和热烈的。她的目光里似乎有一种与她的年龄、她的装束、她的举止,以及与这个硫磺味严重、烟雾蒙蒙、质量评价根本不及格的城市环境不大相适应的东西,使他的心一动。

"是的,是您,您没有变样,走在街上我也能认出您……不,您大变样了,您完全像……"她伸出了手,说的话令人不知所云。

这也是规律,来访他的人都要这样说的。说没变样是为了赞美他的驻颜有术,说变了样是暗示他的成就,他的地位。而这位女同志,却一股脑推销起她的最好的矛和最好的盾来。多没意思!

他是冷淡的,她好像不怎么计较,她从提包里掏出一个老式的漆皮笔记本。"您想起我来了吧?"她期待地问。

他想不起。他把笔记本接了过来,翻开第一页,是一幅并不高明的水彩画,画着太阳从山后升起,光芒万丈。他仍然糊涂,黑不溜秋的女教师却兴奋得声音都颤抖了,"您翻过一页,请您再翻一页……"

第二页,上面写的是:

人生的目的是为了使他人生活得更美好。
书赠我的不相识的善良的朋友

刘俊峰　1952年新年前夕

后面又有一行小字:

你一定有最灿烂的前途。请跳一个舞。

是?分明是他的名字,他写的字,只是,那时候的字。幼稚得像是出自一个孩子的手。分明什么也不记得。他的记忆力已经糟到这般田地了吗?

女教师回顾一九五一年十二月三十一日夜晚的联欢。那时候刘俊峰在工业大学上学,他们班在除夕与附中的毕业班联欢。每个同学都准备了自己的礼物,为礼物题了词,并点了自己想看的节目。礼物包好,按照大学班与附中班分成两堆,然后各自从对方的礼物堆中拿起一个红纸包,津津有味地看各自得到了什么样的礼物和谁送的礼物,然后分别找送礼的人道谢,互通名姓、互相交谈,然后按照送礼者的要求分别表演节目。

黄金的岁月,黄金的年华！生活就像游戏一样快活,游戏却又像命运一样庄严。

是的,有过这样的新年联欢,有过这样的友谊和欢乐的赠礼。他已经记不起有关这项联欢的细节和情景,但他记得并完全承认当年迎新联欢的概念。

"那个除夕晚上我和您说了许多话。我知道,您是高才生,又是团小组长。您对生活的信念一直鼓舞着我。我一直保存着您的礼物,您的旭日东升的画和您的题词。我真喜欢您的题词。我们班的同学有的得到了一个布娃娃,有的得到了一块三角板,有的干脆是水果糖——他们的礼物都不如我！我真是最幸运的人。"

封皮上烫着"学习"两个金字的漆皮笔记本恍恍惚惚在刘俊峰的尘封已久的记忆中出现了。然而,他仍然不记得画和题词,更不记得这位当时的中学女生。三十多年了,他的命运几经起伏,他每年都要新结识几十、上百个人,认识得愈多,忘得就愈快。有远远比这个女教师更需要他记住的人物,很多,很多。

"我非常珍视您的笔记本,看到它,我就想到那个年代。不管什么时候,我不能忘记那个年代给我的教育。一想起这些,我的生活好像也变得好一些了……"

"真对不起……我忘了……"他摇摇头,苦笑着。他不能说假话,假装记得她。为什么要欺骗这样一个毕竟是在三十多年前见过一面的,看来还满天真可爱、又有点啰嗦的女人呢？

"从前年我就在报纸上看到您的名字,我知道,那就是您。我看到了您参加联合国环境会议的消息,是在日内瓦还是斯德哥尔摩？后来我就到处找您。在《环境科学》杂志上,我读了您的文章。您的学问可真大！您现在是专家,又是大干部,我真高兴！我也光荣！我看准了,五十年代的共青团员里将会出现四个现代化的栋梁！也许将来您会当副总理,真的！"

刘俊峰摆了摆手,紧盯着她的脸,想从她脸上分辨她是不是虚伪阿谀。

"我知道您很忙，请原谅我打搅您。一九五二年秋天我考进了师范大学，学中文。五六年分配到 T 城，一直在一中。对不起。我说话有点啰嗦。现在我担任一个毕业班的班主任，孩子们担心考不上大学，思想负担很重，有的年纪小小的就说活着没多大意思。我给他们念高尔基的《海燕》，念魏巍的《谁是最可爱的人》，我都哭了，他们当中却有人无动于衷。我告诉他们，生活是美好的，他们不信。他们甚至于问我，可您的生活又有什么美好的呢？我气得要死，他们根本不懂得我多么热爱我的工作，多么愿意把理想和信念给他们……可是我太渺小了，我震动不了他们的灵魂。现在您来了，太好了，我已经把您给我的笔记本给孩子们看了，他们很受鼓舞。对不起，我得寸进尺了。您到我们班上去讲个话吧，哪怕只讲十分钟，哪怕不讲话也成，让孩子们看一看您这个有成就的大活人。对不起，我的话有点粗鲁。要让孩子们知道，人是可以做出一点成绩来的，生活的前景是很广阔的，活着，是有许多事情要做的……"

刘主任感动了，这位早已忘却了的老相识（单识？）的心多好！然而……要命，他到 T 城来难道是为了向一个班的中学生发表演说？甚至只是展览一下"大活人"？他不是黑猩猩！他不想满足那种看一看他的原始要求。他的仅有的五天的日程已经全部排满，他要听汇报，他要作报告，他要批文件，他要和北京通话，他要抽出剩余时间继续他的专业研究，还有好几个数据没有搞清楚。T 城还安排了什么电视台记者的采访——烦死人！他是一个工程师，又是一个领导干部，他不是普度众生、有求必应的菩萨。他不想乱伸手，也不想拉选票。而且，这个女同志待的时间太久了。

"不行，我的日程排满了，就这样吧。"他硬起心肠，准备送客。

"那么晚上呢？"女教师的声音有一点像哭，"您到我那里坐一会儿行不行？我只叫我们班的班长和团干部参加，我给您做一顿饭，您只利用吃饭时间和他们说上两句，不影响您饭后的活动……只是，我的饭做得不好……"

他没有来得及表态,一阵轰隆轰隆的说笑声撞开了门,是省里和市里的领导同志对他的礼节性的拜会。他们气宇轩昂,声音洪亮,旁若无人。刘俊峰甚至没顾上注意女教师是怎样离去的。

五

刘主任在T城的工作非常忙。会议说是专业性的,却有很大一部分内容在专业之外。几个典型材料在介绍自己的新的技术成果的同时,要用一半以上的时间谈诸如怎样争取领导的重视,怎样发动群众,怎样解决环保与增产、环保与节约、环保与调整经济的辩证关系等问题。"党委重视是关键,依靠群众才好办,思想工作要先行,环保生产双进展!"这可能不算专业,但是没有这些就没有任何专业。专业干部进入了领导班子以后,为了专业,必须把自己的精力的十分之五、十分之六、十分之七放在专业之外。他是清醒的,在会议上倾听这些句句是真理的套话和句句是套话的真理的时候,他虽有苦笑,却并无怨言。

鲁(?)老师又来了两次电话,锲而不舍。他终于答应了在第四天晚上到她那里去吃晚饭,见见她的班上的宝贝疙瘩一样的学生干部。"总共不能超过一个小时。"他说。女教师的声音即使从电话筒里听去也叫人感动,可以说,那叫做"感激涕零"。

忙里偷闲,省和市的有关领导同志陪着他游了一次松山古刹,用了半天时间。陪游的人兴致勃勃地向他介绍古刹旁的一株"周柏"——周朝的柏树,我们的老祖父,像石,像钢,像现代派雕塑,死的枝干里仍然保持着活的汁液。他想着的却是,什么时候能使T城的空气跟松山这里一样清新就好了。

一九五四年他游过松山古刹,在西大桥边等了一个小时才坐上了公共汽车,那时到古刹的汽车两个小时开一趟。汽车挤得叫刘俊峰透不过气。回程又错过了最后一班车。等回到城里,已经是午夜,饭馆、商店早已停止了营业,又没找到私人摊贩。他摸来摸去,在衣袋里摸出了一块半已经不清洁的硬块水果糖,这一块半糖便成了他的晚餐。古柏消失了,一块半糖却存活在他的记忆里,带着往日的好兴致和安贫乐道的自豪。

第三天晚上,省、市各有一位领导同志陪同他观看了梆子戏《秦香莲》。他只不过闲谈的时候和赵秘书提了一句,一九五四年他听过这里的梆子《鞭打芦花》和《喜荣归》。立刻,赵秘书安排了这次看戏。地方同志待客的人情味像酒,而北京的干部对地方上来的同志像水。梆子的古朴苍凉的唱腔使他几乎落泪,他为秦香莲不平,为包黑子鼓掌,他再一次深深地、铭心刻骨地感到了我们的民族对于包公们期待得有多么久,有多么深。当然全非故意,他这位懂外文、出过国、在当地干部眼中看来相当"洋"的专业化、知识化、年轻化的新任领导干部竟能为一出梆子戏如此动情,这大大密切了他与当地干部的关系,沟通了他们的感情。很明显,听过这次戏以后,地方的领导同志更拿他当自己人了。

在这些礼节性、交际性的活动中他表现得相当随和。应该说,刚刚提上来、立足未稳的他,建立与各地领导同志的良好关系是有政治意义的,这对于推行他的环境保护计划,或许比再抓几套消烟除尘脱硫装置更重要。

听完戏的第二天上午的会上,汪厅长告诉他晚上请他到家里吃便饭,省委李副书记、赵副省长和朱市长都将去"陪他"。他当然不能拒绝。但他本来答应了鲁(?)老师的。他只好不睡午觉,吃过午饭后吸了两支烟便匆匆驱车来到第一中学,七拐八弯好不容易找到了母老师的家。只是在打听这位女教师的住处时,他才从一中的职工那里弄清楚,原来她不姓鲁、陆、吴、楚,而是姓母。母老师正忙着准备饭菜。母老师的丈夫最近才从外地调来,他的行动、反应有些迟缓,据说是因为吃多了受甲基汞污染的食物的结果。母老师的房子旧而小,墙壁上挂着一张已经变得暗黄了的卓娅像,大概也是什么人当年送给她的礼物。她至今还生活在五十年代么?还有复制的鲁迅手迹。还有一盆正在开着紫花的仙人球,比他们的房间和人都更高贵和富有亮色。

他根本没有时间与她和她的丈夫交谈,他只来得及表示一下歉意,他无法见她希望他见的她的班上的同学。二十分钟后,刘主任应该出现在环保座谈会的会场主席台的显要位置上。他应该做结论性的长篇讲话。讲话稿在公文夹里。公文夹和助手都在"上海牌"里等他。他吩咐不必灭火,汽车马达在母老师家门口嘟嘟嘟地响。

"您总算来了我们学校,我要把您到来的消息告诉孩子们,谢谢!"女教师的睫毛上闪着泪花。

晚饭吃得很成功,人情和工作都取得了进展。李副书记喝了两杯酒以后显得更加质朴、亲切、豪爽。他说老刘的这次到来对全省环保工作是一个很大的促进。他保证,对于上一财政年度挪用环保专款的事一定要彻查、处理和通报全省。他同意和刘主任为首的部门充分合作,抓住电热厂做典型,出成绩、出技术、出经验、出思想、出材料,一抓到底,抓出个道道来。他拍拍老刘的肩膀,深情地说:"明年我也就退了,以后的中国,就看你们的了!"

结果他干脆没有时间沿着一九五四年走过的旧路在T城走一走,没有能去当年徒步走过的城西大桥。大桥当年似乎相当辉煌,现在从汽车上望去却原来相当寒碜。汪厅长说,新桥即将落成,而这个桥即将拆毁。拆掉这个桥以后,五十年代的旧物就更少了。不拆又怎么样呢?即使他叫停汽车,下去走一走,又能辨认出些什么来?

六

没有怀旧,没有抒情,甚至连再去喝一碗二十八年前使他赞叹啧啧的醪糟鸡蛋也不曾。比醪糟鸡蛋更好的东西还吃不过来。让现今的二十三岁的青年人去品味生活吧,他的任务不是品味,而是工作,牛一样地工作。即使为了青年人能足够满意地品味,他也有责任提供更纯净的空气和流水。

就这样匆匆度过了五天,其实游古寺和赴便宴的时候也没有停止过有关工作的交谈。最后,夜十一点二十分,他又来到了五天前到过的新车站。送他的规格比接他的时候高了一点:除了汪厅长、黎副厅长、吴处长和赵秘书,李副书记亲自到车站送行来了。

站台上还站着——热心的、憔悴的女教师,在寒冷的夜风里披散着头发,她说她怕见不到刘俊峰,提前四十分钟就到站台来了。她拿着那个旧笔记本,请求刘俊峰再给她题几个字,签个名。

"三十年前,您鼓励过我。三十年后……"

他没有听完这位黑不溜秋的女人的话,这种不识时务已经超出了常识常规,他几乎想把她推开。

他和地方同志们话别,他感谢他们的热情接待。他对此行和他们的座谈会表示相当满意,并且在开车前一分钟,他从打开的车窗中探出头来,嘱咐汪厅长,一定要把电热厂的工作抓好。"就指着你们呢!"他说。

火车已经开动了,地方领导同志们的脸和手退向后去。忽然,从站台上飞进车厢他的怀里一尼龙网兜苹果,是母老师送给他的。他看见了正在与火车进行同步运动的母老师,看到她确信他接过了苹果时的焕发的欣慰的容光。

七

T城远去了,往日的T城已经面貌全非,他这次出差并没有挖掘出多少湮没了的记忆和记忆的见证。他自己也已经面貌全新了,匆忙、紧迫、自信。《放风筝》的旋律已经不再震响耳边,《三十里铺》的歌声即使重新听一遍也难以恢复他当年的激动。患颅水症的病儿的肉体和灵魂早已灰飞烟灭。他的妻子次日上午不会到北京站。接他的自有他的下属。火车开行以后,他面对苹果似觉歉疚:难道硬是不能与她的学生见见面吗?又觉得不必婆婆妈妈,即使只是为了不再出现类似母老师的丈夫那样的甲基汞中毒,他也理应把他的善良情感化为推进工作的全方位努力。他在火车上想好了给母老师的新题词,大意是让我们在各自的岗位上为"四化"做出实际的贡献。他准备一到北京就端端正正地写好寄到T城一中去。他告诉他的助手,别忘记提醒他办这件事。助手说:

"我看那位老师有点神经病。"

他很不高兴。他奇怪,尽管这次到T城出差比二十八年前那次做的工作要多得无法比拟,他受到的礼遇也和那时候无法比拟,为什么在他的心里倒是二十八年前那次更值得眷恋和珍重?更令他神往?然而那是不可能的。一九五四年和那一年的他(现在看来似乎有点可怜巴巴的呢)已经不会再回来。时光不会倒转。八十年代有八十年代的挑战,而他在八十年代担起了超重的担子。他大概不如一九五四年、当然也不如一九五一年给"不相识的朋友"题词时那样可爱了,他好像有那么一点冷酷……然而,做事情和可爱并不完全是一回事。一匹小马当然比一匹大马、更比一台拖拉机可爱,但是耕地还是要找大马,最好找拖拉机。可爱不能当饭吃,也不能脱硫。

他问助手:"是后天吧?我们几点钟会见日本的环境计测家代表团?"

但他无法驱除掉母老师给他留下的印象。直到回北京以后很久了,他仍然时不时地想起她来。而且,每当想起她的时候,他感到一种淡淡的,却又是持久的惶惑。

发表于《人民文学》1982年第7期

春　　夜

　　星期天下午,李副教授家宾客盈门。傍晚,送走了第三批客人以后,李敬心回到屋里,还没说话,先嘿嘿一笑。

　　正在收拾茶杯的妻子婉贞转头看了他一眼,无声地发问:"干吗这么开心?"

　　李敬心笑着摇了摇头,走近妻子说:"也真巧了,这一下午来的客人,都是说他们的儿女亲事。难道人过了五十,就再没有别的话题了吗?孩子搞恋爱、结婚,大人那么兴奋、那么操心、那么没完没了地说它干什么?这不是越活越……"

　　"行了行了,就你好!人家又不是教哲学的,人家也不是副教授,你总不能要求人家跟你一见面就讨论费尔巴哈……"

　　婉贞止住了他。如他开玩笑所说的,婉贞是他的一个"安全阀门",总是敲打他,给他泼冷水,不让他说话太狂,太自命清高。虽然他明知道婉贞和他的观点并没有什么不一致。前几天,婉贞还说起一个笑话,她们单位有一位打字员,二十七岁的大姑娘了,好不容易有人给介绍了一位朋友,双方愿意见面,定好了一个地方。想不到初次见面,女方身后跟着老爹,男方后头跟着老娘。双方见面以后,女方的老爹不走,站在三米以外,两眼盯着男方,像警察盯着小偷。男方的老娘起先比较注意保持距离,与儿子相距七米,一看女方的老爹挨得那么近,也不甘示弱,就向前靠拢,直到距离孩子们两米处。女方老爹见此情况,更不含糊,便再向前靠到一米处,最后四个人站在了一起。年轻的两个人尴尬无话,各自的老爹老娘怒目而视……结果,也就可想而知了。

"与其掺和儿女的事,不如让他俩老的另找一个角落搞搞对象好了……"当时,听完婉贞的故事,李敬心发表感想说。

"缺德!"婉贞骂了他,两个人一同笑了起来。

"也不能全怪大人。"婉贞另一次向他介绍了另一个故事。她们单位的一位同辈人,只有一个独子。独子要结婚了,向父母要求两千块钱和一间十五平方米的房子。父母解决不了,宝贝儿子发起脾气来,把家里的饭碗、茶杯、花瓶直到烟灰碟都砸碎了,母亲犯了心脏病,死了。

说完,两个人叹息了很久,难过了很久。

"妈,我饿了!"他们的二十一岁的女儿、三年级大学生芳芳从另一间小屋走了进来,一边说着一边翻糖罐和饼干盒。

"别吃零嘴了,我这就去弄饭。打卤面,鸡汤做的卤,还放了虾仁……"

"那您可快点啊,我还有事儿呢!"

"对不起,芳芳。想不到客人来了这么多,爸爸失约了,没有和你一起听舒伯特。"

这是一个和睦的家庭。虽然只是两年前老李才"提"成了副教授,虽然他的工资在近几年连"提"了两次才达到人民币九十元,虽然他们现在只住着一套面积二十二平方米的房间,但是,他们家里有一种比较文明,也许还可以说是高尚的气氛。他们家里从来没有发生过和钱有关的争吵,他们三个人之间从来没有任何怀疑、不信任。当他们谈论起类似旁人家里的干涉子女婚姻之类的笑话的时候,他们不自觉地有一种骄傲感。

"看,我们可不是那样的父母,我们的子女也不是那种子女。"他们无声地说。

在这样的家庭里,吃饭是一件愉快的享受,既是工作后的休息,又是家庭成员(有时候还包括一二友人)的亲切聚会。而自从女儿上了大学以后,遇到女儿在家吃饭,饭桌旁洋溢着的几乎是一种节日的气氛。现在,除了人手一碗卤面以外,还有四碟小菜,特别是那一碟油焖笋,便是这种节日气氛的物证。

"你们是不是快要开运动会了?"

"爸爸,下回礼拜天别让这么多客人来了,咱们去一趟颐和园得了。"

"再添点卤!你们的伙食是不是还那样糟?"

"团支部要改选了,他们说要选我,我直央求他们……我可干不了,现在呀,谁听谁的呀?妈,我那双系带的皮鞋搁在哪儿了?"

"你晚上回学校吗?别走了,天要下雨,明儿早晨你坐332路,六点半以前,不挤……"

"您别逗了,下不起来,下起来也大不了,晚报都预告了是晴天……"

"这就是教条主义了,'凡是'了……"

饭桌上的谈话照旧是那样和谐。不过,女儿稍稍有点匆忙,这不但表现在她坚持说不会有雨下,也表现在她没有告诉爸爸妈妈她们学校是不是要开运动会以及伙食有没有改善上,尤其是,对于她最爱吃的而且是照例边吃边夸赞的油焖笋,她居然若无所动地夹了两筷子就丢开了。

"您才教条呢,您就知道费尔巴哈。"说完,芳芳提前离开了桌子,洗手,换鞋,"我走了。"她走了。

"这孩子,你记得吗?小时候有一次让你给她喂橘子水,结果你给倒到奶瓶里的是醋!也怪我,我把醋装到一个旧橘子汁瓶里了,结果芳芳不喝,直哭……一晃,都大学生了!"

"说来说去,我看当学生还是最忙。功课,考试,从小学一年级就压在头上……可惜的是,有些人忙了十五六年,等大学毕业分配到岗位上了,却没事干!七七年十一月,'文化革命'以来第一次恢复高考招生的时候,那些考生有多么激动啊,考进学校以后,又是怎么样地苦读寒窗啊……可是我了解了一下,好多人分配了工作,其实整天闲着……"李副教授发表感想说。

敲门声,是邻楼的一个女孩子、胖姑娘王小玉。王小玉和芳芳是同班同学,历来,每逢节假日她们俩回家休息以后,总是互相找着结伴回校的。

"芳芳呢?走了?噢——""噢"声拉得很长,先升后降的调儿。

婉贞和李敬心都略有点惊奇。"芳芳没去找你?"

婉贞注意地看着小玉,她的"噢"使婉贞睁大了眼睛,充满了疑惑和期待,她在无声地说:

"快告诉我!我知道你知道的……"

"伯母,我……"小眼睛的胖姑娘眨着双眼,经不住婉贞——还有李敬心,他的面容也有点庄重了,好像还有一点点憔悴——的无声的追问。她吞吞吐吐地说:"芳芳好像交了一个朋友,是107路无轨电车的司机,他的事迹是登过报的,我们好几次坐过他的车,也是赶巧了……起点站是白石桥……他家……昨天在白石桥……好像是说今天在紫竹院……也不一定……别说我说的……"

什么?这突如其来的发展使两个人都沉默了。王小玉的话他们没有听清楚多少,却感到了猝然的一击。李敬心看着妻子的黑发中夹藏着的白发,婉贞看着丈夫脸上的皱纹,两个人都觉得又增加了几根。然后,扑哧,两个人都笑了,又苦又甜又酸,彼此对望了一眼,无声地说:"刚才我们还说奶瓶呢……"这对望的一眼有点茫然。扑哧,又笑了,婉贞随着丈夫的目光转向了墙角的茶几,是一张三条腿的茶几。他们的生活有三个支点,三点才能决定一个圆,一个平面,一个稳定的支架。而现在,一条腿在活动,是不是在悄悄地离他们而去?还是要出现一个不配套的第四条腿?第四者的出现会带来什么呢?他是谁?他有什么权利和芳芳在一起?一滴眼泪涌上了婉贞的眼角,但她没有让它涌出来。坚强的眼眶把泪滴举托着,包容着,吞咽着。李敬心只是搓了一下手,他站了起来,收拾饭桌。他显然确认,今天应该由他来擦桌、扫地、洗碗。

婉贞怔了一下,也忙着过来伸手,走近洗碗池的时候,她滑了一跤——大概是因为李敬心洗碗的时候溅出了过多的水。手一松,一个唐山花瓷碗落到了洋灰地上。李敬心连忙去扶她,不知怎么碰上了蹦起来的碗碴,右手腕子上划出了一道小口子,立刻流出了殷红的血。

"你流血了!要命不要命,她才二十一岁!得抹点'二百二'!八个花碗,配不成套了!那还有错?芳芳是属牛的,正月十六的生日。正月十五,吃着半截元宵,我肚子疼起来了,你跑出去找平板三轮,是你蹬着车把我送到了医院!为什么跟我们连说都不说,难道我们是那种封建脑壳?不能用橡皮膏,怎么那一卷纱布不见了?我的天!龙头还没有关上,水在哗哗地流。正在号召节水,官厅水库都快要干了。她这么小,究竟懂什么?坐电车就和司机交上了朋友,这太不严肃,简直不像话!难道大学同学里就没有合适的?究竟急什么?还疼不疼?她总应该信任我们,她总应该慎重,她应该知道我们只有她一个女儿!我绝不是瞧不起电车司机,可她学的是语言文学,他们哪里来的共同语言?一起讨论交通条例?我们不能粗暴干涉,但也不能不负责任、不闻不问、大撒手!敬心,难道我们真的老了吗?"

李敬心又能说什么呢?他的机智的俏皮话和他的哲学史都帮不了他,他的心里乱糟糟的。他现在才感觉到,女儿不在家,一间十四平方米再加一间八平方米的居室是太大太大了。早晚会有这一天的,但没有想到会这样早。又有什么办法呢?他想开个玩笑,嘲笑一下自己和妻子,"芳芳算够老实的了,二十一岁才开始有个男朋友。我当年约会你在什刹海第四棵柳树下边见面的时候,你还不满二十呢!"

他没有能说出声来,但他想起了什刹海畔柳树下的婉贞的样子,那厚厚的一头黑发,那天使一样的安详和雅静。现在可慌的是什么呢？一年以后,当他们确认了彼此的相爱,并决心一辈子生活在一起以后,才正式告知了双方的父母,二老双亲。老人家,你们当时可也这样惊惶失措,打破了碗,割破了手腕子？结婚的时候,他俩的年龄加在一起还没有现在任何一个人的年龄大。那时候没有号召晚婚。他完全拥护当今的人口政策,再严格一点,再强硬一点的措施也应该得到人民的理解。但是爱情,那是另外一回事,哪个少女不怀春？哪个少男不钟情？他们需要,不,他们渴望爱情。下午最后一个客人老周,不正在为他的女儿发愁吗？他们的家教是严的,女儿二十二岁的时候爱过一个人,因为"年龄太小"受到各方的劝阻、批评和苦口婆心的教育。女儿现在已经三十一岁了,这中间有过几次介绍和几次选择,大体上是女儿看中的父母看不中,父母看中的女儿看不中。如今,老周夫妻着慌了,他们只求女儿选择一个配偶,选谁都行,他们向女儿作出了决不干涉的正式保证,谁都欢迎。但女儿现在根本不准任何人提这个话题,不论是谁,一提这个她转身就走。昨天,老周的妻子偷看了女儿的日记,女儿写道,她已矢志独身。说着说着,连一贯板着面孔的老周也落了泪。

107路无轨电车……究竟是谁呢？他们可能要接纳一个司机？坐车认识的？上过报？无非是服务态度好,助人为乐。

"别慌,了解了解,了解了解……"不知为什么,他觉得很对婉贞不起,似乎是他做差了什么事情。

可能他说话的样子有点好笑。噗哧,婉贞笑了,他也笑了,但这笑容并没有驱散婉贞脸上的愁云。

"我只是怕她太幼稚,什么事也不懂。而现在的年轻人里头有坏人,你不能否认……"

"也不小了,我们那个时候……"

"哪儿能跟我们那个时候比？我们参加革命是在地下,是背着父母的,我们是自己决定自己的命运。可芳芳,她从小就跟着我们,一直是我们教育她,告诉她应该做什么,不应该做什么,她有什么必要背着我们?"

讲不清,确实是一个讲不清的问题。鲁迅早年信奉进化论,后来才接受了阶级论。青年马克思关于人性、关于异化和复归的理论的评价,其说纷纭。他的手离洋灰地还相当远,怎么会划破了呢?老周的女儿真的会独身么?不,压得越久,她的感情就越珍贵,越深藏。他觉得他完全理解和同情老周的女儿,她不能轻易地委身给一个"条件合格"的对象,她已经失去了那种幼稚的、单纯的、令人迷醉的感情,她不再敢,不愿意,也不可能那么容易燃烧起自己。但他不理解芳芳,完全猝不及防,完全没有想到。凡是与自己有直接关联的事情都难于理解,人最困难的是理解自身。

于是只剩下了"了解了解"。

于是他建议婉贞出去走一走。他的无声的语言指的是,出去了解了解。婉贞懂得的,她投来了一个疑问的目光,无声地问:"难道去找107?"他无声地答:"是的。"她无声地问:"去白石桥?"他无声地答:"是的。"她张了张眼皮,无声地问:"去紫竹院?"他不情愿地一笑,低声地答:"随便去看一看吧,当然,我们并不是去盯梢。"

出门的时候七点四十三,他锁上房门,婉贞不放心,伸过手去,拧转把手推了推,当然推不开,楼道黑魆魆的,楼道里的灯坏了。有些住户在楼道里堆了一些破烂东西,一截木料,几个花盆,一辆自行车,一口漏了底的锅。这些东西本来可以不放在楼道里,但放在楼道里不用占自己的有限的"平方米",大概会导致一种占了便宜的快感,于是竞相往楼道里放东西,这就使狭窄的楼道变得更加狭窄了。好不容易他们不磕不绊地下了六层楼。天上已经升起了一颗亮星、三颗亮度稍逊一点的星,还有几颗模模糊糊的星星,在东边。西边的晚霞还有最后一点光辉,如果不是楼道里太黑,他们也许看不到这晚霞的最后的光辉的。

于是李敬心和他的妻子并肩走到了灯光树影下的汽车站。星期天晚上,回市区的人很多,他们排队等到第三辆才勉强挤上了车,后来又是挤着下的车。上车下车的时候李敬心拼命护着婉贞,替婉贞开路,在车上也用尽自己的腰背之力顶住挤压,为婉贞创造一块少一点挤的小空间。下车以后,白石桥的热闹景象使他们大吃一惊。有推车卖果酱夹心面包的,有吆喝着卖晚报和新到的杂志的,有卖大碗茶和葵花子的知青服务点,而且已经有卖酸奶、雪糕、冰砖、冰激凌的了。春已深了,他们竟不知道。

他们买了一张双人票走进了紫竹院公园,迎门的花坛千红万紫。游人们穿的衣服也与前两年不大相同,不但上身穿的毛衣、线衣、罩衣、春秋两用衣各式各样,而且裤子的样式大不相同,合体多了,爽利多了。李敬心这才想起前不久听到的一位和他年龄相仿的同志对于直筒裤的攻击,似乎穿直筒裤会影响国运和太阳系的运转。

触目悦心的是一对对青年男女,天一暖,他们就集中到公园来了,当然,街上也有。冬天,他们分散在各个背风的和不那么背风的地方。也许他们不该在公众场合攀肩搭腰,过于亲热,因为这不合我们的民族传统。但他认为维护传统的有效方法是不去看这些找不到更幽雅的地方谈情说爱的年轻人,非礼勿视,圣人是说过的。

星期天晚上紫竹院公园的这种景象使李敬心与婉贞相视而笑。"瞧,我们老两口也走到年轻的情侣们的队列里来了。"他们又一笑。

婉贞微微一皱眉,"可女儿呢?女儿的陌生的和可疑的新交上的男朋友呢?"

李敬心拉了妻子一下,"那不就是芳芳吗?"

"哪儿?"

"那儿。"

"不是吧?"

"是的。"

"噢,真是的……"

所有的这些话,他们都没有说出声,有时候人们会变成哑巴,宁愿用眼神、表情、姿势和一些微小的举动说话。

远远地走过来一个细高挑的姑娘和一个健壮的小伙子,李敬心和婉贞的心怦怦地跳了起来,他们躲到了一棵树的后面。婉贞目不转睛地看着那远看相当迷人的两个身影,说不上是悲是喜。李敬心在最先发现了芳芳的身影以后却觉得非常不好意思,盯女儿的梢,这简直是没有教养,出洋相。他拉着婉贞要走,婉贞却拉住他站定下来,想不到婉贞的臂力那么大,可能是因为他的腕子受了伤。

　　然而错了,走近了才分辨出,那不是芳芳。她的脸比芳芳长,嘴唇也比芳芳厚,但她实在像芳芳,不仅是身材,主要是走路的那股子劲儿,干脆就是芳芳自己。

　　李敬心和婉贞互相望了一下,他们失望了。他们长出了一口气,如释重负。

　　"好久没到这方来,这方的姑娘长成材……"

　　半天没有出声的李敬心忽然哼哼起这么一个老歌,他只会唱这两句词,而且每次哼出来的调儿都不一样。

　　好久没到这方来?是的,好久。多久?从有了孩子,他们就很少有闲心两个人出来玩。有二十多年了?他们没有这样双双在一个美好的夜晚逛公园。说的是散步,不是说一起去买冬贮白菜,一起去领布票和副食品本子。他们在紫竹院走了一会儿,买了一对双色雪糕。婉贞把包雪糕的纸剥了下来,李敬心伸出手接了过来,连同自己的雪糕上的纸一同抛到了果皮箱里。"真好吃!"婉贞舔了舔雪糕,舒服得眯了眯眼,咂了咂嘴,高兴得像个孩子。"就是,就是。"李敬心应和说,不知为什么,他吃雪糕的样子有点笨拙,一口从上端咬下了一块,像乡下人吃贴饼子。别看当了副教授,还是有点土气呢! 婉贞想着,笑起来了。

　　"你笑什么?"

　　婉贞笑而不答。

　　"要不要找个地方坐坐?"

　　倒还算能体贴人。可找坐的地方并不容易,后来干脆坐在了土山坡上。

好久没到这方来,好久没坐过土山坡了。

然后他们走向公园的另一角。他们想,也许女儿在那里。但他们又仿佛抱着希望,不要出现什么女儿,也不要出现什么莫须有的司机。他们走了一大段,又要了两瓶樱桃汽水,一人拿着一根蜡管,吸吮得津津有味。婉贞把还剩有三分之一汽水的瓶子推给李敬心,"我喝不了啦,你喝吧!""我也不想喝了,喝多了胀肚子。""那……"婉贞有点不知怎么办。李敬心一把把还剩三分之一的汽水瓶接了过来,三吸两吸就喝下去了。喝完了,痛痛快快地打了两个嗝,他捂着嘴,有点不好意思。

然后他们放慢了脚步,虽然他们没交换意见,但两个人心里都明白,用不着去找女儿了,本来用这种办法也找不着。在好久以前的日子里,在他们年轻的时候,他们用这种慢速度走过多少条大街,多少条胡同啊。有一次,是一九五三年吧,也是一个同样温馨的仲春的夜晚,他们在什刹海边第四株柳树下见面。那一夜的月亮怎么那样团圆?他们划船,当空是皎洁的明月,明月使天空更加广阔清新,四周是水声、笑语声、歌声、笛箫声和地安门大街上驶过的有轨电车的叮当声。那时候他们要好还不久,彼此幸福地,却又是羞怯地坐在一起。他们共同注视着遥远的月亮,在弄清了和记住了月亮上的第一块阴影和斑痕以后,他们上了岸。婉贞的家住在西单甘石桥,这天晚上,她是要回家的。他建议步行送她走到下一站东官房,再上13路汽车,她同意。一边走一边谈,到了东官房,他们不愿意分手,就再多走一站。到了厂桥,又多走一站。到了平安里,又走。他们一直走到了甘石桥。他们走得很慢,走得很晚,到达甘石桥的时候,早已过了末班车的时间,街上的行人也已经极少了。然而,这一路同行如一路夜曲,如一路青春的光互相照耀。你的所爱,你的友人,你的月亮和太阳就在你的身旁和你并肩举步,你能不欢欣吗?你能不温柔吗?你能不骄傲吗?什么叫伴侣?伴侣不就是旅伴吗?在北京的街头,在人生的坎坷曲折的道路上，他们不是永远结伴而行的吗？不正是在这并肩散步的时候，他们才充分感受到那结伴而行的人生的欣悦和彼此的不可分离吗？

那个仲春晚上，他一个人走回了东四那边他的宿舍，却仍然觉得婉贞犹在身边。他想欢呼，他想唱歌，他想再回到甘石桥，把婉贞叫出来，他们再共同漫步绕城一周吧，他们要共同迎接早晨的太阳。

他们在春夜的紫竹院没有找到女儿，却依稀找到了他们自己，他们自己的二十岁和二十一岁，在春夜的什刹海，还有厂桥和平安里，西四和缸瓦市。秋以后是冬，二十一以后是二十二，冬以后是春，二十二以后是二十三，许多个春夏秋冬，许多个年头把他们的青春尘封起来了。为孩子洗尿布，为专案组写检查，为小炉子买蜂窝煤，为芝麻酱掏出购货本。今夜，阴差阳错，他们又来了，并肩漫步，在紫竹院，在迷人的春天的晚上。他们还不到五十岁，他们的面前还有许多春天、公园、共同的路，还有许多土山坡、雪糕，需要合作喝下的樱桃汽水。

所以，没有理由认为王小玉的话就是事实，不但八字没有一撇，也还没有那一哆嗦。即使芳芳确实和一个司机在一起，那也远远不是灾难，而即使是灾难，他们也只能做他们应该做和能够做的事情。又能怎么样呢？那个与芳芳有着同样的细高挑身材和同样的步态的姑娘，谁能保证与她同行的健壮的小伙子就一定不是司机呢？他们为芳芳洗过了尿布，他们为芳芳种过了牛痘，他们为芳芳包过了教科书的封皮。做母亲的婉贞，还小心翼翼地照料女儿度过了最初的青春来潮。今后需要他们做的事，已经愈来愈少了。

出公园门以后，李敬心建议再走一走，到魏公村再上车。他们相视而笑，他们回忆起了本来就不该忘记的往事。当然，他们不会一直走到中关村的。这就是四十九岁与二十一岁的区别所在。

"然而我们并没有老，我们心上的茧子并没有厚到把我们与春夜的公园完全隔开。只要生命的收缩和伸张、流转和振荡一天没有终止,我们就一天不会听不懂春夜的语言、白石桥和紫竹院的语言。当然,我们要告诉女儿:珍重! 我们更要告诉远远没有走到道路的终点的自己:珍重! 不管楼道有多么狭窄和肮脏,我们应该更多地下来走一走。芳芳或迟或早总会和她的伴侣并肩走他们的路的,而我们要把自己的还长得很的路走好,走完。"

这一夜,他们睡得很晚。回到六楼上的二十二平方米以后,他们又喝了一回茉莉花茶。他们说了许多话,关于季节,关于天气,关于市容的新变化,关于第二天吃什么饭和教什么课,关于他们年轻的时候和芳芳幼小的时候的琐事。他们决定,等一等,看一看,真有什么情况的话,再与女儿谈谈。不论说什么,他们的眼光都特别温柔,不论做什么,他们的举止都特别亲昵。他们好像在这一个晚上挨得特别近。

因为除了有声的对话以外,他们还说着上述的无声的语言。而在这无声的语言的最深处,他们的灵魂发出了以下的低语:

"让我们怀着隐秘的不安、忧虑、希望和战栗,祝福芳芳的未来的爱情吧。同时,也让我们珍惜和祝福我们的已经不像从前那样多了的未来的日子。那与我们的生命同在的,那已经把儿女抚养成人了的父亲与母亲之间的爱是不该忽略的。让我们年近半百的夫妻之爱永远像今夜吧,清新而又深沉,温柔而又悠远,质朴平实,天长地久。"

发表于《文汇》1982年第9期

听　　海

　　我相信我的读者都是忙忙碌碌的。

　　每天早晨六点钟闹钟就把你们催醒了,一个小时之内你们要进行清晨的清扫和炊事。剩的馒头不够吃早点的,还得排队去买三个炸油饼。小女儿的书包背带断了,她的书包里总是装着那么多东西,你担心——不,你已经发现她的肩胛被书包压得略有畸形。大儿子为找不着适合的扣子而发急,他的"港衫"式样虽然新颖,就是脱落了扣子不好配。这时传来砰砰的敲门声,收电费,两块七毛六分。钢镚儿哪儿去了?毛票找不开。然后你们匆匆走出门外,带着月票或者推着自行车。电车站上已经等候着许多人,连过去两辆车都是快车,没有在这一站停,于是候车的人更多了。自行车铺前等候给车胎打气的人也已经围成了一圈。你终于拿起了连接着压缩空气泵和你的自行车轮气门的橡皮管子,空气挤进轮胎时发出了一阵愉快的哨声,而你在考虑上班签到后要做的事和下班后从哪个菜铺子带回茄子或是洋白菜。

　　但是这一次我要带着你逃开这喧嚣、拥挤、匆忙和急躁。让我们一起到大海那边,到夏天的阳光灿烂的海滩,到浓阴覆盖的休养所,到闻不到汽油味和煤烟味的潮润的空气里,到一个你应该把它看做非常非常遥远的地方,天涯海角。宋朝的张世南在《游宦记闻》中说:"今之远宦及远服贾者,皆云天涯海角,盖言远也。"

前　奏

　　于是我们一道来到了这个五十年代曾经烜赫一时的蟹礁休养所。三十年前，每年夏天这里是外国专家疗养的地方，那时候一般中国人没有谁想到夏天要到这边厢来。它宛如一个大花园，占据着很大的地面，花坛、甬路、果园、人工修剪得齐齐整整的草坪与自然生长的杂草和已经栽植了许多年却仍然露出童子的稚气的青松分隔着一幢一幢的石房子。这些房子的式样虽然各不相同，一个共同特点是每间住房都拥有一个面海的阳台，阳台上摆着式样古旧、色泽脱落、藤条断裂的躺椅。躺在这些往日的藤躺椅上，不论风雨晨昏、晴阴寒暑，都可以看到迷茫的或者分明的、宁静的或者冲动的、灰蒙蒙的或者蓝碧碧的大海。风吹雨打，夏灼冬寒，潮起潮落，斗转星移，三十多年的岁月就那么——似乎不知是怎么流去了。房屋已显得老旧，设备已显得过时，而在滨海的其他地方，已经盖起了更漂亮也更舒适的旅馆。于是像一个已经度过了自己的黄金时代的半老徐娘，为了生计而降格另字，这所外国专家的疗养所在二十世纪八十年代变成了一个普通的旅游住所，凭身份证明和人民币，只要有空房子，任何个人或者团体都可以住进去。

　　当然，不管这里住的人是怎样多样和多变，不论他们之间是怎样缺乏了解，那些到这里来旅行结婚的年轻人（似乎也包括一些不那么年轻的人），总是以他和她的焕发的容光、上眉的喜气、美好的衣衫和忘却了一切的幸福感吸引着众人的目光。所有的人都在看到他们以后觉得吉祥、喜悦，都愿意再多看他们一眼。也许他们实际上并不能令挑剔的评判者满意，但是，绝大多数旁观者都觉得这男男女女都是那样文雅、温柔、漂亮，或者他们已经变得那样文雅、温柔、漂亮。

　　就拿东四号房间的那一对情侣来说吧，女青年穿着一件玫瑰红色短袖衬衫，一条咖啡色筒裤，她的头发总是保持着那整齐而又蓬松的发型，鬈曲的刘海总是那样合度地垂拂在她的额头。这也是奇迹，因为她并没有自带吹风机更没有每天进理发店。而她的脸庞，尽管因为颧骨高了一点而显得略嫌方正，又总是如流光耀目的满月，迸发出青春的光照。而那男青年，显得年龄较大，眼角上时而现出细碎的纹络，虽然穿着有些不太合体——他的崭新的灰派力司套服有点肥，因而，使他的举止显得笨拙，然而，正是这拙笨的举止透露着他的幸福的沉醉。

　　这一对新婚夫妇整天都在絮语，他们总是并肩走来走去。他们不会游泳，没有见他们下过水，但他们丝毫也不遗憾。因为在这几天，不仅别人对于他们是不存在的，这大海，这青松和绿柳，这白云和蓝天也是不存在的。甚至在睡觉的时候，在深夜他们也在絮语。放心吧，他们的悄悄话是不会被人听到的，他们每个人所说的无数的话都只为对方一个人听，都只能被对方一个人听见和听懂。甚至当黎明到来以前，当他们终于双双熟睡了的时候，他和她的平稳的呼吸和翻身时的轻微的声响，也是那种不间断的絮语的另一种形式：你——你——你，爱你——爱你——爱你……

　　也有百无聊赖的伙计不得不住在这里。例如，总服务台所在的全所唯一的一幢三层楼的二楼七室，住着三个汽车司机，他们不是来疗养，而是为疗养者开车的。在不用车和不修车的时候，他们把全部时间用在打扑克上。他们有一副带花露水味儿的塑料扑克牌，他们总是能在三缺一的形势下找到一个愿意充当那个"一"的有空闲的女服务员。他们玩牌的时候非常认真，脸上挂着的是比开着一辆拖斗大卡车穿过一道窄桥时还要严重（我几乎要用肯定无法被语文教师批准的"悲愤"这个形容词了）的表情，并且随时监督着对方的言行，时时爆发出对于对方不守玩牌规矩的指责从而引起激烈的争执。当争执得牌无法再玩下去、快要不欢而散、快要伤和气的时候，女服务员改为为这三个司机分别算命。虽然每个女服务员的算命方法与每个司机每次算命的结果大不相同，但算命总是能导致和解与轻松愉快。他们有一个纯朴、豁达、无往而不胜的逻辑：当算出好运来的时候，他们欢欣鼓舞，得意扬扬。当算出厄运来的时候，他们哈哈大笑，声称他们能混到今天这个模样已经超出了命运所规定的可能。"我已经赚了！"他们说，心情确实像一个刚赚了一笔、更像是刚刚白捡了一笔钱的人。于是，前嫌尽释，余火全消，亮Q，调红桃，甩副，抠底，"百分"会有声有色地打下去，直到深夜，没有人想睡。

有那么一些人，他们认为只有他们才有资格到海滨来，他们是海的朋友，海的仇敌，海的征服者。不论天好还是天坏，浪低还是浪高，他们总是穿着游泳衣，尽情地裸露着健康的肌肉与黝黑的皮肤，迈着大步走向海滩，把毛巾或者浴巾熟练地挂在塑料板搭起的凉棚之下，做几次腹背运动之后满不在乎地走入大海，像走入专属自己的世袭领地，像扶鞍跨上专为自己准备的爱马。如果浪不够大，他们愿意用自己的手与臂去击打海面、激扬浪花。"这儿太浅了！"他们常常在近海的地方带着一种睥睨万物的神气发出抱怨，对那些抱着救生圈、拉着亲友的手、怕水因而丑态百出的初学者不正眼看一眼。嗖嗖嗖几次挥动手臂便自由泳游出了五十米，或者是刷刷刷，蝶泳，发亮的上身冒出来又沉下去，在四周羡慕的目光中把众人甩在后面。然而，他们更换了一个比较省力的姿势，比如仰泳，舒舒服服地摊开了四肢，躺在浩渺的海波上。

我不要海岸，我不要陆地！也许当这些弄潮儿仰卧在大海上的时候，他们体会到的是这种力求摆脱负载他们、养育他们的陆地的心情。建立了繁忙的与稳定的、嘈杂的与惬意的生活的陆地，也许在某一瞬间显得是那样呆滞、沉重、拥塞。哪里像这无边的海洋，哪里有这样无限的波动和振荡，哪里有这样无边的天空，哪里有这样无阻隔的进军与无阻挡的目光，哪里有这种投身于无限悠远的宇宙的小小躯体里的灵魂的解放！

更不要说防鲨网！对于他们来说，泳道的零点是在防鲨网外的那个地方。从防鲨网到海岸，这是负数的延伸，而只有突破了防鲨网之后,爱恋海与战胜海的搏击才刚刚开始。他们不怕鲨鱼吗?当然怕,人无法匹敌鲨鱼的闪电般的速度与锯齿一样的尖牙。但是,只要不敢离开防鲨网,哪怕这网特大、从海岸拉出了五百或者一千米,他们就体会不到那种畅游的肉体的与精神的欢愉。

而当疲倦的时候,开始感到了自己的衰弱和渺小的时候,当终于发现不仅对于一个游者,而且对于一个核动力舰艇,海洋仍然是太大太大了,而这种豪迈的或者冒险的冲动本身又成了新的负载、成了新的自我束缚的时候,你开始感到防鲨网的必要与陆地的亲切了。不论你开始畅游的时候如何勇敢,如何英雄,如何不可一世,但是,当你尽兴地游完了之后,当你回到住所,洗过淡水澡,用干毛巾擦热了身体,端起一杯热茶或是点起一支香烟的时候,你大概会说:"还是地上好!"你的主要的收获也正在于这样一个结论:"还是地上好!"

当然,我们也不能忘记西院十二室的那几个胖子。螃蟹和啤酒,有时候再加点老白干,这就是海滨的活神仙的日子!他们来了没有几天,已经精通了这里的蟹与酒。上午逛螃蟹市场和酒铺,下午他们可以饮一个下午,吃一个下午,剥一个下午,聊一个下午。不要以为他们是饕餮的庸人,他们的这种吃喝,不过是一种休息的方式。并不是每一个人都受过游泳的训练,更不是每个人都有轻便的橡皮船,就这样喝着啤酒掰着蟹腿轻松一下吧,他们当中可能有老工匠师傅,有中层干部,也有学者和艺术家。你没看见么,那个又矮又黑的短脖子的小胖子,每天吃饱喝足了以后都要拿出稿纸,苦苦沉吟,写下一行又一行、一篇又一篇的抒情诗。他的诗与他叉开腿吃蟹时的形象完全不同,纤细、俊秀、轻柔,如泣如诉,如怨如慕。

让我们暂时离开一下他们吧。他们各有各的乐趣,每个人都不想用自己的乐趣去换取别人的乐趣,他们对别人的快乐也并不眼红。

有一个人在这一群津津有味、善于生活、自得其乐的人群当中显得很扎眼。这是一个枯瘦的老人,步履蹒跚,而且,是双目失明的。他的眼珠外观是完好的,却又是呆滞的、没有反应的。有一个十二岁的姑娘陪伴着、搀扶着他,也许她只有八九岁。这几年,人们的营养不断改善,女孩子的发育似乎越来越快了,她有一双明亮的、东张西望的眼睛,她瞧瞧这又瞧瞧那,好像这海边一切让她看花了眼。但不论瞧什么的时候,她最关注的仍然是盲老人。枯瘦的盲老人出现在快活的疗养者与旅游者当中,好像是为了提醒乐而忘返的人们不要忘记韶华的易逝与生命的限期。由于爱的沉醉、泳的振奋、蟹的肥美、牌的游戏和诗的富丽而微笑着或者大笑着的人们,一见到他那满脸的纹络、凝固的目光和前倾的身体就会变得霎时间严肃起来。他引起来的是一种凭吊乃至追悼的情绪。只有他的那一头银发,虽然白到了底,却是发出了银子般的光泽,显示着他的最后的,却仍然是丰满充溢的生命。

"我来听海。"他常常这样说。有时候是自言自语,有时候只见嘴动,不见出声。有时候,他是回答那些善意的询问:"老大爷,瞧您这岁数了,又看不见,大老远的上这地方来干什么呀?"

听 虫

他首先听到的不是海啸而是虫鸣。他和他的孙女(谁知道那是不是他的孙女呢?让我们姑且这样说吧)搭的那趟到海滨来的车误了点,乘客们到达的时候都感到疲劳、饥饿、困倦。到达了蟹礁休养所东十八室以后,吃了一点路上吃剩下的干馒头,老人说:"要是多带一点咸菜就好了。"女孩子说:"要是早到一点就好了。"

他们共同叹息,叹息以后便像吃了咸菜一样平静。"孩子,你睡吧,你困了!"

"不,我不困。您呢?"

"我,我也要睡了。"

然而他没有睡。估计女孩子睡着了以后,他站了起来,轻轻地听着,摸着,辨别着,他找到了并且谨慎地打开了通往阳台的门,十秒钟以后,他已经坐在藤躺椅上了。

温柔的海风,没有月亮,只有星星。用不着计算阴历,他的皮肤能感觉月光的照耀,那是一种奇妙的感觉。在晴朗的月夜,他会感到一种轻微的抚摸,一种拂遍全身的隐秘的激动,甚至是一种负载,他的皮肤能觉察到月光的重量。然而今天,什么都没有,只有空旷,只有寂静和洁净,只有风。

不,不是寂静,而是一片嘈杂。当心静下来的时候,当人静下来的时候,大自然就闹起来了。最初,老人听到这四处虫鸣,他觉得这虫鸣是混乱的、急骤的、刺耳的。像一群顽皮的孩子在哄打,像一群放肆的少女在尖叫,像许多脆弱的东西在被撕扯,霎时间他甚至想捂上耳朵。不知怎么的,这吵吵闹闹的声音渐渐退后了,他开始听到"沙——沙——"的声音,这威严而遥远的海的叹息,它也和我一样,老了吗?

抖颤,像一根细细的弦,无始无端,无傍无依。像最后一个秋天天边的一缕白云。他看不见白云已经有二十多年了,所以那最后一缕白云永生在他的已死的目光里。还有深秋的最后一根芦苇,当秋风吹过的时候,不是也发出这样的颤抖吗?该死的这只小虫啊,刚才,怎么没有听出你的声音呢?你是从哪里来的呢?你为什么要在这里,在永恒和巨大的海潮声中,发出你的渺小得差不多是零的颤抖的呼叫声来呢?

说也怪,为什么当沉闷的、古旧的、徐缓的潮声传入耳鼓,成为遥远的幕后伴唱以后,这虫声便显得不再凌乱了呢?叮、叮、叮,好像在敲响一个小钟,滴哩、滴哩、滴哩,好像在窃窃私语,咄、咄、咄,好像是寺庙里的木鱼,还有那难解分的拉长了的嘶——嘶——嘶。每个虫都有自己的曲调、自己的期待和自己的忧伤。

"在大海面前,他们并不自惭形秽……"他自言自语,说出了声。

"你说什么?老爷爷!"是那个小女孩子,她醒了。她"吱"地推开了门,来到了老人的身边,"您怎么还不睡?"

"你怎么光着脚?洋灰地,不要受冷……"失去视力的老人凭着自己精微的感觉做出了准确的判断。他咳嗽了一声,他有点不好意思——不该因为自己的遐想而扰乱女孩子睡眠。年轻人都应该是吃得香、睡得实、玩得痛快、干得欢的。"我是说,这虫儿的声音是这么小。"老人抱歉地低声解释着,"但是它们不肯歇息,它们叫着,好像要和大海比赛。你听见海潮的声音了吗?"

"老爷爷,您说什么呀?这虫儿的声音可大啦!吵死啦!哪里有什么海的声音?呵,呵,我听不清,哪有这些虫儿欢势呀!它们干吗叫得这么欢啊?"

"睡吧,孩子,睡吧,这虫子吵不着你吧?"

"睡着了就不吵了,睡醒了就吵。"停顿了一下,小女孩补充说,"反正比城里卡车在窗户口经过时候的声音好听……"

他们进屋去了,老人的头枕在自己弯曲的手臂上。好像是刚才推门的时候把虫声带进了屋子,只觉得屋顶上、桌子下面和床边都是虫声,特别是那个抖颤得像琴弦又像落叶又像湖面涟漪的虫声。这时候,一弯下弦月升起了,照进了旧纱窗,照在了他的托着银发的胳臂上。他谛听着虫鸣,只觉得在缥缈的月光中,自己也变成了那只发出抖颤的喔喔声的小虫,它在用尽自己的生命力去鸣叫。它生活在草丛和墙缝里,它感受着那夏草的芬芳和土墙的拙朴。也许不多天以后它就会变成地上的一粒微尘,海上的一个泡沫。然而,现在是夏天,夏天的世界是属于它的,它是大海与大地的一个有生命的宠儿,它应该叫,应该歌唱夏天,也应该歌唱秋天,应该歌唱它永远无法了解的神秘的冬天的白雪。他应该歌唱大海和大地,应该召唤伴侣,召唤友谊和爱情,召唤亡故的妻,召唤月光、海潮、螃蟹和黎明。黎明时分的红霞将送它入梦。妻确实是已经死了,但她分明是活过的,他的盲眼中的泪水便是证明。这泪水不是零,这小虫不是零,他和她和一切的他和她都不是零,虽然他和她和它不敢与无限大相比,无限将把他和她和它向零的方向压迫过去。然而,当他们走近零的时候,零作为分母把他们衬托起来了,使他们趋向于无限,从而分享了永恒。在无限与零之间,连接着零与无限,他和她和它有自己的分明与确定的位置。叫吧,小虫,趁着你还能叫的时候。

海潮停息了,退去了,只剩下了小虫的世界。

"走,走,快点!"女孩子说着梦话,蹬着腿。

安宁,微笑,短促的夏夜。

天快亮的时候,虫儿们安息了,小鸟儿们叫了起来,它们比虫更会唱歌。虫的世界变成了鸟的世界,然后是人的世界。

听 波

第二天晚上他们来到了海边沙滩上,女孩子在沙上铺了一条床单,盲老人便躺在床单上。女孩子一会儿坐在老人身旁,一会儿站起身来,走近海,一直走到潮水涌来时会淹没脚背的地方。水涌过来,又退去了,她觉得脚下的沙子在悄悄地下沉。一开头她有点害怕,后来她发现沙子下沉得不多,即使在这里站一夜,海水也不会没过她的膝盖,她便放了心。这海水的运动为什么一分钟也不停呢?她想。

风平浪静,老人听到的是缓慢均匀的、完全放松的海的运动。噗——好像是吹气一样,潮水缓缓地涌过来了。沙——潮水碰撞了沙岸,不,那不是碰撞,而是抚摸,爱抚,像妈妈抚摸额头,像爱人抚摸脸庞。稀溜——涌到沙滩上的水分散成了许多小水流,稀溜稀溜地流回到海里,发出山涧似的清幽的响声。

> 海水轻吻着祖国的海岸线,
> 夜雾笼罩着海洋……

五十年代,他正值壮年,他听过年轻人唱这首索洛维耶夫作词、谢多依作曲的《我们明朝就要远航》。他说不上非常喜欢这首歌,过分的抒情会降低情的价值,粗浅的歌词也流于一般。但是今天晚上,他想起了这首歌,想起了自己的壮年时代。他仿佛看见了轻吻着海岸线的海水和笼罩着海洋的夜雾,他仿佛看见了水头形成的一条散漫而温柔地伸展变化着的边线。

"这是一首好歌。那时候是我自己太忙了。"

"您说什么?"小小的女孩子总是能敏锐地觉察到老人情绪的变化。发现了变化,她就关心、就问,哪怕是在梦里。

"我说一首歌。"

"一首什么歌?"

是的,一首什么歌呢?老人没有说。她的年龄是不会知道这首歌儿的,她的年龄也不适宜于听到"轻吻"这种字眼,虽然那里说的只是海与海岸。

"就像现在的海,平静的,安安稳稳的。"他含糊其词。

"不,老爷爷,海可不听话啦,它把我的裤腿都打湿啦!"

"那你过这边来,到这边坐一会儿。"说着,老人也坐起身来了,"别老离海那么近,别让一个大浪把你卷下去……"

"没那事,老爷爷……"她说着,但不由拔脚后退了。

"您给我讲点您小时候的事儿吧。"女孩子说。

于是,老人开始讲:"我想起了我的孪生哥哥。你知道,我们是双胞胎,我们俩长得一模一样。噢,当然,你不知道,他早就没有了。一九四三年,他死在日本宪兵队。噢,你们这些孩子啊,你们也不知道什么是日本宪兵队啦。"

"老爷爷,我们知道。"小女孩有点撒娇,觉得老人太瞧不起她了,"'报告松井大队长,前面发现李向阳……'松井大队长就是日本宪兵队,对吧?我们看过《平原游击队》。"

"那好极了。我记得我们五岁的时候打过一架,有一天早晨起来,我说我做了一个梦,梦见我骑着大马,大马是红色的。他接着我的话茬说,他也做了一个梦,梦见他骑着大马,马也是红色的。后来我就不干了,我就伸手打了他。我虽然比他小四个多小时,但是每次打架都是我先伸手,我总是敢下手。可这次他也急了,我们两个抱在一起,又抓又咬又撞又踢,我们的妈妈拉不开我们,就用鸡毛掸子的杆儿在我们中间抽。我把他的鼻子打出了血……"

"老爷爷,那我说是他不对。他干吗跟您学,您做什么梦他也做什么梦……"

老人不言语了,和解是困难的。在七十多年以后,一个全然无关的小女孩仍然要介入他们儿时的纠纷,评判个谁有理谁无理。但他现在不这样想,他没有理由判定他的不幸的孪生哥哥有错,他没有权力不准他的哥哥和他做同样的梦,也没有权力不准哥哥说自己是做了同样的梦。所以,他不应该动手,不应该把哥哥的鼻子打出血来。他倒是愈来愈相信,他的哥哥确实硬是做了同样的梦。

"没——啥——啦——没——啥——啦——"海说。

"如果有海一样的胸襟……"

"您说什么?"

"我说如果有海一样的胸襟……什么是胸襟,你知道吗?"

"语文老师讲过,可我还是不知道。"

"……我说的是二十年前的事,那时候也还没有你。我们那里有一个夸夸其谈的人,他总是利用一切机会谈他自己,不论开什么会,他一张口就是我、我、我,自吹自擂,自己推销自己……我不知道我为什么那样讨厌他,其实他有他的可取之处。后来他离开了我们那里,这和我有一点关系。我为什么那么不能容人呢?如果有海一样的胸襟……说这些干什么,你不会明白的……"

"我明白。我们班有一个同学,外号叫'多一点'。我们说她'自大多一点',臭美。每次考试吧,你只要考得比她多一分,她就噘嘴……结果上学期她语文期终考试只得了八十三分,把我给高兴坏了……"

"不,这是不对的,孩子,不应该幸灾乐祸……"

小孩离开了老人,她不高兴了。

天空是空旷的,海面是空旷的,他不再说话了。他听着海的稳重从容的声息,他感觉着这无涯的无所不包的世界,他好像回到了襁褓时期的摇篮里。大海,这就是摇篮,荡着他,唱着摇篮曲,吹着气。他微笑了,他原谅了,他睡了。他说:

"对不起。"

听 涛

离海岸不远的地方,这里是几块黑色的奇形怪状的岩石。说不定,在浪大潮高的时候,这些岩石会全部隐没在大海里。然而多数情况下,它们会将它们的被烈日、狂风、浓咸的海水、交替的昼夜与更迭的酷暑严冬所锻炼、所捶击因而触目惊心地断裂了的面孔暴露在外面,而把它们的巨大、厚重、完整、光润的身体藏在水里边。人们把这一堆岩石叫做"黑虎滩",说是把它们连接起来会出现一头黑虎的轮廓。其实,看出它们像一头黑虎并无助于增加它那四不像的形状的严冷雄奇,关于一头黑虎的勉强的猜测只能使人泄气。明明是愈看愈不像虎嘛,它本来就什么都不像嘛!它不是任何亦步亦趋的模拟,它只是它自己。

现在,请你们和小说的主人公一起来到这几块石头中间的最大的一块石头上。困难在于,石头与岸并不相连,中间有海水的沸腾。这对于你们读者中的多数是并不困难的,你们可以数着石头过海,正如俗语说的,摸着石头过河。你们可以蹚过去,水不会有多深的。然而,我们的盲老人将怎样跨越在今夜的大风里翻腾咆哮、深浅不明的这一条水呢?

不管怎么说,他已经过来了。他坐在一块凸起的大石头上,陪同他的小女孩子站在他身旁。她欢欣若狂地呼喊着:

"好啊!多么好!一下,又一下,又一下……"她数着浪花的冲激,"老爷爷,现在四面都是海了,咱们都跑到海当间来了,就咱们俩了……又一下,这一下可棒啦!"

老人微微笑着,他知道小女孩所谓的"海当间"是太廉价了。离岸只有两公尺,就能算是海的当间吗?但是他的听觉告诉他,四面都有浪花,这是真的。浪花打到岩石上,是一种愤怒击打的嘭嘭声,一种决绝的、威吓的、沉重的击打。哗啦啦……他仿佛看到了大浪被岩石反击成了碎片、碎屑,水与盐的最小的颗粒盲目地向四面迸发。刷啦啦,走完了自己在夜空的路程的水与盐的颗粒跌跌撞撞地掉落下来,落在石头上,落在他的身上,落在海面上。嚁嚁啾啾,窸窸窣窣,叮叮咚咚,这是曲折宛转但毕竟是转瞬即逝的细小的水滴声与水流声。"又失败了。"老人听着这雷霆万钧的大浪的撞击声和分解成了无数水滴和细流的无可奈何的回归声,他觉得茫然若失。他知道在大浪与岩石的斗争中大浪又失败了,它们失败得太多太多了,他感到那失败的痛苦和细流终于回归于母体的平安。

隆隆隆隆——嘭——好像是对于他的心境的挑战与回答,在细小的水声远远还没有结束的时候,新大浪又来了。它更威严,更悲壮也更雄浑。因为他现在听见的已经不是一个浪头,而是成十成百成千个浪头的英勇搏击。大海开了锅,大海冲动起来了,大海在施展她的全部解数,释放她的全部能量,振作她的全部精神,向着沉默的岩石与陆地冲击。

这么说,也许大海并没有失败?并没有得到内心的安宁?每一次暂息,大海只不过是积蓄着自己的力量罢了,她准备的是新的热情激荡。

哗啦啦——刷啦啦——不,这并不是大浪的粉身碎骨。这是大海的礼花,大海的欢呼,大海与空气的爱恋与摩擦,大海的战斗中的倜傥潇洒,大海的才思,大海的执着中的超脱俊逸。

嚁嚁啾啾,窸窸窣窣,叮叮咚咚——不,这不是嘤嘤而泣,这不是弱者的俯首。这是返老还童的天真,返璞归真的纯洁,这是儿童的乐天与成年的幽默,这更是每一朵浪花对他们的母亲——大海的恋情。

正是大海鼓起了这平凡而且并不坚强的水与盐的颗粒的勇气,推动他们用自己渺小的身躯结合成山一样的巨浪,进击,进击,一浪接一浪地进击。当他们遭到一时的挫折以后,他们能不怀着壮志中的柔情,回到母亲的胸怀里休养生息,准备着再一次的组合与再一次的波涛吗?

"孩子,你说海浪和石头,哪一方胜利了呢?"这次是老人主动地问女孩子。

女孩子没有立刻回答。老人知道了,女孩子的心不在他的问题上边,他觉得抱歉,不该打搅女孩子自己对海的观察和遐思。

"老爷爷您快看,远处有一只大鸟在飞,它的翅膀好大哟!天都黑了,它怎么还在飞呢?"

女孩子让老人"快看",这并不使老人觉得惊奇,他们之间说话的时候并不避开"看"这个字。他回答说:"它不累,那只鸟不累。你说是不是?"

然后女孩子想起了刚才老人的问题,"您说什么?哪一方胜利了?谁知道呢?反正石头挺结实,大海挺厉害,真结实,真厉害呀!反正总有一天这些石头也会冲没了的,您说是不是?老爷爷,我想将来就在海上,要不我当海军吧……要不我驾一条船……要不我就在海上修一所房子,修一个塔,修一个梯子,您跟我在一块儿吗?"

"是的,我永远跟你在一块儿,不跟你在一块儿,又跟谁在一块儿呢?"

老人静静地重新躺下了。谁都不知道这一老一小这一天晚上在这堆石头上待了多久。

尾　声

几天之后,一辆大轿车从蟹礁休养所出发,离开海滨疗养地向人们所来的那个城市驶去。你们所熟悉的那对新婚夫妇仍然在温柔地絮语。汽车司机却无法打扑克了,因为在开车的时候他不能老想着红A,他大声呵斥着不肯让路的赶马车的农民,显示着一种城里人、开车者的优越。游泳健儿的脸比初到这里时黑多了,而且油亮油亮的。他们穿着短袖线衫,露出了胳臂上的肌肉并且挺着胸脯。他们说话的声音很大,"五千米""一口气""从来不抽筋",旁若无人地说着这些词儿,甚至性急地谈起"明年夏天咱们到哪个海"。耽于饮食的可爱的友人们当中有一位愁眉苦脸,面色蜡黄。你猜得对,为嘴伤身,他吃得太多太杂了,正在闹肚子。

  这位盲老人与那位女孩子也坐在这辆车里。老人面色红润,气度雍容。下车的时候,他竟没有让女孩子搀扶他。莫非他并没有完全失明吗?他走路的样子好像还看得见许多东西。

           发表于《北京文学》1982年第11期

青　龙　潭

　　雨后的阳光终于笼罩住了桃花沟的尽头。水库和它的大坝，水库旁的果园，枝头结满的红绿相间的国光苹果，都现出了无限生机。梯田上的庄稼迎风摇摆，抖落还没有落净的水珠。还有坝下的两扇像台阶一样排列着的中间低凹的巨石——当年青龙居住的潭穴，也变得闪闪发光了。

　　被残云分割成三段的无始无终的彩色虹桥，架设在桃花岭的上空，虹桥下面有破败的石碑、牌坊、庙宇。古旧的庙宇旁是一个小小的建筑工地，躲雨的小伙子已经重新干起活来。木工正在清理新伐的松木，瓦工用瓦刀敲着砖，小工们正在用箩筐抬石灰、用三股钢叉和大钉耙和泥。空气里弥漫着美好的松叶香和刺鼻的石灰味儿，干活的人说说笑笑。暴雨之后，这一切气味和声音，与一切色彩与形体一样，都被洗濯得焕然一新、更加鲜明和生动了。

　　对面长着茂密密苍翠翠小松树的山岭叫女儿峰，墨绿色的小松树娉娉婀娜，确如少女。岭后是岭，山后是山，层峦叠嶂，丰厚悠远，由碧绿而深黑，而紫，而蓝，而灰蒙蒙如烟如雾，如与天空连成一体。在那层紫褐色的山影上，依稀看见一道白练般的瀑布。瀑布很亮，虽然遥远但仍然看出是在摇摆，在跳动，在冲激……也许还可以想象这瀑布是在歌唱，表露着它那按捺不住的欢愉。

　　每逢大自然呈现出这种奇妙的风光、奇妙的生趣、奇妙的配合的时刻，这里的人们便隐隐感到了那条青龙，也可能是两条，也可能是三条。那青龙似乎也在这奇妙的时刻舒展它的身体,升腾,摆动,下潜,千姿万态。

这里确实是大自然的一个小小的杰作。在山沟尽头,是三面硕大无朋而又相当平坦的青石,三面青石一个比一个高,宛如三个大台阶。这三个大台阶位于山水必经的道路上。最高的那一扇大石,首当其冲,被山水冲得中间低凹,自然形成了一个蓄水潭。等山水流下来,把这第一个潭蓄满之后,顺着水道向第二层青石滴淌。然后,在第二层青石上的积水又顺着水道向第三层青石滴淌。水滴石穿,绳锯木断,不知道是经过了几百万年还是更长或稍短一点的时间,经过比石头还要顽强的水的不断冲、滴、击触,这三层大石上形成了三个深潭,水清而不见底。遇到四时更迭,寒暑变化,阴晴云雨,风霜露雾,日月光华,斗转星移,时而可以看到水波荡漾,潭底若有龙纹,龙身,龙头,龙尾。于是,从不可考的年代起,人们就认为这三个青石深潭里住有青龙——是一条青龙三居室还是各住一龙、三龙盘踞,就其说不一了。从元代,这个地方就被命名为青龙潭。明代,这里开始修庙。清代,喜欢卖弄书法的乾隆皇帝,然后还有他的儿子嘉庆皇帝来过这里,石碑上留下了他们称赞这里的风光、祈祝龙神保佑风调雨顺从而国泰民安的"御笔"。在青龙潭所属县的县志(民国初年所修)上,则详细记载了晚清以来这里的士绅大户,每逢春夏之交久旱不雨之时,杀猪宰羊,载歌载舞,在和尚、道士、巫祝带领之下,率众乡邻到这里来求雨的盛况。据说每次都十分灵验,多则隔日,少则隔一两个时辰,还有几次就在求雨的当儿,"乌云四合,大雨滂沱,雷电大作,竟日方歇"。此外,县志上还记载了数十首吟咏青龙潭的景观、风物的诗词,可惜,面对着这新奇的自然环境,写下的却全是些陈词滥调,什么"青龙居石潭,其深不可测"啦,"万物无常例,青龙自在身"啦,"岁岁有丰年,全赖龙护恃"啦,一直到"此龙最灵验,求雨须心诚"啦这一类俗鄙的句子。

如果去掉愚昧迷信给这三个石潭所加上的与其说是仙气不如说是妖邪之气的累赘,如果不去管那种毕竟早已在现实生活中消逝了的乡绅巫祝带领求雨的令人厌恶的画面,青龙潭里居住着龙的故事其实是相当美丽和有魅力的。任何人来到这里不能不萌生一种对大自然、对乡土的爱恋、向往、服膺崇拜、景仰叹服的情感。本乡本土的人更是充满了自豪——我们这里有龙。正因为没有人见过龙,这里有龙的想法便变得更加有魅力了。

　　于是乎传说中的青龙和现实中的青龙潭平平安安地进入了公元一九五八年。一九五八年,青龙和它的潭穴受到了严重的挑战。那是一个热情得出奇、大胆得出奇也荒唐得出奇的年份,人们在那一年可以做出平常做不到的事——当然,也可以犯下平常不可能犯下的错误。一九五八年,提出了在桃花沟建立水库的方案。方案还没有讨论完,大兵团施工已经开始,按照这个方案,龙脉——水路将被切断,第一个石潭将淹没在水库的蓄水中,第二第三个石潭将因失去水源而干涸,青龙潭的风水从此完蛋。对于地处偏僻的山沟里的青龙潭附近的居民,这样一种做法实在是骇人听闻、不可思议。对于社会风习以及耕作制度哪怕是最微小的改革都要进行强烈的反抗的桃花沟的老百姓,对于这个不可思议的设想和行动的反应是目瞪口呆,目瞪口呆的结果是并无异议。说来有趣,在我国的某些地方,大的改革比小的改革更容易被人接受,革命比改良更易于发难。

　　一直到一九六一年,水库建成,第一个石潭位于库底,上面是一片汪洋。第二、第三个石潭干涸了——真令人扫兴,潭底不但没有龙,而且干涸了以后再看,潭穴也不算深。从六十年代后期,水库的灌溉效益渐渐发挥出来,桃花沟实现了水利化和园林化,所有的大田都有水浇,从而变成了高产稳产田。又开辟了更适宜于这里的栽培环境的大面积苹果园,原来的山桃树淘汰殆尽,桃花沟已经只是虚有其名了。设置了占地不大但赚钱甚多的菜园和苗圃,女儿峰成了绿化造林的样板。三中全会以后又开展了养殖业,水库养鱼的收益年年增加……人们似乎把青龙忘了。

近来忽然传出了一个说法，说是青龙确实是存在过的。就在一九六一年水库大坝合龙前夕，一天夜里桃花沟风雷雨电交加，有一位已死的老人曾经在闪电下看到了三条青龙腾空而起，这龙不知道迁移到什么地方去了。人们对这一说法将信将疑，且喜且惧，而且无从考察这种说法的源起。

也许真的有龙？它或它们现在在哪里？对于它们的故居，它具有什么样的意愿，施加着什么样的影响呢？

一九八二年十月十六日雨后的这个下午，前后三批高贵的客人来到了青龙潭。

坐在第一辆吉普车里的是老干部赵书章、他的妻子周兰新和陪同他们的县委副书记董秀山。赵书章原籍是离桃花沟三十多里地的沙窝子村。十二岁时，他父母双亡，跟着姐姐度日。十四岁时，姐姐也死了，剩下他孑然一身。一九三七年抗日战争爆发不久，他参加了在这一带活动的八路军游击队，从此转战南北。一九四九年以后，他随着部队到了我国南方，此后他一直在南方工作。除了口音未变以外，他的生活习惯、气度举止，愈来愈南方化了，何况他的妻子周兰新也是南方人。

今年，年满六十四岁的赵书章最后一次到北方来出席一次会议，他正在办理离休事宜。会后，他顺道驱车来到了这里，重新造访一下在他的记忆里已经没有留下什么痕迹的青龙潭。

"……还是在我六岁的时候，大人带我来过一次，是求雨。说是三个潭，有三条龙。什么样的潭，什么样的山，什么样的水，我一点也不记得了，一点印象也没有。"赵书章坐在车里，对身旁的妻子说，又兼而向侧转过身子看着他们的、坐在司机右方的董副书记示意。他抬起右手，伸出食指，指一指车窗左右的山路、田地、树木，继续说，"一点也不记得，一点也不记得。如果不是老董带我们来，告诉我这儿就是我的家乡,这儿就是桃花沟,就是你把我放到这里我也认不出来了……"他停下了话头,摇摇脑袋,喟然叹了口气。当老年人说到已经长逝尘封的童年往事的时候,大概都难免有几分怅惘的吧?

"可是你早就对我说过青龙潭的事,从三十年前你就说,说了不知多少遍……"妻子笑着说。她抬手拢了拢被风吹乱的花白的头发,好像在提醒丈夫,当初你给我讲青龙潭的时候,我还梳着乌黑油亮的两条大辫子呢!

赵书章也笑了,带几分惭愧。是啊,他说了那么多年的青龙潭,却记不起青龙潭容貌的任何细节。"我不记得青龙潭,只记得大人说的青龙潭的事儿,"他的用语显得含混费解,"龙啊,潭啊,求雨啊……唉,封建迷信……其实也算不上封建迷信。民间传说。"

妻子温顺地一笑。她懂得,判断老年间的说法究竟是封建的迷信还是民间的传说,这是并不重要的。对于丈夫,由于长年担任领导职务,对某事某物作出判断和规定性质,已经成为一种习惯。现在,他们总算来到了神往已久却无缘造访的、与她的丈夫从而与她、与他们全家有着一种先验的关系的这个山沟沟来了,这才是最主要之点。

坐在前座的县委副书记董秀山如坐针毡,他中午才接到省里的电话,说是有一位领导同志路过这里要看看青龙潭。他以为是来看水利建设与多种经营,再有,现在时兴看的是责任制与抓没抓精神文明建设。这几方面他还是胸有成竹的,他可以充当向导。客人要看什么,他知道应该往哪里带,他也可以回答询问,随时作出必要的汇报。开车之后,听着后排赵老与周兰新同志的谈话,他才闹明白,原来赵老是本地人,原来他要看的不是新建设,而是——用当地的俗话来说——老风水。董秀山也是这一带的人,他知道青龙潭在当地老年人(也许不仅是老年人)心目中的分量。看,赵书章同志离开家乡已经差不多半个世纪了,却始终并没有忘怀他并不记得的家乡的风水……该怎么告诉他才好呢——如今,这块孕育过封建迷信、民间传说,维系着这里人的乡情的风水宝地业已面目全非,潭枯龙去?

"这个……"

董秀山的话没能说出来。吉普车剧烈地摇动了一下,司机踩了急刹车,乘车的人全部颠了起来,赵书章的头撞到了车顶的帆布上。"小崽子!不要命啦!"司机恶狠狠地探出头去大骂。原来,就在这狭窄蜿蜒的山路上,竟有一辆摩托车强行超越,摩托车后座上的姑娘几乎擦到了吉普车前轮的叶子板。如果不是吉普车的司机刹车和操纵方向盘及时,后果不堪设想。

"简直活腻了,现在的年轻人!"董秀山表现了与司机同仇敌忾的情绪。通常,遇到这种情况,乘客都是无条件地站在自己的司机这一边的,而且,他们的随声附和式的表态,带有向司机讨好的动机,至少要让司机消消气,以便冷静纯熟地继续驾驶。当然,这次董秀山也没有例外,这样便失去了事先向赵老讲一下青龙潭的现况的机会。

崭新的嘉陵牌摩托车嘟嘟嘟响着来到了青龙潭下,女青年红叶轻捷地跳了下来。"刚才真悬……哈哈哈……"她边说边格格地笑,并且用手捶打着正在熄火、拔钥匙、摘头盔和风镜的晓铁的背。

"没事!"晓铁转过身,摸了摸她的手,表现出一种得意自豪的神情。他穿着一件紧身的尼龙针织线衣,一条仿牛仔裤的劳动布裤子,高大健壮,脸膛方正,富有男性的健美。"就是这儿!"他用左手指着周围转了一个圈儿,把青龙潭、桃花沟、女儿峰连同彩虹小庙,全收进去了。

"真漂亮,你瞧那儿……真想不到出省城六十里,就有一个这么奇妙的地方!"红叶欢呼说。

"这么说,你同意了?"晓铁盯住了红叶的眼睛,他的盯视是火辣辣的、咄咄逼人的,又是透着自我感觉良好——信心十足的。

"那我可没说。"女青年红叶撇了撇嘴,向前走了一步,把热切地期待着她的晓铁丢在了后面。

她无须解释。她夸赞,她欢呼,是指——例如乘着摩托车到这里来游玩。至于把工作调到这儿来,把户口转来,在这儿成家立业,那可是另一回事。

晓铁有点懊丧。他太急了,怎么能一下摩托车就刺刀见红,进入实质性、决定性谈判呢?应该引导她先看看这里的美妙风光。但他的懊丧还不单是因为自己举措的失当,毛病在于:红叶的否定答复使他自己也犹豫起来了,他为什么要到这里来呢?在城里显然要好得多。

晓铁是本年度的师范学院毕业生,今年二十九岁,一九七八年从工厂带工资考进了高等学校。毕业统一分配,把他分配到这个公社这个大队的学校来了。他来过一次,看了看,大队的干部热诚地欢迎他,但他拿不定主意到底来不来报到。班上有些同学主张他"泡",争取调换一个市内的工作。现在,来不来的决定权却在红叶手里。红叶今年也二十六岁了,虽然还充满着姑娘的矜持和娇嫩,眼角上却已经出现了细细的纹路。他们相好已经四年了,由于晓铁在上学,更由于在城里找不着房子,至今他俩不能结婚。"如果到桃花沟大队,我们就会有房子,等到新年我们就结婚……"正是由于晓铁的这种富有强大吸引力和征服力的说法,祖祖辈辈没有离开过城市的红叶才同意到这个山沟沟来看看。

他们踏石阶而上,来到古庙、牌坊、石碑和小小的建筑工地旁边。一个正在砌墙的年轻英俊的瓦工从脚手架上跳了下来,擦了擦手,走过来欢迎他们。"我是这里的大队支部副书记,我叫赵长喜,上次与晓铁老师见过的。"他向红叶自我介绍说,"欢迎你们,欢迎你们都到这儿来。看。"他指一指脚手架、快砌好了的墙、堆积的砖、瓦、木材,"这就是我们给学校的老师们盖的住宅。每户三间房,四十八平方米,有自来水,有暖气,有一个小院可以种花、养鸡。不养鸡也没关系,这儿的鸡蛋很便宜,学生们都愿意把鸡蛋送给老师们吃,乡下人嘛……"

"有暖气?"红叶吃了一惊。

"土暖气嘛！现在有的社员家里已经安装了。你们可以参观参观……"

"有电吗？"红叶问。

"从一九六一年这儿就电气化啦，你们看……"支部副书记向左上方的村落方向指了指，晓铁看到了那里七叉八叉地伸张着的鱼骨天线。"有电视，有电风扇，有洗衣机，还有一家买了电冰箱……现在什么都有了，就是没有文化……五年了，我们大队没有一个孩子考上大学的。去年考高中，也只考上了四个孩子……老师，到我们这儿来吧……现在什么都好，就是有学问有本事的人不到农村来了。落实政策啊，照顾家庭啊，有学问有本事的人都走了。我们山沟里的孩子，就天生不该多念点书吗？两位老师！"

年轻的支部副书记说着说着动了感情，最后一句话几乎是声泪俱下了。

这时候，北京牌吉普车已经到了。赵书章好像回忆起了点什么，兴冲冲地拉着妻子蹬石上爬。董秀山嗫嗫嚅嚅地向赵书章解释这里因修水库而改变了青龙潭原貌的情况。他们走到第二层的基本干涸了的石潭旁边。说是"基本"，因为从昨夜到方才刚刚下过大雨，第二层与第三层的石潭里倒还积了一点雨水。赵书章一会儿仰头看看头上的水库大坝，一会儿平视古庙、石碑、牌坊、工地和村落，一会儿又俯身看第三阶的潭穴。俯视完了一抬头，却又看见对面女儿峰上的葱葱郁郁、欣欣向荣的松林，大有应接不暇之态。周兰新的兴趣却全在石潭上，尽管已经今非昔比，却仍然使她惊诧，使她折服，使她觉得奇妙得不可思议。"怎么会是这样子呢？怎么会是这样子的呢？"

董秀山略带歉意地说："五八年嘛，大跃进嘛，农业八字宪法以水为先嘛，修水库说上就上啦……"

"我不是问为什么修水库，修水库还不好？"周兰新觉得董秀山误会了她的意思，"我是说，怎么正好是两个青石潭，一高一低呢？"

"原来是三个呢。"赵书章有点得意,故乡的荣誉当然应该归属每一个故乡人分享,"就是水滴得呀,千年滴,万年滴,十万年,一百万年,一千万年,老是这么滴呀滴呀滴呀,就滴出龙潭来了!"说完,他哈哈大笑起来。

"这个老天爷可真有意思!"兰新赞叹说。她放低了声音,脸上呈现出一种神往和庄严。她并不迷信,老天爷,这只是她赞美大自然时给大自然戴的桂冠罢了。

吉普车司机怒气冲冲地直奔小庙旁的工地而去,他已经辨认出,那城里人打扮的一男一女,便是刚才驾着摩托车超车,几乎酿成了重大车祸的人。问题不仅在于交通规则,更严重的是这样一种强行超车乃是对于被超的车的司机的无礼冒犯。而这里的司机一上路,便有一种老子天下第一的自我感觉,连车里坐的首长都要敬他三分,何况驾摩托车的一个毛孩子……

"李师傅来了,今天是拉谁呀?"赵长喜远远认出了汽车司机,招呼道。原来,他们是老相识。

"刚才开吉普车的是您吧,师傅?真对不起,我们走得太急了。"没等李师傅走近,红叶已经迎了过去,彬彬有礼地含笑说。

李师傅只觉得眼前一亮。一个纤瘦的、白净的、浑身都放着青春光彩的姑娘。她的两道挺拔的眉毛和扁而长的微微向两端翘起的眼睛,温雅妩媚中隐藏着锐气。她的剪裁合体的米黄色春秋两用衫和浅灰色的笔挺的裤子,也是一种非同凡俗的震慑力量。再看看,她的身后是一个肩宽体高的小伙子,一只手插在裤袋里,微仰着头,在旁边微微一笑,既是礼貌的,又是嘲弄的,而他的两只眼睛,睁得大大地注视着他,好像在发出警告:"好说便罢,要不然,我可不怕你!"

李师傅的脑门子上沁出了汗珠,仓促中迸出了一句话:"开车也要五讲四美嘛!"——不愧是县委的司机。

空气一下子缓和了,小伙子笑着歪了歪头,既表示叹服,也表示哭笑不得。他过来与李师傅握了握手,"今天是我莽撞了,以后一定注意五讲四美!"

大队支部副书记虽然不知其详,但也猜个差不离,便也附和说:"就是就是,我们大队也正在抓五讲四美!"

李师傅见好就收,欣然接受五讲四美原则的胜利。他把支部副书记拉到一边:"来两条鲤鱼怎么样?要大的!"

晓铁低声向红叶耳语:"你不是爱吃鱼吗?来吧!"

"可是……买东西……百货……还有……"红叶的话断断续续。

"商店我们也在盖新的,八间门脸儿,尼龙绸夹克宇航服,带石英电子表的圆珠笔,上海出的落地式收录机,城里没有的,我们这儿买得到!"赵长喜连忙向红叶宣传说。

"他们现在可有钱啦,比我阔!"李师傅及时发表了凑趣的证词,几个人同时笑了。

几个人的笑谈没能继续下去,因为又开来了一辆引人注目的汽车。这是日本出产的丰田牌旅行车,车身长大,必要时人们可以在车里躺下睡觉。这种车车速快,又平稳,很受人们的欢迎。县里并没有这样的车,省委也没有,只是几个最"老财"的局——石油管理局、外贸局、旅游局,才各有一辆。

丰田牌大旅行车停下来后,下来了两个人。一个是头发全白的老汉,胖胖的,身穿褐色与乳白两种颜色的粗羊毛线织成的大翻领外套,给人一种罕见的粗厚而又柔软的手感,脚蹬缝了一道又一道竖纹的厚底登山皮鞋。黑胖黑胖的脸上架着金边眼镜,镜片是六角形的变色玻璃,脖子上还挂着一条淡绿色毛织领带。他的裤子紧紧兜着臀部,显得身体更加肥笨,裤袋不是开在两侧而是在体前。不用说,这是外宾,虽然分辨不出他是外籍华人还是日本友人。

和他同时下车的人穿一身清洁朴素的灰华达呢制服,只是宽边蛤蟆式眼镜有些洋气,而且,他腕子上戴着一个显然是舶来品的手表,表盘宽大,带月、日、星期,有罗盘,有简易电子计算器。不仅晓铁和红叶,包括李师傅和赵长喜,都能一眼认出来,这是个外事工作干部——多半出过国。

外事干部问谁是这里的负责人,赵长喜迎了过去。外事干部介绍说,他来自省旅游局。他说,这位"外宾"是一位澳籍华人,早年出国,现在已不大会说汉语了。他原是本省人氏,现在在国外赚了点钱,只有孤身一人。他想出资在本省建筑一所旅游饭店,算是他赠给故乡的礼物,他的要求是这所饭店建成后要用他的名字命名。我们已经大致接受了他的倡议,为了谈判确定一些细节,他这次专程回国来到这边。因为他早就知道青龙潭的名声,却无缘一见,特来看看。如果这里的风景确实使他中意的话——外事干部暗示说——也许他对这项捐献性工程更加积极。

虽然赵长喜精明强干,是一个新型的农村干部,但是这种与"内事"紧密相关的"外事"还是第一次遇到,他不知道该作出什么反应才好。

澳籍老乡立即被石碑吸引住了,一面看一面用英语不断地发问。陪同人员显然对这些石碑上的文字一知半解,回答得结结巴巴。

两个人叽里咕噜了一阵子以后,外事干部对赵长喜说:"他问,你们为什么不好好修修这座庙、这牌坊和石碑,却要在这里盖房?这样,很不协调,岂不是把文物古迹全破坏了?"

副支书与围观的农民挤了挤眼,他说:"乾隆的碑,有的是!如果连这种小庙都要保护,我们活人就没有地方待了。"他毕竟是年轻人,他用另一种声调对外事干部说,"澳大利亚要有这样的东西可就稀罕了。物以稀为贵。他们那儿没有文物,只有袋鼠。"

这位农村干部的渊博,使外事干部大吃一惊:"你知道——澳大利亚?"

副支书微微一笑:"地理课上讲过,前几天又看过电视。"

澳籍老乡慢慢地往山坡上走。赵长喜回身想找晓铁和红叶继续交谈,动员他们下决心到桃花沟来,却没找到。人们告诉他,城里来的青年男女往村里去了,那位女青年大概是想参观参观村里的"百货公司"吧。副支书觉得抱歉,近几年,他们山沟里已经有了许多过去做梦也梦不见的东西,但还没有大百货公司。在他能预见的将来,也不会有。

"上架子!"他把手一挥,继续进行他的建筑工程,没有理睬澳籍老乡的批评。他无法理解这个破庙和破石碑有什么好的。从小他们就在这破庙、破石碑以及被吹得神乎其神的莫须有的青龙旁边受穷。春天不但吃榆钱儿、榆叶,而且吃柳叶儿。人饿起来硬是直不起腰、抬不起头啊!娶媳妇的时候要问待嫁的姑娘会不会讨饭,如果碰上的是个抹不开脸、张不开嘴的主儿,遇到荒年,岂不得活活饿死?穿不上裤子的姑娘,盖不上被子的老人,住不上房子的小伙子,与不但睡不上棺材板而且卷不上席子的死者……这些,有的他见过,有的只是听说过。从小,他就怀着一种世代相传下来的屈辱感和从这种屈辱感当中生长出来的要强心。终于,就在他的亲眼观看与亲手操持之下,这里有了水库,有了电,有了公路,有了自来水,有了果园,有了苗圃,有了养鱼业。尤其是,责任制实行以来,有了钱,有了用钱买来的电视机、手表和各种尼龙、的确良、毛哔叽衣服。而且,年轻的支部副书记看得更远一点。他野心勃勃地招揽知识分子,他追求文化文明,他本人就是高中肄业生。他要新的农村,新的生活,他不要并无保留价值的破烂古董。

半个多小时以后,三拨客人各自准备往回走。赵书章到村里走了走,引动了一帮老人。几经相叙、介绍、回忆、提醒,老人们大致承认了这位老干部确是他们的乡亲。赵书章的辈分大,现在活着的老人们当中无有与他同辈者。或叔或伯,人们这样尊敬地叫着他。来到工地旁与年轻的支部副书记一排辈,赵长喜应该称他为祖爷爷。看样子赵老相当感慨激动,他拉着重孙子辈的赵长喜的手,赞叹说:

"好啊！好啊！想不到家乡已经有了这么大的变化！变得真快呀！好好干！就是要大抓责任制,大抓水利,大抓园林化和各种经营！还要搞工副业！"上了汽车了,他把车窗打开,向乡亲们挥手。归程上,他再没有提青龙的事情,而是无限感慨地向妻子、向董秀山,讲起他记忆里的这一带农村的情况和与今天看到的情况的对比。这使董秀山如释重负。

晓铁和红叶身后远远地跟着几个年轻的山村姑娘。她们非常注意红叶的穿戴和做派,她们羡慕万分。从这个村里有了电视起,这里的女孩子们的服装已经发生了革命性的变化。不但大裤裆没有了,竹布褂也没有了。不但有筒裤,而且有高跟鞋,虽然不是劳动时穿。向城里人看齐,这是一个未经宣布但实际上已经存在着的口号和现实。红叶的到来又给他们提供了一个更直接地进行美学观摩的机会。晓铁和红叶的大胆的亲昵的举止,也给她们以一种清新的却又是可疑的(包含着某种异端感)刺激。

司机提上了一条鲤鱼。本来他要两条,渔场的社员只允准了他的一半请求。过去农村的人把汽车司机看成神仙,现在,桃花沟大队自己也有一辆卡车了,他们已经不那么有求于司机了。李师傅提着一条鱼上车的时候暗自慨叹人心不古,但脸上不敢显露愠色。他知道,在山村的农民面前颐指气使的日子已经一去不复返了,他如果摆谱,以后再来可能连一条鱼尾巴也弄不上。

澳籍老乡通过翻译告诉支部副书记,他为青龙潭的毁灭深感遗憾。他认为这个水库的建设破坏了自然风光,从长远来说,有可能破坏生态平衡。他认为桃花沟和青龙潭的真正辉煌的前途在于毁掉水库,恢复龙脉,把这里建设成为一个全国性的、然后是国际性的旅游区。当然,他说,他承认这里的生产与生活的提高是一个了不起的进展。

跟随澳籍老乡的是一群小孩子,他们更加开放,也更加富于国际主义的好奇心。他们一面听着翻译翻过来的他们根本听不懂的话,一面小声讨论着"外宾"脖子上挂的那个"套绳"究竟是做什么用的。即使在电影和电视荧光屏幕上,他们还从来没见过这样的领带。

毁掉水库的说法使赵长喜无法相信自己的耳朵,而且他直觉地从这样的话中嗅出了一股"反动"的气味。但是"自然风光""生态平衡""国际性旅游区"这几个名词却显得有些来头,至少是相当时髦。他茫然了。

晓铁和红叶走的时候相当快活,他告诉赵长喜说:"我们回去再合计合计,马上就给你个信儿。"

晓铁和红叶仍然不懂得谦让,他们的嘉陵牌摩托走在最前面,然后是丰田牌日本旅行车,然后是北京牌吉普车。三辆车沿着曲曲弯弯的盘山公路下行,扬起了一片烟尘。当赵长喜俯瞰这愈来愈显得小了的三辆疾行的车子的时候,心头浮起了一种异样的感觉。

这天晚上,三拨客人成为全村议论的中心话题,愈兜愈多。老人们终于回想起了有关赵书章和他的家族的种种往事,自发地凑起了不少材料,满可以作为《赵书章的童年》的素材了,如果有某一位作者有志于写赵书章的传记的话。年轻的姑娘继续喊喊喳喳地讨论晓铁和红叶,表面上看舆论分歧,毁誉参半,实际上内心深处还有某种没有出口的东西,有一种微妙的遐想和萌动。对于澳籍老乡本人的议论很少,因为就多数社员而言,从澳大利亚来与从月亮来差别无多。奇怪的是澳籍老乡的被翻译过来的相当费解的话居然在村子里也传开了,有一些人在议论毁掉水库恢复青龙潭旧貌的可能性,几乎一致认为这是不可能的。但是这种说法在一九八二年十月的一天出现,使一些老人暗暗觉得青龙仍然存在着。"水库是不能毁,青龙早晚也要回来。"一位年岁最大的老人最后以作总结的口气说。

赵长喜这一天晚上做了一个梦,梦见沿着盘山公路有三条龙伸展舞动。醒来以后他揣摸着,可能就是那三辆车,三批客人。他觉得怪高兴,怪有意思。第二天起床以后,他继续抓盖房和苹果的缴售处理,晚上还开了研究学习"十二大"文件问题的支部委员会。该干什么干什么。

反正青龙潭是个好地方。反正青龙潭的面貌日新月异。反正青龙潭不管怎么变也还是青龙潭。反正青龙潭会变成什么样谁也说不准。反正青龙潭这个地方有着无穷的奥妙——奥妙无穷。

发表于《人民文学》1983 年第 1 期

木箱深处的紫绸花服

　　这是一件旧而弥新的细绸女罩服。说旧,因为它不但式样陈旧,而且已经在它的主人的箱子底压了二十六年,而二十六岁,对于它的女主人来说固然是永不复返的辉煌的青春,对于一件衣服,却未免老耄。说新,因为它还没有被当真穿过,没有为它的主人承担过日光风尘,也没有为它的主人增添过容光色彩。总之,作为一件漂亮的女装,它应该得到的、应该出的风头和应该付出的、应该效的劳还都没有得到,没有出过,没有付出,也没有效。而它,已经二十六岁了。
　　可喜的是它仍然保持着新鲜和姣好的姿容,和二十六年前刚刚出厂,来到人间、来到女主人的身边的时候一样。
　　"氧化",它听它的主人说过这个词。它不懂,因为它被穿了一次便永远地压进了樟木箱底,它没有机会与主人一起进化学课堂。虽然,它知道,它的主人是化学教师。
　　"老不穿,它自己也就慢慢氧化了!"有一次,女主人自言自语说,她说话的声音非常之轻,如果这件衣服的质料不是细腻的软绸而是粗硬的亚麻,那它肯定什么也听不到的。
　　"氧化"是一个很讨厌的词儿,从女主人的声调里它听出来了。
　　但它至今还没有感觉到氧化的危险。它至今仍然是紫色的,既柔和,又耀目,既富丽大方,又平易可亲。它的表面,是凤凰与竹叶的提花图案,和它纤瘦的腰身一样清雅。它的质料确实是奇特的,你把它卷起来,差不多可以握在女主人小小的手掌里。你把它穿上,却能显示出一种类似绒布的厚度和分量。就连它的对襟上的中式大纽襻,也是精美绝伦的。那上面,凝聚着一个美丽的苏州姑娘的手指的辛劳。

丽珊购买这件衣服是在一九五七年。新婚前夕,她和鲁明一起去服装商店,鲁明一眼就看到了这件衣服,要给她买下来。她却看花了眼,挑挑拣拣,转转看看,走出了这个商店,走进了别的商店,走出了别的商店,又走进了这个商店,从商店的这一端走到那一端,从那一端又走到了这一端,用了一个半小时,最后还是买下了这件一起初就被鲁明看中了的衣服。当然,鲁明并没有埋怨她,那是多么甜蜜的一个半小时啊!人的一生中,又能有几次这样的一个半小时呢?

新婚那天晚上,她穿了这件衣服,第二天天气就大热了,那是一个真正炎热的夏天。它便被脱了下来,小心翼翼地折叠好,放到妈妈给她这个独生女的唯一的嫁妆——一个旧樟木箱子的尽底下了。

后来鲁明走了,一走就是好多年。

在这个夏天以后,在鲁明走了以后,在世界发生了一些它所不知道的变化以后,它便只有静静地躺在箱底的份儿了。

终于,丽珊成功了,她可以去边远的一个农村,去到鲁明的身边。走以前,她把原来珍贵地放在她的樟木箱子里的许多衣服都丢掉了,像那件米黄色的连衣裙,像鲁明的一身瓦灰色西服,像一件洁白的桃花衬裙……它们都是紫绸花罩服的好同伴。与它们分手是一件令人神伤的事情,紫绸花罩服觉得寂寞和孤单。而那些出现在箱子里的新伙伴使它觉得陌生、粗鲁,比如那件羊皮背心,就带着一股子又膻又傲的怪味儿,还有那件防水帆布做的大裤脚裤子,竟那样无礼地直挺挺地进入了箱子,连向它屈屈身都不曾。

但是丽珊带着它,不论走到什么地方。虽然从那个时候起它已经永远与丽珊无缘了。不说那些无法被一件女上装理解的原因了,起码,那时已经是六十年代了,丽珊已经有了一个满地跑的儿子,她已经再也穿不下这件腰身纤瘦的衣服了。

幸亏还有一条咖啡色的领带,也是在他们结婚前不久进入这个箱子的。它甚至连一次也还没有上过鲁明的脖子,新婚那一天鲁明结的是另一条玫瑰红色的有斜条纹的领带。这样一条领带竟然和这个箱子、和羊皮背心、和帆布裤子、和连指手套与厚棉帽子,当然也和紫上衣一起去到了边远的农村,给纤瘦的紫衣以些许微末的安慰,显然,这是由于丽珊的疏忽。这条领带自然是属于应淘汰之列的。

一九六六年的夏天,一个更加炎热的夏天,鲁明和丽珊在夜深人静之后打开了樟木箱子。翻腾了一阵以后,首先发现了领带。鲁明惊呼了一声:"怎么还带来了这玩意儿?"倒好像那不是一条领带,而是一条赤练蛇。"好了好了。"丽珊说,但是她的声音不像丽珊,而像另一个人,"我来处理它……正巧,我的腰带坏了。"说着,她拿起了领带,往裤腰上系。紫衣服看到了领带的颤抖,不知道是由于快乐还是痛苦。

鲁明接着指着紫衣服说:"那么它呢?它怎么办?它也是'四旧'啊!"

"我并不旧啊!我只被穿过一次!我被保管得好好的!樟木箱子不会生蛀虫。我一点也不旧,更不是四旧啊!"

紫衣服想说,却发不出声音。精灵一样的苏州姑娘的手指啊,给了它美丽的形体和敏锐的神经,却没有赋予它声音,它甚至于连叹息一声的本事都不具有。

"这个,我要留着它。"丽珊的声音非常坚决,但是比拿领带做腰带用时更像丽珊的声音一些,"我要把它藏起来,不让任何人把它夺去。"

"你恐怕已经穿不得了……"鲁明说。他变得安详了,一只手搭在丽珊的肩上。

"……我要留着它。也许……"

什么是"也许"呢？紫衣服体会到，它未来的命运和这个"也许"有关系，但是它完全不懂得什么叫做"也许"。对于一件二两重的衣服，"也许"太朦胧也太沉重。

"老不穿，它自己也就慢慢氧化了。"这次是丽珊自语，连鲁明也没有听到。

不要氧化，而要"也许"！紫衣服无声地祝愿着。

终于，许多的日子过去了，鲁明和丽珊快快活活地开始了他们的二度青春，他们重新发奋在各自原来的岗位上。许多好衣服也见了天日，同时，许多新质料、新式样、新花色的好衣服迅速地出现了。鲁明常常出差，还出过一次国。他从上海、从广州、从青岛、从巴黎和香港，给丽珊带来了合身的衣服。

换季的时候，这些衣服进入了樟木箱子，它们有一种兴高采烈、从来不知忧患为何物的喜庆劲儿。

新衣服进了箱子，见到紫衣服，不由怔住了。"您贵姓？"它们无声地问。

"我姓紫。"它无声地答。

"府上是？"

"苏州。"

"您的年纪？"

"二十六。"

"老奶奶，您真长寿！"上海衬衫、广州裙子、青岛外套、巴黎马甲与香港丝袜七嘴八舌地惊叹着。

它们没有再无声地说下去。因为它们看出来了，紫衣服的神情里流露着忧伤。

丽珊好像懂得了它的心情，在把新衣服放好，关上箱子盖以后，又打开了箱子，把紫衣服翻了出来，托在掌上，看了又看。紫衣服听到了丽珊的心声：

"不论有什么样的新衣服、好衣服,我最珍爱的,仍然只是这一件。"

"以后……"她说出了声。

对于紫衣服,"以后"比"也许"的含义要更浅显些,它听到了"以后",它理解了"以后",它充满了期待和热望,它得到了安慰。它在箱底,舒舒服服、温情脉脉地等待着。它信任它的主人,它知道丽珊的"以后"里包容着许多的应许。它不再嗟叹自己的命运,也丝毫不嫉妒新来的带着丽珊的体温和气味的伙伴。就拿那一双香港出产的长筒无跟丝袜来说吧,只被主人穿了一次,便破了一个洞。紫绸服的口角上出现了一丝冷笑,不用人指点,紫绸服已经懂得了在香港时鲜货面前保持矜持。

丽珊所说的"以后"是指她的孩子。他们没有女儿,只有那个儿子,他们的生活虽然坎坷,儿子却大致没有受过什么委屈。从小,儿子的生活里有足够的蛋白质、足够的爱、足够的玩具和课本。儿子早就发现了妈妈的这件压箱底的衣服,他第一次提出下列问题的时候还不满八岁。

"妈妈,多好看的衣服呀,你怎么不穿呀?"

丽珊没有说什么,她只是静静地一笑,她绝不让孩子过早地接触那咬啮大人的愁苦。

"等你长大了,我把这件衣服送给你。"妈妈有时说。

"我……可这是女的穿的衣服呀!"儿子说话时的口气,好像为自己不是能穿这样衣服的女孩子而遗憾似的。

妈妈笑了,笑得有那么一点狡狯。

后来儿子有了自己的事,有了自己的书包,自己的朋友和自己的衣服。他不再提这件衣服的事,他把这件压箱底的衣服全然忘了。

以后儿子长大了。以后儿子念完大学,工作了。以后儿子有了女朋友。以后儿子要结婚了。

这就是丽珊所说的"以后"的部分含义。在儿子预定的婚期的前几天,樟木箱子被打开了,压在箱底的紫绸衣服被小心翼翼地拿了出来。

"你看这件衣服好看吗?"丽珊问儿子。

"哪儿来的这么件怪衣服!"这是儿子心里的话,但他没有说出来。人们心里想的、没有说出的话是不能被他人听到的,只能被质料柔软的衣服听到。

儿子看出了妈妈的心意,所以他连忙笑着说:"挺好。"

"送给你的未婚妻吧!"丽珊说,"我年轻的时候只穿过它一次。"同时,丽珊在心里说:"那是我新婚的纪念,也是我少女时期的纪念,虽然它在我的身上只被穿了三个小时,然而它跟着我已经度过了二十六年。"

紫绸衣听懂了丽珊说出的和没有说出的话,它快活得晕眩。任何一件衣服能有这样的幸运吗?它将成为两代人的生活、青春、爱情的纪念。

儿子接过了紫衣,拿给了未婚妻。未婚妻提起衣服领子在自己身上比了比,正合适,用不着找裁缝改。未婚妻的身量比妈妈略高一点,但按现在的时尚,衣服宁瘦勿肥,宁短勿长,这件衣服简直天生是为儿子的未婚妻预备的。

紫衣服想欢呼:"我的真正的主人原来是你!我的真正的青春,原来是在八十年代!"它想起香港的破了洞的丝袜子称它为"老奶奶",笑得不禁抖了起来。

"不,我不要,新衣服还穿不完呢,谁穿这个老掉牙的?"未婚妻讲得很干脆,也很合逻辑。"当然,我谢谢妈妈的这番心意。"过了一会儿,她补充说。

透不过气来的紫衣服偷偷瞅了一眼,未婚妻的上衣和裤子上有令人眼花缭乱的无数个小拉链,服装的款式、气派和质料都是它从来没见过,也从来没想到过的,它目瞪口呆。

最后，紫衣服回到了丽珊手里，鲁明身边。儿子的解释是委婉的："这是你们的纪念，它应该跟着你们。"

"这样好，这样好。"鲁明爽朗地大笑着说，"你给出去，我还舍不得呢。"他对丽珊说。

同时，儿子和他的未婚妻十分感激地收下了二老双亲给他们的其他更贵重得多的礼物，其中包括一台电视机。未婚妻给妈妈打了一件毛线衣。八十年代的毛线衣，有朴素而美丽的凹凸条纹，不仅可以穿在罩服里面，而且是可以当做春秋两用衣穿在外面的。

紫绸衣在这一晚上搭在了丽珊和鲁明的双人床栏上。它听到了他们的心声，惊异地知道了自己原来包容着他们的那么多温馨的、艰难的和执着的回忆。那是什么？当丽珊伏在床栏上与鲁明说话的时候，它感觉到一点潮湿、一点咸、一点苦与很多的温热。它明白了，这是一滴泪啊，一滴丽珊的眼泪。眼泪润泽了并且融化了紫绸衣的永久期待的灵魂。它充满了悔恨，它竟然一度想投身到一个年轻无知的女子——儿子的未婚妻的怀抱，与那些拉链众多的时装为伍。它再也不会犯这样的错误了，它再也不离开丽珊和鲁明了。这已经是足够的报偿了，它已经得到了任何衣服都不可能得到的东西。为什么这样热、这样热啊？眼泪正在加速氧化的过程，它恍然悟到，氧化并不全是可诅咒的事情。燃烧，不正是氧化现象吗？它懂得了它的主人这一代人，他们的心里充满了燃烧的光明和温热。从它来到他们的家里以前就是这样，现在仍然是这样。

衣服是为了叫人穿的，得不到穿的衣服是不幸的。然而，最最珍贵的衣服又往往是压在箱子的深处的。平庸如香港的丝袜，也完全理解这一点。然而，如今的丽珊、鲁明与我们的这一件紫绸花服，却都有了新的意会。

所以，在这个故事里，丽珊、鲁明和紫绸花服，都不必有什么怨嗟,有什么遗憾,更用不着羡慕别样的命运。他(它)们已经通过了岁月的试炼,他(它)们尽了自己的心力,他(它)们怀着最纯洁的心愿期待着。如今,他(它)们期待的已经实现,落在紫绸花服上的唯一的一滴眼泪已经蒸发四散,他(它)们已经得到了平静、喜悦、真正的和解和愈来愈好的未来。他(它)们有他(它)们的温热和骄傲和幸福。紫绸花服的价值已经超过了一般。而当这一些写下来以后,木箱深处的紫绸花服还会慢慢地氧化在心的深处。

那就让它氧化和消散吧。

发表于《花城》1983年第2期

色 拉 的 爆 炸

夜半响起了惊雷。一毫克冬眠灵发挥完了自己的作用。他惊恐地听着春雷从天空直劈下来,再滚过他们的房顶,还不算完,一直滚进他的屋子,窗玻璃与脸盆架与他的心一起咚咚地响。他拿起枕边的国产新型夜光表,知道是惊蛰了。冬眠结束,这次的一"冬"等于一个半小时。

竹青咳嗽起来,他不安地悄悄撩起被子,坐起来,又侧着身弯下腰去注视妻。"你干什么?"竹青睁开了眼睛。"我……看看你睡着了没有。""怎么,你没睡着?还早着呢。""我睡得很好,香……极了。""快睡吧!""快睡吧,一、二!"

他想问候竹青,结果倒是竹青问候了他,他吵了竹青。所以喊完了一、二他就好好地睡起来,而且发出一种轻微的鼾声,就像小时候骗母亲那样。

然后雨大了,然后雨小了,终日喧嚣的公路上也只剩下了温柔的淅淅沥沥。然后是曙光,春天天亮得早,第一辆车以后便是没完没了的马达声。闹钟响了,他装作刚刚醒来,并且抢先问:"竹青,你睡得好吗?"

"嗯,好。"最近他每天都问她睡得怎么样,至少每天两次,早晨和午睡以后。麻雀叫了,雨大概停了,不知道麻雀会不会得癌症。说不定竹青也在失眠,却假装睡得很好。她不会知道吧?他看了一眼他们共用了三十多年的床。洗脸的时候他看了看竹青用的洗发膏、护肤霜、头油和大梳子。出门以后他回头看了看家门,又看了看竹青,又看了看街上端着豆浆锅和提着炸油条的行人。他们都很健康。

"你怎么了?"竹青问。

"春天,风大,眼睛疼。"他连忙解释,而且咧嘴笑了笑。

"春天真好。"竹青说。

"真好,真好极了。"他用力吸气,雨后的春气使人醉又使人醒,他一面呼吸一面看着竹青胸脯的起伏。

上车,连司机的态度都特别好。到了机场又来了一辆车,是给他们送行的领导。"就会好的,就会好的。"大家都这样说,但何必这样隆重?竹青一边咳嗽一边致谢。他的眼睛又疼了几次。伏案工作的年头太久,已经到了闹白内障以至青光眼的年纪了。

上舷梯的时候他回转过头来依恋地看了一眼他们已经在这里生活了三十四年的 K 市的土地。机舱里浮动着一种幽雅而做作的芳香,女服务员的服装愈改愈漂亮了,蓝绸领结像个大蝴蝶。她擦了一点口红,用汉英两种语言不断地说着"欢迎你们! 欢迎你们乘坐这架飞机……"薄施脂粉的脸笑得适度。两排密麻麻的暗灯,照耀着一个由塑料和人造纤维制品包装起来的忧伤和陌生的世界。座位标志由 1234 变成 ABCD,吸烟与不吸烟的人分开坐,与他一年前出差时相比,又变了许多了。"对不起。"一个白发、臃肿、驼背的外国老妇人用不纯熟的中文向被她不小心碰撞了的人道歉,她真长寿而且有兴致,所以到中国来了。

"把安全带扎上。"他向竹青指点,替竹青系安全带,手忙脚乱弄不好。发动机吼叫起来,憋着闷气,然后快乐地拉向天空,房屋和田地竖立起来倒挂在机尾的后面。

"你感觉怎么样?"

"很好。"

从夜里,他已是第五次这样问,她第五次这样答。

"你可以休息休息。"他教给竹青怎样扳倒座椅的靠背。"不。"

还说不呢。"要不看这个画报？""这是什么文？""大概是英文。""你可能以为世界上除了中文就是英文。""不，还有日文。""耳朵怎么样？""不怎么样。有一点……""要橘子水还是茶？橘子水是凉的，茶是热的。""要不然要橘子水……要不然要茶。"……她第一次坐飞机，可惜不是向着生活而是背着生活。他第一次和她一起坐飞机，这样轻松，用不着在座位上构想总结报告里边第一个大问题里的第二点里的第三小点。也许是唯一的一次了。

他们从团团的白云上边降落到江南的 C 市，他是第六次，她是第一次。他设想过和她同游 C 市，但不是在这种状况下。"欢迎你们到 C 市来"，一条新的标语口号，可能是民航事业中的又一项借鉴和改革。"这是什么花？""哦，杜鹃！"为什么前五次来没有发现 C 市有这么万紫千红、打眼睛撞脸的杜鹃？有许多旅客下飞机以后推起了能折叠也能打开的不锈钢架小推车。"党的十一届三中全会以来……"最近他起草的所有报告、总结、祝词、闭幕词和通知、指示里面都有这一句话。党的十一届三中全会以来，连旅行包都增加了许多花色，人造革和帆布、米黄色和暗红色、大小拉链和小轮。"地面温度大约摄氏二十二度"，机组女服务员的播音还响在他的耳边，那声音是轻柔的。有人在招手，他的老战友来接他们了。这里的树叶已经碧绿了。机场门口布满了各色汽车。老战友、司机、宾馆服务员和餐厅工作人员都小心翼翼地注视着和服侍着竹青。爱怜、伤感，还有点紧张和恐惧，好像她是一个已经裂了纹暂时还没有成为碎片的高档细瓷器。

每天都去医院，医生和护士检查她就像检查一台发出了奇声怪响的收录机。他没有权力下令医院改名或把"肿瘤医院"的前两个字遮起来，同时他要不断地向竹青解释，她的病只不过是感冒呀什么的，真难。她点点头，真诚地接受他的解释，就像乖孩子听大人解释为什么不能喝冷水和玩火。

但她坚持要上街,"趁着我还没有住院的时候"。她没有说"趁着我还没有×的时候",她微笑的脸上露出了一丝愁苦。他几乎痛哭失声,如果不是考虑到他最近又提了一级并且被任命为办公室副主任,他准会哇哇地哭。

他们慢慢地在街上走,个体户悬挂着的筒裤、印有英文字的紧身衫、针织尼龙裤和牛仔裤从他们的头上掠向后面。有一件新式的游泳衣,双色拼起来的但比单色的还节省材料,她注视了半天,轻轻叹了口气。后来他们走得更慢了,久久不能摆脱夜市馄饨摊炉火冒出的青烟。"咱们回去吧!"

"不,你看,我们虽然走得慢可我觉得好像走得很快似的,因为行人都走得快。"她说。他开始没懂,后来他停下步子体会了一下。是的,迎面来的和背后去的都匆匆而过,也就是他们匆匆经过了人群,他们匆匆经过了生活。三中全会以来好多了的,而且一天好似一天的生活。要不要买一点鲜草莓,干脆一块钱的?

他坚持医院的确诊结果只能单独告诉他。他们在这个星期六的下午约好一个小时以后在"色拉子"西餐馆门口见面,按照她的建议。如果在过去他一定会拼死反对,"吃那个华而不实怪味儿的破西餐干什么?"

他一个人上医院的楼梯的时候持重而且平静。他经历过战争、土改、各种政治运动,他在战友的遗体面前摘过帽子,我们都有这一天。一个盖上了洁白单子的推车正在哭声中推向太平间,他也看到了炸弹似的不祥的氧气瓶。副院长、主治医生、助理医士和护士看见他像看见了一个凯旋的英雄,老战友已经先到达了这里,他们抢着握手向他祝贺。

不是癌!他飞跑着下楼,又转身回去再一次向医生、护士、他的老战友致谢。不是癌!别了,肿瘤医院,不管你多么有名气,最好永远不再见到你。走出门他就辞掉了汽车,请当地市委派的司机早一点回家休息。不是癌,她才五十六岁,虽然已经离休了,但她还年轻着呢……

他高高兴兴地在色拉子餐馆门口等了二十分钟。他观察着来来往往、进进出出的人们，大家的表情都很轻松，这在他的总结报告里是怎么写的呢？市场繁荣，心情舒畅？不对，安定团结，充满希望。当然，是全会以来。

他本来计划等三十分钟，可竹青提前十分钟就到了，他得意洋洋地领着竹青进了餐馆，坐在一盏壁灯下面。"这座位的靠背真高。""据说这个馆子已经有上百年的历史，那时候是租界的洋人开的。""你来吃过吗？""当然没有，我忙着给领导同志准备文稿，我看过这里的包括饮食服务业状况在内的一些地方资料。"

音乐响起来了，一对穿着浅色的时装的青年男女拉着手走上了楼梯，高跟鞋踩在旧式的旋转木梯上发出了令人发思古之幽情的吱吱声。一位睡眼惺忪的烫着长发的女服务员递来了菜单。"我们要不要一个牛排？"竹青用手指着人造革面的汉英两种文字菜谱。"牛排？"什么是牛排？"这音乐真好听，是意大利的民歌。""我没有去过意大利，我也不喜欢吃牛肉排骨。""看，他们吃的是什么，红红的，多好看呀。"竹青指一指邻桌，"还有那个。"是另一桌，那个桌上坐着两个小伙子，而对满桌的菜肴和啤酒，他们只是一根又一根地吸着香烟。

"到底要不要牛排？"长发大眼睛，但是眼睛睁不大开的女服务员有点不耐烦了。可能看出我们是外地人了，而且没怎么吃过西餐，他想。"牛排？好的，就要牛排。也要猪排。也要鸡卷。也要虾。也要炸鱼……""太多了。"她当然不懂得我为什么势如破竹。汤？当然。面包？当然。当然当然。街灯也亮了，隔着玻璃门可以看到电影院的霓虹灯。音乐换成了日本的——什么来着？对，《排球女将》插曲。

心不在焉和可能是昨夜失眠的端盘子的女将端着三大盘色拉走过来了，走近了他们这一桌。"扣杀！"就在歌声里发出这一口令的时刻,服务员女将略一抖动,三盘子色拉都扣杀到了花砖地上,砰!咣!啪!好像是轰炸机投弹,三盘色拉遍地开花。不仅他们俩的椅子腿和桌布的角上沾满了黄色的色拉油、粉红色的火腿丁、绿色的黄瓜丁和豌豆以及白色的土豆丁,他的座椅上,他的裤子上、上衣上直到脸上,都有溅起的乳白色的点子。

"我的天!"是其他顾客在冲击波过去之后发表感想。女服务员回头就走了,然后拿来了簸箕和扫把,在收拾溅得到处都是的色拉和碟子的碎瓷片的时候,她竭力忍住笑。一位年老的白发的男服务员大概是看不下去了,拿来一叠彩色的纸餐巾,递给倒霉的他擦脸上和衣服上的弹片,而且用当地方言说了对不起。

这色拉的爆炸和这位女将的无礼都是这样的出乎意料。他俩瞠目结舌,互相看了一眼,互相看到了对方狼狈和滑稽的样子,他更看到了在K市多日没有见到过的竹青脸上的血色。她不是癌,所以要鸣礼炮,砰!咣!啪!好一个西餐,于是他笑了起来。她也笑了。

"你看过没看过上一期《读者文摘》?"竹青问。

"什么?"他已经不屈不挠地拿起叉子,叉着那位女服务员再接再厉地端来的色拉。

"《读者文摘》的'世界之最'上说了世界上最糟糕的一些东西。说是有一个国家发射一枚鱼雷,这枚鱼雷在海上转了一圈以后直奔发射它的军舰,把自己的军舰炸沉了。这算是世界上最糟糕的武器。"

他不明白为什么要出版这样一个刊物,为什么要登载这样的"之最"。音乐又换成了电子琴演奏,那声音像海潮涌上沙滩,然后像风。一辆漆黑的小汽车停在餐馆门口,下来三个外国人和一个中国人,他们上楼的时候留下了一阵香水气味。

"你是说——"他终于悟出了就里,"我们可以推选这位服务员当'最糟糕'的服务员?也不见得。孙二娘开的餐馆还把顾客剁成馅,包人肉包子哩!"

她笑了,"我倒想推选你当世界上最容易满足的顾客。"

他们的胃口很好,但是他们剩在桌上的仍然比吃到胃里的多许多。擦嘴的时候他发现她左眼眉上长了一个小包,他建议她抹一点他随身携带的药膏。竹青反驳说那药膏是他上脚气用的,他坚持那药膏对面部疖肿同样具有杀菌消炎和抗感染的作用。

走出门来,他抱怨吃西餐总是觉得没有吃饱。于是他们在街上寻猎。在一座灯光辉煌的理发店前,一位中年妇女在卖炸臭豆腐,油味、臭豆腐味、发蜡味儿和润面膏味儿混合在一起。他们各吃了一块臭豆腐,边吃边走过百货店的橱窗。橱窗里摆放着与真人一样大小的各种姿势的时装模特儿,有一种蜡染的、图案像老式土布的丝织连衣裙,一串扣子从前面开口,还有一种灰兔皮的翻毛短大衣。"五光十色!"他赞叹道。一位穿着米黄色西服套裙的"模特儿"突然向他笑了笑而且胳臂运动起来了,他真是魂飞天外,然后弄清了,那并不是模特儿而是一个活人,进入到橱窗里边去擦玻璃的。

"吃完臭豆腐嘴里不是味儿。"他摇了摇头。

于是他们在街口从一个歪戴帽子的小伙子那里买了两枚半个的槟榔。小伙子用一根小棍往一个小瓶里蘸了蘸,往槟榔上点了一些黄褐色的液汁,并且向他们挤了挤眼。

他舔了一下槟榔上那果汁般的黏稠物质,麻、辣、香、甜,强烈的刺激使他几乎跳起来,他呆了,整个嘴巴都麻木了。

"怎么样?"竹青问他。"可以拔了。"他指指自己的牙齿,"好像刚刚打过了麻药针。"都笑了。

后来麻劲儿过去了。后来两个人在店铺的灯光底下打开C市交通图,为他们的所在位置和下一步行动方向展开了争执,来来往往的行人推挤着和碰撞着他们。然后他们挤上了公共汽车,坐了三站,下来,看看周围的指路牌儿,终于弄清是坐错了车。他们回忆了一下上车的细节,却不能判定坐错车的责任的归属。后来她在一家书店买了两本讲明代历史的书。后来他们在商店看了花样翻新"跟外国货一样"的毛线衣,出口转内销的衬衫和确实是进口的毛毯。为了买不买一件标价九十二块的天蓝色鸭绒睡袋,他们俩又争执起来,僵持不下。过去他们不但没用过,也没见过这样的睡袋,倒是听到过,从相声里,相声是讽刺侵略朝鲜的美国兵的。

后来他们来到一家写着"高级音乐茶座"的小楼前,他们想进去看看。门票是每人五元,他毫不犹豫地掏出了十块钱。他们坐在舒适的座位上喝着红茶听了美国民歌《什锦菜》,意大利名歌《桑塔·露琪亚》和中国歌《青春啊青春》。演员们都很精明地掌握着自己的服装、化装、声音和姿态,轻松、时髦、通俗但不算出格儿。他听懂了的《什锦菜》里的一句歌词是"浓汤加肉",他想把这句词改为"清汤加虾仁"。他们的邻桌坐着一位浓妆艳抹的女孩子和依偎着她的男友,竹青认出了这女孩子是他们住的宾馆对门一家早点铺炸油条的厨师。"这不可能,这儿的票价这样贵。"他不同意,但又不愿意过分专注地去打量一个正依偎在男友身旁的女孩子的面孔,便推理说。"但她们可能已经实行了承包责任制。"竹青反驳说。竹青看问题的先进性、现实性与合理性使他折服,不愧是当过报社副总编辑的人,而且他联想到那位爆破了色拉还嘻嘻笑的女将,他认定,那家餐馆肯定还没有实行责任承包。

为了不至于太疲劳,他们再听了一个方言小调便离开了茶座。十块钱并不算白花,在K市这样的音乐茶座连听都没听到过。回到宾馆,坐好以后,他问道:"你说我今天晚上为什么这样高兴?"

竹青噗地一笑,哼一声,说:"我不是癌。"

"你怎么知道?"他大为惊异。而且竹青一晚上没怎么咳嗽,真好。

"两个月了,你没跟我抬过杠,今儿晚上拗劲又上来了,还埋怨人。"竹青讲述了自己的推理。真妙。他摇摇头。

"不必住院了,但是还是要带一些针药走,有炎症,医生说的。明天我陪你去医院。K市医院太草木皆兵了,真把我吓坏了。你累吗?"

"还好。"

睡了一觉以后,他醒了。想着想着,就笑了起来。

"你笑什么?"竹青问。

"我很高兴。还因为我们已经好久没有这样逛大街、串商店、挤公共车、一边走一边吃小吃了。我喜欢这种和年轻人、老百姓挤来撞去的生活,包括那盘色拉的爆炸。我起草了一辈子文稿,挤来撞去的闹哄哄的生活过得太少了。"

"很精彩。你好久没有说过这样精彩的话了。"

"我在想,如果毛主席他老人家当年也有时间遛遛大街,逛逛商店,那该有多好啊!"

"你起草一个'文儿'好不好?要求七十岁以下十三级以上的干部星期六晚上多到街上走走,身强力壮的不妨偶尔挤挤公共汽车。"

"那……你也没睡着吗?你在想什么呢?"他反问。

"我想……"她停了停,"买那件新式的游泳衣。等我彻底好了,我要学游泳。从前我忙着编报纸,现在离休了,有时间了。"

黑暗中他们互相报以会心的微笑。一声猫叫。一声汽笛吼。一阵小风吹动了树叶。连放在床头柜上的国产手表秒针的嗒嗒声,都听得清清楚楚。也是全会以后的新型号,那钟摆的声音好像小钢锤敲着小铜磬。

发表于《上海文学》1983年第6期

灰　　鸽

　　一百块洋灰砖上，闪耀着一百个白热的太阳。楼房挡住了仅有的一点风，但风也是热的。槐树上的蝉在热风中声嘶力竭地叫喊。轰隆隆，各种各样的大小车辆，在楼前的柏油路上驶来驶去，一次又一次地轧过了他的神经和躯干。

　　强发在这没遮拦的一片白光中生活，赤着黝黑的脊背，穿着一条原本是白的，如今已经变成了灰黄色的浸透了汗水的裤衩，脚上是一双四分五裂了的塑料凉鞋。

　　炎热使他昏涨，炎热使他麻木，炎热使他悲愤痛苦。从大城市的金山银海里挣上一点点，怎么就这么难？他背井离乡，他露宿街头，他每天干活十五六个小时，他每天只吃二斤大饼、五分钱咸菜，就着不要钱的凉水。

　　"钱——"蝉在阳光里一面燃烧着一面诱惑地叫着。

　　他是个年轻的木匠，从山那边樱桃谷来。樱桃谷有山、有树、有小小的水库和涓涓的山涧，有阴凉，有永远轻松的风。

　　但是这里有钱。为了赚钱，二十二岁的强发第二次到大城市来，给搬进了新楼的城市居民打家具。当他推刨子的时候，那钢刃铲削木头的声音是"一——毛、一——毛……"当他拉锯的时候，那钢牙咬啮木头的声音是"现——钱、现——钱……"当他清扫被太阳晒得冒了烟的白花花的刨花和锯末的时候，他恨得牙疼——为什么这不是一堆白花花的钱？

405

他去年第一次进城，带了一千块回樱桃谷。他挣了一千五，吃了五百。他吃过富强粉饺子、木樨肉与米饭，还喝过被家乡的老人称做"马尿"的啤酒。今年，他要带回去两千，他已经向他追求的姑娘彩云许下诺言、夸下海口。钱这个玩意挣起来是有瘾的，愈多愈不嫌多，愈赚愈想赚！

　　今年木器贵了，工钱高了，他又勒紧裤带——已经两个月了，他没吃过一次炒菜，更不要说是肉。有时候他嫌买饼耽误时间，便一次多买一点。天热，等到吃第二顿的时候，饼已经变馊，他便馊着吃下去。"又省下一块五"，他鼓舞自己，离两千的目标又近了一步。

　　一——毛、一——毛，现——钱、现——钱……

　　这两千块钱他是为了彩云挣的。他爱恋着那长着娇嫩的小嘟噜嘴的彩云。去年，他已经托人去说了一回媒。今年春天，他自己又追上正在挑水的彩云，心狂跳着，亲口对彩云说："我在银行里有一千，今年还要挣两千，秋上咱们办了吧！我有手艺，累死累活也要让你享一辈子福！"他把心都掏出来了，但彩云没有答言。

　　难道还嫌我钱少么？是的，柿子坡村有一个能人，倒腾粮票，赚的钱数不清，十块一张的票子论斤约，一斤票子是七千块。

　　倒腾粮票？他不会，也不敢。他只会卖力气，卖手艺，延长干活时间和苦自己。老不吃肉，嘴是苦的。大街上饭馆里传出来的炒菜香味，还有住在楼里的各家炖肉、煎鱼的香味使他流口水，使他发晕。

　　樱桃谷的樱桃也不多了，栽樱不进钱，还不如大蒜。强发给彩云爹建过议，砍掉樱桃，栽蒜。彩云家有个年代久远的樱桃园，春天樱桃树开满了银色的花，可惜，白花花的，却不是钱。

　　绕过彩云家的樱桃园，是一座破败了的天主教堂。村里没有人信教了，大队在那里设立了兽医站和外贸收购点。教堂门口张贴着收购马鬃马尾的宣传画。教堂里有许多野鸽子，到处都是鸽子窝。夏日黄昏，教堂尖顶的歪斜了的十字架上，常常落满了灰色的野鸽。

　　强发掏过鸽子窝，捡过鸽子蛋，烤过鸽子肉。听人说，鸽子肉是世上最香的肉,在城里吃一只鸽子要花好几块钱,或许花好几块钱还吃不着。有一次他捉鸽子,被彩云看见了,彩云是那样紧锁眉头、满脸愁云,使他不自在了好半天。

唉,小女子。勾人魂魄。

——毛,现——钱……现在这里,没有樱桃树,没有山涧,没有彩云,没有教堂,也没有野鸽子,连麻雀都不见。

现在只有满天满地的太阳,他到天黑要把一个写字台做出来。他甘愿蓬首垢面、汗臭熏天、省吃俭用地干。只要彩云知道他的心,知道他愿意为了她受累受苦。等彩云答应了,秋天办喜事的时候,他要宰五口猪!

他要樱桃谷的彩云,想起彩云他就想哭一场。他一定要得到彩云。如果三千块不行,他就挣五千。五千不行七千,八千,一万。彩云,我给你挣一万!你还会那样一脸愁容地看着我吗?

他有点心慌。他的手一抖,刨子在手里跳了一下。

这就会出现一个坎儿。怎么补救呢?手艺不能含糊。

一个东西白花花地一闪。没等他转过向来,这个东西已经落在他的眼前,落在他刨得不太平滑的一块木板的另一端。

肉!

长而肥的脖子,颈上长着一圈褐黑色的毛,肚皮是那样柔软肥嫩,长满羽毛的大腿是那样丰厚结实,连翅膀也是饱满多肉的。它歪着小小的头,毫无警戒地出现在他的面前。

灰鸽子?哪儿来的?樱桃谷飞来的?

肉!香喷喷的肉!

他仿佛正在扒掉裹在鸽子毛外的黄泥,他仿佛正在把外焦里嫩的鸽子肉放到嘴里,他仿佛听到了鸽子的热油烫得口水吱吱响。

他的手已经触到了鸽子头部的柔软的绒毛,他只要一用劲就能把鸽子的脖颈扭断,他渴望鸽子的血滴到自己的虎口上——让它成为真正的肉!

但是鸽子不慌不忙地飞走了。

鸽子飞得不高,也不快,好像在贪恋着什么。

强发眼睛红了,非吃你娘的不花钱的肉不可!

只扬了几下翅膀,鸽子落到楼前马路正中。

嘎的一声,一辆上海牌小轿车刹了急闸。又咯的一声,一辆连挂式大型公共汽车紧急刹车。强发向鸽子冲去,被车流挡住了。

又一辆无轨电车停下了,许多自行车停下了。人们惊讶地看着大模大样地妨碍着交通的灰鸽。它站在公共汽车的水箱前,昂着头,歪着脖。

从公共汽车上下来两个年轻人轰鸽子。它不但没有听从劝告离去,反而变本加厉,钻到公共汽车底盘下面去了。

所有围观的人都向公共汽车司机打手势:别开车!别轧着鸽子!

小汽车门开了,一个中年干部和一个白发老者走了下来。他们走近公共汽车,俯身寻找车下淘气的灰鸽,并且急急地说着什么。

公共汽车司机一跃而下,气急败坏地骂着灰鸽,像骂一个不遵守交通规则的行人。

交通民警皱着眉大步走来,弄清情况以后,这位在大街上有着无上威严和魄力的指挥官不知道该怎样指挥了。他急出了一头汗。

好多人围观。咕咕咕、喔喔喔、哧哧哧、嗵嗵嗵,人们发出各种响声,吹口哨、跺脚、扔石子和土块……

灰鸽硬是不肯出来。

强发拨拉开两边的人和自行车。当他看准鸽子的位置以后,略一犹豫,便趴下,向车底爬去。

一阵惊呼,一阵赞叹。"危险!"是司机与交通民警同声呐喊。

他的手又一次触到了鸽子的羽毛,他似乎已经攥到了鸽子的一只脚。忽然,他想起了有那么多车停在这里,那么多人围在这里,看着他,他的手软了。鸽子从车底盘下逃了出去,飞起来了。

灰鸽在街道和新楼上空盘旋,渐渐升高。

强发从车底盘下倒退出来,站起的时候,听到的是一片欢呼和鼓掌。他懊丧地睁开了被灼热的汽车废气熏得闭起了的眼,在白花花的天空上,隐约有一个灰点子。

有人拍打他的肩膀,有人和他打听为了什么和怎么回事。好像还有一个女孩子对他说:"您真好!"

我——真好?我是——您?

那女孩子的声音使他想起了彩云。他想起了家乡的野鸽子在山涧和教堂尖顶上成群盘旋,每只鸽子的尾巴张开以后就像张开的折扇一样浑圆。他想起队里集合上工和召集开会时敲响的钟声。他想起那片他建议砍去的樱桃园地面上的野薄荷的清香。他想起今年春天,满园都是白花花的樱桃花的时候,他看见彩云挑水,一边走着一边轻巧地换肩,头发一甩一甩,连眉毛的扬动也叫他心疼得要命……

"您真好!"彩云是不会这样说他的,即使强发献给她一万块钱。

但那不是"真"的。他勇敢地钻到车底下并不是为了解救那只鸽子。他不真好。

当鸽子已经平安,围观的人群走散,各种车辆恢复了正常的流转以后,他流下了混浊的泪水。为了他确信是从樱桃谷飞来的灰鸽,为了彩云的满面愁容,为了他从来都不了解的比三千块更好的"真好",他哭了。

楼上阳台出现了一个少女,身穿白底V字形天蓝条纹无袖连衣裙,口衔着蜡管,正在喝才从冰箱里拿出来的樱桃汽水。她看了看木匠,又看了看大街。

"怎么了?"一个苍老的声音问。

"没事,爷爷,没事。"少女悠扬而又轻柔地回答,活像天使。她微笑着吸吮了一下,一股清爽甜香的淡红色的汽水,顺着蜡管进入了她的口腔,流到了胃里。

发表于《人民文学》1983年第9期

妙仙庵剪影

大概是因为近年来城里人一个个都吃得过饱,有存款、更有余暇,下班以后和星期天,不大有人写决心书、保证书、交代材料和检举信了。还可能因为城里的人、车、房屋都在魔术般地增加,拥挤、噪音和污染愈来愈扼住城里人的喉咙。大家一有空闲便拼命往四郊、往乡村、往山岭和海滨跑,这就出现了准现代化的一个标志——旅游热。

到了旅游旺季,所有知名和半知名的公园、湖泊、山林、寺庙都人海人山,万头攒动,尘土飞扬,汗气袭面。于是,人们开始向完全不见经传的小溪小壑、地边地角、山圪塄山洞子进发,居然又不断地开拓出发掘出新的游览胜地。

千鸟涧便是这样突然出现在旅游指示图、旅游专用车站牌和D省然后是中央电视台的"风光"节目上的。而过去,甚至本公社本村的人也很少进千鸟涧去,除非放羊。当地的农民们有一个说法:千鸟涧里阴气太盛,炎夏季节跑到千鸟涧乘凉,十之八九要留下后遗的腰酸腿疼和关节炎咳嗽及妇女病。

吃商品粮挣现钱的人当然阳火贯顶,他们要的恰恰是千鸟涧的阴凉。两边的高山和茂密的树林挡住了阳光,翻腾下泻、浑如无数相连相隔的瀑布的亮晶晶的涧水即使在夏季也清心砭骨,悄悄地起着化学变化的积年的落叶释放出一种气味像葡萄汁、又像啤酒、又像米醋的氤氲,每一根草,每一朵野花,每一撮羊粪蛋和每一块大大小小、奇形怪状的石头都显得脱俗、爽神、败火。尤其当千鸟涧的千鸟有分有合、有高有低、有曲有直、有悲有喜地啁啾歌唱起来的时候,所有第一次去那里作消夏游的人——包括你和我都会喊叫起来:哦,仙境!

甚至有不少人会责问前人和有关当局,怎么长久以来埋没了这么一个美妙的地方?

但来的游人愈来愈多。无人管理的野草野花野树野山野水野鸟,成了千鸟涧独具的令人想起《聊斋》、想起《西游记》、想起老庄的道家学说的粗犷、天然的野趣。涧上没有桥,没有专修的石碳,只有几处水窄的地方抛放了几块石头。石头不平也不稳,踩着石头过河常常会失脚落入刚刚没过脚脖子的水中。但游人踏石过涧的乐趣远远胜过了依栏凭桥,何况现今我国公园里修的新桥也都是煞风景的洋灰桥。而如果有人在石头上摇晃几下落入水中,弄湿鞋袜裤脚,溅起水花,再惊叫一声:"我的妈妈哟!"那么不论围观的还是落水的,欢声笑语,拍手称快,真是享受到了千鸟涧游的最大乐趣妙意。

山涧两边都有许多枯树和同样多的半枯半绿的树。枯树的枝干有一种特殊的伸延、布局和力量,有一种悲壮、苍凉而又古怪的美。与枯树半枯树相映的是怪石。一块陡峭挺拔直立岿然的石被命名为将军石,命名之后你愈看愈觉得它像一位检阅出征部队的大将军。请注意是出征部队而不是凯旋归来的部队,只有检阅出征部队的将军才像那样在坚毅中深藏着忧虑,肃穆中充满杀机。另一块高大坦荡形如大鼓的石头被命名为点将台,说是穆桂英在这里点过将,但被称为穆桂英点将台的仅仅在 D 省就不下七处,于是另有高人称这块大石为"天鼓"。多么恢宏奇伟的想象。

更多的怪石你看不出什么来,正因为皆不像才皆像。当许多游人欣赏这些树干和石头的时候,一个放过洋但没戴宽框蛤蟆镜的游人宣称,这些石头和树干颇类乎西方现代派的雕塑。

这样蜿蜒走上去,走一个半小时,便到达了山涧的尽头,仙人峰的脚下。摄取了足够的蛋白质与卡路里的游客,多半会继续沿着荆棘丛生、秧蔓挡道的羊肠小路攀登上去，再有二十分钟，便到达了平台一样的山顶。山顶上有一座破败不堪的尼姑庵，叫做妙仙庵，断壁残垣瓦砾之中长着一棵孤独的银杏，躺着一块字迹模糊的石碑。山顶上山风阵阵，东吹吹，西吹吹，自由地旋转驰骋。从山顶往千鸟涧相反的方向望去，可以看到山下的大平原，急湍的玉带河，铁路与公路桥，火车汽车，还有新建的火力发电厂的高大的——从仙妙庵前看仍是渺小的烟囱。

八十年代的旅游专车唤醒了在阴气中沉睡多年的千鸟涧、将军石、天鼓、仙人峰和妙仙庵。本村人只经过短暂的迷惑便紧紧抓住了旅游车所提供的一切机会。村边设立了停车场和售货棚。千鸟涧口有人卖自制藤木手杖、编织品和出租代步的毛驴。还有人不远二十里从公社的社营的冷食厂批发冰棍和自制汽水扛到妙仙庵边加价出售。紧跟着冰棍和汽水又出现了一个又一个的卖香烟和火柴、卖茶鸡蛋和咸鸭蛋、卖大饼和麻花、卖印章石和土法染的花布（不知为什么，这种布突然变得时髦起来）的还没有完全摆脱羞涩的农村姑娘。

然后每逢节假日有一个西服革履的来自城市的个体户照相师傅在这里营业，在妙仙庵前陈列着标着尺寸和定价的样板照片。为了招揽顾客，这位摄影师带着一台小型录音机，他的录音磁带上既有地方戏的高腔也有李谷一的《乡恋》。

有一次他的《乡恋》被几个青年的双声道迪斯科给压倒了。几个穿牛仔裤和紧身衣的"现代派"青年竟在妙仙庵的瓦砾堆旁跳起了摇摆舞。从此以后山上山下、涧里涧外，常常见到一个身穿蓝色干部服、又黑又瘦、常常皱眉的中年人，本村的人都知道，他是来自公安局治安科。

最奇怪的是妙仙庵坍塌毁坏的年月已不可考，而妙仙庵又处在强劲自由的山风风口，却不止一个游人登上瓦砾堆后说是闻到了香烛味儿。这个消息马上传遍了本村和邻村，被认为是曾在妙仙庵供奉的观音大士的法力的表现。于是，在藤杖、茶蛋、摄影、迪斯科之后,又出现了到妙仙庵瓦砾堆上来进香的人。香客们穿着涤纶上衣、中长纤维裤子和塑料鞋,女客还穿着尼龙丝袜子。由于买不到供香供烛,他们手持一把一把的芭兰香、香水香和卫生香、除虫菊驱蚊香,一扭一扭地走上仙人峰,把香燃着,插在银杏下、残碑旁、瓦砾上。有的还磕几个头。而在他们磕头的同时,离他们不到两米的地方,有几个青年用英文唱着获得奥斯卡金像奖的影片《回首往事》里伤感的插曲。

这种八十年代的新风貌,这种对于"阴气太盛"的地方注入杂阳之气,牵动了本村一位"大学生"的心。他叫米如云,二十二岁,大眼睛,尖下巴,身材适中,举止潇洒。他爸爸是村里驰名的一个中医,他从小就是有名的"神童",七岁给人家剪喜字和鸳鸯,八岁就给人家写联,九岁就给人家刻图章。在农村的学校里,他简直是羊群里的骆驼、鸡窝里的凤凰。门门功课考一百,有一次他的作文使语文老师欣喜若狂,竟给了他一百一十五分。初中以后,他迷上了绘画,画无中西,工笔写意,油画水彩,兼收并蓄。一九七九年十八岁他高中毕业,依乡里老师的意见,他不论报考文科理科,都定能够金榜题名的。他偏偏要学美术,报的是美术学院。艺术院校提前考,他没被挑中,再报中文历史诸系,锐气已失,又没考上。他不死心,周围人也认为他不上大学是世无天理。他连续三年大学没考上,却被乡人众口一声地尊称为"大学生",而且,这里绝没有亿万分之一的嘲弄。

一九八三年,他终于放弃了学美术的理想,比较切实地把第一志愿报成本省一个师范专科学校的中文系。七月十日,参加统一高考,自觉考得不错,这次上专科是十拿九稳了。心里有了底,却不免惭愧起来,自己号称神童,自幼赞歌盈耳,深孚众望,却屡试不第。家长乡邻对他仍然是深信不疑,父母甚至不让他下田劳动,只让他在家安心读书,准备应试。高中毕业后在家吃了四年闲饭,他实在是于心有愧,便想在入学前做点事情,对家庭略尽心意。

千鸟涧和妙仙庵的复兴,特别是那位西服革履的照相师扬长来去、美不嗞儿的样子给了他启示。我何不略施小技……如此如此呢。

想了就做,他带上一把剪刀、几张黑纸、一把椅子、一个镜框、一把雨伞和一行军壶茶水,沿涧上,攀援小路,登上了仙人峰。他把镜框往椅子上一放,立刻引来了游人。原来,镜框里镶着的是他做的几个人像剪影,一个个特点分明,栩栩如生,像是照相上采取的逆光摄影作品,比逆光摄影照片还要简练。

见已有一些人走过来,他含笑不语,只是随意地抬头看了看迎面走过来的一位老者,便低下头,拿起一张裁好了的黑纸,用剪子似乎是漫不经心地在纸上一转一夹一走,老者的头像剪影便出来了。

剪影新作放到镜框上,近旁的人鼓掌喝彩,大家都看着老者:"像!""一点不差!""神了!""真叫技术!""硬功夫!"此起彼落,赞不绝口。老者自己看了看,也大吃一惊,不但形似,而且神似啊!连那种矍铄的目光和从容的神态,以及飘拂的银须都剪出来了。

"请您留下做纪念吧,剪得不好,对不起。"米如云把头像剪影送给了老者,而且说话是这样谦和有礼,令人愉快。

老者马上拿出了一块钱,米如云微微一笑,把头发一甩:"老伯伯,不要钱,从今天起,我给各位游客奉送头像剪影三天。"一面客气着婉谢了报酬,同时把另一位进香的少妇的剪影剪出来了。少妇见到了这样熟练迅速地剪出的酷似自己的头像,几乎是感到了某种敬畏的恐怖,她向后退着,面色苍白,不敢接向她送来的剪影。"大学生,大兄弟,你怎么这么大本事啊,你把我吓坏了。"

噢,少妇是本村人,认得米如云。周围又是一片喝彩声,随着喝彩声招来更多围观的游客。有一位贫嘴呱哒舌的小青年打趣了一句:"大姐,您下次上山,别给那个什么尼姑庵啊观音菩萨什么的烧香了,您该给咱们这位老师傅烧香上供啊!"

一片笑声。当然,小青年说的"老"师傅,不是说米如云年纪大,而是对他的超神入化、炉火纯青的技艺的赞美。

很快的,米如云的剪影的名声传到了城市,传到了外地,他的剪影和怪石、千鸟、曲涧、古树以及妙仙庵观音大士留下来的异香一样，成了这个新开拓的风景区的魅力的不可缺少的组成部分。如果有一个游客前来游千鸟涧却没有看见将军石和天鼓，那诚然是不可思议的。如果他登上了仙人峰却没有带回米氏独人公司出品的自己的头像剪影，同样也是不可思议的。

从早到晚，请他剪影的与围观的人围着他。观赏他剪影的全部过程也许比观赏他的剪影作品还要吸引人。他看看来客，脸上显出了会心的、谦逊有礼中饱含着自信和骄矜的微笑，眯起一只眼，折起一张黑纸，把它放在小小的发光的剪刀的刀口下旋转，他的样子非常轻松，拿剪刀的那只手似乎一动也不动，好像根本没有下剪子。有时候他的眼皮倏地一抬，又迅速垂下，嘴角上显出一种大大咧咧的、略带嘲讽的笑意，然后一抬头，纸打开，相连而方向相反、同形对称的两个头像便完成了。他接过钱，他说谢谢，他看也不看顾客，他用不着浪费时间去征求顾客的意见或者去解释说明什么，他也根本听不见任何大声的与叽叽喳喳的评语——虽然都是赞美。他带着大艺术家的那种冷静和漠然，只献出作品而不计较毁誉，在把一对头像递给第一个顾客的时候已经把目光转向了第二个顾客："是该您了吧？您？"

最为重视自己的形象的当然是年轻和比较年轻的女人，当她们接到酷似自己而比自己的任何照片都更加美丽、更加温柔、更加有魅力的剪影的时候，激动得噙着喜悦的泪花。连她们的睫毛、她们的额前的几根飘拂着散发，她们的发式和头饰，比如说一只好看的发卡，米如云都通过简洁的处理在剪影上得到了表现。也许这种表现不大能被旁人看"懂"，但头像的主人一眼就能看明白：哦，这就是我那只发簪！

剪影比照片和画像似乎更容易讨好，它只选择侧面或半侧面的分明的轮廓，而蒙古利亚种人侧面比正面更富有线条和立体感。它省去了一切不需要的与难以讨好的细节。它的唯一的黑色，庄重、含蓄、深远、朦胧、意蕴无限，它从最适宜的角度表现它的主人的最美好的轮廓与神态，最简单所以最启发人的想象。而且，米如云的两只手显然有一种微妙的直感和默契，他虽然掌握一种本领，通过至细至微的处理，使每个剪影在忠于本人的同时又美化了那么一点点，使温柔的更温柔，俊逸的更俊逸，烂漫的更烂漫，娇媚的更娇媚。

于是，他的作品、他的工艺过程、他的艺术家的神态、在他的顾客和围观者当中形成一种强大的、一边倒的气氛。所有观看者都在称赞，都在被说服并说服别人拜倒在他的绝技之前。所有顾客的义务都在于鉴赏，在于用心体察他的作品的美妙隽永，在于表示衷心的满意、理解和感激。批评和表扬，这本是顾客和观者的"天赋人权"乃至神圣义务，但是，在米如云的周围，一个个甘愿解除了自己的批评与选择、鉴别的武装。成功的作品将会产生崇拜的激赏的气氛，崇拜和激赏的气氛使每一个作品变得更加成功。二者良性循环，相得益彰。

米如云最初剪一个头像收三毛钱，他一天就挣了十五块。他不好意思。改成两毛，仍然赚得太多。于是他改为一毛五分。但几乎所有的顾客都宁愿付两毛或者更多，他们不愿野蛮和自私到用一毛多钱来取得这样精湛的作品。每天都有一到七个顾客气急败坏地企图说服米如云：他应该把每个（其实是一双）头像的定价增加到五毛钱，不然，他不但是傻瓜，而且是对艺术与懂艺术的人们的不尊重。

米如云的剪纸大获成功。每天，他带着盈耳的赞声与满衣袋的钱回家。他把钱全部上缴给爸爸、妈妈和实际上也代他务农的哥哥，于是家里也是一片喜悦。但他自己却摆头苦笑，若有所失，好像缺少点什么。三天来围绕着米如云的人们中出现了一个身穿一身竹布裤褂的姑娘。在打扮得各有风韵、愈来愈讲究的城里人当中，她显得自惭形秽，不够谐调。有好几次已经排到了她这里，她几次嘴唇动了动，都没有勇气向米如云提出为自己剪一个头影的要求。一次是一个身穿奶油色西服的亭亭玉立的女性从她的身后挤到她的面前，她自动往后一退；一次是快要到她了，忽然她的眼睛一亮，她看到了一个身穿一身鲜艳的淡紫与天蓝双色拼起的连衣裙，腿上穿着类似肤色却又比肤色深一层的高筒尼龙丝袜、蹬着玲珑的羊皮凉鞋的城市女子，她立刻自动把位置让给了她。后来她干脆远远站在后排，她只是羡慕地看着米如云的操作，她羡慕地看着城里人的打扮、服饰、气度，她羡慕地看着她们拿到剪好的影像。别人都不停地称颂米如云的熟练和轻松，她却总是盯视着米如云头上的汗珠和他面部肌肉的不易觉察的神经质颤动。看着看着，她的嘴角也不自觉地颤动起来了，好像对米如云充满了同情和怜悯。

第三天的下午还不到四点钟，忽然狂风大作，飞沙走石，西北方向的天空布满了黑色的云。"雨来了！"有人喊了一声。很快，游人们纷纷散开下山了，人群说没就没。米如云赶紧收拾自己的不多的东西。这时他才发现，他的眼前还有一个人：一个穿竹布褂的姑娘。

一个闪电和一声遥远的雷。那姑娘迟疑了一下，向前迈了一步，问他："要我帮你么？"

那声音温柔而又亲切，米如云摇摇头，又抬头看了姑娘一眼，他惊呆了。

这是谁？是哪里的姑娘？从她的竹布褂看来，她绝不是城里来的游客，可附近的山村里，又从没有过这样一个人。她的微微隆起的前额显得聪敏而又有些调皮，她的眼睛似乎避免正视任何人，也不愿意接受任何人的注视，目光的变化传达着一个又一个的纷乱活泼的思绪。她的鼻子和嘴的线条都是那样挺拔而又柔和，微翘的小鼻子晶莹而且纯真，缓缓消失的嘴角的线条显得那样善良无瑕而富于爱心。最奇怪的是这样一个陌生的女孩子，使米如云一看便觉得这样的亲近，好像他们已经认识了好久，好像她是他的姐妹。他愿意完全信赖她，他愿意把自己的事，他这个小有天分却被捧得过了头的山沟秀才的自信和碰壁、惭愧和耻辱告诉她。他想问问她，他们是怎样相识和什么时候相识的，为什么经过了这么长时间让他久等着她却没有来看他。他还想送她一些礼物,比如说他父亲采撷的灵芝和贝母,比如说他最心爱的那只两脚规和画册……

他不知道时间是怎么过去的。似乎是下了几滴雨,那姑娘为他和他的器具材料张开了伞。那姑娘保护着他。银杏树的扇面形的叶子在颤抖流泪,野草在摇摆,空气中流满了各种异香。他似乎正在乘着山风飞翔,他听得见大自然的一切强的和弱的音响,包括雷声隆隆、涧水声溅溅和树叶声窸窣。他想起了从幼年到少年到现在的一切,秋天偷枣吃和在高考考场上往太阳穴上抹清凉油。他想起了他爸爸的哮喘和妈妈的被柴烟熏红了的眼睛。

看来大风把雨和云从另一旁吹到远方去了,旋风大呼隆了一阵即风平浪静,从乌云边缘解脱出来的太阳更加金碧辉煌,鸟声和蝉声更加清脆。

"谢谢!"他接过了姑娘手中的伞,"我能不能给你做一个剪影?"他张开嘴,完全不是想说这话,但他说出了这样的职业性的一般化的话,使自己懊丧万分。

"那,那就要耽误您的时间。"为他义务地打了好一会儿伞的姑娘忽然羞涩起来。

他立即拿起了黑纸,方才好像钻入了地缝的众游客又陆续出现了。他细细打量着姑娘却无从下剪,他心跳,他慌,他不知道怎样做好。姑娘温顺地把侧影给了他,他好像无法担当得起这样的委托和信赖。

他想告诉姑娘,剪头影不过是雕虫小技,他只不过是想挣几个钱报效父母和兄长。他想告诉姑娘,人的头影实际上是有若干类型的,剪起来有固定的程式和某些小小的窍门,他不过是趁着城里人的游兴和新鲜感来挣点钱而已。在这一点上,他其实并不比把一个茶鸡蛋卖两毛钱的小丫头高明。

他的犹豫和慌乱引起了所有围观者的诧异,然而身穿竹布褂的姑娘非常耐心,她连转头看他一眼都不曾,她等待着。

终于,一刻钟以后(但他自己以为是过了一小时),他剪出了这个姑娘的头影。

爆发出一阵喝彩。

姑娘回过了头,她万分欣喜地看到自己的头影,纯洁如天使。那是我吗?她不敢相信。

米如云看了姑娘一眼,再看一下自己手中的没有生气的造型,他羞愧得掉下了泪。

"不,对不起。"他结结巴巴,声音如发自因癌变而割去喉头的病人,"让我再剪一次吧!"他请求,但人们只能看到他的嘴动,并且看到他缓缓地把剪出来的头影揉成一团。

女孩子怔住了,她大概没有想到会受到这样的打击和侮辱——她以为。她捂着脸转身离去。

"您……"米如云伸出了手。

米如云接到了入学通知书,他即将离开千鸟涧,离开山村,到城市去。动身前他仍然每天到仙人峰顶来,他想给姑娘重新做一个头影,他一定要完成这样一个头影。他仍然正常营业。外籍游客也开始请他剪头影了——八月一日开始千鸟涧旅游点正式对外开放。他唯独没有看到他期待着的姑娘的到来。不知怎的,不论是给谁做剪影,他总要把他的前额稍稍隆起一点。他剪得到底像不像?好不好?在顾客中开始有了争议。

发表于《山花》1983 年第 12 期

苦　恼

　　当钱莉莉的中篇小说《桦树林》终于在第一流的大型文学期刊上发表出来的时候，作家金永激动得流出了眼泪。

　　他想起自己的第一篇作品。先写在一个笔记本上，后来抄到稿纸上，抄了改，改了勾掉，勾完恢复，然后撕掉……稿子寄出以后，得到回音以前，他好像得了热病。

　　他想起他的第一个责任编辑。又矮又胖，说话是南方口音的普通话，每句话都那么高明，那么权威。"是不是先搁一搁？"这话就意味着稿子的死刑。"我们认为有修改的基础。"遥远的希望闪着光，曲折的道路上布满荆棘。"我们准备留用。"从此开始了折磨人的焦急的等待。而最可怕的是甚至在通知你"已经发稿了"之后，仍然可能抽下来搁一搁，而这"一搁"也许意味着永久。

　　他想起他的恩师，已经长眠地下的老作家郑之泰。他第一次见郑之泰的时候，"郑老"已经满头白发，满脸皱纹。老作家一面咳嗽，一面称赞他"能够写"。"我知道，你是能够写的……你能够把那种最微妙的感受传达给读者……你能够成功……读者会爱你的……但写作仍然是一件苦事情，你现在还想不到，这有多么艰苦……"

　　郑之泰三十年前说这话的时候是含着泪水的。当时，二十二岁的金永不明白为什么老作家的语气里流露着感伤，但他的心深深地被那种父辈情谊打动了。三十年后，在看到钱莉莉的缭乱的小说稿《桦树林》以后，他的眼睛里也涌出了同样的泪。

他这才明白,他的泪水既是为了钱莉莉的鲜花露珠似的才华,也是为了——他看得出来——这才华离真正的成功、成品、成就还遥远。让一个有着鲜花露珠似的才华、自负而又敏感、幼稚而又热狂的女青年去走过一段从小小的才华到真正的成果的路,他实在不忍心。而如果是让她独自去摸索,去沿着这崎岖的山径攀援,那简直是残酷。

哦,才华!这令人战栗,令人苦笑,令人神采飞扬又令人大哭失声的字眼!它是财富、它是灾难,它本身就是辛劳和血汗、永远的不安宁、偶有的微笑和常年的灼人的痛苦!

所以金永不忍心说任何年轻人有才华,他怕毁了年轻人。他宁愿意点燃自己的心做灯,为他们烛照。而才华的特点偏偏是要自己闯,哪怕鼻青脸肿,赴汤蹈火!

他能不流泪吗?

金永还体味到了这泪水里包含的欣慰——年轻人不断地冒出来了嘛!欣慰后面却好像有一种催促,一种莫名的,却又是分明无可逃避的惶恐——年轻人起来了,他呢,原来他也已经到了辅导青年,把希望寄托在下一代人身上的年纪了。

他现在已经比当年的郑之泰还要大一岁了,这是真的?但他的头发还是黑的,看来郑之泰有点未老先衰。三十年前,他觉得郑之泰是老头,他怎么没有想到如今自己也已经"老"了呢?

看过手稿以后,他一次又一次地与钱莉莉交谈。说服钱莉莉是不容易的,问题还不在于青年人常有的骄傲,可叹的是她的那种执着。当钱莉莉用一两句尖刻而又大而无当、不负责任的话把他的苦口婆心的"辅导"否定掉的时候,他气得真想动手把自己揍一顿。

终于,她听了他的,不是全部,而是大部分。当她一旦接受了他的指点以后,《桦树林》的面貌是怎样的焕然一新了啊!

金永提着提包回家。提包里有载有《桦树林》的大型文学期刊。他的提包变得暖人而且活泼,他的步伐变得活泼而且有力。他的眼前一会儿是郑之泰的白发,一会儿是钱莉莉的青丝,一会儿是夕阳照耀着的充满了温柔的生命的桦树……当他快到家门口的时候,他忽然发现,《桦树林》的最后三句话本来是可以删去的,删去以后全文会更加隽永和谐。但他在作品排成铅字以前硬是没有想到,硬是没有把这一点给钱莉莉指出来。他的脸红了,他的心痛了,他算什么"老师"哟,钱莉莉称他老师呢!

回家以后,爱人告诉金永,钱莉莉来过,并且留下两瓶小磨香油,一瓶广东腐乳。

"小磨香油?"他茫然莫解。

钱莉莉留下了字条,字条上说:

金永老师:

　　《桦树林》的发表,多亏您帮忙。您为我的稿子奔走的情形,编辑部已经透露给我了。一点小意思,聊表寸心,请笑纳。您有什么事需要我给办的,亦请尽管吩咐,过几天来看望您。

莉　莉

这……这是怎么回事?

他一遍又一遍地看着字条。

打击是沉重的。

发表于《北京文学》1983 年第 12 期

光

　　她终于得到那张音乐会的票了,既托了人,又排了队。大音乐家、五十年代国际比赛获奖者司马英年的钢琴演奏即将举行的消息,像一枚炸弹,像一泓水流,像一个梦。

　　于是,柳谷镇的蓝天更加晶莹,连未明时分雄鸡的打鸣,也比平时清纯高亢,像闪闪发光的圆号,像号手的腮帮子鼓凸凸。

　　她从小就被夸奖,学生时代她以为这各种各样的夸奖是真实的,就是说,她什么都能。她应该去夺取奥林匹克冠军,因为她参加了班级篮球队并且在班级比赛上投进了两个球。她应该成为诗人,因为她的四行诗曾经在壁报上发表。她应该演电影,因为新年联欢会的小合唱节目里,她的表情动人。她什么都应该,就是没有人说过她应该到柳谷镇的"戴帽儿初中"当一名默默无闻的教员。而且第一年没有她的课上,要她做的是帮助已经人浮于事的教导处的职员写通知和油印考试卷子。

　　"她的爸爸是全国劳动模范。"在爸爸生前和死后,人们当着她的面或者指着她的背这样说。她得意,然后害羞,然后生气。她只是她爸爸的女儿,却不是她自己。

　　爸爸死了不到两年,没有什么人再提她的爸爸了,也不再有那么多叔叔阿姨夸赞她。这又使她觉得有点寂寞。通过阿庆嫂的一句唱词,人们都懂得"人一走,茶就凉"了。"茶""凉"得这么快?

　　一九七七年高中毕业,赶上恢复高考,她考进了名牌大学。班上有两颗明星,一男一女。男生的短篇小说得过两届奖,女生的诗集卖了三万册。外国朋友来这所大学的时候也要求见他们,并且当面邀请他们在"方便的时候"访问×国。他们都"愉快地接受了邀请",措辞像外交部长。

她衷心地为这两颗星高兴,并且觉得与他们同班求学——她还与那位年轻的女诗人住同一个宿舍,她把下铺让给了诗人,自己睡上铺,诗神缪斯也可能血压高,降临不惯二层床——是一种光荣。

你是××大学毕业的?中文系的?你知道×××和×××吗?噢,同班,什么,还同宿舍!(惊呼)真的?(侮辱!难道她可能说谎)你……就分到柳谷镇来了?

她做过统计,问到她的来历以后做出如上的反应的占百分之七十强。

我为什么到柳谷镇来呢?为什么不能到柳谷镇来呢?就因为我的同班同学的名气吗?我是自愿申请到边远地区的。而且,我要深入基层,深入生活,我总会做出一点事情。

柳谷镇的"戴帽儿初中"的一个接一个的、像用冲床压出来的难以看出区别的日子冲刷着她少年时候残留下来的梦。上班和下班,上课和下课,上自习和下自习,起床与睡觉,吃饭与洗碗,收信和读信,买邮票和贴邮票,抄写和聊天,张家长和李家短,几十年前如一日的梆子剧团的剧目,农贸市场上的炸弹般富有爆破力的变了质的鸡蛋。全县去年只有六个人考上大学,全地区只有五十四个。一位已经有十几年教龄的语文教师硬是看不出"内容正确是写好文章的主要方法"这一病句的病在何处,老教师告诉学生应该把这句话改成"内容正确是写好文章的主要方法之一"。她看到了这件事,憋气得不行,但终于没有好意思当面提出异议来。

"重名,只是重名。"当忽然有人发现她爸爸是当年知名的劳动模范的时候,她掩盖和否认,"×××(男小说家)和×××(女诗人)?不认识。不在一班。是的,和你一样,我也只是听说过。"信不信由你,她再不愿为了他和她而废话。

她写东西,写得慢,撕得快。她在镇东的小河里游泳,游着游着常常出神:我为什么要在水里游泳泥?既不渡河,也不救人。她听广播,听一会儿就睡着了。浪费了电池,不论是新闻还是民乐合奏。她看电影,觉得银幕是那样遥远,虽然她买的票是前五排。

然而,今天这一切都得到了报偿。在地区首府、离柳谷三十六华里的铜阳市影剧院里,司马英年正弹奏贝多芬的热情奏鸣曲。她戴着一顶式样新颖的小帽儿出席音乐会,心头充满节日的欢乐与激动。热情像雨点一样从天空无边无际地洒落,像明灭摇动的灯火一样灿烂辉煌,又被风吹得东来西去地飘摇,阵阵加紧,飞溅如碎珠,时而纠缠,时而散乱,时而一望无际。她看见了司马英年的颤动的银色鬓发,她看见了司马英年的手指的飞扬,她看到了司马英年的大痴大狂、大喜大悲的面容。原来你和我,我和他,我们都有这样的一个活泼鲜丽的灵魂。

当一段演奏结束的时候,她哭了。灼人的眼泪好像熔化了的铁水,她没有觉得软弱,只觉得坚强。

十五分钟休息开始了,她坐在座位上,不想挪动,不想那么快脱离这罕有的陶醉。她微微侧过头,这才看见,她的身边坐着一个如此英俊挺拔、令人精神一振的青年人。

他轮廓鲜明,骨骼粗大,高鼻厚唇,颧骨有点突出,倒更增加了刚健之气。他上身穿一件混纺针织短袖衫,柔软而又富有光泽,领口用一根深褐色的尼龙绳带,随意潇洒地系着一个活结,下身穿着一条牛仔裤,一双翻毛皮鞋。这一切,都恰恰像她所想象的那样。

她打量着他。他毫不掩饰地盯视着她,看着她,又看看她手里的帽子。她垂下了眼帘,她抬起眼皮与他交换了一个目光。他笑了,她也笑了。他好像想说什么,她害怕地转过头,只觉得心怦怦地跳,身上一阵燥热。

但她毕竟是二十四岁的大姑娘,这方面她也做过梦,受过挫,但没有一次是认真的和留下痕迹的。她的心像深的水潭，虽然风几度吹皱过表面，深处却总是纹丝不动，清凉。

于是她骄矜而冷淡地瞥了她身旁的小伙子一眼，这目光足以拒人于千里之外。但那小伙子仍然直愣愣地盯着她，眼光里充满了异样的倾慕。"您要看节目单吗？"小伙子向她问话了，露出了整齐洁白的牙齿，在柳谷，她已经许久没有见过这样的牙齿了。声音也是罕有的文质彬彬。

"不，我有。"她冷冷地说。过了两秒钟之后，她才补充了一声："谢谢。"

铃声响了，演奏继续进行，中国的和外国的，小品和练习曲。每一声敲击都敲打在她的心坎上，一串串音流如发自她的胸膛。是这样的，正是这样的，她等待这敲击，等待这音流，等待这颤抖和风雷的轰鸣，已经等了很久。

你终于来了，不要离去啊！

与此同时，她意识到，那双火热的眸子，正烧灼着她的脖颈、脸庞和脊梁。

小伙子也是兴奋的，他克制着自己的激动，他笑得很含蓄。

"您住在哪儿？我……想送送您。"散场的时候，小伙子对她说。

她住到哪儿去呢？地区教育局的女干部曾经把地址留给她，盛情邀请她来行署办事的时候去她家住。要不，就住招待所？但暂时，她不想去招待所，也不想去并无深交的女干部家。

她不知道自己是不是点了头，反正那小伙子跟着她。钢琴演奏散场十几分钟以后，影剧院门前的这条主干街道已经变得冷冷清清。路面上铺着不少河沙，每到夏天，这里的城建局就死乞白赖地往路面上铺沙。路灯是新换的碘钨灯，灯光橙紫。路两旁是栽了不到三年的槐树，三岁的带刺的槐树还那么鲜嫩温柔。月亮出来了，照着娴静的树与稀少的行人，照着他俩。

她不想说话。小伙子也很耐心，言语和举止都翼翼小心。然而她感到了空前的惬意和温情,这样的灯光,这样的月亮,这样的小树,这样的多沙的路,行人又这样少,这真比大城市强百倍。而这一切又是在贝多芬和司马英年的联合敲击之后。

"真迷人!"小伙子说,恰到好处。

"你喜欢钢琴?"她停住了,她想说话了。

"喜欢极了。钢琴带给我的是另一世界,那个世界所有的,正是我所没有的。"

"噢?"她没有想到,他说话有这样深奥。他们来到了一个卖土造冰汽水的摊贩跟前,她站住了。小伙子立刻买了两杯冰镇汽水。

"只能凑合喝。不像北京饭店给外宾供应的那样好。"小伙子看到姑娘呷汽水时皱了皱眉头,便这样说。

大概糖精放多了,发苦。

他喝过北京饭店供应外宾的饮料?要不,他怎么知道?

"我觉得贝多芬像一个大苹果,红香蕉。而莫扎特像五月的樱桃,一串红樱桃上带着两片绿叶子。舒伯特像一条鱼。肖邦是一片大梧桐叶。"

姑娘只剩了眨眼的份儿。

不知道小伙子从哪里得到了鼓舞,他口若悬河地说起来了。关于人生,关于澳大利亚,关于新出版的《十月》,关于"熵"理论的悲观主义和原教旨主义。

他什么都知道,她愈听愈迷糊。

听他说话是有趣的,对于柳谷镇的一个"戴帽儿初中"的尚无课可教的教员,听他的谈话是一种享受,但也像是奢侈。她的不安正和快活一起成比例地增长。

富有男性美的小伙子意识到自己的滔滔不绝,他收拢住了奔流着的妙语,又只剩下了亲切的微笑。

"你不弹琴吗?家学渊源啊!"小伙子谨慎地、淡淡地一问。

她没听明白。她压根也没想明白。听他说话有一种非功利的、为艺术而艺术的性质。她听他说话,因为她想听,却不用劳神去管他说什么。

"我相信第六感官和四维空间。大科学家告诉我们,直觉能比实验和推论更快地把握真理。我一眼就看出了你,你相信吧?"

女教师的心怦怦地跳起来了。他要说什么呢?这么快!她知道,她的脸泛红了,她低下了头。

"你的风度,你的声音,你的举止,都是这样地与铜阳地区的人不同……还有你的长相,你是多么像你的爸爸呀!可你为什么不搞音乐,却要去学那个枯燥无味的财会呢?"

"什么?您这是说什么?我爸爸?我爸爸是谁?您以为我是谁?学财会的……"

"我一眼就认出来了,你不必隐瞒。往回走吧,我送你回宾馆。"

她的脸红了,又白了,青了。

她终于明白,那个小伙子竟异想天开地认定她是司马英年的女儿,假期中随同父亲到铜阳游玩。这种不值一驳的荒唐驳起来竟分外吃力,因为她完全没有必要、没有兴趣、没有义务,甚至也没有力气向陌生的小伙子解释和论证她与司马英年毫无瓜葛。他冷笑了一声,回头就走。她只能责备自己,一个未婚的大姑娘本来就不应该与一个素不相识的、举止与神情(她愈来愈觉得)可疑的男人攀谈,并在喝糖精汽水的时候让他付钱。

她终于想起,帮她买音乐会的票的铜阳市文化局的那位同志告诉过她,司马英年是带着女儿前来的。她根本没有注意这句话,她为什么要管人家的女儿或者儿子或者女婿?

当小伙子失望地离去以后,女教师甚至怀疑刚刚发生的事情是不是真实。一下子,小伙子的才华,小伙子的微笑,小伙子的优雅与热情,全暗淡了,熄灭了,消失了。原来小伙子想接近、想攀谈、想献殷勤的并不是她,而是司马英年的女儿。真是天大的误会!

她究竟招谁惹谁了？她招摇撞骗，自称是音乐家的女儿了？是小伙子发疯？还是吃了令人产生幻觉的毒蘑？

想来想去她想起了自己的帽子。那是姐姐从大城市寄给她的最时兴的垂着飘带的小白帽儿，像一个小蘑菇，帽檐微微卷起，透着俏皮和神气。姐姐说，大城市的年轻人管它叫"委内瑞拉式"小帽儿。

准是因为这个委内瑞拉式帽子。大城市刚刚时兴，年轻人在抢购。小城如铜阳、县镇如柳谷，则还未有所见。但她有了，她戴上了，为了表示听司马英年的演奏的隆重性，她晚上戴上了本应白天戴的帽子。许多人侧目而视，她还美呢。

她的姐姐知道委内瑞拉，却不知道柳谷。也许她并不知道，这顶帽子绝对地与委内瑞拉无关，但它引起了一个小伙子的兴趣。是帽子而不是她这个人引起了他的兴趣，是对与委内瑞拉一样遥远的司马英年的女儿的联想而不是她自身吸引了小伙子。而她还以为真的出现了什么，她真的芳心荡漾而且有所等待……真是令人难以自容的羞辱！

她的脸发烧。她想抛掉自己的帽子却终于又没有舍得。当然，那不是帽子的错。

她不想在铜阳过夜。虽然走三十六里夜路回学校未免太冒险，她要回到柳谷镇，愈快愈好，她是柳谷的教师，不是什么别的。

她气冲冲走出铜阳市南关，走过城关公社。她听见狗叫羊咩。农家的灯火还没有完全熄灭。一处房顶上的烟囱冒着火星，不知道这家为什么这样晚了还烧饭。铜阳市路灯的灯光通过天空折射到这里，头上好像飘着橙色的云。对于走夜路的人，这一点光也就足够。

当她穿过城关公社，走到公路上以后，天完全黑下来了。两旁有隐隐约约的树影和庄稼，黑影中大小远近莫辨。沙石路面的公路，白天看着是相当平坦的，晚上走起来却觉得坑坑洼洼，深一脚浅一脚。幸亏不时还有自行车从身后驶来，有的自行车装着摩电灯。走夜路的时候,身后驶来的车辆的灯光叫人觉得多么温暖亲切,多么如雪里送炭!立刻,眼前的一切都了然了,道路在这样的灯光下显得安全而又舒展。每一株树和每一株玉米都是娴静的,万物谦逊而又自得。她有什么可焦躁、可惊恐的呢?在照射过来的灯光下,她不由加快了步子,她简直是奔跑起来了。她踩踏着自己的长长的黑影子。最初,影子又长又模糊,慢慢地,影子愈来愈清晰了,她的影子原来遮住了那么多光,她真恨自己的影子啊。突然,影子旋转了,影子改变方向了,自行车已经驶到她的身边——无论她怎样跑,还是不能赶得上车啊——于是影子不见了,光也不见了,道路显得漆黑,更加漆黑了。过了许久,才有依稀的星光从天上飘落下来。

大约走了一个多小时以后,再没有一辆车从她身旁走过了,不论是迎面驶来的或是从身后向前驶去的。今天的公路为什么这样早就入睡了?

不但没有车灯,星光也被乌云吞噬。已经到了伸手不辨五指的地步了,她凭着直觉走路。这时候她才突然明白,她在晚上十点钟以后决定走三十六里路回柳谷,简直是疯狂。现在,她进退两难。

她觉察,前面正是一段弯路,路上有养路工人尚未扬开的养路用的一堆堆沙土,她走得磕磕绊绊。她摔了一跤。

她寸步难行。

突然,一道闪电划破了北方的天空,一道青白色的战栗的光照遍田野和道路。小小的麦茬玉米在这电光下像是威严的巨人,而道路坦荡广阔,一望无边。就在这刹那间,她看见并记住了面前道路的每一个细节,在闪电消失,大地分外黑暗,雷声隆隆滚过,大地分外静寂以后,她凭着她的记忆大步前行,脚脚踏在实处。

落下了几滴大而热的雨点,闪电更频繁了。世界忽明忽暗,忽去忽来,忽然开阔,忽然压抑。有一点风,风好像在犹豫:要不要刮将开去。她忘却了恐惧,却想为她照亮道路的每一下闪电和振奋精神的响雷而欢呼。我要光!我要照得亮亮的大地!我要声响,我要雨!

雨声忽近忽远,然而她的身上仍然只有可以数得清的那几个雨滴。雨大概在北方下,又转到了东方,只是没有下在头上,只是不来这里。闪电和雷鸣也已经远去,沉闷的宇宙原来只不过是闹腾了那么一两下子。

多么悲伤,灯光没有了,星光没有了,电光也没有了。连白天雪亮的小帽儿现在也乌乌涂涂。

她至少应该带手电筒来,哪怕只是带一匣火柴。

她想起了萤火虫。来一个萤火虫吧!她多么需要萤火虫!即使一个萤火虫,也是值得羡慕的,它有自己的灯笼。它的灯笼对于它自己是够用的,那蓝绿的光是何等美丽。

然而现在没有萤火虫。她也不是萤火虫。她不如一个萤火虫。

她不如一个萤火虫?她发不出一个萤火虫的光。她只能借别的光来照自己。

这个想法使她十分愤怒。她恍然大悟,她这个人从小就借着别人的光。

她愤怒,她悲怆,她成不了太阳,成不了闪电,让我做一个萤火虫吧,让我发出自己的光!

就在她抢天呼地、痛不欲生的时候,突然,她一阵颤抖,她看见了光,看见了照亮了的树木、道路、山坡、庄稼地,看到了公路上的汽车轮胎辙印。开始这光是蓝色的,蓝色的光愈来愈强了,变白了。

哪儿来的光?她举目四顾,茫然无措。

四面八方,天上地下响起了滚滚的雷声,真正立体声的交响。她似乎听到了宇宙的大合唱。她感到一种剧烈的震撼,一种自内向外的爆破。她的每一个细胞都在轰轰作响,每个细胞核都在释放能量。她和天地一起震动,她和天地一起发光!

原来,雷和电不仅属于天空,光和热也不仅属于天空,她自己变成了雷,变成了闪电,变成了道道光柱。

是的,这光正是从她的胸膛里发出的,她低下头。一团一团蓝色的火焰正从她的胸口、她的衬衫的开领处升起,蓝光愈变愈白、愈变愈强,照得她睁不开眼。而随着这光照,她的四肢、她的躯干、她的喉咙正发出轰然雷鸣般地歌唱。

多么漂亮的世界!当她自身不再仅仅是光照物而且也变成光源的时候,这大地的色彩、世界的色彩是怎样的灿烂辉煌!山坡也好,槐树、榆树和枣树也好,铺在路面上的沙石黄土也好,房屋和村落也好,路边低矮的小圆叶的花生与挺拔的长叶的高粱也好,它们就像变色的灯火,像旋转奔腾的光河。原来,它们也都是灿灿发光的,哪怕是一根谦卑的小草或者是一块垫路的、不起眼的石块,都放射着自己的光芒。

雷声之后是呼啸的风声,风声之中她听到了高天与大地的合唱。这风声原来是由于她走得太快了。她轻盈而矫健地迈着大步,勇武而从容,姿势如马拉松赛跑世界冠军的慢镜头。像跑,更像飞,更像是缩地的法术,树与路正飞快地从她的脚下退后。呵,呵,原来一切是这样如意,原来她也是一颗小星,一颗的太阳。

她平安顺利快活地回到了柳谷镇,第二天按时上班。同事们都很惊异,因为她事先说好要在铜阳宿一夜,请了半天假的。

"你听了钢琴演奏了?"

"是的。"

"你半夜里回来的?"

"嗯。"

"你搭的便车?"

她摇摇头。

"走回来的?"

她点点头。她没有说出自己的经验。但她并不认为这是秘密。

发表于《上海文学》1983年第12期

焰　火*

　　只用手轻轻地一拂,随着躯体的舒张,她微微扬起自己披着秀发的头,却原来已经是飘浮在空中,如漂浮在大海的波涛之上。是浪花还是白云,如沐浴又如包裹,如婴儿的襁褓。是星星还是苹果,蓝的、红的、绿的、黄的、乳白的,星星点点,如旋转如梭行,如拉长线,带着一种诱人的果园的芳香。她是一只鸟儿吗?如大鹏,如鸥,如鹤,又何必如大鹏如鸥如鹤,她只是她自己罢了,她本来就这样如鱼得水的自由。

　　真想俯瞰这美丽而亲切的大地,江河如带,森林如羽毛,田畴如棋盘。稍一定睛,却不是棋盘,而是一本打开了的与没完全打开的错落的书。书,她所爱的,她所恨的,她为之而活着,为之而走错了路,为之而几乎去死的书。如今,书也随着她飞扬,书声琅琅悦耳。她枕着书飞翔,天光明灭,宇宙奏出赞美生活的大合唱。

　　呱!呱!一声声逼近了,怎么会有老鸹,她不明白。呱!老鸹的这一声就叫响在她的耳边,呼噜噜,一会儿黑鸦鸦的一片飞到了她的眼前,不停地呱呱地叫着,像吵闹,像哭叫,渐渐地远去了,一声弱似一声地远去了。

　　她眨了眨眼睛,怎么也弄不明白,是乌鸦惊醒了她的好梦,还是她的好梦里却看见了乌鸦?向来她最怕听,最怕听那老鸹的噪聒。

---

* 本篇原作者崔瑞芳,发表时署名王蒙。

却分明方才还在天空,还在苹果一样的众天体之中和像书本、书页一样的田畴之上。那也是梦么?

生活原来应该是勇敢的飞翔,每个人都应该生出坚强有力的翅膀。

> 不,不能够没有鸟儿的翅膀,
> 不能够没有勇敢的飞翔,
> 不能够没有天空的召唤,
> 不然,生活是多么荒凉。

二十年前,他把这几句写在她的笔记本上。然后,他披着棉大衣去了,向那真正荒凉的戈壁去了,只留下了一个渐渐缩小和淡化的背影。于是,她呆望着天空。

二十年来,她想到这四句诗就流出最痛苦却也是最慰藉的热泪,为了生活也为了荒凉。生活总归会战胜荒凉的吧,她从小就这样相信的。

那呱的一声,究竟从她这里带走了什么呢?她说不清,反正带走了使她终生都弄不清的感情,据说是带到幕布的那一边去了,无垠。

有时她呆呆地眺望远空,白云朵朵,千变万化。躲在那灰蒙蒙的纱幕后面,她似乎看见了他,和自己飞翔,并肩的飞翔,比翼齐飞。但她没有完全看清,辨别不出来,更捕捉不到。霎时间,一匹匹骏马飞黄腾达,溅起了一朵朵云花。一束束、一蓬蓬五彩缤纷的焰火腾空而起,闪光耀眼,如发光的伞。

她曾为那一朵焰火在半空中的失落而掉过泪。就在她少女时光,就在欢庆国庆的时候,她淹没在人、歌、花、旗的海洋里。她像一滴快乐的水珠,涌过来,跳过去,为的是追逐和她的青春一样饱满的多彩的焰火,不仅仅是为了赏玩。

后来,她追逐他如追逐焰火。也许从追逐焰火时便在追逐他。后来她失去了他。

今天,她似乎又看到了他。她知道,今年,青春的广场将再次笼罩在青春的光彩下边。今年国庆将有焰火。大概还有阅兵、游行、欢呼、和平鸽,就像从前一样。

其实,这边永远有蓝的天,绿的树,潺潺的流水,而今,这一切更加鲜艳了。不是吗?他回来了,他们都回来了,吃过苦的、长进了的、从来没有失去过真诚的信仰和希望的。

不是吗?空中高高地挂着一颗心,像一盏明灯,鲜红如火。是一颗真正的活泼泼的心,是一颗她永远也没有怀疑过的真正的男子汉的心。你伸出手来,即使远隔百丈,你也能感到那灼热的体温。而且鲜红的,不是橙红,不是暗红,更没有褐黄。那是一颗赤诚、纯净的心,你可以环绕着它上下四方地巡视。那是一颗完整的心,艰苦的岁月并没有使它或有丝毫的缺损。你屏住呼吸,听着空气,你听到了,那颗心在为你而跳动。

电话铃响了,"你好!"

"那不可能!我听见了你!"

"是我。是我。是我。"

"你……活着?"

"为什么不?为了今天。为了给你打电话。"

"然而我们,我是说我,已经错过了许多年,许多年已经使我老了……"

"活着就不老。在电话听筒上,你听不到我的心跳吗?"

沉默了一会儿,他兴奋地说:"你知道吧,今年建国三十五周年,晚上在天安门燃放焰火——礼花。"

她的眼睛亮了,她仰慕着。

"快拿去,这颗心是献给你的!"空中的心在低语。

"给我?然而我……"她一时愕然,她没有想到也不能相信这一切都是真的,真的能够重又实现的。十年前,她已经梦见过自己的墓碑了。

"当然是你的。正因为有了你,才有了空中的这颗心,正因为有了我们,才有了国庆的礼花。"

"而我……"她有点凄然。

空中的心也凄然了。但他最后慷慨地说:"再也没有什么'而我'了,把这颗心拿去吧!"

她仍然有点把握不定,有点迷惘。

心换了一个姿势,更加坚决,也更加急切了。心在空中飞舞。如果你仔细去听,似乎有音乐和鼓点。紧接着,从空气的每个分子的空隙里,发出了对她的呼喊,也许还有深责。

那通过了一切试炼的坚强的完整的心,却会对她的迟疑束手无策吗?

她愿意吗?本来她生有一双稚嫩的眼睛,是透明的晶体。她生有一颗稚嫩的心,像花朵一样地向生活开放。然而……

就像在童年,她和她最喜爱的妹妹幻幻穿过小桥,沿着小溪到那几株柳树当中捉迷藏。"幻幻,好啦,你来找呀!"她喊道。她躲在树后面,只见幻幻慌慌忙忙地东跑西跑,咕咚一声掉到河里去了。

冬至那天,白天最短,黑夜最长。应该是四十年代的初期吧?往事如烟,如针刺。

她边走边踢着小石头,不慌不忙。忽然,从脚后蹿出来一只小黄狗,汪汪汪地叫着,像急躁又像快乐。她撵不开也哄不走小狗,便蹲下来,抚摸着它的脖子。"干吗呀?出了什么事啦?"她问。小黄狗来回摆动着头亲吻她的裤脚,又泪痕斑斑地凝视着前方。她沿着小狗指引的方向走去,小狗摇着尾巴作向导。越过了小坡、土坑、泥泞沼泽,来到了一片绿油油的草地上。她一阵颤抖,想起她的妹妹幻幻,怎么身边没有她?

"幻——幻!"

"我在这儿呢,好姐姐!"

她顺着声音抬头一看,哎哟,原来她站在对面高高的房屋的屋顶上。

"快下来,危险!"

然而幻幻不听她的话。幻幻穿着一件紫红色的小花旗袍,旗袍上布满了许许多多银灰色的小飞机。她得意地在屋顶上跳着舞,变化着舞姿,嘴里好像还在唱着什么。

她在草地上,急急地,苦苦地仰望着妹妹:"快下来吧,快回家!咱俩回家玩,家里来了一只小黄狗,我求求你……"

妹妹像是中了魔,愈舞愈起劲。过了好大一会儿,妹妹的舞蹈节奏开始放慢了,她把双臂缓缓伸平,脸上显示出了幸福的表情,陶醉着,期待着。

霎时,站在草地上的她看到了妹妹身上的飞机的起飞,一架接着一架,银灰色的小飞机徐徐升腾,天空布满了无数只银鸟,组成了浩荡的群翔。

就在这个时候,呱的一声,最可怕的事情发生了。从高空猛地飞来乌黑的乌鸦,大乌鸦,直向幻幻扑来,而幻幻竟没有回首看姐姐一眼,便含着笑被老鸹叼走了。

仿佛她也跟着妹妹去了,到处是荒野,是坟墓,是荆棘,是风沙。那扇大门呼的一声关紧了,无论她怎样哭喊,门是再也不开了。

妹妹就是在冬至的这一天失去的。旧社会的记忆就是这一天冬至。她感不到冷,因为她的体温已与外界拉平,她的心比冬至还冷。漫漫的长夜,她的眼前永远是幻幻着魔地跳舞的样子,你为什么不回头看着我呢?莫非你吃了迷幻药,乐于随着乌鸦而去?妹妹临去的表情快乐而迷醉。于是她的心扉张开了,合不上了,像人已经死了却合不上眼睛。

然后是阵阵的锣鼓,是炮火的轰鸣,是大潮翻涌……冬天过去了,有了国庆,有了国庆的礼花。

大潮翻涌中她失去了他,就像童年时失落了自己的伴侣幻幻一样。

在失去了他以后，她那在失去幻幻时敞开了心扉呼的一声合紧了，成了永远打不开的墙壁，上面好像挂着一只生了锈的锁。

如今重又看到了，焰火在空中升腾。如今重又听见了，滴滴答答，答答滴滴。冥冥之中，空中的那颗心正在融化，如滚烫的血。霞光四射，万物复苏，春风春雨，到处是起飞的飞机，开动的汽车，奔跑的飞马和起锚的航船，到处是送行的人挥动着帽子，迎接的人挥动着鲜花。

那就是春天！那就是他！那就是他的心，他的血，一滴，一滴，每一滴都触动了她的已经有点老化的血管。她的血管每颤抖一次，红霞便更加光辉耀眼，嗡的一声长鸣，所有的窗户、所有的门都迎着春风开放，所有被遗忘的种子都在发芽，所有失落的花朵都重新吐艳，所有阴冷的角落都射进了阳光。她的心灵的大门终于打开了，终于接收了新的不可思议的信息。一滴，颤抖一次，颤抖一次，又一滴，像是泉水叮咚，她再也抑制不住自己了，她和他都融化在春天的潮水里了，她和他变成了一体，激起了万丈波澜。

发表于《花城》1984年第5期

小　事

　　一位相识不久的朋友告诉我他生活中的两个故事。"我对好几位耍笔杆子的朋友讲了,他们都认为没有写下来的价值,甚至连素材都算不上。"他说。他还说,他的一位新近当选为作家协会分会理事的朋友告诉他,如果这也算素材,拉屎放屁都可以算素材了。"但是我不服气,我要把这两个故事告诉您,也许您可以把这两个故事推销出去,您就卖您的名儿好了,总会有一个稀里糊涂的编辑把它发出去的……"他最后说。

　　我把他的两个故事原封不动地记下来了,并宁愿把它们推荐给精明强干的出版者。至于这里的作者,本应该署我那位朋友的名字,但是……我们必须尊重他的谦逊和羞怯。

失　态

　　我请您相信我还多少有一点教养。倒不是因为我有学术职称,有受过高等教育的学历,最近又被任命为大学副校长。我认为,"身居要路津"挂满头衔的人当中,缺乏教养的人并不比具备足够的教养的人少。我就看到过一位"誉满全球"、中外知名、新近被提名为×国皇家学会荣誉会员的大人物,参加宴会的时候,把自己不喜欢吃的肉片和配菜搛到为他作翻译的一位年轻同志的碟子里。当他的夫人提醒他不要这样做的时候,他却红起脸喝道:"他年轻嘛!"

我说的是去年夏季去庐山休息时候的事。您知道,我是带着我的十三岁的小孙子一起去的。这次休息是由政协组织的,同去的有国民党革命委员会的和工商界的几位先生,都比我年长许多,过去也并不熟识。我只顾了和孙子耍笑,没有进行什么交际……我去庐山的目的,就是为了从那日常繁重的会议和人际交往中解脱出来嘛。

不用说了,在庐山玩得很好,我每天随着孙子跑来颠去,什么好事坏事都忘了,童年重新回到了我的身上。

伙食也很不错。但是有一件事使我尴尬。开始时我并没有注意,是孙子一眼就发现了的。他告诉我,我们吃的饭和别人不完全一样,每一顿都要多一点有营养的好东西。比如早晨,除了共有的稀饭馒头小菜花生米以外,我和孙子每人还外加两个煎鸡蛋。

我不信,并说孙子是看错了。还教训孙子,吃饭,不过就是吃饭就是了,自己吃自己的,不该拿眼睛往别人的盘子里看。

但第二天我也忍不住向桌对面用餐的一位老者的盘子里看了一眼。果然,他没有煎鸡蛋。中午,我发现,他缺少一盘清炒虾仁。晚上,我发现,他没有熘鱼片。我们有。

我瞅旁人的盘子的目光不慎与老人的目光相遇了。老人个子矮小,胖乎乎,秃头,大眼睛。我发现,他目光阴沉,神态严肃,在我们的目光相遇的时候,我立即习惯地呈现出礼貌的微笑,我不由自主地想借这个机会和他搭讪两句了。谁想到,他立刻把眼光转向了一边,胖胖的额头上显出皱纹,阴沉的眼光变得更阴沉了。

这究竟是怎么回事?是伙食标准不一样吗?说不定他每天的饭钱是一块八而我是两块五,但并没有人询问过我吃什么样标准的伙食。想来想去只能有一个解释,因为我当了副校长。

这个解释使我脸红。

我又为自己解脱:按质按量论价收费,花钱吃饭,多花多吃,古今中外莫不如是。比如吃饭馆,你要的是八块钱一盘的烧海参,我要的是四毛钱一盘的炒菠菜,同处一桌,和平共处。吃炒菠菜的人何须羡慕吃烧海参者的口福,花八块钱的人何须羡慕花四毛者的实惠?这里更没有什么特权、等级的余地,而是绝对的自由、平等、博爱。

这样一想,果然轻松了一些,只是那老者的绷得紧紧的面孔与视我们祖孙如无一物的神态仍然使我不舒服。

"怎么样,爷爷,我说对了吧?咱们的饭好!"孙子说话的神气有几分得意。

"唔……"我严肃地唔了一声,带着烦恼和对孙子的不满。

第六天早晨没有拿鸡蛋来。我们本来以为有鸡蛋的,吃完了该吃的东西后,又加喝了半碗稀粥,整个餐厅的人差不多都走了,我才觉悟到,今日无蛋。

"爷爷,今天怎么没有鸡蛋了?"孙子噘着嘴问。

"少废话,讨厌!"我立刻制止了他。

直到中午和晚上,孙子都有点不乐意,我也觉得怏怏的。

这样到了第七天。早晨,我和孙子和那位阴沉的老者照旧坐在一桌。进饭厅前,我向孙子进行了必要的教育:"我到这里来休养,而且带上了你,这已经是一种特殊的照顾,我们自己应该自觉些。食堂的饭已经很不错了,你爷爷十几岁的时候,做梦也没有梦见过这样好的伙食,这样好的营养。你们这一代是这样幸福。容易吗?越是这样,我们越要自觉,讲究文明礼貌。比如说,有鸡蛋就吃鸡蛋,没有鸡蛋就不吃鸡蛋。对面那位老爷爷,不就没有吃鸡蛋吗?不要啰里啰嗦的。"说完,我又补充了一句,"今后不会给我们加鸡蛋了,吃鸡蛋太多没什么好处,我对他们讲了。"

"真的?"孙子听了,似乎高兴了许多。

像往常一样端来了酱菜、花生米、豆腐丝、馒头和炸年糕片,我们盛了稀饭,正常地吃。就在这时,我一眼看见女服务员端着一个盘子,盘子里放着两个盛有白色液体的玻璃杯,向我们这一桌走来。

牛奶!给我们的!优待我们祖孙俩!不要看!非礼勿视!何至于这样没有出息!难道一辈子没见过牛奶鸡蛋!难道时至如今还带

着一种贪婪的饥饿感!

  一连串来自外部与本体的信号传递到了我的神经中枢。就在这时,乓,一杯洁白而芬芳的牛奶端放到我的面前。乓,又一声,另一杯同样洁白而芬芳的牛奶,给了我的可爱的小孙子。

  我突然觉得忍俊不禁。惊喜?得意?满足?自慰?自嘲?自责?羞愧?意外?无可奈何?哭笑不得……令人无地自容。

  我不敢看孙子。但我直觉到孙子也在窃笑,我听到了他忍住笑又忍不住笑而发出的吃吃声,我右眼的余光似乎看到了他鼻孔微张,嘴角咧开,眼睛眯成了一条线。我觉得愤怒,我觉得这简直是低级、卑劣、下流、无聊、无耻,我觉得这实在是失态、失身份、出洋相、神经病、丢人现眼,我觉得这简直是堕落、精神境界极端低下、可耻之至……我越这样想便越觉得荒唐可笑,越觉得荒唐可笑便越愤怒,越愤怒便越要强迫自己止住这种笑,越强迫自己便越觉得从自己鼻孔里、嘴巴齿缝里,乃至从眼睛、耳朵、头发梢上,都在迸发出鬼鬼祟祟的无礼的笑声,一种奇怪的我自己从来没有听到过更没有发出过的鬼知道的叽叽啾啾的怪声。这种怪声和这种徒然的挣扎是这样可笑,我终于笑出了声,刚一出声立即受到内心的责备,充满痛苦感地把笑咽到肚里。我的这种样子大概非常好笑,因为我的孙子刚刚停止了笑声,转过脸来看到我立刻爆发出了他自己并不允许它起爆的笑……

  真是可怜!就这样,我们前后笑了三分钟,直到可怜的老者离开了我们桌子。

  可怜的是我们自己!我不明白在这个不凡的高级招待所,为什么一件花钱吃饭、按质论价、类似一加二等于三的事情变得这样不可捉摸、难于意料,夹杂着半推半就、难以启齿的对于某种恩宠的期待和同样多的惭愧之情,甚至还夹杂着一种命令的威严与随意、一种快活与嘲弄、一种餐厅人员的至高无上的威权的荒谬性……我简直不敢想我的这种无礼的、歇斯底里的举止会造成什么样的社会效果。

肯定不止一个人注意到了我们祖孙的失态。尤其可怕的是那位同桌的老者,他的阴沉的目光肯定具有某种穿透力,可以看透我的渺小的五脏六腑。

我忐忑地去吃中饭。无颜见江东父老,还有江西的。我垂头丧气地坐在自己的座位上,低下了头。

"今天天很好,您没有出去散散步吗?"我听到了一声温和的、友善的……我要说,那是慈祥的问候。

我一惊,我抬起头,原来就是我们同桌多日、一言未曾交谈的老者。他轻松地,甜美地笑着。

"噢,没有。我想下午四点钟再去散步,我们一起去好吗?"

一股暖流,一股令人安然坦然的暖流,流遍了我的全身。包括我的十三岁的孙子,他显然也变得文明而且正常了。"爷爷!"他叫着老者,天真可爱地笑着。

此故事似亦含有呼吁改革之意。记录者又及。

滚 雪 球

一九八二年夏天,我应邀到东海之滨的海山市去参加当地《红楼梦》学会的年会。您知道,这几年这样的学会很多,它们每年都要在最合适的季节、最合适的地点开一次会。黄山、桂林、西湖、太湖——以文会友,以学会友,风光旅游,倒也不错。

会期十天,每天上午讨论,做学术报告,下午自己掌握。我虽然年近花甲,但游水之心不衰,几乎把所有的晴天的下午,花在了海面与沙滩之上。十天过去了,诚于中而形于外,我晒得黑油油的,精神也觉爽朗了许多。

最后一个晚上,打点好了简单的行装,我觉得轻松自在,便到一位新结识的年轻学友房间里谈天。我说我拜读了他新近发表的《论"女娲补天"故事与〈红楼梦〉的荒诞色彩》的文章,我认为他很有见地,但是我不能苟同把《红楼梦》与"荒诞"这样的范畴联系起来。

年轻人总是认真的,他相当激动地与我争辩起来了。虽然他一口一声地叫着"校长""老师",但显然我的不同意见使他发火。老夫权发少年狂,我也来了劲。

就在我们争得正起劲的时候,只听到外面一声又一声近乎嘶哑的叫喊:"小李!小李!小李……"

小李是为会议服务的汽车司机,尽管喊的声调有点奇怪,但我们的心思全在贾宝玉和他的女朋友们身上,根本没有理会这一声凄厉一声的叫喊。

咚咚咚,紧迫的叫门。我们开开门,是诸葛云。诸葛云身后还有七八个与会者。

这里我要介绍一下诸葛云。她四十多岁,个子不高,戴一副深度近视眼镜,来自边疆的一个大学,是会议上非常活跃、非常热心、非常照顾别人的一位人物。会议期间我常常见她忙着跑来跑去,给张教授找清凉油,给李教授找果导片。最初我还以为她是会议的组织者呢,后来才知道,她也和我一样,只是来出席会的。我深为她的热心而感动。

"告诉你们,小李丢了!"她劈头就说,眉毛拧起了一个疙瘩。

"小李怎么会丢?"我和《荒诞色彩》的作者同时不解地说。

"我们已经找了半个小时了,你们知道现在已经几点了吗?"

我低头看了看手表,九点半。指示九点半的表盘、秒针与分针仍然没有给我任何别的启发,但我已开始听出了诸葛云的话语中对我们的不满。

"是小诸葛先发现的,小李丢了。"一位热心的老太太帮腔说。

"九点钟我走过小李的房间,"诸葛云急切地说,"我敲敲门,没人应声。我推开门,只见灯亮着,小李的床上放着他的衬衣、背心、裤子与内裤……"

"那他是游泳去了……我看见他穿着游泳裤走出去的。"《荒诞色彩》的作者说。

"你看见了,很好。你是什么时候,在什么地方看见的呢?"

"晚饭以后,大约六点四十分。"

"好!六点四十分。现在几点了?再请问,他是一个人去游泳还是和人结伴去的?"

"让我想一想……对,是一个人。"

"一个人,一个人夜间去海里游泳,到现在已经出去了三个小时,这怎么行?"

"也许他游完了去玩去了。"

"他到哪里玩去了呢?这里他一无亲,二无友,我已经调查了。"

"万一出了事可就麻烦了!"热心的老太太着急地说。

"是啊,不怕一万,就怕万一啊!"会议主持人老朱急得直搓手。

"唉,真是的,水火无情,水火无情!"

"听说海里有鲨鱼!"

"哪一年不得淹死个十个八个的?""反正从六点四十分后再没人见过小李。"大家七嘴八舌地说。

我开始意识到问题的严重。我仍然认为小李出事的可能是微乎其微的,但我不能、不敢也无权保证小李没事。而哪怕小李遇到百万分之一的或然率的危险,我作为一个新提拔的高等学校负责人,又是一位尚未转正的预备党员,决不能对同志的命运无动于衷。在《荒诞色彩》的作者与诸葛云讨论的小李的状况当中,显然有一种比事实细节与逻辑推导更重要一千倍的东西,那便是诸葛云的关心他人的强烈情感、责任心、使命感。这就使她在讨论中十倍百倍地比我们俩更优越、更强大,所向披靡,战无不胜。相反,任何人这时发表认为小李可能平安无恙的见解,都有只顾自己休息、不关心同志的嫌疑。我的面孔严肃起来,肌肉紧张起来了,瞪大了眼睛,"是不是把旅馆的每个房间都找一找?"

"都找遍了,才来到你们这儿!"小诸葛说。"你们这儿"大概是很成问题的一个需要"掺沙子"的独立王国。她的话语里包含着这样的潜台词。

我的年轻的讨论《红楼梦》的对手气呼呼地看着大家,显然,他还没有想通,他认为诸葛云他们未免大惊小怪。但我不能迁就他的情绪,我不能不意识到自己的身份和责任。我连忙站起来,激动地说:"走,让我们到海边去找!"

诸葛云和她的追随者们脸上显出了满意的表情,与此同时,《荒诞色彩》的作者似乎也蓦然想通了。他一跃而起,大声张罗着:"对对对!我们可以分几路去找。我的意见,半小时后我们回旅馆会合,如果找不着小李的踪迹,第一,我们必须报告派出所。第二,我们要报告东山口的海军值班舰艇,请他们协同我们在海面进行搜索。另外,我建议打长途电话给上海,报告我们的学会的上级领导……"

他的态度忽然发生了一百八十度的大转变,使我缺乏思想准备。诸葛云似乎也没有想到,她眨了眨眼。

"好的,我们把人分一下……"《荒诞色彩》的作者不知不觉之中掌握了领导权,把人一分,把步骤一定,大家都表示同意,诸葛云反倒只剩下眨眼的份儿。

于是,我们十个人,包括一位年已七十四岁的老教授还有一位患过心肌梗塞、随身带着硝酸甘油片的副教授,整队出发。"小李!小李!小李……"海岸边到处是招魂一样的叫声,特别是那位患过严重心脏病的同志的呼叫,声嘶力竭,悲怆苍凉,闻之令人泪下。

十点十五分,大家回来了,无任何线索。《荒诞色彩》的作者又提出那三项应急措施,大家面面相觑。我说,是不是再等等,到夜十二点还不见小李归来,再采取措施不迟,不然,未免惊动得太大了。

大家同意我的意见,我恍惚看见《荒诞色彩》的作者莞尔一笑。

我们这个学会里,老弱病残都有,而且许多人有早睡习惯。但这一晚上,谁也不睡,一个个走来走去,如热锅上的蚂蚁。尤其是诸葛云,一直站在院子里高声不厌其烦地重复讲她发现小李失踪和组织搜索的经过。而我实在支持不住了,便和衣靠在床上。

十一点过三分,小李穿着游泳裤哼着《太阳岛上》沿着走廊走过来了。

马上所有的人一拥而上。我也连忙振作精神跑了出去,我想让大家知道,我并没有睡着。

"小李,你干什么去了?让我们好找!"大家一起说。

"怎么,不是说晚上不用车了吗?"

"不是用车,我们怕你掉到海里喂了鲨鱼!"

"没有啊,我只游了半个小时泳就上来了,后来一直在旅馆服务员的房间打扑克呀!"

"简直不像话!"会议组织人,一贯谨小慎微的老朱突然爆发了,他气得青筋暴露,说话结巴起来,"这……么……晚晚晚回来怎……么不说一声声声?把大大大家急急急急急……"

小李完全不明白出了什么事,但整个阵势使他感到问题的严重,他耷拉下脑袋,掉出了眼泪。

过了好久以后,又在一个场合与那位研究"女娲补天"与《红楼梦》的故事的年轻朋友见面了。他告诉我说,他回来后一一进行了拜访,作了调查。他调查的结果是,那天晚上并没有任何一个人认为有兴师动众去找小李的必要,但在诸葛云的坚持下面,在诸葛云的不容置疑的高尚动机与坚决性下面,出自大同小异的考虑,他们都跟着行动起来了,而每个人的行动,又带动了另外的人,就像滚雪球一样。

"但是你呢,你那天晚上后来调子比谁都高。"我不满地说。

"我没有别的办法。"

我摇摇头。

后来又想起了一个问题:"你也调查了诸葛云了吗?她那天晚上的真实思想你知道吗?"

他摇摇头。

发表于《小说界》1984年第5期

爱 的 影

雪地上的一串小水潭

打从我还梦想着爱情和事业的年代,我就住在闹中有静的取灯胡同了。我敢说,现在我在这条胡同行路的时候,每个脚印都会和已往的一个或几个脚印重合。在取灯胡同,我已经留满了、留够了我的从遐想到回味的岁月的印迹。

离上班的地方近,这大概是我在取灯胡同的平凡得不能再平凡的住家的唯一的不平凡的优越性了。从家里走出来,穿过一条短短的横巷,四百米,五分钟,到了。横巷没有名称,因为除了一个深宅大院的终年很少开启的侧门以外,这里没有门户。这使我走过横巷的时候常觉得提心吊胆,说不定哪一天这条无名小巷将被具有高墙的大院所占用。这条横巷修成了形,它属于昨天的遗迹而不是明天的规划,当然。

高墙里长着一排高大的槐树,还有从墙头上探出头又弯下腰来的牵牛花与爬山虎,为这个角落增加了色彩、线条、阴凉和静谧。两个小小的拐角之间,形成个闹市里的雅静的小岛。许多个春夏秋冬,不管工作上、生活上、班上和家里有多少不顺心的事情,一走过这两个拐角,我的心便变得平静起来。在这里我走得悠闲而且从容,上班和下班变成了自由的信步漫游。也许,正是为了这条横巷,为它的两个拐角,为高墙下的幽静的地面,我才一口气在取灯胡同住了这么多年头的吧？说到已经迫近了退休,人总是要退休的,似乎一切并不足惜。然而我每天四次走过的这条横巷呢！上下班的时候我快乐地觉察到了我像是在漫游,而当我真的只能是在漫游的时候,也许——我预感到了,那不会是寂寞的彳亍么？

　　去年夏天的一个傍晚,在我走过第一个拐角的时候,骤然一惊,匆匆收住了脚步。原来是一对青年男女站立在那里,他们羞怯地转过了脸,一半对着墙,一半对着对方。是我打搅了他们吗？停顿以后我三步并两步急急地走了过去,心里怪懊悔的:干吗要惊动这一对热恋中的小鸟儿？

　　从那天开始,每天从那里经过的时候,我都会发现他们俩。每天我都下决心不再从那里走,宁可去绕大街。显然,他们比我更有理由去要求那一块小小的地面的安静。但是一到下班的时候,两条腿自动地迈向了我已经走熟了、走遍了的小路。起初几天,他们只给了我背影。女青年短短的剪发,修长的、略略单薄的身材,仰着头痴情地仰视着男青年。男青年用一只手扶着墙,另一只手叉腰,膀大腰粗,似乎有许多勇武与骄傲。他有时候低语绵绵,有时候高谈阔论,有时候摆着头,哼一下,哈一下。而那女青年很少说话,只是不断地点头又扬头,还常常"嗯嗯"地嗯着。

　　为了事先给一个信号,这大概也算是文明礼貌的考虑吧,一进小巷口,我就开始念经般地唱起我唯一记到如今的歌曲:

　　　　茫茫大草原,
　　　　路途多遥远,
　　　　有个马车夫,
　　　　将死在草原……

　　我唱着这首使我回想起刚刚住进取灯胡同的年代的歌,轻轻地走近他们。愈靠近,我的声音就愈弱,拐过第二个弯儿以后,这古老的异国歌曲便只是无声地萦绕在心头了。

两个星期过去了,他俩真有着说不完的话,而且,我觉得他俩愈来靠得愈近,愈来愈亲热了。这使我愈来愈觉得我的小巷穿行是不该容忍的。只要在世界上活一天,就要做一个被别人欢迎的人,至少,绝对不做任何不受欢迎的事,这是我一贯的生活信条。是的,再也不能习惯地依旧在这条横巷里穿行了。这天,我一面照例轻声唱着茫茫的草原的忧郁的歌,一面下决心暂时与这幽静的有着两个拐角的小巷告别。没想到,就在这个时候,他们俩回过头来,天真地、幸福地、亲切地向我投以问询的目光和舒展的微笑,显然他俩早已注意到了我,显然他俩早已知道了我和我的忧郁的步子和同样忧郁的歌,显然他们想让我分享他们的爱的幸福。我以为甚至是期待着我的首肯。真正相爱的人会爱全世界的,包括我这个不相干的路人。于是我笑了,我向他们轻轻地点了点头,他们几乎是狂喜地对看了一眼,回过头去,把头凑在一起,把手搭在对方的肩上。而萦绕在我的内心的歌便变得轻快而且热烈了,即使马车夫将要冻死了也罢,难道他就没有回忆起在草原上经历过的青春得意的年华、风和日丽的天气、鲜花盛开的景色、车轮飞转的雄姿?

秋来了,黄叶无言地落到了小巷的地上。年轻的一对仍然在那里喁喁多情,我仍然哼哼着甜蜜而忧伤的俄罗斯歌曲,这一切正像那两个拐角一样,似乎已经成了幽幽的小巷的一个组成部分。天愈来愈凉了,小巷里又多了一个行人。这一天我漫步走过的时候,听到了拐角那边传来急匆匆的脚步声。拐过第一个弯以后,才看见他的身影。这是一个三十岁左右的高个子男青年,身穿一套灰中山服,背着一个式样老旧的绿帆布挎包,鼓鼓的装着书,正在急忙地赶路。他瞥了那对年轻人一眼,又向我礼貌地略略点了点头,走过去了。他的坚实而又赶紧的脚步声,似乎一下子给这个小巷带来了些新的东西。两个年轻人也注意到这一点了,当他们回过头来向我微笑致意的时候,也用一种略带惊奇和疑惑的目光瞥了瞥那高个子。我不知道他们是否看到了那高个子,因为等我回头的时候,那高个子已经不见人影,只留下渐渐远去的脚步声了。

从此,我们四人常常在横巷拐角处会面,彼此用目光、用笑容表达着无声的言语:

"你们好,祝你们幸福。"

"您真忙,忙得多么令人羡慕……"

"好保重吧,伯伯。"

"秋意满怀了,你们俩该加件衣服了。"

"我们不怕冬天。"

"你眼睛都熬红了。"

当秋风吹走了最后一片残叶的时候,无名小巷拐弯处的男青年不见了,女青年一个人呆呆地立在那里,凝视着高墙上垂落下来的已经干枯的爬山虎藤蔓。我与背挎包的高个子几乎是同时停住了步子,看了看女青年,又交换了一个不安的、恐惧的目光,无可奈何地擦肩而过。次日,又是她一个人,没有往日的笑容,没有往日的痴情,也不再抬头望我们。高个子向我投来一个悲哀的目光,我报之以一声长叹。又过了两天,我与高个子青年又差不多同时看到了怅惘地徘徊着的穿上了黑呢外衣的女青年,我不由得向那女青年走近了一步,高个子也跟了上来,我们都嚅动了嘴唇,都难以启齿。毕竟,我们都是陌生人,而陌生人对陌生人的关心,是不应该说出口来的。

后来接连几天过去,高个子青年也没见着。

可为什么不应该劝解她几句呢?我知道,人生会有许多痛苦,许多失却,许多次错过。而最不应该错过的、最容易错过的、错过了便一去不复返的,正是她的美妙的年华。她生活在一个多么好的时候,她正是一个多么好的时候!我回到取灯胡同的低矮的小房里,伴着台灯想了又想。让我这个一生不爱管闲事的拘谨的老人创造一个新纪录吧,只要明天她还在那里,我便要去和她谈话,用过来人的智慧和深情给她讲爱情和幸福,更要给她讲比爱情和幸福广阔得多的人生。她牵动着我的心,我将创造一个勇敢和神圣的奇迹……如果高个子也在场，他一定会帮我说的。

也许高个子什么也不会说吧，他是那样忙碌，他是一个知道时间的宝贵的人。他的匆忙，便是他的足够的言语了。

初冬，高墙，伸向天空的树枝，撒满了小巷的白雪。当雪花漫天飞舞的时候，当歌曲的茫茫草原上似乎刮起了狂风的时候，我做出了决定，我觉得我有足够的信心、巨大的力量，我一定会使那位女青年欢乐起来，我会驱散她心中的乌云，我会使她奋力去追求那不应该像我一样错过的充实和欢乐，我会的，我会的。雪太大了，快到拐弯处了，我按了一下伞柄上的银色键钮，黑色的伞砰的一下撑得圆圆的，我打着伞大步向前走。来到了第一个拐角，只觉得眼前一阵迷茫，模模糊糊地好像看到了女青年，定睛一看却没有任何一个人影。高个子呢，高个子在哪里？快来帮帮我，但他根本没有形迹。我觉得我双腿有点发软，"茫茫大草原，路途多遥远……"我唱起来了，愤怒地唱了起来。渐渐地，我稳住了身躯，终于跨过了这一段小小的距离，来到了第二个拐弯的地方。哦，他们俩原来在这里，他和她，别来无恙。他们俩，男青年右手撑着伞，左手搂着女青年的腰，他俩拖着沉重的却明明是快乐的步伐，向横巷的另一端走去。这回，也像最初见到的那样，他俩只给了我渐渐远去的背影。横巷那端有盏更加明亮的路灯，他们走远了，形象却更加清楚和明亮了。

忽然，他俩回转了头，在那明亮的灯盏下向我微微一笑。顿时，我的泪水淌落了下来，淌落到了刚刚被从他俩身上淌落的雪水融化形成的雪地上的一串小水潭里面。

慰

五十四岁的女工程师金乃静每天晚上都要读书。在儿子睡着以后，她读外文资料直至深夜，这已是她多年来养成的习惯了。

虽然，也许从实用的观点可以对她夜读的必要性提出某种疑问。

她至今还没有机会运用她从外文资料里获得的那些知识和想象,也许永远不会有这样的机会了。和她同龄同职的女同志,更关心的是自己的退休,能不能找到一个什么理由把退休办成离休,离休之后照拿工资百分之百?

她总算赶上在退休以前分到了一套新单元楼房。儿子在另一间房睡下了,她开始她的夜读。最后一场电影散场了,最后一班无轨电车过去了,最后一对情侣大概也回家了,夜静了,她读得津津有味。

忽然,她听到了某种声音。那声音似有似无,她有好一阵怀疑这是否出自自己的幻觉。搞工程技术的人的神经总是足够健全的,她终于判定了,这是一个女孩子的啜泣声,来自她头顶上方的房间。那是谁的家,住着几口人呢?

接着几夜她差不多在同样的时间听到了同样的啜泣,这多多少少地搅扰了她的夜读,虽然她相信愈是住得近、住得挤,愈应该少管旁人的闲事。

早晨离家去上班的时候,走下楼梯,正好顶上有人走下来。她似乎是漫不经心地放慢了脚步,转头望了一下。是一个白皙的、留着独一根粗辫子的大姑娘。姑娘的脚步是轻快的,脸上浮着若有若无的笑容,但金乃静一眼看出了她的微肿的眼皮和略显失神的眼睛,对于金乃静这样的年龄和这样的命运的女人,这一切是不可能遮掩住的。

于是,金乃静投给姑娘一个平静的、理解的和劝慰的目光,投给姑娘一个平静的、悲哀的微笑。

梳大辫子的姑娘立刻意识到了这目光和笑容的含意。她脸色微红了一下,会意地、感激地似乎是向金工程师点了点头,快步抢到前面走下楼去了。

从此这年龄悬殊的一对女人建立了这样心照不宣的关系。金乃静常常在夜深人静的时候听到头顶房间里姑娘的哭声,而遇到这种时候,第二天上班的时候,她有意地争取与那姑娘在楼道里碰面,并用自己的目光和笑容安慰她。这甚至使金工程师的生活也变得充实了一点点了。

十来天以后,金乃静夜读的时候不再听到姑娘的哭声。她偶尔听到的只有收录机播放的轻快的音乐,有时还有那姑娘的笑声,似乎还有一个男子的说笑声。

"她幸福了。"金乃静高兴地自己握着自己的手,站起来在屋子里绕行一圈,继续读自己的永远读不完的外文资料。谁知道,她反倒读不下去了,好像她期待着什么,却没有得到。

金工程师不再注意在楼道里寻找那从啜泣到幸福的姑娘了,有两天她根本没看见她。第三天,又在楼道里碰面了,工程师投去的目光和笑容里充满了欢乐和祝福。

大辫子姑娘却没有任何回答,她一下变得那样陌生,视而不见地从金乃静身边走过,好像金乃静并不存在似的。

于是金乃静恍然。她们本来就并不相识,也不需要相识,她们仍然是、本来也是素昧平生的。

"今天的夜读,大概会更专心,更有收获了。"工程师想。

虎 伏

像古今中外许多小说里多次描写过的那样,或一日、或一时、或一地的或一些中年女人聚在一起,谈论她们的初恋。

时间应该放在晚饭以后,早饭和中饭以后大多要忙着上班。饭前胃中空空如也的时候也不宜谈爱情这个题目。

第一位工作好、生活好、身体好的三好女性说:

算了吧,哪里有什么这爱情、那爱情,信不信由你,二十四岁以前,我没有爱过任何男人,也没有被任何男人追求过。二十四岁大学毕业,我分配到了L市技校。技校的领导同志正为他们那里一个年近三十尚未娶妻的男同志发愁,见我到来,喜出望外——说不定这里头有"阴谋",他们就是为了他才把我要了去的。领导"做媒"群众促进,我了解了他的家庭、简历、政治表现、健康状况、工资级别、性格特点,我同意了……三个月以后我们结了婚,一年以后我们有了孩子。我的孩子真讨厌,到昨天为止,人们给他介绍的"对象"已经超过了一打了,不是他瞧不上人家,就是人家瞧不上他……把我的心都操碎了!

第二位长着瘦尖下颏的女性急急地说:

初中三年级,同班一个男生给我写了一封信。我哭了,把信交给了班主任老师,老师把他训了一通,一个月以后,他退学了。这也叫初恋吗?

按照一般的小说做法还要写那么三两个,但这都是陪衬和铺垫,读者和作者一样明白,真格的要说的在后头呢。

咱们省点事。现在,她开始说了:

……那时候我刚刚上大学。那时候大学里的一个布告牌、一条甬路、一行柏树墙,都使我兴奋和陶醉。入学一个月,国庆联欢,我和我们班的班长一起朗诵魏巍的诗《登列宁山夜望莫斯科》,是这个题目吧?后来说我们朗诵得好,又向全校广播了一回。

念完了,广播完了,我失眠了。我的耳边总是驱不散班长的声音,浑厚而且温柔,好像自来就有一种腹腔共鸣。和我说话的时候,他总是露着笑容,他的语调里包含着一种居高临下的慈祥……后来他很快被选入校学生会,担任文体部的部长……我们宿舍有六个女生,我想其中至少有五个被他搞得神魂颠倒,因为有一个是已婚的"调干生"。但我发现,我认为,也许只是我主观的感觉,他只注意着我……一种从来没有过的、烈火一样的热情燃烧起了我。两天之后,我觉得,我完了。我知道了,这就是爱情,可以把一切烧毁、把一切压垮的爱情。如果他不伸出双臂——请你们别笑话——来拥抱我,那么,这世界上再没有我可以容身的地方。热情使人变得勇敢,我完全忘记了羞耻,我准备给他写一封长信,不,找他说,向他哭一场,向他承认一个姑娘的被彻底征服……

真是好机会啊。这天下午,我太烦闷了,便到操场上去玩虎伏。你们知道虎伏吧,好像一个双轫大铁圈,人站在里边转圈,飞行员都会玩这个。我刚走到虎伏边上,只见我们的班长——现在已经是校学生会的部长了——也向操场走过来。我当时想他可能是见到我在操场才走过来的。我立刻大胆地招呼他,邀请他和我一起双人玩虎伏。如果是两个人,那么我们的身体的方向正相反,就是说,我的头和他的脚在同一端,而他的头和我的脚在另一端。两个人会把虎伏转得更快,更有一种冒险的乐趣。他的样子很英俊,一秒钟也没犹豫便接受了我的邀请。哦,当然,他不会玩不好虎伏的,他是文体部长哟……

　　说着,忽然停了。

　　"后来呢?""后来呢"?"后来呢?"

　　"后来我们就吹了。这是没办法解释的。正在虎伏旋转的时候,我偷眼看了他一眼,我的天……太可怕了,那个英俊的青年消失了。在我脚下那边的他的面孔……我不说了,从此,我不再理他。"

　　"后来呢?""后来呢?""后来呢?"

　　"毕业以后,我再也没有见过他。姐妹们,我就是这样的,我永远也不幸福。说到爱情,我只觉得那是一种折磨……"

　　听众沉默了,不好再问什么了。大家知道,讲虎伏的故事的这位在她们中间过去最漂亮,至今仍然是风韵犹存。前不久她和她的丈夫离了婚。

发表于《文汇》1984年第6期

无 言 的 树

他也不知道他是怎么生长出来的。原来树类也和人类一样,面临着同样的兴味无穷而又悲哀无边的谜语。他们只能用"从来处来,到去处去"的无可奈何的豁达来求得一时的宽慰。

这是一个永远的沉思。

他出现在离村口半里多路的河滩地上。"这地方倒像在哪里见过似的。"当他长到一人高,并且被一只山羊啃了一口以后,他产生过这样一种朦胧而温暖的思绪。他仿佛见过清水和浊水从散漫的河滩汩汩地流过,巨大的卵石为河水安排了好多个急漩和些许水花,没遮拦的太阳使水显得明光耀眼。他觉得这个地方真需要有一些树。

当然,这是他只有一人高的时候的思绪。现在,他已经是参天的大树了。树皮青绿,树干粗壮,尤其是,他长满了枝枝叶叶,从每一个枝上又像龙须一样地长出了许多枝枝叶叶,蓬蓬松松、华盖硕大无朋。他自己已经为自己缔造了一个惊人的、令自己应接不暇的世界。他每天忙着寻求太阳和清风,汲取泥土和泥土里的水分,谛听鸟鸣和万籁。他每天都在生出新的枝和叶,向天空献出他的新的情思,向小草提供他的荫庇,向风献出新的摇曳的舞姿。有时候,也用他的树叶的绛綷诉说一点昼夜更迭和四季交替的趣味,流露出一棵不知道自己的来历,甚至也不知道自己的名称的树的困惑。此外,他还要殷勤地接待常常到他这里来做客的喜鹊和乌鸦,家雀和猫头鹰,蝙蝠和蝴蝶,金龟子和蝉,还有一条小花蛇。这么说,他在长大了以后没有再想过前生和来世的事,现世就够他招呼的了。

他只不过是还保留着对于水的愿望。已经有好多年了,这河滩大致上已经干涸了。可能是由于上游修了水库,可能是由于下游修了水渠。但他仍然希望、仍然相信有一天清水和浊水会汨汨地流过。其实,从他出土抽芽的那一天他就没见过在阳光下白花花地照眼的水,水似乎应该是归属于他的前生的记忆。但他自己却只意识到这是他的与生俱来的美好的心愿。

他从来不说话——也许您会问,难道树也会说话?当然,树类也有自己的语言。不过,他们的谈话所引起的空气振动有着人耳所不能听知的频率,那声音和含意只属于他们自己。离他五米远的地方有一株响杨,便是一位滔滔不绝的"话痨"患者。响杨从早到晚都讲述它对大地的忠诚:"我的根是长在地里的,我有五千六百四十四根须根,都长在地里,那就是我的五千六百四十三种加一种优越性。"响杨还喜欢随时发布关于它自己的新闻,"你们没有注意吧,看你们你!昨天晚上那只秃尾巴鹌鹑飞到了我的身上,她说她从来没有见过像我这样美丽的政治家,她说我身材苗条,适合做天堂大厦的顶梁柱。她说得太多,我就睡着了,她说我的鼾声像是驱逐舰的汽笛。后来我打了一个喷嚏,她就飞走了。我打喷嚏一般都是后半夜子时三刻,那时候毛毛虫常常给我搔痒痒。唉,你们说啊,你们你,说说什么叫痒?怎么,连痒都不知道……周朝的古柏,汉朝的古松,唐朝的古梅和宋朝的古槐,它们最能痒了,它们痒起来树皮都皱成一块一块的。我与它们神交已经许多年了,不信你们问问去,其实我和他们平起平坐。柏兄、松兄、梅兄和槐兄对我一直挺哥们儿的,它们肯定了我的几方面的优点,第一,根冲下长而干向上长;第二,树叶是绿的;第三,春天长叶而秋天落叶;第四,从不随便搬家;第五,从不随风倒;第六,下雨时从来不躲到屋里去;第七,说话有风趣;第八……"

树们都不回答,想回答也没有插嘴的份儿。他们觉得倒也有趣,这是一个美好的世界,白天有太阳而晚上有月亮,有了云就可能下雨也可能打雷,树枝上有鸟而树干上有虫,树下有喁喁抒情的男女,也有人随地便溺,有喜欢喧闹的雨和悄没声息的雪,有人在滔滔不绝地演讲,而有人含笑闭目养神入定。

他从来不讲话。别的树说他是哑子,他不承认也不否认。他从没感到过讲话的必要,从没产生过讲话的欲望,他无从知道,也不想知道他自己的讲话能力。讲话能力的问题对于他根本不存在。

当然他也有自己的思想、情感、倾向、意识流、梦和"行为"。毋宁说他是非常被动的。清晨时分他的树叶上常常挂满露珠,露珠里反射出朝霞的光辉和远山的面影,这是他的羞怯的初恋之情。太阳一出来他就立刻收起了自己的湿润的幻想,他全身心地面向阳光,吸收阳光,奋力生长。只要日照好他就要长出新的芽和蕾、叶和枝,这使他感到又吃力又快乐。这就是他对太阳的向往的深情了,生长就足以代替一切感谢的表白。他从来不觉得有必要向太阳说什么。同样他从来没有统计过自己的根须,从来不觉得有必要向大地论证自己存在的正当性、必要性与不可或缺性。

最有趣的是风。风是一个脾气难以捉摸的朋友。它常常给你以慈祥和机敏的抚摸,用清新的气息调剂你的密集的拥挤,给你以舞蹈的启迪。于是他这棵无名无言的树或轻轻地摆头,或微微地颦眉,或舒臂从容,或移颈喜悦,或亭亭玉立,或摇曳多姿,有时候枝条的飘浮如水上行舟,有时候树叶的聚分如笑靥拂面,有时候树枝的扭结如回眸温柔地一笑,有时候突然静止了,更觉得若此若彼,深不可测。

但也有时候风忽然大闹起来,大喊大叫,大冲大撞,向他发起凶猛的进攻,咋咋呼呼地威胁着要折断他的枝条,劈开他的树干,剥光他的叶子,吹干他的汁液,一直说到要把他连根拔起。他却浑然不觉,可能是由于生性迟钝,可能是由于语言系统的退化影响到听觉系统的退化,可能是由于他的不可救药的乐观气质。他从来没有感到风的威胁是当真的,他根本不相信风对他有恶意,正是在他与风的友谊与默契之中他得到了空气调节、舒展了身躯、预防了关节炎和湿疹、学会了柔软健身操与舞蹈,锻炼了木质部、形成层与表皮韧皮。现在风咋咋呼呼地来了,这不过是一场快乐的嬉戏罢了,它不过是喝酒喝多了或者有几天没有睡好觉罢了。喝醉了的人常常在陌生人面前竭力保持清醒而向自己的密友挥舞拳头,失眠的人常常向自己的亲人乱发脾气。无名树觉得风的怒吼完全是一种值得同情的自身的需要,是一时的不平衡,甚至是与他友谊非同一般的表现呢。

他这样想着,他在大风里仍然从容。他最多弯一弯腰,给大地鞠一个躬。他早就想给大地鞠躬了,而且他早就为自己长得太快太高而觉得不好意思。他愿意和小草接吻,也愿意给远山行九十度鞠躬礼。日本人见人就行九十度礼,但日本人是一个非常强悍和进取的民族,而这棵无名树,委实一点也谈不上强悍呢。

向前弯完了腰便要直起身来,也向后仰一仰。向后他弯不了九十度,因为他没有受过杂技团的软功训练,也没出过国表演叼花什么的。他略略仰仰头,像是在伸懒腰,像是在瞭望苍天,像是在遐想,像是在仰天长啸,不知不觉之中,平添出几许豪兴。

难免要掉几片树叶,有时候是一大片树叶,他虽然不无惋惜地忧伤,却从未感到撕心的痛苦。树叶总是要落的,他最害羞的是有时候隔年的枯叶仍然大模大样地栖留在他的枝头。他不因为树叶的凋零而埋怨风,他知道一棵不接受叶片的凋零的树也就不可能长出新的枝叶,不要冬天也就没有春天的复苏和新的蓬勃的生长。风在帮助他更新,他何怒之有?

风太凶的时候他也觉得有点站不稳,有点抱歉,有点无可奈何。他随着风扭摆起来,柔韧而又粗犷,像是一种土风舞。他终于感到了一种少有的淋漓酣畅,而他那迎风善舞的名声也就大噪于世间了。

最早把这棵树的舞姿报道到人类中间的是一对大龄青年(人间的中国真是一个时时出现新名词的国家。大龄青年问题在八十年代初期曾经困扰过中国社会。一批由于上山下乡,由于待业,由于缺乏社交机会和其他原因而年龄快到三十岁或已超过三十岁的青年,还没有解决配偶问题。"大龄青年"这个词专指这些人)。男的在一家电影发行公司画电影广告画,女的在一家不被人知的文学杂志社当编辑,有时候也给晚报写一些能令读者边读边忘个一干二净的文章。谁知道他们怎么会来到这个河滩。响杨拼命向他们搔首弄姿,并用它的片片圆叶发出人耳所能听到的稀里哗啦的声响。只要一有人走过这里,响杨就老想尥蹶儿,浑身好像扎满了棘刺,躁狂不安。但一棵树再想蹦也是蹦不起来的,你只能看到他的枝杈一起一伏地喘息,好像老牛之不胜重负。男大龄青年见到这棵响杨便赶紧转过了脸去,这株树给他一种不安感,使他想起下乡接受再教育期间饲养过的种畜。女大龄青年听着响杨的树叶的哗啦声,不由打了一个哈欠,流出了一丝口水。幸亏她及时掏出精美的手绢,把嘴角擦拭干净了。她用手绢擦嘴的样子楚楚动人。

然后他们信步走到了他的跟前。清风徐来,他于不知不觉之中略有拂动。一种宁静的潇洒,一种含蓄的温柔,一种谦逊的自重,一种质朴的多姿,使这一对大龄青年蓦然心动,一见钟情,目摇神迷,莫名的战栗之后连呼吸都变得分外均匀了。好像有一束光突然照亮了他们的灵魂深处。

他们当时没有说什么,只是含笑对这棵无以名之的树看了又看。当他们离开了他以后,还一再回过头来看他,看河滩、田野和天空。

然后男青年画了一幅画——《树之舞》。女青年写了一首诗——《梦里的树》。后来他们真的相爱,真的登记结婚了。到冬天他们就会分到房子,永远结合在一起。但是他们决定不要孩子。

"你早!"每天早晨男青年都给女青年打一个电话。

"你好!"女青年温柔地问候着已经是她的丈夫的男朋友。

他们可能都想到了那株无名的树,也可能在领到结婚证之后把他忘掉了。

但是他们的画和诗却引起了人们的好奇心、兴趣和逆反心理。

各色人等开始前来寻找这棵树,打量、审察这棵树,欣赏、捉摸这棵树,评议、研究起这棵树来了。

"严重的问题是来历和品种。"一位面孔呆板的植物分类学家宣告,"他不是松、不是槐、不是梨、不是枣、不是杨、不是柳、不是桃也不是胡桃,他甚至连香椿和臭椿都不是!这不是太轻狂、太胡闹、太放肆、太自以为了不起了吗?他怎么入境的呢?一定是走私……说不定是冬天夜长,那一天雾又大,他是空投进来的……"

"不不不不不!"一位看来面孔活泼的研究员一口气说了许多个"不","这是一株了不起的树,他属于二十四世纪,我们的第十二代玄孙将会正确地理解他的价值,这需要一种文化的新价值观念,比如说,你知道外星系的植物的结构吗?"

"这棵树已经有了名声,有了名声就什么都是好的了,连乌鸦在树上的屎都会变香的。"一位愤世嫉俗的长发青年骂骂咧咧地说。说完,他掏出一把折叠刀,把自己的名字刻在树上。

"到我这里来刻,我欢迎!"响杨拼命向忧郁的长发青年躬腰。长发青年似乎领了它的情,拿起折刀在响杨的树干上划了一下,哧溜,流出了一股黄水,把青年的手弄脏了。

少先队员到这棵树下野餐,留下许多面包屑、苹果皮和汽水瓶盖。汽水瓶他们还要不辞辛苦拿回去退钱。

青年团员到这棵树下采集树种,费了半天劲才弄清这树没有种。

一位被负心人欺骗了的少女到这棵树下来上吊,把裤腰带抛到粗枝上,系了一个圆环,把圆环套到脖子上。一、二、三、"喀嚓",她落到地上,被救了。她打消了寻短见的念头以后,一直断言这树是朽的。不然,为什么经不住她的体重,还给她提供一个解脱的桥梁呢?

一位道德家听到了少女在这棵树上自尽未成的故事,很兴奋。他说,显然,这棵树是有原则的,他挽救了迷惘的一代中的一个。可以说,这不是一棵树,而是一个规矩,一个样板,一种轨道。

这位道德学家坚决反对穿西服、留长发、穿高跟鞋和养花。他曾经到一个舞会上去做报告,讲跳舞的目的是为了锻炼身体,帮助消化,绝不允许有其他的杂念。后来他因为把公家的三合板拿到自己家里而被指责为伪善。于是,有人说这棵树是伪善的"样板树"。

生活在这片河滩边的荆棘丛里,有一只火红色的狐狸,她是一位天才的无师自通的舞蹈家,她跳舞的时候拼命模仿象的持重、虎的威严、熊的浑厚、狮的凌厉和牛的忠诚。她的舞常常引起一种哭笑不得的哗笑声,这使她更为得意。当愈来愈多的人和动物来欣赏无名树的舞姿的时候,她终于按捺不住了,她叫着、闹着、跳着冲了过去,她要表演自己的拿手好舞。

也许真的是出于一种无可救药的成见,"狐狸!"一个孩子首先喊出了声……接着,是石头、木棒、追逐、遍体鳞伤。

入夜以后,狐狸来到了无名树前。"这不是岂有此理吗?你跳舞,人们称赞。我跳舞,却挨了石头。"她说。

那树轻轻地摇了摇头。

"你摇什么头?难道这不是事实吗?"

树轻轻地摇着头。

"你怎么不回答?你是摆架子吗?人们都说你跳舞跳得好,你却一味地摇头,这纯粹是得了便宜卖乖!"狐狸有点生气了。

树仍然只是轻轻地摇着头。

"你以为我不知道你的心思吗?你想当一个舞蹈明星,可是你太鬼了,你不露形迹,又吃热的又不烫手,我算服了你了。人人说我狡猾,可你比我狡猾一千倍!"狐狸说着说着,化嗔为笑起来。

一位摄影师前来摄取这树的形象。他先在镜头上涂了些唾沫,又故意对错了焦距,按快门时手一抖,最后照出了新奇的画面。人们为这张摄影作品争得头破血流。有人断言这棵树的品格可疑。

人来得太多鸟就不敢逗留了,它们一只又一只地飞走。松鼠搬了家,蟋蟀也不再在他的周围鸣叫。连野蜂也远远地绕开他飞。野蜂其实最胆小,除了吮吸树叶和野果的浆水,它们从不敢伸出自己的刺,倒是有许多兽类常常对它们发起先发制人的攻击。

最后风也不肯眷顾了。风是一个不可救药的自由主义者,它高兴怎么吹就怎么吹,没有任何有生命的东西企图妨碍它或者指导它。这种过分的自由使它变得任性、易怒,常常无以自处因而暴跳如雷。"你们都成心气我?你们觉得气死我才好呢!"它喝道。"都碍事!"它又说。它发现不仅每一座山、每一面墙都阻碍着它的发挥,就是每一颗石子和每一棵小草也使它不痛快。那棵河滩边的无名的树本来和它关系还不错,但当他受到好事者的包围的时候,风躲避他就如躲避瘟疫了。

终于他的身上出现了许多小黑虫子,有点像蚜虫,又不完全像。谁让他是一棵四不像的树呢?生的虫子也四不像。

虫子最初只有两条,又变成四条,又变成八条,每秒钟翻一番,十五秒钟以后已经是六万五千五百三十六条了,又过了十五秒钟以后,完全数不清了。

长满讨厌的虫子的树,多么恶心!不再有人光顾他了,他自始至终不知道发生了什么事情,但是他也渐渐地明白了:"我完了。"他早知道一切都会有个完结,但没有想到完得这么早,这样不光彩。再见了,这个我没有弄清楚的世界。再见了,调皮的风和饶舌的响杨。再见了,给我唱过各种各样的歌儿的小鸟。再见了,一直亲近我,并不因为我发育得太大而对我见外的小草……

他也想起那一对大龄青年,他觉得那两个人的目光和表情似乎有趣。他无法了解人类,至多感觉到还有点意思。他更觉得对不起那个想吊死在他的枝上的姑娘,他不知道自己有什么错处,但他相信自己总是有错的。

但我毕竟有过蓬勃的生长!生长,这就是快乐,谢谢这使我生长的一切!

于是他怀着安宁的心情睡着了,不知道一觉睡了多长时间。他还以为从此可以不再醒来呢。醒来的时候赶上了一场大雷雨,雨水冲刷得他干干净净,他第一次知道了洗澡的快乐,摆脱了一切虫子的快乐。雨水打得他飒飒起舞,他已经好久没有这样舞蹈过了。风嫌弃了他,不再给他提供起舞的契机,是因为他自己不好,他自己庸俗才不再被风垂青的,他并无怨尤。但是热泪一样的雨滴又使他簌簌地舞动了,他低下头又扬起头,热情使他不住地颤抖。轰隆隆……一个炸响的雷,他猛地一摇,只听到一阵震天动地的鼓掌和喝彩,他完成了一次高难动作,又一阵滚雷,远远地滚来又缓缓地滚去。他浑身都流淌着大水,好像是他扬臂把水接了来似的。四周是泥土、树叶和青草的芳香。四周是滚滚的雷声,四周是忽明、忽暗、忽青、忽黄、忽白、忽黑的闪电,似乎整个世界都在旋转、塌陷、升起。

轰的一声巨响,无名树暗道不好,他似乎已经诚惶诚恐地匍匐在地面上。待到他抬起头来,却见与他遥遥相对的响杨树冠上火光熊熊,黑烟冲天。这是怎么回事?他只觉得全身向响杨俯去,悲痛万分。难道这就是雷击?难道应该遭到雷击的不是我么?正是我长得这样傻大,正是我招来了风言风语。正是我遍体黑虫、体无完肤,正是我向往着雷电、燃烧和大空无。我的亲爱的天真的响杨兄弟啊,你这可是怎么了?

响杨没有回答,它在电火中劈劈啪啪地响,又被雨点敲出了呲呲声。终于,火熄了,烟由浓变淡,响杨发出了一声悠长的叹息。

雨过天晴,风和日丽,经过了一串串热闹的、有趣的、阳光明媚的日子。干涸了的河滩和污秽的卵石上终于又流过了清清的水。无名树旁栽满了垂柳。在雷击中受到损伤的响杨又抽出了新的枝条。雀鸟重又在林里飞翔,风又开始眷顾他们。又有新的情人——并非大龄而是妙龄——来到这里流连,他们觉得新栽的树感更加好看。他们没有注意这株无名的树。

无言的树感觉到了少有的轻松,他舒了口气。

发表于《小说导报》1985 年第 1 期

高 原 的 风

　　在二十世纪八十年代这几年的中国,对于城市的芸芸众生来说,有什么事能使人感到特别幸运呢?获得奖金?小额者人皆有之,早视为理所当然,再翻两番也是不要白不要,要了白要。巨额者上哪儿领去?升官?毕竟只有为数不多的同志在考虑进入梯队,而且毕竟不是所有被考虑者都那么迷官,像官迷们用迷官的眼睛所见所想的那样。"彩票"得中?迄今只在首都发售过一次国际马拉松赛有奖参观券,售券时出动了大批民警,差点挤出人命,得头奖的机会是四万九千九百九十九分之一。碰到个知心伴侣?那是年轻人的事。再说,正如仁人志士们指出到处都有荒谬的不道德的无爱婚姻一样,到处都有更多的不准备招揽聘请第三者的一对一的成双婚配。冥冥中有个大自然规律管着呢,男女比例大致相当,有哪个少男不善钟情?有哪个少女不善怀春?因而痴男怨女的数量总还是大大低于成年人口的百分之一、二、三,这不会影响莺歌燕舞、不是小好的比率。历次运动已经证明,这个比率是安全的。

　　说来说去,这些年最能让相当一部分人为之神往的事还是分到房子。要想知道分到房子住的快乐,只需看看房子不够住的苦情。要想知道分房子的重要,只需看看负责分的人是如何机关算尽、如临大敌,而要房子的人又如何费尽颜面、言语、心术。每年为分房要房,白了多少头发!

　　这样,一九八四年初东泉市的宋朝义分到两套房子,不是一件小事。这是一九七八年冬以来他的各种顺心的事的一个集结,一个小小的高潮。一月十四日,经过了许多扯皮、摩擦、推脱、虚惊、奔走、摊牌、等待、失望、再希望……以后,他拿到了两个单元的各三把共六把钥匙。钥匙是铝合金制作,有几道纵沟,表面上千篇一律,散发着保护油和尘土的气味,看来十分肮脏。他接到这六把脏钥匙的时候觉得高兴,却又不像预想的那么快活。

下班以后挤汽车。冬天,冷风吹着脸,车窗玻璃没有摇上来。一位乘客手提的装在尼龙网兜里的熏鸡似乎一直在啄他的大腿。他饱经沧桑,既快乐又叹息。到处都有烧鸡、卤鸡、酱鸡、扒鸡、熏鸡,还有香酥鸡。就酒喝挺好。如果屋里有暖气……

就更好。他在 2 路汽车等候转车等了四十三分钟。不知道是不是哪儿轧了人。冬天,穿着臃肿,动作不灵,事故增加。其实他只需要再坐三站,步行只要二十分钟。问题是他已经把自己押在等上了,越等就越不能不等。他的脸颊冻得好像要结一层脆皮。清醒清醒。小时候他冻得尿过裤。"触及灵魂"的时候他冻得把唯一供给他热能的高粱米饭吐了一地。

回家七点四十四。他稳稳地拿出钥匙,妻子和儿子雀跃。就是为了你们。面前似乎有鲜花、石阶、沙发和激光效果。就是为了我们一起住了多年的破烂农舍。心里烫烫的。吃完饭八点半,疲惫不堪。妻子儿子坚持要立即出发看房,似乎再耽搁一天房就会飞。得到钥匙以后他们发现已经等待到了极限。又转了两次车,历时五十二分。他们小心翼翼地登上楼梯,暗淡而又曲折狭窄。轻轻旋转钥匙打开了门,轻轻地打开了灯,四面都是白色的墙壁。面色也是苍白的。

乔迁志喜。留下的是电视系列片一样的一系列场面和记忆,也像电视系列片一样啰嗦、累人、不乏破绽和可疑,却仍然引诱你完成任务般一部又一部地看下去。

儿子找了小哥们儿二十四人次帮助迁居。为了犒赏小哥们儿,父亲通过政协管理员买了四十二瓶啤酒、两瓶大曲和大批火腿、香肠、煎鱼、炸小虾和红扑扑宛如玫瑰的猪蹄。卫生间墙壁下部用砂纸打磨光净后涂上了淡绿色调和漆。客厅糊上塑料壁纸,壁纸和工是托一个停止了往来二十五年的老同学办的。为答谢他,请这位老同学到"楼上楼"吃了一席。为吃好这一席,他又找了一位二十四年无来往的老同事。

购置液化石油气钢瓶(煤气罐)创造了辉煌的纪录。东泉市煤气公司一位业务员曾经说搞到煤气罐未见得比搞到房子容易。当然是由市人大常委会和政协而不是由他所在的学校出面的。公函上写道,兹有全国人大代表、我市政协副主席、侨联副主席、社(会科学工作者)联副主席、侨眷宋朝义同志需解决煤气罐一个……他的伟大头衔写了密密麻麻好几行小字。侨眷与侨联副主席语义重复。他的本职工作——教师根本没写。而且,用侨眷的身份或用其他头衔去讨煤气罐,他不知道哪个必要,哪个羞死。后来又托了他儿子的女朋友的一位同学的姨父,只等了一星期就把煤气罐弄回。

宋朝义新分到的房子是两个单元,门对着门。大单元三室一厅一阳台一阴台一厨房一卫生间,小单元一室一厅一阳台一厨房一卫生间。小单元基本上归儿子,厨房改成了他们一家的报刊图书资料存放室。大单元分卧室、客厅和工作室,门厅放着一个塑料贴面电镀钢腿折叠圆桌和几把电镀钢腿折叠弹簧软椅,可放可收,可以吃饭也可以接待一般来客。整个生活突然升了一格。在自己的两个单元里,宋朝义推开这个门走进那个门,看着这个屋的书架又打开另一个屋的写字台抽屉。他觉得新奇,觉得有趣,觉得好像走进了一个为录像而布置得生硬的房间里。

五年来的好事像排着队游过来的一串金鱼。平反,回迁,特级教师,连涨三级,出版了他撰写的关于乡村语文教学的书,布面精装本一千册。宋朝义的姐姐——赋予宋朝义以侨眷身份的"侨"偕姐夫两次回国探亲。姐姐嫁的那个开始时令宋朝义觉得压抑的"洋人"还是个不老小的人物。几乎在分到房子的同时,姐姐寄来了一笔钱。

侨汇券、外汇券、人民币如虎添翼。儿子在妻子支持下采取了一整套装备新居的行动，不止一次使宋朝义心里的那根习惯了清贫日子的弦颤抖。好像是那些横冲直撞地占有了他家的地盘的陌生的家伙，那些神气十足的电冰箱、电视机、收录机、沙发、新式木器、软床碰破了他的一件什么使用多年的亲切的瓷器。

宋朝义五十四岁，五十四年来大体上没有离开过拥挤、寒碜、捉襟见肘、有时候是提心吊胆而又逆境中分外自觉善良、清白和内心平安的日子。他习惯于侍奉这样的日子像孝子习惯于侍奉辗转病榻、喜怒无常但毕竟恩泽未泯的母亲。离开这与生俱来的日子母亲、日立三开门或者夏普双声道，似乎不能完全填补那种科学家认为有益、但很少人能适应的失重即失落感。

幸福可能主要是为了给别人看的。幸福大概是供参观而不是供享用的样品。

老朋友、新朋友、老关系、新关系来到了新居，赞叹此起彼伏：

已经是八个现代化，又何必二〇〇〇！

这就叫让一部分人先富起来！

总算能安安生生过好日子了！

三十年河东！三十年河西！

住进这样的房子，死亦瞑目矣！

最后一种反映使宋朝义觉得刺耳。什么？死？生于忧患，死于安乐……我们的世世代代先人都是把安乐与死联系在一起。

说这个话的是老宋的至交，身高一米九的老赵。老赵的父亲曾在北洋军阀时期大富大贵，老赵无所不好，无所不能，琴、棋、书、画、摄影、京戏、大鼓、变戏法、拿大顶、抹灰、砌灶……但又无一称精。近年来他的日子也有不少改善，但改不了他那副不梳头、不系领钩、不刮脸的落魄行藏，而且一张口说话常带三分晦气。

真的？长眠＝安息。而生活，就是奋斗、就是咬紧牙关、就是承受一个又一个打击。年轻时候他看过电影《墨西哥人》，墨西哥人一声不吭地承受着雨点般落向他的头部面部胸部的拳击。扛起麻袋走在颤悠悠的跳板上真觉得再多一根稻草就能把脊椎压断。在四下透风的教室里给坐在土坯凳子上的孩子讲人生的真谛在于使别人生活得好。给儿子烤一块红瓤白薯。在煤油灯底下一边看书一边揉着眼睛里的水分。越穷还越要留下点积蓄,他又存了一百元定期。生是一种韧性啊。

如今,每天早晨在哗哗作响的喧闹的水声里洗透拖把,把洋灰地擦得像打上了蜡,新鲜的水门汀散发出一股碱腥却喜人的气息。阳光透过大幅针织编花白色窗帘照在绿色的水仙叶上。墙上挂着丝织的徐悲鸿的群马。音箱里时而传出获奥斯卡金像奖影片《爱情故事》的主题曲,大提琴的低音威严而又和暖。客人来了坐在双垫沙发上吸红双喜香烟、喝一块七一两的茶。客人走了把高雅的沙发巾一一整理。似乎是飞机失事后幸存者的归家,好像是马拉松赛后运动员泡在热水浴缸里,他如释重负,闭上眼睛,长长地吐一口浊气。

又总是小有不安。他的同事、他的朋友们生活得还太艰难啊!某大报第一版报道保定市郊一所学校以重金聘请一位校长,月薪一百二十元,该消息明明说那里的农村一个普通劳动力月收入一百挂零,有技术者月收入一百三四十。这就是改善后的中小学校长的待遇,遑论教师!滨河区教育局三十余年来第一次说是要给所属学校教工分几套房子,条件是:一、夫妻双方都在本区教育系统工作五年以上。二、现家庭人口人均住房面积低于二点五平方米……听了这样的条件想上吊!

只有儿子器宇轩昂地进出新居,倒像这房子是分给儿子、老子是沾光奉陪而来的。儿子龙龙比朝义高十个厘米,活脱像他却又比他风度翩翩。他一手叉着腰走来走去地巡视、设计、组织采购、搬运和布置,脸上带着一种高傲的、嘲笑的表情,根本没有把使父亲诚惶诚恐、受宠若惊的一切放在眼里。

老宋不喜欢儿子的这种神气。居安思危。一米一粟当思来之不易。你怎么就觉得过好日子那么应当应分呢？比较起来，当年在乡村，帮着他挖菜窖和打土坯、和农民的孩子们一起掏鸟窝和拍三角的儿子何等纯朴可爱！

宋朝义有几位交情也还可以的朋友，朋友们原来处境包括住房比他好。近几年宋朝义自己也惶惶然悚悚然颇有几分发达，住进佳室，从此这几位朋友不进他的门。他的邀请被婉谢。他照旧大大咧咧地去找人家串门，又抽烟又喝茶又吃瓜子，还希望留饭。终于没有留饭，而且脸色与语气不像往日。

与此同时，来他家的新客大增。包括任职的各有关部门和团体的领导及下属们，包括外地来的乃至外国来的有关方面的"人五人六"。其中有一个自封为全国函授调节中心总执事。也有各种慕名者、叙旧忆旧者。他常常像录音带一样地从 ABC 开始播放自己的籍贯、年龄、简历、婚姻子女状况、工资级别、本兼各职……新相会的老故人对宋朝义的编制仍在一个中学大惑不解，觉得不合逻辑，似乎也不合天理。一见如故、推心置腹的友人建议说，还是转到统战、侨务或外事部门去吧……一些人的心目中，中小学教工的地位是城市中的倒数第一。

可我的本业是教书啊，没有教书，还有底下的那一切吗？

新见面的老友暗示他，当然当然。但你已经有了别人没有的许多，这时候教不教书就不再是重要的了。说不定再教书只能降低自己。说不定你越是再不教书，就越是证明你教得好，无与伦比，不可企及。真正高级的权威都是不动手或已经不能动手的，要不怎么叫教师里的特级呢？

似乎里头有点天机。

市委领导与他谈话。建议把他调到侨务部门。他想起了个中天机便坚决谢绝了。一部分人说他做得对。一部分人说他傻，长期下乡染上了小生产习气。再一部分人说他狡猾——大智若愚。

去不去侨联反正他越来越忙碌。忙碌中他发现妻子江春常常显出愁容。

"你怎么了?"他问妻子。

"没什么。"妻子神情抑郁。

"我最近……太忙了……连陪你看场电影、逛趟公园、去趟百货商店的时间都没有。"

"为什么要陪我呢?那不成了给你制造负担了吗?"话音是冷的。

真是祸从天降,有自无生!宋朝义是这样正派、这样勤恳、这样挚爱着妻子——他曾经对妻子说,当初我是不敢爱你的,但是一想到假若我们不结合在一起就再不会有另一个像我一样爱你的人出现在你的生活里,不和你结合便是最残酷的犯罪了。他过去这样想,现在仍然这样想。他究竟做了什么事招江春不高兴呢?

"我……有什么不对吗?"宋朝义放低了声音,力求平静和耐心,"你好像……近来……"

妻子是娇小的,快到五十岁的年纪从背影看去甚至仍然像是少女。一个无所不知的朋友非说江春过去当过演员受过文工团的训练。妻子又是一个有着独特精神追求的人,否则怎么会在他最困难的时候单单挑中了他,与他一起镇静坚定地度过了一个接一个的漫长难熬的日子?

"没有什么。"江春的表情却是有什么。

"到底怎么了?无论如何你要把话告诉我,你总不该瞒着我。你有什么不愉快吗?工作、生活、房子、儿子和我……"

"工作生活房子儿子你都太好,我是世界上最幸福的人。"

冷嘲的声调终于激怒了宋朝义:"我究竟做了什么?我辛辛苦苦,我忙忙碌碌,我受过各式各样的打击、侮辱、冤屈……好容易日子好过了一点……这不是,这么好的房子也分到了,不是你要我去奔走房子吗?"

"别说这些,别说这些了。"江春摆着手,又踮起脚捂住了宋朝义的嘴,她的脸上显出了勉强的笑容,那笑容是苦的。

还有沁出的泪水。她的眼睛不看宋朝义,在看什么呢?

儿子也常常有这种莫测的眼光。在自己的小单元里,龙龙每天都睡得很迟。他读老子、读康德、读中药学和雨果。用不屑的口气谈论局长的报告与大获好评的小说。听黑人的招魂曲却不接受父亲多次向他推荐的贝多芬《第九交响乐》。看电视的时候一会儿按这个键一会儿换那个频道一会儿移动天线,让你哪个节目都看不成。眼神里流露着轻狂、忧愁和怀疑。志大才疏、不知世事艰难,如果不是垮掉的一代,至少也是迷惘的一批。

他们哪有我们当年那种纯真献身的热情？宋朝义想,扩而为国家的未来而担忧。

女人无论如何永远是一个谜。

当代青年大概也是一个谜。他们为什么爱听那野性的哭叫一样的招魂曲?

人的命运也是一个谜。前半生,他努力改造,努力符合社会要求,包括吸烟、腔调和走路的姿势。为了改变剥削阶级出身狗崽子的形象,他有钱也不买价格一毛五以上一包的香烟。他本来声音洪亮、口齿清楚、条理分明,为了不做夸夸其谈的浮躁知识分子,为了与农村的人们打成一片,他学得常常木木讷讷,有时候故意把话说乱、丢三落四、吭吭咳咳唉唉。还有拱背低头走路,当然是夹尾巴而不是翘尾巴的姿势……更不要说他做出了多么绝情的事——与侨居海外的大姐划清界限……结果,命运像落到墨西哥人脸上的拳头雨。

这几年呢,只能用一个他最不喜欢的俚语来形容:"芝麻开花节节高"。多年来的语文教学使他对这俚语产生了反感偏见,它俗不可耐而又作生动形象状。他老觉得这只能算是耍贫嘴。如今,一想起自己几年来的变化就想起了这几个词。活是现世报应啊!

连他的当年坚决反共的大姐不肯回国去了台湾后来又到了美国嫁给一个白种人也成了他时来运转的契机之一。他想找条地缝儿钻下去。

房子也是谜。上大学的时候他嫌宿舍不好，援引马克思《资本论》来论证那种睡上下铺的大学生住宿条件比马克思所说的十九世纪英国不顾工人死活的车间条件还差，为此他成了"打着红旗反红旗"。"分子"化以后他们十七个人住一间小屋，打地铺，翻身的时候确实要一起翻……他睡得实在。

迁入新居以前他住一个大杂院，九户如一家。渍的酸菜在室内发酵，成年的儿子与父母之间挂起一个床单。他的家与相邻的邻居一家虽不见面却声气相通。邻居一家的挂钟同时为他们报时。邻居吃辣椒他们一家人陪着流泪咳嗽。估计是隔墙天棚以上没有抹泥抹灰，砖头中间的缝隙成了畅通的交流渠道。

迁入新居后反而时而辗转反侧。太静？太忙？太软？太缺乏杂味？男性更年期？好像缺少点沉重的、系着他和坠着他的东西。

睡不着的时候他常常想起刚刚被东泉市"收回"的日子。他们被暂时安置在一个六等小招待所放杂物的阴暗小屋。小房六平方米。他们从严寒的极北方农村带回来的饭桌、木椅、板凳、纸箱、木箱、柳条包放在教育局的库房里接受老鼠品尝。他们这间阴暗的小屋对面是盥洗室，每天从凌晨到深夜都可以听见每一个客人洗脸、刷牙、喷鼻、吐痰和每一个服务员洗拖把与倒痰盂。他们的小屋的后面是电视棚，全招待所只在此棚下安放了一个电视机。每个晚上都是电视里的大锣大鼓大吵大叫大哭大笑——人多，得把音量拧到最大限度……然而，当他和妻（那时儿子还没回来呢）住进这小屋的时候，心情是多么激动啊！他们等了这么久又这么久，他们遭受了那么多不公正和不公正，他们冬眠了那么多年和那么多年，这一切都有了报偿了！一切都在重生，一切都在复苏，冰河解冻，万树含苞，他们整个灵魂和生命向着新时期歌唱。犹有（不是岂有）豪情似旧时！江春和他一起会见老朋友，一起走过年轻时候无比熟悉却又阔别多年的每一条街巷。每个路口、每个拐角、每盏灯和每座新房子旧房子都使他们欢呼流泪……那是一间神奇的小屋,窄小却充盈着巨大的幸福、阴暗却充盈着光明的希望。

后来呢,后来他以未曾料及的速度恢复了自己的一切优势:博闻强记,触类旁通,灵活敏捷而又善于表述,何况他还充满了那爆发的久被压抑的工作与服务的热情。他谢绝了留在局里供职的好意的建议,走上教学第一线。攻读、著述、上课。几次公开课和一本书震动了东泉市和省。从此一顺百顺、一通百通。而当他担任了这里那里的代表、副主席以后,似乎他的课讲得更好了。连北京来的视导员听完他的课以后也条条是优点地说了十五分钟,连一条改进建议都没提。

上起课来他已经烂熟,进入化境。不但能掌握内容、掌握进度和节奏,而且他精确如电脑地预见和掌握着自己在课堂上的一举一动一言一笑一措词一声调,与学生的每个情绪征兆配合默契、相互应答。微笑、迷惑、好奇、恍然大悟、失笑、欢欣鼓舞,该出现什么就出现什么,该出现到什么程度就出现到什么程度。学生完全被他征服,五体投地。一堂课时间飞快地过去了,他戛然而止。学生没有听够,宋老师比上课以前还神采奕奕。那是一种真正的艺术的圆熟,艺术的无我与无物。

无懈可击,无懈可击!如庖丁解牛,游刃有余!

也许可怕就怕在这无懈可击上吧?老赵看到了他的新房子就想到死,就因为新房子对于他们来说已经无懈可击。

倒是他的儿子,仍然一百一十个不满意。希望买录像机。希望安装一个会奏电子乐段的门铃,买摩托车和橡皮船。干脆买空调设备,澳大利亚出品……

那个设备要多少钱?六七千块。一个月用多少电?上百块电费。宋朝义简直气得哆嗦。而儿子嘲笑说,小生产者只知道把钱存到罐子里,只知道让钱睡眠。您应该知道有消费才有周转,有流通周转才有扩大再生产。

宋朝义想给儿子一个耳光。他知道耳光的威力比不上新思潮，但总可以抵挡一气。

他的游刃有余和无懈可击的教学会不会正在变成一种新的落后的程式呢？社会活动多，有时不得不找别人代他批改作业、代他与学生谈话，他还能有什么长进？

他们学校新到了一位年轻的女教师小李。小李教初中，她从初一就经常用课堂讨论的方法进行语文教学，上课的时候班上学生都抢着发言。她教的一位身高不足一米五的女生竟然对课本所收的一篇鲁迅的著名文章提出疑义，有人说是异议。质疑是幼稚的，所有的老教师都责备小李和她的矮学生的荒唐。正赶上文艺界批评"资产阶级自由化"。有人说小李的教学试验是自由化的表现。特级教师宋朝义心情沉重。

宋朝义的沉重倒不是为了小李。与他的过去相比，小李的挫折简直不算什么。宋朝义的沉重恰恰是因为他自己。他的特级只需要维持，不需要从头做起。摸索、冒新的风险、奋斗、受误解和指责以及这一切所带来的激动人心的战栗，都已经不再是他的事。他已经五十四岁，短短的五年已经"把失去了的光阴追了回来"。已经度过了他过去应该度过而未能度过的岁月。在东泉市，他难于超越他自己。他无法想象他在一九八五年、八六年、八七年一定比他八二年和八三年教语文教得好。正像他无法想象在此生能住上更高的标准的房子。悲哀在于他确实教得很好。而要比很好更好，就像朱建华跳过两米三九之后再跳，难了。何况他比朱建华大三十几岁。

幸福在于希望。否则当然不幸。

他把自己的想法告诉认为迁入新居死可瞑目的好友。老赵大笑，露出了因为吸烟而熏得黄黄的牙齿。你这就叫烧包。懂不懂？河北话，原意是说一个人有了点钱，放在包里，觉得烧得烫人，不挥霍光了不踏实。后来意思转了，扩大了，指一个人由于处境好而坐卧不宁，没有福分消受。老百姓云："只有享不了的福，没有受不了的罪。"信哉斯言！《范进中举》不是给学生讲过吗？范进中了举，烧包烧出了精神病，亏他岳父胡屠户一个耳光，他才吐出一口黏痰，灵魂才得救！要不咱们俩换换，我住你那个房，要你那些个衔怎么样？

老赵的话使他觉得隔膜，有点寂寞。晚上他在台灯下拆阅信件，台灯下越亮，四周像是越黑。冲刺之后突然降低了速度和紧张度，他慌。

躺到床上以后他唉声叹气。他把自己的想法告诉了妻子。

"你上次问我为什么心绪不好，我回答不出。"妻子缓缓地说，"我只觉得在我们得到新的好的房子的同时，我们，特别是我也失去了那么多宝贵的东西。我们的青年时代。我们的贫贱夫妻百事哀的日子，艰辛，又总盼着明朝。还有对我们的不幸充满同情的朋友们的眼光。冷眼旁观，现在那些来找你的人，有的眼光是羡慕的、尊敬的，有的是讨好的、哄慰的。那些要求你去参加会、去讲什么话、去署什么名义、去接待什么人的人，当你向他们诉苦，诉说你的社会活动负担太重，已经重到了影响你的本职工作的时候，他们有的在窃笑，以为你是在卖弄自己的伟大，于是他们也用什么'能者多劳''请在百忙中抽出时间'之类的话来哄你。还有些人在审视你、打量你，本来是老朋友，端详着你却像端详着陌生人。他们可能为你发愁，也可能对你有点怀疑，怕你离开他们而去……"

宋朝义大吃一惊，醍醐灌顶："真的，你说得真对，你的眼睛真厉害，我没想到事情是这样的……"

"问题不在于别人的眼光。"江春继续说，她说得躁了，从被子里伸出了裸露的胳膊，"问题是你，你实际上也挺得意……"

"哦，你也这样说！"宋朝义觉得这话像针刺。

江春不理会他的哀鸣，只管说下去："你的眼光踌躇意满却又疲劳，忙乱却又空虚，散乱却又呆板。你还记得我们刚回来，一起住在小招待所的情景吗？那时候一提起我们的工作和生活，你的眼睛像两盏灯。"

"噢！"

"还有我，你有时间想想我吗？你还记得我的存在么？你忙、忙、忙。你有你的事，你的活动，你的房子。我有什么呢？我和你一起迎来了春天，现在的日子是你的了。"

"你怎么这么说，我的一切的一切，不也都属于你吗？"

"说得真对！"江春冷笑了一声，"我所有的，是你的一切，你所有的，也是你的一切。实际存在的，真正存在的，只有你的一切。你倒是很慷慨，你声明说，你的一切都属于我。而我呢，除了你以外就什么都没有！"江春的声调忧伤自嘲。

宋朝义却糊涂。前一半，当妻子分析他们迁入新居后失去的友情的时候，宋朝义佩服妻子的英明。后一半，当妻子述说自己的处境，从语言到内涵，宋朝义都觉得玄虚深奥。而妻子的悲哀与嘲弄的口吻使他不理解，并从而愤怒了："工作上的事就够我累神的了。回到家来，我得到的不是安慰而是莫名其妙的牢骚。要不咱们还回农村去？噢，我真得同意这个话了，烧包，烧包！"

好像受到了猝然打击，江春噎住了，她极力压住自己的抽泣。这使宋朝义更加烦躁。过了许久，江春低声自言自语说："你也说我烧包了！二十多年前，我中断与家里给我相中的'女婿'的来往，决心嫁给你，跟你去农村的时候，我爸爸，我妈妈，我姥姥、舅舅、表姐、表姐夫还有好几个要好的同学，不是说我'烧包'吗？"

宋朝义只觉得心里咕咚响了一下，好像有什么贵重的东西掉到了井里。

夜半醒来，听着风声、车声、遥远的说话声、猫叫声和不知道是谁家的没有关紧的窗子的撞击声。不知这些是怎么回事。无事可做便起身去上厕所，其实可以不去。他看到了儿子屋里的灯光未熄。

迁入新居以后，正在罗马旅行的姐姐闻讯来信说：吾弟半生坎坷，从此安居乐业，enjoy your life！

似乎中国人缺少这样的观念。中文里甚至缺少这样的词语。姐姐用了一个英文短句。勉强译作:享受你的生命吧!

他忽然懂了江春。人生是痛苦的。当生活是痛苦的时候,我们为了生活而痛苦。当生活不再痛苦的时候,我们为了自身而痛苦,亲爱的妻!

天亮以后他投入工作,像人造卫星进入轨道,惯性和向心力支配着健康正常的运行。真是烧包,莫非?

他决定去看望一下因为进行新的教学方法的试验而受到指责的小李老师。他事先没有说。按照地址去寻找,竟在曲曲折折的小巷里打听了半个小时。那一带聚居的"贫民"只知道街巷的旧称谓。

终于找到了小李的家。他大吃一惊。小李全家住在一间由早先的门楼改建成的房子里。这间房子的地面比外面的地面低一尺,进屋好像是落到一个坑里,而且黑暗。尤其惊人的是,他们家床分三层,除了一般的所谓双层床以外,他们把下一层床用砖头垫高了多半尺,然后在地上铺了一层毡子,一层褥子,靠墙根还摆着一排柳条包和箱子。这最下层的铺位,就属于三十岁还没结婚的小李。

小李喜出望外地愉快地迎接了他,给他沏香片茶,介绍自己的父母(睡在中层)和弟弟(睡在上层)。小李的眼睛细长,富有表情,脸色虽然有些黄,笑靥里却有和悦的活力,加上她身材苗条,说话声音悦耳,你会觉得她根本不觉得自己的住房和未婚状况有什么寒碜,她的自我感觉——宋朝义自己这样想——说不定比宋朝义还好。

"教学方法,是可以探讨也应该探讨的。别人怎么说,你不必介意,也不要影响自己的情绪。"

小李一笑:"没有,我没有受什么影响。"

宋朝义点点头,他明白自己的话多余。小李是另一种人,她不会像自己那样在乎旁人怎么说。

"你们的住房条件实在……"宋朝义本来不想谈这个话题,不知为什么一张口又说了出来。好像一个刚吃完烤鸭,嘴唇内外还汪着油的人去对一个饿饭者表示关怀。

"我父亲是小学的工人,母亲是在街道工厂,还有我和弟弟。我们都没有分房的户头。听说江苏常州把房卖给私人,什么时候我们这儿有房出售就好了……这几年到处都盖了那么多住宅,我们总归是有希望的,是吗?"说完,小李笑起来。宋朝义想哭。

这也是迁入新居的恶果。你更感到了旁人的困难。简直难以容忍。关怀同情却失去了真诚的基础。

晚饭以后,他把自己走访小李的印象告诉妻子和儿子,声音有点发颤:我们应该把那个独单元借给小李,我们三个人住三间房还不够吗?即使龙龙结婚,我们也可以在这个单元里腾出一间房来……

妻子没有说什么,儿子很不高兴:您就是受罪的命,挨整的命。过上两天早就该过上的稍微正常一点的生活就不舒服。瞧您多慈悲呀!把您的一个小单元恩赐给小李,一起受穷!您那个政协是干什么的?为什么不过问一下中小学教工的生活,还说是尊重教师,注意培养人才呢。报纸上吵吵闹闹,实际问题却解决不了。您把一个小单元给小李解决什么问题?她一个人来吗?您要把她介绍给我,做您的儿媳妇吗?她和她弟弟来吗?还是和爸爸妈妈七大姑八大姨一起来?您住上好房子不是偷的不是抢的不是靠溜须拍马打小报告弄来的,为什么烧包?

混账!他暗暗骂着,尽力控制着自己。

其实,如果您是真正的慈善家,真正的先人后己,先公后私,应该把大、小两个单元的房子都让给小李家,您还应该把工资捐献出去。

多么自私,却还振振有词!

算了,不说这些了,您愿意把房给谁就给谁吧。其实,这房也不是您私人的,您未必有权拿它做慈善事业。大姑最近怎么不来信了,给我办去美国留学的事,到底办得成办不成?

轻佻,以为天上到处掉馅饼,而且崇拜西方。"混蛋!"他忽然控制不住自己了,骂了起来。儿子愕然,似乎天真无邪。然后儿子转身走了出去——回到自己的独单元去了。

"别骂人。"妻子的声调是平静的,"你好像不知道该做点什么。"

"是的是的。"宋朝义为自己的冲动十分羞愧,他掏出手绢擦擦额头和手心。过去的事都过去了,一长串愚傻、曲折、杂乱的脚印。再以后呢,衰老、安息、再见!似乎也是转瞬间的事。

"现在是冲刺的最后的机会。可明天又让我向兄弟省市的参观团介绍经验。经验都是打印好了、审定了的,我只是在那里读一读。难道已经到了把我录制下来存到档案馆的份儿上了吗?小李他们的住房那么坏……"

"这就是我的意见。你应该多做些实实在在的业务工作,千万别浮在会议里。"

宋朝义苦笑了。非常疲倦。老说早起锻炼身体,太极拳、鹤翔桩、五禽戏至少还有保定健身球——是老赵贺他们的新居的礼物,却一直没有实行。

江春放了一段音乐。音乐好听,是舒伯特的《鳟鱼》。但宋朝义却觉得离这音乐很远了,他想起锅里煎的吱吱叫的鱼。

"我做了一个梦,梦见小李在她的新居招待我们吃水煎包。"早晨,宋朝义说,语气里有几分天真,"她住的房子好极了,一间套着一间,通道深深的,人字纹镶木地板,玉兰花一样的吊灯……好像屋里还有一个喷泉!"

"你倒提醒了我,"江春说,"我们为什么不邀请小李来家里坐一坐呢?我给她做水煎包吃。"

蘸着泡过蒜瓣的发绿色的醋,吃着江春精心做的水煎包的时候,宋朝义兴致很不错。他对小李说:"对我们这一代人来说,理想和精神的追求是非常重要的,革命的口号能使我们热血沸腾。这是没有办法的事,我们这一代人就是这样成长起来的。"

"我父亲很注意改造自己的世界观。"同桌吃水煎包的龙龙说,不怀好意。

小李停止了咀嚼,把吃了一半的水煎包放到小碟里,正面凝视着龙龙。"那么您呢？"她对这一家的所有的人都称"您"。

"我讨厌一切口号。我不相信一切口号。我需要摩托车、空调和录像机……有了摩托车以后还想要汽车。上海《解放日报》消息，马上要卖一批'菲亚特'给私人，波兰出品，引进的意大利生产线。"

"瞧，这就是您的口号！摩托、汽车、空调、录像……这些您眼下都还没有，所以，它们是口号而不是现实。您却说，您讨厌一切口号。"小李一面说，一面不自觉地用筷子轻戳着碟子。

"那么你呢？"龙龙挑衅地说，而且故意说"你"。"你要房子还是要口号？"他傲慢地撇起嘴。

"当然首先是房子。"小李莞尔一笑，"您没读过阿凡提的故事么？一位财主问阿凡提要正义还是要黄金，阿凡提说，对于财主来说，需要的是正义，因为财主那里正义太少。对于阿凡提自己来说，需要的是黄金。因为阿凡提主持正义，从来不缺乏正义，但是他没有黄金。"说完，她自己先大笑起来，大家也都笑了。

"那么我父亲呢？他需要什么？"龙龙仍然不甘心就此罢休。

"我不知道。"小李摇了摇头，"宋老师是我们的前辈，他是特级教师……今天的水煎包真好吃！"

宋朝义却听出了话里的潜台词——在小李眼里，他已经是属于过去的时代的了。有点凄凉。他举起盛着葡萄酒的酒杯：为小李的健康！

此后他似乎变得安宁了些。看来今后需要常施舍捐献，请旁人吃东西。社会活动很多，而且都必要。他是一个充满社会使命感的公民。他到处发言，写文章，答记者问，为中小学教工的社会地位和生活待遇呼吁，常常举小李的例子。新华社记者站写了一份内参，列举了包括小李在内的东泉市七家住房条件最差的中小学教师生活情况。这使宋朝义兴奋了一阵子。一有空，他就与江春交谈。他们在客厅里一起喝茶和听音乐。他们一起看奥运会开幕式和中国女排侯玉珠的决定乾坤的发球。他们招待了几次客人，客人有年老的，也有年轻的。宋朝义喜欢听年轻人谈话。年轻人和年纪大的人应该互相学习,宋朝义认为,不能只讲单方面的传帮带而不讲另一方面的朝气和开拓精神的冲击。江春会做水煎包和拔丝山药,宋朝义会抻面条而且会煎鱼。宋朝义慷慨地拿出用外汇券买的洋酒和用侨汇买的国产好酒。生活是快乐的。生活是越来越好了。在我们的国家的每个城市和每个乡村,都有愈来愈多的新住宅建造起来,都有愈来愈多的普通人迁入自己的新居,过上了历史上只有坏人才过得上的生活。这难道不好吗?这很好。宋朝义开始发胖了。

许多事真是迅雷不及掩耳。江春首先发现了蛛丝马迹,与老宋说了,老宋不信。不可能。人家同学的姨父还帮咱们弄到了煤气罐呢。再说,年龄相差悬殊。龙龙是一个务实的人,他要真有点浪漫劲我还能多喜欢他一点呢!

然而在这一年一个秋天的夜晚,龙龙正式告诉双亲,他与原先的女朋友吹了,他要与小李结婚。

宋朝义与江春面面相觑。隔着楼窗,宋朝义看到被自己的房间的灯光照得发白的杨树叶正一片一片无言地掉落下去。

"她比我大四岁。燕妮比马克思也大四岁。"龙龙把话抢在了头里。

实用主义。这是儿子唯一的一次引用马克思。宋朝义益发相信引用马克思和真正的马克思主义未必是一回事。

龙龙对双亲的沉默有点愤怒,于是,他带着挑衅的口气宣告:"插队的时候她生过一个孩子。"

"谁?"果然双亲惊呼。

"您说我在说谁?"

"孩子在哪儿?"继续同声发问。

"也许没有这回事。"

沉默之后是江春的简短发言。显得干巴。这是你自己的事。我们历来不干涉。我们是一个民主家庭。我们的义务只是提醒你要慎重。不但要慎重地考虑现在。而且要考虑未来。而且不能不考虑你原来的女朋友,在道义上、感情上,各方面你应该对人家负什么样的责任。"

"我对不起她。"

"她究竟有什么不好?"宋朝义忍不住问。

"她没有任何不好。她一切都顺着我。她又懂礼貌,又会织毛衣,又会烧香酥鸡。她能满足我的,也能满足您——未来的公公婆婆的一切要求。"

"我们有什么要求?这是你自己的事。"宋朝义否认。

"而小李什么也不能。她却能改变我整个的生活……您连我都不了解,就更不可能了解小李。"龙龙说着,眼睛里充溢着泪。宋朝义惊呆了,他从来还没有看到过孩子这样。

一夜宋朝义和江春忧心忡忡,宋朝义跳下床去止住了挂钟钟摆的等速振动。他们不知道是好还是坏,是吉还是凶,但他们看出来,这一切无可更易。

"会不会是小李……"宋朝义沉吟着。

"小李会什么?"江春追问。

"也许我是小人之心,但现在的社会风气实在难说……"

"你怎么变得吞吞吐吐!"

"我是说,会不会是小李看中了咱们的房……"这话刚出口宋朝义羞得脖子都红了,他自己都没有料到自己竟会这样卑劣。

江春不予置评。"龙龙是真爱她。"她说,"这就是幸福。所以我也觉得幸福。"江春说着说着呜咽起来,哭起来了。哭得宋朝义愧悔无地。

龙龙原先的女朋友的一个远房伯伯来了,这位老人也是一位数学老教师,辛劳谦恭。他说他听说了侄女的爱情生活的变故,自己要来的,不是为侄女说项。好在他们早就相识。他的侄女年轻、漂亮、家境好、性格好,不愁没有小伙子追。他只是不能理解龙龙,如果龙龙找到了另一位天仙公主,他只想为龙龙贺喜。但现在……龙龙到底是怎么了?要不要找医生进行心理治疗?这不纯粹是烧包吗?

宋朝义无话。

江春点点头。是的,很遗憾。对不起您的侄女。我们可以尽我们的力,我们可以再与龙龙谈。但是,说实话,我们只能告诉您,龙龙的态度是太坚决了,依我们的观察,挽回事态是困难的,唉!

把这些话告诉龙龙了,也谈到了烧包。龙龙低下了头,宋朝义发现了二十六岁的未婚的儿子头上的两根白发。一绺头发——包括这两根白发悲哀地垂下来。真是触目惊心!他常常觉得不以为然乃至不待见的自己唯一的儿子有了白发,好像现在的年轻人比他们的父辈更容易白头!可能因为他们的父辈相信口号,而他们不信……莫非父亲所认为的轻浮和自私里面也煎熬着那么多青春、生命和灵魂的真正巨大的痛苦!

"是烧包。"儿子抬起头,两眼炯炯,"我越来越明白了。有那么一种烧包是人类的伟大天性。您烧包,这证明还没有到给您开追悼会的时刻。"他降低了声音,"真正烧包的事还在后头呢。我和小李已经决定,我们准备接受青海玉树藏族自治州的招聘,到那里当教师去。他们答应给我们浮动一级工资,还有不少补贴,他们会给我们房子。我们将不仅仅有房子。"

目瞪口呆。

"如果你大姑来信说……"

"很好,我希望三年以后能够去美国,最好能和小李一起去。我们与玉树自治州的合同是三年。"

"又去青海又去美国?"

"在获奖电影与模范教师的思维模式里,这当然是水火不相容的喽。然后……我们还想去南极。"

也许是梦呓。即使是梦不也是动人的吗?还青年以梦的权利!而且高原的风是真实的。宋朝义和江春知道高原上的风有多么强劲。胸口好像有什么坚硬的东西在融化,热了。

好容易有了房子,房基下面却发生着地震。

很好。你们……就像我们……年轻的时候。

是的。我们已经不年轻了,真的。一种无法抑制的伤感攫住了老宋的心。他亲了亲儿子,儿子瘦骨棱棱而自己眼看着一天一天地发胖,令人内疚。近来有时候头晕、耳鸣,吃天麻丸与人参蜂王精也不解决问题。内科大夫说是美尼尔氏综合症。脑外科要给他查瘤子。骨科要他去照片子查颈椎。然而他毕竟还能感受那不安的忧患重重的灵魂的痛苦,那与生命俱来的火烧火燎一样的焦灼。他毕竟从来没想过死可瞑目。他还能烧包,还能做点傻事。

他还能感到那呼唤儿子和未来儿媳的高原上的风,正在他心里吹得野。

发表于《人民文学》1985 年第 1 期

爱 情 三 章[*]

信

一

有时候,夏天的落日好像突然改变了世界的外观。大火球低低地迎着你,整个天空红光灿烂。疾驶的车辆,急着赶路回家的行人,彼此交映着闪亮的落日余晖,又在地上、路上、墙上投下了它们和他们的奇形怪状的影子。

人行道上,男女老幼拥来挤去,参差不齐地移动着。一个两三岁大的孩子使劲拉住妈妈的衣裙:"妈妈……我怕……它老跟着我。"他指着零乱的众多的影子说。年轻的妈妈笑了,她抱起儿子,亲着儿子的小脸蛋:"小傻瓜,不要怕,那是影子。昨天晚上,妈妈不是给你做手影了吗?大马,小狗,青蛙……这也是叔叔、阿姨还有我们自己的影子啊!"儿子像是明白了一点点,把头靠在妈妈的肩上。"好乖!"妈妈用自己的面颊紧紧地贴着孩子的小脸蛋,"小兔儿乖乖,把门儿开开……"妈妈轻声为孩子唱起了歌谣,倒像这里不是熙熙攘攘的街道而是自己的卧房似的。

---

[*] 本篇原作者崔瑞芳,发表时署名王蒙。

孩子是天使。当然，二十九岁的女技术员欣竹一直跟随着这一对母子，她全看在眼里，她快要流泪了。

她定了定神，各种黑影陡然消失，红日已经落山，满天是橙色的光。路灯和商店橱窗里的灯光纷纷亮了起来，各种身影似乎更加杂沓和变动不羁了。

一辆无轨电车徐徐停到了站牌旁，许多人在这里下了车。好像相约好了似的，他们一下车便把一个卖雪糕和冰砖的老头儿包围上了。舔着雪糕的人显出一种享受的满足。不断地有人簇拥上去。这竟使她想起他唱完那首歌的情形，也是这样的簇拥和包围，享受的满足，夏天的黄昏，杂沓的身影……然后，她的眼前又出现了那位爱娇地亲吻着自己的孩子的年轻母亲，她好像与她同龄，也许比她还小。多么亲切又多么陌生的画面。她烦乱了。她加快了脚步。

就在这个时候，落日、怪影、母与子的低语、雪糕、毫不相干的回忆……她决定了，就这样。如此而已，好像一声长叹，跨过了许多空间和时间。

二

第二天清晨。

"不可思议，不可思议！"夏大姐喃喃自语，像是受到猝然一击。她把头深深埋到办公桌的资料堆里，她不好意思。她有意避开欣竹的目光。

"夏大姐真早！"欣竹像往常一样问候着。

"早……"夏大姐说不出话来。这简直是骇人听闻的挑战，她受不了。倒像不是欣竹，而是她做了什么不体面的事。

欣竹沉着地走到自己的桌前，轻轻打开椅子，坐下，打开抽屉，拿出图纸，就像什么事情都没发生似的。

她怎么能这样？怎么能这样胡来？夏大姐想不通，无论如何也无法接受。凡事总有个限度，总有个大"格儿"。出格儿那么远，还像个女子、像个姑娘家吗?总是有些事情是能做的,有些事情是不能做的。有些事情是能说的,有些事情是不能说的。难道自古至今,不都是这样的吗?她一边盘算,一边胡乱按着计算器上的键盘,显示出了古怪的数字和符号,她又把它抹去了。

平日井然有序的、显得呆板单调的设计院,今天早晨开了锅。上班来得早的人议论纷纷,竞相传递消息。事情都是因为欣竹贴在设计院大门口的那张征婚启事所引起的。那张长三十厘米、宽二十厘米的纸条似乎震撼了整个设计院。少数人赞许,许多人摇头。不少的人问与欣竹同科室的人,欣竹是不是最近精神不太正常。

在欣竹进来之后,在她所在的办公室,当面不好议论。但是人人心不在焉。各种仪表、图纸、办公用具似乎都丧失了正常的功能,脱离了日常的轨道。人们觉得惶惶不安却又兴致勃勃。好像是一种激动,却又因无法表达这种激动而感到压抑。

终于,欣竹的好友、本室公认的老大姐夏淑玲发话了:"那真是你贴出去的?"

"嗯。"专心致志地计算着的欣竹点点头。

"你怎么能……"夏淑玲喊了一声,又把话收了回去。真难受啊,太出乎意料了。她走到欣竹跟前:"你为什么用这种……我是说这种赤裸裸的方式呢?我们不是都关心你,给你帮忙吗?这……"

欣竹索性放下自己的工作,笑嘻嘻地说:"哦,为什么我自己不能帮助自己呢?这也是开放嘛!自古就有先例。王宝钏还抛过彩球呢?那倒真是个不错的办法,民族形式,古老传统,浪漫而又有体育竞技的色彩。为什么要把自己框起来呢?"她说话的声音越来越大,把夏大姐吓跑了。只是在夏大姐离开以后,欣竹疲倦而又悲凉地闭上了眼睛。吁!

三

欣竹大学研究生部结业以后分配到这个设计院,她的任务是协助夏大姐完成几个课题。由于她知识扎实,头脑灵活,点子多,在连续三个课题的解决中,欣竹实际上起的是主导作用而不是辅助作用。但每次她仍然坚持把夏淑玲的名字署在前面——真是一个可爱的年轻人!

欣竹的笑容非常美丽,她笑得那样天真,却又深沉。夏大姐爱怜地欣赏着她的笑容。"你有朋友了吗?"夏大姐突然问。

欣竹支支吾吾,搞得这位善心的大姐捉摸不透。夏淑玲是有一种关心别人与成人之美的天性的,她不甘心对这么可爱的欣竹的幸福无所作为。她几次约一些与欣竹年龄相当的男子到设计院来,公事谈完,还要闲扯一会儿。她把这些她认为完全可供选择的当地第一流的青年男子介绍给欣竹……欣竹是礼貌的,但是毫无兴趣。

她究竟是怎么回事?几次探问,都碰了壁。

"您别为我操心了。我有我爱的人……他,他在很远很远的地方……新疆?不,还远。西藏?不,还远。您猜不着?那就不用猜了,他会来的……对,就说是外国也行……"

她憔悴了。夏大姐想。美丽的年华消逝得是多么快呀!看到欣竹这样的年龄,这样的青春,夏大姐就像看到了自己已经失却的、又好像从来也没有存在过的青春年华一样地怜惜,再不能放过去了呵!

四

欣竹躺在属于自己的仅有的半间小屋的一张长沙发上。沙发打开可以支成床,但她懒得这样做,常常干脆睡在沙发上。睡不着便坐起来,用手指无意识地点着一个玩具小叭狗的灵活的头。小狗脑袋不知疲倦地向她点头又摇头,她无法理解小狗的头的动作的含意。她苦笑了。

回忆起那段既神秘又浪漫的历史,总会有一种隔世之感。虽然只不过是九年以前的事……也许,那本来并不神秘也并不浪漫吧?也许,那根本就是一张白纸,是她自己的痴情把白纸涂成了玫瑰色与天蓝色。从什么时候起,她毅然向青春挥手告别,向爱情告别了呢?

大学一年级,春天,黄昏,和几个女同学一起在教室里练歌,是西班牙文的歌曲。她们越唱越兴奋,一次比一次声音响亮,却又隐隐觉得她们的齐唱里有点不太对头的东西。突然门被推开,进来一个男同学。就是他,他专注而疑惑地看着她们,他的目光使她们突然噤住了。"不,是这样的,我听了好几遍了,你们唱得不对。这里休止半拍,不是一拍。休止一拍'味儿'就不对了。"说完,他唱了一遍。欣竹不由得应和着他,其他女生不由得应和着她。他自然而然地伸出手臂,指挥起来,她们不由自主地接受了这位不请自来的"教练"。过了一会儿,大家都能正确地唱了,果然有了味儿,却没发现这位"教练"是怎样离去的。为这事,女生们议论了一个晚上,哧哧地笑了好半天。

后来才知道,那男生叫陈敬,是学生会的文体部长。欣竹后来担任了班上的文体委员,常常与他打交道。在电子系的布告栏里,欣竹看到了三好学生名单的头一个就是陈敬,她更佩服他了。

……多么珍贵,多么匆匆的少年的日子!阅览室,球场,实验室,食堂的每一次会面,每一个眼神,每一个问候和每一次焕发的笑容,每一个朦胧而又分明的遐想……明明近在咫尺,怎么又像远在天上,躲在云里、雾里?不是么,有各种各样的关于某某女同学追求陈敬的传闻,壁报上有一首美丽的情诗,"观察家"们也分析说是某女生献给陈敬的。欣竹轻蔑地笑了……她永远不会自轻自贱地挤进那个队伍里。有什么了不起的?

有一天,他终于来找欣竹,他说:"我们一起去散散步吧。"欣竹微笑了,她觉得温暖,却并不期待什么。"今天天真好!""是的,不错。""我喜欢下雨,讨厌刮风。""我更喜欢雪。""我小时候最喜欢打雪仗。""化雪的时候我都哭了……""真的?"

欣竹沉默了,他们离得太近了,几句话就说到了童年、雪和眼泪,说到了许多平常似乎忘记了的事情。这使她心跳。"今天晚上的炒萝卜太咸了……"她突然冒出这样一句傻话。她甚至感到了陈敬脸上肌肉的颤抖。不能想象有比这个更荒唐和更傻气的话了。但我不会写诗,我无法把我的诗写出来,抄在壁报上,让成百上千的人看,却又说是献给你一个人的呵!

在黑夜,在半间小屋里,当她回忆起往事,她的脸上仍然现出幸福的笑容。欣竹并无遗憾。她永远不会为晚上的萝卜太咸而懊悔。如果他没有来,就因为他不属于她而她也不属于他。如果他没有出现,那就证明他不是他。毕竟她从没有告诉过别人,化雪的时候她心痛地哭过啊。

两年以后,陈敬要毕业了,他的志向是去边远的地方。他比她高一个年级,她当时还在学校里。等分配方案公布以后,陈敬来找她,"我要走了。"他有点默然。

"给我来封信吧!给我写一封信吧!"欣竹激动地说。这是两年来唯一的一次感情的流露。

"是的,我要写。我要告诉你一切。你是等着我的信的,对吗?"
她觉得幸福。

欣竹咳嗽起来。年轻的时候她从来不懂得人为什么要咳嗽。好好的,憋红了脸,出那个怪声做什么呢?

他们的分别似乎才是她的爱的开始,不可抑制的火一样的期待和爱情!她的心一次又一次地飞过千山万水,随着陈敬去了那边远的地方。那地方也是属于欣竹的啊!

她等了整整一个月。每天从收发室走过,当失望地扫遍所有信插,知道"又是个没有"的时候,她羞愧得不知躲到哪条地缝里去。

爱使人变得何等可怜!

　　终于她得到了,淡绿色的信封:市建筑学院土建系三年级乙班欣竹……多么好看的字体!她把信捧在手里,脸颊通红,她已经知道了,她不会骗自己,她从来不是一个轻浮的人。为什么萝卜炒得那么咸呢?为了那厚重的余味……

　　她找到一个不会被人发现的地方,在最高一层楼通向屋顶平台的楼梯口。先是轻轻地细细地撕开信封,可别撕坏了信纸。有些人寄信就是这样粗心,信纸装满了整个信封,还怎么叫人取出来呢?她小心翼翼地取出一张洁白的信纸,怕漏掉什么,又把信封口张开抖了抖,确信一切都在手里拿着的折叠的信纸里以后,她才狂跳着心打开信纸。

　　她怔住了,她以为是自己的眼睛、脑神经出了毛病。她眨眨眼,揉揉眼睛,看看四周。为什么她看不见一个字呢?她看见楼梯,看见平台口的一束光,看见墙壁上的灰尘和蛛网,却看不见一个字。她把信纸放到那束光下面前前后后翻来照去,想从里面发现点什么。

　　徒劳。难道是密写游戏?需要把它泡到一种药水里才能显出字形——不是泡到牛奶里吧?是一种暗示?一种谜语?那个意思就是说,一切听她的,陈敬没的可说?是玩笑?是她的眼花了?是拒绝做任何表示?是侮辱、轻慢……她的头涨了,她的身体似乎要漂浮起来了……也不知道怎么了,她想笑,想大笑,想独自一人窃笑,想抿着嘴笑……

　　别笑了。也许这是他独特的表示爱情的途径吧?即使一个字不写,你也全懂……亲爱的竹。她好像看到这么一行字。无字的字,又是什么字呢?她好像听到了他唱的一首首深情的歌曲,也许这不是一张普通的信纸,而是一种新式的唱片。把这唱片偎偎在她的心上,她就会听到那忧伤的歌儿了。

　　她就是这样理解了、接受了、享受了人间最美好的爱情。一共七个小时。

七个小时以后她开始昏睡,昏睡了整整三天。内科、神经科与精神科的医生都没查出她有什么病。睡醒以后她理智地把这封"信"藏到了她自己的箱子的最底层。然后,她告别了过去的痴心的自己。

　　她一切都已想通,心如秋水。在满二十九岁以后,在看到了那一对可爱的母子以后。回到自己的半间屋,她立即写下了征婚启事:

　　　　欣竹,女,二十九岁,身高一米六二。大学研究生部毕业,性情温顺。物色配偶,三十岁左右,身高一米七以上,文化程度高中毕业以上。有意应征者请与建筑设计院本人联系。

五

竹:

　　终于把你找到了。生活总算没有欺骗我……但怎么会是这样一种方式呢?我不能相信这是真事……

　　你可记得,我们分手的时候,我说要给你写一封信……还没到达目的地,还在拥挤而颠簸的列车上,我就开始给你写信了,我写得好长啊……你收到了我的信了么?为什么,为什么你一个字也不回答我?等啊,等啊,我好像丢失了灵魂……

　　七年了,多么漫长的岁月。我仍然等待着,相信着,我一定会得到你的召唤的,我知道。现在,这一天终于到来了,命运让我这一天到你们城市来。经过你们设计院的门口,我看到了你的名字,你的字体,你的召唤。谢谢了。

　　我应召了……为什么那天的萝卜炒得那样咸?

　　包括陈敬和欣竹,他们也永远说不清这是怎么回事。是陈敬疏忽大意装错了信?是四维空间里的一个谜?是上苍的试炼和启示?或者,是一对精神病患者的幻觉吗?反正现在他们两个人已经调到一个城市了。他们的工作、政治思想、群众关系……各方面的表现都非常好。两个人都被评为一九八四年度先进工作者。一九八五年，他们都要加薪呢。

当笔者听到这个离奇的故事的时候，他不想充当侦破案情的福尔摩斯，不想解释任何你不相信的情节关节。他只要衷心地赞美爱情，赞美爱的温暖与幸福，赞美爱的丰富与绝妙、伟大而且——恐怖。

水 漂 儿

一

乳白色的浆汁晃晃荡荡地相互撞击，溅起水星。"凉了。"她看都没看，便皱起了眉。碗还没放稳便又端走了，一分钟后，热气腾腾的豆浆晃晃荡荡重新摆在她的面前。

她感激他。未必不心疼他。

他的双手震颤多年了。多年来用他震颤的双手为她洗衣、烧饭、泡茶……谁让他娶了一位"教授"做妻子呢？

她在大学任教，并没有教授职称。但在他的心目中，她比教授还要高贵。何况他有的是时间，他乐意为她效劳，视为她效劳为自己的责任，自己的造化。因病退休以后，他更是一心一意地侍候她了。除了她的难得的笑脸，他别无他求。他在她面前，心比手更颤抖。

尽管三十八岁才成婚，她毕竟有了自己的家。不能说不是她的自愿，她自己的选择。在这以前，多少"门当户对"、文化、情趣相当的追求者被她拒绝于千里之外。比起彻底死心、彻底放弃来，迁就更令人痛苦。然后是非常岁月，资产阶级臭老九的帽子和种种恐怖使她吓破了胆。她揪斗过来，改造过去，盐水里腌、碱水里泡，她终于克服了自我，改造成功了。

妙龄的梦已经做过了,少女的秘密只能深深地埋在心里。她已经不年轻,她知道她只不过是她,生活不过是生活,一切就那么回事。

她嫁给了他。在那动乱的年月,在她无家可归、无以自处的日子里,唯一来问寒问暖的人就是他——她所在的学校的锅炉工啊!他盛年丧妻,孤苦伶仃,命运缩短了他们的距离,把他们生硬地却又是自然而然地结合在一起。她得到了麻木的熨帖与熨帖的麻木。

女儿出世了,一下子家里出现了活跃的气氛。尽管她和他无言可对,却都有话对孩子说……每晚女儿都在妈妈的轻柔的摇篮曲里入睡,每晚入睡前女儿都享受着爸爸的颤抖的手的抚拍。

女儿十岁了。三月一日是女儿的生日。事先她跑了好多路,在一家有名的饭店为女儿定做了生日蛋糕。她计划搞一次出其不意,给女儿一次意外的惊喜,她还搞到了一盒欧洲出品的生日蜡烛呢。她想起了年幼时从妈妈那里学到的祝贺生日的歌曲,一切幸福美好的心愿就流露在那简单热烈的歌曲里。现在轮到她为她和他的女儿过生日了。时间快得像梦。

三月一日到了。一大早,她抑制不住内心的激动,她问女儿:"今天是什么日子?"女儿笑了起来,显得分外顽皮:"那还不知道?我十岁啦!"女儿犹豫了一下,"今天下午我有同学来,您跟爸爸最好在里屋,就别到外屋来啦,行吗?"

她说什么呢?她不知所措。"好……的。"她的心被刺痛了,泪光在眼里闪烁。女儿轻松地去上学了,什么也没看出来。泪珠终于滚下来了,是为了女儿又长大了一岁呢,还是为了她自己?

二

远方泛起朦胧的晨光,雀儿在枝头吱吱地欢唱。她心神不宁。为什么这似乎久已遗忘了的一天又活在十七年后的同一个日子里?

三月八日,国际妇女节。又恰好是她的生日。年轻时候,这个春天的节日总使她无比激动。令人激动的日子却又一个又一个地白白地飞去了,没有留下任何痕迹。错过了的青春向谁哭泣?谁造成的?她的矜持和幻想,严峻的"左"得不能再"左"的生活气氛,还是那辆出了事故的蓝色无轨电车?

一九六五年三月八日,她已经三十二岁了。照镜子的时候她已经感到了那无情的"老"字的千吨重压。矜持的笑容遮盖不住某种苦味,业务与政治生活的忙碌紧张反倒加重了她内心的寂寞感。就在这她从小认定是属于她的春天的节日,她特意坐无轨电车来到了远郊美丽的女儿湖边。她凝神望着浮冰还没有完全消逝的令人神伤的春水。透过一片薄薄的冰,她看到了冰下的由于光的折射而变了形的褐绿色的水草与青灰色的游鱼,小鱼是这样地牵动她的心。她抬起头,迷茫的天空里似乎闪耀着鲜亮的什么,有鸟儿在天上、在湖面上飞。春天,这就是她永远认为是属于她,又总是一次又一次地白白地失去、永远地失去的春天!她的身体里似乎涨满了感动的泪水,她无以自持了。

安静的湖边,拱桥上迎面走来了一位男子,长长的脸上流露着才华也流露着忧伤。可能是她的神态异常,那男子诧异地注视了她。她不好意思了,顺手从湖边捡起了一片石,远远地向湖面抛去。她从幼年就常和男孩子在一起玩打水漂儿的游戏。她那时候常常比一些男孩儿玩得更好。然而今天……她没有掷好,石片接触到水面以后竟咚的一声沉了底。

湖心出现了一圈圈绿色的涟漪。她似乎觉得那陌生的男子正在旁边看她,她似乎听到了一声窃笑。是笑她不会打水漂儿吗?

她有点不好意思,她弓着腰寻找和捡拾石子。她忽然来了劲,一个又一个地抛掷出去。终于,她成功了,旋转的石片在接触水面的一刹那弹起来,又弹起来,像一条飞鱼,像一个活跃的生灵。在这一瞬间,她忽然觉得自己的胳臂舒展了,身躯舒展了,心胸也舒展多了。

她转头四望。她看到那位男子仍然立在桥上,手扶着栏杆,面向着湖心,大概一直在注视她的石片游戏吧？在打了最成功的一个水漂儿以后,那男子侧过脸来,向她微微一笑。那是赞许的、适度的笑容。笑容还没有收起,他又回过头注视湖心去了。湖心的涟漪一个接着一个,相交相错相重叠,又终于消溶散去,只剩下了春水的摇曳。就在这一忽儿,仿佛又有许多冰块融化了。也许是她抛掷的石子促进了融冰的过程？

　　不知不觉,一个多小时就这样过去了。那男子似乎一直目不转睛地看着湖,看着被她搅乱又平静下来的湖波。那种关注和期待使她激动不已。虽然她与他素昧平生,虽然他只回转头微笑了一次,此外留在她眼帘里的都是一个侧背影。但那幽美的笑容和刚刚在桥上出现的身影和神情,已经刻在她的心上了。

　　她真想去与他谈谈,但她不能不拼命地抑制自己。这种与自己的交战是可怕的。她甚至想一头栽进湖里,那男子一定会跳进残冰未消的湖水里把她救上岸来的。中外长、短篇小说和电影里都有这样的镜头。

　　那男子仍然静静地注视着湖水。他唯一的动作是习惯性地用左手拢一拢自己的头发。

　　她鼓起了勇气,她走上了桥,她甚至想咳嗽一声以引起他的注意。那男子自己转过身来了:"真好啊!"他分明地说。

　　他说什么？他在与我说话吗？她不由得回头看了看,四周再没有第三个人。她的脸突然红了,她低下了头,加快了步子。真好——什么真好呢？是说我么？是说今天这个日子,妇女的节日和我的节日？是对我的生日的祝贺？莫非他已经知道今天是我的生日？他准知道了,他来了,我等啊等啊都等得……

　　从桥头上走下来,她定了定神,她含着泪转过了身。这时候只要他再给她一个眼神她就会跑到他的面前去的……然而,他不再看她,他冷漠地挪动了步子,向着另外的方向。成语叫做——背道而驰。

爱情、幸福,也许还有整个的人生、整个的世界,那是多么容易错过的啊!

这一年她一次又一次地去到女儿湖边,来到拱桥上下,扔石子,来回踱着步子。树叶绿了又黄了,杂草高了又枯了。鸟儿飞,云飞,蜂蝶儿飞,雪花飞。她在湖畔桥边树下看到过许多人,男的,女的,老的,少的,美的,丑的,素不相识的,也有她认识的,然而他们都不是他。这是多么不公平啊,从春到冬,一年过去了,她在这里似乎邂逅了全市的大小人儿,除了他。

然后是一九六六年的早春,又是化雪和融冰的日子。已经到了"三八"了,她突然明白了。当然是今天,当然仍然在这个属于我的日子,他会出现的,一定。然而有没完没了的重要的会,重要的事,重要的义务。开着会她都快急昏了,她的面色惨白,以至于素以铁面无私著称的会议主持人也注意到了她的脸色。不知道是从哪儿来的机智和灵感,她顺水推舟地夸大了自己身体的不良反应,会议主持人让她去医务室看看,走出了会场以后她如鸟儿飞出了笼子。她当然没有去医务室,而是奔跑着登上了一辆天蓝色的无轨电车。原来怯懦斯文的她也会装病,她甚至想为自己的装病成功而欢呼。反正向着远郊女儿湖方向的电车开动了。

电车惩罚了她。电车坏了,走在中途停了下来。司机说是一会儿就能修好,却一修修了四十分钟。四十分钟以后电车起动,车轮旋转如飞,终于快到站了。在离女儿湖站二百米的地方她看到了迎面驶来的电车,看到了那电车上的她期待了整整一年的身影……开始时她并没有看清楚,那似曾相识的身影使她蓦然心动,她立刻明白了,那就是她昼思暮想的他,她终于看到了他……电车已经飞一样地驰过去了,我要下车!她几乎喊出来。谁让她是大家闺秀呢?她并没有喊,也没有打碎车窗跳下去。只要让她跳下去,即使跑步她也一定能追上那辆车。而这一切都不可能了,多么残酷的戏弄啊!

然而他毕竟来了,在我的"三八"。单单这一条已经使她如醉如痴。单单这一条已经像狂风一样地震撼了她,像暴雨一样地灌注了她,像烈火一样地燃烧了她,像大浪一样地冲激着、负载着、洗涤着她了。

然后是永远的没有消息。一九六七年"三八"时她在专政队里,对灵魂和肉体的双"触及"使她没有可能再去女儿湖赴约。一九六八年她总算去了,她没有等到他,却看到了两派"革命造反组织"的武斗,她差一点被卷进那可怕的混战中。一九六九年她变得清醒了,她感谢史无前例的运动对她的挽救,好像治疗精神病人的那种强刺激电针。她为自己的虚妄而羞愧,但她仍然在"三八"去了女儿湖。"真好啊",也许那只是称赞她打的最后一次水漂儿吧,可为什么要称赞呢?

一九七一年,改造得大有成绩的她结了婚。"三八"打水漂儿的奇遇,那是一个被埋葬了的神话。

三

在女儿十岁生日的一星期以后,她忽生奇想,她要最后一次抱着那早已过了时的期望去一次女儿湖。因为这是一个复活的年月,复活的冤魂,复活的希望,复活的热情,也有各样的复活了的神话。

电车比十七年前增加了五倍,乘客却增加了七倍。真挤啊。"奶奶,您坐到这边来……"是一个三四岁的孩子向她呼叫。她已经是"奶奶"了! 她的心为之一震。

她下了车,除了人多了一点,这里几乎没有什么变化。大自然是不在意人间的变迁的。春意却浓于往年,一湖碧波,全无冰雪的痕迹,绿水茫茫,白鸭点点。有衣着讲究的一双双年轻人携手扶腰在她面前走过,他们哼唱着她所不熟悉的新一代的歌。爱情是属于他们的。

而她,一切都铸定了。妇联说是还要表扬她、组织作家采访她,写报告文学呢。因为她嫁了一个锅炉工。因为她和他至今和睦相处,像标准的模范家庭。"最可贵的是,你并没有因为地位的变化而改变对老汉的忠诚……"妇联干部总结说。

把别人的痛苦打扮装潢起来陈列推广吧!赞美和鼓励别人去受苦吧!人可真残忍……

她长吁了一口气,随手拿起一片石,快五十的人了,却还能轻松地抛掷出去……

她毕竟和别人不同,她是从小打惯了水漂儿的啊。

莫非她的勇气只表现在打水漂儿上?

只打了一次胳臂就酸了。小孩子已经称她为奶奶。她苦笑着放眼四望。她看见拱桥上弓腰倚栏站着一个人。

一样的身影,一样的姿势,一样的神情,只是,只是白了头发!

她的心狂跳起来。她敢断定,她没有忘记,她没有弄错也不会弄错。她相信奇迹,相信缘分,相信命运。十七年前,她已经把他深深地刻印在了自己的心上,他的身影神态已经陪伴了她十七年,还将永远陪伴下去。

她的眼眶里充盈着泪水。她再无他求,她感谢上苍。她甚至退了几步,离桥更远了。她只想远远地再看一看这个人。

为什么她不跑过去呢?看那姿势,他不也在期待着吗?让她和他握一次手吧,只握一次手就够了。她仍然是她的女儿的贤良的母亲和女儿的父亲的忠诚的妻子。

哦,就在这时候那个人摇起手来了,他挥着手,从侧背后也能看出他的深情。然后,从另一面来了一位矮个子的妇人,两个人亲亲热热地并肩走去了。

就在这一瞬间她忽然明白了,也许那人十七年前来到冰水摇曳的女儿湖畔的时候,等待着的就是如今的这位矮个子的妇人吧?

她竟以为……多么可悲和可笑的误会!是谁欺骗了她呢?

吁!她长长地呼出一口气,擦干了泪水。她立刻捡起一块不小的石头,坚决地、奋力地竖直投到湖水里。"咚"的一声闷响之后是熟悉的呼唤"妈妈"的声音。

女儿跑着来了,跟着女儿来的,是双手震颤的老伴儿。老伴儿远远地跟着女儿,得不到她的示意,老伴儿似乎还不敢走过来。

报 应

几十年未见的老同学聚在一起,说些什么呢?

胖瘦:"唉呀,你可胖多了,走在街上面对面我也不敢认你了!"

"唉呀,你还那么苗条,真奇怪!"

"我现在整整等于从前的两倍了!"

"你简直没变样,和在××学校上学的时候一个样儿!"

都是废话。胖瘦云云的中心其实是一个"老"字,当年的女孩子现在都成了老妇人了。如此而已。

地方志:"你在广州?广州比北京暖吧?"

"冬天过春节前后也挺冷呢,屋里又没有取暖设施。"

"上海生活可真方便,商业服务业都比北京好!"

"昆明是四季如春的好地方啊!"

"别看新疆边远,夏天可吃足了哈密瓜与西瓜,羊肉也一点不膻!"

其实都是早就知道了的。不知道的,也没有知道的必要与兴趣。

旧事:"你还记得那个俄语讲师么,她说话的时候老是干咳……"

"新年晚会上的那次诗朗诵,正带劲呢,忽然忘了词儿啦!"

"我记得你戴过一个毛线织的帽子……"

陈谷子烂芝麻。这些事谈得越多,离她们的现实生活就越远,越没意思,还不如让它们静静地待在各自的记忆里。

往事像旧棉絮。不理它还好,一折腾,散发出了霉味和尘土。

基本情况:"你五十了?"

"你哪一年结的婚?"

"你几个孩子?"

"他在哪儿工作?"

"你们家住几间房子?"

这样的问答只能证明彼此间的陌生。尽管几十年前曾经亲密过。

一九八四的秋季的一个夜晚,张珍,赵静,李云芳和周淑英聚在一起的时候便面临着这样的尴尬。

久无联系的张、赵、李来到周家是为了找周开一个证明,证明她们早在一九四八年便参加了党所领导的秘密革命组织。因为这一年下达了一个规定,凡解放前参加党或党的外围组织的,他们的工龄,将从参加地下组织时算起,他们将被承认为"老同志",并享受相应的离休待遇。

这样,已经分离三十年、各自东西了的这五位五十多岁的女同志,又聚在了一起。

开证明的事很容易解决,周淑英清清楚楚地记得她们:"可以,没问题。"五个字就把正事办完了。

反而都有点不好意思。不远千里,专程拜访,要证明的是她们青少年时代一件那样崇高神圣伟大壮烈的事情。为了那么一个似乎是过于渺小了的目标——离休以后照拿百分之百的工资。

而她们呢,确实都已经老了。张珍像一块干橘子皮。赵静臃肿不堪,说话时气喘吁吁,她有甲状腺机能亢进症。李云芳掉头发掉得快成了秃子。周淑英好一点,但也不愿意回忆当年的华年英姿了。

她们小心翼翼地回避着不谈当年的革命活动,也许是因为她们的现状不足以令人骄傲,也许她们现在已经是"岂有豪情似旧时",但她们还保持着对那一段火一样的日子的尊重、一种心痛的珍惜。

不能不回顾一下她们开始走上人生道路时候的庄严激越。为的是一个舒服一点的离休,一个平淡无奇的收场。好像一篇小说,奇妙的开头与没意思的结尾,这样的小说似乎不能算是很成功。

她们都有一点不安。似乎有什么事玷污了那本不应玷污的东西。

所以这种例行的久别重逢后找不到合适话题的尴尬,在这次聚会中显得更加严重。

张、赵、李三个人又不能听完周淑英的五字首肯答复便抬脚告辞。

还是张珍灵活一点,她眼睛一转,问道:"你们还记得苗素馨吗?"

三个人立刻来了兴趣,异口同声地说:"记得记得,那还忘得了!"眼睛里都放了光。

"苗素馨瘫痪了!"张珍宣布说。

"啊?啊!"一个接一个的问号与惊叹号。

"可能是脑溢血或者脑血栓,也可能是关节炎!"

"准是关节炎,她从小关节就不太好!"

"也可能是骨结核吧?"

"还有人说是让廖锋打的呢!"

"什么?什么!"问号和惊叹号更多了,"廖锋打苗素馨?!"

"好像有人说他打过她……"

这一报道使大家兴奋起来。

"我当初就不赞成他们俩的事!"

"我们谁赞成过?我们为这事干脆说是和她绝了交!"

"女人比男人大六岁,这怎么可能过得下去呢?这不是明摆着的吗?不能光看一时啊!结婚是一辈子的事啊!"

"为这个还给了她处分……"

"而且也不道德呀!"

她们终于找着了最合适的话题。苗素馨,解放前是她们这个

"民主青年联盟"五人小组的成员之一。苗素馨有一位青梅竹马的男朋友,姓李。一解放小李就参了军。苗素馨与小李已经定好在一九五四年春节结婚。五四年新年,苗素馨突然说她与小李"吹"了。她爱上了比她小六岁的话剧演员廖锋,她即将与廖锋结婚。

张、赵、李、周为这件事炸了锅,她们听到这个消息就像听到了地球的大爆炸。在她们那个年纪那个时代,爱情上的背叛与政治上的背叛一样的可怕和可鄙,如果不是更可怕与更可鄙的话。何况她们都认识大李(到一九五四年,小李就被称为大李了),她们一致喜欢大李的为人,认为大李是一位"好同志"。她们要求苗素馨做出说明,用现在的话就叫做"讲清楚"。苗素馨说不明讲不清,只是用一种直勾勾的眼神和坚决的口气表示她嫁给廖锋的决心不可动摇。这里要补充一句,苗素馨是她们五个人当中最漂亮的一个,最能干的一个,最年长的一个,是她们共同的骄傲。因而苗素馨在爱情上的背叛使她们感到共同的火一样的痛苦和耻辱。她们曾经分享过苗素馨与小(大)李的忠贞纯洁革命的爱情的幸福,如今也分担着苗素馨与廖锋的可耻的疯狂的新关系对良心的谴责。她们都发了火,晓以大义也晓以利害……最后结果是她们与苗素馨绝了交,苗素馨受到了警告处分,苗素馨与廖锋被调到了一个边远地区。从此,苗素馨从她们的心里,被"开除"出去了。

现在,三十年后,关于苗素馨的近况报道引起了她们的热烈的推测和评论。这证明,张珍提出这个话题是做对了。

"其实,这个结局早就可以预料到的。廖锋是个演员,演员有可靠的吗?嫁人能嫁演员吗?嫁演员还不如当尼姑!"

"当时就不正常嘛!两人刚认识三个月,就把从小在一起的战友甩了,这也是喜新厌旧啊!"

"现在廖锋打起苗素馨来了吧?这不明摆着吗?一个二十岁的男人可以爱二十六岁的一个女人,但是一个五十四岁的男人绝对不可能爱一个六十岁的女人,这难道还用说吗?"

"等到廖锋八十四岁,苗素馨九十岁的时候,他们的距离也许就会重新缩小,他们的关系就会重新改善了吧?"

"别笑了别笑了。想起素馨,我还真觉得怪可怜的,落得了这么个下场。"

"这也是报应啊,怪不了别人的。"

"你们知道老李的情况吗?"

"人家早就结了婚,两个大儿子都大学毕业工作了。老李的爱人是留苏生,听说长得比素馨还水灵呢。南方人呀!"

"听说苗素馨连孩子都没有!"

"唉!"

在表达了对往日往事的公愤以后,剩下的只有一声长叹了。

在边远的大西北的一个中等城市,人们常常在街头看到一对年龄不甚相当的夫妇。丈夫基本上还是黑发,看上去还挺帅,妻子已经偏瘫,头发已经花白了。白天和傍晚,春天、夏天和秋天,丈夫推着一辆特制的轮椅车,与妻子一起在街道上散步,一起逛公园,一起看电影,一起进百货商店。他们在一起有说不完的话,他们的脸上永远泛着幸福的光辉。当地的五讲四美三热爱委员会发现了这一对,非把他们树成模范家庭、模范夫妻的样板不可,组织了记者与摄影记者前来采访,被他们断然地、几乎是不可理喻地拒绝了。

发表于《上海文艺》1985年第5期

冬天的话题

在N省省会V市，住着一位国内外驰名的"年轻的"小老头。老头名朱慎独，现年六十三岁，身高不足一米六二，鹤发童颜，精神矍铄。他担任着科学院分院院长、科协主席，由于年轻时候写过几篇小说，所以还兼任着文联主席、作协分会主席。他担任一个以知识分子为主体的民主党派的V市支部负责人，他本人又在一九八一年入了共产党，一九八二年按期转正。

他的专业是生理卫生学。但他的名望并非来自他在人体解剖或者对人体器官功能追踪方面的新贡献，当然，更不是由于他青年时代写"风花雪月"（用他自己的话）的几篇文字。他的盛名主要是由于他是国内外罕见的一位"沐浴学"权威。

沐浴就是洗澡，似是无甚奇处。但能给予科学的说明、概括、阐发的人并不多。N省这个地方素无沐浴的习惯，按照古老的传统一个人一生只沐浴二至三次。一般人沐浴两次，即出生时一次，入殓前一次。大富豪、大官僚、大儒师沐浴三次，即增加结婚时的一次。朱慎独的祖父早在十九世纪末叶即受了西洋新思潮的影响，向祖宗的老传统发起了勇猛无情决绝的攻击，修建浴池，提倡沐浴，并公然明目张胆地提出每人每月可洗澡一次，在当时就算是惊天动地、大逆不道的壮举了。后来他老人家因"妖言惑众""有伤风化"的罪名瘐死狱中，死后五年大清皇上为他平了反，还追谥了一个"清正君子"的封号。

此后 N 省沐浴之风渐盛,有人考证了《大学》上的论述,指出沐浴如果再加上斋戒,有助于正心诚意修身齐家治国平天下。这样,沐浴就有了出处和正解,士人们视沐浴为优良传统了。但到了朱慎独的父亲朱一心这一辈,由于他修建浴池向妇女开放又引起了轩然大波。正人君子们指出,朱一心实际上是诱良为娼,变相开窑子,争论的性质完全超出了沐浴学的范畴。一时间 N 省的缙绅们视朱一心为洪水猛兽魔怪,"一心不死、大乱不止"的呼声响彻宗室内外。据说还有一位良家妇女,因听到别人劝她到朱一心家开办的浴池洗澡,愤慨于这种话的肮脏邪恶,竟用剪刀剪掉了听到这种"魔鬼的诱惑"语言的左耳耳轮。关于这位"烈女"的行藏,记录于 V 县县志之中(V 县改成市还是近三十年的事)。

朱慎独自幼继承了先人这种叛逆、反潮流、开拓、创新、敢为天下先的精神,于研究生理卫生与闲写"风花雪月"的同时,立志于沐浴学这一新学科的创建。他费时十五年,写下了七卷《沐浴学发凡》、内容包括"人体与沐浴""沐浴与循环系统""沐浴与消化系统""沐浴与呼吸系统""沐浴与皮肤""沐浴与毛发""沐浴与骨骼""沐浴与心理卫生""沐浴与青春期卫生""沐浴与更年期卫生""沐浴与家庭""沐浴与国家""工矿沐浴""战时沐浴""沐浴与水""沐浴与肥皂""浴盆学""浴衣学""搓背学""按摩学""沐浴方法论""水温学""浴巾学""沐浴的副作用""沐浴与政治""沐浴的历史观""沐浴与反沐浴""沐浴与非沐浴""沐浴的量度""沐浴成果的检验""沐浴学拾遗""沐浴学拾遗续一至续七"等章,堪称洋洋大观,走在了世界前列。

这本《沐浴学发凡》被译成十余种外文,而且由于这七卷浩瀚巨著,有两个君主立宪国家授予朱慎独以皇家荣誉学位。看来前五千年,后五百年,神州内外,朱慎独是稳坐沐浴学头把交椅了。

每天晚上,朱慎独家都是宾客如云,其中特别有一批青年崇拜者,经常出入于朱家的会客大厅。年轻人,叽叽喳喳,嘻嘻哈哈,说来说去,离不开"朱老"的七卷集。有的以善于背诵,诵起来一字不差而引人注目。有的以善于神聊,聊起来天南海北、云山雾罩,乍一听还以为跑了题,但最后都能归结为七卷中的某一卷某一页某一行某几个字(包括标点)而亦赢得朱老的青睐。有的结结巴巴,嗫嗫嚅嚅,但表达了一种对朱老的虔诚愚忠。有的口若悬河,难免油腔滑调,但绝未越雷池一步……众星捧月、百鸟朝凤,自有一番风光热闹。

其中特别有一位身材苗条的淑女,年龄似大似小,说话奶声奶气,眼镜时戴时摘,噘着小嘴倒也招人疼。很自然的,她在众位年轻的客人当中处于率领群芳的地位。她的名字叫余秋萍。

V市的日子越过越好,朱慎独的日子也越过越好,越过越有规律。他的七卷集很快要出新的精装本了,他用四个月的时间细细从头至尾校改了一遍,一共改动了七个字六个标点符号,同时对版式和字形字号提出了一些新的设想,还请余秋萍代为起草了一篇七百五十二字的重版后记。他的兴致很不错。余秋萍表示,后记完成以后她要开始《朱慎独评传》的写作,并要求朱慎独整理他从少年时代至今的系列生活照片,搜集他的手稿墨迹。朱老欣然而笑,口里却说:"算了算了,有什么意思!"

如果不是这个突然的"赵小强事件",朱慎独的好日子本来会像坚固耐用的欧罗巴造挂钟一样滴滴答答地正常地、守恒地运转下去的。

一九八三年十一月二十二日晚八时,余秋萍匆匆走入朱慎独博士的会客室。她神色激动,脱大衣时竟拽掉了一枚美丽发光呈放射状的蓝扣子。她向朱博士的问安也不像平时那样甜柔荡漾,而是显得急躁慌乱。朱慎独皱了皱眉又抬了抬眼皮,只见余秋萍不等坐上沙发便开了口:"小赵公然跳出来反对您!"

"什么小赵?什么反对?"朱慎独不知这话从何谈起。

"就是那个赵小强!"

"什么赵小强?"朱慎独更不悦了,他从齿缝里挤出赵小强三个单音,好像谈论一种从大便里检验出来的名称古怪的微生物。

"就是那个秃小子!"余秋萍愈急愈说不利索了,"他妈离过婚,他上小学的时候偷过公园果树上的鸭梨……他不是到加拿大留学去了吗,他留了三年学,学什么养金鱼,他发表了一篇文章说洗澡的时间应该是在早晨!"

朱慎独只觉得耳边嗡了一声:"什么?早晨?"他结巴起来,"如果早早早早早晨可以洗澡澡澡,那么说话就可以用脚脚脚后跟,下蛋也可以找公公公公公鸡了!"

余秋萍打开了自己的式样新颖的人造革小手提包,找出了一张当地出的晚报,在晚报的第三版上,登载着署名赵小强的连载文章《加国琐记》。然后朱博士找老花镜忙活了一阵子,他最后戴上了眼镜,找到了余秋萍已经用红铅笔划出了道道的要害语句:

"……我国多数人的习惯是晚上入睡前洗浴,但这里人们更喜欢清晨起床后洗澡……"(着重点是余秋萍加的。)

看来看去只有这么一句话,虽然加上了红杠杠和着重点。在近旁便是《生活小常识——怎样消除口臭》的晚报第三版上,这一段文字只不过值得朱博士"哼"一声。

"说实在的,"余秋萍说话时凸起了可爱的小嘴,下唇像一把小铲子似的一伸一缩,"早晨洗澡与晚上洗澡,这并不是一件小事。他赵小强有什么?不就是去过一次加拿大吗?加拿大的月亮就比中国的圆吗?让我去加拿大我还不去呢!为什么去过一次加拿大就以为自己了不起呢?为什么认为加拿大人的沐浴方法就一定是正确的呢?难道在我们V市住的是加拿大人吗?难道占我们V市人口的百分之九十以上的工人、干部、郊区菜农果农去过加拿大吗?难道加拿大人不孝敬父母我们也不孝敬父母吗?而且加拿大是……"

朱慎独只听得满耳都是"加拿大",令人头涨欲炸,便摆了摆手:"很幼稚的小孩子嘛,不必理他……"

这时门铃响了,又有朱慎独的三个得意门生连夜前来拜访,也是为对不知天高地厚的赵小强的"奇谈怪论"表示同仇敌忾而来。他们特别强调了赵小强对朱老的大不敬的态度。还说,这样搞下去沐浴学就会从根本上被推翻。

"不要说了!"朱老有点动怒了,"一个乳臭未干的孩子,出洋转了转,拾人牙慧,信口雌黄,何足挂齿!"说完,他打了一个大哈欠。急剧的送气引起了声带的颤抖,发出了洪亮的"喔——哈"声,如雄鸡之夜啼。这照例是送客的表示。但今夜这一声,却似乎平添了些"风雨如晦,鸡鸣不已"的气氛。

这一晚上朱慎独的姿态其实是蛮高的。但两天之后已是满城风雨:"朱慎独生气了""朱慎独说赵小强不知天高地厚""朱老骂赵小强混蛋、该死""朱教授说赵小强品质不好""朱博士说赵小强是放洋屁""朱慎独说……"

各种消息不胫而走,全部传到了赵小强耳朵里。

赵小强也有一帮"哥儿们",围着他转,其中最活跃的是一位跛足的瘦高挑青年,年轻轻的留起了胡子,两只大眼睛像女人,名叫栗厉厉。他愤怒地击掌说:"他们没有文化,他们没有知识,他们愚顽不灵,他们的沐浴学全是废话,他们的任务只剩下了一条——目标正前方:火葬场!"

赵小强是攻读动物学的,他确实常常拿金鱼做遗传变异的实验,所以被余秋萍讥为"出国学养金鱼"。他完全没有料到他在晚报报屁股上的一篇文章竟引起了这样大的风波,他后悔自己不该写这种扯淡之作。他严厉地制止了栗厉厉对朱慎独的抨击。他说:"朱老师还是有成就的。他世代相传提倡洗澡,在V市起了了不起的进步作用,他的历史功绩是不容怀疑的。朱老的日语也说得不错。朱老一直是关心我,培养我的。我能去加拿大学习,和朱老师的推荐分不开。朱老是我的恩师,扪心自问,我从未敢忘记。这里顶多存在一些小误会,解释开了就行了。"

栗厉厉气得嘴唇哆嗦,他指着赵小强说:"书呆子!书生气!读书越多越不通！这就是林彪的名言了——脑袋掉了还不知道怎么掉的。"

赵小强付之一笑。对栗历厉一类客人，他从来是欢迎的，一起说说笑笑，有时也不无收获。但他毕竟与他们不同，他不可能也不准备把他们聚拢在一起，充当他们的"精神领袖"。他不需要也从未想过让栗历厉他们做他的参谋或者羽翼。他不需要也从来没想过需要参谋、羽翼、思想库、抬轿人。他们说话，他们提供信息，他不过听听就是了。他有他的事，他的观点，他的思路。

第二天他就给朱慎独打电话，上午打了好多次打不通。中午打通了，朱慎独正在吃饭，听说是赵小强来电话，不接。过了二十二分钟再打电话，说是朱老已经休息。下午打电话，老是占着线。五点钟，干脆闯了去。朱慎独悻悻地接待了他，谈谈天气，话不投机，有些尴尬。不由说起加拿大。朱慎独：" 去了一次加拿大，就目空一切了，不好。" 赵小强唯唯称是，又觉得不是滋味。他结结巴巴地说："我给晚报写文章，只是偶然提到了洗澡的事，我并不是要针对任何人……"

话没说完，朱慎独喊了起来，从沙发上一跳老高，真是老当益壮。他说："不要对我讲这些了，好不好？我没有请你来给我上课讲沐浴学！我不是没有文化吗？没有常识吗？我不是愚顽不灵吗？我不是只剩了一条任务——目标正前方——火葬场吗？"

赵小强目瞪口呆。怎么不到二十四小时以前栗历厉在他家说的话，这么快就几乎一字不漏地传到了朱慎独的耳朵里？莫非朱老在他家安装了窃听装置？要是真安装了窃听装置反而好了，那么朱慎独就会弄明白，那些胡说八道的话并不是他赵小强嘴里说出来的，也不是他同意的，相反他严肃地制止了这种胡说。当然，他仍然不能辞其咎，因为这话是在他家说的，是他为栗历厉提供了说这话的空间与时间，是他接待了说这种不负责任的、简直就是谩骂的话的人。很简单的一个逻辑，栗历厉没有到朱慎独家说这个话，没有在大十字路口发表演说讲这个话,而恰恰是在他家里大放厥词,能说是与他没有关系吗?他能向朱慎独发表声明,把自己择出来,把栗历厉抛出去,然后与朱慎独一起骂一通栗历厉吗?

所以他吞吞吐吐,欲言又止。开初,朱慎独听人对他讲到这些话的时候还是不大相信的,一气,他就把这些话都提了起来。气是真的,话是不是真的他仍然不敢肯定。然而,赵小强的心中有鬼的态度使他断定这种话确实是赵小强说的了。否则,赵小强为什么不断然否认、断然辟谣呢?好一个赵小强,竟这样恶毒地辱骂我!想到这里,他几乎气昏过去。

赵小强闷闷地步行回家,一路上耳边响着朱慎独发怒的声音,眼前跳动着朱慎独怒不可遏的身影,特别是朱慎独发怒时鼻子一耸一耸,上下唇紧紧并起,由于并得用力,上唇几乎瘪进去变得像刀削一样直平的神情,使赵小强觉得特别刺激、恐怖。他真后悔不该冒冒失失去看朱老,简直是自取其辱。这样心不在焉地走着路,过一个十字路口时几乎被一辆"皇冠"小汽车撞上。三个来自不同方向、驶向不同方向的汽车在他面前戛然而止,交通民警与汽车司机一同对他进行申斥。然后,他被叫到一边接受交通民警的个别教育。他没有听到民警说的任何一个词,只是随着那莫名其妙的单调的声音的节奏不住地点头称是。"你态度还不错,这次就不罚款了,以后自己注意点!"民警的最后嘱咐也就是大赦令,他终于听懂了,他笑了笑。

他在路口停留了两分钟,他看着灯光下的一幅巨大的电影广告画——《咱们的牛百岁》,上面画着一个胖乎乎的农民拿着筷子端着碗,斜坐在炕上,大概是在哄自己的正在生气的媳妇吃饭。他觉得生活真好笑,而且疲劳。他的心情反而变得开朗些了。

回到家里,一边吃着饭一边与爱人一起看电视新闻,有好几个国家领导人接见外宾的场面。宾主都态度雍容、胸怀坦荡,连地毯、沙发、茶具、吊灯与挂在墙上的画都有一种舒展稳定,落落大方的气派,赵小强觉得很受启发。后来的电视节目是"世界各地",介绍的是一个非洲国家。一会儿是车水马龙、高楼林立的城市,一会儿是一望无垠的沙漠,一会儿是原始的舞蹈。再往后是一台晚会,激光乱射,颜色乱变,歌星们拿拿捏捏,令人觉得滑稽。

第二天上午,赵小强的同事们与他谈起有关沐浴学的争论,赵小强从容地一笑,那笑容几乎赶上了接见外宾的水平,他说:"其实这些问题讨论讨论也很好嘛,在洗澡的问题上也可以百花齐放嘛。各抒己见,活跃思想,有什么可怕的呢?"他又说:"我当然对朱慎独老师是十分尊重的,对于他在沐浴学上的造诣,我也是充分肯定的。但这并不等于他说的句句都是终极真理呀!也不等于我就不能客观地报道一点加拿大的情况,或者说一点不同的、补充性或者商榷性的看法呀!"

赵小强发现,尽管他说这些话时,非常真诚、自然、优雅,听他这些话的人却大多显出迷惑不解乃至不安的神色。

朱慎独那天晚上与小赵大吵了一通之后,他对自己的失态有些懊悔,但他的性格是越发现自己做错了事便越要迁怒于人。他坚信如果没有别人的敌意、破坏、挑衅和诱惑,他是不会犯任何错误的。当然,他毕竟不能与赵小强这样一个黄口小儿一般见识,他不能有失身份。所以,此后几天,他也在一些场合说了一些高姿态高风格的话:"好嘛,欢迎争鸣嘛!""怎么样沐浴更合理,可以讨论嘛!""我的书并不是结论,真理不是一个人说了算嘛!""年轻人蔑视权威,敢于提出新问题、新见解,还是好的嘛!""我们祖祖辈辈都是蔑视权威、都是反传统反潮流的老手呀!""我就是靠反传统起家的嘛!"此外,还加上一些"真理是愈辩愈明的呀!""真金不怕火炼呀!""真理是在战胜谬误中发展的呀!"之类的作为真理的发言人而讲的恢宏豪壮的话。

双方说的这些话都传到了对方的耳朵里。这时日,连政治局的会也常常传出消息,更何况其他!彼此听后,自然休战,都安宁了些。

但沐浴学的争论已经成了 V 市乃至 N 省相当一部分地区的知

识界内外的初冬的话题。与张笑天的小说《离离原上草》被批评,羽绒衣展销会在 V 市举行,一个娇生惯养的女孩因为母亲没有给她买回冰棍下老鼠药毒死了母亲、又被父亲掐死,而父亲在掐死六岁的小女儿后又上了吊这些事一道,一老一少的沐浴之争引起了这里的各界人士的普遍关注。大家最感兴趣的问题是:朱慎独与赵小强的"关系问题"是怎样发生的?他们两个人发生矛盾的背景是什么?他们渴望发现其中的深层奥妙。

不同的人分别找到他们两位,提出了上述问题。赵小强不情愿地叙述了他给晚报写的报屁股文章,朱慎独也勉强地说起了早晨洗澡与晚上洗澡的问题。他们的回答都使听者问者失望,都认为这样的歧见实在没有多大意义,也没有多大意思,不足以构成戏剧性的紧张关系。朱慎独和赵小强都否认和对方有什么"关系问题",但这种讳莫如深的态度似乎更加证明了他们俩的"关系问题"是如何的严重与深刻。"不一般""有隐情""既有历史渊源又有现实利害冲突",这是多数人的看法。

在 N 省 V 市,似乎有一些人有分析别人的"关系问题"的业余爱好,而且他们似乎有一种业余的"联邦调查局"或者"国家安全委员会"式的机构与效能。不久,就挖掘出了不少的背景材料,提供了不少内部参考信息。余秋萍和她的朋友考证说,赵小强对他现在的工作单位与职务、待遇与住房条件不满。赵小强留洋镀金之后,本来希望担任 N 省科学院生物研究所的所长,希望能提两级浮动一级共三级工资,希望分一套三室一厅的房子,还希望评上研究员的职称,还希望他的刚上初中的独生女能考入重点中学。但这几条都没有实现,于是他怀疑是由于朱慎独这位老权威的阻拦,他产生了怨心和疑心,他伺机打击朱老的威信以泄私愤。还有人提供补充材料说,在一次科学家的茶话会上,赵小强早早伸出手要与朱慎独握手,但当时朱慎独正忙于与政协主席交谈,忽略了小赵尴尬地伸出的手,无意中的冷淡大大伤害了赵小强的自尊心……

栗历厉和他的朋友们则着重分析一个事实,在V市,凡有志于在学术界文艺界钻营的人都成天价往朱慎独家跑,一登龙门,身价十倍。谁拜了朱家码头,谁就算领了特许营业执照,谁就能在各个路口得到绿灯。然而赵小强生性耿直,书生气重,在他自加拿大返国返V市后,竟然时过一个月没有登朱老的门,遂使朱老饮恨在心,怎么看怎么觉得赵小强不顺眼。有人放低声音补充了一个"绝密"材料,说是V市住着一位农学家时堪虑教授,素来是朱慎独的对立面。赵小强留学归来的第二天便登门拜谒时教授,并给时教授带去了速溶咖啡两听、"咖啡知己"一听、电动剃须刀一个、六用电子广播钟一个和西洋补药两大包。而对朱慎独是一个半月以后才去了一次,只带了555牌香烟一条和骆驼牌打火机一个。一碗水没有端平,种下了不和的种子。

这样便从历史的考察进入了心理-性格考察的更深层次。有人说朱慎独越老越爱嫉妒人,不容许任何人在任何一点上超过他。"朱慎独爱吃醋。"他们边说边笑。有人说赵小强少年气盛、一帆风顺、目中无人,不容许任何人挡道。从这里又进入政治学与新闻学的考察,什么"少壮派与元老派"啦,"新党与旧党"啦,"洋风与土风"啦,大家说得头头是道、津津有味。有一位业余口头专栏评论家甚至把这件事扯到了"实践"与"凡是"上。

总之,业余关系观察分析研究家们差不多一致认为,"朱赵矛盾"是绝非偶然的,合乎规律的,无法避免的,文章后面有文章、戏后有戏的。总之,这是无例外地存在于上上下下许多地方的深刻的社会矛盾与时代矛盾在V市的具体表现。

颇有一些人——其中不乏年轻人闻矛盾则喜,闻矛盾则神往,闻矛盾则垂涎三寸、跃跃欲试。他们可以几个人聚在一起,喝着老白干、就着炸虾片与松花蛋,从早到晚、从晚到午夜无尽无休地探讨朱赵之争的始末、意义、秘闻、最新动向、前途预测。可以在一次交谈中重复三十三次援引同一个材料。例如关于赵小强给时教授带礼物的问题,每次说法都有小的创造带来的小的差异,但谁听着都不厌烦。听第三十三次的时候仍然像听第一次时一样新鲜,说第三十三次时仍然像首次披露一个秘闻时一样地眉飞色舞、挤鼻弄眼、击掌顿足、煞有介事。人事矛盾的魅力真是无穷!春秋战国合纵连横的传统真是源远流长!经久弥新!举世无匹!关系学癖足可以培养出一批又一批的关系狂。据说西方有"性爆炸""信息爆炸",我国则有"关系爆炸""名单爆炸"足以与之抗衡!中国的小说家与其写爱情、写生死、写探险、写侦破、写哲理、写性格、写意识流、写风俗画、写人情美、写伤痕、写典型,还不如去写人事关系、写人与人而且多数情况下是好人与好人之间的勾心斗角!这才能触动读者心灵深处的一根富有民族感、历史感、乡土感、集体潜意识感、传统感与现代感的神经!这才能雅俗共赏、古今通用、老幼咸宜、居家旅行必备!

分析完了人们就行动起来,分别找到朱慎独或者赵小强,等而下之的也要找到余秋萍或者栗历厉去"站队"。"站队"是"文革"创造的摩登词眼之一,意思是站在某某人(当时口头上说是某某路线)一边。"站队"好比押宝,好比在旧上海或者现今的香港的跑马场上把赌注押在某一匹马上。有些人认为这是在人生战场上取胜的一条捷径。于是一些人找赵小强,没头没脑先骂一通朱慎独再说。骂的内容非常广泛,甚至骂得赵小强一时摸不着头脑。另一些人去找朱慎独,阐明从赵小强身上看到社会风气太坏、学风太坏、青年人的风气太坏。有些人去找余秋萍提供赵小强小时候的一些不良言行材料,连赵小强的独女上幼儿园时抓破过小朋友的脸也作为"有其父必有其女、反之有其女必有其父"的逻辑验证被提举了出来。另一方面,从栗历厉的耳进口出,关于朱慎独的老伴虐待保姆的民间故事开始出现在一些人的话题里,甚至有一位早在V市小有名气、年龄比赵小强大十三岁、工资级别比赵小强高六级的"学长"也找了一个机会抓住赵小强的手,两眼瞪得圆圆的直视着赵小强,嘴里的热气扑到了赵小强的脸上,他说:"来日方长,小强同志!你会看出来的,我是跟着你的,我是拥护你、拥戴你的!"

赵小强一阵反胃,差点没把头天晚上吃的两碗青韭猪肉馅馄饨吐出来。

有一位会练硬气功、又在晚报上发表过两篇微型小说的长发小伙子找到了朱慎独。他说:"我早他妈的看出赵小强这个小子不地道来了!朱老,您老人家只要看得起我,有用得着的时候您给一个眼神就行,鞍前马后,供您驱遣!"

不知为什么,听了这话,整整二十四小时朱慎独心率过速。他实在怕长发小伙子用硬气功或特殊功能要了赵小强的命。

另外有些比较机灵的人,他们不搞"站队",而一心搞平衡。见到朱老是笑容满面,见到小赵是满面笑容。见到小赵是寒暄一番,见到朱老是一番寒暄。见到朱老是亲切愉快,见到小赵是愉快亲切。半斤八两,不差分毫,小心翼翼,不偏不倚。

朱老和小赵都觉得这种气氛、这种议论太无聊,太不正常,但躲又躲不开,抗议又无法抗议。朱老总不能与余秋萍翻脸,把余秋萍轰走吧?小赵总不能与栗历厉翻脸、把栗历厉轰走吧?他们总不能自己挖自己的墙脚,自己孤立自己。见怪不怪,其怪自败,置若罔闻可也,小赵这样勉励自己。大人不计小人过,医心如水,读书深处意气平,朱老这样自己安慰自己。但他们已经陷入了被同情被告密被参谋的泥沼,他们已经扮演了某种"派头头"的角色,而且无法自拔。

渐渐地,这个话题有些淡了,热衷于这个话题的人转而分析 V 市市长的接班人是谁去了。

首都出版的一家小刊物在一九八四年的一月号刊登了一篇题为《留学归来话争鸣》的报道,是该刊物记者——赵小强的一位老同学半年多前来访赵小强后写的。赵小强早把这件事忘了,收到了一式两份杂志,他才想了起来。

文章基本属实,但也有不少添油加醋的话。一想到记者们的才华正是表现在这种添油加醋里,一些记者和报告文学家正是靠添油加醋才扬了名、才受到广大读者的喜爱,赵小强便也释然。

《话争鸣》文章援引赵小强的话说:"我们太缺乏争鸣,缺乏对事不对人的讨论,缺乏吾爱吾师吾更爱真理的精神了!在国外,我常常见到几个人在学术讨论时为一个问题争得面红耳赤,会下却仍然是极好的朋友。在我们这里,争鸣争鸣说了好几十年了,却总是争不起来。首先得罪人这一关你就过不了,稍微提一点不同的看法,你就会被认为是针对谁、矛头指向谁、向谁挑战挑衅,于是就会得罪一个、几个、一片、一大片!最后甚至究竟在争什么、为什么而争都忘了,只记得双方势不两立、争吵不休、全无头绪。这样下去,怎么可能有学术的昌盛呢!"

文章又援引赵小强的话说:"在真理面前人人平等,说说轻巧,做起来何其难哉!不要说权力、权势、权威、地位、'官大一级压死人'了,就是资格和年龄,也往往成了事实上的检验真理的标准。与年高德劭的人争论,不论谁是谁非,首先就有一个态度问题。不虚心、狂妄,五个字就为一切学术争鸣定下了结论!"

文章最后花花哨哨地描写道:"赵小强远渡重洋,求学他乡,雄心壮志,溢于言表,谈笑风生,尖锐透辟,一语中的,入木三分,眉宇间流露着英气,挥手投足,都显出了大干一场的决心。看来他给故乡的学术界带来了春风,看来他是一只报春的百灵鸟!"

要命!

赵小强看了这篇文章,唉声叹气,坐卧不安。妻子安慰了他半天,"很明显嘛,你这次谈话是半年以前的事嘛,绝对不是针对任何人的嘛,不信他们可以写信到北京去查一查嘛,这又不是你自己写的嘛,是你那位在咱们家喝了半斤加拿大造威士忌的老同学添油加醋、笔下生花嘛……"

"说这些又有什么用?谁又给你调查去?吴晗写《海瑞罢官》的时候根本还没有开'庐山会议'呢,硬说《海瑞罢官》是为彭德怀的罢官鸣冤叫屈,你上哪儿说理去!"

"现在不一样了啊!"

"我也没说就一样啊!"

按下赵小强夫妻俩的争鸣不表,这篇文章不啻一枚原子弹爆炸在朱慎独的眼前。余秋萍这次不再紧张哆嗦了,她连红线和着重点也没有标,只是拿着杂志,粉蝶儿般轻盈地走到朱老跟前,把杂志递给朱慎独,伸手取来了朱慎独的老花眼镜。

一篇短文章,朱老整整读了四十五分钟,他一字一句地细细地品味着。先是脸红一阵、青一阵、黄一阵、白一阵,越读就越冷静,终于从愤怒升华到了平静,从屈辱冷凝成了淡漠。看完了,他一声未吭,只是淡淡地一笑,上唇略略往里一缩一瘪。

这次余秋萍也显得特别有灵性,见朱老这神气,她也"不著一字,尽得风流"地、一声未响地悄悄退了出去。

朱慎独一夜无眠,只听得叭叭脆响,不绝于耳,同时嘴巴子火辣辣的。那赵小强硬是左右开弓,打了他无数个耳光啊!

早晨洗澡,晚上洗澡,也就罢了! 总不能媚加拿大而轻中华。将何以对祖宗? 何以对神州山河? 何以对先烈? 何以对导师? 想到这里,朱慎独只觉热血沸腾,热泪盈眶,拼将头颅热血,决不能让赵小强的异端谬说得势! 死不足惜,一点骨气,两袖清风,一副臭皮囊,何足道哉! 七卷《沐浴学发凡》不足惜,祖孙三代,愚公精神,万古业绩,都可付诸一笑! 但总不能让山河变色,日月蒙羞! 士可杀而不可辱! 朝闻道夕死可也! 书生意气,寒士生涯,惜的是名节,重的是迂直! 如果赵小强之类的小贼子得势,国将不国,浴将不浴,我是死不瞑目啊!

一种崇高悲凉的感觉使朱慎独只觉得正气凛然,浩气如虹!

从第二天起,朱慎独上下左右,奔跑如穿梭,党政群军工农商,各部门各单位他都讲了赵小强的问题。他讲得很严肃很庄重,也很得体。没有任何人身攻击,没有任何过激刺激,也不带任何个人情绪。相反,他强调他是"对事不对人"。他强调赵小强年轻、有才华、有培养前途,正因为他对赵小强寄予厚望,才对他的误入歧途感到分外难过和痛心。他还强调说,他即将辞去一切社会职务,专攻学术,沐浴学的问题完全可以心平气和从长计议地讨论下去。他欢迎人们对他的《沐浴学发凡》提出批评意见。他一贯做人的原则是"满招损、谦受益、闻过则喜",但是他不能不对更重大得多的事情发言,他不能不鲜明地表示自己的态度。否则他将成为国家的罪人,历史的罪人,民族的罪人,科学的罪人!

在他这样到处讲、到处说、讲了说了几次以后,是否说服了旁人,他还没有把握,但他确实说服了自己。他太认真了!他太笃诚了!他太郑重了!他太革命了!他挺身而出了!他誓死捍卫了!很久很久,许多年以来他已经没有体会过这种正义感和激昂感、悲壮感了!"暮色苍茫看劲松,乱云飞渡仍从容。""沧海横流,方显出英雄本色。"没错,这是大是大非的原则争论,这是举什么旗、走什么路、迈什么步的问题!

诚于中而形于外,慷慨激昂快要达到声泪俱下的程度了!这种悲壮情绪很快感染了余秋萍和她的朋友们,激烈的讲话到处在进行。

接着感动了V市晚报的总编辑与大小编辑。那个原先发过《加国琐记》稿的责任编辑受的感动尤深。他诚惶诚恐,疾首痛心,意在将功补过。晚报上开始出现了一些似乎是批评赵小强又似乎不是批评赵小强的文章。一篇是评论"认为加拿大的月亮比中国的月亮圆"的,一篇是评论"有的人占领了地主的庄园,就连地主的鸦片枪与小老婆全接收了去"的,都讲得头头是道。

天下的事是很有意思的,有朱慎独的慷慨陈词,又有了关于月亮、烟枪和妾的评论,赵小强的形象陡然变得可疑起来。各种流言在V市及其方圆四百公里之内流传开了。"赵小强建议废除筷子,改用刀叉""赵小强主张早七时以后所有浴池都应停止营业""赵小强给他的媳妇涂了绿眼圈""赵小强主张废除汉字,改用加拿大文",一直发展到"赵小强在加拿大有个相好,他准备与妻子离了婚移民到加拿大去,已经办好了加入加拿大国籍的手续""赵小强的相好来信称赵小强为 dear——就是亲爱的",以至"海关扣留了赵小强从海外带来的四十个微型收录机""赵小强带回了海外淫书淫画""赵小强入境时被搜出了美洲出产的新式避孕工具"!

热心的友人们有的不辞劳苦专程跑来,有的随时及时顺便发布,有的写来挂号信和平信,有的打来电话,每天都有多起多次把这些流言的新发展报告给赵小强夫妇。有些报告得太勤、太细、太生动、太多而讲述者的神情又太兴奋、注意力太集中,以至有一次赵小强与妻子研究,是不是这些流言恰恰就是这些向他报信、向他表示效忠的人自己想象与制造出来、传播出去、又赶来报告的。但他们旋即否定了自己的想法——如果按这个逻辑想下去,只能是良莠不分、一概排斥、亲者痛而仇者快,彻头彻尾地自我孤立。

一小时以后,赵小强对妻子说:"真糟糕!我想,我们刚才的那种多疑的想法本身就有些病态。在加拿大,遇到这种情况人们就去找精神科医生,去进行心理分析,有时候需要吃一点药片。听说我们 V 市的精神病防治院开设了心理咨询业务,不到两个月就又把这项业务取消了,这到底是怎么回事?如果是在渥太华或者多伦多……"

话没说完,妻子突然火了:"讨厌!说的那话就讨厌!又是加拿大!够了,你那个该死的加拿大!害得我整整等了三年,有一次停电又停水,又刮起了大风,飞沙走石,咱们的玻璃都劈里啪啦响,可你呢,你在加拿大,说不定在那里跳迪斯科呢……"妻子顺手一挥,砸了一个玻璃杯。

赵小强完全怔住了,好像他培养的杂交金鱼突然变成了海龟。他终于悟到,某些关于他在加拿大的风流韵事的流言,尽管迄今好心的妻子并未相信,潜意识中却不能排除接受某种暗示的可能——他真是罪该万死。

V 市的一位有影响的人物在听取了朱慎独的汇报以后讲了几点

意见,后来又在几个会议上大同小异地讲了这几点意见。他的措词很温和也很谨慎。他说,对一些发表错误意见的同志还是要团结,要注意政策界限。他们还是好同志,他们还是爱国的,他们毕竟还是回来了嘛。不回来也可以是爱国的嘛,许多外籍华人还不是我们的朋友?要允许人家的思想有一个转变的过程,要善于等待。一个月认识不了可以等两个月,一年认识不了可以等两年嘛!无产阶级为什么要怕资产阶级呢?东方为什么要怕西方呢?社会主义为什么要怕资本主义呢?我看不要紧张嘛。我们的力量是强大的嘛。政权,军队都在我们手里嘛。既要弄清思想,又要团结同志嘛。连蒋经国我们也要团结嘛。我们欢迎他回来走一走,看一看,看完再回台湾也可以嘛。当然,这不是偶然的。我们越是实行开放政策,就越要界限分明,加强……

温和而慎重的讲话传达到了每个党小组,传达的时候反复强调不要紧张不要紧张,千万不要绝对不要紧张……不希望紧张的意图的真诚性是无可怀疑的,但客观上每强调一次不要紧张便增加几分紧张空气,谁也弄不清这到底是怎么个道理。

最为难的还是浴池的从业人员。要知道,截至二十世纪八十年代,包括大城市居民的中国人的绝大多数家庭,自己是没有洗澡设备的。有的住宅的卫生间里安装了浴盆,但没有热水供应,浴盆形同虚设。人们洗澡,靠的是进公共澡堂。人口的增加与澡堂收费偏低造成了澡堂有减无增,洗澡越来越紧张,浴池的营业时间便都延长了。在V市,一般浴池的营业时间都是从早晨七时到晚十时,每天营业十五小时。自从朱赵之争发生并且激化以后,自从传出了温和而又谨慎的指示以后,浴池业就考虑起自己的"站队"问题来。在V市,朱家祖孙三代之于浴池业,其威信等于鲁班之于铁匠、木匠、泥水匠,卡夫卡之于八十年代青年习作者。得知矛盾的发生以后,首先有一家"清快浴池"贴出布告:

> 本浴池适应广大群众要求与祖宗习惯,坚持晚间洗浴达数

十年如一日。今特郑重宣布,每日营业时间为下午四时三十分至夜十二时,而不走上清晨沐浴的牙路。

除了"牙"字为"邪"字之误以外,清快浴池的布告颇有些闻风而动的爽快。清快浴池的经理贴出此布告以后,感到一种快意。好像别人打架时他打了一个"便宜手",好像他亲眼看到直上青云的赵小强吃了瘪,虽然他压根不知道赵小强是谁。紧接着又有几家采取了类似措施。

栗历厉有一位好友在郊区新建的一家"时代浴池"工作,由于栗历厉的强大影响,这家浴池独树一帜,贴出布告:

本浴池本着提高人民消费水平与促进洗浴现代化之宗旨,自下周一开始,营业时间改为每天晨三时至上午十一时。上午十一时后一律停止洗浴,改售酸奶,希众周知。

这个浴池的做法受到了上下左右一致的攻击,特别是受到了各兄弟浴池的攻击。但时代浴池的经理愈发感到自己是走在时代潮流的前列了。他也有他的乐趣,而且他收到了一些人的声援信。有一位老前辈亲自给赵小强打电话,说是时代浴池的做法不好,要注意。十二个字一共说了一分钟。说完就把电话挂上了。赵小强哭笑不得,他和时代浴池又有什么关系呢?

而且赵小强自身也碰到了问题。洗不洗澡?什么时候去洗澡?包括"有影响的人物"在内都肯定了赵小强是爱国的,但他确实也因为洗澡的不便而在回国后怀念过加拿大。当然,他坚信随着四个现代化的实现,大家都能方方便便地洗澡的远景并不缥缈。而有了洗澡设备以后,人们可以早晨洗,中午洗,晚上洗,睡了一觉之后(必要时)再洗,遇到刮大风时出一趟门回家就洗,遇到炎夏出一身汗洗一次等等,都无须争论分析。怎么现在,他连土莲蓬头也还没安装,就陷入了洗澡时间之争了呢?

正在满城风雨之时,二月十四日下午七点四十五分他去清快浴池入浴。浴池早已人满为患,他是等了十五分钟以后才被服务员引导到一个臭气鲜妍的笋筐边,得以脱下衣服进入池塘的。人脏不怕水脏,脏水也把人洗净了。他还是相当轻松满意地完成了洗浴,有一种身体划时代的自我感觉。出浴池后从小贩手里买了一串豆沙瓜子仁馅山里红糖葫芦,边走边吃,又猛吸了几口已有春意的夜气,更有里外三新之感。

第二天一早便有人问他是否头一天晚上去洗了澡,他承认之后便有人问他是否改变了早晨洗澡的观点。他说他说过早晨可以洗澡,但并没有说过只有早晨可以洗澡,也没有作茧自缚地保证过他自己只在早晨洗、不在晚上或其他时间洗。而且他压根儿没有反对过在早晨以外的时间洗澡。问者笑一笑眨眨眼说:"反正您是晚浴了。您过去讲得多的是早浴,您强调的重点是早浴。难道您自己讲了,自己又不承认了么?"

赵小强感到了这话里隐含着的侮辱的意味,他脸色微红、强压着自己说道:"当然早晨也可以洗澡,这又有什么呢?"说完,他却觉得自己越陷越深了。圈套?

然后他接到了余秋萍的电话:"我是小余。"口气亲切甘甜,"朱老很高兴。我们知道你已经用实际行动纠正了自己的偏颇和失误,大家都是欢迎的。有空到朱老家来玩吧,他老人家说,要用真正宁夏枸杞子泡的酒来招待你。"

他为之语塞。

二月十五日晚上栗历厉含着泪气急败坏的来找赵小强:"都说您转了向了,我不信!我和他们争得几乎动了拳头。我说您不是这样的人。您一定要告诉我,您是不是晚上到清快浴池去洗澡了?"

赵小强觉得回答这样的问题至少是精神病。他越来越发现形而上学靠宣传辩证法硬是克服不了,还是要靠氯丙嗪类药物矫正。他低下头,沉默不语。

栗历厉误会了他的神态,他挥泪说:"原来是真的!您怎么这么

525

傻？您再到那个狗屁浴池晚浴一千次您也不会被承认、被接纳的！为什么怕别人说自己是异端呢？和别人不一样，这才是一个人的价值所在！为什么要磨掉自己的棱角？"

"你……最近……洗澡？"

赵小强问完了才发现自己发问的愚蠢。尽管栗历厉穿着一件新式花纹毛线衣和乳黄色羽绒衫，但他身上的种种气味已经说明，他已经许久没有入浴了。

栗历厉痛心地去了。报信者仍然不断，拿来了省一级的一本指导性刊物，刊物上有一篇文章是讲越有民族性才越有世界性的。文章说布鞋已经风靡北美，而某些中国人却非穿皮鞋不可。其实皮鞋是从西方传来的，在西方已经落伍了，目前在西方最走红的是"小圆口""大方口""千层底"中式布鞋，我们绝不能跟着洋人的口味亦步亦趋。

文章还举了一个例子，说是"好莱坞"到中国来采购故事片，看了许多所谓"新浪潮派"的电影，都不予理睬。因为在中国视为新的东西在人家那儿早就不新了，最后人家只看中了《七品芝麻官》，用重金买走了。

赵小强越看越糊涂，究竟是批判唯洋是瞻呢？还是提倡？究竟是要别人仿效洋人呢？还是反对人们跟着洋人的口味亦步亦趋？

而且他很怀疑这件事的可靠性。他毕竟在加拿大待了三年，中间还去美国迈阿密等地旅行了一个月。美国有人穿中式布鞋，因为在美国什么人都有，什么鞋都有，什么人穿什么鞋的都有。正像美国还有人练太极拳，练瑜伽功，还有人推成秃子当和尚，还有人至今举着康生和张春桥的照片卖"批林批孔"的小册子。声称中国布鞋风靡北美，实在不知道是信息或大脑的哪一部分功能不够正常。

但是报信者说，这篇文章最后仍然暗暗落到了沐浴学之争上，是对赵小强的不点名批评。一说是不点名批评，赵小强就有点毛了。到底是不是批他呢？他无从打探，也无法声明表白。越是关心他的好友越说批的就是他,但他又想不起自己有贬低布鞋或者豫剧的劣迹。还不如点名批评好呢,批就是批,没批就是没批。

没几天,一家全国性的保健报刊发表了一篇论述生活方式应该有中国特色的文章。没有人报信,是赵小强自己发现的。读后心怦怦然,难道又是指他的?紧锣密鼓,怎么啦?

大表哥远在他乡,写了信来:

"小强,你近年一帆风顺,十分得意,这样下去不好。受点挫折是理所当然的,有好处。切切。"

赵小强觉得自己被放到了一台"旋转加速器"上,越转越快,身不由己。为什么有意义的和没有意义的争论最后都变成人事关系之争,变成勾心斗角之争,变成"狗咬狗一嘴毛"呢?为什么这种争论逼着你搞形而上学与绝对化呢?为什么只要一换上这种争论就像粘上胶一样躲也躲不开,甩也甩不掉呢?

他问妻子,妻子无法回答。忽然又传说一个什么人说了话了,早晨洗澡也未尝不可。栗历历喜笑颜开,带着两瓶青岛啤酒和一斤猪耳朵来找他。还有人电话祝贺。他的心却更沉重了。甚至晚上睡觉,年轻的夫妻温存以后一张口仍然谈的是与朱慎独的天晓得是怎么回事的争论。而一谈起这个话题,他就气短、心跳、声带嘶哑、发声困难起来。那征候活像是……天啊!

也许明天就好了吧?就像酒醒过来一样,天是清的,水是清的,一切握手、争吵乃至打架厮杀,也都能变得清清爽爽了吧?啊,明天!

发表于《小说家》1985年第2期

临 街 的 窗

一

在我幼小的时候就注意到胡同东口那一家的临街的窗子了。高大的合欢树,永远紧闭的暗红色的门,剥落的油漆,稀稀落落的、步伐沉重的行人,推车卖货的小贩,吵吵闹闹的上学和下学的孩子,秋天的落叶和冬天的雪。就在这单调的与乱哄哄的诸种景色之中,有一扇小小的高高的窗。是一扇永远打不开的窗。是一块安装上了的玻璃。是一个透光的方孔。尽可能安置得高,这样,在采进光照的同时却不会暴露室内的秘密。

我们的城市是不作兴把窗子开在临街一面的。人们都是把窗开在院子里,叫做四合院也可以,虽然未必四面都有房子。所以,当晚间走过这个胡同,那多半是看完了白云或者陈云裳主演的完全不适合我这个年龄的孩子看的乏味的电影之后。黝黑的胡同和更加黝黑的树影里,只有一扇窗口透露出橙黄色的灯光,只有这一家人没有用绝对的砖墙把自己与胡同、与街、与城市、与不相干的路人隔阻开来。这使我觉得温暖。我推测,那里面大概住着一个好心的母亲和她的女儿,母亲正催促女儿在昏黄的灯光下做功课。也可能是一个会写童话的孤独的老头儿,他看一眼自己的住室的高高的临街的窗口,就会想出一个逗人的故事。或者就是一个准备远行的青年吧?第二天天不亮就会有人在窗下轻声叫他,他们就一起出发,到很远很远的地方,到不那么残暴也不那么穷困的地方去了。

后来我长大了,我没有固定的职业。有的医生说我的肺部有某种感染,有的说没有什么。这样,我常常有时候徘徊在离那窗口很近的合欢树下。每年学生考试、放暑假、升学并因而焦头烂额的时刻,合欢的金红花盛开。合欢花就像我的青春一样虚无缥缈,然而灿烂。在合欢树下,我听到了——隐约地听到了窗里传来的说话声和音乐声。

我说不清那是一种什么音乐,是西乐还是国乐,是什么乐器在响,是什么旋律和节奏。我好像没有抓住它的声音,甚至也没有感染到它的情绪。但是我已经共鸣了,我已经震颤了,一种温柔的暖流已经流遍我的全身,我傻笑了,我觉得我已经不完全是我自己,世界也不完全是这个破烂的、摇摇欲坠的世界了。也就是在这个时候,我听到了她的说话声:

你好,我的朋友!

这是在对我说么?她是谁?再也听不见什么了,但还是有喃喃的低语,有一种诱导和抚摸,有一种语气,有一种呼吸,有一种人的温热。人生并不总是那么孤独。

　　记得当时年纪小,
　　我爱谈天你爱笑……

这是我悄声唱起的歌。也许,她能听见?

后来我参加了革命。后来我离开了家,离开了那条胡同,忘记了那扇窗。我很忙。我唱完全不同的歌:

　　我们是投弹组,
　　战斗里头逞英豪,
　　杀呀!

几十年后我们那么快地老了,离职休养回到家,回到我们的城市仅存的几条面貌依然的小胡同来了。

我找到那间具有临街的窗的房子了。窗已经堵死了,只有像我这样的老居民,才能依稀分辨出窗的遗迹及它与后砌的砖的接茬,尽管这茬口已经掩盖在白灰、青灰与麻刀的灰皮之下。合欢树已经没有了,代替合欢的是年轻的杨。行人稠密,儿童欢笑,还常常有汽车经过这里。汽车的牌子有上海、雪铁龙、奔驰和桑塔纳。暗红色的门的油漆剥落得更多,但门是经常打开的,有许多人从这门里进进出出。有出来打太极拳的,早上。也有挽着手出来去跳舞的,礼拜六晚上。

我看着已经堵上的临街的窗,祝福它过去的和现在的主人。想象着一幢一幢的新楼、一排又一排的大玻璃窗灯火通明,传出了让·米席尔·雅尔的电子合成音乐《朔望》和芭尔芭拉唱的"我没有带给你一束花……"窗帘也愈来愈讲究了。它们将唤起新的、密集得多也奇妙得多的幻想,给新的徘徊者以安慰。我想建议有关部门努力减少街道上的噪音,使窗里的人生活得更安逸、美好。

二

这间房子老显得黑洞洞。向阳的一面窗子开得很小。南院墙离得近了,常常把阳光挡住。窗下堆着一大堆煤块,是四轮车从皮里青矿拉来的,当然,漆黑。我们又是冬天搬进去的,冬天日头矮。

不过门前有一株苹果树,每年长出七八片叶子,过晚地发芽,过早地枯黄,无人过问,却还活着。但总要死的。

冬季取暖用的火墙连同给墙提供火的砖砌的灶把房间一分为二。屋内的墙潮乎乎,不白。房子刚修好,还没有干。住人生火以后,满屋的湿霉麦秸味儿,每天早晨水汽把窗玻璃涂上厚厚一层雾障。

几天以后,墙上的原先没有溶透的石灰开始爆炸,绽开了百花。又过几天,奇迹出现了。和泥用的麦秸里不乏没有扬净的麦粒,这说明了生产队劳动责任心的缺乏。在适宜的温度与湿度的作用下,麦粒苏醒了,萌动了,欣欣然发出了碧绿的芽。我的四面墙壁生机盎然。

"这是我的试验田。"我告诉来访的新结识的维吾尔农民朋友。他们笑个不停。他们忠告我说,这样潮的房子,又是冬天,是不能住的。勉强住进去,会得关节炎。

死都不怕,还怕困难么?同样的逻辑,那么多倒霉的事都碰到了,还怕关节炎么?所以也就心安理得地住下来了。

火墙的一分为二是把少半部分分在向阳面,背阴面倒是正房。正房有两扇对开的较大一些的窗户,临街。

这是一九六五年我先到伊犁、妻后来也到了伊犁以后住的第二"所"房子。九月份妻到了,分到伊宁市的一所中学,先临时住在共青团总支部的一间废弃了的办公室。十一月天寒地冻以后才搬进这所刚修好的极端简易的土房子。

但我们充满了生活的新鲜感,对来到伊犁、对在伊犁的重新团聚、对分到新房子、对临街的窗。从前(注意,是从前,就像老祖母给孙儿讲故事似的)我们在北京的时候,还没住过有着临街的窗的房子。

窗外的街巷是一条宽广的土路。两面各有一道小渠,并不经常有水。渠边是两排杨树,树干挺拔有力。土路上来来往往的主要是步行的与骑自行车的人。有时候有两三个骑马的人走过。有时候一匹马夫妻两个人骑。妻子在丈夫的前边,在丈夫的怀里,让人觉得很有爱情,即使别的什么都还没有。伊犁人骑马的习惯与南疆喀什噶尔人不同。喀什噶尔的一对夫妻骑马与美国西部片上的一对情人骑马奔逃的形象是一样的,男在前,女在后,双手攀着男子的肩。伊犁之所以相反,据说是因为伊犁人的妻子是抢来的。清代为了屯垦荒凉的伊犁地区,鼓励喀什噶尔人到伊犁安家落户,并且规定凡去伊犁种麦子的,有"权"抢一个媳妇。抢来的媳妇,更加宝贵,当然要搂在怀里,不可须臾离之了。

每天拂晓以前,可以听到车轮轧轧声与马脖子上的铜铃的叮咚响,那是去煤矿拉煤的车。冬季,他们到了煤矿,要排很长时间的队,这样,便竞相早起,越起越早,五更不到就冒着夜气严寒起床备车备马了。伊犁谚语:车夫就是苦夫,真的。而到了下午三点左右,煤黑子车夫疲惫不堪地赶着装满煤的车子回城上来了。这也是从窗向外看到的秋冬一景。

深夜,常常有喝醉了的男人高声唱着歌从窗下走过。他们的歌声压抑而又舒缓,像一个波浪又一个波浪一样涌起又落下,包含着深重永久的希望、焦渴、失却、离弃而又总不能甘心永远地沉默垂头下去的顽强与痛苦。他们的嘶哑的、呼喊似的歌声,常常使我落泪,还有比落泪更沉重的战栗。

后来就是春天了。杨树先长出了不美丽的却也是蓬勃的穗。鸟儿在树上飞来飞去,吱吱喳喳。在富饶的伊犁河谷,在人们不认真地把粮食从田地里收净的那些年,鸟儿大概比人吃得足实一些,发育得饱满。春风吹了一阵,放风筝的各族儿童在土路上跑来跑去了一阵。化雪翻浆、轧成一道沟一道沟的土路终于干燥、硬结。虽说还没见到万紫千红的似锦繁花,却首先看到了穿着色彩缤纷的衣裙的各族女孩子们。伊犁的女孩子最喜欢成伙成对地走路了,勾肩搭背,又说又笑又唱,总是那么亲热又那么活泼。她们用维语唱着:

达格达姆约力芒艾米孜(我们走在大路上……)

感谢这面临街的窗。它使身处逆境、独在异乡的我们迅速克服了陌生感,使我们觉得伊犁河谷是真切而美丽的,伊宁市的土路是真切而美丽的,伊犁人的生活是真切而美丽的。

但这扇窗也出了难题。当我去公社"劳动锻炼"的时候,夜间剩下妻一个人,这扇窗便成了她的心病。整夜,她听着清晰的脚步声、说话声、车轮声、马蹄声、歌声、笑声,觉得缺乏安全感。窗子低低的,一层薄薄的玻璃,几根歪斜的木条,只要轻轻一敲一捅,玻璃就会稀里哗啦,任何想跳进室内的人都可以不费吹灰之力地跳进来,不需要事先练习跳跃或者武功。这使她夜夜难以成眠。

为此我们多次向校方要求安装保护性的木窗扇。在伊犁,多数家庭的窗都临街,人们把临窗赏街景视为生活的一大乐趣。但临街的窗必有木窗扇,木窗扇上多有浮雕花纹,夜间入睡以前把木窗扇关起,用一根铁棍两只穿钉把窗扇固定起来,自然万无一失。木窗扇不仅有利于安全,冬季也有助于保护室内的温暖。但这一排新落成的简易房子,却没有这美好的设施。大家都要求装木窗扇,学校无力解决。

"文化大革命"开始以后,窗外的升平景象减少了,增加了戴柳条帽的武斗"野战军"队员、游斗的牛鬼蛇神,还有各种狂热的敲锣打鼓欢呼"特大喜讯"的队伍。但是妻反而放心了一些,"阶级斗争"的弦绷紧到了空前紧张的程度,人们无心去防小偷了。

一天,一个歪戴着肮脏的硬顶帽的顽童,突然从地上抄起一块石头,向我们的这窗抛来。砰的一响,窗玻璃裂了几条大缝,把我们吓了一跳。我恰在室内目睹顽童的恶行,气急败坏地夺路出门去追,顽童已不见踪影。但街上的其他小朋友主动热心地前来向我提供线索,告诉我顽童的姓名、住址,并都愿充当向导领我去找那个顽童算账。不知道这是由于他们富有同情心与正义感,或是由于他们与那顽童有隙,还是仅仅由于他们烦闷无聊喜欢看人与人发生冲突。我在热心人的带领之下,迅即找到顽童家里,先看到了一个青年小伙子,估计是顽童的哥哥。我向他说明了情况,他便从里屋把那个顽童揪着耳朵揪出来了。我确认就是他以后,青年人照着顽童就是一拳,使我反而起身劝解。这时从里屋出来一位老人,银须长袍,道貌岸然,彬彬有礼地接待了我。对我的街窗被砸深表同情和遗憾,并讲述了他的关于人人应是兄弟、各族应是一家的崇高信念。我怒火全消,也不好意思再提出赔偿损失之类的要求,只好自认倒霉,回到窗已被砸的小屋里去。

这样，临街的窗就变得更加不安全了，妻要求我回来得勤一点。

自从"文化大革命"开始我就充满了不祥的预感，我每天都等待着灾难的降临，诸如收到某个"革命组织"的勒令、被揪回乌鲁木齐、被关入"群众专政队"之类。但截至窗玻璃被砸的那一天，并没有发生什么特殊的、专门针对我的事。我只是在一种"雷霆万钧"的威慑下，"只准规规矩矩，不准乱说乱动"罢了，而且这种"规规矩矩"是完全自觉的。我小心翼翼地思量了一下，认定多回几趟家，照看孤身处于玻璃被砸的临街的房室的妻子，也许尚不能算是对抗"文化革命"的大罪，便自动增加了每周回家的次数。

当然，回家不能影响劳动，只有劳动才能得到改造和新生。我是在每天下田耕作之后，洗一把脸，再骑上我的杂牌破自行车，一小时之后才回到伊宁市、回到家来的。夏季农田里干活时间长，九点才下班，到家就十点多了，有时候还更晚。夜深人静之时，骑自行车离开村镇，走上公路，穿过碱滩，穿过坟茔，穿过臭味扑鼻的沼地，经过一个又一个黝黑的大果园，经过星光和伸手不辨五指的黑暗——全仗着路熟。在下地劳动十小时之后，在骑车一小时之后，终于依稀看到伊宁市的萧疏的灯火了，终于自行车拐弯、拐进我家所在的胡同了，终于进家见到从愁容满面转变为喜形于色的妻了……这也是那个年月的一种快乐，虽然难免被批评者讥之为"卑微"。第二天天不亮我便又走了。

但心里还是有点鬼，不愿意让人看到自己的夜归早遁。随着社会形势的日趋紧张，这所家属院每晚十点便从里面扣上了门。于是我与妻约定，遇到我十点以后抵家，先按一定的节奏轻敲临街的破窗，然后妻给我小心翼翼地开启大门。

紧张的夏收开始了，我本来已经与妻说定，这一星期不回家了的。三天以后却又不放心起来，我想象着不远万里从北京随我来到新疆来到伊犁的妻惊恐地注视着已被砸烂的窗，不得入梦、辗转反侧的情景,一种说不清的柔情和歉疚感使我觉得哀痛。即使有被枪决之虞,在枪决之前,我还是要多回去几次陪伴她,我含泪下了决心。于是,这一天,在劳动完了,吃罢晚饭,夜十一点半了,房东大娘已经为我准备了床铺之后,我突然说,我要回城里的家看看。

公路上已经没有一人一车,这使我反而感到自由,感到自己的强壮和"伟大",我很满意于自己的决断力与想象力,还有勇气。生活锻炼了我,我虽写过几篇小说之类什么的,但我毕竟不是梦游式的或清谈式的文人。我一定会想方设法活下去,想方设法活得自由而且快乐。差不多夜里一点了,我回到了家。我的独有的敲窗曲——小夜曲(?)立刻得到了惊喜的妻的回应。

但是大门已经锁上了,而钥匙并不在这个院子里。这样的深夜去找钥匙开大门,"政治上"与技术上几乎都是不能允许的。

事情有点麻烦。隔着大门,听完妻子的述说,我觉出她已快哭出来了。

我分析情况,当机立断。大门下面,有一道缝,消瘦的我完全有可能爬进去,虽然不雅。自行车就没有办法了,只好锁起放在巷里,我们的窗下。

妻子对我的方案还在怀疑,我已开始了行动。一分钟后,浑身是土的笑嘻嘻的我已站在妻面前。我的表情甚至是得意洋洋的。

这也是胜利。我们都快活。

一小时后,我们刚刚睡下,窗下传来了人声。原来是几个汉、维同胞研究这辆破车。他们分析说,这辆车可能是小偷偷了,用完,甩在这里的。

我连忙在窗内应声,说这是我的车。

"为什么扔在巷子里?"质问开始了。

我只好据实招来。

窗外安静了一会儿,他们改用维语小声计议,他们没想到我这个操着关内口音的汉人也懂维语。我听出他们是离我们这里不远的州法院的巡夜的。他们认为我的自行车摆在那里实在不成体统,孕育着危险(什么危险?我不明白。我那辆破车白给也不会有人要的)。但他们并没有顺藤摸瓜,借自行车的古怪对我进行进一步审查。谢谢了,性本善的人们。

于是他们用汉语对我说,车这样放着不好,他们要把它搬到法院院里去,明天早晨,我可以去法院取。

我表示完全同意。就这样。然后人车平安,皆大欢喜。

从此,这扇窗似乎变得更亲切了,还有点——妙不可言。后来玻璃终于换了好的。后来我们在窗上挂了洁白的窗帘。窗帘是一个维吾尔女工帮助做的,她用精致的挑花技术,使两片普通的白布幻化出迷人的花与月的图案。当然,这图案花是地地道道的维吾尔式的。

从此,不知就里的从巷子里路经我们的窗子的人认定这里住着维吾尔人。常常有寻找自己的亲友乃至来乞讨的维吾尔人来敲我们的门——穆斯林对于乞讨者都是慷慨施舍的,据说"伊斯兰"一词便是"义务"的意思,而施舍与朝觐、封斋、祷告、牺牲一道,是伊斯兰教徒的必尽义务。当他们敲门之后,看到开门的人并不是维吾尔人,他们脸上常常显出迷惑不解的神气。

但我终于没有使他们完全失望。我尽量像一个土著维吾尔人一样地尽义务和说话。如果说我至今没有忘记维吾尔语,至少有一部分是这窗、这窗帘的"认同"作用的功劳。

发表于《小说家》1985年第4期